아부 심벨 신전 내부. 람세스는 왕홀을 쥔 두 손을 가슴 위에 엇포갠 오시리스로 표현되어 있다. 바위 깊숙한 지성소의 침묵과
신비 속에서, 인간이었던 왕은 신격을 갖춘 왕으로 변모한다. 그는 죽었다가 부활하는 오시리스, 다른 세상의 왕이 되는 것이다.

청년 시절의 람세스 2세

왕권의 상징인 태양신 라

지혜의 신 토트

오시리스 신에게 마아트 여신이 봉헌물을 바치고 있다. (좌로부터 호루스, 이시스, 오시리스, 마아트)

라 Ra: 태양신. 람세스는 '라의 아들'이라는 뜻. 숭배의 중심지는 헬리오폴리스. 전설에 따르면 최초의 파라오였으며 세계의 창조자였다. 아케나톤이란 파라오가 전통신앙(다신교)을 배척하고 태양의 원반(아톤:Aton)을 유일신으로 숭배하는 종교개혁을 일으키고 아케타톤이란 도시를 건설하기도 했으나 실패했다.

토트 Thoth: 서기관의 신. 원숭이(비비)의 모습을 하고 있다. 지혜와 학문, 법률의 수호자이며 문자의 발명자.

마아트 Maat: 태양신 라의 딸로서 정의의 여신. 머리에 새의 깃털을 꽂고 있는데 이 깃털은 저승에서 사자(死者)를 심판할 때 그의 혼의 무게를 다는 데 쓰여졌다.

오시리스 Osiris: 이집트의 구세주. 동생인 세트에 의해 사지가 잘린 뒤 땅과 강에 뿌려졌으나 이시스에 의해 한데 모아진 뒤 죽음과 부활을 상징하는 신이 되었다. 이집트인들은 나일강의 연례적인 범람과 곡식의 성장이 오시리스의 죽음과 부활을 의미한다고 믿었다. 죽은 뒤 하계로 내려가 저승을 다스리는 신이 되었다. 그리스의 디오니소스나 기독교의 예수와 비교된다.

유태인의 유일신앙에
영향을 준 것으로 추
정되는 신, 프타

이시스, 헬레니즘시대에 만들어져 그리스 조각의 영향이 엿보인다.

프타 Ptah : 태양신 리와 함께 창조주로 거론되는 신. 말씀으로 세계를 창조한 뒤 진흙으로 인간을 빚어내어 생명을 불어넣었다. 생명과 생산력의 상징. 사자(獅子) 형상을 한 여신 세크메트를 아내로 거느렸다. 숭배의 중심지는 멤피스.

이시스 Isis : 이집트의 모신(母神). 오시리스의 누이이자 아내이고 호루스의 어머니. 세트에게 죽음을 당한 오시리스를 부활시켰다.

아몬 Amon : 숫양의 머리를 지닌 남자로 표현된다. 태양신 리와 결합한 아몬-라는 역대 왕조의 수호신으로 대접받았다. 그리스인들에겐 제우스신과 동일시되었다. 아몬-라를 예배하기 위한 대신전이 룩소르와 카르낙에 세워졌다.

호루스 Horus : 살해된 오시리스로부터 이시스가 미술적인 방법으로 잉태해 낳은 아들. 청년이 된 후 아버지를 죽인 세트와 대결해 그를 무찔렀다. 파라오는, 생전엔 호루스이고 저승에선 오시리스가 된다고 믿어졌다. 매의 머리를 하고 있다.

세트Seth : 오시리스의 동생으로 그를 질투해 죽였으나 오시리스의 아들 호루스에게 패배했다. 보통 어둠의 힘을 상징하지만 괴물 아포피스를 죽인 영웅이기도 하다. 세티 1세의 이름은 이 신으로부터 유래했다. 힉소스족이 이집트에 침입했을 때, 최고신으로 대우받기도 했다.

하토르Hathor : 풍요의 여신. 두 뿔 사이의 태양의 원반을 가진 암소 형상을 하고 있다. 풍년, 결혼의 수호신으로 이시스와 동일시되기도 했다.

하토르 여신과 세티 1세

전차를 몰고 전장으로 떠나는 세티 1세

RAMSÈS 람세스

RAMSÈS

Le Fils de la Lumière(volume 1)

by Christian Jacq

Copyright ⓒ Editions Robert Laffont, Paris, 1995
Korean translation copyright ⓒ Munhakdongne Publishing Corp., 1997

This Korean translation is published by arrangement with
les Editions Robert Laffont
through Sibylle Books Literary Agency, Seoul.
All Rights Reserved.

이 도서의 국립중앙도서관 출판예정도서목록(CIP)은
서지정보유통지원시스템 홈페이지(http://seoji.nl.go.kr)와
국가자료공동목록시스템(http://www.nl.go.kr/kolisnet)에서 이용하실 수 있습니다.
(CIP제어번호: CIP2004000304)

RAMSÈS
람세스

빛의 아들

크리스티앙 자크 장편소설
김정란 옮김

문학동네

람세스를 만나는 한국의 독자들에게

위대한 람세스를 그린 내 소설이 다른 이들에게 읽히다니, 그런 영광과 기쁨을 누리게 해주신 모든 독자분들께 인사드립니다.

람세스는 정말 비범한 인물입니다. 그의 영웅적인 삶을 이야기하는 데 자그마치 다섯 권의 책이 필요할 정도니까요.

기원전 13세기의 이집트를 67년 동안 다스렸던 파라오.

혼란의 한 시기에 그렇게 오랫동안 왕으로 군림한다는 것.

3300년 전 서남아시아 지역의 상황은 오늘날과 비슷하다고 할 수 있습니다. 람세스가 왕위를 물려받자마자 전쟁에 직면해야 했던 것도 그래서죠. 시리아와 팔레스타인은 위험지역이었습니다. 히타이트의 존재는 특히 위험했습니다. 터키인들의 조상이라고 할 수 있는 그들은 그 지역에 쳐들어가 이집트를 정복하고 싶어했던 호전적인 민족이었습니다.

첫 권에서 들려드리는 이야기는, 파라오가 되기 위해 람세스가 어떤 교육을 받는지, 아버지인 파라오 세티1세와 삶의 여러 상황들이 떠안긴 일련의 정신적 육체적 시련을 거치면서 어떻게 그가 최고권자로서의 자질을 갖추어가는지 하는 것입니다. 람세스의 길은 결코 순탄치 않습니다. 그가 가는 곳마다 질투와 음모와 배신과 수많은 장애가 도사리고 있을 것입니다.

그러나 끊임없이 람세스를 이해하고 위로하는 한 놀라운 여인이 있으니 그녀는 '가장 아름다운 여자'라는 뜻의 이름을 가진 위대한 왕비 네페르타리입니다. 람세스는 자기들 부부를 하나로 묶는 사랑을 기념하기 위하여 아부 심벨에 두 개의 신전을 짓기도 했습니다.

람세스는 평생 동안 공정함과 정의의 길, 그리고 우주의 조화와 아름다움을 창조하는 삶의 법칙을 뜻하는 마아트의 길을 따르는 사람입니다. 람세스가 빚어놓은 작품들에 어찌 매료되고 열광하지 않을 수 있을까요? 수백만 년이 지나도 쓰러지지 않을 그의 영원의 신전, 카르낙의 거대한 대열주(大列柱)의 홀, 아부 심벨과 누비아의 신전들…… 그러나 람세스는 이집트 백성의 평화와 행복의 건축가이기도 합니다. 나는 람세스의 운명뿐만 아니라, 날마다 진심으로 기쁨을 노래할 수 있었던 고대 이집트 사람들의 일상을 생생하게 되살리고 싶었습니다.

나는 온 마음을 다해 나의 한국 독자들이, 수많은 전설로 이루어진 위대한 람세스의 운명에 대한 열정을 나와 함께 나누게 되기 바랍니다. 여러분에게 이집트 문자로 '생명과 풍요와 건강'이 함께하길 기원합니다. 또, 내 소설을 여러분의 언어로 소개하는 문학동네에도 감사드립니다.

－크리스티앙 자크

차례

팔레스타인의 지도

N

카스피 해

페르시아 만

흑 해

하투사

티그리스 강

니네베

바빌로니아

메디아 (미타니)

아시리아

유프라테스 강

바빌론

하티

하투리아 고원

아나톨리아 고원

아라비아 사막

알레포

오룬테스 강

키프로스 섬 시리아아

카데슈

시리아

다마스쿠스

에게 해

비블로스

트로이

시돈

메기도

티루스

벳-산

그리스

크레타

시켐

예루살렘

모압

가자

사해

크리에오

사인

싈로

에돔

지 중 해

헬리오폴리스

멤피스

피-람세스

카타나

시나이 반도

시나이 산

홍 해

콜로스

이집트

테베

리비아 사막

500 km

Carte-Édigraphie

이집트

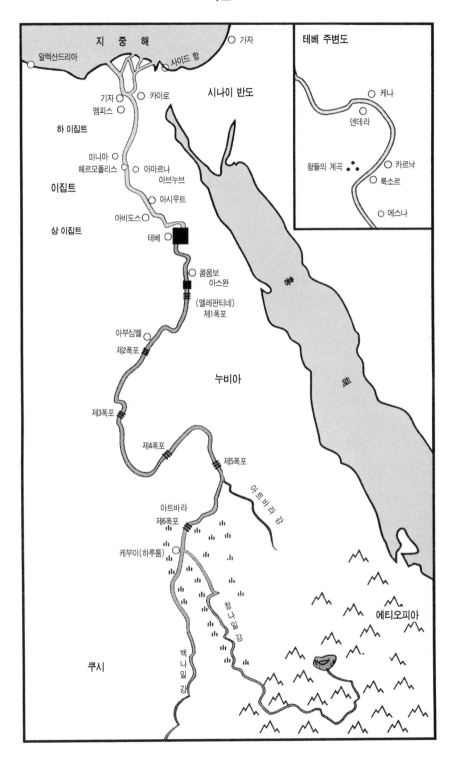

지중해

알렉산드리아

가자

사이드 항

시나이 반도

기자
멤피스

카이로

하 이집트

미니아
헤르모폴리스

아마르나
아브누브

이집트

아시우트

상 이집트

아비도스

테베

콤옴보
아스완
(엘레판티네)
제1폭포

아부심벨
제2폭포

누비아

제3폭포

제4폭포

제5폭포

아트바라 강

아트바라
제6폭포

케부이(하루툼)

청나일 강

백나일 강

나일

쿠시

에티오피아

테베 주변도

케나

덴데라

왕들의 계곡

카르낙

룩소르

에스나

서문

"람세스, 가장 위대한 정복자, 진리의 수호자인 태양왕."

신성문자(神聖文字, 고대 이집트인들은 그들의 아름다운 상형문자를 신이 내려준 선물로 생각했다―역주)를 해독함으로써 고대 이집트로 들어가는 문을 열어준 장 프랑수아 샹폴리옹은 그가 진심으로 숭배했던 파라오 람세스 2세를 이렇게 묘사하고 있다.

람세스 2세라는 이름은 세기를 가로질러 살아나 시간을 정복했다. 그의 존재는 그 자체로 서구문명의 정신적 어머니라고 할 수 있는 파라오 시대 이집트의 힘과 위대함의 화신이다. 기원전 1279년에서 1212년에 이르는 67년 동안 '빛의 아들' 람세스는 자신의 지혜를 만방에 빛냄으로써 조국 이집트를 영광의 절정에 올려놓았다.

이집트를 여행하는 사람들은 어디에서나 람세스를 만나게 된다. 그는 자기가 휘하에 거느렸던 거장들이 지었거나 복원한 무수한 건축물에 자신의 흔적을 남기고 있다. 신격화된 람세스와 위대한 왕비 네페르타리 부부가 영원히 다스리고 있는 두 개의 아부 심벨 신전, 기둥이 늘어서 있는 카르낙 신전의 거대한 홀, 룩소르 신전의 미소짓는 거대한 좌상(坐像)을 그 예로 들 수 있다.

람세스에 대해서 이야기하려면 한 권의 책으로는 부족하다. 여러 권의 책이 필요하다. 람세스는 입문의식을 마친 뒤, 아들 못지않게 인상적인 인물이었던 부왕 세티의 지도를 받아 파라오의 업무를 수행하게 되고, 수많은 시련을 이겨내어야 했다. 한 왕국의 최후의 날까지 이어지는 그의 이야기는 진실로 한 편의 서사시와도 같다. 나는 람세스의 이야기를 석 달마다 한 권씩의 리듬으로 나오게 될 다섯 권의 연작 장편소설로 집필할 구상을 했다. 그렇게 하면, 이야기가 진행되어감에 따라 다시 살아나게 될 세티와 그의 왕비 투야, 숭고한 네페르타리, 아름다운 이제트, 시인 호메로스, 땅꾼 세타우, 히브리인 모세와 같은 잊을 수 없는 인물들과 그 밖에도 수많은 인물들이 등장하는, 어떤 한 운명의 범상치 않은 규모와 차원을 환기시킬 수 있을 것이라는 생각이 들었기 때문이다.

람세스의 몸은 미라로 보존되어 있다. 미라는 키 큰 노인처럼 보이지만, 대단한 힘의 소유자라는 인상을 풍긴다. 카이로 박물관의 미라 보관실을 방문하는 많은 방문객들은, 그가 당장이라도 잠에서 깨어나 걸어나올 것 같은 느낌을 받는다. 소설이라는 마술엔 육체의 죽음이 람세스에게 거절했던 것을 부여해줄 힘이 있다. 허구의 틀을 빌리고 이집트 연구를 바탕에 둠으로써, 우리는 그의 고뇌와 희망을 나눌 수 있고, 그의 실패와 성공을 체험할 수 있으며, 그가 사랑했던 여인들을 만나고, 그가 겪어야 했던 배반을 가슴아파하며, 그를 저버리지 않은 영원한 우정에 기뻐하고, 악의 힘들과 싸우고, 빛을 추구할 수 있을 것이다. 모든 것의 근원인 빛, 그리고 모든 것이 그것을 향하여 돌아가는 그 빛…….

위대한 람세스…… 소설가에게는 얼마나 좋은 동반자인가. 야생 ·황소와 맞선 첫 싸움으로부터 서녘의 평온한 아카시아 그늘에 이르기까지, 우리는 신들이 사랑한 나라 이집트의 운명과 하나가 되어 펼쳐지는 한 위대한 파라오의 생애를 읽게 될 것이다. 물과 태양의 나라, 공정함과 정의와 아름다움이 의미를 가지고 있었던 나라, 그리고 그것들이 나날의 삶 속에서 구현되었던 나라. 저승과 이승이 끊임없이 만나고, 죽음으로부터 생명이 다시 태어나며, 보이지 않는 존재의 현현이 손에 만져지는, 생명과 불멸에 대한 사랑이 살아 있는 자들의 가슴을 넉넉하고 기쁘게 만들어주었던 곳.

람세스의 이집트는 진실로 그런 곳이었다.

1

야생 황소는 꼼짝도 하지 않고 젊은 람세스를 노려보았다.

엄청난 놈이었다. 기둥처럼 퉁퉁한 다리, 축 늘어진 긴 귀, 아래 턱에 달려 있는 뻣뻣한 수염, 갈색과 검은색이 뒤섞인 털. 짐승은 이제 막 람세스의 존재를 알아차린 참이었다.

람세스는 황소의 뿔에 매혹되었다. 머리에서 두툼하게 돋아나 뒤쪽으로 굽었다가 양끝이 다시 하늘을 향해 솟아오른 그 모습은 어떤 적의 살이라도 능히 찢어발길 수 있는, 끝이 날카로운 투구처럼 보였다.

그는 그렇게 거대한 황소는 한번도 본 적이 없었다.

야생 황소는 노련한 사냥꾼들도 덤벼들기를 망설이는 난폭한 놈이었다.

자기들끼리는 다치거나 병든 동족을 돕기도 하고 새끼들의 교육에 정성을 쏟는 온순한 종자이지만, 평온이 깨어지면 수소는 무서운 전사로 돌변한다. 약간의 자극에도 사나워져서 적을 향하여 무서운 속도로 돌격하는데, 상대가 쓰러지기 전에는 절대로 물러서는 법이 없다.

람세스는 한 걸음 뒤로 물러섰다.

황소의 꼬리가 허공을 내리쳤다. 놈은 감히 자기 영토, 키 큰 갈대들이 자라는 늪지대 주변의 초원으로 들어선 침입자를 사나운 눈으로 노려보았다. 멀지 않은 곳에서 암소 한 마리가 다른 암컷들에 둘러싸여 새끼를 낳고 있었다. 이 고요한 나일 강가는 그 덩치 큰 수놈이 군림하고 있는 영역이었으므로, 놈은 어떤 낯선 존재의 침입도 용납할 수 없었던 것이다.

람세스는 자기 몸이 갈대숲에 가려져 보이지 않기를 바랐다. 그러나 황소의 움푹 들어간 갈색 눈은 이제 그를 놓치지 않았다. 람세스는 놈을 피할 수 없다는 것을 깨달았다.

그는 창백해진 얼굴로 아버지를 향해 몸을 돌렸다.

'승리의 황소'라고 불리는 이집트의 파라오 세티는 열 발자국쯤 떨어진 곳에 서 있었다. 그의 모습을 보기만 해도 적들은 꼼짝 못하고 몸이 굳어버린다고 사람들은 말한다. 그는 무엇에나 능통한, 마치 매의 부리처럼 날카롭게 벼려진 지성의 소유자였다. 큰 키, 엄격한 얼굴, 높은 이마, 매부리코, 툭 튀어나온 광대뼈. 세티는 권위의 화신이었다. 존경과 두려움의 대상인 그는 이집트에 옛날의 영광을 되돌려준 군주였다.

벌써 어른만큼 덩치가 큰 열네 살의 람세스는 그날 처음으로 아버지를 만났다.

그때까지 왕궁에서 그를 키워온 것은 개인교사였다. 개인교사는 람세스가 훌륭한 남자로 자라나, 왕자다운 지엄한 역할을 수행하며 행복하게 지낼 수 있도록 가르치는 책임을 맡고 있었다. 그런데 오늘 세티는 신성문자 수업을 받고 있는 아들을 끌어내어 인가라곤 전혀 없는 벌판 한복판으로 데리고 나왔다. 아무런 설명도 없었다.

빽빽이 들어찬 갈대숲 때문에 더이상 나아갈 수 없게 되자 왕과 그의 아들은 두 마리 말이 끌던 마차를 버려두고 키 큰 풀숲 속으로 들어섰다. 갈대숲을 벗어났을 때 그들은 이미 황소의 영역에 들어와 있었다.

야생동물과 파라오, 과연 어느 쪽이 더 두려운 존재일까? 황소와 왕에게서는 모두 강력한 힘이 흘러나왔다. 젊은 람세스는 그 힘을 감당할 수 있을 것 같지 않았다. 이야기꾼들이 말하지 않던가? 황소는 다른 세계의 불로부터 힘을 얻는 천상의 동물이라고, 그리고 파라오는 신들의 형제라고 말이다. 큰 키와 당당한 체격, 그리고 겁먹지 않는 품성에도 불구하고, 젊은이는 자신이 팽팽한 두 힘 사이에 꼼짝 못하고 끼여 있다는 생각이 들었다.

— 절 알아봤어요.

그는 도움을 바라고 그렇게 말했다.

— 잘됐구나.

왕의 입에서 처음으로 내뱉어진 한 마디 말은 마치 사형선고처럼 들렸다.

— 저놈은 엄청나게 커요, 저놈은…….

— 그렇게 말하는 넌 누구냐?

아버지의 질문에 람세스는 움찔했다. 황소가 왼쪽 앞발로 땅바닥을 사납게 긁어댔다. 마치 싸움터를 피해 달아나듯 왜가리들이 땅을 박차고 날아올랐다.

— 넌 겁쟁이냐, 아니면 왕의 아들이냐?

세티의 시선이 마음을 꿰뚫어보는 듯했다.

─전 싸우고 싶습니다. 하지만…….

─진정한 사내는 자기 힘의 끝까지 가본다. 왕은 그보다 더 멀리까지 가지. 황소와 싸울 수 없다면, 넌 왕이 될 수 없을 것이고 우리가 다시 만나는 일도 없을 것이다. 어떤 시련에도 주저해선 안 된다. 도망가고 싶으면 가거라. 그렇지 않다면, 저놈을 잡아라.

람세스는 용기를 내어 아버지를 마주 보았다.

─절 죽음으로 내모시는군요.

─네 할아버지께서 내게 들려주신 말씀이 있다. '그 어떤 적도 널 정복할 수 없도록, 영원한 젊음과 단단한 가슴, 그리고 날카로운 뿔을 가진 힘센 황소가 되어라.' 람세스, 네 어머니의 뱃속에서 나왔을 때 넌 진짜 황소 같았다. 이제 백성의 행복을 위해 빛을 발하는 태양이 되어야 한다. 지금까지 넌 별처럼 내 손바닥 안에 몸을 숨기고 있었다. 오늘 난 손바닥을 편다. 빛나거라. 그러지 않으려거든 사라지거라.

황소가 움머 하고 길게 울었다. 침입자들의 대화가 그의 신경을 건드렸던 것이다. 그러자 벌판 일대의 소리란 소리는 다 사라져버렸다. 기어다니는 쥐에서부터 날아다니는 새에 이르기까지 모든 동물들이 싸움이 임박했음을 알아차린 것이다.

람세스는 황소와 마주 섰다.

맨손 격투경기에서 그는 이미 개인교사가 가르쳐준 기술로 자기보다 몸무게도 더 나가고 힘도 더 센 적수들도 눕혀보았다. 하지만 저런 덩치를 가진 괴물에게 대체 어떤 기술을 쓸 수 있단 말인가?

세티는 매듭이 지어진 긴 밧줄을 아들에게 건네주었다.

─놈의 힘은 대가리에 있다. 뿔을 잡아라. 그러면 네가 이길 것이다.

용기가 생겼다. 그는 왕궁 호수에서 열렸던 수상시합에 나가기 위해 밧줄 다루는 방법을 여러 차례 연습했었다. 세티가 아들에게 주의를 주었다.

─밧줄을 휘두르면, 그 소리를 듣자마자 곧 저놈이 너에게 덤벼들 것이다. 그 기회를 놓치지 말아라. 두번째 기회는 없을 테니까 말이다.

람세스는 머릿속으로 자기가 해야 할 행동을 되풀이해 그려보면서 스스로를 격려했다. 아직 어린 나이였지만, 그는 170센티가 넘는 키에 많은 운동으로 다져진 단단한 근육을 자랑하고 있었다. 길고 멋진 금발머리는 귀 높이에서 리본으로 묶여 있었다. 성년이 되기 전의 이집트 청년들에게 의무적인 그 머리 모양이 이 건장한 젊은이에겐 아주 거추장스럽게 느껴졌다. 궁정에 자리를 하나 차지하기만 하면 다른 머리 모양을 하는 것이 허용될 것이다.

그러나 운명이 그에게 그럴 기회를 줄는지. 물론 어떨 때는 우쭐하는 기분으로, 파라오가 피끓는 젊은이에게 어울리는 시련을 내려주었으면 좋겠다고 바란 적도 있었다. 파라오는 틀림없이 아주 거친 방법으로 자기의 소원을 들어줄 것이라고 믿었었다.

사람 냄새에 잔뜩 흥분한 황소는 이제 더이상 기다리지 않을 것 같았다. 람세스는 밧줄을 움켜쥐었다. 짐승의 뿔을 잡는다 해도, 놈을 꼼짝 못하게 하려면 엄청난 힘이 필요할 것이다. 아직 그에게는 그만한 힘이 없으므로, 가슴이 터져버릴 각오를 하고 갈 데까지 가보는 것이다.

그렇다. 파라오를 실망시킬 수는 없다.

람세스는 밧줄을 휘둘렀다. 황소가 당장 뿔을 앞세우고 달려들었다.

짐승의 속도에 놀란 젊은이는 두어 걸음 옆으로 물러서면서 오른

팔의 긴장을 풀고 올가미를 던졌다. 밧줄은 뱀처럼 꿈틀거리며 날아가 괴물의 등을 후려쳤다. 빗나간 것이다. 밧줄을 던지면서 람세스는 중심을 잃고 질퍽한 땅바닥에 미끄러져 넘어졌다. 순간, 황소의 뿔이 그의 가슴을 스치고 지나갔다. 그는 눈을 감지 않았다. 자신의 죽음을 직시하고 싶었다.

화가 난 황소는 갈대밭 있는 데까지 달려갔다가 휙 돌아섰다. 다시 몸을 일으킨 람세스는 황소의 눈을 뚫어져라 노려보았다. 그는 마지막 순간까지 황소와 맞서고 싶었다. 왕의 아들은 당당하게 죽을 줄 안다는 것을 파라오에게 증명해 보이고 싶었다.

람세스를 향해 무섭게 내닫던 짐승이 갑자기 멈추어 섰다. 파라오가 단단히 거머쥐고 있던 밧줄로 놈의 뿔을 잡아챈 것이다. 미친 듯이 화가 난 놈은 목이 부러져라 머리를 흔들어대며 필사적으로 버둥거렸다. 세티는 엄청난 힘으로 짐승을 자기 쪽으로 돌려 세우며 명령했다.

―놈의 꼬리를 잡아라!

람세스가 달려가서 끝에만 한 뭉텅이 털이 달린 놈의 꼬리를 붙잡았다. 황소의 힘을 지닌 군주라는 것을 나타내기 위해서 파라오가 허리띠에다 달고 다니는 그런 꼬리였다.

싸움에 진 황소는 체념한 듯 거친 숨만 몰아쉴 뿐이었다. 왕은 람세스에게 자기 뒤에 와서 서라는 손짓을 한 뒤에, 황소를 놓아주었다.

―저놈은 길들일 수 없는 종자다. 저놈 같은 수컷은 물불을 가리지 않고 덤벼들지. 저 종자는 나무 뒤에 숨어 있다가 상대방을 공격할 줄도 안다.

짐승은 머리를 돌려 잠시 자기의 적을 훑어보았다. 마치 자기가 파라오의 상대가 안 된다는 것을 깨닫기라도 한 듯 놈은 천천히 걸음을 옮겨 자기 영토 쪽으로 사라져갔다.

—아버님은 저놈보다 훨씬 세군요!

—이제 저놈과 나는 적수가 아니다. 협정을 맺었으니까 말이다.

세티는 가죽으로 된 칼집에서 단도를 하나 꺼내더니, 빠르고 정확한 동작으로 람세스의 머릿단을 잘라버렸다.

—아버님…….

—네 어린 시절은 이제 죽었다. 내일부턴 새로운 삶이 시작되는 거다, 람세스.

—저는 황소를 이기지 못했습니다.

—너는 공포와 싸워 이기지 않았느냐. 공포는 지혜를 찾아가는 길에서 만나는 첫번째 적이다.

—다른 적들도 많이 있습니까?

—사막의 모래알보다도 많을 것이다.

한 가지 질문이 소년의 입술을 태우고 있었다.

—그렇다면…… 아버님께서 저를 후계자로 선택하셨다고 믿어도 되는 것입니까?

—용기만으로 백성을 다스릴 수 있다고 생각하느냐?

2

　　람세스의 개인교사인 사리는 제자를 찾아서 궁전 이곳저곳을 돌
아다니고 있었다. 람세스가 수학수업을 빼먹고 말들을 돌본다든지,
친구들과 함께 수영시합을 벌인다든지 하는 일은 드문 일이 아니었
다. 산만하고 고집스러운 소년이었다.

　　쾌활하고 뚱뚱하고, 운동을 싫어하는 사리는 제자가 못마땅해서
계속 투덜댔다. 그는 제자가 조금만 엉뚱한 짓을 해도 내심 불안했
다. 그는 자기와 나이 차이가 많이 나는 람세스의 누나와 결혼한
덕에 왕자의 개인교사라는 선망의 자리를 차지할 수 있었다.

　　선망의 자리라고…… 둘째왕자의 성격을 몰라서 하는 말이지.
어떻게 해볼 수 없는 소년이었다. 그러나 사리는, 이따금 엉뚱한 짓
을 하는 데다가 지나칠 정도로 자신만만한 이 소년이 어떻게든 학

문에 관심을 가지게 해보려고 정성을 다했다. 사리는 타고난 참을성을 가지고 있었다. 그렇지 않았더라면, 그는 자기에게 맡겨진 일을 포기했을지도 모른다. 전통에 따라, 파라오는 자녀들의 교육을 맡지 않았다. 파라오는 소년이 어른이 되어 그를 만나는 날이 오기를 기다린다. 그날이 오면 왕은 소년이 후계자가 될 자질이 있는가를 시험해본다. 그러나 이번 경우에는, 왕은 이미 오래 전에 마음을 정한 것처럼 보였다. 사람들은 람세스의 형 셰나르가 왕위에 오를 것이라고 생각했다. 그래도 세티는 툭하면 빠져나가는 둘째아들의 성정을 다듬어줄 필요가 있다고 생각했는지 모른다. 잘되면 훌륭한 장군이나, 안 되면 쓸만한 궁신(宮臣)이라도 되게 말이다.

한참 왕성한 삼십대였으므로, 사리는 호숫가에 있는 자기 소유의 저택에서 스무 살짜리 나이 어린 아내와 지내기를 더 원했을 것이다. 그러나 언제 어디서 무슨 사고를 칠지 종잡을 수 없는 람세스 때문에 한가할 틈이 없었다. 람세스는 삶에 대한 만족할 줄 모르는 갈증과 한없는 상상력을 소유하고 있었다. 사리에 앞서 이미 몇 명의 개인교사들이 나가떨어졌다. 사리 역시 툭하면 왕자와 부딪치기는 했지만, 그런 대로 소기의 성과를 거둘 수 있었다. 어쨌든 그는 서기관이 알고 있고 실제로 응용해볼 수 있는 모든 지식을 람세스의 머릿속에 넣어주는 데 성공했다. 입밖에 내어 얘기한 적은 없지만, 때로 놀라운 직관력을 발휘하는 람세스의 명민한 지성을 다듬어간다는 것은 정말 기쁜 일이었다.

그런데 얼마 전부터 람세스가 달라졌다. 잠시도 가만히 있지 못하던 그가 늙은 현자 프타 호텝의 『잠언집』을 붙잡고 늘어졌다. 아침 햇살 아래 춤추는 제비들을 멍하니 바라보며 생각에 잠긴 그의 모습을 먼발치에서 발견하고 놀란 적도 있었다. 그는 성숙해져가고 있는 것이다. 많은 사람들은 성숙해지는 데 실패한다. 사리는 저 젊음의 불이, 좀더 다스려지되, 여전히 활기 넘치는 불로 변모한다면, 람세스는 어떤 사람이 될까 생각해보았다.

그렇게 엄청난 재능 앞에서 어떻게 불안한 마음이 들지 않을 수 있겠는가? 사회의 다른 계층에서도 그렇듯이 왕실에서도 지위가 확고하게 보장되어 있는 평범한 사람들은, 자신을 평범하다거나 하찮게 여겨지게 만드는 뛰어난 사람들을 싫어하고 심지어는 증오하기까지 하지 않던가. 지금까지는 세티의 왕위계승에 아무런 혼란도 야기시킨 바 없으므로, 람세스는 권력가들의 흉계를 걱정할 필요가 없었는지 모른다. 그러나 그의 앞날은 생각처럼 평탄하지 않을지도 모른다. 벌써부터 람세스의 형을 필두로, 람세스를 국가의 중요한 업무로부터 떼어놓아야 한다고 생각하는 사람들이 있었다. 그렇게 되면 그는 어떻게 될까? 한적한 시골로 쫓겨나서, 사계절의 리듬을 따라 살아가는 농부의 생활에 익숙해지게 될까?

사리는 이런 생각을 아내에게도 털어놓지 못했다. 수다를 떨고 돌아다닐까봐 걱정이 되었던 것이다. 그렇다고 세티에게 털어놓을 수도 없는 일이었다. 일에 파묻혀 사는 파라오는 점점 더 부강해지는 나라를 다스리느라 너무 바빠서, 일개 개인교사의 걱정거리에 관심을 기울일 여유가 없었다. 아버지와 아들이 전혀 접촉이 없다는 것은 좋은 일이었다. 세티처럼 강력한 인물 앞에 서면 람세스는 반항하든지, 아니면 파멸하든지 두 가지 중 하나를 선택할 수밖에 없을 테니까 말이다. 분명히 전통은 좋은 것이다. 아버지들은 자녀들을 기르는 데 적합한 사람들이 아니다.

람세스의 어머니인 왕비 투야의 태도는 전혀 달랐다. 사리는 왕비가 둘째아들에게 품고 있는 특별한 애정을 알고 있는 몇 안 되는 사람들 중의 하나였다. 교양 있고 세련된 그녀는 신하들의 장점과 단점을 알고 있었다. 왕비로서 왕실을 다스리면서 그녀는 자신의 지위가 온전한 공경의 대상이 되도록 주의를 기울여, 백성들뿐만 아니라 귀족들로부터도 존경을 받았다. 그러나 사리는 그런 투야를 두려워했다. 별스럽지도 않은 걱정거리를 가지고 찾아가 성가시게 굴면 신망을 잃을 것이다. 왕비는 수다쟁이들을 마땅치 않게 여겼다. 그녀는 무고(誣告)를 거짓말만큼이나 나쁘게 생각했다. 사리는 흉조를 예언하는 점쟁이로 여겨지느니 차라리 입을 다무는 것이 낫다는 판단을 내렸다.

싫은 마음을 꾹 참고, 사리는 마구간으로 향했다. 그는 말들을 무서워했다. 말이 뒷발질하는 것도 무서웠고, 마부들과 만나는 것도 싫었다. 쓸데없이 무공을 세운답시고 정신이 팔려 있는 기병(騎兵)들과 마주치는 것은 더더욱 질색이었다. 그가 지나가는 걸 보고 어쩌구저쩌구 던져대는 농담을 들은체만체하며 제자를 찾아보았지만 허사였다. 열흘 전부터 람세스를 본 사람이 아무도 없어서 그들도 이상하게 생각하고 있던 참이라는 말들만 해댔다.

점심도 거른 채, 사리는 몇 시간을 람세스를 찾아다녔다. 밤이 이슥할 무렵에, 그는 왕자 찾기를 포기하고 먼지를 뒤집어쓴 지친 모습으로 궁전으로 되돌아왔다. 이제 곧 왕자가 사라졌다는 사실을 알리고, 자기가 이 비극적인 일과 아무 상관도 없다는 것을 증명해야만 하리라. 어떻게 아내의 얼굴을 대한단 말인가?

기분이 울적해서, 공부방에서 나오는 동료 교사들에게 인사하는 것조차 잊어버렸다. 내일 아침에, 람세스와 친하게 지내는 친구들에게 물어보리라. 그러나 큰 희망을 걸 수는 없었다. 어떤 단서도 찾아낼 수 없으면, 이 끔찍한 현실을 받아들이는 수밖에 없으리라.

이렇게 악령에게 고통을 당할 만한 어떤 잘못을 그가 신들 앞에서 저질렀던 것일까? 이 일로 그의 경력에 금이 가게 된다면, 그건 정말 부당한 일이다. 그는 궁전 밖으로 내쫓길 것이고, 아내는 그를 버릴 것이며, 그는 세탁부의 처지로 전락할 것이다. 자칫하면 그렇게 몰락해버릴지도 모른다는 생각으로 괴로워하면서, 사리는 자기가 늘 앉는 서기관 자리에 앉았다.

보통 때라면, 맞은편에 람세스가 앉아 있었으리라. 어떨 때는 주의깊은 태도로, 또 어떨 때는 꿈꾸는 듯한 모습으로, 그러나 언제라도 상상을 불허하는 대답을 할 수 있는 모습으로. 여덟 살 때 왕자는 분명한 글씨체로 신성문자를 쓸 줄 알았고, 피라미드 사면의 각도를 계산할 줄도 알았다. 그는 무언가를 실제로 해보는 것을 좋아했다.

사리는 자기가 사회적으로 승승장구하던 때의 가장 좋은 기억을 더듬어보기 위해서 눈을 감았다.

─사리, 어디 아픈가?

이 목소리…… 어린 나이에도 벌써 무겁고 위엄 있는 목소리!

─왕자님, 왕자님이십니까?

─자고 있었으면 그냥 자게. 아니면, 날 좀 보든가.

사리는 눈을 떴다.

분명히 람세스였다. 그 역시 먼지투성이였으나 눈은 빛났다.

─우리 둘 다 씻어야겠군. 어딜 헤매고 다닌 거야?

─마구간처럼 비위생적인 곳들이었습니다.

─날 찾아다녔던 게로구먼.

사리는 왕자의 모습이 달라졌다는 것을 알아차렸다. 깜짝 놀란 그가 자리에서 일어나 람세스 주위를 한 바퀴 돌았다.

─머리를 대체 어떻게 하신 겁니까?

─아버님께서 몸소 잘라주셨어.

─맙소사! 머리를 자르려면 의식을 치러야 하는데……

─내 말을 믿지 않는 건가?

—용서하십시오.

—사리, 앉아. 내 말을 들어.

이제 더이상 소년 같지 않은 왕자의 목소리에 놀라, 사리는 시키는 대로 했다.

—아버님이 야생 황소와 겨루는 시련을 내게 내리셨네.

—저런…… 말도 안 됩니다.

—난 황소를 때려눕히진 못했지. 하지만 난 그 괴물 같은 놈과 대결했고, 그리고 내 생각엔…… 아버님이 날 미래의 섭정공으로 택하신 것 같네.

—아닙니다, 왕자님. 형님이 섭정공에 봉해지실 겁니다.

—형님도 황소 시험을 받으셨나?

—세티께선 그저 왕자님께서 위험을 대면하시기를 바라셨을 뿐입니다. 왕자님께선 모험을 워낙 좋아하시지 않습니까.

—그렇게 사소한 일로 시간을 허비하셨을까. 날 당신 가까이 부르신 거야. 확실해!

—정신차리십시오. 엉뚱한 생각 하시면 안 됩니다.

—엉뚱한 생각이라구?

—영향력 있는 인사들 대부분은 왕자님을 못마땅하게 여기고 있습니다.

—사람들이 나의 어떤 점을 비난하는데?

—왕자님의 지위 자체가 불편한 거지요.

—그냥 평범한 왕자로 눌러앉으라는 건가?

—이성이 그렇게 명령하는 겁니다.

—이성은 황소처럼 힘이 세질 않아.

—권력투쟁은 생각하시는 것보다 훨씬 더 잔인합니다. 용감하다는 것만 가지고는 그 싸움에서 승리자가 될 수 없지요.

―그럼 자네가 날 도와줘.

―지금 뭐라고 하셨습니까?

―자넨 궁중의 법도를 잘 알고 있잖나. 나에게 누가 내 친구고 누가 내 적인지 가르쳐주게. 내게 충고도 해주고.

―제게 지나친 걸 요구하지 마십시오…… 전 왕자님의 개인교사에 불과합니다.

―이제 어린 시절의 내가 죽었다는 걸 잊어버렸나? 내 개인 참모가 되어주든지, 아니면 우린 헤어지는 거야.

―왕자님께선 제게 생각해보지도 않았던 위험을 무릅쓰라고 강요하고 계십니다. 그리고 왕자님께선 왕위를 위해 선택된 분이 아니에요. 형님의 왕위계승은 이미 오래 전부터 내정되어 있다구요. 형님을 자극하지 마세요. 왕자님을 없앨 겁니다.

3

드디어 위대한 저녁이 왔다.

새로운 달이 다시 떠오르고 있었다. 밤은 기대했던 만큼 어두웠다. 람세스는 각자 개인교사들로부터 교육받고 있는 모든 공부방 친구들에게서 철석 같은 약속을 받아두었었다. 위병들의 감시를 피해 빠져나와 도시 중심지에서 만나 중요한 이야기를 나눌 수 있을까? 그들의 가슴을 불태우고 있는, 그러나 아무도 감히 먼저 꺼낼 엄두를 내지 못하고 있는 이야기들을?

람세스는 창문으로 빠져나와 이층에서 뛰어내렸다. 꽃이 피어 있는 정원의 부드러운 땅이 충격을 완화시켰다. 그는 건물을 따라 걸었다. 위병들은 무서울 것이 없었다. 위병들은 잠을 자고 있거나 도박을 하고 있었다. 보초 근무를 제대로 수행하고 있는 위병과 마주

치게 되면, 그놈을 붙잡고 객담을 늘어놓거나, 아니면 때려눕히면 된다.

흥분하는 바람에, 그는 게으름을 피우는 법이 없는 성실한 감시자의 존재를 잊어버렸다. 그것은 황금빛이 도는 노란색 털을 가진 중간 정도 크기의 개였는데, 땅딸막하고 탄탄한 몸집에다 늘어진 귀와 소라처럼 빙빙 말린 꼬리를 가지고 있었다. 길 한가운데에 떡 버티고 선 그놈은 짖지는 않았지만, 람세스가 지나가는 길을 막아섰다.

본능적으로 람세스는 개의 눈길을 찾았다. 눈길이 마주치자, 개는 엉덩이를 바닥에 깔고 앉아서 꼬리를 살랑살랑 흔들었다. 그는 다가가 개를 쓰다듬었다. 그들 사이에 당장 친밀한 감정이 생겨났다. 붉은색으로 염색된 개의 가죽 목걸이에는 '감시자'라는 이름이 쓰여 있었다.

―날 데려다주지 않겠니?

감시자는 까만 코가 박혀 있는 짤막한 주둥이를 흔들어서 찬성의 뜻을 표시했다. 놈은 이집트의 미래의 실력자들이 교육받고 있는 건물의 출구 쪽으로 새로운 주인을 안내했다.

늦은 시간인데도 어중이떠중이들이 이집트의 가장 오래 된 도시인 멤피스의 거리를 배회하고 있었다. 남쪽의 테베가 상당한 경제적 부를 쌓아올렸지만, 멤피스는 여전히 옛날의 특권을 유지하고 있었다. 대규모 대학들이 멤피스에 본부를 두고 있었으며, 왕실 자녀들을 비롯한, 국가의 가장 중추적인 직위에 접근할 만한 사람들의 자녀들은 그곳에서 엄격하고 집중적인 교육을 받았다. '보살펴주고 먹여주는 닫힌 장소'인 캅(고대 이집트의 고등교육기관―역주)에 받아들여진다는 것은 여러 가지 의미에서 부러운 일이었지만,

람세스처럼 아주 어린 시절부터 그곳에서 살아온 아이들에게는 그저 거기에서 벗어나고 싶다는 마음뿐이었다.

소매가 짧은 평범한 상의를 입고 있어서, 람세스는 길을 지나는 여느 행인들과 달라 보이지 않았다. 람세스는 의술학교가 있는 구역에 자리잡고 있는 유명한 맥주집에 도착했다. 그곳은 미래의 치료사들이 공부하느라고 힘든 며칠을 보낸 뒤에 머리를 식히러 오는 곳이었다. 감시자가 그를 떠나려 하지 않았으므로 왕자는 하는 수 없이 개를 데리고 건물 안으로 들어갔다. 그곳은 캅의 애송이들에게는 금지된 장소였다.

그러나 람세스는 이제 더이상 어린아이가 아니다. 화려한 감옥에서 빠져나오는 데 성공한 몸이 아닌가.

벽에 회칠을 해놓은 맥주집의 커다란 홀에서는 돗자리와 등받이 없는 의자들이, 독한 맥주나 포도주 또는 야자주를 좋아하는 쾌활한 손님들을 맞이하고 있었다. 술집주인은 델타나 사막의 여러 오아시스 또는 그리스에서 온 암포르(손잡이가 둘 달린 항아리 —역주)를 기분좋게 보여주며 자기가 취급하는 상품의 질을 자랑했다. 람세스는 조용한 자리를 골라 앉아서 입구 쪽을 살펴보았다.

—뭘 드릴까요.

시중드는 남자가 물었다.

—글쎄……

—처음 오시는 분은 돈을 먼저 내셔야 하는데요.

왕자는 홍옥수 팔찌를 그에게 내밀었다.

—이거면 되겠소?

시중드는 남자가 물건을 살펴보았다.

—됐습니다. 포도주요, 맥주요?

—이 집에서 제일 좋은 맥주로 가져다주시오.

—몇 잔이나 드릴까요?

—아직 모르겠는데.

—가서 맥주 항아리를 가져오죠. 마음을 정하시거든 잔에다 부어 드리리다.

람세스는 자기가 맥주값을 모른다는 사실을 깨달았다. 이 작자가 바가지를 씌우는 건지도 모른다. 이렇게 세상 물정을 몰라서야, 하는 생각이 들었다. 외부로부터 지나치게 보호받고 있는 그의 큰 학교를 빠져나올 때가 된 것이다.

개를 발치에 앉혀둔 채, 왕자는 맥주집 입구를 뚫어져라 바라보았다. 공부방 친구들 중 누가 모험을 감행할 것인가? 그는 속으로 가늠해보았다. 가장 약하고 출세지향적인 놈들은 제쳐버리고, 세 명의 이름을 추려냈다. 그들이라면 위험 앞에서 뒷걸음질치지 않을 것이다.

세타우가 맥주집 문턱을 넘는 걸 보며, 그는 회심의 미소를 지었다. 땅딸막하고, 남자다운 울퉁불퉁한 근육에다, 윤기 없는 피부와 검은 머리카락, 그리고 네모난 얼굴을 가진 친구였다. 세타우는 뱃사람과 누비아 여자 사이에서 태어난 아들이었다. 화학과 식물 과목에서 드러난 빼어난 재능과 놀라운 인내심이 그를 가르치던 교사의 관심을 끌었다. 캅의 교수들은 그에게 고등교육의 문을 열어준 것을 후회하지 않았다.

세타우는 별말 없이 람세스 곁에 앉았다. 말을 나누고 말고 할 틈도 없었다. 작고 마르고 호리호리한 아메니가 들어선 것이다. 안색은 창백했고, 어린 나이에도 벌써 머리카락이 듬성듬성했다. 언뜻 보기에도 운동을 한다든지, 무거운 짐을 나른다든지 하는 일은 못하게 생긴 위인이었다. 그러나 그는 신성문자를 쓰는 기술에 있어서만은 다른 친구들을 훨씬 앞질렀다. 잠을 자는 서너 시간을 제외하고는 지칠 줄 모르고 공부하는 그는, 위대한 작가들에 대해서 문학선생보다도 더 잘 알고 있었다. 석고 미장이의 아들인 그는 집 안의 영웅이었다. 그가 자랑스럽게 말했다.

─내 저녁밥을 위병 한 놈에게 주고 빠져나오는 데 성공했어.

아메니 역시 람세스가 기다리던 소년들 중의 한 명이었다. 세타우는 필요하다면 완력을 쓸 것이고, 아메니는 꾀를 쓸 것이다.

세번째로 도착한 소년은 왕자를 놀라게 만들었다. 부잣집 아들 아샤가 이런 위험을 무릅쓰리라고는 생각해보지 못했었다. 상당한 재력가의 외아들인 그가 캅에서 공부하는 것은 당연한 일이고, 고위관리로 입신하기 위해 반드시 거쳐야 하는 과정이었다. 그는 섬세한 팔다리와 긴 얼굴에 우아한 멋을 지니고 있었고, 아주 공들여 다듬은 작은 콧수염을 기르고 있었다. 그는 다른 사람들을 깔보는 듯한 시선으로 바라보곤 했는데, 그의 매끄러운 목소리와 영리하게 빛나는 두 눈에는 상대방을 매혹하는 힘이 있었다.

그는 세 명의 친구들 맞은편에 앉았다.

─놀랐나, 람세스?

─그렇다는 걸 인정해야겠군.

─자네들과 어울려 하룻밤 실없는 짓을 하는 것도 괜찮겠다 싶었지. 산다는 게 나에겐 단조롭게 느껴지니까.

─벌을 받을지도 모르는데.

─그렇다면 이 새로운 요리에 양념을 치는 셈이겠지. 다 모인 건가?

─아니, 아직.

─자네의 제일 친한 친구가 자넬 배반한 걸까?

─올 걸세.

빈정거리는 듯한 표정을 지으며 아샤는 시중드는 남자에게 맥주를 따르게 했다…… 람세스는 맥주에 손을 대지 않았다. 불안과 실망이 목을 조여왔다. 크게 잘못 생각한 것일까?

—저기 온다!

아메니가 소리를 질렀다.

큰 키, 넓은 어깨, 숱 많은 머릿결, 턱을 장식한 가지런한 턱수염. 모세는 열다섯 살이었지만, 훨씬 더 나이가 들어 보였다. 몇 세대 전에 이집트에 정착한 히브리인 노동자의 아들인 그는, 머리가 아주 좋아서 매우 어린 나이에 캅에 받아들여졌다. 모세는 람세스와 맞먹는 육체적인 힘을 가지고 있어서, 두 소년은 만난 이후 사사건건 맞부딪혔었다. 그러나 서로 싸우지 말고, 선생들을 상대로 공동전선을 펴자고 평화협정을 맺은 후로는 두 소년은 좋은 친구가 되었다.

—늙은 위병 하나가 못 나가게 막아서더군. 그를 때려눕히고 싶지 않아서, 내가 왜 나가야 하는지 그 이유를 그에게 설득해야 했네.

그들은 건배를 하고 술잔을 비웠다. 술은 비할 수 없이 감미로운 금단의 맛을 가지고 있었다. 람세스가 말했다.

—우리, 단 하나의 중요한 질문에 대한 답을 찾아보세.

그가 친구들을 둘러보며 대답을 강요하듯이 물었다.

—진정한 힘을 어떻게 얻을 수 있을까?

아메니가 망설임 없이 대답했다.

—신성문자들을 실천에 옮김으로써 얻을 수 있지. 우리의 언어는 신들의 언어일세. 현자들은 그들의 가르침을 전하기 위해서 언어를 사용했어. 이렇게 기록되어 있다네. '네 조상들을 모방하여라. 그들이 그대에 앞서 삶을 알았기 때문이다. 힘은 앎에서 오거니와, 문자만이 힘을 영원하게 하노라.'

─먹물의 개똥철학이로군.

세타우가 퇴박을 주었다.

아메니의 얼굴이 시뻘게졌다.

─자넨 서기관들이 진정한 힘의 소유자라는 사실을 부정할 텐가? 절제, 예절, 처세술, 엄정한 태도, 말에 대한 책임, 불성실과 욕망의 거부, 자기 통제, 침묵을 지킴으로써 문자가 더욱 빛을 발하도록 하는 기술, 이런 것들이 내가 추구하고자 하는 자질이라네.

─그걸로는 불충분하지.

아샤가 자르듯이 끼어들어 자기의 생각을 말했다.

─최고의 힘은 외교의 힘이지. 나는 곧 외국으로 떠나려 하네. 우리의 동맹국과 적국의 언어를 배우고, 국제교역이 어떻게 이루어지고 있는지, 다른 나라 지도자들의 진짜 의도가 뭔지 알기 위해서지. 그렇게 해서 결국 그들을 쥐었다 놓았다 할 수 있게 되는 거란 말야.

─자, 이것이 자연과의 모든 접촉을 잃어버린 도시인의 야심이라는 거군.

세타우가 한탄스럽다는 듯이 말했다.

─도시는 우리를 노리고 있는 진짜 위험이야!

─자넨 힘을 정복하는 방식에 대해선 이야기하지 않는군.

아샤가 날카롭게 지적했다.

─한 가지 길밖에는 없지. 그 길에선 삶과 죽음이, 아름다움과 징그러움이, 약과 독이 끊임없이 만나지. 즉 뱀의 길일세.

─농담하나?

─뱀들은 어디에 있나? 사막에, 벌판에, 늪에, 나일 강가나 운하 가장자리에, 타작 마당에, 목동의 피난처에, 방목장에, 심지어는 집 안의 어둡고 서늘한 구석에도 있네! 뱀들은 어디에나 있지. 그들은

창조의 비밀을 알고 있네. 난 그들에게서 비밀을 끌어내는 데 내 생애를 걸겠네.

아무도 세타우를 쉽사리 비판하지 못했다. 깊이 생각한 끝에 내린 결정으로 보였기 때문이다.

—그럼 모세, 자넨?

—난 자네들이 부럽네, 친구들. 난 대답할 수 없거든. 이상한 생각들이 나를 뒤흔들고, 정신은 어딘가를 헤매고 다니지만, 내 운명은 여전히 희미하네. 대하렘*의 중요한 직위가 나에게 주어질 테고, 나도 받아들일 준비가 되어 있지만, 어쩐지 어디에선가 내 피를 뜨겁게 할 새로운 모험이 날 기다리고 있는 것 같네.

이제 네 명의 젊은이의 시선이 람세스를 향했다. 그가 천천히 입을 열었다.

—진정한 힘은 단 하나밖에는 없어. 그건 파라오의 힘이지.

---

* 하렘 : 고대 이집트의 하렘은 아름다운 여인들이 갇혀 지내는 화려한 감옥이 아니었다. 우리가 앞으로 그려 보이겠거니와, 그것은 거대한 규모의 경제기관이었다.

4

　―자네 말은 별로 놀라울 것도 없군.

아샤가 실망스럽다는 듯이 말했다.

　―아버님께서 내게 야생 황소와 대결하는 시련을 겪게 하셨네.

람세스가 마음속에 숨기고 있던 말을 털어놓았다.

　―내가 파라오가 될 수 있도록 준비시키시려는 게 아닐까?

　그 말에, 모두들 무엇에 얻어맞은 듯 꿀먹은 벙어리가 되어버렸다. 아샤가 맨 먼저 냉정을 되찾고 말했다.

　―세티께선 자네 형님을 왕위 계승자로 내정해두신 것 아닌가?

　―그렇다면 왜 형님을 황소와 겨루게 하지 않으셨겠어?

　그의 말에 아메니의 얼굴이 환해졌다.

　―멋진 일이야, 람세스! 내가 미래의 파라오의 친구가 되다니! 기

적 같은 일이군.

모세가 차분한 목소리로 말했다.

—흥분하지 말게. 세티께선 아직 마음을 결정하지 않으신 건지도 모르지.

람세스가 단도직입적으로 물었다.

—자네들은 내 편에 설 건가, 아니면 반대편에 설 건가?

아메니가 대답했다.

—자네와 함께할 거야, 죽는 날까지!

모세가 긍정의 표시로 고개를 끄덕였다.

아샤는 신중했다.

—이 질문은 잘 생각해볼 필요가 있네. 자네가 왕으로 올라설 조짐들이 보이면, 나는 차츰 자네 형님에 대한 신뢰를 거두겠네. 반대의 경우라면, 패배자의 편을 들 수는 없지.

아메니가 주먹을 불끈 쥐었다.

—자넨 정말…….

—여기 있는 네 사람 가운데에서, 내가 가장 솔직하게 얘기하고 있는 거 아냐?

미래의 외교관이 아메니의 말을 자르며 말했다. 그러자 세타우가 반박하고 나섰다.

—그렇지 않을걸. 내 입장이 가장 현실성이 있는 것 같은데.

—이 이야길 떠들고 다닐 생각인가?

—난 번지르르한 말 따위엔 흥미없네. 행동만이 중요해. 미래의 왕은 뱀과 대면할 수 있어야 해. 다음달 보름이 되면 뱀들이 모두 굴에서 기어나올 거야. 그때 람세스를 데리고 가서 그놈들을 만나게 하겠네. 그러면 람세스가 자기의 야심에 걸맞는 인물인지 아닌지 알게 될 걸세.

―제발 거절하게!

아메니가 하얗게 질린 표정으로, 람세스에게 말했다.

―받아들이겠네.

람세스가 담담하게 말했다.

영예로운 캅이 스캔들 때문에 벌집을 쑤셔놓은 것처럼 시끄러워졌다. 성적이 가장 빼어난 학생들이 이렇게 집단적으로 내부 규율을 어긴 것은 이 기관이 창설된 이후 처음 있는 일이었다. 사리는 어쩔 수 없이 다섯 명의 규율 위반자들을 소환하여 무거운 벌을 주는 일을 떠맡았다. 여름방학을 며칠 앞둔 시점인 데다가 다섯 명의 젊은이들에게 그들의 노력과 능력에 걸맞는 직위들이 막 정해진 참이어서, 그 일은 그에게 더 곤혹스러웠다. 캅의 문이, 그들이 지금까지 배운 것을 활용할 수 있는 실제의 삶을 향해서 활짝 열렸는데 말이다.

람세스는 자기 개와 놀고 있었다. 놈은 주인과 먹을 것을 같이 나누어 먹는 데 아주 빨리 익숙해졌다. 왕자가 헝겊주머니를 던지면 그걸 뒤쫓아서 개는 미친 듯이 달렸다. 사리는 도무지 그 놀이가 언제 끝날지 알 수 없었다. 왕자는, 옛 주인이 제대로 돌보아주지 않았는지 꼴이 영 말이 아닌 그놈의 짐승과 노는 걸 방해하지 못하게 했다.

개는 지쳐서 혀를 길게 빼물고 헐떡이면서, 점토를 구워 만든 사발 속에 들어 있는 물을 핥아먹었다.

―왕자님, 왕자님의 행동은 비난받아 마땅합니다.

―무엇 때문에?

―그 천박한 무단외출 건 말입니다…….

―과장하지 말게, 사리. 우린 취하지도 않았어.

—친구들이 공부를 다 마친 참에 무단외출이라니, 얼마나 어리석은 짓입니까.

람세스는 덥석 양부의 어깨를 잡았다.

—좋은 소식을 가지고 왔군! 말해봐, 어서!

—벌칙이…….

—그건 나중에 얘기하세. 모세는?

—파윰*에 있는 메르-우르 대하렘의 부감독관 자리입니다. 젊은 어깨에 너무 무거운 짐이 지워졌어요.

—모세는 특권의식에 사로잡혀 있는 늙은 공무원들을 뒤흔들어 놓을 걸세. 아메니는?

—궁전 필사청에 들어가게 됐습니다.

—잘됐군! 세타우는?

—그는 치료사 겸 땅꾼의 두루마리를 물려받게 되었습니다. 약을 조제하기 위해서 채독(採毒)하는 일을 맡게 될 것입니다. 다만 벌칙이…….

—그럼 아샤는?

—리비아어와 시리아어, 히타이트어를 익히고 난 다음에 비블로스로 떠나 거기에서 우선 역관(譯官)의 자리에 임명될 것입니다. 그렇지만 모든 임관 절차가 중단되었습니다.

—누가 중단시켰나?

—캅 감독관과 교수들, 그리고 저 자신이 그렇게 했습니다.

람세스는 곰곰 생각에 잠겼다.

자칫 일이 악화되면, 사건이 대신들에게 보고되고, 왕에게까지 알려질지도 모른다. 사실, 왕실의 분노를 살 만한 사건이었다.

---

* 카이로에서 남서쪽으로 100킬로미터 정도 떨어져 있다.

―무엇보다도 정의를 추구해야 하지 않겠는가?

―물론입니다.

―그렇다면 단 한 명의 죄인에게만 벌을 주도록 하세. 나 한 사람에게만 말이야.

―하지만……

―이 모임을 꾸민 것은 나일세. 약속 장소도 내가 정했고, 또 내 말을 따르도록 친구들에게 강요했네. 내가 왕자가 아니었다면, 그들은 거절했을지도 모르지.

―그랬을지도 모르지요. 하지만……

―그들에게 좋은 소식을 전해주고, 예정되었던 벌은 모두 내 머리 위에 쌓아주게. 자, 이제 일이 해결되었으니 나 혼자 있게 해주게. 이 불쌍한 강아지에게 작은 기쁨이라도 베풀어줄 수 있도록 말야.

사리는 신들에게 감사했다. 람세스 덕분에, 그는 미묘한 상황을 더할 나위 없이 잘 모면할 수 있었다. 교수들에게서 별로 동정을 얻지 못했던 람세스는 홍수제 동안 캅 안에 연금당하는 벌을 받았다. 그동안 수학과 문학을 깊이 있게 공부해야 했으며 마구간 출입이 금지되었다. 새해로 접어드는 7월*에 파라오가 강물의 수량이 불어난 것을 축복하는 의식을 집전할 때, 람세스의 형이 세티 곁에서 으스대게 될 것이다. 람세스가 그 자리에 불참한 것을 보고, 사람들은 그가 별 볼일없는 존재가 되어버렸다는 사실을 확인하게 될지도 모른다.

＊천문학에 관심이 많았던 이집트인들은 한여름 70일 동안 시계에서 사라졌던 천랑성의 소티스 별이 동틀 무렵 동쪽 지평선 위로 나타나면 그로부터 며칠 뒤 나일강이 범람한다는 사실을 관찰할 수 있었다. 이집트인들은 나일강의 범람을 알리는 별이 태양과 함께 떠오르는 이 시기를 특별히 중요하게 여겨 새해의 시작, 곧 이집트력의 첫 달로 삼았다. 이 시기가 서력으로는 7월에 해당한다.

연금기간 동안 람세스에게는 금빛 나는 노란 개 한 마리만이 친구로 허용되었다. 고립 연금에 들어가기 전에, 람세스는 친구들과 작별인사를 해도 좋다는 허락을 받았다.

아메니는 다정하고 낙관적이었다. 그는 람세스가 있는 곳에서 아주 가까운 멤피스의 자기 일자리에서 매일 람세스를 생각하고, 그에게 다정한 마음을 전할 수 있는 방법을 찾아낼 수 있을 것이라고 생각했다. 연금에서 벗어나면 밝은 미래가 펼쳐질 거라고, 그는 람세스를 위로했다.

모세는 람세스를 꼭 껴안았을 뿐 아무 말도 하지 않았다. 메르-우르로 떠나는 일이, 그에게는 최선을 다해서 대면해야 할 시련처럼 여겨졌다. 꿈들 때문에 마음이 어지럽기는 했지만, 친구가 새장에서 풀려나면 그때 이야기하리라.

아샤는 쌀쌀맞게 거리를 두었다. 그는 왕자의 처신에 대해 고맙다는 치사를 했고, 만일 앞으로 그럴 기회가 있다면 은혜를 갚겠노라고 말했지만, 그럴 기회가 있으리라고 생각지 않았다. 그들의 운명이 서로 스치게 되는 일 따위는 없을 테니까.

세타우는 자기가 람세스에게 뱀들을 만나러 가자고 권했던 사실을 상기시켰다. 약속은 약속이니까. 그는 람세스가 연금당해 있는 동안, 그 뱀과의 대면에 가장 적절한 장소를 물색하겠노라고 말했다. 그는 도시에서 멀리 떨어진 곳에서 자기의 능력을 시험해볼 수 있게 되어서, 그리고 매일매일 진정한 힘과 접촉할 수 있게 되어서 행복하다는 걸 감추려 들지 않았다.

람세스가 군말없이 묵묵하게 연금의 시련을 받아들이는 것을 보고 사리는 적이 놀랐다. 그 나이 또래의 젊은이들이 홍수 절기의 기쁨을 맛보는 동안, 왕자는 수학과 옛날 작가들을 공부하는 데 몰두했다. 개를 데리고 몇 차례 정원으로 산책 나갔을 뿐이다. 사리와의 대화도 매우 진지한 주제에 관한 것이었다. 람세스는 놀라운 집중력과 특별한 기억력을 보여주었다. 몇 주 만에 소년은 남자로 탈바꿈했다. 이제 개인교사로서 그에게 가르칠 것이 그리 많지 않게 될 것이다.

람세스는 이 강요된 은둔의 시기를 맨손 격투경기에서와 똑같은 열정으로 임했다. 격투 상대는 바로 자기 자신이었다. 야생 황소와 겨루고 난 후로 그는 다른 괴물과 싸우고 싶다는 욕망을 가지고 있었다. 잘난 체하는 사춘기 소년, 지나치게 자신만만하며, 참을성 없고 단정치 못한 자기 자신이라는 괴물. 이 싸움 역시 황소와의 격투 못지않게 위험한 것이리라.

람세스는 끊임없이 아버지에 대해 생각했다.

어쩌면 이제 다시는 아버지를 만날 수 없게 될지도 모른다. 어쩌면 그 누구도 필적할 수 없는 파라오의 이미지에 대한 추억만으로 만족해야 되는지도 모른다. 황소를 놓아주고 난 뒤에, 파라오는 잠깐 동안 마차 고삐를 잡는 것을 허락했다. 그러고 나서 한마디 말도 하지 않고 고삐를 도로 빼앗아가버렸다. 람세스는 감히 질문을 던져볼 엄두도 내지 못했다. 단 몇 시간 동안 그의 곁에 있을 수 있었다는 것만으로도 특권을 누린 것이니까.

파라오가 된다고? 그것은 이제 더이상 의미가 없는 질문이었다. 평소에 잘하듯이 상상의 나래를 펴고 혼자 흥분했을 뿐이다.

그렇지만, 그는 황소와 겨루는 시험을 치르지 않았던가. 그것은 지금은 폐지되어버린 낡은 의식이긴 하지만 세티는 경솔하게 행동할 사람이 아니다.

허공에 대고 질문을 던지는 대신, 람세스는 부족한 부분을 보충해서 친구 아메니와 같은 지식 수준에 이르리라고 다짐했다. 그가 미래에 수행해야 할 임무가 어떤 것이라 하더라도, 용기와 열정만으론 그것을 수행하는 데 충분치 않으리라. 세티 역시 다른 파라오들처럼 서기관의 길을 거치지 않았던가.

그러자 또 그 터무니없는 생각이 그를 사로잡았다. 쫓아버리려고 애써보았지만, 그것은 파도처럼 다시 밀려왔다. 그러나 사리가 전해주는 바에 따르면, 궁정에서는 이제 그의 이름을 거의 잊어버렸다고 한다. 사람들은 그가 한 지방 도시의 외딴 곳에 쫓겨가 있는 것으로 알고 있으므로, 이제 그를 경계하는 사람도 없다는 것이었다.

람세스는 대꾸하지 않았다. 그저 신전 내벽 건설의 원리로 사용되는 신성한 삼각형이나, 가냘프고 멋진 조화와 진리의 여신 마아트의 법칙에 따라 건물을 짓는 데 필요한 분할 규칙 따위로 화제를 돌리곤 했다.

그토록 말타기와 수영과 맨손 격투를 좋아하던 그가 자연과 바깥 세계를 잊어버렸다. 사리는 학자 하나를 길러낼 수 있게 되어서 기뻤다. 이제 몇 년만 더 참고 견디면, 옛날의 개구쟁이는 과거의 스승들과 맞먹는 존재로 탈바꿈할 것이다! 람세스가 저지른 실수, 그리고 그 때문에 그가 받아야 했던 벌은 그를 좋은 길로 되돌려놓은 것이다.

연금에서 풀려나기 전날 밤, 왕자는 사리와 함께 공부방 지붕 위에서 저녁 식사를 했다. 돗자리 위에 앉아서, 그는 말린 생선과 양념을 한 누에콩을 안주로 시원한 맥주를 마셨다.

―축하드립니다, 왕자님. 놀랍게 발전하셨습니다.

―남아 있는 얘기가 하나 있지. 내겐 어떤 직위가 주어졌는가?

스승은 난처해하는 것 같았다.

―글쎄요…… 그렇게 애쓰셨으니, 이젠 휴식을 좀 취하셔야 하지 않겠습니까?

―왜 딴전을 피우는 거야?

—조금 미묘해서, 그렇지만…… 왕자는 왕자의 지위를 누릴 수 있으니까요.

—사리, 내 장래 직위는 뭔가?

스승은 제자의 눈길을 피했다.

—지금 현재로는 아무것도 없습니다.

—누가 그런 결정을 내렸지?

—왕께서 내리신 결정입니다.

5

　－약속은 약속이니까.

세타우가 큰 소리로 말했다.

　－세타우, 이게 틀림없이 자네야?

세타우는 딴 사람처럼 보였다. 텁수룩한 수염에다 가발도 쓰지 않고, 주머니가 잔뜩 달린 영양가죽 상의를 입고 있는 그에게는 국가 최고의 대학에 입학이 허용되었던 학생 같은 구석이라곤 전혀 없었다. 궁전의 위병 중 하나가 알아보지 못했더라면, 그는 가차없이 쫓겨났을 것이다.

　－무슨 일이 생긴 거야?

　－나는 내 일을 하고 내 말을 지키는 사람이야.

　－날 어디로 데려갈 셈인가?

─두고 보면 알게 돼…… 자네가 공포 때문에 맹세를 어기는 자가 되지 않는다면 말이네만.

람세스의 눈에 불길이 일었다.

─떠나세.

나귀 등에 올라타고, 그들은 도시를 가로질러 남쪽으로 흐르는 운하를 따라가다가 사막 쪽으로 접어들었다. 고대의 공동묘지가 있는 방향이었다. 람세스는 생전 처음 계곡(이집트는 지리적 특성상 나일 강 유역의 계곡에 경작지와 마을이 집중되어 있었다─역주)을 떠나, 사람들의 법칙이 통용되지 않는 불길한 세계로 들어서는 것이다.

─오늘밤은 보름일세!

번쩍이는 눈길로 세타우가 말했다.

─뱀이란 뱀들이 모두 서로 만난다네.

어디가 어딘지 가늠하기 어려운 길로 접어들었다. 그러나 나귀들은 익숙한 걸음걸이로 또박또박 걸어서, 오래 전에 버려진 공동묘지로 들어섰다.

나일 강의 푸른 물줄기와 초록색 밭이 저 멀리 펼쳐져 있는 것이 보였다. 그리고 그 너머 까마득히 시야가 닿지 않는 곳까지 불모의 사막이 펼쳐져 있었다. 침묵과 바람이 있었다. 제관들이 왜 사막을 ‘세트의 붉은 땅’이라고 부르는지, 람세스는 뼈저리게 알 것 같았다. 뇌우와 우주의 불의 신 세트의 땅. 이런 고독 속에서 세트는 땅에다 불을 질렀던 것이다. 그렇게 함으로써 신은 시간과 타락으로부터 인간을 정화시켰던 것이다. 그 덕분에 사람들은 그곳에 미라들이 부패하지 않는 영원의 집을 지을 수 있었다.

람세스는 신선한 공기를 들이마셨다.

파라오는 이집트에 풍성한 음식을 제공하는 풍요로운 검은 진흙 땅의 주인일 뿐더러 이 붉은 땅의 주인이기도 했다. 그는 이 땅의 비밀을 알아야 했고 그 힘을 이용하고 다스릴 수 있어야 했다.

—원한다면, 아직 포기할 시간은 있네.

—밤이 빨리 왔으면 좋겠네.

등은 불그스레하고 배는 노란 뱀 한 마리가 람세스 곁을 휙 스치고 지나가 두 개의 바위 사이로 숨었다.

—독이 없는 놈이야.

세타우가 말했다.

—이 종자는 폐허가 된 건물 주위에서 무서운 속도로 번식하지. 낮시간에는 주로 그런 건물 안에 숨어 있다네. 날 따라오게.

두 젊은이는 무너진 무덤이 있는 곳으로 이르는 가파른 경사를 따라 내려갔다. 람세스는 그 안에 들어가기 전에 주춤거렸다.

—미라는 없네. 시원하고 건조한 곳이야. 자네도 알게 될 걸세. 자네에게 덤벼들 악마는 없으니 안심하라구.

세타우는 기름 램프에 불을 붙였다.

일종의 동굴처럼 생긴 곳이었다. 천장과 벽이 조잡한 방식으로 축조되어 있었다. 어쩌면 이 무덤에는 죽은 자가 한번도 들어온 적이 없는지도 모른다. 세타우는 그 안에 몇 개의 테이블을 가져다두었다. 테이블 위에는 숫돌, 청동 면도기, 나무 빗, 호리병박, 나무 서판(書板), 필사 팔레트가 각각 하나씩, 그리고 연고와 크림이 든 단지들이 잔뜩 놓여 있었다. 아스팔트, 구리 줄밥, 산화납, 대자석, 명반, 진흙 같은 광물과, 브리오니아, 전동싸리, 아주까리, 마타리 같은 식물 등 약을 조제하는 데 필요한 성분들을 보관해둔 항아리들도 있었다.

저녁이 되자, 태양이 진홍빛으로 변했다. 모래의 스카프로 뒤덮여 있는 광막한 사막이 금빛으로 물들었다. 바람이 그 모래 스카프를 이쪽 언덕에서 저쪽 언덕으로 끌고 다녔다.

─옷을 벗게.

세타우가 명령했다.

세타우는 양파를 갈아서 물에 탄 용액을 섞어 만든 물약을 왕자의 알몸에 발라주었다. 세타우가 설명했다.

─뱀들은 이 냄새에 질색하지. 자넨 어떤 자리에 배치되었나?

─아무 자리도 얻지 못했네.

─놀고 먹는 왕자라? 자네 개인교사가 또 한 건 올렸군!

─아니, 왕의 명령이시라네.

─황소 시험에 떨어져서 그런가.

람세스는 자기가 시험을 통과하지 못했다고 생각지 않았다. 그러나 밀려났다는 건 분명한 사실이다.

─왕실은 잊어버리게. 음모에다 천박한 술책들만 판을 치네. 여기 와서 나와 함께 일하세. 뱀들은 무서운 적이지만, 적어도 그놈들은 거짓말을 하진 않으니까.

람세스는 마음이 흔들렸다. 어째서 아버님께선 진실을 말씀해주지 않으신 걸까? 람세스는 자신의 가치를 증명해 보일 최소한의 기회마저 박탈당한 채, 웃음거리가 되어버린 기분이었다.

─이제 진짜 시험이 시작되네. 뱀의 독에 면역이 되기 위해선, 기분 나쁘고 위험한 음료를 마셔야만 해. 쐐기풀과 식물의 덩이줄기가 주성분이지. 혈액 순환 속도를 늦추어주지. 때로는 아예 혈액 순환이 멈추어버릴 정도로 말야. 토하면, 그땐 죽는 거야. 아메니 같은 친구에겐 권하고 싶지 않아. 자넨 튼튼하니까 견뎌낼 수 있을 거야. 이걸 마시면, 웬만한 뱀들에게 물렸을 땐 버틸 수 있지.

─모든 뱀이 아니고?

─제일 굵은 놈들의 독에 저항하기 위해선 물에 희석시킨 소량의 코브라 피를 매일 주사해야 하네. 자네가 이 일을 직업으로 택한다면, 그런 특별 대우의 혜택을 누릴 수 있지. 자, 마시게.

음료의 맛은 끔찍했다.

냉기가 그의 핏줄을 파고들었다. 구역질이 치밀었다.

─버티게.

람세스는 너무나 괴로워서 약을 토해버리고, 길게 뻗어서 잠들었으면 좋겠다는 생각이 들었다.

세타우가 람세스의 손목을 꽉 잡아주었다.

─버텨. 눈을 떠!

왕자는 정신을 되찾았다. 왕자는 튼튼했다. 세타우는 그와 싸워서 한번도 이겨본 적이 없었다. 뒤틀리던 왕자의 위장이 편안해지고, 추워서 덜덜 떨리는 증상도 덜해졌다.

─자넨 정말 튼튼하군. 하지만 왕이 될 기회는 전혀 없어 보이는군.

─어째서?

─날 믿었으니까. 내가 자넬 독살하면 어쩌려고 그랬나?

─자넨 내 친구 아닌가.

─그걸 어떻게 아나?

─난 알지.

─난 말일세, 뱀들 외에는 아무것도 믿지 않네. 그놈들은 자기들의 본성에 따라 행동하고 본성을 배반하는 법이 없네. 사람들하고는 이야기가 다르지. 사람들은 사기를 치고, 사기를 쳐서 이익을 챙기느라고 인생을 다 허비하지.

─자네도 그런가?

─그래서 내가 도시를 떠나 여기에서 살고 있는 것 아닌가.

―내가 위험에 처하면, 날 돌봐주지 않을 건가?

―이 윗저고리를 입게, 그리고 나가세. 그래도 보기보단 덜 멍청하군그래.

사막에서 람세스는 장엄한 밤을 경험했다. 하이에나의 음산한 웃음소리, 자칼들이 짖어대는 소리, 그리고 다른 세계로부터 들려오는 수천 가지의 괴이한 소리들도 그의 감동을 뒤흔들어놓지는 못했다. 세트의 붉은 땅은 부활한 자들의 목소리들을 실어나르고 있었다. 사막은 계곡(사람들이 사는 세상, 도시를 뜻함―역주)의 아름다움이 아니라 저승의 힘이 다스리는 곳이었다.

진정한 힘…… 세타우는 사막을 가득 채우고 있는 고독 속에서 그것을 찾았다고 말했다.

그들 주위에서 슈우슈우 하는 소리가 들려왔다.

세타우가 긴 막대기로 땅바닥을 두들겨가며 앞에서 걸어가고 있었다. 그는 자그마한 바위 구릉을 향해 걸었다. 보름달 빛을 받은 구릉은 귀신들의 성처럼 보였다. 세타우의 안내를 받아 뒤따라가면서, 람세스는 더이상 위험에 대해 걱정하지 않았다. 뱀 전문가 세타우가 뱀에 물렸을 경우에 대비한 비상약 주머니를 허리춤에다 채워주었기 때문이다.

세타우가 바위 구릉 발치에 멈추어 섰다.

―내 스승이 저기 살고 계시네. 어쩌면 모습을 드러내지 않으실지도 모르네. 이방인들을 싫어하시거든. 참을성 있게 기다리세. 그리고 그의 모습을 볼 수 있게 해달라고, 보이지 않는 분에게 기도하세.

세타우와 람세스는 책상다리를 하고 앉았다. 왕자는 자기가 거의 공기처럼 가벼워졌다고 느꼈다. 공기가 마치 사탕과자처럼 달콤했다. 공부방의 벽 대신에 수많은 별들이, 반짝이는 하늘이 거기 있었다.

작은 바위 구릉 한가운데에서 우아하고 구불구불한 형태 하나가 떨어져나왔다. 번쩍이는 비늘이 달린, 길이가 5미터쯤 되는 검은 코브라 한 마리가 굴에서 나와 장엄한 모습으로 일어섰다. 달빛이 뱀을 은빛 후광으로 둘러쌌다. 코브라의 머리는 당장 무엇을 후려 치기라도 할 듯이 건들건들 흔들렸다.

세타우가 앞으로 나섰다. 검은 코브라의 혀가 쉭, 하는 소리를 냈다. 세타우가 자기가 있는 곳까지 오라고 람세스에게 손짓했다.

경계심이 들었는지, 뱀의 몸뚱이가 흔들렸다. 어떤 침입자가 먼 저 공격을 당하게 될까?

두 발자국 앞으로 나서자, 세타우와 코브라 사이의 거리는 이제 1미터밖에 되지 않았다. 람세스는 세타우가 하는 대로 따라 했다. 세타우가 장중한 목소리로 한 음절 한 음절 천천히 주문을 외었다.

─그대는 밤의 주인이시며, 땅이 많은 열매를 맺도록 풍요의 능 력을 베풀어주시는 분이십니다.

그는 주문을 열두 번 외었다. 그리고 자기를 따라 하라고 람세스 에게 지시했다. 음악과 같은 주문이 뱀을 진정시킨 것 같았다. 놈은 물기 위해서 두 차례 몸뚱이를 아래로 내렸지만, 세타우의 얼굴 바 로 앞에서 멈추었다. 세타우가 뱀 대가리에 손을 얹자, 놈은 가만히 있었다. 람세스는 뱀의 눈에서 희미한 붉은빛이 번쩍이는 것을 본 것 같았다.

─람세스, 자네 차례일세.

람세스가 팔을 뻗쳤다. 그러자 뱀이 그에게 덤벼들었다.

뱀이 깨무는 것이 느껴졌다. 하지만 뱀은 아가리를 꼭 닫지는 않 았다. 양파 냄새가 너무나 기분 나빴던 모양이다.

─그의 대가리에 손을 얹어보게.

람세스는 떨지 않았다. 코브라가 뒤로 물러서는 것 같았다. 람세스는 엉거주춤한 자세로 서서 손가락을 딱 붙이고 검은 뱀의 정수리를 쓰다듬었다. 잠시, 밤의 주인은 왕의 아들에게 순종하는 것처럼 보였다. 자신감이 생긴 람세스가 뱀에게 다가섰다.

그 순간, 세타우가 람세스를 얼른 뒤로 잡아당겼다. 뱀의 이빨이 람세스의 얼굴 바로 앞 허공을 깨물었다. 코브라가 공격했던 것이다.

─친구여, 너무 멀리 가는군. 어둠의 힘은 절대로 정복되지 않는다는 걸 잊었나? 파라오의 이마엔 코브라 우라에우스가 몸을 곧추세우고 있지. 저놈이 자넬 받아들이지 않았더라면, 무슨 일이 일어났을 것 같은가?

람세스는 긴장을 풀고 별들을 바라보았다.

─자네는 무모해. 하지만 운은 따르는군. 저 뱀에 물리면 약도 없다네.

6

람세스는 파피루스 다발을 끈으로 엮어 만든 뗏목 위에 뛰어올랐
다. 약하고 엉성한 그 부체(浮體)는 수영시합에 두 번만 사용해도
부서져버린다. 왕자는 한 떼의 수영선수들을 상대로 수영시합에 나
섰다. 시합에 참가한 젊은이들은 싸운다는 생각에 흥분해 있었다.
그들은, 운하의 둑에 일렬로 늘어서서 시합을 바라보고 있는 아가
씨들 때문에 더욱더 흥분했다. 이기고 싶다는 마음에서, 젊은이들
은 개구리나 황소의 넓적다리, 또는 수호신의 눈 따위의 부적을 목
에 걸고 있었다. 람세스는 어떤 마술의 도움도 원하지 않았으므로,
몸에 아무런 부적도 지니지 않았다. 그러나 누구보다도 빨리 헤엄
쳤다.

대부분의 경기자들은 마음속에 품고 있는 여성을 그리면서 스스

로를 격려했다. 그러나 람세스는 자기 자신이 아닌 그 누구를 위해 서도 싸우지 않았다. 그는 자기가 자신의 힘보다도 더 멀리까지 갈 수 있다는 것을, 그래서 제일 먼저 강기슭에 닿을 수 있다는 것을 스스로에게 증명하기 위해 싸웠다.

람세스는 2등을 다섯 길 이상의 차이로 따돌리면서 시합을 끝냈 다. 그는 전혀 피곤하지 않았다. 몇 시간이라도 더 계속해서 헤엄칠 수 있을 것 같았다. 화가 난 그의 맞수들이 그를 축하해주었지만, 마음에 없는 소리였다. 그들 눈에 길들여지지 않는 들짐승 같은 그 젊은 왕자는 어차피 권력의 길에서 영영 밀려나 수도 멤피스에서 멀리 떨어진 남부 지방에서 한량 노릇이나 하고 살아갈 시시한 인 물에 지나지 않았다.

벌써 처녀티가 물씬 나는 열댓 살쯤 먹어 보이는 아가씨가 그에 게 다가와 헝겊조각 하나를 내밀었다.

―바람이 차요. 이걸로 몸을 닦으세요.

―필요없소.

자극적인 초록색 눈, 작고 곧은 코, 섬세한 입술, 보일 듯 말 듯 부드러운 턱선을 가진 그녀는 장난꾸러기처럼 보였다. 우아하고, 발랄하며 세련된 그녀는 고급 공방에서 생산된 하늘하늘한 아마 옷 을 입고 머리는 수련을 꽂은 머리띠로 장식하고 있었다.

―잘못 생각하시는 거예요. 아무리 튼튼한 사람들도 감기에 걸려 요.

―난 병 같은 건 모릅니다.

―제 이름은 이제트예요. 오늘 저녁에 친구들이랑 연회를 하거든 요. 와주시겠어요?

―안 갑니다.

―생각이 바뀌거든 오세요. 환영할게요.

미소를 짓더니, 그녀는 뒤도 돌아보지 않고 가버렸다.

왕자의 스승 사리는 자기 집 정원 한가운데에 있는 단풍나무 그늘에서 자고 있었다. 람세스는 긴 의자 위에 늘어져 있는 자기 누이 돌렌테 앞에서 서성였다. 아름답지도 못생기지도 않은 그녀는 자신의 안락과 편안 외에는 아무것도 관심이 없었다. 그녀가 사리와 결혼한 것도, 사리의 직책이 일상적인 고통에서 벗어나 편안하게 살아가기에 알맞은 것처럼 보였기 때문이었다. 지나치게 큰 키에, 언제나 축 늘어져 있는 그녀는 상류사회의 잡다한 비밀들을 많이 알고 있다는 걸 자랑으로 여겼다.

―사랑하는 동생아, 넌 나를 자주 찾아와주지 않는구나.

―아주 바쁘거든.

―소문으로는 오히려 할 일이 없다던데.

―남편에게 물어보시구려.

―나의 미모를 칭송하는 기쁨을 누리기 위해 온 것 같지는 않고 …….

―그래, 충고가 필요해.

돌렌테는 기분이 좋았다. 람세스는 좀체로 남에게 도움을 청하는 성격이 아니었기 때문이다.

―들어보자꾸나. 기분이 내켜서 충고해줄 마음이 들면, 충고해줄게.

―이제트라는 여자 알아?

―어떻게 생겼는지 말해보렴.

왕자가 그녀의 생김새를 설명했다.

―아, 아름다운 이제트! 무섭도록 매력적인 여자지. 어린 나이에도 구혼자들이 어찌나 많이 줄을 섰는지 셀 수도 없단다. 어떤 사

람들은 이제트가 멤피스에서 제일 예쁜 여자라고 생각하지.

—부모님은 어떤 분인데?

—부유한 유력자들이지. 몇 세대 전부터 궁전에 드나드는 가문 중의 하나야. 이제트가 네게 그물을 던진 모양이구나?

—날 연회에 초대했어.

—혼자 가면 위험해! 그 아가씨는 매일 저녁 연회를 연단다. 그녀에게 무슨 특별한 감정이라도…….

—그녀가 날 유혹했어.

—그애가 먼저 접근했다구? 뭐 어떠니? 고리타분하게 굴지 마라, 애. 이제트는 네가 마음에 든다고 생각한 것뿐이야, 그게 전부라구!

—점잖은 집 아가씨가…….

—왜 안 돼? 우린 이집트에 살고 있어. 미개한 야만인들 나라에 살고 있는 게 아니잖니. 그녀를 부인감으로 추천하진 않겠지만, 하지만…….

—그만 됐어.

—이제트에 대해서 좀더 알고 싶지 않니?

—고마워, 누님. 누님의 도움은 이제 필요없어.

돌아서는 람세스를 향해 돌렌테가 말했다.

—멤피스에서 더 꾸물거릴 거 없다.

—왜 날 경계하는 거야?

—넌 이제 여기서 아무것도 아니야. 여기 머물러 있으면 넌 물을 주지 않은 꽃처럼 누렇게 시들어버릴 거야. 지방에서라면 존경받을 수 있겠지. 이제트를 그곳에 데리고 갈 생각은 하지 말아라. 그녀는 패배자들은 싫어하거든. 말 나온 김에 해버리지 뭐. 이집트의 왕이 될 네 형이 그녀의 매력에 관심이 없지 않아. 가능한 한 빨리 그녀에게서 멀어져야 한다. 그러지 않으면, 안 그래도 옹색한 네 처지가

아주 위험해질 거야.

   그것은 여느 연회가 아니었다. 직업적인 안무가에게 훈련받은 훌륭한 집안 출신의 몇몇 아가씨들이 춤 솜씨를 자랑하는 공연 같은 것이었다. 람세스는 향연에 참가하고 싶지 않아서 늦게 도착했다. 원하지도 않았는데 그는 많은 관객들 맨 앞자리에 앉게 되었다.

   열두 명의 무희들이 흰색과 파란색 수련이 활짝 피어 있는 거대한 수반(水盤) 가장자리에서 그녀들의 재능을 펼쳐 보일 예정이었다. 높은 깃대 꼭대기에 달린 횃불이 무대를 비추고 있었다.

   짧은 상의 아래에 진주로 만든 장식끈을 걸치고, 세 줄로 머리를 땋은 가발을 쓰고, 넓은 목걸이와 유리 팔찌로 치장한 젊은 여자들이 관능적인 몸짓으로 춤을 추었다. 조화로운 유연한 동작으로 여자들은 바닥으로 몸을 기울였다가 눈에 보이지 않는 상대방을 향하여 팔을 뻗으며 껴안는 시늉을 했다. 느리고 감미로운 움직임이었다. 관객들은 모두 숨을 죽였다.

   갑자기 무희들이 가발과 상의와 진주장식을 벗어버렸다. 하나로 틀어올린 머리, 벌거벗은 가슴, 짧은 옷으로 겨우 가린 하반신. 그런 차림새로 여자들은 오른쪽 발로 바닥을 탕탕 구르더니, 뒤로 몸을 뒤집어 껑충 뛰었다. 무희들의 몸놀림은 서로 완벽하게 일치했다. 사방에서 감탄의 소리가 새어나왔다. 우아하게 몸을 구부리거나 굽히면서 여자들은 앞의 기술만큼 다른 곡예도 성공적으로 끝냈다.

   네 명의 여자들이 무리에서 빠져나왔다. 나머지 여자들은 손으로 박자를 맞추면서 노래를 불렀다. 독무를 추는 네 명의 여자들은 동서남북 사방에서 불어오는 바람을 무언극으로 표현했다. 이제트는 찌는 듯이 더운 여름밤에 숨쉴 수 있게 해주는 부드러운 북풍을 표현하고 있었다. 그녀의 아름다움 때문에 그녀와 같이 춤추는 나머지 세 여자가 빛을 잃었다. 그녀는, 자기에게 붙잡혀 꼼짝도 하지 못하는 사람들의 시선을 즐기고 있었다.

람세스는 그녀의 매혹에 저항할 수 없었다. 놀랍도록 아름다운 여자였다. 그 어떤 여자와도 비교할 수 없을 만큼 아름다웠다. 그녀는 자신의 육체를 마치 악기처럼 연주할 줄 아는 여자였다. 어찌 보면 육체라는 악기가 내는 멜로디를 무심하게 내버려두는 것처럼 보이기도 했다. 스스로 자신의 육체를 아무런 부끄러움도 없이 바라보는 것 같았다. 생전 처음, 람세스는 여자를 안아보고 싶다는 욕망을 품고, 한 여자를 바라보았다.

춤이 끝나자, 그는 관객들을 헤치고 당나귀들을 매어두는 안마당 구석에 가서, 사람들과 떨어진 곳에 혼자 앉았다.

이제트는 그의 마음을 끈 것을 즐기리라. 형과 결혼할 그녀는 람세스로 하여금 밀려난 사내임을 분명히 깨닫게 하기 위해 자신의 매력을 맘껏 발휘한 것이리라. 위대한 운명을 꿈꾸던 그는 이제 거듭 모욕을 당하고 있는 것이다. 이 지옥 같은 악순환을 벗어나야 한다. 그리고 그의 발목을 잡고 있는 악마들을 떼어버려야 한다. 지방이라구? 좋다. 그는 어떤 방법으로든, 그곳에서 자신의 가치를 증명해 보일 것이다. 실패한다면, 세타우에게라도 가서 가장 위험한 뱀들에게 자신의 가치를 인정하게 만들리라.

─걱정거리가 있으신가요?

어느새 그 앞엔 이제트가 소리없이 다가와, 미소를 짓고 있었다.

─아니, 생각중이었소.

─아주 깊은 생각인가봐요…… 손님들은 모두 돌아갔어요. 부모님과 하인들은 잠들었구요.

람세스는 시간이 그렇게 지난 것을 깨닫지 못하고 있었다. 그는 화가 나서 일어섰다.

　-죄송합니다. 당장 댁에서 나가겠소.

　-당신이 미남이며 매력적이라는 말을 들은 적이 있으세요?

　머리카락을 길게 늘어뜨리고 젖가슴을 드러낸 채, 눈에는 일렁이는 열정을 가득 담고, 그녀가 그의 앞을 막아섰다.

　-당신은 형님의 약혼자가 아닙니까?

　-왕의 아들이 못생긴 여자들로 만족하시나요? 난 내가 원하는 사람을 사랑해요. 난 당신의 형님을 사랑하지 않아요. 지금, 여기에서 내가 원하는 건 당신이에요.

　-왕의 아들이라…… 내가 아직도 왕의 아들입니까?

　-날 사랑해줘요.

　그들은 서로 상대방의 옷끈을 풀었다.

　-람세스, 난 아름다움을 숭배해요. 당신은 아름다움 그 자체예요.

　왕자의 손은 그 자체로 애무가 되었다. 그는 아가씨에게 어떤 주도권도 내어주지 않았다. 그는 주고자 했고, 그녀에게서 아무것도 취하지 않았다. 그는 자신을 사로잡고 있는 불을 연인에게 전해주고 싶었다. 정복된 그녀는 곧 자신을 내던졌다. 믿을 수 없을 만큼 확실한 본능으로 람세스는 자신의 비밀스러운 쾌락의 장소들을 찾아내었으나 격정을 억누르며 다정하고 조심스럽게 그녀를 다루었다.

　그가 동정이었듯이 그녀는 처녀였다. 밤의 부드러움 안에서, 그들은 끊임없이 다시 태어나는 욕망에 취해 서로에게 서로를 주었다.

7

람세스의 노란 개는 배가 고팠다.

놈은 단단한 혀로 너무 오랫동안 자고 있는 주인의 얼굴을 핥았다. 람세스는 깜짝 놀라 일어났다. 그러나 그는 여전히 꿈속에 잠겨 있었다. 꿈속에서, 마치 부드러운 사과 같은 젖가슴, 달콤한 이슬처럼 부드러운 입술, 덩굴식물처럼 유연하게 뻗은 두 다리를 가진 여인의 사랑스러운 육체를 껴안고 있었다.

꿈이었나…… 아니, 꿈이 아니었다! 그녀는 분명히 실존하는 여인이었다. 아름다운 이제트, 그녀는 그에게 자신을 주었고, 쾌락을 알게 해주었다.

왕자의 추억에 관심이 없는 개는 끙끙대며 절망의 신음소리를 몇차례 냈다. 람세스는 상황이 절박하다는 것을 알아차리고, 개를 궁전의 부엌으로 데려갔다. 개는 허겁지겁 음식을 삼켰다. 사발이 비자, 그는 개를 데리고 마구간 곁으로 산책하러 갔다.

마구간에는 멋진 말들이 모여 있었다. 말들은 매우 엄격한 위생 관리와 지속적인 손질의 혜택을 받고 있었다. 노란개는 긴 다리로 버티고 서 있는, 때로 예기치 않은 반응을 보이는 이 네발짐승들을 신뢰하지 않았다. 놈은 신중하게 주인의 뒤꽁무니를 종종걸음으로 따라다녔다.

마부들이 말똥이 가득 든 큰 광주리를 나르는 견습생을 놀려대고 있었다. 마부들 중 하나가 다리를 걸어 넘어뜨리는 바람에, 그 구박데기는 광주리를 놓쳤다. 말똥이 그의 앞에 와르르 쏟아졌다. 그러자 그를 못살게 굴던, 얼굴이 퉁퉁한 마부가 명령을 내렸다.

—주워담어.

불행한 그 친구가 몸을 돌렸다. 람세스가 그를 알아보았다.

—아메니 아냐!

왕자는 펄쩍 뛰었다. 그는 마부를 밀치고 친구를 일으켜세웠다. 왕자의 팔다리가 덜덜 떨렸다.

—자네가 왜 여기 있나?

충격을 받은 아메니는 뭐라고 알아들을 수 없는 말로 중얼거렸다. 그때 공격적인 손길이 람세스의 어깨 위에 얹혔다.

—웬 놈이야, 말해. 감히 우리 일을 훼방놓는 넌 누구냐?

람세스가 팔꿈치로 한방 먹이자 그자가 뒤로 나가떨어졌다. 그는 우스꽝스러운 꼴이 된 것이 화가 나서, 입술을 씰룩이며 동료들을 부추겼다.

—어이, 이 건방진 애송이에게 예의가 뭔지 가르쳐주자구.

노란 개가 으르렁대며 이빨을 드러냈다. 람세스가 아메니에게 말했다.

62

—뛰어.

그러나 아메니는 꼼짝도 하지 못했다.

여섯 명을 상대로 람세스가 이길 가능성은 없었다. 그러나 마부들이 승리를 확신하고 있다는 점이, 오히려 이 말벌떼 소굴에서 빠져나갈 유일한 가능성이었다. 가장 덩치가 좋은 놈이 람세스에게 덤벼들었다. 그의 주먹은 허공을 쳤을 뿐이고, 그 순간 위로 들어올려졌다가 다시 쿵 하고 뒤로 나가자빠졌다. 어떻게 당했는지 미처 깨닫지도 못한 사이에, 그의 두 명의 동료들도 똑같은 꼴을 당했다.

람세스는 격투 수업에서 잔꾀 부리지 않고 열심히 배우기를 잘했다는 생각이 들었다. 이 친구들은 그저 힘만 믿고 빨리 이기고 싶어서 덤벙댈 뿐, 싸울 줄을 몰랐다. 노란 개도 네번째 친구의 장딴지를 물어뜯었다가, 얻어맞지 않으려고 잽싸게 빠져나오는 등 나름대로 싸움에 참가하고 있었다. 아메니는 눈을 꼭 감고 있었다. 그의 두 눈에서 눈물이 흘러내렸다.

마부들이 웅성대면서 한군데 모여 섰다. 귀한 집 아들인 모양이다. 아니면, 이런 공격법을 알고 있을 리가 없다. 그들은 께름칙한지 말을 걸었다.

—어디서 온 놈이야?

—여섯 놈이 한 놈 상대하면서도 겁이 나나?

람세스의 대꾸에, 그들 중 가장 악착스러워 보이는 놈이 칼을 꺼내 휘두르면서 빈정댔다.

—잘생긴 쌍통을 가지고 있군그래. 하지만 사고가 나면 쌍통이 망가지지.

람세스는 무기를 가지고 있는 사람과는 한번도 싸워본 적이 없었다.

—젠장, 사고라고 하면 그만이야. 증인들도 있고…… 이 꼬맹이

도 목숨을 보전하고 싶으면 우리가 시키는 대로 할 것이고 말야.

왕자는 짧은 날이 달린 칼을 똑바로 노려보았다. 마부는 겁을 주기 위해 칼을 들고 람세스 주위를 빙빙 돌았다. 람세스는 아무런 반응도 보이지 않고 가만히 있었다. 개가 주인을 지킨답시고 으르렁대며 덤벼들었다.

─감시자, 엎드려!

─어이구, 이 끔찍하게 생긴 짐승을 사랑하시는구라…… 너무 못생겨서 살려둘 가치도 없어 보이는구만.

─너보다 강한 자에게 먼저 덤벼들어.

─거 더럽게 잘난 체하네.

칼날이 람세스의 뺨을 스쳤다. 람세스는 발로 칼의 손잡이를 걸어찼다. 칼을 떨어뜨리게 할 생각이었지만, 살짝 건드리고 말았을 뿐이다.

─제법이야…… 하지만 넌 혼자란 말야!

다른 마부들도 칼을 꺼냈다.

람세스는 하나도 무섭지 않았다. 그때까지 알지 못했던 어떤 힘이 그의 내면에서 솟아오르는 것을 느꼈다. 불의와 비겁함에 대한 분노였다. 적들이 한꺼번에 덤벼들기 전에 그가 선수를 쳤다. 그는 칼날을 아슬아슬하게 피하며 두 놈과 맞붙어서, 두 놈 다 넘어뜨렸다. 그때 마부 하나가 소리를 질렀다.

─여, 친구들, 그만둬야겠어!

가마 의자 하나가 막 마구간 문턱을 넘어서고 있었다. 그 호사스러움으로 보아, 그것을 타고 있는 사람이 높은 신분이라는 것은 충분히 짐작하고도 남음이 있었다. 높은 등받이에 등을 기대고, 발받침 위에 발을 올려놓고, 팔은 팔걸이 위에 올려놓고, 머리는 양산으로 가린 지체 높은 사람 하나가 향수를 뿌린 손수건으로 이마의 땀을 찍어내고 있었다. 스무 살 가량 먹은 남자였다. 보름달처럼 둥근 얼굴, 통통한 뺨, 조그만 갈색 눈, 두툼하고 탐욕스러워 보이는 입술. 잘 먹고 운동이라곤 도통 하기를 싫어하는 듯 살이 뚱뚱하게 찐 그는, 그를 가마에 태워 운반하고 있는 가마꾼들에게 무겁게 느껴졌다.

마부들이 줄행랑을 쳤다. 람세스는 가마가 다가오는 것을 마주 보았다. 그의 개는 겁에 질린 아메니의 다리를 핥아주며 진정시키고 있었다.

―람세스! 또 마구간에 있구나…… 과연 짐승들은 너의 좋은 친구로다.

―셰나르 형님께서 이 천한 장소에 어인 행차십니까?

―파라오께서 이르시는 대로 살펴보러 왔다. 자고로 미래의 왕은 자기 왕국에 대해 모르는 것이 없어야 하지 않겠느냐.

―하늘이 형님을 이곳에 보내셨습니다.

―그렇게 생각하느냐?

―불의를 바로잡는 걸 마다하지 않으시겠지요?

―무슨 일인데 그러느냐?

―이 젊은 서기관 아메니에 관한 일입니다. 그는 이곳에 끌려와 여섯 명의 마부에게 학대당하고 있습니다.

셰나르가 빙긋이 웃었다.

―가엾은 람세스, 넌 잘못 알고 있다. 네 친구가 자신이 벌을 받고 있는 거라는 얘길 않더냐?

왕자는 몸을 돌려 아메니를 바라보았다.

―이 신참 서기관이 상급자의 실수를 고쳐준다고 나섰다. 상급자가 이 신참이 너무 건방지다고 고발했어. 마구간에서 지내다보면, 이 허풍쟁이가 많이 배우게 될 거라고 생각했다. 말똥이나 사료를

나르다보면 등뼈가 좀 나긋나긋해지겠지.

―아메니는 몸이 약합니다.

셰나르는 가마꾼들에게 의자를 바닥에 내려놓으라고 지시했다. 그의 샌들을 들고 다니는 하인이 얼른 발판을 대령하고, 주인의 발에 신발을 신기고 그가 땅에 내려서도록 부축했다. 셰나르가 람세스를 잡아끌며 말했다.

―좀 걷자꾸나. 너에게 개인적으로 할 말이 있다.

람세스는 노란 개에게 아메니를 지켜주라고 일렀다.

두 형제는 지붕에 덮인 안마당으로 몇 걸음 걸어갔다. 피부가 새하얀 셰나르는 햇빛을 아주 싫어했다. 마당 바닥에는 타일이 깔려 있었다.

두 사람의 외모는 천양지차였다. 셰나르는 작고 땅딸막하고 통통했다. 그는 벌써 진수성찬으로 지나치게 살이 오른 귀족의 분위기를 풍겼다. 람세스는 키가 크고 유연하며 단단한 근육에 당당한 젊음의 광채를 내뿜고 있었다. 셰나르의 목소리는 부드럽지만 불안하게 흔들리는 반면에, 람세스의 목소리는 무겁고 명확했다. 두 사람 사이에는, 파라오의 아들이라는 점만 빼면 공통점이라곤 하나도 없었다. 람세스가 형에게 강경한 어조로 요청했다.

―형님의 결정을 취소하십시오.

―그 팔삭둥이 같은 놈은 잊어버리고, 진지한 문제에 접근해보자. 가능한 한 빨리 멤피스를 떠나야 하지 않겠느냐?

―아무도 내게 그런 요청을 한 적이 없습니다.

―그럼 내가 말했으니, 이제 넌 떠나라는 요청을 받은 거다.

―왜 내가 형님 말에 복종해야 합니까?

―나의 입장과 너의 입장을 잊은 건 아니겠지?

―우리가 형제라는 것을 기뻐해야 하는 겁니까?

—가장 미묘한 문제를 가지고 장난치지 말자. 넌 그저 뜀박질하고 수영하고 근육을 단련시키는 걸로 만족하도록 해라. 언제든 군대에 자리 하나를 얻어주마. 나라를 지킨다는 건 숭고한 일이 아니겠느냐. 너 같은 젊은이에게 멤피스의 분위기는 해롭다.

—최근 몇 주 간, 그 분위기에 익숙해지기 시작했는데요.

—쓸데없는 싸움 벌이지 말아라. 나로 하여금 아버님의 엄격한 개입을 요청하지 않으면 안 되게 만들지 말란 말이다. 조용히 멤피스를 떠날 준비나 하도록 해라. 두 주나 세 주 뒤에는 네가 어디로 가야 할지 정해주겠다.

—아메니는 어쩌실 겁니까?

—네 한심한 부하 따위는 잊어버리라고 내 말하지 않았더냐. 나는 두 번 말하는 건 질색이다. 참, 마지막으로 한마디 덧붙여두겠다. 다시는, 이제트를 만날 생각 하지 마라. 그 여자가 패배자를 경멸한다는 걸 네가 모르고 있는 것 같아 일러둔다.

8

람세스의 어머니 투야 왕비에게 접견은 고통스러운 일이었다. 북동 방어전선을 시찰하러 떠난 왕을 대신해서, 그녀는 대신과 재무 장관, 두 명의 지방 수령, 고문서 서기관을 접견했다. 당장 해결하지 않으면 안 되는 문제들이 산더미처럼 쌓여 있었다.

세티는 아시아와 시리아-팔레스타인의 소공동체들의 끊임없는 동요 때문에 점점 더 골치를 앓고 있었다. 그들의 뒤에는 히타이트 족*의 부추김이 있었다. 보통때 같으면 세티의 의례적인 행차만으로도 이러쿵저러쿵 시끄러운 참새들을 충분히 잠잠하게 만들 수 있었을 것이다.

---

* 히타이트 족은 현재 터키에 해당하는 지역에 살았다.

전차부대 장교의 딸인 투야는 왕가나 귀족 집안 출신은 아니었지만, 타고난 품위 덕분에 아주 빨리 왕실과 나라 전체의 인정을 받았다. 그녀는 자연스러운 우아함의 소유자였다. 날씬한 몸매, 엄격하고 날카로워 보이는 크고 둥근 눈, 섬세하고 곧은 코가 그녀의 기품을 돋보이게 해주었다. 세티처럼 그녀도 존경을 요구했으며 친근하게 구는 것을 전혀 용납하지 않았다. 이집트의 왕실을 빛내는 것이 그녀의 가장 커다란 관심사였다. 그녀는 나라의 위대함과 백성의 안위를 위해 자신의 직무를 수행했다.

오늘은 사랑하는 아들 람세스를 만난다는 생각에 피곤이 다 날아가버릴 지경이었다. 아들의 접견장소로 궁전 정원을 정해두었음에도, 그녀는 황금으로 가장자리 장식을 한 긴 아마 드레스를 그대로 입고 있었다. 어깨에는 주름장식이 되어 있는 짧은 케이프를 걸치고 여섯 줄짜리 자수정 목걸이를 걸고 똑같은 굵기로 가지런히 땋은 머리카락으로 만든, 귀와 목덜미가 덮이는 가발을 썼다. 그녀는 아카시아와 버드나무, 석류나무 사이를 거닐기를 좋아했다. 나무들 발치에는 수레국화, 데이지꽃, 참제비고깔들이 피어 있었다. 사계절 내내 온갖 식물들이 신을 찬양하는 정원보다 더 아름다운 피조물은 없다. 아침 저녁으로 투야는 그녀가 해야 할 일을 돌보기에 앞서 이 천국에서 몇 분 동안 명상에 잠기곤 했다.

람세스가 다가오자 왕비는 깜짝 놀랐다. 몇 달 사이에 아들은 놀랍도록 아름다운 남자로 변해 있었다. 그의 모습에서 어떤 하나의 인상이 특히 두드러졌다. 그것은 힘에 대한 인상이었다. 물론 그의 걸음걸이나 행동거지에는 아직도 사춘기 소년의 흔적이 더러 남아 있었지만, 어린아이 같은 무심한 태도는 사라지고 없었다.

람세스는 어머니 앞에서 허리를 구부려 절을 했다.

―궁중 의전 때문에 나를 포옹하지 않는 거냐?

그는 어머니를 껴안았다. 어머니는 너무 연약하게 느껴졌다.

―네가 세 살 때 심은 단풍나무가 기억나느냐? 자, 이리 와봐라. 이렇게 잘 자랐구나.

투야는 곧 알아차렸다. 아들이 마음속에 품고 있는 분노를 자기 힘으로는 가라앉혀주지 못하리라는 것을. 그가 몇 시간씩 나무들을 손질하며 시간을 보내곤 했던 이 정원은 이제 그에게 상관없는 장소가 되어버렸던 것이다.

―어려운 시련을 겪었더구나.

―야생 황소나 지난 여름의 연금 이야기이신가요? 뭐 별거 아닙니다. 결국 용기는 불 앞에서 힘을 발휘하지 못하니까요.

―마땅치 않은 것이 있는 모양이로구나.

―제 친구 아메니가 불복종죄와 상관 모욕죄로 고발당했는데, 형님이 개입하셔서, 필사청에서 쫓겨나 마구간에서 힘든 일을 하고 있습니다. 그는 몸이 약해요. 이 부당한 벌 때문에 죽고 말 겁니다.

―그건 중대한 비난이구나. 넌 내가 남의 험담을 싫어한다는 걸 알지 않느냐.

―아메니는 거짓말을 할 친구가 아닙니다. 그는 곧고 순수한 사람이에요. 아메니가 제 친구라는 이유 때문에, 그리고 셰나르의 미움을 샀다고 해서 죽어야만 하는 겁니까?

―넌 네 형 셰나르를 싫어하는 모양이구나.

―우린 서로 잘 모릅니다.

―그는 널 두려워하고 있다.

―가능한 한 빨리 멤피스를 떠나라고 형님께서 저에게 강력하게 요청하였습니다.

―네가 이제트의 연인이 되었기 때문에 셰나르가 자극받은 건 아닐까?

람세스는 놀라움을 숨기지 않았다.

—벌써 알고 계시는군요.

—그것이 내 의무 아니더냐?

—앞으로도 계속 저를 염탐하실 건가요?

—우선 첫째, 네가 왕의 아들이기 때문이고, 둘째, 이제트가 그렇게 입이 무거운 편이 아니라서 그렇단다.

—패배자에게 순결을 바친 게, 뭐 그렇게 자랑스러울까요?

—널 믿고 있기 때문이겠지.

—형님을 놀려주기 위해서 그저 장난을 한번 쳐본 거겠지요.

—글쎄, 꼭 그렇다는 생각은 안 드는구나. 그녀를 사랑하느냐, 람세스?

람세스는 망설였다.

—전 그녀의 육체를 사랑합니다. 그녀를 다시 보고 싶지만, 하지만…….

—그녀와 결혼할 생각이냐?

—결혼이라구요?

—그게 순서 아니겠니, 아들아.

—아뇨, 아직은 아닙니다…….

—이제트는 아주 고집이 센 여자다. 일단 너를 선택했으니까, 아마 쉽게 포기하지는 않을 거다.

—형님이 더 나은 선택일 텐데요.

—어째 마음에 없는 말처럼 들리는구나.

—그 여자가 우리 두 사람을 모두 유혹하려고 마음먹지 않은 다음에야…….

—넌 아직 젊은 여자가 그렇게 교활할 수 있다고 생각하니?

—아메니가 불행을 당하는 꼴을 보고 나서 제가 누굴 믿을 수 있

겠습니까?

─나도 믿을 수 없니?

람세스는 어머니의 오른손을 잡았다.

─어머니가 절 모른 체하지 않으실 거라는 걸 전 알아요.

─아메니에 관해선 아주 좋은 해결방법이 있다.

─어떤 건데요?

─네가 왕실 서기관이 되도록 하여라. 그러고 나서 너 스스로 네 비서를 선택하면 되지 않겠니.

람세스가 감탄을 금할 수 없을 정도로 고집스럽게 아메니는 마부들이 시키는 힘든 일들을 견뎌냈다. 람세스가 세티의 아들이라는 걸 알게 된 마부들은 그가 또다시 개입할까봐 겁이 나서 더이상 아메니를 괴롭히지 않았다. 그들 중 한 사람은 그 동안 너무했다는 생각이 들었는지 그에게 말똥 광주리도 덜 맡기고, 종종 그를 거들어주기도 했다. 그러나 허약한 아메니는 나날이 시들어갔다.

람세스는 충분히 준비하지 못한 상태에서 왕실 서기관 시험에 응시했다. 시험은 총리대신 관저의 마당에서 열렸다. 목수들이 나무 기둥들을 세워놓고 응시자들이 햇빛을 가릴 수 있도록 차양을 쳐주었다.

람세스는 그 어떤 특별대접도 받을 수 없었다. 그의 아버지도 그의 어머니도 그를 도와주거나 해서는 안 되었다. 그것은 마아트의 법을 어기는 것이다. 아메니는 조만간 시험에 응시하리라. 그러나 람세스에게는 아메니와 같은 지식도 재능도 없었다. 다만 아메니를 위해 싸울 생각이었다.

지팡이를 짚고 서 있는 늙은 서기관이 중앙정부가 채용하는 두 명의 왕실 서기관 자리를 얻고 싶어하는 50명의 젊은이들 앞에서 연설을 늘어놓았다.

　─그대들은 권력을 행사할 수 있는 벼슬을 얻기 위해 공부해왔다. 그러나 어떻게 행동해야 할지 알고 있는가? 의관을 정제하고, 파피루스 두루마리를 잘 살피고, 게으름을 쫓아낼 터! 손으로는 망설임 없이 써야 하고, 입으로는 옳은 말을 하며, 공부하고 또 공부함에 게으름이 없어야 하느니라. 상관의 명령에 복종하고 가슴에 하나의 이상만을 품을 일이니, 즉 임무를 올바로 수행하며 남들에게 도움을 주는 사람이 되겠다는 생각이 그것이다. 훈련을 게을리해서는 안 되느니라. 원숭이는 사람들이 저에게 하는 말을 알아듣고, 사자는 길들여질 수 있지만, 산만한 서기관은 아무 짝에도 쓸모가 없다. 게으름에는 딱 한 가지 약이 있느니, 바로 몽둥이다! 몽둥이는 등때기에 붙어 있는 귀를 열어주고 헤매고 다니는 생각들을 제자리에 데려다주느니. 자, 이제 시작하라.

　사람들이 단풍나무 팔레트를 응시생들에게 나누어주었다. 나무 팔레트는 딱딱하게 굳힌 석고로 덮여 있었다. 한가운데에 뚫린 구멍에는 필기도구로 쓰이는 갈대가 꽂혀 있었다. 응시생들은 검은색과 붉은색 잉크 덩어리를 약간의 물에 녹였다. 그리고 서기관들의 수호신인 위대한 현자 임호텝을 기념하여 잉크 몇 방울을 떨어뜨리면서, 그의 가호를 빌었다.

　몇 시간 동안 그들은 기록을 필사하고 문법과 어휘 문제에 대답하고 수학과 기하 문제를 풀고 글씨체를 고안하고 전통적인 서체를 필사해야 했다. 중간에 포기하는 응시생들도 더러 있었으며, 집중력이 모자라는 응시생들도 있었다. 마지막 문제는 수수께끼의 형태로 출제되었다.

　람세스는 네번째 문제에서 걸렸다. 서기관은 어떻게 죽음을 생명으로 바꿀 수 있는가, 라는 문제였다. 죽음을 생명으로? 그는 일개 지식인이 그렇게 엄청난 능력을 지니고 있으리라곤 생각해본 적이 없었다. 어떤 대답도 떠오르지 않았다. 앞의 문제들에서 이미 이런 저런 자잘한 실수들을 저지른 터라, 이 문제마저 못 풀면 시험에 떨어질지도 모른다. 모든 노력이 수포로 돌아갈 것이다. 그러나 해결할 방법이 없었다.

시험에 떨어지더라도, 아메니를 포기하지는 않을 것이다. 아메니를 사막에 있는 세타우와 그의 뱀 곁으로 데리고 갈 것이다. 죄수처럼 살아가느니 매순간 죽음을 무릅쓰는 것이 낫다.

그때 비비원숭이 한 마리가 야자수에서 내려오더니, 시험장 안으로 들어왔다. 감독관들이 미처 제지하기도 전에 그놈은 멍하니 앉아 있는 람세스의 어깨 위로 뛰어올랐다. 원숭이는 람세스의 귀에 몇 마디 속삭이고는, 나타났을 때처럼 바람같이 사라져버렸다.

잠깐 동안 왕의 아들과 신성문자의 창시자인 토트 신의 신성한 동물은 한 존재로 일치했다. 그들의 생각이 하나가 되고, 한 존재의 정신이 다른 한 존재의 손을 잡고 이끌어주었다.

람세스는 원숭이가 불러준 대로 작성한 자신의 답안을 읽어보았다. 서기관은 글씨를 썼던 석고판 위에다 다른 글씨를 쓰기 위해서 고운 모래로 만든 사암 긁개로 먼저 썼던 것을 지우는데, 그러면 석고판은 다시 사용할 수 있는 새것이 된다. 그 긁개야말로 서기관으로 하여금 석고판에 새 생명을 불어넣어주는 도구인 것이다.

아메니는 말똥 광주리를 들어올릴 수 없어 고통스러워하고 있었다. 뼈는 부서질 것 같았고 목덜미는 죽은 나뭇가지보다도 더 뻣뻣했다. 얻어맞는다 하더라도 힘이 없어서 더이상 한 걸음도 움직이지 못할 것 같았다. 운명이란 얼마나 잔인한 것인가! 읽고 쓰고 현자들의 말을 듣고 문명을 이루어온 글들을 옮겨쓰고…… 그렇게 살아가게 될 줄 알았다. 그는 얼마나 멋진 미래를 상상했던가! 그는 짐을 옮기려고 마지막 안간힘을 써보았다.

그때 어떤 힘센 손 하나가 불쑥 나타나 그 짐을 번쩍 들어올렸다. 아메니가 깜짝 놀라 그를 바라보았다.

—람세스!

—이 물건에 대해서 자넨 어떻게 생각하나?

왕자는 황금으로 장식된 나무 붓통을 친구에게 보여주었다. 원통형의 붓통은 석고판에 새긴 글씨를 다듬을 수 있도록 끄트머리를 뾰족하게 만들어놓은 머리 부분이 백합꽃으로 장식되어 있었다.

—멋지구나!

—여기 씌어 있는 글을 해석할 수 있으면, 이건 자네 걸세.

—'토트의 비비원숭이가 왕실 서기관을 보호하도다……' 전혀 어렵지 않아!

람세스가 자랑스러운 목소리로 말했다.

—왕실 서기관으로서, 나, 람세스는, 그대를 개인비서로 채용하노라.

9

밀밭 가장자리에 지어져 있는 갈대 오두막은 밤에는 비어 있었
다. 아름다운 이제트와 람세스는 그곳에 숨어서 사랑을 나누었다.
람세스의 개는 예기치 않은 상황을 막아낼 만반의 준비를 갖추고
그들을 지켜주었다.

두 젊은이의 관능은 놀라울 정도로 잘 맞았다. 창조적이며 열정
적이고 지칠 줄 모르는 그들은, 한마디 말도 나누지 않은 채 몇 시
간이고 계속해서 서로에게 즐거움을 주었다.

그날 밤 행복에 겨워 나른해진 이제트는 연인의 가슴에 머리를
기대고 나지막한 소리로 노래를 불렀다.

ㅡ당신 왜 나랑 같이 있는 거야?

람세스의 물음에 이제트는 장난스런 표정으로 말했다.

―당신이 왕실 서기관이 되었으니까.

―당신이라면 더 나은 상대를 바랄 수도 있잖아?

―왕의 아들과 삶을 나누는데…… 뭘 더 멋진 걸 바라겠어?

―미래의 파라오랑 결혼하는 거.

이제트가 뾰로통해졌다.

―생각해봤지…… 하지만 그 사람은 싫어. 너무 뚱뚱하고, 너무 둔하고, 너무 교활해. 그 사람이 날 만지면 구역질이 나. 난 당신을 사랑하기로 결정했어.

―결정했다구?

―인간은 누구나 사랑하는 힘을 가지고 있어. 어떤 사람들은 유혹당하고 어떤 사람들은 유혹하지. 난 말야, 난 남자의 장난감은 되고 싶지 않아. 그 사람이 왕이라 하더라도 말야. 난, 람세스, 당신을 선택했어. 당신도 날 선택할 거야. 왜냐하면 우린 같은 종류의 인간이거든.

연인의 품에서 보낸 열정적인 지난 밤에 취한 채, 람세스는 자기가 일하는 관사의 정원을 가로질렀다. 아메니가 창포꽃 화단 쪽으로 나 있는 자기 사무실에서 뛰어나오더니 람세스가 가는 길을 막아섰다.

―자네에게 꼭 말해야 할 게 있네!

―난 졸려…… 좀 참을 수 없나?

―안 돼, 안 된다니까! 너무나 중요한 일이야.

―정 그렇다면, 우선 나에게 마실 것을 좀 주게.

―우유, 신선한 빵, 대추와 꿀. 왕자님에게 어울리는 아침상이 준비되어 있습니다. 하지만 식사를 하시기 전에, 왕실 서기관 람세스 나리께서는 동료들을 대동하고 궁전 연회에 참가하도록 초대받으셨

음을 아셔야 할 것입니다.

　―자네 말은…… 아버님 처소에 말인가?

　―세티는 한 분뿐이야.

　―궁전에, 손님으로 말인가! 자네 혹시 평소에 잘하는 그 실없는 농담을 하는 건 아니겠지?

　―자네에게 중요한 소식을 전해주는 것도 내 임무 중의 하날세.

　―궁전에 초대되었다구……?

　람세스는 아버지와 다시 만나는 장면을 상상해보았다. 보나마나 그저 왕실 서기관으로서 잠깐 알현할 기회가 주어진 것일 테지만. 만나면 아버지에게 무슨 말을 할까? 화를 낼까? 아니면, 설명을 해주십사고 간청할까? 그의 태도에 대해 항의를 할까? 자기에게 무엇을 요구하시는지, 자기를 위해 어떤 운명을 예비해두셨는지 물어볼까? 생각해볼 시간은 아직 있었다.

　―다른 소식도 있네. 기쁜 소식은 아니지만.

　―말해보게.

　―어제 받아온 잉크 덩어리 중에서 두 덩어리가 아주 질이 나빠. 난 잉크를 사용하기 전에 그걸 시험해보는 버릇이 있지. 나쁜 버릇이라곤 생각 않네.

　―그게 그렇게 심각한 일인가?

　―이건 큰 실수지! 자네 이름으로 조사해볼 생각이네. 왕실 서기관은 이런 관행을 용납해선 안 되네.

　―마음대로 하게. 이젠 눈 좀 붙여도 되겠나?

　사리는 옛 제자에게 축하 인사를 했다. 이제 람세스에게는 더이상 개인스승이 필요하지 않을 것이다. 사리는 람세스가 어려운 왕실 서기관 시험에 합격한 것이 자기의 가르침 덕분만은 아니라는 것을 인정했다. 그러나 람세스가 시험에 합격한 공은 사리에게도 돌아갔다. 캅의 행정관이 된 것이다. 출세가 보장되는 직위였다.

—전 사실 놀랐습니다. 인정하겠습니다. 그러나 합격하셨다고 너무 자만하진 마십시오. 그 덕에 불공평한 처사를 한 가지 바로잡아 아메니를 구하셨으니, 그러면 충분치 않습니까?

—무슨 소린지 모르겠네.

—전에 왕자님께서 제게 임무를 하나 주셨지요. 왕자님의 친구와 적을 가르쳐달라고 말입니다. 시키신 대로 살펴보니, 왕자님의 친구라곤 왕자님의 비서말고는 거의 아무도 없다는 것을 알게 되었습니다. 왕자님의 성공은 사람들의 질투심을 불러일으켰습니다. 아무려나 그건 중요한 게 아닙니다. 중요한 건 왕자님께서 멤피스를 떠나 남쪽 지방으로 가시는 거니까요.

—형님이 자넬 보낸 모양이군.

그 말에 사리는 기분이 상한 것 같았다.

—제가 무슨 음모라도 꾸미는 것처럼 생각하지 마십시오. 그러나 어쨌든 궁전엔 가지 마십시오. 이 연회는 왕자님과는 아무 상관이 없습니다.

—난 왕실 서기관이 아닌가.

—제 말을 믿으십시오. 왕자님이 오시는 걸 바라는 사람도 없고, 또 가시는 게 바람직하지도 않습니다.

—만일 내가 기어이 가겠다면?

—그래도 왕자님은 왕실 서기관으로 남아 계시겠지요…… 그러나 보직은 받으실 수 없습니다. 세나르에게 맞서지 마십시오. 불행을 자초하는 일입니다.

일천육백 부대의 밀과 또 그만큼의 귀리가 궁전으로 운반되었다.

부드러운 맥주와 오아시스 산(産) 포도주에 곁들여 먹기 위한 수천 개의 과자와 갖가지 빵을 만들기 위한 것이었다. 왕실 시종들이 부지런히 준비를 한 덕에, 왕실 서기관들을 위해 열린 연회의 초대 손님들은 밤하늘에 첫 별이 나타났을 무렵부터 최고급 과자들과 빵들을 맛볼 수 있었다.

람세스는 열려 있는 성문 앞에 제일 먼저 모습을 나타낸 손님들 안에 끼여 있었다. 밤낮으로 그 성곽을 지키는 파라오의 친위 병사들은 람세스가 세티의 아들이라는 것을 알면서도 그의 왕실 서기관 증명서를 검사하고 나서야 안으로 들여보냈다. 거대한 정원 안에는 백여 그루의 나무가 심어져 있었다. 오래 된 아카시아 나무들이 관상용 호수에 그림자를 드리우고 있었다. 과자와 빵과 과일 바구니들이 놓인 식탁들, 그리고 꽃다발로 덮인 작은 원탁들이 여기저기 놓여 있었다. 시종들이 설화석고로 만든 잔에 포도주와 맥주를 부어주었다.

왕자의 눈은 접견실이 있는 중앙 건물에서 떠날 줄을 몰랐다. 접견실의 벽은 유약을 칠해 구운 자기 타일로 덮여 있었는데, 방문객들은 그 찬란한 색깔에 감탄을 금치 못했다. 캅의 기숙생이 되기 전, 람세스는 왕의 거처에서 놀며 어린 시절을 보냈다. 옥좌가 있는 방의 계단에까지 몰래 가보았다가, 세 살 때까지 자기에게 젖을 먹여 키운 유모한테 야단을 맞기도 했었다. 그는 마아트의 공정함을 상징하는 받침돌 위에 놓인 파라오의 옥좌를 기억했다.

람세스는 왕이 왕실 서기관들을 안에서 접견해주길 바랐다. 그러나 그것은 희망일 뿐이다. 세티는 서기관들이 모여 있는 안마당 쪽으로 열린 궁전 창가에 모습을 나타낸 뒤, 그곳에서 그들의 의무와 책임이 막중하다는 것을 강조하는 짧은 연설로 접견을 대신할 수도 있다.

그런 상황에서 어떻게 얼굴을 마주 대하고 그와 이야기를 나눌 수 있겠는가? 때로 왕이 잠깐이나마 연회에 나타나 가장 빼어난 서기관을 칭찬하는 경우가 있긴 했다. 람세스는 완벽한 답안을 작성했고 부활의 수수께끼를 푼 유일한 응시생이었으므로, 그런 기회가 올까 하고 아버지와 대면할 준비를 했던 것이다. 그런 기회가 오면 아버지의 침묵에 항의할 생각이었다. 어쩔 수 없이 멤피스를 떠나 지방 서기관이라는 애매한 자리에 처박혀야 한다면, 그는 다른 사람이 아닌 파라오에게서 그 명령을 받고 싶었다.

왕실 서기관들과 그들의 가족들, 그리고 이렇게 품위 있는 연회는 절대로 놓치지 않는 많은 상류사회 인사들이 먹고 마시고 수다를 떨었다. 람세스는 질 좋은 오아시스 산(産) 포도주와 독한 맥주를 마셨다. 술을 마시던 그는 남녀 한 쌍이 정자 그늘에 놓인 돌 벤치에 앉는 것을 보았다.

그의 형 세나르와 이제트였다. 람세스는 그들을 향해 성큼성큼 걸어갔다.

—아름다운 아가씨, 분명하게 선택하시는 것이 필요하다고 생각지 않으십니까?

이제트는 깜짝 놀라 어쩔 줄 몰라했고, 세나르는 냉정을 지키고 있었다.

—아우여, 매우 불손하구나. 내겐 품위 있는 여성과 이야기를 나눌 권리가 없단 말이냐?

—이 여자가 정말 품위 있는 여자입니까?

—교양 없이 굴지 마라.

뺨이 빨갛게 달아오른 이제트는 형과 아우를 내버려두고 도망쳐버렸다.

—정말 형편없구나, 람세스. 이곳은 이제 네가 있어야 할 곳이

아니다.

—저는 왕실 서기관이 아닙니까?

—게다가 허풍까지! 내 승인 없이는 넌 어떤 보직도 받지 못해.

—형님의 친구 사리가 그렇게 전해주더군요.

—내 친구라…… 오히려 네 친구겠지! 네가 또 헛걸음질하는 걸 막아보려고 그랬을 테니까 말이다.

—다신 그 여자에게 접근하지 마십시오.

—네가 감히 날 위협해, 나를!

—만일 형님이 생각하시는 것처럼 내가 아무것도 아니라면, 내가 잃을 게 뭐가 있겠습니까?

셰나르는 싸움을 중단했다. 그의 목소리가 나긋나긋해졌다.

—그래, 네 말이 맞다. 여자가 일부종사하는 건 좋은 일이지. 그 여자에게 선택하게 하자꾸나, 어떠냐?

—좋습니다.

—즐기려무나. 기왕 왔으니까.

—왕께서 언제 연설을 하실까요?

—아…… 모르는 모양이구나! 파라오는 북쪽 지방에 머물고 계신다. 당신을 대신해서 왕실 서기관들을 축하해주라는 명을 나에게 내리셨다. 네 성공은 마땅히 상을 받을 만하다. 상으로 사막에서의 사냥이 예정되어 있다.

셰나르는 그렇게 말하고 멀어져갔다.

분개한 람세스는 포도주를 단숨에 들이켰다. 이제 아버지를 만날 수 없다는 게 명백해졌다. 셰나르는 그가 느낄 모욕감을 부채질하기 위해 그를 자극했던 것이다. 왕자는 지나칠 정도로 많이 마셨다. 그는 삼삼오오 모여 떠드는 사람들 틈에 끼지 않았다. 그들이 나누는 시시한 대화가 그를 짜증나게 했다. 취해서 정신이 몽롱해져 있는데, 어떤 우아한 차림의 서기관과 부딪쳤다.

―람세스! 자네를 다시 보니 정말 기쁘군!

―아샤…… 아직도 멤피스에 있나?

―내일 모레 북쪽으로 떠나네. 중요한 뉴스가 있는데 아직 모르나? 트로이 전쟁이 결정적인 국면에 놓였다네. 그리스의 야만인들이 프리암 시 공략을 눈앞에 두고 있어. 소문에 의하면 아킬레스가 헥토르를 죽였다고도 하고. 고참 외교관들 곁에서 그런 사실들을 확인하고 정보를 수집하는 게 내 첫번째 임무라네. 자네는…… 곧 중요한 행정직을 맡게 되겠지?

―모르겠네.

―자네의 이번 성공을 부러워하고 시샘한 사람들이 적지 않았지.

―그 얘긴 하도 들어서 귀에 못이 박혔어.

―외국으로 나가볼 생각 없나? 이런, 용서하게! 자네가 곧 결혼한다는 걸 잊었군. 결혼식에 참가할 수는 없겠지만, 진심으로 축하하네.

대사 한 명이 다가와 아샤의 팔을 잡아끌더니, 그를 데리고 가버렸다. 신참 외교관의 업무가 벌써 시작된 것이다.

람세스는 어떤 병적인 취기가 자기를 사로잡는 걸 느꼈다. 그는 자기 자신이 부러진 노(櫓), 벽이 흔들리는 집과도 같은 신세라고 생각했다. 그는 분노에 차서 다시는 이런 형편없는 꼴이 되지 않겠다고 맹세하며, 술잔을 멀리 집어던졌다.

10

많은 사냥꾼들이 서쪽 사막을 향해 떠났다. 람세스는 자기 개를 아메니에게 맡겼다. 아메니는 결함이 있는 잉크의 수수께끼를 밝히겠다고 작정하고 있었다. 그는 오늘 안으로 잉크 생산 책임자들을 만나볼 예정이었다.

셰나르는 가마 위에 앉아서 떠나는 사냥대를 환송했다. 애당초 그는 사냥에 참가할 생각이 없었다. 그는 그저 사냥에 나서는 용감한 사내들에게 은혜를 베풀어주십사고 신들에게 기도나 하고 말 참이었다.

사냥대의 일원으로서, 람세스는 퇴역한 전차병이 모는 가벼운 마차를 타고 있었다. 람세스는 사막을 다시 찾아가는 것이 즐거웠다. 야생 염소, 영양, 큰영양, 표범, 사자, 재규어, 사슴, 타조, 하이에나,

토끼, 여우 등…… 온갖 야생 동물들이 그곳에 살고 있었다. 그놈들은 조직적으로 공격해오는 사람들을 빼면 아무것도 무서워하지 않았다.

사냥대장은 준비가 철저했다. 잘 훈련된 개들이 마차를 따랐다. 식량이나 시원한 물동이를 등에 진 개들도 있었다. 추격이 밤늦게까지 계속될 것에 대비해서 텐트들도 마련되어 있었다. 사냥꾼들은 올가미, 새 활, 그리고 많은 양의 화살을 몸에 지녔다. 퇴역 전차병이 람세스에게 물었다.

―뭘 원하시오? 죽이는 거요, 잡는 거요?

―잡았으면 좋겠소.

람세스가 대답했다.

―그러면 당신은 그물을 사용하시오. 난 활을 쓸 테니까. 죽이는 건 살아남기 위해선 어쩔 수 없이 해야 하는 일이오. 아무도 피할 수 없죠. 난 당신이 세티의 아들이라는 걸 알고 있소. 그러나 위험 앞에선 우린 둘 다 평등하지요.

―틀렸소.

―당신이 그렇게 우월하다는 거요?

―아니오, 내 말은 당신이 우월하다는 거요. 당신은 경험이 있으니까. 나에겐 이게 첫번째 사냥이오.

전차병이 어깨를 으쓱했다.

―이제 말은 그만합시다. 지켜보고 있다가 사냥감이 나타나거든 내게 알려주시오.

공포에 질려 있는 여우나 사막쥐 따위는 사냥 경험이 많은 전차병의 관심을 끌지 못했다. 그는 그런 것들은 다른 사람들을 위해 남겨주었다. 한 무더기였던 사냥대는 곧 이리저리 흩어졌다.

왕자는 한 떼의 영양을 발견했다.

—근사하군!

전차병이 영양들 뒤를 쫓아 달려가며 소리를 질렀다.

나이가 들었거나 병이 든 놈인지 그 중 세 마리가 무리에서 처져서 두 개의 바위벽 사이로 구불구불 나 있는 와디(주로 아라비아나 사하라 사막에 있는, 장마철 외에는 물이 없는 강―역주)의 강바닥으로 달려들어갔다.

전차병이 마차를 세웠다.

—이젠 걸어가야 하오.

—왜요?

—땅바닥이 너무 울퉁불퉁해서 바퀴가 부서질 거요.

—그렇지만 영양들이 도망칠 텐데.

—걱정하지 마시오. 난 이곳을 알고 있소. 저놈들은 동굴로 몸을 피할 거요. 거기 가면 오히려 더 쉽게 잡을 수 있소.

그들은 마차에서 내려 세 시간 정도를 걸었다. 목표를 향해서 긴장하고 있었기 때문인지, 람세스는 피곤한 줄을 몰랐다. 들고 가는 무기와 식량도 무거운 줄 몰랐다. 사막의 햇볕이 너무 뜨거워졌다. 그들은 계단처럼 생긴 바위 그늘 아래 앉았다. 바위 위에는 선인장 같은 잎이 두꺼운 식물들이 자라고 있었다. 그곳에서 그들은 다시 기운을 차렸다.

—피곤하시오?

—괜찮소.

—그렇다면, 사막에 대한 감각이 있는 거요. 사막에선 다리가 부러지거나, 아니면 불타는 모래를 만나 재생의 힘을 얻게 되거나, 둘 중의 하나요.

바위 조각들이 부서져나와 바위벽을 따라 구르다가 말라버린 강바닥에 흩어져 있는 돌멩이들 위로 떨어졌다. 이 붉은 불모의 땅

한가운데에서 젖줄 같은 강물을, 나무들을, 그리고 경작된 밭을 어떻게 상상이나 할 수 있겠는가? 사막은 인간 세계 한가운데에 현존하는 다른 세계였다. 람세스는 자기 존재의 덧없음을 느꼈으며, 동시에, 자연의 힘이 고요한 자의 영혼 안에 전해줄 수 있는 힘을 느꼈다. 신은 인간으로 하여금 고요히 침묵하고 비밀스러운 불의 목소리를 듣게 하기 위해서 사막을 창조하신 것이다.

전차병은 끝에 돌화살촉이 달려 있는 화살을 점검해보았다. 화살오늬 끝에 달린 가장자리가 둥근 두 개의 날개는 무게추 역할을 하는 것이다.

─최고의 사냥감은 아니죠. 하지만 그걸로 만족합시다.

─동굴은 아직도 먼가요?

─한 시간 정도 더 가면 돼요. 왜, 다시 돌아가고 싶소?

─계속 갑시다.

뱀이나 전갈조차 없었다…… 이 황폐한 곳에는 살아 있는 생물이라곤 아무것도 없는 것처럼 보인다. 모래 속이나 바위 아래 몸을 숨겼다가 선선한 저녁이 찾아오면, 그때나 밖으로 나와야 할 것 같았다. 앞서 걷던 전차병이 갑자기 신음소리를 내뱉었다.

─왼쪽 다리가 아파요. 옛날 상처가 도지는 모양이오. 쉬면서 휴식을 취하는 것이 좋겠소.

밤이 왔을 때도, 그는 여전히 고통스러워했다. 그가 람세스에게 말했다.

─먼저 눈을 붙여요. 난 아파서 잠이 오질 않소. 잠이 오면 내 깨우리다.

처음엔 부드러운 애무처럼 느껴졌다. 그리고 이내 불에 덴 것처럼 뜨거워졌다. 태양은 새벽녘에 아주 잠깐 부드러운 빛을 보내줄

뿐이다. 어두움과 생명을 집어삼키는 용과의 싸움에서 승리자가 되어 돌아온 태양은, 너무나 강렬한 힘으로 자신의 승리를 과시하기 때문에, 인간은 그 힘으로부터 달아나 숨는 수밖에 없다.

람세스는 잠에서 깨어났다.

전차병은 사라지고 없었다. 물도 식량도 무기도, 아무것도 없었다. 왕자는 사냥대가 흩어진 지점에서 몇 시간이나 걸어야 하는 곳에 혼자 버려진 것이다. 왕자는 곧 길을 떠났다. 힘을 낭비하지 않기 위해서, 그는 규칙적인 걸음으로 걸었다.

전차병은, 람세스가 이렇게 어쩔 수 없이 걷다가 죽었으면 하는 바람으로 그를 버린 것이다. 누구의 사주를 받은 것일까? 이 계획적 살인을 사냥 도중에 생긴 사고로 위장하도록 덫을 놓은 주모자는 누구일까? 감쪽같은 덫이었다. 람세스가 사냥을 떠났다는 것은 누구나 알고 있는 일이었다. 모두들 람세스가 사냥감을 뒤쫓다가 흥분해서 신중함을 잃고 사막에서 길을 잃은 모양이라고 생각하게 될 것이다.

셰나르다…… 람세스에게 앙심을 품고 있는 셰나르, 그밖에 없다! 멤피스를 떠나기를 거절한 동생을, 그는 죽음의 해안으로 떠밀어보낸 것이다. 뱃속에서 분노가 치밀어올랐다. 이렇게 죽을 순 없다. 람세스는 자기 앞에 예비된 운명을 거부했다. 자기가 걸어왔던 길을 완벽하게 기억하고 있었으므로, 그는 정복자처럼 앞으로 나아갔다.

영양 한 마리가 그의 앞에서 도망치더니, 뿔이 구부러진 야생 염소 한 마리가 그 뒤를 이어 나타났다. 염소는 느닷없이 나타난 침입자를 한참 동안 바라보더니 도망쳤다. 짐승들이 있다는 사실은, 가까운 곳에 물이 있다는 얘기가 아닐까? 갈증으로 죽을 각오를 하고 가던 길을 계속 가든지 짐승들을 믿어보든지, 한 가지를 선택하는 수밖에 없다.

왕자는 두번째를 선택했다.

야생 염소와 영양 그리고 큰영양들의 무리와, 멀리에 서 있는 10미터 정도 크기의 발라니트 나무가 눈에 들어왔을 때, 람세스는 앞으로 자신의 본능에 복종하겠다고 스스로에게 약속했다. 풍성한 나뭇가지와 잿빛 껍질을 가진 그 나무는 연둣빛의 향기로운 꽃들로 장식되어 있었는데, 그 열매는 먹을 수 있는 것이었다. 약 4센티미터 정도의 길쭉한 달걀 모양의 과일로, 부드럽고 달콤한 과육을 가지고 있었다. 사냥꾼들은 그 과일을 사막의 대추라고 불렀다. 그러나 그 나무는 길고 곧은 가시로 자신을 감싸고 있다. 가시의 뾰족한 끝은 밝은 초록색이었다. 그 아름다운 나무는 약간이나마 그늘을 제공해주었고, 세트 신의 축복을 받아 사막의 내장으로부터 솟아오른 신비한 샘 하나를 숨기고 있었다.

어떤 남자가 나무줄기에 기대앉아 빵을 먹고 있었다. 람세스는 가까이 다가가 그를 바라보았다. 아는 얼굴이었다. 아메니를 괴롭혔던 마부들의 우두머리였다. 람세스를 바라보며 그가 빈정거렸다.

─왕자님, 신들께서 그대에게 은혜를 베풀어주시기를. 보아하니 길을 잃으신 것 같은데…….

입술은 말라붙고 혀는 뻣뻣해지고 머리는 불에 덴 것처럼 뜨거워진 람세스는, 남자의 왼쪽 다리 옆에 놓여 있는, 시원한 물이 가득 찬 가죽부대를 뚫어져라 바라보았다. 사나이는 면도도 제대로 하지 않아 텁수룩한 수염에다가 머리는 온통 헝클어져 있었다.

─목이 마른 모양이구려? 안됐지만 난 모르겠수. 이렇게 귀한 물을 죽어가는 사람에게 주어서 낭비해버릴 이유는 없지.

왕자는 자기의 구원으로부터 채 열 발짝도 떨어져 있지 않았다.

왕자의 몸은 물부대를 향해 절로 움직였다.

　─네놈이 날 모욕했지. 왕자라는 이유로 말야! 이젠 내 부하들마저 날 놀려대는 형편이야…….

　─거짓말 마. 누가 널 고용했지?

　마부는 심술궂게 웃었다.

　─옛말에 즐거움에 이로움을 덧붙이라 했거늘…… 네 사냥 동료가 널 없애주면 암소 다섯 마리와 아마 열 장을 주겠다고 제안했을 때, 나는 얼씨구나 하고 그 제안을 받아들였지. 난 네가 이리 올 줄 알고 있었어. 물도 마시지 않고, 왔던 길을 되돌아간다는 건 자살행위니까. 넌 영양들과 큰영양들, 그리고 야생 염소가 네 목숨을 구해줄 거라고 생각했겠지. 사실은 그놈들이 널 사냥감으로 만든 건데 말야.

　남자가 손에 칼을 들고 일어섰다.

　람세스는 적의 마음을 읽었다. 놈은 지난번 싸움과 똑같은 싸움을 예상하고 있다. 람세스가 지난번처럼 귀족들의 대련을 위해 훈련받은 공격법을 사용하리라고 생각하고 있는 것이다. 무기도 없고 지친 데다가 물도 마시지 못했으니 젊은놈이 신통찮은 기술을 써봤자 자기 상대가 되지 못하리라고 생각하고 있는 것이다.

　람세스는 자기 몸을 무기로 사용하는 수밖에 없었다.

　분노의 비명소리와 함께, 람세스는 있는 힘을 다해서 마부에게 덤벼들었다. 마부는 놀라서 미처 칼을 사용해볼 틈도 없었다. 람세스와 부딪친 그는 뒤로 벌렁 나가자빠졌다. 발라니트 나무의 가시가 수많은 단검처럼 그의 몸뚱이에 깊이 꽂혔다.

　사냥꾼들은 적이 만족했다. 그들은 산 채로 잡은 야생 염소 한 마리, 영양 두 마리와 큰영양 한 마리의 뿔을 붙잡고 있었다. 어느 정도 진정된 짐승들은 배를 살살 두들겨주면 앞으로 나아갔다. 등에 새끼 영양을 짊어진 사람도 있었고, 겁에 질린 토끼의 귀를 잡고 있는 사람도 있었다. 두 명의 조수들이 하이에나의 발을 막대기에다 묶어서 들었다. 개 한 마리가 공연히 하이에나를 물어보려고 껑충거리며 뛰어올랐다. 이 짐승들은 전문가들에게 넘겨질 것이다. 그들은 짐승들의 습성을 관찰한 뒤에, 길들일 수 있는 가능성을 시험해볼 것이다. 푸아그라(간으로 만든 파이―역주)를 얻기 위해서 하이에나의 사육을 시도해보았지만 결과는 신통치 않았다. 그래도 몇몇 전문가들은 여전히 고집을 버리지 않았다. 사냥에서 얻은 다른 많은 노획물들은 신전 푸줏간에 공급될 것이다. 그 짐승들은 신들에게 바쳐졌다가 인간의 식량이 되는 것이다.

사냥꾼들이 집합할 시간이 되었지만, 람세스 왕자와 그가 타고 간 마차가 보이지 않았다. 불안해진 원정대 책임 서기관이 이 사람 저 사람에게 수소문해보았지만 아무것도 알아내지 못했다. 기다린다는 것은 불가능했다. 실종자들을 찾기 위해선 마차를 보내야 했지만, 그러나 어느 방향으로 보낸단 말인가? 불행한 일이 일어나는 경우에는 책임이 그에게 돌아올 것이다. 그의 출세가 완전히 막혀버릴 수도 있다. 비록 람세스에게 빛나는 미래가 보장되어 있는 것은 아니라 하더라도, 왕자가 실종된다면 그건 그냥 눈감고 지나갈 수 있는 일이 아닌 것이다.

그와 두 명의 사냥꾼들은 저녁이 되기 전까지 기다려보기로 했다. 사냥감 때문에 어쩔 수 없이 계곡으로 돌아가야 하는 다른 동료들은 사막 경찰분대에 왕자의 실종사실을 신고했다.

신경이 날카로워진 서기관은 서판 위에 보고서를 작성했다가, 석고판을 지우고, 다시 새로운 보고서를 작성하려다가 포기해버렸다. 매양 뻔한 형식으로 사태를 숨기려고 해보아야 아무 소용도 없다.

어떤 보고 양식을 사용하더라도, 왕의 아들을 포함한 두 사람이 실종되었다는 사실을 숨길 수는 없는 것이다.

태양이 하늘 한복판에 자리잡았을 때, 서기관은 햇빛 속에서 천천히 움직이고 있는 하나의 실루엣을 얼핏 본 듯한 느낌이 들었다. 사막에서 착시현상은 드문 일이 아니었으므로 서기관은 두 명의 사냥꾼들에게 물었다. 그들도 어떤 사람 하나가 그들이 있는 쪽을 향해서 걸어오는 것이 확실하다고 말했다.

한 발자국 한 발자국 다가올수록 생존자의 윤곽이 드러났다.

덫에서 빠져나온 람세스였다.

11

세나르는 손 미용사와 발 미용사에게 몸을 내맡기고 있었다. 그들은 궁전학교에서 교육받은 뛰어난 미용전문가들이었다. 세티의 맏아들은 자기 자신에게 관심이 많았다. 부강한 나라의 공인이자 미래의 왕은 언제나 돋보이지 않으면 안 되는 것이다. 세련됨이란, 위생과 몸 가꾸기 그리고 몸을 아름답게 하는 데 가장 커다란 가치를 부여해온 문명의 특징이 아닌가? 그는 미용사가 와서 머리를 손질해주기까지, 사람들이 마치 귀중한 조각을 다루듯이 자기에게 신경을 써주고, 자기의 몸을 향기롭게 만들어주는 그 시간을 무척 좋아했다.

떠들썩한 목소리가 멤피스의 거대한 저택의 정적을 뒤흔들어놓았다. 세나르는 눈을 떴다.

─웬 소란이야, 대체? 난 참을 수 없다…….

람세스가 호사스러운 목욕탕 안으로 불쑥 들어왔다.

─진실을 알고 싶습니다, 형님. 지금 당장 말이오.

셰나르는 발 미용사와 손 미용사를 내보냈다.

─진정해라, 아우야. 무슨 진실을 알고 싶다는 게냐?

─날 죽이라고 형님이 사람들을 고용했소?

─도대체 무슨 생각을 하는 거냐? 그런 생각을 하다니, 내 마음이 너무 아프구나!

─두 명의 공범이 있었어요…… 한 놈은 죽었고, 다른 한 놈은 사라졌죠.

─제발 부탁이다. 무슨 얘긴지 설명을 해보아라. 내가 네 형이란 걸 잊진 않았겠지?

─형님이 범인이라면, 언젠가 그 사실이 드러나고 말 겁니다.

─범인이라니…… 너 지금 제정신으로 그런 말을 하는 거냐?

─형님이 초대한 그 사냥중에, 놈들이 날 죽이려고 했단 말이오.

셰나르가 람세스의 어깨를 잡았다.

─우리 두 사람은 아주 다르지. 그걸 부정하진 않겠다. 우린 서로 별로 좋아하지도 않고 말야. 그렇지만 어째서 현실을 인정하고 정해진 바대로 각자의 운명을 받아들이는 대신, 끊임없이 티격태격해야 하는 거냐? 난 네가 떠나길 바란다. 그건 사실이다. 왜냐면, 내가 보기엔 네 성격이 왕실의 요구와는 어울리지 않기 때문이다. 그렇지만 나는 너에게 아무리 사소한 잘못이라도 저지르고 싶지 않다. 나는 폭력을 증오한다. 부탁이니, 내 말을 믿어다오. 난 너의 적이 아니다.

─그렇다면, 내가 수사를 벌이도록 도와주세요. 나를 함정에 몰아넣은 그 전차병을 찾아야 돼요.

—날 믿으렴.

아메니는 자기의 필사 도구를 아주 정성스럽게 갈무리했다. 그는 물 종지와 붓을 두 번씩 깨끗이 씻고 표면이 완벽하게 매끈해질 때까지 서판을 문지르고, 만족스럽지 않으면 당장 긁개와 지우개를 바꿨다. 왕실 서기관의 비서로서 필요한 물건을 넉넉하게 사용할 수 있는데도, 파피루스를 아껴 쓰고 석회 조각을 연습용으로 사용했다. 선명한 빨간색과 짙은 까만색을 얻기 위해서 늙은 거북이 등 딱지에다가 광물 안료를 섞어놓기도 했다.

람세스가 모습을 나타냈을 때, 아메니는 기뻐서 어쩔 줄 몰랐다.

—자네가 무사하다는 걸 알고 있었지. 자네에게 무슨 일이 있었다면, 난 느낌으로 알았을 거야. 그 사이 난 허송세월하지 않았어. 자넨 날 자랑스럽게 생각할걸.

—뭘 좀 찾아냈어?

—우리나라 행정기관은 복잡하더군. 부서들도 많고, 그런데 그 부서의 장들은 과민하달까…… 어쨌든 자네 이름과 지위 덕에 많은 문들을 열 수 있었네. 글쎄, 사람들은 자네를 좋아하지 않는지는 몰라도 무서워는 하더군!

람세스의 호기심이 발동했다.

—더 분명하게 말해보게.

—잉크 덩어리는 우리나라에선 제일 중요한 물건이지. 그게 없으면 글을 쓸 수 없고, 글을 쓸 수 없으면 문명도 없으니까!

—그렇게 계속 점잔뺄 거야?

—내가 예상했던 것처럼 통제가 매우 엄격했어. 잉크 덩어리는 반드시 점검된 뒤에야 창고에서 반출하게 돼 있어. 품질이 다른 것이 뒤섞인다는 건 있을 수 없는 일이야.

─그렇다면…….

─암거래와 착복이 이루어지고 있다는 거지.

─자네, 일을 너무 열심히 해서 머리가 좀 어떻게 된 것 아냐?

아메니는 어린아이처럼 뿌루퉁해졌다.

─자넨 나를 진지하게 대해주질 않는군!

─난 어쩔 수 없이 사람을 하나 죽여야 했네. 그렇지 않았더라면 놈이 날 죽였을 거야.

람세스는 자기가 겪은 불행한 사건을 들려주었다. 람세스가 이야기하는 동안 아메니는 내내 고개를 떨구고 있었다.

─자넨 내가 우습다고 생각했겠군. 잉크 따위 가지고 수선을 떤다고…… 신들이 자넬 지켜주신 거야! 신들은 자넬 결코 버리지 않으실 거야.

─신들이 자네 애길 들어주셨으면 좋겠네.

후텁지근한 밤이 갈대 오두막을 뒤덮고 있었다. 아주 가까운 곳에 있는 운하 가장자리에서 개구리들이 시끄럽게 울어댔다. 람세스는 밤새 이제트를 기다려보기로 결심했다. 오지 않는다면, 다시는 그녀를 보지 않으리라. 마부를 발라니트 나무 가시 위로 밀어 넘어뜨리고 자신의 목숨을 구하던 순간의 장면을 떠올렸다. 그 행동에서, 생각은 아무런 역할도 하지 못했었다. 거역할 수 없는 불이 그의 힘을 엄청나게 증가시키며 그를 사로잡았었다. 그 불은 어떤 신비한 세계로부터 온 것이었을까? 그의 아버지 세티가 이름을 딴, 세트 신의 힘이 표출된 것일까?

그때까지 람세스는 자신이 자기 자신의 절대적인 주인이라고 생각했었다. 그 어떤 싸움에서든 승리자가 되어 빠져나오는, 신들과 인간들에게 도전할 수 있는 주인. 그러나 그는 그 싸움과 도전에서 마땅히 치러야 할 대가와 죽음의 현존을 잊었었다. 그런데 그 마부의 죽음은 바로 람세스 자신이 매개자였던 것이다. 후회는 없다. 그러나 그 비극이 그의 꿈에 종지부를 찍을 것인지, 아니면 또다른 미지의 세계로 넘어가는 경계선이 될지 궁금했다.

들개 한 마리가 짖어댔다. 누군가가 다가오고 있었다.

람세스는 신중하지 못하게 처신한 것이 아닐까? 마부에게 돈을 준 전차병이 모습을 숨기고 있는 한, 그는 항상 위협당하고 있는 셈이다. 어쩌면 그자가 왕자를 미행했을지도 모른다. 으슥한 곳에서 불시에 왕자를 습격하기 위해 무장하고 있을 수도 있다.

람세스는 자객이 그곳에 있다는 것을 알아차렸다. 모습은 보이지 않았지만, 그는 그자가 어느 만큼 떨어진 거리에 있는지 정확히 알고 있었다. 그는 그자의 움직임 하나하나를 그려 보일 수도 있었고, 그 조용한 걸음의 보폭이 어느 정도인지도 알 수 있었다. 그자가 오두막 입구 근처에 왔을 때, 왕자는 오두막을 튀어나가 그자를 땅바닥에 넘어뜨렸다.

―이게 무슨 거친 짓이야, 람세스!

―이제트 아냐! 왜 도둑놈처럼 살금살금 걸어오는 거야?

―우리가 맺은 협정을 잊어버렸어? 무엇보다 조심할 것.

그녀는 연인을 꼭 끌어안았다. 연인의 얼굴엔 벌써 욕망의 표정이 뚜렷이 나타나 있었다.

―부탁이야, 아까처럼 덤벼들어봐.

―그럼 날 선택한 거야?

―내가 여기 왔다는 게 그 대답 아냐?

―또 세나르 만날 거야?

―왜 자꾸 말만 해?

그녀는 풍성한 겉옷 한 벌만을 걸치고 있었는데, 그 속에는 아무것도 입고 있지 않았다. 그녀는 자신을 내던져 람세스의 애무에 몸을 맡겼다. 그녀는 미래의 이집트 왕과 결혼하고 싶다는 욕심마저 잊을 정도로 미친 듯이 람세스와의 사랑에 빠져든 것이다. 람세스의 아름다움이 그녀의 열정을 불러일으키는 전부는 아니었다. 젊은 왕자는 그의 내면에 그 자신조차도 인식하지 못하는 엄청난 힘을 가지고 있었다. 이성의 힘을 잃어버릴 정도로 이제트를 매혹한 힘. 그는 어떤 방식으로 그 힘을 사용하게 될까? 그는 파괴하는 걸 즐기게 될까? 셰나르는 권력을 가지게 되겠지만, 그는 얼마나 늙어 보이고 따분한가! 이제트는 늙기도 전에 일찍부터 재미없게 살아가기에는 사랑과 젊음을 너무도 좋아했다.

새벽이, 꼭 껴안고 있는 그들을 찾아왔다. 이 남자에게도 이렇게 섬세한 구석이 있었나 싶을 만큼 부드럽게 람세스는 연인의 머리카락을 쓰다듬었다.

─사람들이 수군대는데, 당신이 사냥에서 사람을 하나 죽였다며?

─그자가 날 죽이려고 했어.

─무엇 때문에?

─복수야.

─그 사람, 당신이 왕의 아들인 걸 알았어?

─알고 있었어. 나랑 같은 마차를 타고 있었던 전차병이 그에게 엄청난 재물을 주었대.

이제트가 불안한 표정으로 자리에서 벌떡 일어나 앉았다.

─그 사람 붙잡혔어?

─아직. 내가 고발해서 경찰이 찾고 있어.

─그런데 혹시……

─음모 아니냐구? 셰나르는 부정했어. 진심인 것 같아.

─조심해. 겁쟁이지만 영악한 사람이야.

─당신, 당신 선택에 확신이 있는 거야?

그녀는 대답 대신, 이제 막 태어나는 태양에게 입을 맞추었다.

아메니의 사무실은 비어 있었다. 그는 자신의 부재를 설명해줄 단 한마디 말도 남기지 않았다. 람세스는 그의 비서가 결함이 있는 잉크 덩어리의 수수께끼를 푸는 일을 포기하지 않은 것이라고 생각했다. 고집스럽고 캐내기 좋아하는 아메니는 그러한 결함을 참을 수 없었고, 진실을 밝혀내서 범인에게 벌을 주고 싶었을 것이다. 그의 열성을 꺾으려 해보아야 소용없는 일이었다. 허약한 체구와는 달리 아메니는 한번 목표를 정하면 거기에 도달하기까지 놀라운 행동력을 보여주곤 했다.

람세스는 경찰 책임자를 찾아갔다. 그는 동료들을 시켜 여러 방향으로 수사를 진행시켰지만 불행히도 성과가 없었다. 수상한 전차병은 사라져버렸고 경찰은 어떤 실마리도 잡지 못하고 있었다. 경찰 책임자가 집중적으로 조사를 하겠다고 약속했지만, 왕자는 못마땅한 기색을 감추지 않았다.

실망한 왕자는 자신이 직접 조사에 착수하기로 마음먹었다. 그는 항구적인 보수 정비가 필요한 전차들과 사냥용 마차들이 모여 있는 병영을 찾아갔다. 그는 왕실 서기관으로서 중요한 운송수단의 총목록을 관장하고 있는 관리에게 면담을 요청했다. 그의 지위는 람세스와 서열이 같았다. 도주한 전차병이 이 기관에 고용되어 있는지 알기 위해서, 람세스는 아주 상세하게 그자의 인상착의를 설명했다.

관리는 그를 마구간 감시관인 바크헨이란 자에게 안내했다.

감시관은 멍에를 얹기에는 아직 너무 어린 잿빛 말을 살펴보면서, 말을 혹독하게 다루었다며 마차꾼 한 사람을 야단치고 있었다.

바크헨은 짧은 턱수염이 있는 못생기고 각진 얼굴의 건장한 이십대 사내였다. 팔 위쪽으로 구리 팔찌를 두 개씩 찬 그는 무겁고 쉰 목소리로 한마디 한마디를 망치로 때리듯 힘주어 발음하면서 호되게 훈계를 하고 있었다.

야단맞던 마차꾼이 가버리자, 바크헨은 말을 쓰다듬어주었다. 말은 고맙다는 듯한 표정으로 그를 바라보았다.

왕자는 감시관에게 말을 걸었다.

─난 람세스 왕자요.

─당신에겐 잘된 일이구려.

─알고 싶은 게 있소.

─경찰에게 가보시오.

─당신만이 나를 도울 수 있소.

─그럴 것 같지 않은데.

─난 전차병 하나를 찾고 있소.

─난 말과 마차 담당이오. 사람은 모르오.

─그자는 죄를 짓고 도주중인 범인이오.

─내가 상관할 바 아니오.

─그가 도망치길 바라는 거요?

바크헨은 화가 난 시선을 람세스에게 던졌다.

─혹시 날 공범이라고 생각하는 거요? 왕자든 아니든 당장 꺼져버리는 게 좋을걸!

─그러면 내가 당신에게 애걸복걸할 줄 아시오?

바크헨은 기가 차다는 듯이 웃음을 터뜨렸다.

─그래도 안 갈 거요?

─뭔가 알게 되면, 나에게 알려주시오.

─참을성 하난 대단하군.

말 한 마리가 히히힝 하고 울었다. 바크헨은 불안한 기색으로 그 말이 있는 쪽으로 달려갔다. 눈부신 짐승이었다. 짙은 갈색 옷이 입혀진 그놈은 미친 듯이 뒷발질을 하면서, 자기를 붙잡아매고 있는 밧줄로부터 빠져나가려고 있는 힘을 다하고 있었다.

―자, 진정해, 착하지, 진정해.

바크헨의 목소리가 종마를 진정시킨 것 같았다. 그는 말에게 다가갔다. 말이 너무나 아름다워서 람세스는 감탄을 금치 못했다.

―이놈 이름이 뭡니까?

―'아몬 신께서 그 용맹을 선언하셨도다.' 그놈은 내가 제일 사랑하는 말이다.

람세스의 질문에 대답한 것은 바크헨의 목소리가 아니었다. 등뒤에서 들려온 그 목소리에 람세스는 피가 얼어붙는 것 같았다.

람세스는 몸을 돌려서 그의 아버지, 파라오 세티 앞에 엎드렸다.

12

―나와 함께 떠나자, 람세스.

왕자는 자기 귀를 믿을 수가 없었다. 그러나 아버지가 지금 막 말씀하신 그 마술과도 같은 세 마디 말을 다시 되풀이해주십사고 부탁할 수는 없었다. 그는 행복해서 몇 분 동안 눈을 감았다.

세티는 벌써 그의 말을 향해 다가가고 있었다. 말은 완전히 평온을 되찾았다. 파라오가 고삐를 풀어내자 말은 그를 뒤쫓았다. 가벼운 수레에 잡아매어도 얌전하게 가만히 있었다. 병영의 중문에서는 왕의 친위병이 보초를 서고 있었다.

왕자는 아버지의 왼쪽에 올라탔다.

―고삐를 잡아라.

승리자처럼 자랑스럽게 람세스는 남쪽 지방을 향해 떠나는 소형

함대가 정박해 있는 부두에까지 왕의 수레를 몰아갔다.

아메니에게 자기의 출발을 알릴 시간이 없었다. 그리고 사랑의 약속을 위해 갈대 오두막으로 올 이제트는 또 어떻게 생각할까? 그러나 그건 중요한 일이 아니었다. 강한 북풍을 타고 쾌속으로 달리는 왕의 배로 여행하는 예기치 않던 행운을 누리게 되었기 때문이다.

람세스에게는 왕실 서기관으로서 원정의 상황을 기록하고, 사소한 일이라도 빠뜨리지 않고 낱낱이 항해일지에 기재하는 임무가 주어졌다. 그는 만나는 풍경마다 매혹되어 열심히 일했다. 항해의 목적지인 게벨 실실레는 멤피스에서 8백 킬로미터 떨어져 있는 곳이다. 열이레의 항해 동안 왕자는 아름다운 나일 강 연안, 강가의 작은 언덕에 형성된 평화로운 작은 마을들, 그리고 반짝이는 나일 강물을 바라보며 감탄을 거듭했다. 이집트는 삶의 가장 초라한 형태들을 초월할 수 있는, 삶을 사랑하는 변함없는 연인의 모습으로 그의 앞에 모습을 드러냈다.

항해 기간 동안 람세스는 아버지를 만날 수 없었다. 시간이 너무 빨리 지나가서 마치 하루가 한 시간 같았다. 항해일지가 두툼해졌다. 세티 재위 6년이었다. 그해에, 천 명의 병사들과 석수들과 선원들이 국가의 주요 사암 채석장들이 개발되고 있는 게벨 실실레의 현장에 도착했다. 그곳은 언덕 위로 솟아 있는 벼랑들이 가까워서 상당히 좁은 협곡을 이루는 지역이다. 강물 이곳저곳에 위험한 소용돌이가 숨어 있어서 배가 전복되어 사람들이 익사할 위험이 있었다.

뱃머리에 서서 세티는 이리저리 움직이고 있는 원정대원들을 지켜보고 있었다. 대장의 지시에 따라서 대원들은 연장과 식량이 들어 있는 상자들을 옮겼다. 그들은 노래를 부르고 서로 독려하면서 한결같은 리듬으로 일했다.

날이 저물기 전에 왕실 전령이 왕의 전갈을 알렸다. 폐하께서 모든 일꾼들에게 매일 5파운드의 빵과 야채 한 단, 구운 고기와 참기름, 꿀, 무화과, 포도, 말린 생선과 포도주를 배급하시고, 한 달에 곡식 두 자루씩을 나누어주신다는 내용이었다. 배당이 오르자 일꾼들에게 의욕이 생겼다. 그들은 최선을 다해 일하겠다고 다짐했다.

인부들은 모암(母岩)으로부터 돌덩어리들을 캐내기 위해서 바위를 작은 조각으로 나눈 다음, 사암 조각을 하나하나 떼어냈다. 예기치 않은 사고가 생겨서 고통을 당하는 일은 없었다. 십장들은 돌의 결을 조사해두었다가 거기에 표시를 해두었다. 그러면 그 표시를 보고 일꾼들이 돌을 잘라내는 것이다. 때때로 아주 큰 돌덩어리를 캐내기 위해서는, 바위의 홈에 마른 나무 쐐기를 박아놓고 쐐기에 물을 준다. 그러면 쐐기들이 팽창하면서 아주 강한 압력이 생겨나 바위들이 부서지게 된다.

어떤 돌덩어리들은 그 자리에서 곧바로 석수들에게 넘겨진다. 또 어떤 돌들은 경사가 매우 가파른 진흙 홈통에 가져다놓으면, 둑 쪽으로 굴러 내려가게끔 장치가 되어 있었다. 운반선은 그 돌들을 신전 작업장까지 실어간다. 그 돌들은 신전 건축을 위해서 채취된 것이기 때문이다.

람세스는 정신이 하나도 없었다. 이 기술자들의 끊임없는 활동을 어떻게 묘사하고 그들의 작업을 어떻게 분류 정리한단 말인가? 실수 없이 자기의 임무를 수행하기 위해서 람세스는 작업장의 관습을 익히고, 거친 그 남자들과 어울려 지냈다. 그는 그들을 귀찮게 하지 않으려고 애썼고 그들의 언어와 그들이 동료애를 표현하기 위해서 사용하는 특별한 몸짓들을 배웠다. 람세스를 시험하기 위해서 그들이 나무망치와 끌을 주었을 때, 그는 어깨 너머로 보아두었던 기술을 사용해서 능숙하게 돌을 떼어냈다. 그에 대해서 가장 적대적이던 일꾼들도 놀라움을 감추지 못했다. 오래 전부터 왕자는 그의 호사스러운 아마 겉옷을 벗어버리고, 가죽으로 된 거친 앞치마를 둘렀다. 그는 더위도 땀도 아랑곳하지 않았다. 그에게는 채석장에서의 생활이 궁중에서의 생활보다 더 즐거웠다. 돌이라는 원소는 속임수를 쓸 수 없게 한다. 그것을 다루는 진실한 사람들과 접촉하면서, 왕자는 팔자 좋은 글방 서생의 허영심을 자기 자신으로부터 몰아냈다.

그는 결심을 굳혔다. 여기, 이곳에서 석수들과 함께 머물리라. 그들의 비밀을 배우고 그들과 삶을 나누리라. 도시와 도시의 쓸데없는 화려함으로부터 멀리 떨어진 곳에서, 그는 신들에게 봉헌되는 사암덩어리를 고르면서 자신의 힘에 자양을 공급했다.

채석장에 내리쬐는 무자비한 태양볕 아래에서 화려한 어린 시절과 인공적인 교육을 잊어버리고, 자신의 진정한 본성을 발견하는 것. 그것이 아버지가 그에게 주고 싶어했던 메시지였던 것이다. 황소와 대면하게 함으로써 자신을 왕이 되는 길로 이끄신 것이라던 그의 생각은 틀린 것이었다. 세티는 그를 자신의 진정한 힘 앞에 세움으로써 그의 환상을 부수어버렸던 것이다.

람세스는 안락과 관습의 굴레에 친친 매인 귀족의 삶을 영위하고 싶은 마음은 추호도 없었다. 세나르라면 그러한 역할을 훨씬 더 편하게 느끼겠지만. 명랑한 기분으로 그는 갑판 위에서 잠을 청했다. 그의 눈길이 아득히 먼 별들 속으로 빠져들어갔다.

간밤에 많은 돌덩어리들을 채취했던 채석장에 무언가 심상치 않은 정적이 감돌았다. 평소 같으면, 아침 나절의 시원한 시간을 이용하기 위해 새벽부터 일을 시작한다. 왜 십장들이 보이지 않는 것일까? 왜 일꾼들을 소집하지 않지?

그곳의 마력에 취해서 왕자는 사암 절벽 사이에 나 있는 고요한 오솔길들을 살피며 돌아다녔다. 이제 그 길들은 그의 존재의 일부가 되었다. 그는 이곳의 지평선이 아닌 다른 지평선은 알지 못한다는 생각이 들었다. 작업장은 연장들이 내는 노랫소리가 뒤흔들어놓기 전까지 고요한 정적에 휩싸여 있다. 왕자는 그 정적을 맛보고 있었다.

미궁 깊숙이 들어간 람세스는 각 팀의 영역을 구분하기 위해서 새겨놓은 표지들을 발견했다. 그는 동료들과 똑같은 리듬에 맞춰 살아가고, 그들과 함께 고통과 기쁨을 나누고, 빈둥거리는 귀족의 행동거지를 영원히 잊기 위해 왕실 서기관복을 벗어버렸기 때문에 그 표지들을 알아볼 수 있었다.

채석장 끝, 바위를 파낸 곳에 사당이 하나 있었다. 입구 왼쪽에 돌기둥이 하나 서 있었는데, 그 위에 떠오르는 태양을 찬양하는 글이 새겨져 있었다. 그 신성한 돌 앞에서 파라오 세티가 손가락을 좍 펼친 채 두 손을 들고 빛의 부활을 찬미하고 있었다. 태양빛은 이제 채석장을 비추기 시작했다.

람세스는 무릎을 꿇고 앉아 아버지의 입에서 나오는 말을 들었다.

기도가 끝나자, 세티는 아들을 향해 몸을 돌렸다.

―너는 이곳에 무엇을 찾으러 왔느냐?

―삶의 길을 찾으러 왔습니다.

파라오가 단호한 음성으로 말했다.

―창조주께서는 네 가지의 완벽한 행동을 완결하셨느니라. 그분은 모든 존재가 살아 있는 동안 숨을 쉴 수 있도록 네 개의 바람을

세상에 두셨고, 가난한 자나 힘센 자 모두가 똑같이 누릴 수 있도록 물과 홍수를 내셨으며, 인간을 제 이웃과 똑같은 모습으로 창조하셨다. 그리고 마지막으로 인간의 마음에 서방정토의 추억과 저승의 기억을 새겨두셨으니, 이는 제사가 신에게 바쳐지게 하기 위함이었느니라. 그러나 인간은 신의 말씀을 거역하고 제 본성을 왜곡할 욕심만을 부린다. 너도 그런 무리 중의 하나이더냐?

─저는…… 사람을 하나 죽였습니다.

─파괴하는 것이 네 삶의 의미이더냐?

─저는 저를 지킨 것뿐입니다. 어떤 힘이 나를 이끄셨습니다.

─그렇다면, 너의 행동을 인정하고 한탄하지 말아라.

─저는 진짜 범인을 찾고 싶습니다.

─쓸데없는 생각에 빠지지 말아라. 너는 신에게 희생을 바칠 준비가 되어 있느냐?

왕자는 고개를 끄덕였다.

세티는 사당 안으로 들어가더니 다시 나왔다. 그의 팔에는 노란 개 한 마리가 안겨 있었다. 람세스의 얼굴이 환한 미소로 밝아졌다.

─감시자이군요.

─네 개냐?

─예, 하지만…….

─돌멩이를 하나 집어들어라. 이 개의 머리를 쳐서 이 채석장의 정령에게 바쳐라. 그렇게 하면, 너는 네가 저지른 살인으로부터 정화될 수 있을 것이다.

파라오가 짐승을 놓아주자, 놈이 람세스에게 달려왔다. 주인을 다시 만난 것이 기뻐서 개는 펄쩍펄쩍 뛰었다.

─아버님…….

─시행하여라.

노란 개의 두 눈은 쓰다듬어달라고, 사랑해달라고 람세스에게 호소하고 있었다. 람세스는 고개를 떨구었다.

—못 하겠습니다.

—네 대답이 무엇을 의미하는지 알고 하는 말이냐?

—저는 석수조합에 들어가겠습니다. 다시는 궁전으로 돌아가지 않겠습니다.

—개 한 마리 때문에 너의 지위를 포기하겠다는 거냐?

—이놈은 제게 신뢰를 보여주었습니다. 저는 이놈을 지켜주어야 합니다.

—나를 따라오너라.

언덕 중턱에 나 있는 좁은 오솔길을 따라 세티와 람세스와 개는 채석장이 내려다보이는 바위투성이의 험한 산봉우리까지 기어올라갔다.

—네가 만일 네 개를 죽였다면, 너는 가장 천박한 파괴자가 되었을 것이다. 너의 행동으로 인하여 너는 하나의 새로운 단계를 넘어섰다.

람세스는 기뻐서 어쩔 줄 몰랐다.

—이곳에서 저의 가치를 증명해 보이겠습니다.

—틀린 생각이다.

—열심히 일할 수 있습니다.

—이런 채석장들은 우리 문명의 영속성을 확고하게 해준다. 왕은 이곳을 자주 방문해서 석수들과 채석 인부들이 규칙에 따라 계속 일하고 있는가를 확인해야 한다. 이는 신들의 처소가 아름답게 장식되어 지상에 남아 있게 하기 위해서니라. 직업을 가지고 일을 하는 사람을 만나봄으로써 한 나라를 다스리는 감각이 생겨나는 것이다. 파라오는 이집트에 의해 만들어지고, 파라오는 이집트를 만든

다. 신전을 짓고 백성을 만든다는 것은 가장 위대한 사랑의 행위이기 때문이다.

세티의 말 한마디 한마디가 섬광처럼 람세스의 정신의 폭을 넓혀주었다. 람세스는 마치 샘물에서 시원한 물로 목을 적시는 목마른 여행자와도 같았다.

─제 자리는 그럼 이곳이군요.

─아니다, 아들아. 게벨 실실레는 여러 사암 채석장들 중의 하나일 뿐이다. 화강암, 설화석고, 석회암 등 다른 돌들과 다른 재료들이 너의 존재를 요구하고 있다. 너는 어떤 은신처도 누릴 수 없다. 조합에 숨는 것도 안 된다. 이제 북쪽으로 떠날 시간이 되었다.

13

아메니는 자기의 넓은 사무실 안에서 조사해놓은 정보들을 분류하고 있었다. 람세스의 개인비서는 지금 여기저기 뒤지고 돌아다니면서 수많은 하급관리들에게 물어보고 채집한 결과를 즐기고 있는 것이다. 얘기를 잘 털어놓는 관리들도 있었지만 그렇지 않은 관리들도 있었다. 정보원다운 특유의 육감으로, 아메니는 진실이 그의 손이 닿는 가까운 곳에 있다는 것을 느꼈다. 의심의 여지 없이 누군가 중간에서 가로채고 있는 것이다. 그러나 그 횡령으로 생긴 이익을 챙기고 있는 사람은 누구일까? 이 젊은 서기관은 증거를 확보한다면, 끝까지 추적해서 범인이 벌을 받게 할 생각이었다.

나무판에 기록해놓은 내용들을 다시 읽어보고 있는데, 이제트가 사무실 문을 밀고 불쑥 나타났다.

아메니는 어쩔 줄 몰라하며 자리에서 일어났다. 자기 같은 사람을 불쑥 찾아온 이렇게 아름다운 젊은 여자 앞에서는 대체 어떻게 처신해야 하는 것일까?

이제트가 공격적인 어조로 물었다.

―람세스 왕자님 어디 있어?

―모릅니다.

―난 네 말을 믿지 않아.

―하지만 사실입니다.

―사람들 말로는, 람세스는 너에게 아무것도 숨기는 게 없다던데.

―우리는 친굽니다. 하지만 왕자님은 나에게 아무 말도 하지 않고 멤피스를 떠났습니다.

―말도 안 돼!

―당신 마음에 들고 싶어서라도, 전 거짓말을 하지 않습니다.

―람세스 때문에 걱정하는 것처럼 보이지 않는데.

―걱정을 왜 합니까?

―그가 어디 있는지 알면서 말해주지 않고 있다는 증거야!

―잘못 생각하시는 겁니다.

―왕자님이 없으면 넌 아무런 보호도 받을 수 없어.

―왕자님은 돌아오십니다. 걱정하지 마세요. 그분에게 무슨 일이 생겼다면 내가 느꼈을 겁니다. 그분과 저 사이에는 보이지 않는 어떤 끈 같은 게 있습니다. 그 때문에 전 걱정하지 않습니다.

―날 놀리는 거야?

―돌아오실 겁니다.

궁정에는 막연하고 서로 상반되는 소문들이 떠돌아다니고 있었다. 세티가 람세스를 남쪽 지방으로 쫓아보냈다고 하는 사람들도 있었고, 왕자가 다음번 홍수가 오기 전에 둑의 상태를 점검하는 임무를 띠고 파견되었다고 말하는 사람들도 있었다. 이제트는 약이 올라 견딜 수가 없었다. 그녀의 연인은 그녀를 조롱하고 놀린 것이다! 그와 밀회하던 갈대 오두막이 비어 있는 것을 발견했을 때, 그녀는 그가 장난하는 줄 알고 그의 이름을 불러보았지만 아무 대답도 들려오지 않았다. 두꺼비와 뱀, 그리고 들개들이 갑자기 우글거리는 것 같아 그녀는 겁에 질려 도망쳐야 했다.

그 건방진 왕자 때문에 자기 꼴만 우스워진 것 같았다…… 하지만 그가 너무나 걱정스러웠다. 아메니가 거짓말을 한 것이 아니라면, 그는 함정에 빠진 것이다.

한 사람, 딱 한 사람만이 진실을 알고 있다.

셰나르는 점심식사를 끝냈다. 구운 메추라기 고기가 그의 미각을 즐겁게 해주었다.

―친애하는 이제트! 당신을 보니 너무나 기쁘구려…… 나와 함께 무화과 퓌레를 맛보지 않겠소? 내 자랑은 아니오만, 멤피스에서 최고라오.

―람세스는 어디 숨어 있는 거예요?

―다정하고 귀한 친구…… 내 그걸 어찌 알겠소?

―장래에 왕이 되실 분이 어떻게 그런 일을 모르실 수 있어요?

셰나르는 당황한 표정으로 미소를 지었다.

―당신의 섬세한 정신을 높이 평가하오.

―말해주세요, 부탁이에요.

―자, 잠깐 앉아서 이 퓌레를 좀 먹어봐요. 후회하지 않을 거요.

아가씨는 초록색 쿠션이 놓인 편안한 의자를 골라 앉았다.

―운명은 우리에게 특별한 지위를 마련해주었지요. 우리에게 주어진 행운을 무엇 때문에 부인하겠소?

―무슨 말씀인지 잘 모르겠어요.

―우리는 서로 완벽하게 통하지요. 그렇게 생각하지 않으시오? 내 동생과 결합하는 대신에, 좀더 깊이 당신의 미래에 대해 생각해봐야 할 거요.

―어떤 미래 말인가요?

―내 아내로 살아가는 빛나는 인생 말이오.

이제트는 왕의 맏아들을 주의깊게 바라보았다. 그는 우아하고 매력적이고 침착하게 보이고 싶어했다. 그는 벌써 왕이 된 양 굴고 있었다. 그러나 그는 결코 람세스의 매력과 야성적인 아름다움을 가지지 못할 것이다.

―내 동생이 어디 있는지 정말로 알고 싶은 거요?

―그래요.

―당신을 슬프게 할까봐 두렵소.

―위험을 감수할게요.

―날 믿어요. 그러면 당신이 환멸을 겪지 않게 해주리다.

―난 환멸을 대면할 수 있을 만큼 충분히 강하다고 생각하는데요.

세나르는 유감스럽다는 표정을 지었다.

―람세스는 게벨 실실레 채석장으로 떠나는 원정대의 서기관으로 고용되었소. 작업 보고서를 작성하는 것이 그의 업무지요. 정말 신통치 않은 일인데, 그 일 때문에 그는 채석 인부들과 몇 달씩 남쪽에서 머물러 있어야 하는 거요. 왕께선 당신이 사람을 볼 줄 아신다는 걸 다시 한번 입증하신 셈이오. 내 동생을 딱 어울리는 자리에 배치하셨으니까. 그럼 이제 우리 두 사람의 미래에 대해 이야

기해보면 어떻겠소?

―전 피곤해요, 셰나르, 전…….

―내 그럴 거라고 말하지 않았소?

그는 자리에서 일어나 이제트의 오른손을 잡았다.

그 접촉이 이제트에게 혐오감을 불러일으켰다. 그렇다, 람세스는 무대 전면으로부터 밀려났다. 셰나르가 이제 절대적인 주인이 될 것이다. 그의 사랑을 받으면, 행복하게도 간택된 여인은 영광과 부를 누리게 될 것이다. 수많은 귀한 집 아가씨들이 왕위 계승자와 결혼하는 것을 꿈꾸지 않는가?

이제트가 단호하게 몸을 빼냈다.

―날 놔줘요!

―당신의 행운을 놓치지 말아요.

―난 람세스를 사랑해요.

―사랑 따위야 아무려면 어떻소! 난 사랑엔 관심 없소. 당신도 그걸 잊어버리게 될 거고. 나는 당신에게 아름다울 것과 아들을 하나 낳아줄 것, 그리고 이집트 최고의 여인이 될 것을 요구하오. 망설인다는 건 미친 짓이오.

―날 미친 여자라고 생각하세요.

셰나르는 그녀를 향해 팔을 뻗쳤다.

―떠나지 마시오! 그렇지 않으면…….

―그렇지 않으면?

보름달 같은 셰나르의 얼굴이 불안해졌다.

―서로 적이 된다면, 얼마나 난처한 일이오…… 당신의 이성에 호소하는 바이오.

―끝났어요, 셰나르. 당신은 당신의 길을 가세요. 내 길은 이미 정해졌어요.

멤피스는 시끄럽고 활기찬 도시였다. 언제나 활기 넘치는 항구에는 남쪽이나 북쪽에서 오는 수많은 상선들이 속속 도착했다. 선박의 출발은 수상 운송을 책임지는 행정 당국에 의하여 엄격하게 관리되고, 서기관들이 짐 싣는 것을 통제했다. 여러 개의 창고들 중에 수십 개의 잉크 덩어리를 포함한 문방구를 보관하는 창고가 하나 있었다.

아메니는 왕의 비서라는 직위를 이용해서 그 잉크 덩어리들을 조사해도 좋다는 허가를 받았다. 그는 값이 가장 비싼 일등품들을 집중적으로 조사했다. 그러나 아메니는 아무것도 얻어내지 못했다.

아메니는 세티가 증축한 프타 신전 근처의 구역으로 가기 위해, 과일이나 야채, 또는 곡식 부대들을 싣고 있는 당나귀들과 어중이 떠중이로 복작대는 골목길로 접어들었다. 그는 조그만 키와 허약한 몸집을 이용해서 그 복잡한 골목길을 요리조리 교묘하게 빠져나갔다. 넓이가 75평방 미터에 달하는 프타 신전의 탑문(塔門) 앞에는 분홍색 화강암으로 된 웅장한 거상(巨像)들이 신성함의 현존을 표현하고 있었다. 젊은 서기관은 북부와 남부를 통일한 메네스가 기초를 세운 이 오래 된 수도를 좋아했다. 그것은 마치 황금의 여신의 보호 아래에 놓여 있는 술잔 같지 않은가? 수련으로 덮인 호수들을 바라보고, 한가롭게 나무 그늘 아래 앉아서 광장에 떠도는 꽃향기를 호흡하며 나일 강을 감상하는 것은 얼마나 감미로운 일인가! 그러나 슬프게도 지금은 어슬렁거릴 시간이 없었다. 여러 부대로 가는 무기들이 보관된 병기창들을 지나서 아메니는 도시의 가장 좋은 학교들에 공급되는 잉크 덩어리들을 생산하는 공방 문 앞에 도착했다.

아메니를 대하는 태도는 매우 차가웠지만, 람세스의 이름을 대자, 공방 안으로 들어가 직공들에게 질문하는 것이 허용되었다. 은퇴할 때가 가까운 한 사람은 매우 협조적이었다. 그는 어떤 제조자들의 엉터리 잉크 제조방식을 한탄했다. 그래도 궁전의 허가가 난다는 것이다. 확신이 생긴 아메니는 북쪽 구역에 속한 주소를 하나 알아냈다. 그곳은 흰색 벽으로 된 옛 요새 너머에 있었다.

젊은 서기관은 복잡한 부두들을 피해서 '두 땅의 생명'*이라는 뜻의 안크-타우이 구역을 가로질러갔다. 그는 병기창 하나를 따라 걷다가, 커다란 저택들 옆에 작은 이층집들과 장인들의 노점들이 붙어 있는 인구 밀집 지역으로 접어들었다. 그는 몇 번씩이나 길을 잃었지만, 골목길을 쓸어가면서 줄기차게 수다를 떨어대는 동네 아줌마들의 친절 덕택에, 그가 방문하려는 공방을 찾아내는 데 성공했다. 수수께끼의 실마리가 잉크 덩어리 생산단계에 있다고 확신하는 아메니는 아무리 피곤하다 해도 멤피스를 뒤지고 다녔을 것이다.

공방 입구에는 몽둥이로 무장한 텁수룩한 사십대 사내가 버티고 서 있었다.

─안녕하십니까? 들어가도 되겠습니까?

─안 돼요.

─나는 왕실 서기관의 비서요.

─가던 길이나 계속 가시지.

─그 서기관의 이름은, 왕의 아들인 람세스라고 하오.

─공방은 닫혔소.

─그렇다면 더더욱 내가 조사할 수 있도록 허가해줄 수 있겠군요.

---

*즉 상(上) 이집트와 하(下) 이집트. 두 지역의 접점에 위치해 있는 멤피스는 이 나라의 균형 축을 이루고 있었다.

—난 명령을 받았소.

—협조를 해주면, 정식으로 고소당하는 건 피할 수 있소.

—꺼져.

아메니는 자기가 몸이 약하다는 것이 한탄스러웠다. 람세스였다면, 저 버르장머리 없는 놈을 집어들어 운하에다 처박았을 텐데. 힘이 없는 젊은 서기관은 꾀를 쓰기로 했다.

그는 경비원에게 인사하고, 멀리 가버리는 척했다. 그는 사다리를 타고, 공방 뒤쪽 가까이 있는 다락방 지붕으로 기어올라갔다. 지붕에 나 있는 천창(天窓)을 통해서 안으로 숨어들어갈 수 있었다. 아메니는 선반 위에 놓인 램프를 이용해서 창고를 살펴보았다. 맨 앞줄에 놓여 있는 잉크 덩어리들은 그를 실망시켰다. 질이 아주 좋았던 것이다. 그런데 두번째 줄은 '일등품'이라는 도장이 찍혀 있었지만, 정상품이 아니라는 것이 드러났다. 작은 크기, 확실하지 않은 색깔, 모자라는 무게 등 문제가 있었다. 아메니는 한번 써보기만 해도 확실히 알 수 있었다.

너무 기쁜 나머지 서기관은 경비원이 다가오는 소리를 듣지 못했다. 경비원은 몽둥이를 휘둘러 아메니를 때려눕혔다. 아메니가 뻗어버리자, 그는 아메니의 몸뚱이를 자기 어깨에 둘러메고 공방에서 가까운 쓰레기장에 내다버렸다. 새벽이면 쌓여 있는 쓰레기를 태우기 위해 불을 놓는 공동 쓰레기장이었다.

호기심이 많은 아메니는 이제 영영 말할 기회가 없을지도 모른다.

14

아직도 잠이 덜 깬 어린 딸의 팔을 잡아끌면서, 도로청소부는 느 릿느릿한 걸음으로 아직 잠에서 깨어나지 않은 멤피스 북쪽의 골목 길을 걸었다. 새벽이 오기 전에 이 골목 저 골목에 흩어져 쌓인 쓰 레기들을 태워야 한다. 매일 쓰레기를 태우는 것은 청결을 유지하 고 행정당국이 강요하고 있는 위생 조례를 준수하기 위해선 좋은 방법이었다. 매일 되풀이되는 단조로운 일이었지만, 보수가 썩 괜 찮았고, 또 시민들에게 도움을 준다는 보람도 느낄 수 있었다.

청소부는 그 지역에서 가장 깨끗하지 않은 두 집을 알고 있었다. 대놓고 뭐라고 항의를 했는데도 전혀 고쳐지는 기미가 없어서 벌금 을 매겨야 할 것 같다고 생각하고 있었다. 인간의 타고난 게으름에 대해 투덜거리면서, 그는 딸이 땅에 떨어뜨린 헝겊 인형을 주워주고 아이를 달랬다. 일이 끝나면, 그는 아이에게 푸짐한 아침상을 차려주고, 네이트 여신 신전 근처에 있는 공원에 가서 타마리스 그늘에 누워 한잠 잘 것이다.

다행히 쓰레기는 그렇게 많이 쌓여 있지 않았다. 청소부는 쓰레기가 빨리 타버리도록, 횃불로 여기저기에 불을 붙였다. 딸아이가 칭얼대며 말했다.

—아빠…… 나 저 커다란 인형 가지고 싶어.

—뭐라고 했니?

—큰 인형 말야, 저기 있는 거.

계집아이는 사람처럼 생긴 어떤 형태를 손으로 가리켰다. 팔 하나가 쓰레기 더미 밖으로 삐죽 나와 있었다. 연기에 가려서 잘 보이지 않았다.

—아빠, 나 저거 가지고 싶어.

당황한 청소부는 발을 델지도 모르는 위험을 감수하며 쓰레기 더미 속으로 뛰어들어갔다.

팔이다…… 젊은 남자의 팔! 그는 그 축 늘어진 시체를 조심스럽게 쓰레기 더미로부터 끄집어냈다. 목덜미에 피가 엉겨붙어 있었다.

멤피스로 돌아오는 항해 내내 람세스는 그의 아버지를 다시 보지 못했다. 람세스는 한 가지도 빠뜨리지 않고 모두 기록했다. 그가 쓴 글은 세티 재위 6년의 치적을 보고하는 실록에 포함될 것이다. 서기관에게 지급되는 관복과 관물들을 다 집어던진 람세스는 선원들과 어울려 그들과 함께 일했다. 그는 매듭을 묶는 법, 돛을 올리는 법, 그리고 키를 다루는 방법까지 배웠다. 그는 특히 바람과 친해졌다. 누구도 그 모습을 본 적이 없다는 신비한 아몬 신은 자신이 항구로 이끌어주는 배의 돛을 부풀리심으로써 당신의 모습을 드러내신다 하지 않던가? 보이지 않는 분은 그렇게 현현하셨다. 비록 보이지 않는 모습 그대로 남아 계시다 하더라도.

배의 선장은 자신의 특권을 거부하는 왕의 아들과 한번 게임을 해보기로 했다. 그는 왕자에게 여느 선원이 해내야 할 힘든 일을 모두 시켰다. 람세스는 마다하지 않고 갑판을 닦고 노젓는 선원들이 앉는 벤치에 자기 자리를 정해두고 지냈다. 북쪽으로 가는 항해는 강물의 흐름에 대한 해박한 지식과 용감한 선원들을 필요로 했다. 배가 물 위를 미끄러지는 것을 느끼며 배의 속력을 올리기 위해서 배와 한 몸이 된다는 것은 정말 커다란 기쁨이었다.

원정대가 귀환하는 날은 축제일 같은 분위기였다. '좋은 여행'이라는 암시적인 이름을 가지고 있는 멤피스의 부두에는 수많은 군중이 모여 북적대고 있었다. 선원들의 발이 땅에 닿기가 무섭게 사람들은 그들의 목에 화환을 걸어주고 시원한 맥주를 대접했다. 사람들은 그들의 귀환을 축하하며 춤을 추었고 그들의 용기와 그들을 이끌어준 강의 은혜를 칭송했다.

우아한 손이 람세스의 목에 수레국화 화환을 걸어주었다.

―이 화환으로 왕자님께 충분한 보상이 되는지요?

이제트가 장난꾸러기 같은 표정으로 물었다.

이제트의 말투에서 그녀가 화가 났다는 것이 느껴졌지만 람세스는 피하지 않았다.

―당신 보나마나 잔뜩 화가 났겠지.

그가 이제트의 팔을 잡자, 그녀는 뿌리치는 체했다.

―당신을 보는 걸로, 내가 당신의 엉터리 같은 행동을 싹 잊어버릴 거라고 생각했어?

―그럼 안 되나? 난 잘못이 없는데.

―급하게 떠나야 했더라도, 나에게 알려주었어야지.

―파라오의 명을 실행하는 건 지체할 수 있는 일이 아냐.

―당신 말은 그럼……

―아버님께선 날 게벨 실실레로 수행케 하신 거야. 그건 벌이 아니었다구.

아름다운 이제트가 달콤한 목소리로 말했다.

―긴 여행 기간 동안 그분과 같이 있었다구…… 당신은 그분의 신임을 얻은 거야.

―오해하지 마. 난 서기관으로, 석수로, 그리고 선원 자격으로 일했을 뿐이야.

―왜 그분이 당신을 데리고 가셨던 걸까?

―그분만이 알고 계시겠지.

―당신 형님을 만나봤어. 그는, 당신이 왕에게 버림받은 거라고 단언했어. 형님 말로는 당신이 남쪽에 자리잡은 건 하찮은 직위에 임명되었기 때문이라던데.

―형님이 보기엔, 모든 것이 하찮지. 자기 자신만 빼고 말야.

―하지만 당신이 이렇게 멤피스에 돌아왔잖아. 그리고 난 당신을 사랑하고.

―당신은 예쁘고 똑똑한 여자야. 왕비가 반드시 갖추어야 할 두 가지 자질을 다 가지고 있어.

―셰나르는 나와 혼인하려는 생각을 아직 포기하지 않았어.

―왜 망설이는 거야? 화려한 운명을 거절하는 건 현명한 짓이 아냐.

―난 현명하지 않아. 당신을 향한 사랑에 빠져 있을 뿐이지.

―하지만 미래가……

―난 현재에만 관심이 있어. 부모님은 시골에 가셨어. 빌라는 비

어 있고…… 갈대 오두막보다는 빌라가 더 편안하지 않을까?

아름다운 이제트와 나누는 미친 듯한 쾌락이 사랑일까? 람세스는 자문해보았지만 대답을 얻지 못했다. 그에게는 육체적인 열정을 체험하는 것으로 충분했다. 서로 너무 잘 맞는 두 사람의 육체가 단하나의 육체가 되어 소용돌이 속으로 휘말려 들어가는 듯한 그 도취의 순간들을 맛보는 것. 그의 연인은 그를 애무함으로써 그의 욕망을 자극하고 그것이 깨어나게 할 줄 알았고, 그 욕망이 탕진되지 않게 할 줄도 알았다. 그녀의 벗은 몸, 나른한 표정으로 연인을 껴안으려 팔을 뻗치고 있는 이 여자를 외면한다는 건 너무나 힘든 일이었다!

이제트는 처음으로 결혼 이야기를 꺼냈다. 왕자는 펄쩍 뛰었다. 그는 결혼에 전혀 관심이 없었다. 그녀와 함께 있는 것이 즐거운만큼 두 사람이 부부가 된다는 생각도 그만큼 짜증스럽게 느껴졌다. 물론 어린 나이이긴 했지만, 그들은 벌써 남자와 여자였으며, 그들의 결합을 가로막는 것은 아무것도 없을 것이다. 그러나 람세스는 자기가 결혼이라는 모험에 뛰어들 준비가 되어 있다는 생각이 들지 않았다. 이제트는 그에게 한마디 비난도 하지 않았지만 그를 설득하고 말겠다고 마음먹었다. 그를 알면 알수록 그에 대한 신뢰가 깊어졌다. 자신의 이성이 어떤 행동을 요구하든 그녀는 자신의 본능을 따를 것이다. 그토록 많은 사랑을 일깨우는 사람은 그 무엇과도 바꿀 수 없는, 그 어떤 재산보다도 더욱 귀중한 보물이니까.

람세스는 궁전이 있는 도시의 중심부를 향해 발걸음을 옮겼다. 아메니는 이제나저제나 그가 돌아오는 것을 기다리고 있을 것이다. 그 동안 조사를 계속해서 어떤 결과를 얻어냈을까?

무장한 경찰이 왕자의 처소 입구에서 보초를 서고 있었다.

—무슨 일이냐?

—람세스 왕자님이십니까?

—바로 나다.

—왕자님의 비서가 괴한의 습격을 받았습니다. 그 때문에 제가 지키고 있는 겁니다.

깜짝 놀란 왕자가 친구의 방으로 달려갔다.

머리에 붕대를 감은 아메니가 침대에 누워 있었다. 그의 머리맡에 간호사가 앉아 있었다. 그녀가 왕자에게 요구했다.

—조용히 해주십시오. 잠이 들었습니다.

간호사는 왕자를 방 밖으로 데리고 나갔다.

—어떻게 된 거야?

—북쪽 지역의 쓰레기장에서 그를 발견했답니다. 발견 당시에는 죽은 것 같았대요.

—살 수 있을까?

—의사는 낙관적입니다.

—아메니가 무슨 말을 했나?

—몇 마디 말을 했지만, 알아들을 수가 없었어요. 마약을 투약했으니까 아프진 않겠지만, 한참 동안 정신없이 잘 거예요.

경찰대장이 멤피스 남쪽 지역의 순시 때문에 바빴으므로, 람세스는 그의 부관과 사건에 대해 이야기를 나누었다. 유감스럽게도 관리는 그에게 아무런 정보도 제공할 수가 없었다. 범죄가 저질러진 지역에 살고 있는 사람들 중에서 괴한을 목격한 사람은 아무도 없었다. 심층적으로 조사를 했음에도 불구하고 어떤 단서도 잡아내지 못했다. 전차병 사건과 똑같았다. 그 전차병은 실종되었거나, 아니면 이집트를 떠난 모양이었다.

집에 돌아오자, 아메니가 혼수상태에서 깨어나 있었다. 부상자의 눈이 반짝 하고 빛났다.

―자네 돌아왔군…… 그럴 줄 알았지!

떨렸지만 밝은 목소리였다.

―기분이 좀 어때?

―람세스, 내가 해냈네! 해냈다구!

―계속해서 그렇게 위험을 무릅쓰고 돌아다니면, 자넨 결국 뼈가 부러지고 말 거야.

―내 뼈는 단단해. 이번에 확인했잖은가.

―누가 자넬 때렸나?

―암거래되고 있는 잉크가 보관된 공방 경비원이었어.

―그러고 보니, 자네 정말 해냈구먼.

아메니의 얼굴이 자랑스러움으로 밝아졌다. 람세스가 말했다.

―나에게 그 장소를 일러주게.

―위험한데…… 꼭 경찰과 함께 가야 하네.

―걱정하지 말고, 어서 추스르고 일어나서 날 도와주게나.

아메니가 일러준 덕에, 람세스는 범죄가 일어난 공방을 어렵지 않게 찾아낼 수 있었다. 날이 밝은 지 이미 세 시간이나 지났는데도 공방 문은 닫혀 있었다. 당황한 그는 그 구역을 돌아다녀보았지만, 어떤 수상쩍은 움직임도 포착하지 못했다. 창고는 텅 빈 것처럼 보였다.

함정이 있을까 걱정되어서, 람세스는 저녁이 될 때까지 참고 기다렸다. 많은 사람들이 지나다녔지만, 건물 안으로 들어가는 사람은 아무도 없었다.

그는 공방 직공들에게 물을 공급하는 물장수에게 물어보았다.

―이곳을 아시오?

―잉크 덩어리를 만드는 곳이죠.

―왜 문을 닫았소?

―이상하게도 일 주일 전부터 닫혀 있던데요.

―주인에게 무슨 일이 있는 겁니까?

―전 모릅니다.

―어떤 사람들이오?

―일꾼들만 보였습니다. 주인은 본 적이 없습니다.

―누구한테 물건을 넘기는 거요?

―그야 제 일이 아니니 알 바 아니지요.

물장수는 가버렸다.

람세스는 아메니가 썼던 것과 똑같은 전략을 썼다. 그는 사다다리를 기어올라가 다락방 지붕을 통해서 건물 안으로 들어갔다. 조사하고 말고 할 것도 없었다. 창고가 비어 있었던 것이다.

람세스는 다른 왕실 서기관들과 함께 프타 신전에 불려나갔다. 프타는 말씀으로 세상을 창조한 신이다. 그들은 각자 대사제 앞에 나아가 최근의 활동을 간략하게 보고해야 한다. 장인들의 우두머리인 달인이, 말을 질료처럼 가공해야 하며 현자들의 가르침에 따라 이야기의 틀을 짜야 한다는 것을 그들에게 상기시켰다.

식이 끝나자, 사리가 옛 제자를 칭찬했다.

―왕자님의 개인교사였다는 사실이 자랑스럽습니다. 아직 말씀은 서투르지만 왕자님께선 이제 앎의 길로 들어서신 것처럼 보입니다. 공부에 정진하십시오. 그러면 존경받는 인물이 되실 겁니다.

―자기 존재의 진리에 도달하는 것보다 그것이 더 중요한가?

사리는 당황한 표정을 감추지 못했다.

―왕자님께서는 드디어 지혜의 길로 들어서신 것처럼 보입니다만, 소문을 들어보면 그게 아닌 것 같기도 하고…….

―어떤 소문을 들었다는 거야?

―왕자님께서 도망친 전차병을 찾고 계시고, 또 왕자님의 개인 비서는 심한 부상을 당했다더군요.

―그건 소문만은 아닐세.

―수사 담당자들이 해결하도록 맡겨두시고 그 비극을 그만 잊어버리십시오. 이 일에 있어선 경찰이 왕자님보다 더 유능하니까요. 경찰이 범인들을 찾아낼 겁니다. 제 말을 믿으십시오. 왕자님께선 하실 일이 많지 않습니까. 제일 중요한 건 왕자님의 지위에 맞는 행동을 하시는 겁니다.

어머니와 머리를 맞대고 식사하는 것은 람세스가 누릴 수 있는 드문 특권이었다. 왕비는 너무 바빠서 그녀 자신이나 그녀의 측근을 위한 시간을 별로 내지 못했다. 그녀는 나라 일에 적극적으로 참여했으며, 셀 수도 없이 많은 궁중 대소사를 빼더라도, 매일매일의 행사나 절기별로 이루어지는 행사 등 돌보아야 할 일이 너무 많았다.

나무기둥으로 받친 정자 아래 차려진 식탁 위에는 설화석고 접시가 놓여 있었다. 정자는 안온한 그늘을 드리우고 있었다. 제의 음악을 책임질 아몬 신의 독창 여가수들을 지명하기 위한 회의를 끝내고, 투야는 주름진 아마천으로 만든 원피스를 입고 넓은 황금 목걸이를 걸었다. 람세스는 어머니에 대해서 갈수록 경탄과 사랑을 느꼈다. 어떤 여자도 그녀와 비교될 수는 없었다. 어떤 여자도 감히 스스로를 그녀와 비교하려 할 수도 없었다. 평범한 출생신분에도 불구하고, 그녀는 왕녀로 태어난 여자였다. 그녀는 세티의 사랑을 불러일으킬 수 있었던 유일한 여자였으며, 그의 곁에서 이집트를 다스릴 수 있는 유일한 여자였다.

점심식사 메뉴는 상추, 오이, 소등심, 염소젖 치즈, 꿀을 바른 둥근 과자, 스멜타밀 과자, 물을 타서 묽게 만든 오아시스 포도주였다. 그녀는 점심식사 시간을 소중하게 여겨서 예기치 않은 방문객이나 귀찮은 손님들은 일절 만나지 않았다. 한가운데에 분수대가 있는 그녀의 고요한 개인 정원은 그녀의 요리사가 정성스레 고르는 메뉴만큼이나 그녀에게 풍부한 영양을 제공해 주었다.

―게벨 실실레 여행은 어땠느냐?

―석수들과 선원들의 힘을 체험했습니다.

―그 어느 것도 널 붙잡아두지 못했구나.

―아버님께서 원치 않으셨습니다.

―그분은 네가 드릴 수 있는 것보다도 더 요구하시는 까다로운 주인이시다.

―아버님께서 제 문제에 관해서 어떤 결정을 내리셨는지 어머니께선 알고 계십니까?

―넌 오늘은 별로 식욕이 없는 게로구나.

―제 운명에 대해 제가 모르고 있어야 할 필요가 있나요?

―파라오를 무서워하느냐, 아니면 믿고 있느냐?

―제 마음속에 두려움은 살고 있지 않습니다.

―그분이 네게 요구하는 싸움에 전심 전력을 다하여라. 뒤돌아보지 말고, 후회와 회한 따위는 무시하고, 남을 부러워하는 마음이나 시기하는 마음을 품지 말아라. 그리고 네 아버님과 함께 지내는 매 순간을 하늘이 내리신 선물처럼 맛보아라. 나머지야 무엇이 중요하겠느냐?

왕자는 마늘과 향초로 맛을 낸, 반쯤 익힌 소등심을 먹었다. 완벽한 푸른빛의 하늘 속으로 따오기가 지나갔다.

—어머니의 도움이 필요합니다. 경찰이 절 놀리고 있어요.

—그건 중대한 비난이구나, 아들아.

—공연히 불평하는 것이 아닙니다. 근거가 있다고 생각합니다.

—증거가 있느냐?

—전혀 없습니다. 그 때문에 어머니께 부탁하는 겁니다.

—나 역시 법을 벗어나는 일은 못 한다.

—어머니께서 제대로 수사하라고 요구하시면, 수사가 이루어질 겁니다. 아무도 나를 해치려 했던 자를 찾으려 하지 않고, 엉터리 잉크를 마치 일등품인 것처럼 속여서 서기관들에게 팔아먹은 자가 누군지 밝히려는 사람도 없습니다. 그 엉터리 잉크 덩어리를 제조하는 공방을 찾아낸 덕에 제 친구 아메니는 죽을 뻔했습니다. 그렇지만 범인은 창고를 비우고 도망쳤어요. 그런데도 그 지역의 누구도 감히 그자에 대해 불리한 증언을 하지 않습니다. 그러니까, 그자는 대단히 중요한, 너무나 중요해서 사람들을 겁먹게 만들 정도의 사람인 거지요.

—너 누구를 생각하고 있는 거냐?

람세스는 입을 다물었다.

—내가 움직여보마.

투야가 약속했다.

15

파라오의 배는 북쪽을 향해 항해하고 있었다. 배는 멤피스를 떠나 나일 강의 주류를 따라가다가 델타 속으로 깊이 스며들어가는 나일 강 지류들 중 하나를 따라갔다.

람세스는 눈이 부셨다.

이곳은, 사막과는 전혀 다르다. 호루스*에게 속해 있는 이 풍경 안에서는, 물이 전능한 존재이다. 반면에, 세트*는 불모와 싸우는 두 개의 기슭 사이에서 강이 힘겹게 길을 뚫은 계곡에 군림하고 있다. 야생 상태 그대로 남아 있는 델타의 일부분은 거대한 늪 같다. 그곳에는 수천 마리의 새들과 물고기들이 서식하고 파피루스 숲이

---

* 호루스와 세트는 우주와 이집트를 나눠 다스리는 두 신.

들어서 있다. 도시는 없다. 작은 규모의 촌락조차 없다. 다만 불쑥 솟아오른 구릉 꼭대기에 어부들의 오두막 몇 채가 세워져 있을 뿐이다. 빛은 계곡에서처럼 한결같지 않고 수시로 변한다. 바다에서 불어오는 바람에 갈대들이 춤을 춘다.

구불구불한 운하들이 스며드는 이 광대한 지역에서 검은 학, 오리, 왜가리, 그리고 펠리컨이 함께 살아가고 있다. 여기에서 사향고양이 한 마리가 물총새 알을 집어삼키고 있는가 하면, 저기에서는 뱀 한 마리가 덤불 속으로 살며시 숨어들고 있다. 덤불 주위에는 알록달록한 나비들이 날고 있다. 인간은 아직 이 땅을 정복하지 못했다.

배는 이 미궁의 변덕을 익히 알고 있는 선장의 조심스러운 인도 하에 점점 속도를 줄이며 앞으로 나아갔다. 배에는 스무 명 정도의 노련한 선원들과 세티가 타고 있었다. 나라의 주인은 뱃머리에 우뚝 서 있었다. 아들은 그 당당한 모습에 반해서 아버지의 모습을 숨어서 지켜보았다. 세티는 이집트의 화신이었다. 그는 신의 위대함과 인간의 왜소함을 인식하고 있는 천 년 전통을 가진 가문의 계승자였다. 람세스의 눈에 파라오는 여전히 신비한 인물이었다. 그의 진정한 한 부분은 별이 반짝이는 하늘이라는 생각이 들었다. 그의 지상에서의 현존은 저승과의 관계를 지속시키고, 그의 눈길은 백성을 위하여 저승의 문을 열어 보인다. 그가 없었더라면 야만이 강 이쪽과 저쪽 기슭을 휩쓸어버렸으리라. 그와 함께 있으면 미래는 영원의 약속이었다.

원정의 목적이 무엇인지는 알지 못했지만 람세스는 그 원정에 대해서도 기록했다. 그의 아버지도 또 그 누구도 원정의 목적에 대해 이야기해주지 않았다. 왕자는 막연한 불안을 느꼈다. 마치 알지 못하는 위험이 배를 위협하고 있는 것만 같았다. 언제라도 괴물이 나타나 배를 집어삼킬 것만 같았다.

첫번째 여행 때와 마찬가지로, 세티는 아들에게 이제트와 아메니에게 알릴 시간을 주지 않았다. 이제트는 화를 낼 것이고, 아메니는 걱정할 것이라는 생각이 람세스의 머리를 스쳐갔다. 그러나 어떤 동기도, 비록 그것이 사랑이나 우정이라 할지라도, 아버지가 데려가고 싶어하는 곳으로 따라나서는 그의 발길을 붙들진 못했다.

수로가 하나 나타났다. 배는 좀더 수월하게 앞으로 나아갔다. 이윽고 배는 풀이 우거진 작은 섬 기슭에 닿았는데, 그 섬에는 나무로 만들어진 이상한 탑이 하나 세워져 있었다. 밧줄사다리를 이용해서, 왕이 섬으로 내려갔다. 람세스도 그를 따랐다. 람세스와 파라오는 말뚝에 나뭇가지를 엮은 엄폐물로 위장된 탑 꼭대기로 올라갔다. 그곳에서 위를 쳐다보면 하늘밖에는 아무것도 보이지 않았다.

세티가 골똘히 생각에 잠겨 있어서, 람세스는 감히 그에게 어떤 질문도 할 수 없었다.

갑자기 파라오의 눈에 광채가 일었다.

—보아라, 람세스. 잘 보아라.

마치 태양에 잇닿아 있는 듯한 창공 아득히 먼 곳에서, V자 모양으로 대열을 이루며 철새들이 남쪽으로 날아가고 있었다. 세티가 말했다.

—저 새들은 우리가 알고 있는 모든 세계의 저 너머에서 오는 것이다. 그곳은 매순간 신들이 생명을 창조하는 광막한 곳이다. 땅의 경계를 넘어오면 제비나 이러저러한 새들의 모양을 가지는 저들은, 힘의 바다에 머물고 있을 때에는 인간의 머리를 한 새의 형상을 하고 빛을 먹고 산다. 새들을 지켜보는 것을 잊지 말아라. 왜냐하면 새들은 태양 주변을 맴돌면서 태양의 불이 우리를 태워 죽이지 않도록 중재해주시는 부활한 조상들이기 때문이다. 파라오의 생각에

영감을 불어넣어주고, 그로 하여금 인간의 눈이 보지 못하는 것을 보게 해주는 것은 바로 새들이니라.

밤이 되어 별들이 반짝이기 시작하자, 세티는 아들에게 하늘에 대해 가르쳐주었다. 그는 별자리들의 이름을 일러주고, 쉼 없이 운행하는 행성들과 태양과 달의 운행, 그리고 십분각(十分角)의 의미를 가르쳐주었다. 파라오는 자기의 힘을 우주의 경계에까지 넓히신 것일까? 그의 팔이 굽혀들어 지상의 어느 곳으로도 다시는 되돌아 오지 않도록?

수초가 너무나 빽빽하게 엉겨 있어서, 왕의 배는 더이상 앞으로 나아갈 수가 없었다. 세티와 람세스, 그리고 네 명의 선원은 창과 활, 그리고 투창으로 무장하고 파피루스로 만든 가벼운 배에 옮겨 탔다. 파라오 자신이 노를 젓는 선원들에게 방향을 지시했다.

람세스는 계곡과는 아무런 공통점도 없는 전혀 다른 세계로 옮겨 왔다는 느낌이 들었다. 인간의 흔적이라곤 전혀 없었다. 8미터 높이의 파피루스들이 때때로 태양을 가렸다. 기름기 있는 연고를 잔 뜩 발랐으니 망정이지 그렇지 않았더라면 왕자는 귀가 멍멍할 정도로 윙윙대며 날아다니는 수천 마리의 벌레들에게 있는 대로 물어뜯 겼을 것이다.

수초의 숲을 빠져나온 배는 호수 같은 곳으로 미끄러져 들어갔 다. 호수 한가운데에 두 개의 섬이 마치 옥좌처럼 높이 솟아 있었 다. 파라오가 람세스에게 일러주었다.

─신성한 도시 페와 뎁이다.

─도시라구요?

람세스가 깜짝 놀라 말했다.

─이곳은 의인(義人)들의 영혼이 오는 곳이다. 그들에게는 자연

전체가 그들의 도시이니라. 생명이 근원의 대양으로부터 솟아올랐을 때, 그것은 물로부터 솟아오른 구릉의 형태로 그 모습을 드러냈다. 여기 두 개의 신성한 땅이 있다. 그 두 개의 땅이 네 정신 속에서 하나로 합쳐지면, 신들께서 기꺼이 머무시는 단 하나의 나라가 되느니라.

아버지와 함께 람세스는 '신성한 도시'의 땅을 밟았다. 그리고 조촐한 사당 앞에서 명상에 잠겼다. 그곳은 갈대로 지어진 자그마한 오두막이었다. 그 앞에 막대지팡이 하나가 꽂혀 있었다. 지팡이의 끝은 나선형으로 조각되어 있었다.

일행은 다시 배에 올랐다. 그들 주변으로 수없이 많은 불안한 힘들이 모여들었다. 끊임없이 긴장하고 있어야 하는 이 카오스 안에서는 그 누구도 평화로운 마음을 가질 수 없다. 세티만이 모든 형태의 감정으로부터 초탈해 있는 듯이 보였다. 마치 이 불가사의한 자연이 그의 의지에 복종하는 것 같았다. 세티의 눈에 고요한 확신이 깃들어 있지 않았더라면, 람세스는 거대한 파피루스 숲 한가운데에서 틀림없이 길을 잃고 말았을 것이라고 생각했다.

갑자기 수평선이 눈앞에 나타났다. 배는 초록색 물 위를 미끄러져 어부들이 살고 있는 강기슭으로 다가갔다. 어부들은 털북숭이 몸에 아무것도 걸치지 않은 채 얼기설기 엮은 오두막 안에서 살아가고 있었다. 그들은 그물과 낚싯대와 통발을 사용해서 물고기를 잡아 긴 칼로 배를 가르고, 내장을 꺼내어 햇볕에 내다 말렸다. 그들 중의 두 명이 나일 강에서 농어를 잡았는데, 어찌나 큰 놈이었는지 그것을 매달아놓은 막대기가 휠 정도였다.

배가 나타나는 것을 보자, 이 예기치 않은 방문에 놀란 어부들은 겁에 질려 적대적인 반응을 보였다. 그들은 서로 꼭 껴안고는 무기를 휘둘렀다.

람세스가 앞으로 나아갔다. 공격적인 눈길들이 그에게로 쏟아졌다.

—파라오 앞에 무릎을 꿇으라.

그 말에 어부들은 칼을 집어던지고, 두 손을 움켜잡았다. 무기들이 물렁물렁한 땅 위에 떨어져 꽂혔다. 세티의 신민들은 그들의 군주 앞에 엎드렸다. 그들은 왕의 일행을 식사에 초대했다.

어부들은 병사들과 농담을 주고받았고, 병사들은 그들에게 맥주두 동이를 선물했다. 밤이 깊어 모두들 잠이 들자, 곤충들과 야생동물들을 쫓기 위해서 피워놓은 횃불의 어렴풋한 불빛을 받으며 세티가 아들에게 말했다.

—이들이 가장 가난한 백성들이다. 이들은 자기들의 일을 하면서너의 도움을 기다리고 있다. 파라오는 약한 자를 구해주고, 과부를보호하며, 고아를 먹이고, 도움을 필요로 하는 누구에게나 도움을주는 자니라. 그는 밤낮으로 양을 지키는 목자이며, 자기 백성을 지키는 방패. 지고한 임무를 수행하도록 신의 택함을 받은 자는'그의 시대에는 누구도 굶주리지 않았다'는 이야기를 들을 수 있어야 한다. 아들아, 이집트의 카(ka)가 되는 것, 즉 나라 전체의 식량이 되는 것보다 더 숭고한 임무는 없느니라.

세티는 람세스를 혼자 그곳에 남겨두고 떠났다. 람세스는 어부들과 파피루스를 채취하는 사람들과 몇 주 동안 함께 지냈다. 그는먹을 수 있는 생선을 식별하는 방법, 가벼운 배를 만드는 방법을배웠고, 사냥꾼의 본능을 키웠으며, 운하와 늪의 미궁 속에서 길을잃었다가 다시 찾아내기도 했다. 그는 몇 시간씩이나 사투를 한 끝에 물에서 고기를 잡아올린 건장한 사람들의 이야기에 귀를 기울이

기도 했다.

거칠게 살아가고 있었지만, 그들은 그들의 생활을 바꾸고 싶어하지 않았다. 계곡에서 살아가고 있는 사람들의 생활을 그들은 부러워하지 않았다. 그들에겐 따분하고 재미없는 삶으로 느껴졌다. 지나치게 문명화된 그 세계에서 이따금 며칠씩 지내보는 것으로도 그들에겐 충분했다. 여인들의 부드러움을 맛보고, 고기와 야채를 배불리 먹고는, 그들은 델타의 늪으로 되돌아왔다.

왕자는 그들의 힘으로부터 자양을 취했다. 그들이 사물을 바라보는 방법과 듣는 방법을 받아들였고, 그들과 부딪침으로써 견고해졌다. 몸이 찢어질 것처럼 피곤해도 불평하지 않았다. 그는 자신의 특권과 지위를 포기했다. 그의 힘과 능력은 놀라울 정도로 자라났다. 그는 혼자 몸으로, 숙련된 어부 세 사람 몫의 일을 해냈다. 그러나 이러한 성취는 경탄의 대상이라기보다는 질투의 대상이 되었다. 왕의 아들은 곧 외톨이가 되었다.

하나의 꿈이 부서져버렸다. 다른 사람이 되는 꿈, 타인을 닮기 위해 자신의 내면에서 펄떡이는 힘을 포기하는 꿈. 여느 젊은이들, 젊은 석수나 뱃사람, 또는 어부처럼 젊음을 살아보겠다는 꿈. 세티는 그를 나라의 경계로, 바다가 뭍을 집어삼킬 만큼 가까운 이버려진 땅으로 데려왔다. 그것은 그가 어린 시절의 환상에서 벗어나 자신의 진정한 존재를 인식할 수 있게 하기 위해서였다.

람세스는 버림받은 느낌이었다. 그러나 세티는 떠나기 전날 밤 그에게 제왕의 길을 그려 보이지 않았던가? 세티가 하는 말들은, 다른 그 누구도 아닌, 바로 그, 람세스를 상대로 한 것이었다.

꿈, 한순간의 은총, 그저 그뿐, 그 이상은 아무것도 아니었다. 세티는 바람에게, 물에게, 광막한 델타에게 말을 했을 뿐이다. 아들은 단지 아들을 돌보이게 해주는 존재에 불과했다. 그를 세계의 끝으로 데려옴으로써, 그는 아들의 허영심과 환상을 깡그리 부숴버렸다. 람세스는 군주의 존재가 될 수 없을 것이다.

비록 아버지의 성품이 압도적이고 접근할 수 없는 것처럼 느껴지기는 했지만, 그에게는 세티가 친근하게 느껴졌다. 그는 아버지의 가르침을 듣고, 자기의 능력을 증명해 보이고, 자신을 넘어서고 싶었다. 아니, 그의 내면에서 타오르고 있는 불은 평범한 불이 아니었다. 그의 아버지는 그것을 알아보았다. 그리고 그 불의 비밀을 조금씩 밝혀가는 것은 바로 왕이 해야 할 일이었던 것이다.

아무도 그를 찾으러 오지 않을 것이다. 그는 혼자 떠나야 한다.

람세스는 새벽이 오기 전에 어부들을 떠났다. 어부들은 아직도 불가에서 서로 몸을 꼭 붙이고 잠들어 있었다. 두 개의 노를 사용해서 그는 고른 리듬으로 파피루스 카누를 정남향으로 저어갔다. 별들을 관찰함으로써 올바른 방향을 잡을 수 있었다. 그는 자신의 본능을 믿었다. 이윽고 카누는 강의 주류에 실렸다. 북풍이 카누를 밀고 갔다. 그의 팔은 지칠 줄 모르고 노를 저었다. 목표를 향하여 긴장한 채, 잠깐씩 쉬어가면서, 준비해온 말린 생선으로 영양을 섭취하면서. 람세스는 물의 흐름과 싸우지 않았다. 그것과 자신을 일치시켰다. 가마우지들이 그의 머리 위를 날아갔고, 태양은 빛으로 그의 몸을 감싸주었다.

저기, 델타가 끝나는 곳에, 멤피스의 하얀 벽이 나타났다.

16

숨막히는 더위가 찾아왔다. 사람들과 짐승들은 강이 범람하기를 기다리면서 천천히 일했다. 파라오의 공사장에서 일할 생각이 없는 사람들에게 강의 범람은 긴 휴식기간을 의미하는 것이었다. 추수가 끝난 대지는 목이 말라 죽을 지경으로 보였다. 하지만 나일 강의 색깔은 하루하루 달라졌다. 갈색을 띤 강물은 이집트의 부의 원천인 강의 범람이 가까웠음을 예고하는 것이었다.

대도시 사람들은 그늘을 찾아다녔다. 시장에서 장사하는 상인들은 말뚝 사이에 커다란 천막을 쳐놓고 그 아래에 들어가 햇빛을 피했다. 가장 두려운 절기가 시작된 것이다. 그것은 한 달이 30일인 열두 달의 균형잡힌 달력에서 제외된 일 년의 마지막 닷새 동안을 말하는 것이다. 규칙적인 주기에 포함되지 않는 이 닷새는, 사자의 머리를 가진 빛의 반역자, 무시무시한 여신 세크메트의 시간이다. 만일 창조주가 최종적으로 인간을 위해 개입하지 않는다면, 여신은 인간을 학살할지도 모른다. 창조주는 이 여신이 인간의 피를 마시고 있다고 믿게 만듦으로써 그녀의 분노를 가라앉힌다. 여신이 실제로 마시는 것은 가라지가 주성분인 붉은 맥주이다. 매년 이맘때가 되면, 여신은 그녀의 명을 수행하는 악당들인 병과 악취를 시켜서 나라 전체를 휩쓸고 돌아다니게 한다. 천박하고 비겁하고 못된 음모를 꾸미는 사람들을 악착같이 쫓아다니며 땅에서 쓸어낸다. 신전에서는 세크메트 여신을 달래기 위한 연도(煉禱)가 밤낮으로 이어진다. 파라오가 몸소 비밀스러운 제의를 집전한다. 그 제의는, 만일 왕이 의로운 사람이라면, 죽음을 생명으로 바꿀 수 있게 해준다.

이 무서운 닷새 동안 경제 활동은 거의 중단된다. 사람들은 일과 여행을 뒤로 미루며, 배는 부두에 묶이고, 대부분의 밭은 텅 비어버린다. 미처 대비해놓지 못했던 사람들은 복수의 화신인 암사자의 분노를 증거하는 거센 바람이 불어올까 겁을 내면서, 마지막 손질이 필요한 둑을 서둘러 단단하게 쌓는다. 파라오가 개입하지 않는다면 파괴적인 힘이 휩쓸고 간 뒤에는 아무것도 남아 있지 않을지도 모른다.

멤피스 궁의 보안대장도 사무실에 틀어박혀서 설날 축제를 기다리고 싶었을 것이다. 설날이 되면 사람들의 마음이 공포에서 해방되어 흘러넘치는 기쁨에 잠긴다. 그러나 그는 지금 투야 왕비의 부름을 받고, 이 부름의 이유가 무엇일까 혼자서 끊임없이 궁금해하고 있는 중이었다. 그는 왕비와 직접 대면한 적이 없다. 왕비는 시종을 통해서 명령을 하달했었다. 평소와 다른 이 절차는 무엇을 의미하는 걸까?

그는 귀족들을 무서워했다. 왕비 역시 무서웠다. 이집트 왕실의 전형적인 인물인 그녀는 범용한 것을 견디지 못했다. 그녀의 마음에 들지 않는다는 것은 곧 결정적인 실수를 범한 것과 같다.

지금까지 궁전의 보안대장은 순탄한 공직생활을 해왔다. 칭찬도 받지 못했지만, 비난을 당한 것도 아니었다. 그는 딴 사람들을 괴롭히지 않은 채 신분의 사다리를 기어올라왔다. 그는 사람들의 눈에 띄지 않고, 자기가 차지한 자리에 가만히 엎드리고 있는 기술을 가지고 있었다. 그가 보안대장으로 임명되고 난 후 궁의 평온을 깨뜨린 사건은 한번도 일어나지 않았다.

이번에도 부름을 받았다는 사실을 빼면, 사실 아무런 사건도 없었다.

그의 부하 중 한 명이 그의 자리를 탐내서 그를 모함한 것일까? 왕실 측근이 파멸을 자초한 것일까? 그렇다면 그 사람은 무슨 이유로 고발당했을까? 그런 질문들이 그의 머리를 떠나지 않아서 그는 견딜 수 없이 머리가 아팠다.

부들부들 떨면서, 근육경련 때문에 눈을 깜빡거리면서, 보안대장은 왕비가 앉아 있는 접견실에 들어갔다.

그는 왕비 앞에 꿇어 엎드렸다.

─왕비 폐하, 신들께서 폐하에게 은혜를 베풀어주시기를, 그리고 신들께서⋯⋯.

─의례적인 형식은 그만둡시다. 앉으시오.

왕비는 안락의자 하나를 가리켰다. 관리는 감히 눈을 들어 왕비를 바라보지 못했다. 저렇게 갸날픈 여인이 어떻게 저토록 당당할 수 있을까?

─마부 하나가 람세스를 죽이려 했다는 것을 알고 계시겠지요?

─예, 폐하.

─그리고 사냥할 때 람세스와 한 마차를 탔던, 어쩌면 이 범죄의

주모자인지도 모르는 전차병을 경찰이 찾고 있다는 것도 알고 계시
겠지요?

—예, 폐하.

—어쩌면 수사의 진척 상황에 대해 알고 있을 것도 같은데.

—시간이 많이 걸리고 어려워질 수도 있을 것 같습니다.

—'어려워질 수도 있다'…… 이상한 표현이로군요. 진실을 발견
하는 걸 두려워하고 있는 건 아닌가요?

보안대장은 마치 말벌에 쏘인 것처럼 벌떡 일어났다.

—물론 그렇지 않습니다! 전…….

—앉아서 내 말을 잘 들으세요. 누군가 이 사건을 적당히 얼버무
려서 넘어가고자 한다는 느낌이 듭니다. 람세스는 살아남았고, 그
를 죽이려 했던 괴한은 죽었고, 그리고 공범은 행방불명이다, 무엇
때문에 더 뒤져낸단 말인가? 그런 거겠죠. 내 아들의 주장에도 불
구하고, 새로 알아낸 사실은 하나도 없습니다. 우리나라가 정의라
는 개념이 더이상 아무 의미도 없는 야만적인 공국(公國) 수준으로
후퇴한 겁니까?

—폐하께선 경찰이 열심히 일한다는 것을 잘 아시지 않습니까.

—내가 보기엔 경찰이 일을 제대로 못하고 있는 게 확실한데요.
그것이 일시적인 현상이길 바랍니다. 만일 누군가가 수사를 중단시
킨 거라면 내가 직접 그 전차병을 찾아내겠어요. 보다 구체적으로
말한다면, 당신이 그 일을 해주세요.

—제가요? 하지만…….

—빠르고 조용히 수사를 진행시키기 위해선 당신의 입장이 적격
이지요. 람세스를 함정에 몰아넣었던 그 전차병을 찾아오세요. 그
자를 데려다가 법정에 세우세요.

—폐하, 전…….

―명령에 불복하겠다는 뜻인가요?

절망한 보안대장은 세크마트의 화살 하나가 그의 몸을 관통하고 지나가는 걸 느꼈다. 어떻게 위험을 무릅쓰지 않고, 그리고 딴 사람들의 불만을 사지 않고 왕비를 만족시킬 수 있을 것인가? 이 범죄의 책임자가 지위가 높은 사람이라면 어쩌나. 어쩌면 그는 투야보다도 더 무서운 사람일지도 모른다. 그러나 투야는 실패를 용납하지 않을 것이다.

―아닙니다. 결단코 아닙니다. 그러나 쉬운 일은 아닙니다.

―그 얘긴 이미 했잖아요. 내가 당신을 부른 것은 이 일이 관례적인 일이 아니기 때문이지요. 어쨌든, 두번째 임무가 또 하나 있어요. 훨씬 더 쉬운 거예요.

투야는 불법거래되고 있는 잉크 덩어리들과 그것들을 생산하고 있는 이상한 공방에 대해서 이야기했다. 람세스가 얘기해준 증거들 덕택에 그녀는 그 공방의 위치를 정확히 말해줄 수 있었다. 그녀는 그 공방 주인 이름을 알아보라고 시켰다.

―두 가지 사건 사이에 무슨 연관이 있습니까, 폐하?

―별로 없어 보이지만, 그러나 누가 알겠어요? 당신이 열심히 수사해보면 알 수 있겠지요.

―걱정하지 마십시오.

―그렇게 말해주니 기쁘군요. 자, 이젠 사냥을 떠나세요.

왕비는 방에서 나갔다.

관리는 낙담한 나머지 머리가 지끈지끈 아팠다. 그는 자기를 구해줄 수 있는 것은 마술밖에 없을 거라고 생각했다.

셰나르의 얼굴이 환해졌다.

궁전 접대실 중 하나가 세계 전역으로부터 달려온 수십 명의 상인들로 우글거리고 있었다. 키프로스인, 페니키아인, 에게인, 시리아인, 아프리카인, 피부가 노란 동양사람, 북쪽의 안개 낀 나라에서 온 피부빛이 아주 창백한 사람들이 셰나르가 부르는 대로 대답했다. 세티가 다스리고 있는 이집트의 명성은 대단해서, 그의 궁전에 초대되었다는 것은 큰 영광이었다. 파라오의 정치에 갈수록 적대적인 히타이트 족 대표들만이 빠져 있었다.

셰나르에게 국제무역은 인류의 미래였다. 페니키아의 항구로부터 바빌로스와 우가리트의 항구에 이르기까지, 크레타와 아프리카, 또는 멀리 동양에서 온 배들이 줄줄이 정박하고 있었다. 어째서 이집트는 자기 정체성과 전통을 지켜야 한다는 핑계로, 이 교역의 확대에 소극적으로 대처하는 것일까? 셰나르는 아버지를 존경했지만, 그가 발전을 지향하지 않는다는 점은 마음에 들지 않았다. 자기가 아버지의 자리에 있었다면, 델타 지역 대부분의 물을 빼고, 지중해 연안에 많은 항구를 건설할 텐데. 세티는 조상들이 그랬던 것처럼, 두 땅의 안전에만 집착하고 있었다. 방어 시스템을 발전시키고, 군대에 전쟁준비를 시키는 것보다는 히타이트 족과 교역을 하는 것이 낫지 않을까? 그리고 만일 필요하다면, 그 호전적인 민족을 부자로 만들어 무마시키는 것이 낫지 않을까?

왕위에 오르면 셰나르는 폭력을 없애리라고 생각했다. 그는 군대와 장군들과 병사들을, 철저한 군국주의자들의 편협한 정신을, 힘에 의한 지배를 증오했다. 권력을 오랫동안 지속시키려면 그런 방법으로 힘을 행사해서는 안 되는 것이다. 정복된 민족은 언젠가는 정복자에 맞서 반란을 일으키게 마련이다. 반면에, 정복된 민족의 소수 계급만이 포함되고, 그리고 그 계급만이 조작할 수 있는 경제 법칙을 가지고 그 민족을 포로로 만들어버리면, 모든 저항의 시도를 신속하게 없애버릴 수 있다.

셰나르는 자기에게 왕의 맏아들의 지위, 그리고 예정된 왕위 계승자의 지위를 베풀어준 운명에 감사했다. 불안하고 무능한 람세스는 그의 원대한 꿈을 방해할 인물이 못 되었다. 자기가 장차 그 절대적인 주인이 될 문명화된 세계의 상업적 조직망, 그의 이익에 유리한 동맹관계, 개별적 특성과 관습이 사라진 단 하나의 국가, 그것이 더욱더 멋진 계획이 아닌가?

셰나르는 이집트야 어떻게 되든 알 바 아니었다. 이집트는 그에게 출발의 근거는 되겠지만, 곧 너무나 좁은 곳이 될 것이다. 전통에 푹 파묻혀 있는 남쪽 지방은 아무런 미래도 없다. 성공하고 난 다음에는 자기를 환대하는 나라에 자리를 잡으리라. 그리고 그곳에서 자기의 왕국을 통치하리라.

일반적으로 외국 상인들은 궁전으로 들어올 수 없었다. 그들을 궁에 받아들임으로써, 세티의 계승자는 그들에게 이익을 주는 존재가 바로 자기라는 것을 과시한 것이다. 그렇게 그는 빨리 다가왔으면 하고 바라 마지않는 자기의 미래를 준비하고 있었다. 태도를 바꾸시라고 세티를 설득하는 것은 쉽지 않을 것이다. 그러나 군주는, 그가 비록 마아트의 법을 존중한다 하더라도, 시대의 요청에 복종해야 하는 것이 아닐까?

상인들의 접견은 완전한 성공이었다. 외국 상인들은 셰나르에게 자기 나라의 장인들이 만들어낸 가장 아름다운 화병들을 선물하겠다고 약속했다. 그렇게 해서, 중동 전체와 크레타까지 평판이 자자한 그의 소장품 목록이 더욱 풍부해지게 되었다. 섬세한 곡선과 매혹적인 색채를 가지고 있는 하나의 완벽한 물건을 얻기 위해서라면 그 무엇을 희생하지 않겠는가? 바라보는 즐거움에다 소유하는 즐거움까지 보태지는 것이다. 셰나르는 자기의 보물들 앞에서만 아무도 앗아갈 수 없는 기쁨을 마음껏 맛볼 수 있었다.

셰나르가 아시아에서 온 상인과 화기애애한 대화를 끝냈을 때, 그의 정보원 하나가 그에게 다가왔다. 정보원이 작은 소리로 속삭였다.

─곤란한 일이 한 가지 생겼습니다.

─뭐야?

─왕비님께서 수사 결과에 만족하지 않고 계신답니다.

셰나르가 얼굴을 찡그렸다.

─그냥 기분 때문에 그러시는 거 아냐?

─아뇨, 훨씬 심각합니다.

─어머니 자신이 직접 수사하시겠다는 건가?

─궁전 보안대장에게 위임하셨답니다.

─머저리 같은 놈이지.

─하지만 보안대장을 따끔하게 혼내놓지 않으면, 일이 성가시게 될 텐데요.

─설치고 다니게 내버려두자구.

─그자가 만일 결과를 얻어내면 어쩌구요?

─그럴 리 거의 없어.

─보안대장에게 경고하는 편이 좋지 않을까요?

─그렇게 해서, 뜻밖의 결과라도 부르게 되면 어쩌려구 그래. 멍청이들은 추론할 줄을 몰라. 게다가 놈은 중요한 건 아무것도 발견할 수 없는 녀석이야.

─어떻게 할까요?

─감시하고 있다가 나에게 알려줘.

정보원은 사라졌다. 셰나르는 손님들에게 돌아섰다. 짜증이 나긴 했지만, 그는 상냥하게 미소지었다.

17

수상경찰이 멤피스 북쪽 항구 입구를 계속 감시하고 있었다. 사고를 막기 위해서 배들의 왕래는 통제되었다. 배 한 척 한 척이 검사를 받았으며, 붐빌 때에는 정박할 장소에 접근할 때까지 기다려야만 했다.

주운하를 감시하는 담당 경찰은 운하를 멍한 시선으로 바라보고 있었다. 점심시간이 되면 운송이 뜸해졌던 것이다. 뜨거운 태양빛이 부서질 듯 내리쬐는 하얀색 탑 꼭대기에서 경찰은 나일 강과 운하 그리고 초록색 벌판을 바라보았다. 벌판이 넓게 퍼져 있다는 사실은 삼각주의 탄생을 예고하는 것이다. 그렇게 바라보고 있노라면, 뿌듯한 마음이 들지 않는 것도 아니었다. 한 시간도 안 돼서 태양이 그 정점으로부터 내려올 것이다. 그러면 그는 도시의 남쪽 교외에 있는 자기 집으로 돌아가 낮잠을 즐길 것이다. 낮잠으로 피곤을 풀고, 잠에서 깨어나 아이들과 놀아줄 생각이었다.

그의 위가 배가 고프다고 비명을 질러댔다. 그는 일단 그날 아침에 따온 상추에 싼 갈레트 빵 한 조각으로 허기를 때우기로 했다. 그의 일은 보기보다 피곤한 일이었다. 대단한 집중력이 필요하기 때문이다.

그때 갑자기 이상한 광경이 눈에 들어왔다.

처음에 그는 푸른 강물 위에 내리쬐는 여름햇볕이 만들어낸 신기루인 줄 알았다. 다음 순간 그는, 간식 먹는 것도 잊은 채, 암포르와 곡식자루를 실은 거룻배 두 척 사이로 미끄러져 들어가는 이상한 쪽배 한 척을 정신없이 바라보았다.

분명히 파피루스 카누였다. 카누에는 기가 막히게 빠른 속도로 노를 젓는 건장한 젊은 청년이 타고 있었다.

보통 이런 쪽배는 델타의 수초 미궁을 빠져나오지 않는다. 더군다나 오늘 통행이 허용된 배 명단에 저 배는 올라 있지 않은 것이다! 경찰은 거울을 사용해서 긴급 조정을 부탁하는 신호를 보냈다.

배 세 척이 재빨리 침입자에게 달려들었다. 람세스 왕자는 두 명의 경찰에 에워싸여 배에서 내렸다.

이제트는 참지 못하고 화를 터뜨렸다.

—왜 람세스가 날 만나지 않겠다는 거야?

—모르겠습니다.

아직도 머리가 아픈 아메니가 대답했다.

—그이가 아픈 거야?

—그렇진 않은 것 같습니다.

—그이가 내 애길 했어?

―안 했습니다.

―넌 좀더 말을 많이 해야겠다, 아메니!

―그건 개인비서의 역할이 아닙니다.

―내일 다시 오겠어.

―좋으실 대로 하십시오.

―좀더 상냥해지도록 노력해봐. 문을 열어주면 상을 줄게.

―전 봉급을 충분히 받고 있습니다.

이제트는 어깨를 으쓱하더니 물러갔다.

아메니는 혼란스러웠다. 델타에서 돌아온 람세스는 자기 방에 틀어박혀 한마디 말도 하지 않았다. 그는 친구가 가져다주는 식사를 마지못해 먹고, 현자 프타 호텝의 잠언집을 다시 읽거나 테라스에 앉아서 도시를 바라보거나 멀리 눈을 들어 기자나 사카라의 피라미드들을 바라보았다.

람세스의 흥미를 끄는 데는 성공하지 못했지만, 어쨌든 아메니는 자기의 조사 결과를 람세스에게 알려주었다. 수많은 서류들을 통해 알게 된 바에 따르면 그 수상한 공방은 몇 명의 직공들을 고용하고 있는 중요한 인물의 소유임에 틀림없었다. 그러나 아메니는 부술 수 없는 침묵의 벽에 부딪쳤을 뿐이다.

다시 주인을 만난 람세스의 개는 미칠 듯이 기뻐하며 주인을 반겼다. 그리고는 또다시 그를 잃어버릴까봐 무서워서 그를 떠나지 않았다. 늘어진 귀와 소라껍질 모양의 꼬리를 가진 금빛 나는 노란 개는 왕자의 발치에 누워서 왕자를 지키는 자기의 소임에 충실했다.

설날이 오기 전날 밤, 그러니까 홍수제가 열리기 전날 밤, 이제트는 람세스를 찾아갔다. 연인이 마다했음에도 그녀는 더이상 견딜 수가 없었다. 개와 함께 테라스에 앉아 람세스는 명상에 잠겨 있었다. 귀를 쫑긋 세운 개가 이빨을 내보이며 으르렁댔다. 이제트가 소리를 질렀다.

—이 짐승 좀 진정시켜줘!

람세스의 눈길이 얼음처럼 차가워서 이제트는 그에게 다가갈 수 없었다. 이제트가 안타까운 말투로 말했다.

—무슨 일이야? 말해봐, 제발 부탁이야!

람세스는 무심한 표정으로 돌아섰다.

—당신에겐 날 이렇게 취급할 권리가 없어…… 난 당신이 걱정돼서 무서웠어. 당신을 사랑해. 그런데 당신은 나에게 눈길 한번 주지 않네!

—혼자 있게 내버려둬.

그녀는 애원하는 표정으로 무릎을 꿇고 앉았다.

—드디어 한마디 했네.

개는 경계심이 조금 줄어드는 모양이었다.

—당신 나에게 뭘 원하는 거야?

—나일 강을 좀 봐, 이제트.

—나 당신 곁에 가도 돼?

그는 대답하지 않았다. 이제트는 용기를 내어 연인 곁으로 다가갔다. 개는 두 사람 사이에 끼어들지 않았다.

—이제 곧 소티스 성(星)이 어둠으로부터 나올 거야.

람세스가 하늘을 가리키며 말했다.

—내일 그 별이 동쪽 하늘에 태양과 함께 나타나서 강의 범람이 시작된 걸 알려줄 거야.

—매해 그랬잖아?

—당신은 올해가 그 어떤 해와도 다른 해가 될 거라는 걸 모르겠어?

람세스의 어조가 무거워서 이제트는 깜짝 놀랐다. 그녀는 거짓말을 할 용기가 없었다.

—아니, 모르겠어.

—나일 강을 바라봐.

그녀는 살며시 그의 팔에 매달렸다.

—그렇게 이상하게 굴지 마. 난 당신 적이 아니잖아. 델타에서 당신에게 무슨 일이 있었던 거야?

—아버님이 날 나 자신과 대면하게 하셨어.

—그게 무슨 말이야?

—내겐 도망칠 권리가 없다는 것. 숨어봐야 소용없다는 것.

—난 당신을 믿어, 람세스, 당신의 운명이 어떤 것이라고 해도.

천천히 그는 그녀의 머리카락을 쓰다듬었다. 그녀는 당황한 표정으로 그를 바라보았다. 저곳, 북쪽 땅에서 체험한 시련이 이 사람을 딴 사람으로 바꾸어놓았구나.

청년은 남자가 되어 있었다. 매혹적인 아름다움을 가진 남자, 그녀가 미칠 듯이 사랑하는 남자.

나일 강의 수위를 재는 전문가들은 틀리지 않았다. 그들은 어느 날 강이 범람해서 멤피스의 강기슭을 공격할 것인지 미리 예고해두었었다.

곧이어 축제가 열렸다. 여기저기에서 사람들은 이시스 여신이 오랫동안 찾아 헤맨 끝에 오시리스의 시신을 찾아내어 부활시켰다고 소리 높여 외쳤다. 새벽이 조금 지난 시간에, 도시까지 들어와 있는 주운하를 막고 있던 둑의 수문이 열리면, 불어난 강물이 맹렬하게 들이닥칠 것이다. 범람하되 파괴하지는 말라고 사람들은 수천 개의 조상(彫像)들을 물 속에 집어던졌다. 그 조상들은 나일 강의 풍부한 힘 하피를 새긴 것으로, 여러 개의 젖이 늘어진 남자의 모습이었다. 하피는 머리에는 파피루스 덤불을 쓰고, 먹을 것이 잔뜩 놓인 쟁반을 들고 있었다. 집집마다 범람한 강물을 담은 호리병을 하나씩 가지고 있었다. 그것을 가지고 있으면 부자가 된다고 믿었다.

궁전에서는 사람들이 바쁘게 움직였다. 한 시간쯤 뒤에 나일 강까지 가는 행렬이 시작된다. 행렬의 선두에는 파라오가 서게 된다. 행렬이 나일 강에 도착하면 제사를 드린다. 행렬에 참가하는 사람들은 저마다 자기가 어떤 서열을 차지하고 있는가를 자문해보게 된다. 각자의 서열이 이런 기회에 백성 앞에 드러나기 때문이다.

셰나르는 초조하게 왔다갔다하고 있다. 그는 지금 열번째로 시종에게 묻는 것이다.

―아버님께서 내 역할을 지정해주셨나?

―아직 아무 말씀 안 계셨습니다.

―말도 안 돼! 제관에게 가서 물어봐.

―왕께서 몸소 행렬 선두에서 명령을 내리신답니다.

―그건 누구나 다 알고 있는 거잖아!

―황송합니다. 저도 그 이상은 모릅니다.

셰나르는 자기가 입고 있는 아마 드레스의 주름을 신경질적으로 살펴보고, 세 줄짜리 홍옥수 목걸이를 바로잡았다. 그는 좀더 호사스럽게 차려입고 싶었지만, 왕을 초라해 보이게 해서는 안 되었다. 이렇게 해서 소문이 확인되었다. 세티가 왕비의 동의를 얻어서, 의전 절차를 바꾸고 싶어한다는 소문이었다. 그렇지만 왜 셰나르에게는 그런 얘기를 해주시지 않는 것일까? 왕과 왕비가 자기를 그렇게 따돌리는 걸 보면, 이건 실총(失寵)의 조짐이다. 일을 그렇게 꾸민 자가 누구일까? 야심만만한 람세스가 아니면 누구란 말인가?

어쩌면 람세스를 과소평가한 것은 잘못인지도 모른다. 셰나르는 그 뱀 같은 놈이 뒷구멍에서 끊임없이 일을 꾸몄고, 자신을 모함함으로써 결정적인 전기를 마련했다고 생각했다. 투야 왕비가 그놈의 거짓말을 듣고 왕에게 영향력을 행사한 것이다.

백성들 앞에서 중요한 제의를 거행할 때 왕과 왕비의 다음 자리를 차지한다, 그렇게 해서 자기가 형을 밀어냈다는 사실을 증명한다. 그래, 그것이 람세스의 계획이다.

셰나르는 어머니에게 접견을 요청했다.

두 명의 여사제들이 왕비에게 옷을 입혔다. 그녀의 머리에는 커다란 깃털 두 개가 달린 왕관이 씌워졌다. 그 왕관은 그녀가 나라 전체를 풍요롭게 만드는 생명의 숨결이라는 걸 상기시켜주는 것이었다. 그녀가 존재하고 있기 때문에, 가뭄을 이겨내고 풍요가 되돌아오는 것이다.

셰나르는 어머니에게 절을 했다.

—어째서 제 문제에 관해서 이토록 모호하십니까?

—뭐가 불만이냐?

—나일 강에 봉헌을 바칠 때에, 제가 아버님을 보좌하는 것이 아닌가요?

—그건 왕께서 결정하실 문제다.

—어머님께서는 아버님이 어떤 결정을 내리셨는지 모르십니까?

—아버님에 대한 신뢰를 잃어버린 거냐? 평소에 너는 그분이 현명한 판단을 내리신다고 누구보다 먼저 칭송하는 사람이 아니었더냐?

셰나르는 공연한 짓을 했다고 후회하면서 아무 말도 못하고 가만히 있었다. 어머니 앞에 서면, 그는 편안하질 않았다. 그녀는 직접적으로 공격하지는 않았다. 그러나 그녀는 그의 두터운 겉껍질을 뚫고 무서울 정도로 정확하게 정곡을 찌르곤 했다.

—저는 계속 아버님의 판단을 따르겠습니다. 그 점에 있어선 안심하십시오.

—그렇다면, 무엇 때문에 불안해하느냐? 세티께서는 이집트에 가장 이익이 되도록 행동하실 것이다. 그것이 중요한 것 아니겠느냐?

람세스는 손과 정신을 바쁘게 움직여서 잡념을 떨쳐버릴 셈으로 파피루스에 현자 프타 호텝의 잠언을 베껴썼다. 현자는 이렇게 권고하고 있다. "만일 그대가 다수의 사람들에게 지침을 내려야 할 책임이 있는 안내자라면, 그대가 다스리는 방법에 실수가 없도록 매순간 유능한 사람이 되도록 애써야 한다." 왕자는 그 생각이 자기 몸속에 스며들어오는 것을 느꼈다. 마치 이 옛날 작가가, 세기를 넘어 자기에게 직접 말하고 있는 것 같았다.

이제 채 한 시간도 되지 않아, 제관이 그를 찾아올 것이다. 행렬에서 그가 어떤 자리에 서게 될지 이야기해줄 것이다. 그의 본능이 틀리지 않는다면, 그는 평소에 셰나르가 섰던 자리에 서게 될 것이다. 그러나 이성은 세티가 이미 잡혀 있는 질서를 흔들어놓으려 하겠느냐고 반박했다. 그러나 그렇다면 의전국은 왜 나일 강변에 모여들 수많은 사람들 앞에서 어차피 밝혀지게 될 서열을 명확히 규정하지 않고 있는 것일까? 파라오는 모종의 특단 조치를 준비하고 있는 것이다. 그 모종의 특단 조치란 셰나르를 람세스로 대치하는 것이다.

장자를 왕위 계승자로 지명하도록 왕에게 강요하는 법률은 어디에도 없었다. 왕위 계승자를 꼭 귀족 가운데에서 뽑아야 할 이유도 없었다. 평범한 집안이나 왕실과 아무 관계도 없는 집안 출신인 파라오들과 왕비들도 많았다. 투야 왕비도 가난한 시골 여자에 불과했었다.

람세스는 그가 아버지와 함께 경험했던 일들을 다시 떠올려보았다. 그 어떤 것도 우연한 일들이 아니었다. 람세스의 진정한 본성이 드러나도록, 파라오는 전격적인 방식으로 그에게서 환상의 껍질을 벗겨버리셨던 것이다. 사자가 사자가 되기 위해서 태어난 것처럼, 람세스는 자기가 왕이 되기 위해서 태어났다고 느꼈다.

그가 생각했던 것과는 반대로 그에게는 어떤 자유도 없었다. 운명은 저대로의 길을 흘러가고, 세티는 그 길에서 람세스가 벗어나지 않도록 지켜보고 계시는 것이다.

궁전에서 강으로 이르는 길가에는 수많은 남녀노소들이 모여 있었다. 새로운 해가 태어나고, 강물이 다시 불어난 것을 기리는 이 축제일은 백성들에게는 파라오와 그의 자녀들, 그리고 고관대작들의 모습을 볼 수 있는 흔치 않은 기회였다.

자기 처소의 창문을 통해서 셰나르는 이제 몇 분 뒤면 자신의 몰락을 목격하게 될, 호기심에 가득 찬 군중을 바라보았다. 세티는 그에게 자신의 입장을 변호하고, 람세스가 왕이 될 수 없는 인물이라는 것을 증명할 기회조차 허락하지 않으셨다. 용안이 흐려져서 독단적이고 부당한 결정을 내리신 것이다.

많은 조신들이 이 결정을 용납하지 않을 것이다. 셰나르는 그들을 집결시켜서 반발하도록 선동하는 방법을 알고 있었다. 세티는 그 반발의 영향을 무시할 수 없을 것이다. 많은 귀족들이 셰나르를 신임하고 있었다. 람세스가 자칫 과오를 범하면 자신이 재빨리 자기 자리를 회복하게 될 것이다. 만일 람세스가 과오를 범하지 않는다면, 자신이 람세스가 빠져나가지 못할 덫을 놓으리라.

책임 제관이 왕의 장자에게 와서, 이제 곧 행차가 시작될 것이므로 자기를 따라오십사고 말했다. 셰나르는 그의 뒤를 따랐다.

람세스는 또 람세스대로 제관을 따라갔다.

행렬은 궁전 입구에서부터 신전 구역이 끝나는 곳까지 늘어서 있었다. 왕자는 왕과 왕비가 서 있는 행렬의 선두 쪽으로 안내되었다. 왕과 왕비 앞에는 길을 여는 역할을 하는 제관이 서 있었다. 흰 옷을 입은 삭발한 사제들이 왕의 둘째아들이 지나가는 것을 바라보았다. 그들은 그의 의젓한 모습에 놀랐다. 그가 아직도 놀이와 끊임없는 오락에 정신이 팔려 있는, 평범하고 편안한 인생을 보장받은 소년이라고 생각하는 사람은 아무도 없었다.

람세스는 앞으로 나아갔다.

그는 영향력이 강한 조신들 몇 명과 화려하게 차려입은 귀부인들을 지나쳤다. 왕의 둘째아들이 처음으로 사람들 앞에 모습을 보이는 것이다. 그는 꿈을 꾸었던 것이 아니다. 그의 아버지는, 새해가 시작되는 바로 그날에, 그를 당신의 옥좌 곁에 앉히시려는 것이다.

람세스를 안내해가던 제관이 갑자기 멈추어 섰다.

제관은 그에게 프타 신전 대사제 뒤에 서라고 일렀다. 왕과 왕비로부터 멀리 떨어진 자리였다. 셰나르로부터도 멀리 떨어져 있었다. 셰나르는 세티의 오른쪽에 서서 여전히 왕위 계승 예정자의 모습을 과시하고 있었다.

18

꼬박 이틀 동안, 람세스는 먹지 않았다. 누구하고도 말을 나누지 않았다.

친구가 얼마나 실망했는지를 아는 아메니는 죽은 듯이 지냈다. 그는 왕자를 귀찮게 하지 않고 그림자처럼 조용히 지켜주었다. 람세스는 무명의 상태에서 빠져나와, 국가의 의식에 참여할 자격이 있는 왕실 인사들에게, 선을 보인 셈이다. 그러나 그에게 주어진 자리는 그를 단순한 들러리로 만들었다. 그 누가 보아도 왕의 계승자는 여전히 셰나르였다.

늘어진 귀를 가진 금빛 나는 노란색 개는 주인의 슬픔을 알아차리고, 산책을 가자고 조르거나 놀아달라고 칭얼대지 않았다. 개가 보여준 신뢰에 힘입어, 왕자는 자기 스스로 들어가 갇혔던 감옥을 빠져나왔다. 개에게 먹을 것을 주면서, 그는 개인비서가 권하는 음식을 먹기로 했다.

―아메니, 난 멍청이에다가 허영덩어리였네. 아버님께서 내게 좋은 교훈을 주셨네.

―무엇 때문에 그렇게 자학하나?

―난 내가 조금은 덜 어리석은 줄 알았거든.

―권력이 그렇게 중요한가?

―권력은, 그래, 중요하지 않지. 하지만 자신의 진정한 본성을 실현하는 건, 아냐, 그건 중요해! 그런데 난, 나의 진정한 본성이 왕이 될 것을 강요하고 있다고 확신했었네. 아버님께선 나를 옥좌로부터 멀리 떼어놓으신 거야. 그런데 난 눈이 멀어서 그걸 몰랐어.

―자네의 운명을 받아들일 셈인가?

―내게 아직 운명이라는 게 남아 있긴 한가?

아메니는 혹시 왕자가 미쳐버리는 건 아닐까 하고 걱정했다. 람세스가 느낀 절망은 너무나 커서, 그를 미치광이 같은 모험 속으로 끌고 들어가 끝없이 자신을 파괴하게 만들 수도 있었다. 시간만이 그 절망을 잊어버릴 수 있게 해줄 것이다. 그러나 인내심은 아직 왕자가 알지 못하는 덕목이었다. 아메니가 작은 소리로 말했다.

―사리가 우리를 낚시대회에 초대했네. 기분도 전환할 겸 가보면 어떨까?

―자네가 원하는 대로 하지.

젊은 서기관은 뛸 듯이 기뻤지만 내색하지 않았다. 다시 일상의 기쁨을 맛보게 되면 람세스는 빨리 회복될 것이다.

람세스의 옛 개인교사와 그의 아내는 교양 있는 젊은이들 중에서 빼어난 멤버들을 불러모아 그들을 세련된 취미에 입문시켰다. 양식물고기가 많이 살고 있는 연못에서 낚시를 하는 것이다. 모든 대회 참가자들에게는 삼각의자와 아카시아 나무로 만든 낚싯대가 분배되었다. 일등을 하면 우승자라는 칭호가 수여되고, 누대에 걸쳐 지식인들의 찬사를 받는 시누에의 모험담을 기록한 멋진 파피루스를 상으로 받을 것이다.

람세스는, 생전 처음으로 해보는 그 오락이 재미있어서 정신이 팔려 있는 아메니에게 자기 자리를 내주었다. 아메니의 우정도, 아름다운 이제트의 사랑도 람세스의 영혼을 집어삼키고 있는 불을 끌 수 없다는 것을 그가 어떻게 이해할 수 있겠는가? 시간이 지나가도 그 불은 잦아들 줄을 몰랐다. 시간은 오히려 그 만족할 줄 모르는, 람세스가 먹이를 제공해주지 않으면 안 되는 불을 쑤석여놓았을 뿐이다. 그의 운명이 그에게 무슨 이야기를 하든, 그는 범용한 삶을 받아들이지 않을 것이다. 그를 매혹하는 사람들은 단 두 사람, 왕인 아버지와 왕비인 어머니뿐이었다. 그는 그들의 전망을 공유하고 싶었다. 다른 사람의 전망을 공유하고 싶은 마음은 없었다.

사리가 다가와 다정하게 옛 제자의 어깨 위에 손을 올려놓았다.

—이 놀이가 재미없으신 모양이군요.

—대회가 성공적인 것 같네.

—왕자님께서 와주셨으니 성공은 보장된 거지요.

—빈정대는 건가?

—그럴 리가 있습니까. 왕자님의 위치는 이제 확고해지셨잖습니까. 행차 때 많은 고위인사들이 왕자님이 멋진 분이라는 걸 알게 되었지요.

쾌활한 사리의 말은 진심인 것 같았다. 그는 정자 아래로 람세스를 데리고 가서 시원한 맥주를 권했다. 사리는 람세스를 붙잡고 열 변을 토했다.

—왕실 서기관 자리는 사람들이 가장 선망하는 자리지요. 왕자님
께선 왕의 신임을 얻으셨고, 보물창고와 다락에 접근할 수 있으며,
신전에 바쳐지는 공물들의 상당 부분을 제사가 끝난 뒤에 배분받을
수 있고, 좋은 옷을 입고, 말 여러 마리와 배 한 척을 소유하고, 아
름다운 저택에서 살며, 왕자님 소유의 밭에서 나오는 소출을 거두
어들이고, 성실한 하인들이 편하게 지내시도록 돌봐드리지 않습니
까. 왕자님의 팔은 피곤해지지 아니하고, 왕자님의 손은 희고 부드
러우며, 등은 단단하고 무거운 짐을 지지 않으시고, 도끼도 곡괭이
도 들지 않으시고, 고된 노동을 면하시고, 명령을 내리시면 제꺽 수
행되지요. 왕자님의 서판과 붓이 부를 보장하니, 왕자님께선 존경
받는 부자가 되실 수 있습니다. 영광은 어떻게 하느냐구요? 왕자님
은 영광을 받으시게 될 겁니다! 현명한 서기관들은 당대에는 이름
을 얻지 못하지만, 그러나 후세 사람들은 작가들을 칭송하지 않습
니까?

람세스가 사리의 설교를 받아 무덤덤한 목소리로 낭송하듯이 중
얼거렸다.

—서기관이 되라. 한 권의 책은 왕좌나 피라미드보다 더 오래 가
느니라. 책은 그 어떤 건물보다도 더 오랫동안 그대의 이름을 보존
하리라. 지혜의 책들이 서기관의 상속자들이니, 그의 글은 그의 장
례식을 집전하는 사제들이요, 그가 기록하는 서판은 그의 아들이
요, 신성문자로 뒤덮인 돌은 그의 아내니라. 가장 견고한 건물도 부
서져 사라지되, 서기관의 책은 시대를 가로질러 살아남느니라.

사리가 탄성을 질렀다.

—놀랍습니다! 제가 가르쳐드린 걸 하나도 잊지 않으셨군요.

—우리 조상들께서 가르쳐주신 것이지.

—그렇습니다, 그렇구 말구요…… 하지만 그걸 왕자님께 전해드

린 건 바로 접니다.

—그 점에 대해선 자네에게 경의를 표하는 바이네.

—저는 점점 더 왕자님이 자랑스럽습니다. 좋은 왕실 서기관이 되십시오. 다른 생각일랑 하지 마십시오.

다른 손님들이 집주인에게 자기들에게도 신경을 써달라고 요구했다. 그들은 잡담을 하고 술을 마시고 낚시를 하고 서로 믿는 체하는 몸짓들을 해 보였다. 람세스는 지루했다. 자신들의 특권에 만족하고 있는 이 범상한 사람들의 작은 세계가 자기와는 아무런 상관도 없다고 느껴졌다.

그의 누이 돌렌테가 그의 팔을 다정하게 잡으면서 물었다.

—어때, 재미있니?

—내 얼굴에 그렇게 씌어 있지 않아?

—애, 나 예쁘니?

람세스는 조금 떨어져서 누이를 바라보았다. 그녀는 색상이 화려하고 이국적인 옷을 입고 요란한 가발을 쓰고 있었다. 그러나 어쨌든 평소보다는 좀더 활기가 있어 보였다.

—완벽한 안주인이야.

—너한테서 찬사를 다 듣고…… 넌 도통 남 칭찬을 안 하잖니!

—그러니까 더 귀중한 찬사지.

—나일 강에서 제사 드릴 때, 네 의젓한 모습을 보고 사람들이 많이 칭찬했단다.

—난 한마디 말도 하지 않고 가만히 있었는데?

—그래, 그랬지…… 모두들 너무나 놀랐지! 궁정은 다른 반응을 기대하고 있었거든.

—어떤?

돌렌테의 쏘는 듯한 눈길 속에 심술궂은 눈빛이 어른거렸다.

―네가 반발할 거라고…… 공격적인 반응마저 보일지 모른다고. 평소에 너는 네가 원하는 걸 얻지 못하면 못되게 굴었잖니? 사자가 그만 새끼양이 된 건가?

람세스는 누이의 뺨을 갈기지 않기 위해서 주먹을 꼭 쥐었다.

―누난 내가 뭘 원하는지 알아?

―네 형이 가진 것, 그리고 결코 네가 가질 수 없는 것.

―잘못 생각했어. 난 남의 걸 탐내는 사람이 아냐. 난 내 진실을 찾고 있어. 다른 어떤 것도 아냐.

―휴가기간이 찾아왔어. 멤피스는 푹푹 찔 거야. 우린 델타에 있는 우리 별장으로 갈 거야. 우리와 함께 가자꾸나. 좀체로 가족들이 한데 모이질 못하잖니! 우리에게 항해하는 방법을 좀 가르쳐다오. 같이 수영도 하고 큰 물고기도 잡고.

―내 일이…….

―같이 가자, 람세스. 이젠 모든 게 명확해졌잖니. 가족들에게 좀 신경을 쓰고, 그들이 너에게 베풀어주는 사랑을 누리렴.

낚시대회의 우승자가 환호성을 질렀다. 안주인이 그를 축하해주어야 했다. 그녀의 남편은 시누에의 모험담이 쓰여진 파피루스를 그에게 전달했다.

람세스가 아메니에게 손짓을 했다. 아메니가 투덜거렸다.

―내 낚싯대가 부러져버렸어.

―돌아가자.

―벌써?

―아메니, 대회는 끝났어.

화려하게 차려입은 셰나르가 람세스에게 다가왔다.

―너무 늦게 와서 미안하구나. 네 기술을 보지 못해 유감이다.

―아메니가 제 대신 참가했어요.

—피곤해서 그러느냐?

—형님 좋으실 대로 해석하십시오.

—좋다, 람세스. 네가 나날이 네 한계를 깨달아가고 있는 것 같으니 말이다. 그렇지만, 난 네가 내게 고맙다는 말을 할 줄 알았는데.

—무엇 때문에요?

—네가 그 멋진 행차에 받아들여진 건, 내가 관여했기 때문이다. 아버님께선 널 제외하고 싶어하셨다. 그분은 네가 절제를 잃고 흥분할까봐 걱정하셨다. 일리가 있는 생각이시지. 다행히, 네가 훌륭하게 행동해주었지. 계속 그렇게 처신해주기 바란다. 그러면 우린 잘 지낼 수 있을 거야.

열광적인 지지자들의 환호를 받으며 셰나르는 멀어져갔다. 사리와 그의 아내는 셰나르가 예기치 않은 방문을 해준 것이 너무 기뻐서 그의 앞에서 허리를 굽혀 인사했다.

람세스는 자기 개의 정수리를 쓰다듬고 있었다. 기분이 좋아서, 개는 눈을 지그시 감았다. 왕자는 불멸의 존재라고 알려진 극지방의 별들을 바라보았다. 현자들의 말에 따르면, 그 별들은 저승에서 파라오가 신들의 심판에 의하여 '의인(義人)'이라고 인정을 받고 나면, 부활한 파라오의 심장이 된다고 했다.

아름다운 이제트가 알몸으로 그의 목에 매달렸다.

—그 개 이젠 그만 좀 잊어버려…… 나 질투날 것 같애. 당신은 사랑이 끝난 뒤엔, 날 내팽개쳐두곤 해.

—당신이 잠들었잖아. 난 졸리지 않어.

—키스해주면 비밀 얘기 하나 해줄게.

—난 협박당하는 건 질색이야.

—나, 당신 누나의 초대를 받아내는 데 성공했어. 당신은 이제 가족들 사이에서 덜 따돌림 당하게 될 거야. 우리가 벌써 결혼했다는 소문을 인정해주는 셈도 되고.

그녀는 너무 다정하고 고양이처럼 앙큼했다. 왕자는 그녀의 애무를 모르는 체할 수가 없었다. 그는 그녀를 품에 안고 테라스를 가로질러갔다. 그녀를 침대에 눕히고 그녀의 몸 위에 쓰러졌다.

아메니는 행복했다. 왕자가 왕성한 식욕을 되찾았기 때문이다. 그는 왕자에게 자랑스럽게 말했다.

—출발 준비를 끝냈어. 내가 직접 짐들을 확인했어. 이번 휴가는 우리에게 이로울 거야.

—자넨 휴가를 즐길 자격이 있네. 눈 좀 붙이지그래?

—난 일단 일을 시작하고 나면, 중단할 수가 없어.

—내가 우리 누나네 집에 가면, 자넨 한가해질 거야.

—그렇지 않을까봐 걱정일세. 자네 입장이라는 게 수많은 서류들을 숙지해야 하고 또…….

—아메니! 자넨 쉴 줄도 모르나?

—그 주인에 그 하인이지 뭐.

람세스가 아메니의 어깨를 잡았다.

—자넨 내 하인이 아냐. 내 친구지. 내 충고대로 해. 며칠 쉬라구.

—애써볼게. 하지만…….

—걱정거리라도 있나?

—암거래되고 있는 잉크 덩어리와 그 수상한 공방 말일세……난 진실을 알고 싶어.

—우리 힘으로 밝혀낼 수 있을까?

―이집트도 우리처럼 그런 독직행위를 용납하지 않을 걸세.

―자넨 고위직 관리의 소행일 거라고 생각하는 모양이군.

―자네 생각도 내 생각과 같을걸. 난 그렇다고 확신하고 있네.

―일전에 어머님께 우릴 도와주십사고 부탁드렸네.

―그거…… 그거 참 잘했네!

―현재로선 아무 결과도 없어.

―밝혀낼 수 있을 거야.

―난 그 잉크 덩어리나 공방 따윈 관심 없네. 하지만 나를 죽이려 했던 놈과 그렇게 시킨 놈은 꼭 밝혀내서 내 눈앞에 세우고 싶네.

람세스의 단호한 태도가 그의 개인비서를 전율케 했다.

―아메니, 난 잊지 않아. 내 기억력은 확실해.

사리는 서른 명 정도가 편하게 지낼 수 있는 우아한 배 한 척을 전세냈다. 홍수로 만들어진, 바다처럼 넓은 강을 항해한다는 생각, 그리고 구릉 꼭대기에 있는 야자수 숲속의 안락한 별장을 방문한다는 생각을 하니 자못 즐거웠다. 그곳에서라면 더위도 견딜 만하리라. 게으르고 매혹적인 날들을 보낼 수 있으리라.

선장이 출발을 서둘렀다. 수상경찰이 지금 막 항구를 떠나도 좋다는 허가를 내렸던 것이다. 차례를 놓치면, 두세 시간 더 기다려야만 한다. 람세스의 누나가 애를 태우며 말했다.

―람세스가 늦네.

―하지만 이제트는 벌써 배에 타고 있잖소.

사리가 말했다.

―그애 짐은요?

―새벽에, 큰개자리가 보이기 전에 실어놓았소.

돌렌테가 발을 굴렀다.

―저기 그애 비서가 와요!

아메니가 종종걸음으로 달려왔다. 달리기에 익숙하지 않은 아메니는 숨이 차서 한참을 헐떡였다. 겨우 숨을 가다듬은 그가 말했다.

―람세스 왕자님이 사라졌어요.

19

귀가 늘어진 노란 개를 데리고, 둘둘 말아서 가죽끈으로 묶은 돗자리 하나를 등에 지고 여행자는 길을 가고 있었다. 왼손에는 여벌로 가져온 로인클로스(직사각형의 아마천을 엉덩이에 두르고 허리띠로 고정하는, 고대 이집트의 남성복―역주)와 샌들이 든 가죽 포대를 들고, 오른손에는 지팡이를 들고 있었다. 길을 가다가 휴식을 취하고 싶으면 나무 그늘 아래 돗자리를 깔아놓고, 충직한 개가 지키는 가운데 잠이 들었다.

처음엔 배를 탔고 나중에는 걸었다. 물 위로 솟아 있는 구릉들 위로 난 좁은 길들을 따라 걸었다. 작은 마을들을 많이 지나쳤다. 그곳에서 만나는 농부들과 접촉하면서 람세스는 다시 자신을 추슬렀다. 도시에 지쳐 있던 그는 계절과 축제의 리듬에 따라 살아가는

평온한 세계로부터 위안을 받았다. 그 세계는 그를 많이 닮아 있었
다.

아메니에게도, 이제트에게도 알리지 않았다. 가족을 방문하기 위
해 또는 강이 범람한 시기 동안 여기저기에 열려 있는 공사장을 찾
아 떠나는 여느 이집트인처럼, 그는 혼자 여행하고 싶었다.

마을과 마을 사이를 가로지르는 강을 건너기 위해 뱃사공을 소리
쳐 부르기도 했다. 뱃사공은 가난한 사람들과 배가 없는 사람들을
배에 실어날랐다. 거대한 수면 위에서 크기가 가지각색인 작은 배
들이 서로 스쳐 지나갔다. 어떤 배에는 아이들이 타고 있다가 하도
까부는 바람에 물 속으로 떨어지기도 했다. 그러면 물에서 맹렬한
수영시합이 벌어지는 것이다.

휴식과 놀이, 그리고 여행의 시기였다…… 람세스는 이집트 백
성의 숨결을, 그가 파라오에게서 느끼는 것과 똑같은 신뢰 안에 단
단히 닻을 내린 강하고 평온한 그들의 기쁨을 느꼈다. 어디에서나
사람들은 세티에 대해 존경심과 찬탄을 다해 말했다. 람세스는 아
버지가 자랑스러웠다. 앞으로 그저 곡식의 반입량이라든지 칙령의
기록을 감시하는 왕실 서기관 자리에 머물게 되더라도 아버지에게
합당한 아들이 되겠노라고 다짐했다.

악어 신 소베크가 다스리는 푸르른 지방 파윰 입구에 '위대한 사
랑'이라는 뜻을 가진 메르-우르 하렘이 있다. 이 기관은 뛰어난 정
원사들이 잘 가꾸어놓은 수 헥타르에 이르는 넓은 녹지대 위에 세
워져 있다. 교묘한 방식으로 배치된 운하들이 광대한 지역을 서로
연결하고 있다. 어떤 이들은 이 지역이 이집트에서 가장 아름다운
곳이라고 말하기도 한다. 길쌈 공방이나 문학학교, 음악학교, 또는
무용학교에 입학이 허용된 아름다운 아가씨들을 바라보면서 이곳에
서 조용히 은퇴생활을 즐기는 나이 많은 귀부인들도 있었다. 한쪽

에서 칠보 기술자들이 기술을 연마하는가 하면, 다른 한쪽에서는 보석 세공인들이 일하고 있었다. 하렘은 벌통 같은 곳이었다. 그곳은 끊임없는 활동으로 붕붕거리며 바쁘게 움직였다.

하렘 정문 앞에 도착하기 전에 람세스는 옷을 갈아입고 샌들을 신고, 개의 몸에 묻은 먼지를 털어주었다. 그만하면 남의 앞에 나서도 되겠다 싶었다. 그는 퉁명스럽게 생긴 보초에게 다가가 말을 걸었다.

—친구를 만나러 왔다.

—추천서를 보여주시게, 젊은 친구.

—난 추천서가 필요없다.

보초가 핏대를 세우면서 말했다.

—그렇게 주장하는 이유가 뭐야?

—나는 세티의 아들 람세스이기 때문이다.

—사람 놀리고 있네! 왕의 아들은 호위병과 같이 다닌단 말야.

—나는 이 개로 충분하다.

—가던 길이나 가시지, 젊은 친구. 실없는 장난 치지 말고.

—비켜서라.

람세스의 단호한 어조, 그리고 날카로운 눈빛이 보초를 놀라게 만들었다. 이 불청객을 쫓아내버릴까? 아니면 혹시 모르니 만약을 위해 대비를 해야 할까?

—친구 이름이 뭔데?

—모세.

—여기서 기다려봐.

람세스의 개는 페르세아 그늘에 꼬리를 깔고 앉았다. 대기는 향기롭고, 수없이 많은 새들이 하렘의 나무에 둥지를 틀고 있었다. 평온한 풍경이었다.

―람세스!

보초를 제쳐두고, 모세가 람세스를 향해 뛰어오며 소리 질렀다.

두 친구가 얼싸안았다. 노란 개가 그들 뒤를 따라가며 코를 킁킁거렸다. 위병 초소 부엌에서 흘러나오는 구수한 송로버섯 냄새가 그를 자극한 모양이었다.

모세와 람세스는 단풍나무들 사이로 구불구불 나 있는 오솔길로 접어들었다. 그 길을 따라가니 꽃잎이 넓은 하얀 수련이 활짝 핀 연못이 나타났다. 그들은 석회암 세 덩이를 모아 만든 벤치에 앉았다.

―얼마나 반가운지 모르겠네. 이곳으로 임명되었나?

―아니야, 자네가 보고 싶어 왔네.

―이렇게 혼자 온 건가? 호위병도 없이?

―놀란 모양이군.

―자네답지, 뭘. 우리의 작은 모임이 깨지고 난 뒤에 자넨 뭘 했나?

―난 왕실 서기관이 됐어. 그리고 왕께서 날 당신의 계승자로 선택하셨다고 생각했지.

―세나르가 찬성했나?

―그건 단지 꿈이었을 뿐이네. 그런데도 나는 고집을 부렸어. 왕께서 나를 공식적으로 부인하셨을 때, 그때야 환상이 사라졌네. 하지만…….

―하지만?

―어떤 힘이 아직도 내 안에서 치받치고 있네. 나 자신의 능력을 과신하게 만들었던 바로 그 힘이야. 난 부자들처럼 아무 도전도 하지 않고 편하게 지내는 건 정말 싫어. 모세, 난 내 생을 어떻게 사용해야 하는 건지 잘 모르겠어.

168

―자네 말이 맞아. 그게 정말 중요한 질문이지.

―자넨 어떻게 대답할 텐가?

―나 역시 좋은 대답을 찾지 못했네. 나는 여기에서 하렘 총수의 부관들 중 하나로 일하고 있지. 나는 길쌈 공방을 돌보고, 도공들의 작업을 통제하고 있어. 방이 다섯 개에 정원이 딸린 집을 소유하고 있고, 고급스러운 식사를 하네. 하렘의 도서관 덕택에 히브리인인 내가 이집트의 모든 지혜를 배우고 있네! 뭘 더 바라겠나?

―예쁜 여자.

모세가 미소를 지었다.

―예쁜 여자들은 여기에 많이 있네. 자넨 벌써 누굴 사랑하고 있나?

―어쩌면.

―누군가?

―이제트.

―저런, 최고 수준이군. 자네가 부럽네그려. 그런데 왜 '어쩌면'이라고 말하는 건가?

―그 여잔 근사하지. 우린 서로 아주 잘 맞고. 하지만 난 내가 그녀를 사랑한다고 확신할 수가 없네. 난 사랑은 다른 거라고 생각해왔네. 더 강렬하고, 더 광적이고, 더…….

―자학하지 말게. 현재의 순간을 즐기게. 언젠가 연회석상에서 우리의 귀를 즐겁게 해주었던 하프 연주자들이 그렇게 충고하지 않던가?

―그럼 자넨, 자넨 사랑을 찾았나?

―글쎄…… 사랑들이라고 해두지. 하지만 그 어떤 사랑도 내게 흡족하질 않네. 나의 내면에서도 역시 불이 타고 있네. 그런데 그걸 뭐라고 명명할 수가 없네. 그걸 잊어버리는 게 나을까, 아니면 자라

게 해야 할까?

─모세, 우리에겐 선택의 여지가 없네. 그 불로부터 도망치면, 우린 슬픈 그림자처럼 사그라들고 말거야.

─자넨 이 세상이 빛이라고 생각하나?

─세상에 빛이 있는 거겠지.

모세는 눈을 들어 하늘을 바라보았다.

─빛은 태양 한가운데에 숨어 있는 걸까?

람세스는 친구에게 눈을 내리라고 일렀다.

─태양을 그렇게 정면으로 바라보지 말게. 눈이 멀어버릴 수도 있네.

─숨어 있는 그 무엇을 찾아내고 싶네.

갑자기 두려움에 가득 찬 비명소리가 그들의 대화를 중단시켰다. 그들이 앉아 있는 길과 나란히 나 있는 오솔길에서 두 명의 길쌈 수련생들이 정신없이 도망치고 있었다. 모세가 말했다.

─이번엔 내가 자넬 놀래켜줄 차례군. 우리 이 가엾은 아가씨들을 괴롭히는 악마를 찾아내서 벌을 주세.

그러나 정작 소란을 일으킨 장본인은 도망칠 생각을 하지 않고 있었다. 그는 한쪽 무릎을 땅에 대고 아름다운 짙은 초록색 뱀을 거두어들여 자기 가방 속에 집어넣었다. 람세스가 그를 알아보고 반가움의 비명을 질렀다.

─이게 누구야? 세타우 아냐!

뱀 전문가는 람세스를 보고도 별로 놀라지 않았다. 하렘엔 웬일이냐고 놀라는 람세스에게, 세타우는 하렘의 실험실에 독을 판매하면서 독립하게 되었노라고 말했다. 장사도 장사였지만, 세타우에게는 모세와 함께 지내는 며칠이 큰 즐거움이었다. 두 사람은 숨막히는 규범에 얽매이지 않고 활달한 삶을 누리는 사람들이었다. 언제든 자기 삶의 길을 따로 찾아가게 되겠지만.

―모세에게 내 몇 가지 기술을 가르쳐주었지. 람세스, 눈을 감아 봐.

이제 그만 눈을 떠도 좋다는 세타우의 말을 듣고 람세스는 눈을 떴다. 모세가 오른손에 아주 가느다란 짙은 갈색 지팡이를 들고 서 있었다.

―뭐 대단한 재주도 아니구먼.

―잘 보라구.

세타우가 말했다.

막대기가 물결치듯 구불구불 움직였다. 모세가 상당히 커다란 뱀을 땅바닥에 던졌다. 세타우가 얼른 뱀을 거두어들였다.

―어때, 괜찮은 자연 마술이잖은가? 조금만 냉정할 수 있으면 누구라도 놀래켜줄 수 있지. 왕의 아들도 예외는 아냐!

―뱀지팡이를 다루는 기술을 나에게도 가르쳐주게.

―왜 마다하겠나?

세 명의 친구들은 사람들이 없는 과수원으로 갔다. 그곳에서 세타우는 친구들에게 뱀을 다루는 기술을 가르쳐주었다. 살아 있는 뱀을 다루기 위해서는 손가락을 정교하고 명확하게 놀리는 방법을 배워야 했다.

쭉 뻗은 날씬한 아가씨들이, 춤이라기보다는 오히려 곡예에 가까운 춤을 연습하고 있었다. 길고 좁은 두루마기의 가슴 부분을 끈으로 매고, 머리카락은 머리 꼭대기에서 하나로 묶어 말꼬랑지처럼 늘어뜨렸다. 머리카락 끝에는 작은 나무공이 매달려 있었다. 아가씨들은 아주 복잡한 자세들을 연습했다. 아가씨들 모두가 아름답게 잘 어울렸다.

람세스는 모세와 함께 아가씨들의 춤을 구경했다. 모세는 아가씨들에게 인기가 아주 좋았지만 그럴수록 더 우울해지는 듯 보였다. 세타우는 두 친구와 같은 문제로 고민하지 않았다. 갑작스러운, 예고도 없는 죽음의 운반자인 뱀을 열심히 쫓아다니는 것이 그에게 충분한 삶의 의미를 제공해주었기 때문이다. 모세는 자기도 그런 열정을 느껴보고 싶었다. 그러나 그는 행정업무의 그물망 안에 갇혀 있었다. 갑갑해하면서도 분명하게 일을 처리하는 그에게 하렘 총수 자리는 따놓은 당상인 것처럼 보였다. 짧은 시일 안에 그렇게 될지도 모른다. 그러나 그는 람세스에게 분명한 어조로 말했다.

―어느 날인가 난 이 모든 걸 떠날 걸세.

―무슨 얘길 하려는 건가?

―난 나 자신을 모르겠네. 하지만 이렇게 사는 건 점점 더 견딜 수가 없네.

―우리 함께 떠나세.

무희 하나가 향긋한 냄새를 풍기며 두 친구를 스칠 듯이 가까이 지나갔지만 그들의 우울한 마음을 풀어주지는 못했다. 춤이 끝나고, 간식이라도 함께 드시자는 아가씨들의 제안을 그들은 받아들였다. 그들은 맑고 파란 물이 찰랑대는 연못가에 아가씨들과 함께 앉았다. 람세스는 궁정이며 왕실 서기관 업무, 그리고 그의 장래 계획에 대한 아가씨들의 질문에 대답해야 했다. 그가 무뚝뚝하고 퉁명스럽게 대답했으므로 아가씨들은 그가 대답을 회피한다고 생각했다. 실망한 아가씨들은 시 낭송 경연을 벌였다. 그녀들의 교양이 얼마나 폭넓은지 알 수 있었다.

동료들로부터 뚝 떨어져 조용히 앉아 있는 한 아가씨가 람세스의 눈에 들어왔다. 친구들보다 어려 보이는 아가씨였다. 윤기 나는 새까만 머리카락, 푸른빛이 감도는 초록색 눈동자. 매력적인 아가씨였다. 람세스는 모세에게 물어보았다.

―저 아가씨 이름이 뭔가?

―네페르타리.

―왜 저렇게 수줍지?

―평범한 집안 출신인 데다가, 하렘에 들어온 지 얼마 되지 않았거든. 길쌈솜씨가 빼어나서 눈에 띄었지. 모든 과목에서 자기 그룹 최고 점수를 받고 있지. 부잣집 아가씨들이 그걸 견디지 못한다네.

무희들 몇 명이 람세스의 관심을 끌어보려고 다시 공략에 나섰다. 소문에 따르면 아름다운 이제트와 결혼했다지만, 왕의 아들의 마음은 여느 남자들 마음보다야 넓지 않을까 하는 기대 때문이었다. 왕자는 유혹하는 여자들을 외면하고 네페르타리 곁에 가서 앉았다.

―내가 곁에 있는 게 마땅치 않으십니까?

직선적으로 물어오는 왕자의 태도가 그녀의 마음을 누그러뜨렸다. 그녀는 불안한 눈동자를 들어 왕자를 쳐다보았다.

―거친 태도를 용서해주시기 바랍니다. 하지만 너무 혼자 계시길래…….

―뭘 좀 생각하느라구요.

―어떤 근심이 당신의 마음을 사로잡고 있습니까?

―현자 프타 호텝의 잠언을 하나 선택해서 주를 달아야 하거든요.

―전 그 책을 숭배하고 있습니다. 어떤 걸 택하셨습니까?

―아직 망설이고 있어요.

―앞으로 어떤 일을 할 생각입니까, 네페르타리?

―꽃을 가꾸고 싶어요. 전 신들에게 바치는 꽃다발을 만들고, 가능한 한 오랫동안 신전에 머물고 싶어요.

—그건 너무 고독한 삶이 아닐까요?

　—전 명상하는 게 좋아요. 명상의 우물에서 힘을 길어올리죠. 침묵은 꽃핀 나무처럼 영혼을 자라게 한다고 쓰여 있지 않던가요?

　무희들의 선생이 모두들 모이라고 일렀다. 그녀는 문법수업을 받기 전에 옷을 갈아입으라고 지시했다. 네페르타리가 일어섰다.

　—잠깐만. 내게 호의를 한 가지 베풀어주시지 않겠습니까?

　—선생님은 엄격하셔서 지각하는 걸 절대 봐주지 않으세요.

　—어떤 잠언을 택하실 건가요?

　그녀가 가만히 웃었다. 아무리 흥분해 있는 전사라도 고요히 가라앉힐 그런 미소였다. 그녀가 잠언 구절 하나를 외었다.

　—완벽한 말은 초록색 보석보다도 더 깊이 감추어져 있느니라. 그러나 맷돌을 돌리고 있는 하녀들 옆에서도 찾을 수 있느니라.

　공기처럼, 빛처럼, 그녀는 사라져갔다.

20

람세스는 일 주일 동안 메르-우르 하렘에 머물렀지만, 네페르타리를 다시 만나지는 못했다. 모세는 상관이 시킨 일에 매여 있어서 친구에게 별로 시간을 내주지 못했다. 그러나 람세스는 친구와의 짧은 대화 안에서 새로운 힘을 얻었고, 의식의 잠 속에 빠져들지 않겠다고 다짐했다.

세티의 아들이 그곳에 와 있다는 사실은 곧 사건이 되어버렸다. 나이든 귀부인들은 그와 대화하려고 애를 썼고, 어떤 부인들은 그를 붙잡고 추억담을 늘어놓거나 이런 저런 충고들을 한답시고 그를 지치게 만들었다. 많은 장인들과 관리들이 그에게 잘 봐달라고 부탁하는가 하면, 하렘 총수는 틈만 나면 왕자에게 심심한 존경의 마음을 표했다. 자기가 얼마나 하렘을 완벽하게 경영하고 있는지 왕에게 이야기해주었으면 하는 눈치였다. 조용히 옛사람들의 글을 읽기 위해 정원에 몸을 숨기는 일이 새삼 어려운 일이 되었다. 왕자는 자기가 이 천국 안에 포로로 잡혀 있다는 느낌이 들었다. 여행 배낭과 돗자리와 지팡이를 다시 집어들었다. 아무에게도 알리지 않고 그곳을 떠났다. 모세는 이해해줄 것이다.

람세스의 노란 개는 그새 뚱뚱해졌다. 며칠만 걸으면 다시 날씬해지겠지만.

보안대장은 기진맥진했다. 그렇게 지독하게 일해본 적이 없었다. 그는 이리저리 뛰어다니면서 수십 명의 책임자들을 소환하고, 세부 사항들을 점검하고, 재수사를 하고, 무서운 제재를 가하겠노라고 심문받는 사람들을 협박하기도 했다. 누군가 수사를 막아놓은 걸까. 아니면, 행정기구 자체가 낡아서 돌아가질 않는 걸까? 그로서는 가정을 세우기가 힘들었다. 고위관리들에게 압력을 넣어볼까 하는 생각도 했지만, 도대체 어디부터 건드려야 할지 알 수가 없었다. 그에게는 제아무리 사나운 고위관리도 왕비만큼 무섭진 않았다.

자기가 해볼 수 있는 것은 다 해보았고, 이제 더이상 앞으로 나아갈 수 없다는 확신이 들었을 때, 그는 왕비를 만나러 갔다.

─어디, 얼마나 일을 잘 처리했는지 궁금하군요.

─폐하께서는 그게 무엇이든 진실을 밝히라고 지시하셨지요.

─그랬지요.

─상심하실까봐 걱정입니다. 그게 저…….

─자, 판단은 내가 할 테니까, 우선 일이 어떻게 되었는지 얘기해봐요.

보안대장은 우물쭈물했다.

─저는 제 책무가 책무니만큼…….

176

왕비의 눈길 때문에 이 고위관리는 더이상 자기 변명을 늘어놓을 수가 없었다.

—폐하, 진실은 때로 귀에 씁니다.

—말해보시오.

관리는 침을 삼켰다.

—그러면, 저는 폐하께 두 가지 재난을 보고드리는 바입니다.

아메니는 모든 왕실 서기관들이 알고 있어야 하는 칙령들을 필사하고 있었다. 왕자가 자기를 완전히 신뢰하지 않는다는 생각에 마음이 아팠지만, 왕자가 돌아올 것이라는 것은 알고 있었다. 그래서 아무 일도 없었던 듯이 그저 묵묵히 개인비서의 일을 수행하고 있는 것이다.

노란 개가 그의 무릎에 뛰어올라 부드럽고 축축한 혀로 그의 두 뺨을 핥았을 때, 그는 원망스러웠던 마음은 다 잊어버리고 람세스가 돌아온 것을 진심으로 기뻐했다. 왕자가 미안하다는 표정으로 아메니에게 말했다.

—솔직히 말하면 난 자네 사무실이 비어 있을 거라고 생각했네.

—매일매일 해결해야 할 서류들은 어떡하고?

—나라면 그렇게 버림받는 걸 견디지 못했을 걸세.

—자네는 자네고, 난 나지. 신들께서 그걸 원하셨으니, 난 그걸로 만족하네.

—아메니, 용서하게.

람세스는 그에게 하렘과 모세와 세타우에 대해서 이야기했다. 그러나 네페르타리와의 짧은 만남에 대해서는 말하지 않았다. 그의 기억이 보석처럼 간직하고 있는 짧은 은총의 순간에 대해서는.

아메니가 말했다.

―마침 때맞춰 돌아와주었네. 왕비께서 가능한 한 빨리 자네를 보고 싶어하시네. 그리고, 아샤가 저녁식사에 우릴 초대했어.

아샤는 외무대신이 그에게 제공해준 관사에서 람세스와 아메니를 맞았다. 그 집은 그가 소속되어 있는 행정본부로부터 그리 멀지 않은 도심에 있었다. 젊은 나이에도 유연한 태도와 타협적인 말투, 그는 벌써 고참 외교관처럼 보였다. 옷차림에 신경을 쓰는 그는 멤피스의 최근 유행을 따르고 있었다. 형태는 고전적이었지만, 색깔은 유별났다. 타고난 우아함에다 이제는 확신마저 곁들여져 있었다. 람세스는 아샤가 그렇게 자기 확신을 가질 수 있으리라곤 생각하지 못했었다. 아샤는 분명히 자기 길을 찾아낸 것이다.

―자넨 자네 처지에 만족하고 있는 것 같군.

람세스가 지적했다.

―난 방향을 잘 잡았고 운도 따라주었네. 트로이 전쟁에 대한 내 보고서가 아주 정확하다는 평가를 받았어.

―정확하게 어떤 내용인가?

―트로이의 멸망은 피할 수 없네. 아가멤논의 관용을 믿고 있는 사람들과는 달리 나는 학살과 파괴를 예상하고 있네. 그렇지만 우린 끼어들지 않을 거야. 이집트는 이 분쟁과 아무 상관도 없으니까.

―평화 유지는 파라오의 가장 큰 소망이시지.

―그 때문에 요즈음 근심이 많으시네.

람세스와 아메니가 불안에 가득 찬 질문을 동시에 던졌다.

―분쟁이 일어날 것 같은가?

즉위 원년부터 세티는 베두인 족의 반란에 직면해야 했다. 히타이트 족에게 떠밀려 팔레스타인을 넘어온 그들은 독립국가를 요구했고, 곧 파당들 사이에 살육이 시작되었다. 평온이 돌아온 뒤 파라오는 가나안 지방을 평정하고 시리아 남부를 합병시키고 페니키아 항구들을 통제하기 위해서 여행을 떠났다. 세티 재위 3년에 사람들은 누구나 이집트가 히타이트 족 군대와 국경에서 충돌하게 될 것이라고 생각했다. 그러나 군대는 정위치에 머무르고 있다가, 후방 기지로 돌아왔다.

─자넨 자세히 알고 있는 게 있나?

람세스가 물었다.

─그건 기밀일세. 자네가 왕실 서기관이긴 하지만, 외교 부서에 속해 있는 건 아니니 말일세.

오른쪽 검지손가락으로, 아샤는 나무랄 데 없이 다듬어진 콧수염을 쓰다듬었다. 람세스는 아샤가 하는 말이 정말 심각한 건지 궁금했다. 그러나 친구의 반짝이는 눈 속에 장난기가 들어 있는 것을 보고 마음을 놓았다.

─히타이트 족은 시리아에서 혼란을 조장하고 있네. 페니키아의 몇몇 군주들이 상당한 몫을 챙긴다는 조건으로 그들을 도와줄 준비가 되어 있지. 왕의 군사고문들은 빨리 개입해야 한다고 충고하고 있네. 최근에 들리는 소문에 따르면, 왕은 개입이 불가피하다고 판단하고 있는 것 같네.

─자네도 파견되나?

─아니.

─벌써 신임을 잃은 건가?

─아니, 그렇지 않네.

아샤가 섬세한 얼굴을 조금 찡그렸다. 람세스가 던진 질문이 그의 기분에 거슬린 것 같았다.

─나에겐 다른 임무가 맡겨졌네.

─어떤 일에 관계된 건가?

―이번엔 정말 혀를 놀리면 안 되네.

아메니가 탄성을 질렀다.

―비밀 임무라! 멋지군, 하지만 위험할 텐데.

―난 나라 일을 하고 있네.

―정말로 우리에게 아무 얘기도 해줄 수 없나?

―난 남쪽지방으로 떠나네. 더이상은 묻지 말게.

람세스의 개는 자기 특권을 고스란히 누리고 있다. 왕비의 정원에서 푸짐한 식사를 대접받고 있는 것이다. 놈이 애정 표현을 한답시고 혓바닥으로 핥아대자, 투야 왕비는 재미있어하며 가만히 받아주고 있다. 람세스는 초조해서 잔나무 가지를 꺾어 질겅질겅 씹었다.

―좋은 개를 가지고 있구나. 좋은 일이지. 잘해주어라.

―절 보고 싶어하신다고 해서 왔습니다.

―메르-우르에서의 체류는 어땠느냐?

―어머닌 모르시는 게 없군요!

―파라오께서 다스리는 걸 내가 도와야 하지 않겠니?

―수사는 어떻게 됐습니까?

―보안대장이 내가 생각했던 것보다 훨씬 더 일을 잘해주었다. 수사에 진전이 있었다. 그러나 좋은 소식은 아니다. 너를 함정에 몰아넣었던 전차병을 찾아내기는 했는데 죽은 다음이었다. 그의 시체는 멤피스 남쪽에 있는 헛간에 유기되어 있었단다.

―왜 그렇게 된 걸까요?

―믿을 만한 증언은 아무것도 없다. 그리고 잉크 제조 공방에 관한 건데, 그 소유주를 찾아낼 수 없다는구나. 소유주의 이름이 기록된 파피루스가 문서보관소에서 폐기처분됐단다.

－힘 있는 사람만이 그런 불법행위를 저지를 수 있죠!

－네 말이 맞다. 공범자를 매수할 수 있을 만큼 충분히 돈 많은 권력자겠지.

－이런 부패는 혐오스럽습니다. 수사를 중단해서는 안 됩니다!

－넌 내가 겁을 내고 있다고 생각하는 게냐?

－어머니!

－난 너의 반항적인 기질을 좋아한다. 절대로 불의를 용인하지 말아라.

－그럼 이젠 어떻게 해야 합니까?

－보안대장은 더이상 수사를 계속할 수가 없다. 내가 계속하겠다.

－어머니께서 시키는 대로 하겠습니다. 명령하시면 따르겠습니다.

－진실을 얻기 위해 희생할 준비가 되어 있느냐?

왕비의 미소는 짓궂은 듯하면서도 다정했다.

－전 제 안에 살고 있는 진실조차도 발견할 능력이 없습니다.

람세스는 자기의 속마음을 털어놓지 못했다. 어머니가 보시기에 우스꽝스러운 꼴이 될까봐 두려웠다.

－진정한 남자는 바라는 것만으로 만족하지 않는다. 행동하지.

－운명이 자기 자신과 반대일 때도 그렇습니까?

－운명을 바꿔야지. 그럴 능력이 없으면 자신의 하찮음을 자기 탓으로 돌리고, 불행의 원인을 남에게서 찾지 말아야지.

－저를 없애려고 일을 꾸민 자가 셰나르였다고 생각해보십시오.

왕비의 얼굴에 슬픈 표정이 스치고 지나갔다.

－그건 끔찍한 비난이구나.

－어머니도 그런 의심 때문에 고통스러워하셨던 것 아닙니까?

―너희는 둘 다 내 아들이다. 난 너희 모두를 사랑한다. 너희의 성격이 서로 다르고 너희의 야심이 분명히 드러났다고 해도, 어떻게 네 형이 그렇게 천박한 짓을 할 수 있겠느냐?

람세스는 마음의 동요를 느꼈다. 왕이 되고 싶다는 욕망에 눈이 먼 나머지, 그렇듯 끔찍한 음모까지 상상할 지경이 된 것이다.

―제 친구 아샤 말로는 평화가 위협당하고 있다던데요.

―잘 알고 있다.

―아버님은 히타이트 족과 싸우기로 결정하신 건가요?

―상황이 그럴 수밖에 없단다.

―저는 아버님과 함께 떠나고 싶습니다. 나라를 위해 싸우고 싶어요.

21

　세나르가 기거하는 궁전의 한 켠에서는 그의 수하들과 일단의 관리들이 어두운 표정을 짓고 있었다. 모두들 조심스럽게 행동했고 세나르가 내린 금족령을 엄격하게 지키느라 각자 자기의 일에 몰두했다. 무거운 분위기를 깨는 웃음소리도 말소리도 들리지 않았다.

　소식은 오전이 끝날 무렵에 전해졌다. 긴급한 군사 개입을 위한 정예부대 두 연대의 즉각 동원령이 떨어졌다. 분명히 말하면, 히타이트 족과의 전쟁이었다! 세나르는 간이 콩알만해졌다. 이러한 격렬한 반응은 그가 이제 막 시작한, 그리고 얼마 안 있어 첫번째 결실을 맺게 될 무역정책을 위험에 빠뜨릴 것이다.

　이 어리석은 충돌은 교역에 해로운 불안한 감정을 유발시킬 것이다. 수많은 그의 선조들이 그랬듯이 세티 역시 진흙탕 속에 처박히고 있다. 언제나 그 케케묵은 정신, 이집트 영토를 보존하고 한 문명의 위대함을 확인하려는 의지. 다른 데다 쓰면 크게 유익할 에너지를 낭비해가면서 말이다! 셰나르는 왕의 군사고문관들을 비난하고, 그들이 유치한 사람들이라는 사실을 증명할 시간이 없었다. 이 전쟁광들은 싸울 줄밖에 모른다. 그들은 자신들이 정복자라고 생각한다. 모든 민족들이 자기들 앞에 와서 허리를 굽혀야 한다고 생각하는 것이다. 이번 원정은 어쩔 수 없는 재난이라.하더라도, 셰나르는 언젠가 이 무능력자들을 궁전 바깥으로 쫓아내고 말겠다고 다짐했다.

파라오의 부재중에 누가 파라오를 대신해서 나라를 이끌어가게 될까? 물론 투야 왕비다. 셰나르와 그녀의 대화가 점점 더 뜸해지고, 또 때로는 언짢게 변해버리기도 했지만 그들은 서로 진정한 사랑을 느끼고 있었다. 이제 솔직하고 분명하게 이야기해야 할 시간이 된 것이다. 투야는 그의 말을 이해할 뿐만 아니라 나아가서 평화를 유지하도록 세티에게 영향력을 행사할 수도 있다. 그는 왕비의 바쁜 일정을 알면서도 가능한 한 빨리 왕비를 만나고 싶다는 의사를 전했다.

투야는 오후 중반쯤에 그를 접견실에서 맞아들였다.

─매우 공식적인 분위기군요, 어머니!

─네가 나를 보겠다는 이유가 틀림없이 사적인 것이 아니라는 생각이 들었기 때문이다.

─평소처럼 이번에도 제대로 맞추셨습니다. 그 육감은 어디에서 오는 겁니까?

─아들은 어머니에게 아첨해선 안 된다.

─어머니께선 전쟁을 싫어하시지요? 그렇지 않습니까?

─누가 전쟁을 좋아하겠느냐?

―아버님의 결정은 너무 성급하게 내려진 것 아닙니까?

―너는 아버님이 머리에 떠오르는 대로 행동하실 분이라고 생각하느냐?

―물론 아닙니다. 그렇지만 상황이…… 히타이트 족이…….

―너, 아름다운 옷들을 좋아하느냐?

셰나르는 어리둥절했다.

―물론입니다. 그런데…….

투야는 맏아들을 부속실로 데리고 갔다. 나지막한 테이블 위에 구불구불한 머리카락으로 만들어진 긴 가발, 소매가 넓은 셔츠, 치맛단에 수가 놓인 긴 주름치마, 그 치마를 허리께에 고정시킬 수 있게끔 어깨에서 허리까지 엑스자로 엇갈리게 메는 멜빵이 놓여 있었다.

―아름답지. 그렇지 않으냐?

―놀라운 작품입니다.

―네 것이다. 아버님께서 다음번 시리아 원정 때 당신 오른쪽에 앉히실 기수(旗手)로 널 선택하셨다.

셰나르의 얼굴이 창백해졌다.

기수는 왕의 오른쪽에서 숫양 대가리에 꽂힌 깃대를 들게 된다. 숫양은 승리의 신 아몬의 여러 가지 상징들 중의 하나이다. 파라오의 장자는, 그러니까 아버지와 함께 원정에 참가하게 될 것이며 전장에서 제일선에 서게 될 것이라는 이야기였다.

람세스는 초조해서 발을 동동 굴렀다. 아메니가 왜 이렇게 늦는 걸까? 아메니는 이번 원정에서 세티를 수행할 중요인물들의 명단이 든 명령장을 받으러 간 참이었다. 람세스는 자기가 어떤 계급에 임명되었는지 알고 싶어서 죽을 지경이었다. 하지만 그에게 주어질 계급 따위는 조금도 중요한 것이 아니었다. 중요한 것은 싸운다는 것이었다. 아메니가 나타났다.

—드디어 왔군! 자, 명단을 내놔봐.

아메니가 힘없이 고개를 떨구었다.

—왜 이렇게 쩔쩔매는 거야?

—자네가 직접 읽어보게.

왕명에 의해 세나르는 파라오 오른편 기수로 임명되어 있었다. 람세스의 이름은 거론조차 되어 있지 않았다.

멤피스의 병영이란 병영은 모두 전쟁준비에 한창이었다. 내일 보병부대와 전차부대가 왕의 진두 지휘를 받으며 시리아로 떠날 것이다.

람세스는 제 1 병영 마당에서 온종일을 보냈다. 밤이 이슥할 무렵 세티가 작전회의를 마치고 병영을 나서자, 그는 용기를 내어 왕에게 다가갔다.

—아버님께 청원을 올려도 될는지요?

—말해라.

—아버님과 함께 떠나고 싶습니다.

—내 명령은 바꿀 수 없다.

—장교가 아니라도 좋습니다. 전 단지 적을 쳐부수고 싶을 뿐입니다.

—그렇다면 내가 옳은 결정을 내린 것이로구나.

—무슨 말씀이신지…… 전 이해할 수가 없습니다.

—이루어질 수 없는 소망은 쓸데없는 것이다. 적을 쳐부수기 위해선 그렇게 할 수 있는 능력을 갖추어야 할 터. 람세스, 네겐 그런 능력이 없다.

분노와 좌절이 지나가고 나자, 셰나르는 자기의 계속되는 영광에 덧붙여진 새로운 직분이 불만스럽지 않았다. 사실, 전사의 자질을 보이지 않고 왕위에 오른다는 것은 불가능했다. 테베의 최초의 왕들 때부터, 왕은 영토를 지키고 침입자들을 물리치는 능력을 증명하지 않으면 안 되었다. 자신이 보기엔 한탄스럽지만, 백성들이 보기에는 중요한 전통을 따를 수밖에 없었다. 원정대의 기수는 전위 부대의 일원으로서 원정대의 선두에 선다. 그는 분노에 가득 찬 람세스의 눈길을 대하자, 그 전통이 재미있다는 생각마저 들었다.

원정대의 출발에는 다른 모든 특별한 사건들의 경우처럼 축제가 곁들여졌다. 백성들은 그날 하루를 축제처럼 즐기고, 진탕 맥주를 마심으로써 근심걱정을 맥주 속에 익사시키는 일도 빼놓지 않았다. 세티의 승리를 의심하는 사람은 아무도 없었다.

개인적으로는 승리를 쟁취했지만, 셰나르가 모든 고민으로부터 벗어난 건 아니었다. 전투가 벌어지면, 선두에 서 있는 전사가 궂은 일을 당하기 십상이다. 다쳐서 불구가 될지도 모른다고 생각하면 끔찍했다. 전선에서는 위험한 일들은 전문가들에게 맡기고, 몸을 보전하는 일에 신경을 쓰리라.

행운은 그에게 유리하게 작용했다. 이 원정기간 동안 그는 아버지와 대화를 나누면서 미래의 청사진을 그려볼 수 있을지도 모른다. 그런 전망을 위해서라면 고생을 좀 하는 수밖에 없다. 편안한 궁전에서 멀어지는 것이 좀 힘든 일이기는 하지만, 무엇보다도 람세스의 절망이 아주 훌륭한 자극제가 되어주었다.

바크헨은 그에게 할당된 병력이 마음에 들지 않았다. 전쟁의 조짐이 보이면 미래의 병사들과 먼 나라에 가서 무훈을 세우기를 꿈꾸는 지원자들을 교육하게 된다. 그렇지만 이 촌스러운 농부들은 멤피스의 변두리를 넘기도 전에 다시 밭으로 돌아가버릴 것이다. 짧은 턱수염에 네모난 얼굴을 가진 왕실 마구간 감독 바크헨은 아주 힘이 좋았다. 그는 젊은 신병들을 선발하고 교육하는 책임을 맡았다.

무겁고 걸걸한 목소리로 그는 신병들에게 명령하였다. 신병들은 돌멩이로 가득 찬 포대를 오른쪽 어깨에 지고, '쉬어'라는 명령이 떨어질 때까지 병영 담을 따라 뛰어야 했다.

그는 가능성이 없는 신병들을 가차없이 탈락시켰다. 대부분의 젊은이들은 힘을 안배하지 못했다. 그들은 숨을 헐떡이면서 포대를 내려놓았다. 바크헨은 50명 정도의 지원자가 남았을 때, 시험을 끝냈다.

그는 훈련병들 중에서 누군가를 알아보고 깜짝 놀랐다. 동료들보다 머리 하나는 더 큰 그 병사에게서 뜨거운 혈기가 느껴졌다.

―람세스 왕자! 여긴 당신이 있을 곳이 아니잖소.

―난 훈련을 받고 싶소. 그리고 적성증명서를 받고 싶어.

―하지만…… 왕자는 그런 것이 필요없으실 텐데. 충분히…….

―그건 자네 생각이지, 내 생각은 아냐.

졸지에 놀란 바크헨은 그의 이두박근이 얼마나 굵은지 보여주는 구리팔찌를 빙빙 돌렸다.

―그건 미묘한 문젠데.

―왜 겁나나, 바크헨?

―내가? 겁나냐구? 천만에! 가서 다른 놈들이랑 같이 줄서시오!

바크헨은 사흘 밤낮을 육체의 한계상황에 이를 때까지 신병들을 굴렸다. 그렇게 해서 스무 명이 남았다. 람세스도 그 중의 하나였다.

넷째날, 곤봉, 짧은 칼과 방패 등의 무기를 다루는 훈련이 시작되었다. 바크헨은 무기 사용법을 간단히 설명해주고는 곧바로 젊은 이들끼리 싸우게 했다.

그들 중의 하나가 팔에 부상을 입자, 람세스는 칼을 바닥에 내려놓았다. 그의 동료들도 그가 하는 대로 따라 했다. 그러자 바크헨이 천둥처럼 소리를 질러댔다.

―뭐하는 거야? 칼을 들어. 싫으면 꺼지라구!

신병들은 교관이 시키는 대로 했다. 굳세지 못한 사람들과 서투른 사람들이 제외되었다. 직업 군인이 되기에 적합하다고 생각되는 열두 명의 지원병들만이 남았다.

람세스는 잘 버텼다. 열흘 간의 지옥훈련 속에서도 그의 열정은 고갈되지 않았다. 열하루째 되는 날 아침, 바크헨이 단호하게 말했다.

―난 장교가 한 사람 필요하다.

한 명만 빼고, 모두들 아카시아 나무로 만든 활을 능숙하게 다루었다. 직접 조준으로 50미터 거리를 날려보낼 수 있는 화살이었다.

바크헨은 내심 놀랐다. 기분이 좋아진 그는 앞쪽이 뿔로 된 아주 커다란 활 하나를 보여주었다. 그리고는 사수들의 150미터 전방에 구리 덩어리를 한 개 가져다놓았다.

―이 활로 저 과녁을 한번 맞춰봐라.

대부분 그 활을 제대로 당기지도 못했다. 두 명이 활을 당기는 데 성공했지만, 화살은 50미터 못 미친 곳에 떨어졌다.

마지막으로 람세스가 활을 들었다. 바크헨이 비웃는 눈길로 그를 바라보았다. 그에게도 세 번의 기회가 허용되었다.

―우스운 꼴이 되는 건 피해야죠. 왕자님보다 힘센 놈들도 실패했잖소?

람세스는 정신을 모으고 과녁에만 온 신경을 집중했다. 그 순간, 이 세상에 다른 것은 존재하지 않았다.

활을 당기기 위해선 엄청난 힘이 필요했다. 근육이 찢어질 듯 아팠지만 람세스는 긴장을 하고, 황소의 심줄로 만들어진 활시위를 잡아당겼다.

첫번째 화살은 과녁 왼쪽으로 빗나갔다. 바크헨이 비웃었다.

왕자는 숨을 후 하고 내쉬고는, 숨을 멈춤과 동시에 두번째 화살을 날렸다. 화살은 구리 덩어리 위로 날아갔다.

왕자는 일 분 남짓 눈을 감고 머릿속으로 과녁을 그려보았다. 그는 과녁이 가까이 있다고, 자기 자신은 화살이 되었으며, 화살은 과녁과 한 몸이 되려는 강한 욕망을 가졌다고 속으로 되뇌었다.

세번째 화살이 시위를 떠났다. 화살은 목표물을 향해 덤벼드는 무늬말벌처럼 공기를 가르고 날아가 과녁을 꿰뚫었다.

다른 신병들이 승리자에게 환호를 보냈다. 람세스는 큰 활을 바크헨에게 돌려주었다. 교관이 지시를 내렸다.

―시험을 하나 더 추가하겠소. 나와 맨손 격투를 하는 거요.

―그게 규칙인가?

―내 규칙이요. 왜, 나와 겨루기가 겁나는 거요?

―장교 자격증을 교부해주게.

―덤벼봐! 진짜 전사와 싸울 수 있다는 걸 증명해보란 말요!

람세스는 바크헨보다 키는 더 컸지만 체격은 그만큼 단단하지 못했고, 훈련도 되어 있지 않았다. 그는 자기의 생생한 반사신경을 믿어보기로 했다. 교관은 예고도 없이 덤벼들었다. 왕자는 교묘하게 피했다. 바크헨의 주먹이 왕자의 왼쪽 어깨를 스칠 듯 지나갔다. 교관은 다섯 번이나 연속적으로 공격을 했지만 허공을 쳤을 뿐이다. 화가 난 그는 상대의 왼쪽 다리를 붙잡고 늘어져 쓰러뜨리려 했다.

왕자는 바크헨의 얼굴을 발로 걷어차고 빠져나오면서, 당수로 바크헨의 목덜미를 내리쳤다.

람세스는 결투에 이겼다고 생각했다. 잔뜩 오만해져 방심하고 있는데, 바크헨이 일어나더니 왕자의 가슴을 머리로 들이받았다.

이제트는 연인의 상반신에 진통제를 발라주었다. 진통제는 약효가 좋아서 금세 통증이 사라졌다.

—내 손이 약손이지?

—내가 멍청했어.

람세스가 중얼거렸다.

—그 괴물이 당신을 죽일 뻔했잖아.

—자기가 해야 할 일을 한 거야. 난 내가 이긴 줄 알았어. 전쟁터에서였다면 난 죽었을 거야.

이제트의 손은 더욱더 부드러워지고 더욱더 대담해졌다.

—당신이 전쟁터에 나가지 않아서 난 너무나 행복해! 전쟁은 정말 지겨워.

—때로는 필요하지.

—당신은 내가 당신을 얼마나 사랑하는지 몰라.

젊은 여인은 수련 줄기처럼 부드럽게 연인의 몸에 자기 몸을 포갰다.

—전쟁이며 폭력 따윈 잊어버려. 그런 것들보다 내가 더 낫지 않아?

람세스는 그녀를 물리치지 않았다. 그녀가 제공하는 쾌락이 자기 안으로 스며들어오도록 내버려두었다. 하지만 그는 내심 그보다 더 큰 희열을 느끼고 있었다. 그는 이제트에게 그 희열에 대한 이야기는 하지 않았다. 그는 장교 자격증을 교부받았던 것이다.

22

　귀환한 이집트 군대는 성대한 환영을 받았다. 궁정에서는 전쟁의 추이를 불안해하며 지켜보았었다. 반기를 든 레바논인들의 저항은 며칠을 버티지 못하고 무너졌다. 그들은 곧 영원한 충성을 맹세했으며 파라오의 충성스러운 신하로 남겠다는 의지를 천명했다. 세티는 충성의 표시로 많은 양의 일등품 재목을 요구했다. 신전 정문 앞에 새로운 기둥들을 세우고, 행렬 때 사용할 신의 배들을 만들기 위해서였다. 레바논 군주들은 이구동성으로, 파라오는 거룩한 빛 라의 화신이며, 그들에게 생명을 베풀어주시는 분이라고 칭송했다.

　신속하게 진군함으로써 세티는 별 저항에 부딪치지 않고 시리아에 입성할 수 있었다. 노련한 군사들을 징집할 시간적 여유가 없었던, 히타이트의 왕 무와탈리스는 멀리서 상황을 지켜보는 편을 택했다. 그 때문에 히타이트의 힘의 상징이었던 철옹성 같은 카데슈가 그 문을 활짝 열었던 것이다. 그렇지 않았더라면, 몇 차례 격전을 피할 수 없었을 것이다. 세티는 카데슈 성을 휩쓸어버리는 대신에 성 안에 기념비를 하나 세우는 것으로 만족하고 즉시 철군명령을 내렸다. 이 결정에 대해 세티의 장수들은 놀라움을 금치 못했다. 조심스러운 비판이 장수들 사이에서 제기되었다. 그들은 이 예상밖의 전략에 의문을 품었다.

이집트 군대가 카데슈에서 멀어지기가 무섭게 무와탈리스의 강력한 군대가 성으로 진군했다. 성은 다시 히타이트에 예속되었다.

협상이 시작되었다. 피 흘리는 충돌을 피하기 위해서, 두 명의 군주들은 대사들을 내세워 합의에 도달했다. 즉 히타이트 족은 차후로는 레바논과 페니키아의 항구들에서 어떤 혼란도 야기시키지 않을 것이며, 이집트는 카데슈와 그 인근 지역을 침범하지 않는다는 내용이었다.

평화가 찾아왔다. 물론, 일시적인 평화였다. 어쨌든 평화가 찾아온 것이다.

왕위 계승 예정자로서, 그리고 새로운 사령관으로서, 세나르는 천 명 이상의 손님들을 초대하는 거창한 연회를 열었다. 손님들은 고급스러운 음식과 세티 재위 2년에 담근 맛있는 포도주를 마시고, 피리와 하프 소리에 맞추어 춤추는 벌거벗은 무희들의 아름다운 몸매를 바라보며 즐거워했다.

왕은 잠시 모습을 보이고는 성공적인 원정의 영광을 맏아들에게 넘겨주고 연회석상을 떠났다. 빛나는 미래가 약속된 캅의 졸업생으로서 모세와 아메니, 세타우도 손님들 사이에 끼여 있었다. 세타우는 장소에 맞는 화려한 의상을 걸치고 있었는데, 람세스가 선물한 것이었다. 아메니는 집요했다. 그는 멤피스의 유력인사들과 대화를 나누면서 얼마 전에 문을 닫은 잉크 제조 공방에 대해 이런저런 질문들을 던지고 있었다. 인내심을 가지고 찾아보았지만 결과를 얻어내지 못했기 때문이다.

세타우는 셰나르의 집사로부터 급히 와달라는 전갈을 받았다. 우유를 보관하는 항아리 안에 뱀이 들어 있다는 것이다. 세타우는 미심쩍은 구멍을 찾아냈다. 그는 그 구멍에 마늘을 집어넣고 통통한 생선으로 구멍을 막았다. 가엾은 뱀은 이제 자기의 은신처에서 도망치지 못할 것이다. 집사는 세타우의 능숙한 일처리에 만족스러워했다. 그러나 그의 만족은 오래 가지 못했다. 집사의 교만한 태도를 못마땅하게 생각한 세타우가 붉은색과 흰색이 뒤섞여 있는 뱀의 턱뼈 뒤쪽에 갈고리를 꽂아 끄집어내어 그에게 내밀었다. 잘난 체하던 작자는 금세 사색이 되어 도망쳐버렸다.

"멍청한 놈, 이건 전혀 독이 없는 종류인데."

세타우는 그 꼴을 보며 웃음을 터뜨렸다.

모세는 그의 당당한 풍채와 남자다움에 반한 예쁜 여자들에게 둘러싸여 있었다. 람세스에게도 접근해보고 싶었지만, 아름다운 이제트가 지키고 있어서 불가능했다. 두 젊은이의 명성은 점점 더 높아가기만 했다. 사람들은 모세에게는 높은 행정직이 보장되어 있다고 생각했으며, 람세스의 용맹스러움에 흥미를 가졌다. 사람들은 람세스가 왕실에서는 아무 직위도 얻지 못했지만, 군대에서는 중용될거라고 생각했다.

두 명의 친구들은 두 차례의 춤 공연 사이에 빠져나올 수 있었다. 그들은 정원에 있는 페르세아 나무 밑에서 만났다.

─자네, 셰나르가 하는 얘기를 들었나?

─아니, 내 다정한 약혼자가 끊임없이 재잘대는 바람에.

―자네 형님은, 들을 테면 들어라 하는 식으로 아주 대놓고 말하더군. 자기야말로 이번 원정의 위대한 승리자라고 말야. 자기 덕분에 이집트의 손해가 최소화되었고 외교정책이 힘을 발휘할 수 있었다는 거야. 게다가, 그는 세티가 지친 것 같다는 소문까지 내고 있네. 권력이 약화되면 셰나르가 섭정공으로 임명될 날도 멀지 않은 것 같아. 그는 벌써 통치계획을 세워놓고 있어. 모든 분쟁을 종식시키고 국제교역에 우선권을 줌으로써 우리의 적들과 경제 협력을 맺는다는 거지.

―구역질나는군.

―사람은 신통찮지. 그 점에선 자네 생각에 동의하네. 그러나 그의 계획은 관심을 기울여볼 만한 데가 있네.

―히타이트 족에게 손을 내밀었다간 우리 팔이 잘리고 말걸.

―전쟁으로는 아무것도 해결하지 못하네.

―셰나르는 이집트를 종속적이고 비천한 나라로 만들 걸세. 파라오들의 땅은 하나의 별개의 세계일세. 이집트가 약해지거나 단순해졌을 때는 아시아인들이 쳐들어왔었네. 침략자들을 내쫓고 우리의 영토를 멀리까지 확장하기 위해서는 많은 영웅적 노력이 필요했었어. 무기를 내려놓으면 우린 망하는 거야.

모세는 격정적인 람세스의 태도에 놀랐다.

―지도자다운 말이군. 그건 인정하네. 하지만 그것이 좋은 방향일까?

―우리 영토를 지키고 신들께서 이 땅에 머무르게 하기 위해선 그 방법밖에는 없네.

―신들이라. 신들이 존재하는가?

―무슨 소리를 하는 거야?

모세는 대답할 시간이 없었다. 아가씨들 한 떼거리가 그와 람세스 사이에 비집고 들어와 그들의 장래에 대해서 수많은 질문들을 퍼부어댔기 때문이다. 이제트가 재빨리 끼어들어 연인을 빼냈다. 그녀가 람세스에게 솔직하게 털어놓았다.

—당신 형님이 나를 붙잡고 말을 시켰어.

—무엇에 관해서?

—그는 나와 결혼하겠다는 생각을 포기하지 않았어. 왕실은 단호해. 소문도 그런 방향으로 나 있고. 세티께서 세나르에게 곧 양위하실 모양이야. 세나르가 나에게 왕비가 되어달라고 했어.

이상한 일이었다. 그 순간, 람세스의 정신이 갑자기 멤피스를 떠나 메르-우르의 하렘으로 날아가, 기름 램프의 흐릿한 불빛을 받으며 프타 호텝의 잠언을 옮겨적고 있는 학구적인 한 젊은 여자를 바라보고 있는 것이었다.

이제트는 연인의 마음이 흔들리고 있다는 것을 알아차렸다.

—어디 아파?

람세스가 메마른 목소리로 말했다.

—난 병 같은 거 안 걸려.

—당신 어디 멀리 가 있는 사람 같애.

—뭘 좀 생각하느라고. 그래서 받아들였어?

—난 이미 대답했잖아.

—축하합니다, 이제트 아가씨. 당신은 여왕이 되실 분이군요. 전 당신의 시종이 되구요.

이제트는 람세스의 가슴을 주먹으로 콩콩 때렸다. 람세스가 그녀의 손목을 붙잡았다.

—난 당신을 사랑해, 람세스. 당신이랑 같이 살고 싶어. 어떻게 해야 당신에게 그걸 이해시킬 수 있을까?

—남편과 아버지가 되기 전에, 난 내가 따르고 싶은 길의 분명한

전망을 찾아야만 해. 나에게 시간을 줘.

향기로운 어둠 속으로 침묵이 조금씩 스며들었다. 나이든 초대객들이 먼저 자리를 떴다. 음악을 연주하던 여인들과 무희들도 돌아갔다. 궁전의 넓은 정원 여기저기에 삼삼오오 사람들이 모여서 웅성대고 있었다. 서로 정보를 주고받고, 라이벌을 제치고 신분상승의 계단을 기어올라가기 위해서 가소로운 음모들을 꾸미고 있었다.

그때 부엌 쪽에서 찢어지는 듯한 비명소리가 들려와 정적을 뒤흔들어놓았다.

람세스가 제일 먼저 비명소리가 들려오는 곳으로 달려갔다. 집사가 부지깽이를 들고, 손으로 얼굴을 막고 있는 노인 하나를 때리고 있었다. 왕자가 달려들어가 집사의 멱살을 움켜쥐었다. 집사는 숨이 막혀 손에 들고 있던 부지깽이를 놓아버렸다. 얻어맞던 노인은 도망쳐서 설거지를 하는 하인들 사이에 숨었다.

모세가 끼어들었다.

─그만해. 사람 죽이겠네!

람세스가 집사의 멱살을 풀어주었다. 얼굴이 시뻘게진 집사는 겨우 다시 숨을 쉬었다. 그가 변명을 늘어놓았다.

─저 늙은이는 히타이트 포로일 뿐이에요. 난 그놈 버릇을 가르쳐야 합니다.

─자네는 자네가 쓰는 사람을 그렇게 취급하나?

─히타이트 놈들만 그러죠!

세나르가 호기심에 가득 찬 군중들을 헤치며 모습을 나타냈다. 얼마나 호사스럽게 차려입었는지, 우아하게 차려입은 주변 사람들이 모두 초라해 보일 지경이었다.

─비켜서시오. 내가 해결하겠소.

람세스는 집사의 머리카락을 움켜쥐더니 땅바닥에다 내던졌다.

―이 비겁한 놈이 사람을 괴롭혔습니다.

―자, 자, 아우야! 너무 흥분하지 마라…… 내 집사가 이따금 너무 엄격하긴 하지. 그렇지만…….

―고발하겠소. 법정에서 증언하겠어요.

―히타이트 족을 증오하는 네가?

―형님이 쓰는 사람은 더이상 적이 아닙니다. 우리나라에 와서 일하고 있으니까 마땅히 존중되어야 해요. 그것은 마아트의 법이 요구하고 있는 것이오.

―과장하지 말아라! 잊어버려. 그래주면 고맙겠다.

모세가 단호한 어조로 말했다.

―나 역시 증언하겠습니다. 이런 행동은 어떤 이유로도 정당화될 수 없습니다.

―꼭 상황을 나쁘게 만들어야 하겠나?

람세스가 모세에게 말했다.

―집사를 데려오게. 우리 친구 세타우에게 맡기게. 나는 내일 당장 긴급소송을 요구하겠네.

―그건 불법감금이야!

―형님의 집사를 법정에 세우시겠다고 약속해주실 수 있습니까?

셰나르가 양보했다. 비중 있는 증인들이 너무 많다…… 지고 들어가는 싸움은 시작하지 않는 것이 낫다. 죄인은 아마도 오아시스 지방으로 추방되는 벌을 받게 될 것이다. 셰나르가 결론을 내리듯 말했다.

―정의란 아름다운 것이지.

―정의를 존중하는 것은 우리 사회의 근본이지요.

―당연한 이야기지. 누가 그렇지 않다고 주장하겠니?

―나라를 이런 식으로 다스린다면, 형님은 내가 형님의 분명한

198

적이 되는 걸 보게 될 거요.

　─무슨 상상을 하는 거냐?

　─상상하는 게 아닙니다. 지켜보는 거지요. 성공이 보장되어 있
는 사람은 타인을 마구 경멸해도 되는 겁니까?

　─옆길로 새지 마라, 람세스. 넌 나를 존경해야 한다.

　─상 이집트와 하 이집트를 다스리는 우리의 군주는 아직 세티이
신 것 같습니다만.

　─빈정대는 데도 한도가 있는 법이다. 내일이면, 넌 나에게 복종
해야 할 것이다.

　─내일이 되려면 아직 멀었소.

　─그렇게 계속 어깃장을 놓으면 끝이 좋지 않을 것이다.

　─형님은 날 히타이트 포로처럼 취급하실 생각이십니까?

　별거 아닌 일로 너무 멀리 간다고 생각했는지, 셰나르가 돌아서
가버렸다.

　─자네 형님은 강하고 위험한 사람이야. 그렇게 도전하는 게 꼭
필요하다고 생각하나?

　모세가 말했다.

　─난 그가 무섭지 않아. 아, 참. 신들에 대해서 자네 아까 무슨
이야길 하려고 했었지?

　─나도 모르겠어. 이상한 생각들이 나를 휘젓고 돌아다니면서 나
를 갈가리 찢어놓고 있어. 그 생각들의 비밀을 밝히지 못하는 한,
난 평화를 찾을 수 없을 거야.

23

아메니는 포기하지 않았다. 왕실 서기관 람세스의 개인비서 자격
으로 그는 여러 행정부처에 접근할 수 있었고, 그가 조사하는 것을
도와줄 많은 친구들을 사귈 수 있었다. 그렇게 그는 소유주의 이름
이 등재되어 있는 잉크 제조 공방들의 목록을 열람할 수 있었다.
그러나 투야 왕비가 람세스에게 말해준 대로 의문의 공방에 관계된
서류들은 정말로 사라지고 없었다. 그 접근로가 차단되어버린 것이
다. 아메니는 다시 개미처럼 꼼꼼하게 조사하기 시작했다. 서기관
들의 활동과 직접적인 관계가 있는 유력인사들을 확인해서 그들의
재산목록을 조사했다. 그 재산목록에 공방이 포함되어 있는지 살펴
보려는 계획이었다. 며칠 동안이나 조사해보았지만 아무 소득이 없
었다.

이제 남아 있는 방법이라곤 한 가지밖에 없었다. 자기가 죽을 뻔했던 곳부터 시작해서 쓰레기장을 철저하게 뒤져보는 것이다. 성실한 서기관은 파피루스에 자료를 기록하기 전에 석회암 조각을 연습지로 사용한다. 그 석회암 파편은 다른 수많은 물건들과 함께 행정업무가 처리되는 대로 커다란 구덩이 속에 던져진다.

아메니는 공방의 소유증서 사본이랄 수 있는 그 석회암 조각이 존재하는지조차 확실히 알지 못했다. 그러나 그는 이 일에 매일 두 시간씩 매달렸다. 성공 가능성에 대해서는 스스로에게 묻지 않기로 했다.

이제트는 람세스와 모세를 이어주고 있는 우정을 못마땅하게 생각했다. 그녀가 보기엔 이 혼란스럽고 불안한 히브리인이 람세스에게 좋지 않은 영향을 미치고 있었다. 그녀는 연인을 쾌락의 소용돌이 속으로 끌고 들어갔다. 그녀는 결혼에 대한 욕망을 드러내지 않으려고 조심했다. 람세스는 이제트가 놓은 덫에 걸려들었다. 매일매일 처리해야 하는 업무는 개인비서에게 맡겨둔 채, 이 저택에서 저 저택으로, 이 집 정원에서 저 집 정원으로, 이 연회장에서 저 연회장으로 돌아다니며 귀족의 한가한 생활을 영위했다.

이집트는 꿈이 실현된 나라였다. 지칠 줄 모르는 관대한 어머니처럼 매일매일이 경이로운 천국. 야자수 그늘, 대추야자 꿀, 바람의 노래, 아름다운 수련과 백합꽃 향기를 즐길 줄 아는 사람에게 행복은 흐르는 강물처럼 느껴졌다. 거기에 사랑에 빠진 여인의 정념까지 더해지면 완벽하다 할 만하지 않은가?

이제트는 자기가 람세스의 정신을 소유하고 있다고 생각했다. 그녀의 연인은 쾌활하고 비할 데 없이 싱싱했다. 그들의 사랑놀이는 끝날 줄을 몰랐고, 그들이 나누는 쾌락은 그들에게 활기를 불어넣어주었다. 람세스의 개는 또 그놈대로, 멤피스의 내로라하는 집안의 요리사들이 내놓는 음식을 맛보면서 미식가로서의 재능을 마음껏 과시했다.

운명은 세티의 두 아들에게 주어진 운명의 윤곽을 분명히 그려놓았다. 세나르에게는 나라의 일이, 람세스에게는 평범하고 화려한 인생이 주어졌다. 이제트는 이 역할의 배분에 놀랍도록 잘 적응했다.

어느 날 아침, 그녀는 방이 비어 있는 것을 발견했다. 람세스가 그녀보다 일찍 일어난 모양이었다. 불안해진 그녀는 화장도 하지 않고 정원으로 달려나가 연인의 이름을 불렀다. 대답이 들려오지 않았다. 그녀는 더럭 겁이 났다. 연인을 찾아다니던 그녀는 붓꽃 화단 한가운데에 있는 우물 곁에 앉아 생각에 잠긴 람세스를 발견했다.

─대체 무슨 일이야? 겁이 나서 혼났어!

그녀는 그의 곁에 무릎을 꿇고 앉았다.

─또 무슨 걱정거리가 당신을 괴롭히고 있는 거야?

─난 당신이 좋아하는 삶에 맞는 사람이 아냐.

─잘못 생각하고 있는 거야. 우린 행복하잖아?

─난 이런 행복에 만족할 수 없어.

─인생에 너무 많은 걸 요구하지 마. 그러면 인생이 등을 돌려버릴지도 몰라.

─그렇다면 인생과 한판 대결을 벌일 거야.

─오만이 덕일까?

─그것이 갈망이고 초월이라면, 그래, 덕이라고 생각해. 아버님과 얘기를 나누어봐야겠어.

히타이트 족과 휴전을 맺고 난 뒤에 비판은 사그라들었다. 이집트 군대가 히타이트 군대와 싸웠다면 이길 수 있었겠지만, 세티가 언제 끝날지 알 수 없는 전쟁을 일으키지 않았던 것은 잘한 일이었다고 사람들은 의견의 일치를 보았다.

셰나르의 주장에도 불구하고, 그가 혼자서 어떤 결정적인 일을 수행했다고 생각하는 사람들은 아무도 없었다. 고위급 장교들의 말을 빌리면, 왕의 맏아들은 한번도 전투에 참가한 적이 없었으며 멀찌감치 떨어져서 지켜보기만 했다고 한다.

파라오는 사람들이 하는 말을 경청해가면서 일했다.

그는 정치고문들의 이야기를 들었는데, 그 중 어떤 것은 진지한 것도 있었다. 그는 정보들을 차단하고 좋은 씨앗과 가라지를 식별해냈고, 어떤 결정도 서둘러 내리는 법이 없었다.

그는 멤피스 궁중의 널찍한 집무실에서 일했다. 그 집무실은 '아클라우스트라'라는 세 개의 커다란 창문으로 채광이 되어 있었다. 벽은 흰색이었고 장식품 하나 걸려 있지 않았다. 단순하고 검소한 방이었다. 가구라곤 커다란 책상 하나, 왕을 위한 등받이 의자 하나와 방문객들을 위한 짚을 넣은 의자들, 파피루스 정리장 하나가 전부였다.

바로 그곳에서, 고독과 침묵 속에서, '두 땅의 주인'은 세계에서 가장 강한 나라의 미래의 방향을 정했으며, 우주의 법칙의 화신이었던 마아트의 길을 따르려고 애썼다.

왕과 그의 고문관들의 전용마차를 세워놓는 안마당에서 들려온 울부짖음이 정적을 깨뜨렸다.

창문을 통해 세티는 말 한 마리가 미쳐 날뛰는 것을 보았다. 그놈은 말뚝에 묶어놓은 끈을 끊어내고 다가오려는 사람들을 위협하면서 이리저리 경중경중 날뛰었다. 뒷발로 경호실 관리 하나를 걷

어차더니, 미처 피하지 못한 나이든 서기관 하나를 넘어뜨렸다.

말이 한숨 돌리고 있을 때였다. 람세스가 기둥 뒤쪽으로 다가가 말등에 올라타더니 말의 고삐를 낚아챘다. 미친 말은 앞발을 들고 서서 기수를 떨어뜨리려고 날뛰었으나 허사였다. 기수에게 정복된 말은 푸르륵대며 헐떡거리다가 이윽고 잠잠해졌다.

람세스는 말에서 뛰어내렸다. 왕의 근위병 하나가 그에게 다가왔다.

─왕께서 뵙기를 청하십니다.

람세스에게 파라오의 집무실에 들어가는 것이 처음으로 허용된 것이다. 방이 너무 검소해서 람세스는 깜짝 놀랐다. 그는 극도로 사치스러운 방을 상상했는데 장식품 하나 없이 거의 텅 비어 있는 방이었다. 왕은 파피루스 한 장을 펼쳐놓고 앉아 있었다.

어떻게 처신해야 할지 몰라 람세스는 꼼짝도 않고 서 있었다. 세티는 그에게 앉으라는 말도 하지 않았다.

─너무 위험한 짓이었다.

─그렇기도 하고 그렇지 않기도 합니다. 전 저 말을 잘 알고 있습니다. 성미가 고약한 말은 아닙니다. 햇빛 때문에 신경이 날카로워진 것 같습니다.

─그래도 너무 위험한 짓이었다. 근위병이 말을 진정시킬 수도 있었을 것이다.

─전 제가 잘했다고 생각했습니다.

─주목받으려고 생각했더냐?

─저어…….

─솔직하게 대답해라.

─미친 말을 진정시키는 건 쉬운 일은 아닙니다.

─네 말로 미루어 보건대, 네가 이득을 얻으려고 짐짓 꾸민 일이

라 생각해도 되겠구나.

람세스는 모욕감으로 얼굴이 뻘겋게 달아올랐다.

—아버님! 어떻게 그런…….

—파라오는 전략가여야 한다.

—이 전략을 평가하신단 뜻입니까?

—네 나이에 그런 전략을 구사한다면, 나는 그것을 위선의 징후라고 생각할 것이다. 그런 젊은이라면 장래가 매우 비관스럽겠지. 그러나 네 반응을 보니, 네가 솔직하다는 믿음은 가는구나.

—하지만 제가 아버님과 이야기를 나눌 수 있는 구실을 찾았던 건 사실입니다.

—어떤 주제에 관해서냐?

—시리아로 떠나실 때 아버님께선 제가 병사로 싸울 능력이 없다고 나무라셨습니다. 아버님이 계시지 않는 동안 저는 모자라는 부분을 보충했습니다. 지금 저는 장교 자격증을 가지고 있습니다.

—힘껏 노력해서 얻었다 하더구나.

람세스는 놀라움을 감추지 못했다.

—아버님께선…… 알고 계셨습니까?

—그래, 장교가 되었더구나.

—저는 말을 탈 줄 알고, 칼이나 창 또는 방패를 들고 싸울 줄도 알고, 활을 쏠 줄도 압니다.

—람세스야, 전쟁을 좋아하느냐?

—전쟁은 필요하지 않습니까?

—전쟁은 많은 고통의 원인이 된다. 그 고통이 늘어나길 원하느냐?

—우리나라의 자유와 부를 확고히 하기 위한 다른 방법이 있습니까? 그 어떤 나라도 먼저 공격해서는 안 되죠. 그러나 위협당하면

응수해야 합니다.

―네가 왕의 자리에 있었다면, 카데슈 성을 초토로 만들었겠느냐?

젊은이는 곰곰 생각에 빠졌다.

―어떤 조건에 의거해서 제 의견을 말씀드려야 할지 모르겠습니다. 전 아버님의 원정에 대해서 아는 바가 전혀 없습니다. 평화가 유지되었고 이집트 백성들이 자유롭게 숨쉬고 있다는 사실을 뺀다면 말입니다. 근거가 하나도 없는 상태에서 아버님께 의견을 말씀드린다는 건 어리석은 일이겠지요.

―다른 이야길 하고 싶은 건 아니냐?

지난 며칠 낮 며칠 밤 동안 람세스는 조바심을 애써 누르며 자문해보았다. 아버지에게 셰나르와의 불화에 대해 말씀드려야 할까? 그리고 장래의 왕위 계승자가 자기의 힘으로 쟁취하지도 않은 승리를 자기의 공인 양 떠벌리고 다닌다는 걸 말씀드려야 할까? 왕자는 정확한 표현으로 자기가 분개하고 있는 바를 힘주어 말씀드릴 수 있을 거라고 생각했다. 아버지께서 품속에 뱀을 기르고 있다는 걸 마침내 이해하실 수 있도록 말이다.

그러나 파라오 앞에 서자 그런 이야기들이 가소롭고 수치스럽다는 생각이 들었다. 밀고자의 역할을 생각했다니, 자기가 세티보다 더 명석하다는 자만에 빠졌었다니!

그러나 그렇다 해도 거짓말을 늘어놓는다는 것이 비겁하게 느껴졌다.

―사실입니다. 전 아버님께 털어놓고 싶었습니다.

―그러면 왜 망설이는 게냐?

―우리의 입으로 나오는 것이 우리를 더럽게 만들 수 있기 때문입니다.

―네가 말하고 싶었던 것에 대해 더 알 수는 없을까?

―제가 말씀드리려 했던 것을, 아버님께서 이미 알고 계십니다. 그렇지 않다면 제가 생각했던 것은 허공에 날려보내는 것이 마땅합니다.

―넌 늘 하나의 극단에서 다른 극단으로 옮겨다니는 건 아니냐?

―어떤 불이, 무어라 명명해야 할지 알 수 없는 강력한 욕구가 절 괴롭히고 있습니다. 사랑도 우정도 어떻게 하지 못하는 그런 것입니다.

―네 나이에 어떻게 그런 결정적인 말을 할 수 있느냐?

―시간이 가면 편안해질 수 있을까요?

―너 자신 외에는 아무에게도 기대하지 말아라. 그러면 삶이 이따끔 관대한 모습을 보여주느니라.

―이 불은 무엇입니까, 아버님?

―질문을 좀더 잘 던져보아라. 답을 얻을 수 있을 것이다.

세티는 그가 살펴보고 있던 파피루스 위로 몸을 기울였다. 알현이 끝난 것이다. 람세스는 절을 했다. 그가 몸을 돌려 나오려는 순간, 파라오의 장중한 목소리가 그를 그 자리에 못박아버렸다.

―마침 적당한 시간에 와주었다. 그렇지 않아도 오늘 널 부를 생각이었다. 내일 새벽 제사가 끝나는 대로 시나이 반도에 있는 터키석 광산에 함께 가자꾸나.

24

세티 즉위 8년째 되던 해, 람세스는 유명한 세라비트 엘-카딤*
광산으로 이르는 사막의 길 위에서 열여섯번째 생일을 맞았다. 경
찰이 지키고 있기는 했지만 이 지역을 여행하는 것은 위험한 일이
었다. 누구도 무시무시한 유령들과 베두인 강도들이 득실거리는 이
불모의 지역을 선뜻 지나가려 하지 않았다. 잡아넣고 처형해도 소
용 없었다. 강도들은, 어쩔 수 없이 시나이 반도를 지나야 하는 대
상(隊商)들을 약탈했다.

이번 원정의 성격은 전혀 군사적인 것이 아니었지만, 파라오와

---

* 이 책에서는 기술을 용이하게 하기 위해서, 시나이, 세라비트 엘-카딤 등의 현대
지명이 사용될 것이다. 세라비트 엘-카딤은 시나이 반도 남쪽에 위치하고 있는데, 수
에즈 만에서 160킬로미터 떨어진 곳에 있다.

광부들의 안전을 위해서 많은 군사들이 동행해야 했다. 왕의 존재가 이 여행에 예외적인 성격을 부여했다. 왕실은 출발 전 새벽 제사를 드리기 전에야 이 여행에 대해 알게 되었다. 왕이 자리를 비우는 동안 왕비 투야가 국가라는 배의 키잡이 역할을 하게 될 것이다.

람세스는 처음으로 중요한 공직을 받았다. 원정대 군사대장으로 승진한 바크헨의 명령을 받는 보병대 지휘관 자리였다. 그들의 만남은 원정대가 출발할 당시에는 냉랭했다. 그러나 왕자도 바크헨도 왕이 보는 앞에서 으르렁대는 모습을 보일 수는 없었다. 임무수행 기간 동안은 서로 참고 상대방의 성격에 적응하는 수밖에는 없었다. 바크헨은 람세스를 후위부대에 배치함으로써 자기의 마땅치 않은 감정을 드러냈다. "후위부대에나 있어야, 신참지휘관이 부하들에게 겪게 할 위험을 그나마 최소화할 수 있기 때문"이라는 것이 그 이유였다.

하늘의 여신 하토르의 돌인 터키석을 나르는 원정대의 인원은 6백 명이 넘었다. 하토르 여신은 황폐하고 척박한 땅을 선택하여 그곳에 현현했다.

길은, 그 자체로는 아무런 문제도 없었다. 정기적으로 사람들이 왕래하기 때문에 잘 다져져 있었으며, 중간중간 작은 보루들과 우물도 있었다. 길은 붉고 노란 산들이 솟아 있는 위험한 지역을 가로지르고 있었는데, 산이 너무 높아서 경험이 없는 신참들은 정신을 차리지 못했다. 산꼭대기에서 악령들이 튀어나와 혼을 빼앗아버릴지도 모른다고 무서워하는 사람들도 있었다. 그러나 세티가 함께한다는 사실과, 람세스의 침착한 태도가 그들의 마음을 가라앉혀주었다.

람세스는 힘든 시련이 닥치기를 바랐다. 아버지에게 자기의 진정한 가치를 보여드릴 수 있을 거라고 생각했기 때문이다. 그는 자기의 임무가 너무 쉽다는 사실을 오히려 한탄스러워했다. 그의 휘하에 있는 서른 명 정도의 보병들에게 그의 권위는 쉽게 먹혀들었다. 활솜씨가 빼어나다든가, 미쳐 날뛰는 말을 진정시켰다든가 하는 이야기들을 소문으로 들어 알고들 있었다. 모두들 그의 휘하에서 근무하는 것이 승진에 도움이 되었으면 하고 바라는 판국이었다.

람세스가 극구 말리는 바람에 아메니는 원정대를 따라나서지 않았다. 허약한 몸 때문에 힘든 육체적 고생을 견뎌낼 수 없다는 것이, 아메니가 모험을 포기한 한 가지 이유였다. 그러나 다른 이유도 있었다. 아메니는 얼마 전에 그 수상한 공방 북쪽에 있는 쓰레기장에서 이상한 기록이 있는 석회암 파편을 발견했다. 그것을 조사해 보아야 했다. 그것이 어떤 유력한 단서가 될 것이라고 확신하기에는 아직 일렀다. 그러나 젊은 서기관은 노력을 중단하지 않았다. 람세스는 아메니에게 제발 조심하라고 부탁했다. 람세스의 개가 아메니를 보호해줄 것이고, 또 필요한 경우에는 세타우에게 도움을 청할 수도 있을 것이다. 세타우는 신전 실험실에 독을 팔기도 하고, 또 부잣집에 또아리를 틀고 있는 반갑지 않은 코브라를 치워주기도 하면서 돈을 벌었다.

왕자는 긴장을 풀지 않았다. 그는 사막에서 목숨을 잃을 뻔했지만, 사막을 사랑했다. 그런데 이곳 시나이 사막만큼은 별로 좋아지질 않았다. 너무 많은 침묵하는 돌들, 너무 많은 음산한 그림자들, 그리고 혼돈. 바크헨의 주장에도 불구하고, 람세스는 베두인 족의 약탈을 걱정했다. 물론 원정대의 숫자로 보아서, 그들은 정면 공격은 피할 것이다. 그러나 뒤처진 사람을 강탈하거나, 밤에 야영 캠프로 숨어 들어오려 시도할 수도 있다. 왕자는 걱정이 되어서 거듭 주의를 주고 여러 가지 명령들을 내렸다. 그 일로 바크헨과 한 차레 가벼운 말다툼을 벌인 후로는 바크헨도 람세스의 의견을 참고해서 대원들의 안전을 감시하기로 했다.

어느 날 저녁, 왕자는 물자가 제대로 지급되지 않고 있는 자기 대원들에게 포도주를 얻어다주려고 여러 개의 분대 막사들을 지나 담당자를 찾아갔다. 담당자는 책임자가 자기 막사 안에서 일하고 있으니 그리로 가보라고 했다. 람세스는 천막 한 귀퉁이를 들어올렸다. 몸을 수그린 채 무릎을 꿇고 앉아 등잔불 빛에 지도를 비추어보고 있는 남자를 바라보다가, 왕자는 깜짝 놀랐다.

―아니 모세 아닌가, 자네가 여기에 어떻게?

―파라오의 명을 받았지. 여기에서 물자 관리를 지휘하고, 또 좀더 상세한 이 지역 지도를 작성하는 책임을 맡고 있어.

―난 후위부대를 지휘하고 있어.

―난 자네가 여기 있는 줄 몰랐네…… 그런 이야기를 하지 않았던 걸 보면 바크헨이 자네에 대해 말하고 싶지 않았던 모양이군.

―그래도 전보단 서로 잘 이해하게 됐네.

―여기서 나가지. 여긴 너무 좁아.

두 젊은이는 모두 비슷하게 탄탄한 체격을 소유하고 있었다. 건장한 실루엣과 자연적인 힘 때문에 그들은 나이보다 더 들어 보였다. 그들의 안에서 어른이 소년을 내쫓아버린 것이다.

―생각지도 않게 자넬 만나서 정말 기쁘네. 소집명령이 떨어졌을 때, 난 하렘에서 따분해하고 있는 중이었네. 신선한 공기를 마실 기회가 이렇게 주어지지 않았더라면, 난 아마 달아나버렸을지도 몰라.

―메르-우르는 멋진 곳 아닌가?

―내겐 그렇지 않았네. 아가씨들은 날 귀찮게 굴고, 장인들은 그들의 비법을 가르쳐주지 않아. 그런 데다 행정직은 나에게 어울리

지 않네.

―자리를 바꿔서 득을 봤나?

―천 배는 득을 봤지! 이 냉혹한 산들, 어떤 현존을 숨기고 있는 이 풍경. 이곳에 있으면 난 집에 있는 것 같아.

―자네 안에서 타는 불은 좀 가라앉았나?

―전보단 덜 격렬하네. 사실이야. 이 불타버린 바위들과 비밀스러운 계곡 안에 치유의 비결이 숨어 있는 것 같아.

―나로선 받아들이기 힘든 생각이군.

―이 잊혀진 땅으로부터 솟아오르는 어떤 부름이 들리지 않나?

―난 오히려 위험을 느끼네.

모세가 흥분했다.

―위험이라구! 자넨 꼭 군인처럼 반응하는군.

―물자 담당관리로서, 자네는 후위부대를 홀대하고 있네. 내 부하들에겐 포도주가 모자라네.

히브리인이 웃음을 터뜨렸다.

―아닌게아니라, 내가 책임자지. 그들의 사기를 떨어뜨리게 해선 안 되지.

―아주 적은 양이면 사기가 유지될 거야.

―이게 우리의 첫번째 대결이군. 그런데 누가 이긴 건가?

―아무도. 그룹의 이익만이 중요하니까.

―그건 바깥으로부터 부여된 의무에 자신을 가둠으로써 자신으로부터 도망치는 방법이 아닌가?

―내가 그렇게 비겁해질 수 있는 놈이라고 생각하나?

모세는 람세스의 눈을 똑바로 들여다보았다.

―포도주를 주겠네. 적은 양이야. 하지만, 시나이의 산을 사랑하는 걸 배우게.

―이곳은 이집트가 아니야.

―난 이집트인이 아닐세.

―아니, 자넨 이집트인이야.

―틀렸어.

―자넨 이집트에서 태어났고, 이집트에서 교육받았고, 그리고 이집트에서 자네의 미래를 건설할 거야.

―내가 배운 건 이집트인의 말이었지, 히브리인의 말이 아니었네. 그러나 내 조상들은 자네의 조상들이 아냐. 어쩌면 그들이 여기 시나이에서 살았는지도 모르지…… 나는 그들이 지나갔던 길, 그들의 희망, 그들의 좌절의 흔적들을 느낀다네.

―시나이가 자네 머리를 어떻게 만든 것 아냐?

―자네는 이해하지 못하네.

―내가 자네의 신뢰를 잃은 건가?

―그럴 리가 있나.

―모세, 난 이집트를 나 자신보다도 더 사랑하네. 나에겐 내가 태어난 땅보다 더 귀중한 건 아무것도 없네. 만일 자네가 자네의 조국을 찾아냈다고 생각하는 거라면, 난 자네의 감동을 충분히 이해할 수 있네.

히브리인이 바위 위에 앉았다.

―조국이라…… 아니, 이 사막은 조국이 아냐. 난 자네만큼 이집트를 사랑하네. 이집트가 나에게 제공하는 기쁨들을 즐기네. 그러나 난 다른 곳의 부름을 느껴.

―자네가 처음으로 만난 다른 곳이 자네를 뒤흔들어놓은 거로군.

―아주 틀린 얘긴 아냐.

―우린 함께 다른 사막들을 건널 거야. 그리고 자네는 이집트로 돌아올 거야. 왜냐하면 그곳에 유일한 빛이 빛나고 있으니까.

—자넨 어떻게 그렇게 자기 자신에 대해 확신을 가질 수 있나?

—후위부대에서는 앞이 보이지 않거든.

시나이의 어두운 밤에, 두 줄기의 맑은 웃음소리가 별이 있는 곳까지 날아올라갔다.

당나귀는 흔들흔들 걷고, 사람들은 그 뒤를 따라갔다. 저마다 자기 힘에 따라서 질 수 있는 만큼의 짐을 져날랐다. 물이나 식량이 부족한 사람은 없었다. 왕은 원정대에 몇 차례 정지 명령을 내렸다. 모세로 하여금 그 지역의 정확한 지도를 작성하게 하기 위해서였다. 모세는 지리학자들과 함께 말라붙은 사막의 강 와디를 거슬러 올라가고, 비탈길을 기어오르고, 새로운 측량지점을 선택해주었다. 그렇게 함으로써 전문가들이 쉽게 작업할 수 있도록 도왔다.

막연한 불안이 람세스를 떠나지 않았다. 그는 경험이 많은 보병들을 데리고 끊임없이 순찰을 돌았다. 친구가 베두인 강도에게 당할까봐 걱정되었던 것이다. 모세의 체격으로 보아 충분히 방어할 수 있을 것 같았지만, 함정에 빠질 수도 있었기 때문이다. 그러나 어떤 불행한 사태도 발생하지 않았다. 모세는 다음번에 광부들이나 대상들이 보다 쉽게 이동할 수 있도록 훌륭한 지도를 완성했다.

저녁식사 후, 두 친구는 불 곁에 앉아 오랫동안 이야기를 나누었다. 그들은 하이에나가 웃는 소리, 표범이 으르렁대는 소리에 익숙해졌다. 멤피스의 궁전이나 메르-우르 하렘의 안락에서 멀리 떨어져서 그들은 이 거친 생활에 적응해갔다. 그들은 그들 앞에 열정적으로 다가오는 새벽을 숨죽이고 기다렸다. 새벽이 새로운 신비를 보여줄 것이라 확신했다. 그들은 기어이 그 신비를 꿰뚫고 말 것이다. 때로 그들은 아무 말도 나누지 않고 조용히 앉아 밤의 소리에 귀를 기울였다. 밤은, 그들의 젊음이 모든 장애를 뛰어넘게 해줄 것이라고 속삭여주었다.

　긴 행렬이 꼼짝도 하지 않고 멈추어 서 있었다.

　아침나절인데, 이상한 일이었다. 람세스는 부대원들에게 짐을 내려놓고 전투준비를 하라고 명령했다. 가슴 한복판에 상처 자국이 있는 병사 하나가 람세스에게 말했다.

　―조용히 하십시오. 외람된 말씀입니다만, 부대장님, 평화의 기도를 준비하는 것이 더 나을 듯싶습니다.

　―왜 이렇게 조용한 건가?

　―목적지에 도착했으니까요.

　람세스는 옆으로 몇 걸음 걸어보았다. 도저히 다가갈 수 없을 것 같은, 칼로 잘라낸 듯한 험준한 고원이 태양 아래 서 있었다.

　터키석의 여왕, 하토르 여신의 땅, 세라비트 엘-카딤이었다.

25

셰나르는 분이 풀리질 않았다.

벌써 열번째 거절당하는 것이다. 왕비는 셰나르가 나라 일에 직접적인 방법으로 참여하는 것을 번번이 거절했다. 왕비는 왕이 그런 방향으로 일을 처리하라는 어떤 지시도 내린 바 없다는 이유를 댔다. 파라오의 계승자라는 입장이면서도 그는 중요한 서류들에 관여할 수 없었다.

셰나르는 실망스런 마음을 감추고 어머니의 의지를 따랐다. 그는 그의 친구들과 정보원들의 조직이, 투야에게 효과적으로 반항하기 위해서는 아직 허술하다는 것을 알고 있었다. 그렇다고 마냥 엎드려 있을 수는 없었다. 셰나르는 자기 세력을 보다 확장할 필요가 있다고 생각했다.

그는 왕실에 영향력이 있는, 전통에 집착하고 있는 인사들 몇 명을 은밀히 저녁식사에 초대했다. 그리고 그들의 충고를 간절히 듣고 싶어하는 겸손한 젊은이처럼 행동했다. 그는 야심이라곤 그저 왕이 그려놓은 길을 따라가는 것이 전부인 착한 아들처럼 행동했다. 그 방법이 먹혀들었다. 이미 왕위 계승자로 알려져 있는 데다가, 또 그렇게 겸손하게 구니까 평판이 아주 좋아졌다. 셰나르는 그렇게 많은 지지자들을 확보해갔다.

그는 외교정책이 자기 손안에 잡히지 않는다는 것을 알게 되었다. 적국들을 포함한 다른 나라들과의 무역 접촉은 여전히 셰나르의 제1목표였다. 자신의 진영 안에 유능한 일꾼을 두지 않고 어떻게 외교관계의 정확한 상황을 알 수 있겠는가? 상인들의 말을 듣는 것으로는 불충분하다. 그들은 단견으로 상황판단을 하기 때문에 정부의 진짜 의도가 무엇인지 모른다.

세티 측근에 있는 외교관을 설득해서 자기를 위해 일하게 한다…… 이상적인 해결책이지만 거의 실현 가능성이 없었다. 그러나 어쨌든 셰나르에게는 자신의 전략을 발전시키고, 적당한 순간이 왔을 때 이집트의 정치를 근본적으로 변화시킬 준비를 하기 위해서 일급 정보가 필요했다.

'배반'이라는 말이 그의 뇌리에 떠올랐지만, 그는 그 생각을 눌러버렸다. 누굴 배반한단 말인가? 과거와 전통말고 그 누구를?

세라비트 엘-카딤의 험준한 단구(段丘) 위에서 그들은 어지럽게 뒤얽힌 산들과 골짜기들을 굽어보고 있었다. 그 어지러운 모습이 영혼을 뒤흔들어놓았다. 이 혼돈이 드러내는 적의는 거의 피부로 느껴질 만큼 생생한 것이었다. 그 혼돈 안에서 터키석을 함유하고 있는 산만이 평화로운 모습으로 그들을 환영해주었다.

람세스는 놀란 눈으로 발치를 내려다보았다. 고원의 광맥 속에 있는 푸른 보석이 거의 밖으로 노출되어 있는 것이 아닌가! 다른 장소에서는 그보다는 덜 드러나 있다. 몇 세대에 걸쳐, 광부들은 지하에 갱들을 파놓고 거기에다 연장을 숨겨두고 다음 채굴 때 꺼내서 쓰곤 했다. 터키석은 더운 절기에만 채굴이 가능하기 때문이다. 그렇지 않으면 천연색을 잃어버리고 변질되어버린다.

고참들이 신참들을 배치했다. 사람들은 곧 일을 시작했다. 이 외딴 장소에 머무르는 날수를 가능한 한 줄이기 위해서였다. 그럭저럭 밤서리에 버티는, 돌로 지은 오두막에다 짐을 풀고 그들은 조심해서 오두막을 수리했다. 일을 시작하기 전, 파라오는 하늘의 가호를 빌기 위해서 하토르 여신의 조촐한 신전에서 제사를 드렸다. 파라오는 여신에게 사뢰었다. 이집트인들은 산에 상처를 입히기 위해서 온 것이 아니라, 산의 열매를 따서 신전에 바치고 그것으로 별들을 다스리시는 여신의 영원하며 새롭게 하시는 아름다움을 전해줄 장신구를 만들기 위해 왔노라고.

그리고 나서 곧, 끌과 망치 그리고 가위들이 연주하는 노랫소리가 들려왔다. 작은 팀으로 나뉘어 일하는 광부들의 노랫소리도 함께 들려왔다. 세티는 몸소 광부들을 독려했다. 람세스는 하늘과 땅의 신비한 힘들에 영광을 돌리고, 보석이 숨겨진 이 거대한 광맥을 발견했던 수세기 전 사람들의 공을 기리는 기념비들을 살펴보았다.

모세는 물자담당 책임자의 역할을 매우 성실하게 수행했다. 그는 대원들 모두가 편안하게 지낼 수 있도록 애썼다. 배고픔이나 갈증으로 고통당하는 일꾼도 없었고 제단마다 향이 모자라는 일도 없었다. 하늘에 영광을 돌린 사람들에게 신들은 기적을 베풀었다. 한 젊은 광부는 거대한 터키석을 발견하고 번쩍 들어 보이기도 했다.

광산이 위치한 장소는 약탈을 염려할 필요가 없는 곳이었다. 고원에 이르는 가파른 비탈길을 들키지 않고 기어올라올 수 있는 방법은 없었다. 람세스의 업무는 너무 쉬웠다. 처음 며칠 동안은 대원들을 계속 빡빡하게 조였지만 곧 그것이 우스꽝스럽다는 것을 알게 되었다. 안전을 위한 조치들은 그대로 유지시킨 채, 그는 대원들이 긴장을 풀고 좋아하는 낮잠을 실컷 자게 내버려두었다.

무료함을 견딜 수가 없어서, 그는 모세의 일손을 거들어주려고도 해보았다. 그러나 친구는 고집불통으로 자기 일을 혼자서 다 하려고 했다. 왕자는 광부들 곁에서도 별 성공을 거두지 못했다. 광부들은 그가 갱 속에 오래 머물지 못하게 했다. 마침내 바크헨이 화를 냈다. 그는 맡겨진 위치에 만족하고 작업의 흐름을 방해하지 말라고 람세스에게 명령했다.

람세스는 자기 부하들만 돌보았다. 그는 그들의 경력과 가족에 관심을 가지고 그들의 불평을 들어주었다. 그들이 하는 어떤 비판은 물리쳤고, 어떤 비판은 받아들였다. 그들은 명예로운 퇴직을 희망하고 있었고, 무엇보다도 국가의 인정을 받고 싶어했다. 고향에서 멀리 떨어진 곳에서 때로는 어려운 조건에서 복무했으니 국가가 참작해주었으면 좋겠다는 것이었다. 실제로 전투를 해본 대원들은 별로 없었다. 대부분 대규모 공사현장이나 이번과 같은 원정대에 동원되었던 사람들이었다. 힘든 일이었지만 그들은 자신들의 직업에 자부심을 가지고 있었다. 그리고 파라오와 함께 여행을 하는 행운을 누렸으니 얼마나 멋진 추억이 생긴 셈인가!

람세스는 세심하게 관찰했다. 그는 작업장의 일상적인 실무를 배웠으며, 권리가 아니라 능력에 기초한 진정한 위계질서가 필요하다는 것을 알게 되었다. 용감한 사람과 게으름뱅이를, 끈기 있는 사람과 변덕쟁이를, 과묵한 사람과 수다쟁이를 구별해내는 방법도 알게 되었다. 그 와중에도 그의 시선은 언제나 선조들이 세운 기념비들에게로, 사막 한가운데에 신성함을 구축해놓으신 존재가 요구하는 그 수직성에로 향했다.

—그 비들은 감동적이다. 그렇지 않으냐?

갑자기 다가온 아버지가 그를 깜짝 놀라게 만들었다.

고대 왕조의 왕들이 입었던 것 같은 단순한 통자루 옷만을 입고 있었지만, 그는 파라오다웠다. 그의 존재 자체로부터 힘이 흘러나왔다. 그것이 파라오를 만날 때마다 람세스를 매혹하는 것이었다. 세티에게는 어떤 특별한 장신구도 필요없었다. 그의 존재만으로도 충분히 권위를 행사할 수 있었다. 그러한 마술적 능력을 가지고 있는 사람은 아무도 없었다. 모두들 가식이나 처세술을 사용했다. 그러나 세티가 모습을 나타내면 질서가 혼돈을 대신했다.

람세스가 말했다.

—이 비들은 깊은 생각에 잠기게 만들어요.

—그 비들은 살아 있는 말씀이다. 사람들과 달라서 그것들은 거짓말하지도 않고 배반하지도 않는다. 파괴자의 기념물은 파괴되고 거짓말쟁이의 행위도 덧없이 사라진다. 파라오의 유일한 힘은 마아트의 법이다.

람세스는 혼란스러웠다. 이 말씀은 자기를 향한 것이다. 그가 파괴하고 배반하고 거짓말을 했다는 말씀일까? 람세스는 일어나서 고원 끝까지 달려가 경사를 단숨에 달려 사막으로 사라져버리고 싶었다. 그러나 내가 무슨 잘못을 저질렀단 말인가? 그는 파라오가 보다 확실한 말씀으로 꾸중해주기를 바랐다. 그러나 파라오는 더이상 말이 없었다. 왕은 그저 먼 곳을 바라보고 있을 따름이었다.

셰나르…… 그래, 아버님은 그의 이름을 지칭하지는 않았지만, 분명히 셰나르를 빗대어 말씀하신 것이다. 그는 셰나르의 불충을 진작부터 알고 계셨으며, 람세스에게 그의 진정한 위치를 귀띔해주신 것이다. 다시 한번 운명이 바뀌었다! 왕자는 세티가 자기를 위해 말씀하신 것이라고 확신했다. 형에 대한 아버지의 실망은 람세스의 희망을 부풀렸다.

—이 원정의 목적은 무엇이냐?

람세스는 망설였다. 이 단순한 질문은 함정을 감추고 있는 걸까?

—신들을 위해서 터키석을 캐는 것입니다.

—그 보석은 나라의 부(富)를 위해서 필수불가결한 것이냐?

—아니오, 하지만…… 어떻게 그 아름다움 없이 살아갈 수 있겠습니까?

—이익이 부의 근본에 자리해서는 안 된다. 왜냐하면 그것이 부를 안에서 파괴하기 때문이다. 모든 존재와 모든 사물 안에서 그 특별한 특성을 이루는 것, 즉 그 자질과 빛과 정수에 특권을 부여하여라. 다른 것과 바꿀 수 없는 것을 추구해야 한다.

람세스는 어떤 빛 한 줄기가 가슴을 뚫고 들어오는 느낌을 받았다. 세티의 말은 그의 마음 안에 영원히 각인되었다.

—평범한 자나 위대한 자나 모두 파라오에게서 그들의 실체와 정당한 몫을 부여받을 수 있게 하여라. 다른 사람을 희생시키면서까지 어떤 사람을 무시해서는 안 된다. 전체가 개인보다 중요하다는 것을 백성에게 설득할 수 있어야 한다. 벌집에 유익한 것은 꿀벌에게도 유익한 것이다. 꿀벌은 자기가 그 덕에 살아가고 있는 벌집을 위해 봉사해야 한다.

꿀벌! 그것은 파라오의 이름을 쓰기 위하여 사용되는 상징들 중의 하나가 아닌가! 세티가 지금 말씀하시는 것은 당신이 군주로서 수행하는 업무의 실제이다. 그는 람세스에게 왕의 직분이 가지고 있는 비밀을 조금씩 벗겨 보이고 있는 것이다. 현기증이 일었다.

세티는 말을 이었다.

─생산은 중요하다. 그러나 분배는 더더욱 중요하다. 한 계급의 이익을 위한 지나친 부는 불행과 불화의 원인이 된다. 골고루 나누어진 부는 기쁨의 씨앗이 된다. 왕의 치세의 역사는 축제의 역사가 되어야 한다. 그렇게 되면, 그 어떤 배도 굶주리지 않을 것이다. 살펴야 하느니라. 아들아, 살펴야 한다. 왜냐하면, 만일 네가 견자(見者)가 아니라면, 내 말의 의미를 알아차릴 수 없기 때문이다.

고원 한쪽 가장자리에 있는 터키석 노천 광맥 하나를 뚫어져라 바라보며 람세스는 하얗게 밤을 새웠다. 그는 하토르 여신에게 그가 빠져 허우적대고 있는 이 무거운 어둠을 거두어달라고, 그래서 지푸라기 한 올만큼의 무게도 느껴지지 않게 해달라고 기도했다.

부왕께서는 확실한 계획을 수립해놓고 그것을 따라가고 계신 것이 틀림없었다. 그러나 어떤 계획일까? 람세스는 자기에게 군주로서의 미래가 있다고는 더이상 생각하지 않았었다. 그렇다면, 속마음을 잘 털어놓지 않는다고 알려져 있는 세티가 왜 자기에게 그런 가르침을 준 것일까? 모세라면 파라오의 의도를 좀더 잘 파악할 수 있을지도 모른다. 그러나 왕자는 혼자 싸워 자신의 길을 찾아내고 싶었다.

새벽이 오기 조금 전, 주갱(主坑)에서 그림자 하나가 빠져나오는 것이 보였다. 희미한 달빛이 아니었다면, 왕자는 서둘러 소굴을 옮기고 있는 악마라고 생각했을지도 모른다. 그러나 그 악마는 남자의 형체를 띠고 있었고 가슴에 무엇인가 끌어안고 있었다.

─누구냐?

남자는 잠깐 멈추어 서더니, 왕자가 있는 곳으로 고개를 돌렸다. 그리고는 고원의 가장 험난한 지역을 향해 달려갔다. 그곳엔 광부들이 지어놓은 오두막이 한 채 있었다.

람세스는 도망자의 뒤를 쫓았다.

―거기 서!

남자는 더욱더 빨리 달렸고, 람세스도 속도를 올렸다. 람세스가 빨랐다. 그는 경사가 가팔라지는 지점에서 수상한 인물을 따라잡았다.

왕자는 펄쩍 뛰어 그의 다리를 잡고 늘어졌다. 도둑이 넘어졌다. 그는 들고 있는 짐을 껴안은 채 왼손으로 돌멩이를 하나 움켜쥐더니 람세스의 머리를 내리쳤다. 람세스가 피하며 일어서자 그도 일어서서 돌멩이를 휘둘렀다. 람세스는 그의 돌멩이를 막으며 팔꿈치로 그의 목을 쳤다. 도둑은 숨을 쉬지 못했다. 잠깐 그대로 서 있던 그는 균형을 잃고 뒤로 굴러떨어졌다.

고통스러운 비명소리가 울려퍼졌다. 비명소리는 한 차례 더 들렸고 돌더미 사이로 몸뚱이가 굴러떨어져 바닥으로 툭 떨어지는 소리가 들려왔다.

내려가보니 도망자는 죽어 있었다. 아직도 터키석이 가득 든 보따리를 가슴에 껴안은 채였다.

그 도둑은 모르는 사람이 아니었다. 그는 왕자가 사막으로 사냥 갔을 때, 함정으로 왕자를 유인했던 바로 그 전차병이었다.

26

그 도둑을 모르는 광부는 없었다. 하지만 처음으로 원정대를 따라온 사람이어서 대원 중 누구도 그와 친하게 지낸 사람이 없었다. 가장 접근하기 어려운 곳에서 몇 시간씩이나 열심히 일하곤 했기 때문에 동료들의 신임은 두텁던 편이었다.

터키석을 훔치면 매우 중한 처벌을 받게 되어 있어서, 옛부터 터키석을 훔친 광부는 없었다. 원정대원들은 범인의 죽음을 안타까워하지 않았다. 그들은 사막의 법이 정당한 제재를 가한 거라고 생각했다. 지은 죄가 무겁기 때문에 전차병은 장례 절차 없이 매장되었다. 이제 그의 입과 눈은 다른 세상에서 다시 열리지 못할 것이다. 그는 저승으로 가는 길에 있는 여러 개의 문들을 열지 못하고, 사람을 집어삼키는 여자 귀신에게 잡아먹힐 것이다.

—누가 이 사람을 고용했나?

람세스가 모세에게 물었다.

모세가 인력관리대장을 살펴보았다.

—내가 했네.

—뭐라구? 자네라구?

—하렘 총수가 여기서 일할 수 있는 인부 몇 명을 나에게 추천했어. 난 그저 고용계약서에 서명했을 뿐이네.

긴장하고 있던 람세스가 안도의 한숨을 내쉬었다.

—이 도둑은 나를 죽음으로 몰아넣었던 바로 그 전차병일세.

모세의 얼굴이 창백해졌다.

—자네 혹시 나를…….

—단 한순간도 그런 생각 한 적 없네. 자네 역시 함정에 빠진 것이지.

—하렘의 총수가? 조그만 일에도 벌벌 떠는 대가 약한 위인인데.

—그러니까 더더욱 조종하기가 편하지. 모세, 난 서둘러 이집트로 돌아가야겠네. 이 하수인 뒤에 누가 숨어 있는지 알아야겠네.

—자네, 권력의 길을 포기하지 않은 건가?

—그건 아무래도 좋아. 난 진실을 요구하는 것뿐이야.

—그 진실이 자네에게 언짢은 것이라 하더라도 말인가?

—자네 뭔가 결정적인 걸 알고 있는 거 아닌가?

—천만에. 맹세할 수 있네. 그런데, 누가 감히 파라오의 아들을 공격하는 걸까?

—어쩌면 자네가 생각하는 것보다 더 많은 사람들인지도 모르지.

—만일 음모가 있다면, 그 음모의 괴수는 우리 손이 미치지 않는 곳에 있는 사람일 걸세.

—모세, 자네라면 포기하겠나?

―이 미친 짓은 우리하곤 상관이 없네. 자넨 세티의 뒤를 이을 사람이 아니니까. 누가 아직도 자넬 해치려고 하겠나?

　람세스는 아버지와 나눈 대화에 대해 모세에게 말하지 않았다. 아버지와의 대화는 지켜야 할 비밀이 아닐까? 자기가 그 대화의 의미를 정확히 이해하지 못했기 때문에 더 그래야 할 것 같았다.

　―내가 자네 도움을 필요로 한다면, 날 도와주겠나?

　―물어보나마나지, 이 사람아.

　사고가 있었지만, 세티는 원정 일정을 수정하지 않았다. 산에서 캐낸 터키석의 양이 충분하다는 판단이 들었을 때, 그는 이집트로 돌아간다는 명령을 내렸다.

　왕실 보안대장은 왕비의 접견실로 달려갔다. 투야의 전령이 왕비의 부름에 조금도 지체 없이 응하라고 전했기 때문이다.

　―대령했습니다, 폐하.

　―수사는 어떻게 됐습니까?

　―수사는…… 종결되지 않았습니까?

　―그랬던가요?

　―더이상 알아낸다는 건 불가능합니다.

　―그 전차병에 대해 말해봅시다…… 당신은 그가 죽었다고 했었지요?

　―유감스럽게도 그 운 나쁜 사람은…….

　―그런데 어떻게 죽은 사람이 터키석 광산까지 걸어가서, 거기서 보석들을 훔칠 수 있었을까요?

　왕실 보안대장은 기겁을 하고 놀랐다.

　―그건…… 그건 불가능한 일입니다!

　―그럼 내가 헛소릴 하고 있다는 겁니까?

―폐하!

―세 가지 가정을 세울 수 있겠지요. 당신이 썩은 사람이든지, 무능력하든지, 아니면 둘 다든지.

―폐하……

―당신은 나를 조롱했어요.

보안대장은 왕비의 발 아래에 꿇어 엎드렸다.

―전 속은 겁니다, 폐하. 사람들이 제게 거짓말을 한 겁니다. 맹세할 수 있습니다…….

―난 비굴한 사람들을 증오합니다. 누굴 위해서 날 속인 겁니까?

보안대장이 더듬거리며 늘어놓는 말을 통해서, 그가 얼마나 심각할 정도로 무능력한 인간인가가 드러났다. 그때까지는 호인인 체하는 가면 뒤에 숨겨져 있어서 그의 실체가 잘 보이지 않았던 것이다. 지위를 잃어버릴까봐 겁나서 자기 능력 바깥으로 기어나온 적이 없었을 뿐이다. 그는 잘 행동했다고 생각하고 왕비의 자비심을 빌었다.

―당신을 내 맏아들의 별장 문지기로 임명하겠어요. 찾아오는 불청객들이나 제대로 돌려보내봐요.

관리는 수도 없이 고맙다고 절하며 아부의 말을 늘어놓았다. 그러나 왕비는 벌써 접견실을 떠난 뒤였다.

람세스와 모세가 탄 마차가 질풍처럼 메르-우르 하렘 안마당으로 달려들어갔다. 사무실들이 그 마당에 면해 있었다. 두 명의 친구들은 서로 번갈아 고삐를 잡고 솜씨와 열정을 겨루면서 거기까지 마차를 몰아왔다. 그들은 중간에 말을 몇 번씩 바꿔가면서 멤피스에서 메르-우르까지 단숨에 달려왔다.

이 시끌벅적한 도착이 하렘의 정적을 뒤흔들었다. 하렘 총수가 낮잠을 자다 말고 놀라서 뛰어나왔다.

─이게 무슨 짓들이오? 여긴 병영이 아니란 말요!

람세스가 말했다.

─왕비께서 우리에게 임무를 하나 맡기셨거든요.

하렘 총수는 불쑥 튀어나온 배 위에 신경질적으로 손을 올려놓았다.

─아, 그렇습니까…… 하지만 무슨 일인데 이 소란이요?

─긴급한 일이기 때문이오.

─내가 책임 지고 있는 이곳에서 말입니까?

─바로 이곳입니다. 그리고 그 긴급한 일이란 바로 귀하와 관계된 것입니다.

모세가 고개를 끄덕여 그렇다는 표시를 했다. 하렘 총수는 두어 걸음 뒤로 물러섰다.

─무슨 착오겠지요.

모세가 분명하게 말했다.

─내게 범죄자를 소개해서, 터키석 광산으로 보내지 않았습니까?

─내가? 자네 헛소리하나?

─그럼 누가 그 사람을 추천했습니까?

─누구 이야길 하는지 모르겠소.

─서류를 좀 봅시다.

람세스가 요구했다.

─문서로 된 명령장을 가지고 왔습니까?

─왕비의 인장이면 충분하지 않습니까?

관리는 더이상 저항하지 않았다. 람세스는 이제 목표에 이르게 되었다는 생각으로 흥분했다. 람세스보다는 차분했지만, 모세 역시 상기된 표정이었다. 진실이 승리하는 순간을 목격하게 되었다는 생각이 그를 감동시킨 것이다.

하지만 서류는 실망스러웠다. 서류상에 나타나 있는 그의 신상명세는 전차병이 아니라, 여러 차례 원정에 참가한 경험이 있는 광부로서 보석 세공인들에게 터키석 연마기술을 가르치기 위해 메르-우르에 체재하고 있었던 것으로 되어 있었다. 그래서 총수는, 모세가 원정대 물자담당 책임자로 임명되었을 때부터 그 전문가를 원정대에 참가시키려고 생각했다는 것이다.

하렘 총수 역시 속았던 것이 틀림없었다. 전차병마저 죽었으니, 음모를 꾸민 사람을 찾아낼 길은 영영 끊긴 셈이었다.

두 시간도 넘게, 람세스는 활을 쏘았다. 과녁을 수없이 꿰뚫었다. 분노를 자기 집중에 사용하겠다고, 에너지를 분산시키는 대신 모으겠다고, 그는 마음먹었다. 근육이 당겨서 아프면 하렘의 정원과 과수원을 가로질러 오랫동안 달렸다. 머릿속에 혼란스러운 생각들이 뒤죽박죽 얽혀 있었다. 억지로라도 몸을 움직여야 머릿속에서 미친 듯이 날뛰는 원숭이가 입을 닥칠 것 같았다.

왕자는 피곤이라는 것을 몰랐다. 3년 남짓 젖을 먹여 그를 기른 유모는 그처럼 튼튼한 아이는 처음 보았다고 말했다. 병이라곤 걸려본 적이 없고, 추위도 더위도 한결같이 잘 견뎠으며, 푹 자고 왕성한 식욕으로 밥을 먹었다. 열 살 무렵부터 그는 매일같이 운동을 해서 단단하게 다져진 건장한 몸매를 가지고 있었다.

타마리스 숲 사이로 난 오솔길을 달리고 있을 때, 그는 얼핏 노랫소리를 들은 것 같았다. 새소리는 아니었다. 그는 멈춰 서서 귀를 기울였다.

매력적인 여자의 목소리였다. 그는 소리 내지 않고 가만히 다가가 그녀를 보았다. 그녀는 버드나무 그늘에 앉아서, 아시아에서 수입해온 류트의 음률에 맞추어 노래 부르고 있었다. 과일맛처럼 부드러운 그녀의 목소리는 나뭇잎 사이에서 춤추는 미풍과 하나가 되어 흔들렸다. 그녀의 왼쪽에는 숫자들과 기하학 모형이 그려진 필사 서판이 놓여 있었다.

네페르타리는 환상적으로 느껴질 만큼 아름다웠다. 한순간, 람세스는 자기가 꿈꾸고 있는 것이 아닌가 의심했다.

─이리 가까이 오세요. 음악을 무서워하시나요?

관목 뒤에 몸을 숨기고 있던 람세스는 나뭇가지들을 헤치고 나왔다.

─왜 숨어 계시나요?

─왜냐하면…….

아무런 설명도 할 수가 없었다. 그가 쩔쩔매자, 그녀가 가만히 웃었다.

─흠뻑 젖으셨군요. 달리기를 하셨나요?

─나를 죽이려 했던 자가 누군지 여기에 와서 밝혀보고 싶었소.

네페르타리의 미소가 사라졌다. 진지한 그녀의 태도가 람세스를 더욱 매혹했다.

─그러니까 실패하신 게로군요.

─유감스럽게도, 그렇습니다.

─모든 희망이 사라진 건가요?

─그런 것 같습니다.

─하지만 당신은 포기하지 않으실 거예요.

─그걸 어떻게 아십니까?

─당신이 포기하지 않으셨으니까요.

람세스는 서판 위로 몸을 기울였다.

─수학을 공부하려구요?

─부피를 계산하고 있어요.

─기하학자의 길을 걸으려구요?

　─전 그저 공부하는 게 좋아요. 특별히 미래를 생각해서 그런 건 아니에요.

　─때때로 기분전환을 하실 생각은 없으신가요?

　─고독이 더 좋은 걸요.

　─그건 너무 엄격한 선택이 아닌가요?

　푸른빛이 감도는 초록색 눈이 심각해졌다.

　─당신을 화나게 할 생각은 아니었소. 용서하십시오.

　단아하게 화장한 입술 위로 관대한 미소가 번졌다.

　─하렘에 얼마간 머무실 건가요?

　─내일이면 멤피스로 떠납니다.

　─진실을 발견하겠다는 확고한 의지를 품고서 말이지요?

　─그렇다면 날 비난하시겠습니까?

　─그런 위험을 무릅쓰는 것이 꼭 필요할까요?

　─네페르타리, 난 진실을 원합니다. 앞으로도 그럴 겁니다. 그것이 나에게 어떤 대가를 요구하더라도 말입니다.

　네페르타리의 눈에서, 그는 격려의 눈빛을 읽어내었다.

　─멤피스에 오신다면, 저녁식사에 초대하고 싶습니다.

　─공부를 마치려면 하렘에 몇 달 더 머물러야 해요. 그리고 제 고향으로 돌아갑니다.

　─약혼자가 기다리고 있습니까?

　─말씀을 삼가지 않으시는군요.

　람세스는 자기가 바보 같다고 느꼈다. 너무나 차분하고, 너무 완벽하게 자신을 통제하는 이 아가씨가 그를 덤벙대는 멍청이로 만들어버렸다.

　─행복하십시오, 네페르타리.

27

늙은 외교관은 자기가 오랫동안 나라를 위해 봉사했다는 것이 자랑스러웠다. 그는 세 명의 파라오 곁에서, 그들이 외교정책을 수행하는 데 있어 작은 실수라도 저지르지 않도록 조언하는 일을 해왔다. 그는 내일을 생각지 않는 전쟁보다는 평화에 더 마음을 쓰는 세티의 신중함을 높이 평가했다.

이제 곧 테베로 돌아가 카르낙 신전에서 멀지 않은 곳에서 행복한 은퇴생활을 하게 될 것이다. 그 동안 잦은 여행 때문에 소홀히 했던 가족들과 함께 지낼 생각이었다. 최근에 그는 새로운 기쁨 하나를 얻었다. 눈부신 재능을 가진 아샤를 길러내는 일이었다. 젊은이는 빨리 배웠고, 요점을 간파할 줄 알았다. 대(大)남부 지방에서 주목할 만한 방법으로 매우 미묘한 임무를 완수하고 멤피스로 돌아온 젊은이는 외교관의 가르침을 받겠노라고 자진해서 찾아왔다. 그는 젊은이를 곧 자기 아들처럼 생각하게 되었다. 이론으로는 체득할 수 없는 절차를 일러주었고, 경험으로밖에 배울 수 없는 처세술도 가르쳐주었다. 때로 아샤는 그의 생각을 앞질렀다. 아샤의 국제 상황 판단에는 날카로운 현실감각과 앞날을 내다보는 투시력이 적절히 조화되어 있었다.

비서가 셰나르가 찾아왔다는 것을 알렸다. 셰나르는 정중하게 외교관과의 대화를 요청했다. 파라오의 후계자로 거론되는 장자를 돌려보낼 수는 없었다. 조금 피곤하기는 했지만, 외교관은 거드름과 우월감이 몸에 밴 둥근 얼굴의 인물을 맞아들였다. 조그만 갈색 눈동자는 그가 날렵한 정신의 소유자라는 것을 알려주고 있었다. 만만한 상대로 생각했다가는 큰코 다치기 십상일 것 같았다.

─이렇게 와주셔서 영광입니다.

셰나르가 다정한 목소리로 말했다.

─어르신에 대해 깊은 존경심을 품고 있습니다. 어르신께서 부왕의 아시아 정책에 영감을 주고 계시다는 걸 모르는 사람이 없지요.

─과찬의 말씀이십니다. 파라오께서 몸소 결정하시는 거지요.

─어르신의 훌륭한 정보에 힘입은 바 크겠지요.

─외교란 어려운 기술입니다. 최선을 다하고 있습니다.

─많은 성공을 거두셨지요.

─신들께서 저를 도와주실 땐 그랬습니다. 부드러운 맥주 한잔 하시겠습니까?

─좋지요.

그들은 북풍이 불어와 선선해진 정자 아래에 앉았다. 잿빛 고양이 한 마리가 외교관의 무릎 위로 뛰어올랐다. 그놈은 몸을 둥글게 말더니 잠이 들었다.

가볍고 소화가 잘되는 맥주가 잔에 채워졌다. 하인이 멀어져갔다.

―제가 이렇게 불쑥 찾아와서 놀라셨습니까?

―솔직히 말씀드리면, 그렇습니다.

―전 우리의 대화가 새어나가지 않았으면 합니다.

―안심하십시오.

세나르는 정신을 집중했다. 늙은 외교관은 기분이 나쁘지 않았다. 자기의 도움을 청하는 사람들을 얼마나 많이 만나보았던가? 상황에 따라서 그들을 돕기도 하고 거절하기도 했다. 왕의 아들이 찾아와 친절하게 구니까 기분이 좋았다.

―소문을 듣자 하니, 은퇴를 생각하고 계시다구요.

―쉬쉬할 일도 아닙니다. 폐하께서 윤허해주시면 1년이나 2년쯤 뒤에 공직을 떠날 생각입니다.

―아쉽지 않으시겠습니까?

―피곤해서요. 나이 때문에 마음 같지가 않습니다.

―축적된 경험은 값을 헤아릴 수 없는 보물이지요.

―그 때문에 아사 같은 젊은이들에게 제 경험을 전수하고 있습니다. 미래에는 그 젊은이들이 이 나라 외교를 책임지게 될 겁니다.

―어르신께서는 왕의 결정에 이의 없이 찬성하십니까?

늙은 외교관은 거북한 느낌이 들었다.

―무슨 말씀이신지 잘 모르겠습니다만.

―히타이트 족과 우리나라의 적대관계는 아직도 정당화될 수 있는 겁니까?

―왕자님께선 그들을 잘 모르고 계시군요.

―그들이 우리와 교역하기를 희망하고 있지 않습니까?

―히타이트 족은 이집트를 점령하고 싶어하고 그 계획을 절대로 포기하지 않을 것입니다. 왕께서 지향하고 계시는 방어정책 외에는

대안이 없습니다.

　─만일 제가 다른 정책을 제안한다면요?

　─저한테 말씀하시지 말고, 파라오께 말씀드리십시오.

　─저는 그 누구도 아닌 어르신께 말씀드리고 싶습니다.

　─저를 놀라게 하시는군요.

　─아시아 공국들에 대한 정보를 저에게 주십시오. 그러면 고맙겠습니다.

　─저에겐 그럴 권리가 없습니다. 외교 회의에서 나누는 이야기는 비밀에 부쳐져야 합니다.

　─저는 바로 그 이야기에 흥미가 있습니다.

　─강요하지 마십시오.

　─미래에는 제가 나라를 다스리게 됩니다. 그걸 참고해주시지요.

늙은 외교관의 얼굴이 시뻘게졌다.

　─이건 협박입니까?

　─어르신께선 아직 은퇴하지 않으셨고, 어르신의 경험은 저에게 반드시 필요합니다. 미래의 정치는 제가 이끌어가게 될 것입니다. 저의 은밀한 동맹자가 되어주십시오. 후회하지 않으실 겁니다.

늙은 외교관은 좀체로 화를 내지 않는 사람이었다. 하지만 이번엔 불처럼 화를 냈다.

　─당신이 누구든 간에, 당신의 요구는 받아들일 수 없소! 어찌 파라오의 아들이 아버지를 배반할 생각을 할 수 있단 말이오?

　─제발 진정하십시오.

　─아니오, 진정할 수 없소! 당신의 행동은 미래의 군주답지 못하오! 파라오께 이 일을 알려야겠소.

　─지나친 행동은 삼가시지요.

　─내 집에서 나가주시오!

―누구에게 말하고 있는지 잊으신 거요?

―비열한 인간에게 말하고 있소!

―입 다물고 있으라고 요구하는 바이오.

―기대하지 마시오.

―그렇다면, 말을 못하게 하는 수밖에 없지.

―나를, 말하지 못…….

늙은 외교관은 숨을 쉬지 못하고 가슴에 손을 얹고 쓰러졌다. 셰나르는 곧 하인들을 불렀다. 그들은 고관을 침대에 눕히고 곧바로 의사를 불렀으나, 회생시키기엔 이미 늦었다. 의사는 그가 갑작스러운 심장마비로 죽었다고 말했다.

셰나르는 운이 좋았다. 그의 위험한 행보는 행복하게 끝났다.

이제트는 잔뜩 화가 나 있었다.

빌라에 꼼짝도 않고 처박힌 채, 그녀는 피곤해서 얼굴이 엉망이라는 핑계를 대며 람세스를 만나는 것을 거절했다. 이번에야말로, 아무 소리도 않고 훌쩍 떠나, 그렇게 오랫동안 자기를 혼자 남겨둔 대가를 치르게 할 생각이었다. 2층 커튼 뒤에 숨어서 그녀는 하녀와 람세스가 나누는 대화를 엿듣고 있었다.

람세스가 말했다.

―빨리 쾌차하시기를 바란다고 여쭈어주시오. 그리고 내가 다시는 오지 않겠다는 말도 전해주시오.

―안 돼!

이제트가 비명을 질렀다. 커튼을 젖히고 단숨에 계단을 달려내려간 그녀는 연인의 품에 몸을 던졌다.

―이젠 나은 모양이지?

―다신 어디 가지 마. 아니면 나 정말 병날 거야.

―왕의 명령을 거역하라는 거야?

―원정은 정말 지겨워…… 당신 없으면, 나 심심하단 말야.

―연회 초대도 거절했었어?

―응. 한다하는 젊은 남자들이 수작 부리는 걸 끊임없이 따돌려야 했다니까. 당신이 있었으면, 남자들이 날 집적거리지 않았을 텐데.

―때때로 여행하는 것도 쓸모가 있군.

람세스는 포옹을 풀고 이제트에게 상자 하나를 내밀었다. 이제트가 눈을 동그랗게 떴다.

―열어봐.

―명령하는 거야?

―싫으면 말든지.

이제트가 상자 뚜껑을 열었다. 그녀는 상자 안을 들여다보고 탄성을 질렀다.

―이거 나 주는 거야?

―원정대장의 허락을 받아서.

그녀는 열정적으로 연인에게 키스했다.

―목에 둘러줘.

람세스는 시키는 대로 했다. 터키석 목걸이가 그녀의 초록색 눈을 기쁨으로 빛나게 했다. 이제 그녀의 아름다움 앞에서 그녀의 모든 라이벌들의 아름다움은 빛을 잃고 말 것이다.

아메니는 끈질기게 쓰레기장을 뒤지고 다녔다. 너무 집요해서 아무리 절망해도 그만둘 것 같지 않았다. 간밤에 그는 수수께끼의 실마리들을 몇 가지 발견했다는 생각이 들었다. 공방의 주소와 소유주의 이름 사이의 관계를 찾아낼 수 있을 것 같았다. 그러나 곧 환상을 버려야 했다. 글씨도 보이지 않았고 글자들도 빠져 있었다.

이 불가능한 조사에 매달려 있으면서도 젊은 서기관은 람세스의 개인비서 역할을 완벽하게 수행했다. 람세스에게 오는 편지들은 점점 더 늘어갔다. 편지마다 일일이 예의를 갖추어서 답장을 보내지 않으면 안 되었다. 아메니는 왕자의 명성에 흠이 가지 않도록 애썼으며, 터키석 광산 여행에 관한 보고서에 마지막 손질을 했다.

람세스가 말했다.

―자네 점점 더 유명해지고 있어.

―난 뒤에서 이러쿵저러쿵하는 소리에 관심 없네.

―사람들은 자네가 더 나은 자리로 옮기는 것이 마땅하다고 생각하고 있네.

―난 자네를 돕겠다고 맹세했네.

―아메니, 자네 경력도 생각해야지.

―내 경력은 이미 결정되었네.

이 확고부동한 우정은 왕자의 가슴을 기쁨으로 가득 채웠다. 그러나 자신이 과연 그 우정에 합당한 인간일까? 아메니의 그렇게 귀한 우정 때문에라도 람세스는 평범한 인간이 될 수 없었다.

―수사는 진전이 있었나?

―아니, 없었네. 하지만 난 절망하지 않네. 자넨?

―어머니까지 개입해주셨는데도 아무런 단서도 잡아내지 못했어.

―아마 그 누구도 감히 발설할 수 없는 대단한 이름인 모양이야.

―일리 있는 말이야. 그렇게 생각지 않나? 하지만 증거도 없이 사람을 비난하는 건 중대한 잘못일세.

―자네가 그렇게 말하는 걸 들으니 기분이 좋네. 자네가 점점 더 세티를 닮아간다는 걸 알고 있나?

―난 그분의 아들이 아닌가?

―세나르도 그분의 아들이지…… 그런데 어쩌면 그렇게도 다른

가문에 속한 사람 같을까.

람세스는 신경이 날카로워져 있었다. 메르-우르 하렘에 돌아가
야 할 모세가 왜 왕실의 부름을 받은 것일까? 원정기간 동안 그의
친구는 아무 잘못도 저지르지 않았다. 광부들과 병사들은 젊은 관
리의 탁월함을 칭찬했으며, 그의 동료들이 그의 본을 받았으면 좋
겠다고 말할 정도였다. 그러나 중상모략은 어디나 배회하고 돌아다
니는 법이니까. 모세가 너무 인기가 좋아 높은 자리에 있는 고위
관리들이 시기심을 느꼈을 수도 있다.

아메니는 차분하게 글을 쓰고 있었다.

—자넨 불안하지도 않나?

—모세에 대해선 불안하지 않네. 그는 자네와 같은 종족일세. 시
련이 닥치면 무너지기는커녕 더 단단해지지.

그러나 그런 이야기도 람세스의 마음을 안심시키진 못했다. 존경
심보다는 선망을 불러일으킬 정도로 모세의 성격이 단단하긴 했다.
아메니가 충고했다.

—그렇게 멍청하게 넋 빼고 있지 말고 최근에 발표된 칙령들이나
읽어보게.

왕자는 일에 매달렸다. 그러나 집중이 되지 않았다. 그는 테라스
에 나가 서성였다. 정오가 다 돼서, 모세가 불려들어갔던 관청 건물
로부터 나오는 것이 보였다. 람세스는 단숨에 계단을 달려 내려갔
다.

모세는 어리둥절해 보였다.

—말해보게!

—나더러 왕실 작업장의 감독을 맡아달라네.

—그럼 하렘은 끝난 건가?

―나는 궁전과 신전 건축에 참여하게 될 걸세. 그리고 이 도시에
서 저 도시로 돌아다녀야 하네. 총감독의 지도를 받아서 작업을 감
독하는 일이야.

　―받아들였나?

　―하렘의 편안한 생활보다야 낫지 않겠나?

　―그럼 승진을 한 거로군! 아샤가 멤피스에 와 있네. 세타우도
와 있고. 오늘 저녁엔 잔치를 벌여야겠군.

28

칸 동창생들은 즐거운 저녁을 보냈다. 무희들, 포도주, 고기, 디저트…… 모든 것이 완벽에 가까웠다. 세타우는 뱀 이야기를 들려주며 예쁜 여자들을 유혹하는 방법을 곁들였다. 여자들의 방에 뱀을 집어넣고는 구해주는 체 사기를 친다는 것이다. 비양심적인 방법이긴 하지만, 아가씨를 사귀느라고 수도 없이 예비 타진을 해야 하는 번거로움을 피하게 해준다는 것이다.

모두들 자신의 일에 대해 이야기했다. 람세스는 군대 일을 보게 되었고, 아메니는 서기관, 아샤는 외교관, 모세는 공공 공사의 감독, 세타우는 그의 사랑스러운 길짐승을 돌보게 될 것이다. 그들은 언제, 행복한 승리자들이 되어 다시 만나게 될 것인가?

세타우가 제일 먼저, 부드러운 추파를 던지는 누비아 여자와 함께 자리를 빠져나갔다. 모세는 세티가 거대한 공사장을 열 계획인 카르낙으로 떠나기 전에 눈을 좀 붙여두어야 했다. 술 마시는 데 별로 익숙하지 못한 아메니는 부드러운 쿠션 위에 쓰러져 잠이 들었다. 밤은 향기로웠다.

아샤가 말했다.

—거 참 이상하지. 멤피스는 너무 조용한 것 같으니.

—그렇지 않기라도 해야 한다는 투로군.

—아시아 지방과 누비아 지방을 여행한 덕에 난 전처럼 어리석진 않네. 우린 지금 허울뿐인 평화 안에서 살아가고 있는 걸세. 북쪽에서나, 남쪽에서나, 무시무시한 종족들이 우리의 부를 빼앗을 궁리만 하고 있거든.

—북쪽에는 히타이트 족이 있지만…… 남쪽?

—누비아 족을 잊어버린 건 아니겠지?

—그들은 이미 오래 전에 복속되지 않았나!

—그곳으로 가서 조사를 해보기 전엔 나도 그렇게 생각했었네. 말들이 많더군. 난 좀 비공식적인 이야기들을 들었지. 궁정에서 아는 것과는 다른 현실에 접근하게 되었네.

—자네 얘기는 수수께끼 같군.

섬세하고 기품 있는 아샤는 적대적인 지방에서 오랫동안 여행하기에 적합한 사람처럼 보이지 않았다. 그러나 그는 한결같은 태도를 유지하고 있었다. 목소리를 높이는 법도 없고, 어떤 시련을 당해도 침착했다. 그의 내면적인 힘과 날렵한 정신은 그를 과소평가했던 사람들을 놀라게 만들었다. 이 순간, 람세스는 앞으로 아샤가 내놓는 의견을 절대로 가볍게 여기지 않게 될 것을 알았다. 그의 세련됨은 가면이었던 것이다. 세속적인 인간의 가면 뒤에, 단호하고 자신감 넘치는 사람이 숨어 있었다.

─우리가 지금 국가 기밀에 대해 이야기하고 있다는 것을 알고 있나?

─자네 전공 아닌가.

람세스가 빈정거렸다.

─이번엔 그 국가 기밀이 자네와 직접적인 관련이 있네. 우정의 이름으로 셰나르에게보다 하룻밤 먼저 자네에게 이 이야길 하는 걸세. 내일 아침, 그는 파라오가 소집하는 회의 참가자로서 궁정에 나타날 거야.

─날 위해서 기밀을 털어놓는 거라구?

─그래도 내가 나라를 배신하는 건 아냐. 자넨 분명히 이 일에서 어떤 역할을 하게 될 테니까.

─좀더 분명히 말해줄 수 없겠나?

─누비아의 한 지방에서 반란을 준비중인 것 같네. 단순한 항의의 움직임이 아니라 진짜 봉기일세. 이집트 군대가 신속하게 개입하지 않으면, 많은 희생자들을 낼 수도 있네.

람세스는 깜짝 놀랐다.

─자넨 그 믿을 수 없는 가설을 감히 보고할 생각인가?

─난 논거를 분명하게 제시하면서 그 가설을 전개시킨 글을 썼네. 난 점쟁이는 아냐. 다만 명석할 뿐이지.

─누비아 총독과 장군들이 헛소리한다고 자네를 비난할 걸세!

─분명히 그렇겠지. 하지만 파라오와 그의 정치고문들이 내 보고서를 읽어볼 걸세.

─어째서 그들이 자네의 결론을 받아들일 거라고 생각하나?

─그것이 현실을 반영하고 있기 때문이지. 그것이 우리 군주를 이끌어온 원칙 아닌가?

─물론 그렇지, 하지만…….

─의심하지 말고 준비하게.

─준비를 하라고?

─파라오께서 반란을 분쇄해야겠다고 결정하시면, 아드님들 중 하나를 현지에 데려가시려 하겠지. 그건 셰나르가 아니라 틀림없이 자네야. 진정한 병사로서의 자네의 존재를 알릴 수 있는 절호의 기회 아닌가.

─하지만 만일 자네 생각이 틀렸다면…….

─질문할 필요조차 없네. 내일 아침 일찍 궁전에 가보게나.

'아홉 명의 특별한 친구들'과, 장군들, 그리고 몇몇 대신으로 이루어진 파라오 고문단이 모인 궁전 한구석에 평소와는 다른 활기가 넘치고 있었다. 평소에 왕은 총리대신과 이야기를 나누고, 중요하다고 판단되는 서류들을 살펴보는 것이 전부였다. 그런데 오늘 아침에는, 긴급회의가 열릴 것을 예시해주는 징후는 아무것도 없는데도 확대 고문회의가 긴급하게 소집되었다.

람세스는 총리대신의 부관에게 파라오의 알현을 요청했다. 부관은 기다리라고 말했다. 세티가 말을 많이 하는 것을 싫어하기 때문에 람세스는 회의가 곧 끝날 것이라고 생각했다. 그런데 이번에는 달랐다. 회의는 비정상적으로 길어져 벌써 점심시간을 넘기고 오후로 접어들었다. 회의 참석자들 사이에 첨예한 의견대립이 있는 것 같았다. 왕은 올바른 길을 따라가고 있다는 확신이 들기 전에는 분명한 입장을 밝히지 않을 것이다. 해가 저물었을 때에야, 심각한 얼굴을 한 '특별한 친구들'이 회의실을 나왔다. 장군들이 그 뒤를 따랐다. 15분 뒤에 총리대신의 부관이 람세스를 찾았다.

람세스를 맞은 것은 세티가 아니라 셰나르였다.

─난 파라오를 뵙고 싶습니다.

─지금 바쁘시다. 뭘 원하느냐?

　─다시 오겠습니다.

　─나는 너에게 대답할 자격이 있다. 나에게 말하지 않겠다면 보고서를 만들어 올리겠다. 아버님께선 네 행동을 좋아하지 않으실 거다. 넌 날 존경해야 한다는 사실을 자주 잊어버리는구나.

　막판 승부를 생각하는 람세스는, 셰나르의 협박이 두렵지 않았다.

　─형님, 우린 형젭니다. 그 사실을 잊으신 건 아니겠지요?

　─그러나 우리 각자의 입장이……

　─우리 사이에 우정이나 신뢰를 가진다는 건 금지되어 있는 겁니까?

　람세스의 말이 셰나르의 마음을 흔들어놓았는지, 말투가 조금 부드러워졌다.

　─물론, 금지되어 있지는 않지…… 하지만 넌 너무 과격하고, 성질도 급하고…….

　─형님은 형님의 길을 가십시오. 난 내 길을 가겠습니다. 환상의 시절은 이제 끝났습니다.

　─그러면…… 네 길은 뭐냐?

　─군대입니다.

　셰나르가 턱을 문질렀다.

　─군대에서라면, 넌 눈부신 활약을 할 수 있을 거다. 그건 사실이다…… 무엇 때문에 파라오의 알현을 요청했느냐?

　─누비아에 가서 아버님 곁에서 싸우고 싶습니다.

　셰나르가 펄쩍 뛰었다.

　─누가 너에게 누비아 전쟁에 대한 말을 해주었느냐?

　람세스는 침착했다.

─난 왕실 서기관이고, 고급 장교입니다. 그렇지만, 전장에서는 실제적인 직위를 가지고 있지 못합니다. 내게 직위를 주십시오.

셰나르는 자리에서 일어나 불안한 듯 서성이더니, 다시 돌아와 자리에 앉았다.

─기대하지 말아라.

─왜 그렇습니까?

─너무 위험하다.

─형님이 내 몸을 걱정해주십니까?

─왕자로 태어난 사람은 불시에 닥치는 위험을 감당하지 못하는 법이다.

─파라오께서는 몸소 진두 지휘하시잖습니까?

─고집 부리지 말아라. 전장은 네가 있어야 할 곳이 아니다.

─그 반댑니다!

─내 결정은 번복할 수 없는 것이다.

─아버님께 청원하겠어요.

─문제를 일으키지 말아라, 람세스. 나라에는 외교 분쟁말고도 다른 골칫거리들이 많다.

─형님, 이제 내 길에 그만 끼어드십시오.

달덩어리 같은 왕위 계승자의 얼굴이 딱딱하게 굳었다.

─내가 어쨌다고, 날 비난하는 거냐?

─난 직위를 얻은 거지요?

─왕께서 결정하실 문제다.

─형님께서 제안하면…….

─생각해보겠다.

─빨리 처리해주십시오.

아샤는 주위를 돌아보았다. 꽤 큰 방, 환기가 잘 되도록 적당한 위치에 달린 창문들, 꽃무늬가 있는 장식띠와 붉고 푸른색 기하학 무늬로 장식된 천장과 벽, 여러 개의 의자, 나지막한 탁자, 고급 돗자리, 정리장, 파피루스를 넣어두는 장 하나…… 얼마 전에 외무성에서 그에게 배정해준 방은 그에게 아주 적절하게 느껴졌다. 아직 젊은 관리에게 이런 안락을 제공한다는 것은 매우 드문 일이었다.

아샤는 자기 비서에게 편지를 구술하고, 외무성에서 귀재라고 소문나 있는 사람을 만나보고 싶어 안달이 난 동료들을 맞아들이고, 그리고 빛나는 미래가 보장되어 있는 새로운 관리는 모두 가까이하고자 하는 세나르의 방문을 받았다.

—만족한가?

—이보다 못했어도 만족했을 겁니다.

—왕께서 자네의 작업을 상찬하셨네.

—제 열성이 언제나 폐하를 만족시켜드릴 수 있기를 바랍니다.

세나르는 사무실 문을 닫고 작은 소리로 말했다.

—나 역시 자네의 작업을 상찬하는 바이네. 자네 덕분에 람세스가 머리를 숙이고 함정으로 달려들어왔거든. 그는 누비아에서 싸우고 싶어 죽을 지경이네! 물론, 람세스를 더 자극하기 위해서, 나는 처음엔 뒤로 뺐지. 그 다음엔 조금씩조금씩 양보했고.

—그의 직위가 결정됐습니까?

—파라오는 람세스를 누비아로 데려가는 걸 허락하실 거야. 거기에서 람세스가 처음으로 적들과 대치해볼 수 있도록 말야. 람세스는 누비아 족이 얼마나 무서운 전사들인지 아직 몰라. 지금 진행되고 있는 반란이 유혈사태로 번질 수 있다는 것도 까맣게 모르고 있지. 터키석 광산으로 나들이를 다녀온 후엔 열이 올라 있어. 벌써 역전의 노장처럼 굴고 있다니까. 그 자신도 자기가 참전하게 되리

라고는 생각지 않을 거야. 어때, 우리가 일을 잘 꾸몄지, 친구?

─바라는 바입니다.

─자 그럼 이제 우리 얘길 좀 해볼까? 난 은혜를 모르는 사람이 아닐세. 또 자네는 자네대로 젊은 외교관으로서의 자질을 눈부시게 발휘할 테고. 조금만 참게. 눈에 띄는 보고서 몇 개만 작성해서 주목을 받게 되면, 자넨 승승장구할 걸세.

─저의 유일한 야심은 이 나라를 위해 봉사하는 것입니다.

─물론, 나의 야심도 그것일세. 그러나 높은 지위를 가지고 있으면 보다 효과적으로 봉사할 수 있지. 자네는 아시아에 흥미가 있나?

─아시아는 우리나라 외교의 중요한 활동 거점이 아닙니까?

─이집트는 자네처럼 빼어난 전문가들을 필요로 하고 있지. 연마하고, 공부하고, 귀를 기울이게. 그리고 나에게 충성해주게. 후회하지 않을 걸세.

아샤가 허리를 굽혀 절을 했다.

이집트 백성은 분쟁을 좋아하지 않았지만 세티의 누비아 원정 때문에 큰 불안이 야기되지는 않았다. 어떻게 흑인 부족이 잘 조직된 강력한 군대에 저항할 수 있겠는가? 더군다나 원정의 규모는 본격적인 전쟁이라기보다는 경계 작전 규모에 불과했다. 한번 호되게 혼을 내주면 반란자들은 다시 머리를 쳐들지 못할 것이고, 누비아는 다시 평온한 지방이 될 것이다.

아샤가 제출한, 불안을 조성하는 보고서 덕택에 세나르는 이집트가 강력한 저항에 부딪칠 수도 있다는 것을 알게 되었다. 람세스는 자신의 용감무쌍함을 증명해 보이기 위해서 젊은이답게 무모한 행동을 할지도 모른다. 예전에, 지나친 자만심에 사로잡혀 경거망동하다가 누비아 족의 도끼와 화살에 맞아 생을 끝낸 젊은 병사들이 많았다. 운만 조금 따라준다면, 람세스 역시 그들의 전철을 밟을 수도 있다.

생이 셰나르에게 미소를 보내고 있었다. 권력투쟁이라는 체스게임에서 그는 게임을 이길 수 있는 방법으로 졸(卒)들을 확보하고 있는 셈이었다. 파라오는 너무 열심히 일해서 지쳐 있다. 가까운 장래에 그는 어쩔 수 없이 맏아들을 섭정공으로 임명하고, 점차 그에게 통치권을 넘겨줄 수밖에 없을 것이다. 자중할 것, 안달하지 말 것, 어둠 속에서 은밀히 움직일 것. 바로 그것이 성공의 비결이다.

아메니는 멤피스의 제1선창가로 달려갔다. 평소 운동을 하지 않는 그는 빨리 뛰지 못했다. 게다가 원정대를 환송하는 수많은 사람들이 북적대고 있어서 길을 헤치고 나가는 데 무척 애를 먹었다. 새로운 쓰레기장을 뒤지다가 그는 중요한 단서를 하나 발견했다. 어쩌면 결정적인 단서가 될지도 몰랐다.

람세스의 개인비서 자격을 내세워, 안전을 위해 쳐놓은 밧줄을 넘어갈 수 있었다. 가쁜 숨을 내쉬며 그는 부두에 도착했다.

—왕자님이 타신 배는?

—떠났습니다.

장교 하나가 대답했다.

29

세티 재위 8년, 동지 절기 두번째 달 24일, 이집트 군대는 남쪽을 향하여 매우 빠른 속도로 나아갔다. 아스완에서 하선했던 군대는 제1폭포의 암벽을 넘어선 지점에서 다시 승선했다. 이 절기의 나일 강은 수위가 높아서 평소 위험한 지역도 별 무리 없이 배로 통과할 수 있었지만, 파라오는 배들을 잘 정비한 후 누비아에 들어가고 싶어했다.

람세스는 무척 기뻤다. 군대 서기관으로 임명된 그는 왕의 명령을 직접 받으면서 원정대를 지휘했다. 왕과 왕자는 끝이 수면 위로 날렵하게 솟아오른 초승달 모양의 배에 함께 타고 있었다. 배에는 좌현 우현에 하나씩 키가 달려 있었다. 이 두 개의 키가 배를 신속하고 유연하게 움직일 수 있게 해주었다. 높다란 돛대에 달려 있는 거대한 돛이 북풍을 받아 부풀었다. 선원들은 밧줄이 팽팽하게 당겨졌는지 자주 확인했다.

배 한가운데에는, 침실과 사무실로 나뉜 커다란 선실이 있었다. 배 앞머리와 고물 쪽에는 선장과 두 명의 키잡이가 사용하는 조금 더 작은 선실들이 있었다. 여느 함대에서처럼 왕의 배에는 즐거운 활기가 넘쳤다. 선원들과 병사들은 느긋하게 산책이라도 하는 듯한 기분을 느꼈다. 그들에게 잔소리하는 장교는 없었다.

모두들 왕의 명령을 알고 있었다. 민간인들을 공격적인 태도로 대하지 말 것, 억지로 부역시키지 말 것, 올바르게 행동하고, 멋대로 사람들을 체포하지 말 것 등이었다. 군대가 지나감으로써 조심하는 분위기가 조성되어 질서가 존중된다면 바람직한 일이지만, 군대가 지나가는 것이 곧 공포와 약탈의 동의어가 된다면, 그것은 받아들일 수 없는 것이다. 명예와 법규를 존중하지 않는 자는 엄한 처벌을 받게 되어 있었다.

람세스는 항해하는 동안 내내 뱃머리를 떠나지 않았다. 누비아는 그를 매혹했다. 사막의 언덕들, 화강암으로 이루어진 자그마한 섬들, 사막에 저항하는 가느다란 초록색 띠, 아주 순수한 푸른색 하늘, 그 모든 것이 타오르는 불과도 같은 절대의 풍경을 이루며 그의 영혼을 매혹했다. 소들은 둑 위에서 졸고, 하마들은 물 속에서 놀고 있었다. 왕관 두루미와 분홍색 홍학들과 제비들이, 비비 원숭이들이 놀고 있는 야자수 나무 위로 날아갔다. 람세스는 이내 이 야생의 풍경에 녹아들었다. 그것은 그와 똑같은 본성을 가지고 있었으며, 똑같이 길들여지지 않는 열정으로 불타고 있었다.

아스완에서 제2폭포에 이를 때까지, 이집트 군대는 조용한 지역을 통과했다. 이윽고 군대는 평화로운 마을 근처에서 정박하였다. 식품과 집기들이 분배되었다.

오래 전에 평정된 이 우아우아트* 현은, 350 킬로미터에 걸쳐 있는 지방이었다. 람세스는 기쁨에 차 꿈을 꾸고 있는 느낌이었다. 그 땅이 강렬하게 말을 걸어왔다.

놀라운 건축물이 우뚝 앞을 막아섰다. 람세스는 정신을 차리고 바라보았다. 높이 11미터, 폭 5미터의 벽돌담으로 이루어져 있는 부헨 요새였다. 요새 담벽에 감시창이 뚫린 순찰로 중간중간에 세워져 있는 정방형 탑에서 이집트 병사들이 제2폭포와 그 주변을 감시하고 있었다. 누비아 족의 침입을 막기 위한 이런 요새들이 여기 저기 구슬 목걸이처럼 연결되어 있었다. 부헨 요새가 그중 가장 중요한 요새였다. 3천 명의 병사가 상주하면서 연속적인 통신을 통해 이집트와 연락을 취하고 있었다.

세티와 람세스는 사막 맞은편에 있는 중문을 통해 요새 안으로 들어갔다. 나무 다리로 연결된 두 개의 이중문이 입구를 보강하고 있었다. 침입자는 비처럼 쏟아지는 화살과 투창, 그리고 석궁으로 쏘는 돌에 박살이 날 것이다. 세 개의 감시창이 뚫려 있는 벽구멍은, 적에게 피할 수 있는 공간을 주지 않기 위해 서로 엇갈리게 설계되어 있었다.

원정대의 일부는 요새 아래 형성되어 있는 작은 마을에서 환영을 받았다. 병영 하나, 깨끗한 집들, 창고와 공방들, 시장 하나, 위생 시설 등 살기가 썩 괜찮은 마을이었다. 원정대는 누비아의 두번째 현인 쿠슈에 들어가기 전에 몇 시간 동안 긴장을 풀 수 있을 것이다. 병사들의 사기는 좋았다.

요새 사령관이 부헨의 화려한 방에서 왕과 왕자를 맞았다. 그곳에서 그는 총독의 승인을 받아서 사법적인 일을 처리한다. 그는 귀

---

* 이 말은 '뜨거운 여자'라는 뜻이다.

한 손님들에게 시원한 맥주와 대추야자를 대접했다. 세티가 물었다.

—누비아 총독은 오지 않는가?

—곧 도착할 것입니다, 폐하.

—사는 곳을 옮겼는가?

—아닙니다, 폐하. 제3폭포 남쪽에 있는 이렘 지방의 상황을 직접 알아보려고 그곳에 갔습니다.

—상황이라…… 반란에 대한 얘기인가?

사령관은 세티의 눈길을 피했다.

—반란이라는 말은 조금 과장된 듯합니다.

—도둑 몇을 잡기 위해서 총독이 그렇게 멀리까지 움직인단 말인가?

—아닙니다, 폐하. 저희는 이 지역을 완벽하게 통제하고 있습니다. 그리고…….

—그대는 왜 몇 달 전부터 위험을 축소해서 보고했는가?

—소신은 객관적인 태도를 견지하려고 했습니다. 이렘 지방의 누비아인들이 조금 동요하고 있는 것은 사실입니다, 그러나…….

—약탈당한 대상행렬이 둘, 빼앗긴 우물이 하나, 게다가 정보 관리가 살해되었는데…… 그들이 약간 동요하고 있다고?

—더 나쁜 경우도 있었습니다.

—그랬지. 그때는 죄인들을 잡아서 재판을 하고 벌을 주었지. 그러나 이번엔, 그대와 총독이 죄인들을 잡을 수가 없네. 저들은 자기들이 그대들의 힘이 미치지 않는 곳에 있다고 생각하고, 본격적인 반란을 선동하고 있어.

사령관이 항변했다.

—제 임무는 순전히 방어적인 것입니다. 어떤 누비아 반도(反徒)

도 우리 요새의 방어선을 넘을 수는 없습니다.

세티의 분노가 폭발했다.

―그대는 쿠슈 지방과 이렘 지방을 반도들에게 내어주어도 좋다고 생각하는가?

―한순간도 그렇게 생각하지 않습니다, 폐하!

―그렇다면, 진실을 말하라.

람세스는 고위 장교의 비굴한 태도에 혐오감을 느꼈다. 저런 겁쟁이들은 이집트를 위해 일할 자격이 없다. 내가 아버지라면, 저 녀석을 강등시켜서 일선으로 보내버릴 텐데.

―몇 가지 문제 때문에 평온이 좀 흔들리긴 했습니다만, 그렇다고 우리 군대를 혼란에 빠뜨릴 정도는 아니라고 봅니다.

―우리의 손실은 어느 정도인가?

―대수롭지 않습니다. 총독은 노련한 정찰대를 이끌고 떠났습니다. 그의 모습을 보기만 해도 누비아인들은 무기를 내려놓을 것입니다.

―사흘 간 기다리겠다. 하루도 더 안 된다. 그 후엔 내가 개입하겠다.

―그러실 필요 없을 겁니다, 폐하. 그러나 폐하를 맞이하는 건 저의 영광입니다. 오늘 저녁엔 자그마한 연회를 베풀도록 하겠습니다…….

―나는 참가하지 않겠다. 내 병사들이나 편하게 지내도록 돌봐주어라.

제2폭포보다 더 격렬한 풍경이 있을까? 높은 절벽들이 나일 강을 껴안고 있고, 나일 강은 좁은 물길들 안에서 힘차게 길을 찾아가고 있다. 그 좁은 물길마저도 거대한 현무암과 화강암에 막혀 끊어질

지경이다. 물이 거품을 일으키며 그 바위에 와서 부딪친다. 강은 들
끓는 힘으로 뒤척이며, 장애물을 넘고 다시 높이 솟아올랐다. 멀리
황토색 모래언덕이 펼쳐지다가, 군데군데 푸른 바위가 흩뿌려져 있
는 붉은 둑에 와서 사라지고, 여기저기 서 있는 이집트 종려나무들
이 초록색 색조를 풍경에 덧붙이고 있었다.

람세스는 나일 강이 도약할 때마다 그 도약을 자기의 것으로 하
였다. 그는 나일 강과 함께 바위와 싸웠으며, 나일 강과 함께 승리
했다. 그와 강은 완전히 한 몸이 되었다.

부헨의 자그마한 마을은 환희에 들떠 있었다. 전쟁으로부터 천
리는 떨어져 있는 것처럼, 전쟁이 일어날 것이라고 생각하는 사람
은 아무도 없었다. 수천 명이 공격해온다 해도 열세 개의 요새 앞
에서 좌절해버리고 말 것이다. 이렘 지방에는 행복을 보장해주는
광활한 경작지가 있는데, 누가 그것을 파괴할 수 있겠는가? 그의
선조들이 그랬듯이 세티 역시, 사람들에게 이집트에 대한 강력한
인상을 심어주고 평화를 공고히 하기 위해 군사력을 과시하려는 것
뿐이라고 사람들은 생각했다.

야영지를 돌아보면서 람세스는 어떤 병사도 전투를 생각지 않고
있다는 것을 알았다. 그들은 잠을 자고, 배불리 먹고, 매력적인 누
비아 여자들과 사랑을 하고, 도박을 하고, 이집트로 돌아가는 애기
를 하고 있었을 뿐, 무기를 갈무리하는 병사는 하나도 없었다.

누비아 총독은 이렘 지방으로부터 아직 돌아오지 않았다.

람세스는 사람들이 중요한 것을 밀어내고 환상을 품기를 더 좋아
한다는 것을 알았다. 현실은 별로 맛이 없어서 그들은 환상으로 배
를 불리며, 언제든 필요하면 환상의 족쇄를 빠져나올 수 있으리라
고 확신하고 있다. 개인은 도망자이며, 범죄자였다. 왕자는, 비록

현실이 그의 희망과 다를지라도 자기는 현실 앞에서 뒷걸음치지 않겠다고 맹세했다. 나일 강처럼 바위들과 싸워 이기리라고.

사막 쪽으로 나 있는 야영지 맨끝에서, 어떤 남자 하나가 마치 보물을 파묻는 것처럼 쭈그리고 앉아 모래를 파내고 있었다.

깜짝 놀란 람세스는 손에 칼을 들고 다가갔다.

―여기서 뭘 하는 거냐?

―조용히 해! 소리내지 말란 말야!

알아듣기 힘든 조그만 목소리로 사나이가 말했다.

―대답하라.

남자가 일어섰다.

―멍청하긴! 자네 때문에 놓쳤잖아.

―세타우! 자네 군에 지원했나?

―물론 아니지…… 이 구멍 속에 분명히 까만 코브라 한 마리가 숨어 있었는데.

세타우는 예의 주머니가 잔뜩 달린 그 괴상한 외투를 입고 있었다. 수염은 텁수룩하고, 피부는 꺼칠하고, 검은 머리는 달빛을 받아 반짝였다. 병사의 모습은 아니었다.

―훌륭한 마술사들의 말을 들으니, 누비아 뱀의 독이 아주 질이 좋다더군. 원정대가 떠난다기에 땡잡았다 싶었지!

―그러면…… 위험은 어쩌고? 전쟁이잖나?

―이 전쟁에선 별로 피 향기가 나질 않는데. 멍청한 병정들은 처먹고 술에 곯아떨어져 있어. 사실은 병정 노릇이 제일 안전하다네.

―이 평온은 계속되지 않을 거야.

―확실한 건가, 아니면 추측인가?

―파라오가 시위나 하려고 이렇게 많은 사람들을 여기까지 데려왔겠나?

―뱀을 잡게 가만히 내버려두기만 한다면 난 아무래도 상관없네. 크기며 색깔이 기가 막히네! 멍청하게 목숨 걸지 말고, 나와 함께 사막으로 가세. 아주 근사하게 대결해볼 수 있을 텐데.

―나는 아버님의 명령을 따라야 하네.

―난 자유인이야.

세타우는 땅바닥에 길게 드러누웠다. 그리곤 곧 잠이 들었다. 아마도 그는 밤에 돌아다니는 뱀을 무서워하지 않는 유일한 이집트인일 것이다.

람세스는 폭포를 바라보며, 나일 강의 끝없는 투쟁을 함께 나누었다. 어둠의 커튼이 찢어질 무렵, 그는 어떤 사람이 뒤에 와 서는 것을 느꼈다.

―잠자는 걸 잊었느냐, 아들아?

―전 잠든 세타우를 지켰습니다. 뱀 몇 마리가 그에게 다가가더니, 꼼짝도 않고 가만히 있다가 가버렸어요. 잠자고 있는 동안에도 세타우는 힘을 행사하고 있었던 거지요. 왕 같지 않습니까?

―총독이 돌아왔다.

세티가 람세스에게 알려주었다.

―이렘을 평정했습니까?

―다섯 명이 죽고 열 명이 심한 부상을 당해서, 서둘러 퇴각했다고 한다. 네 친구 아샤의 예견이 맞았다는 것이 밝혀진 거지. 네 친구는 정보를 모으고 거기에서 올바른 결론을 끌어낼 줄 아는 놀라운 관찰력을 가지고 있구나.

―그는 때때로 절 불편하게 합니다. 아주 똑똑한 친굽니다.

―그의 의견은 많은 정치고문들의 의견과는 상치되는 것이었는데, 불행히도 그의 의견이 맞았구나.

―그럼 전쟁입니까?

　―그렇다, 람세스. 전쟁은 내가 가장 증오해 마지않는 것이다. 그러나 파라오는 반란자나 혼란 선동자를 용납해서는 안 된다. 그러지 않으면 마아트의 통치는 끝나고 무질서가 시작되지. 무질서는 크든 작든 모든 사람들의 불행을 낳는다. 이집트는 북쪽으로는 가나안과 시리아를, 남쪽으로는 누비아를 통제함으로써 침략에 대응하고 있다. 아케나톤의 경우처럼 왕이 약해지면, 나라가 위험에 처하게 된다.

　―싸우게 됩니까?

　―누비아인들이 합리적으로 행동하기를 바라자꾸나. 네 형이 너의 임관을 윤허해달라고 어지간히 조르더구나. 네가 병사로서 자질이 있다고 생각한 것 같다. 그러나 우리의 적은 무서운 민족이다. 한번 흥분하면 부상에도 아랑곳하지 않고 죽을 때까지 싸운다.

　―아버님께선 제가 전쟁에 적합하지 않다고 생각하십니까?

　―무분별한 위험을 무릅쓸 필요는 없다.

　―아버님께서 제게 책임을 지워주셨으니, 그걸 감당하겠습니다.

　―네가 살아 있는 것이 더 중요하지 않느냐?

　―그렇지 않습니다. 자기가 한 말을 지키지 않는 자는 살아 있을 자격이 없습니다.

　―반란자들이 복종하지 않을 때에는 싸워라. 황소처럼, 사자처럼, 매처럼 싸워라. 폭풍우처럼 사나워라. 그렇지 않으면 패배자가 된다.

30

군대는 아쉬움을 남긴 채 부헨을 떠났다. 요새를 지켜주는 자연 방어물인 제2폭포를 넘어 쿠슈 지방으로 향했다. 쿠슈 역시 평정된 지방이었지만 건장한 누비아 족이 그 지방에 살고 있었다. 그들의 용맹은 전설적이었다. 총독의 제2거주지인 샤아트 요새가 있는 사이 섬까지는 얼마 걸리지 않았다. 그곳에서 몇 킬로미터 올라간 지점에서, 람세스는 아마라라는 이름의 또다른 섬을 만났다. 람세스는 그 섬의 야성적인 아름다움에 반해버렸다. 만일 운명이 그에게 미소를 보내준다면, 누비아의 눈부신 아름다움을 찬양하기 위하여 그곳에 작은 사원을 하나 지어달라고 아버님께 청하여 보리라.

샤아트에 이르자 태평한 노랫소리들이 사라졌다. 부헨보다 규모가 훨씬 작은 성채에, 반도들의 수중에 떨어진 이렘의 풍요로운 평야를 버리고 도망쳐온 피난민들이 우글거리고 있었던 것이다. 반도들은 자신들이 거둔 승리와 총독이 이렇다 할 반응을 보이지 않는다는 사실에 고무되어 있었다. 총독은 정예부대를 반란군 진압에 투입했지만 곧 패퇴하고 말았다. 두 개의 부족이 제3폭포를 넘어 북쪽으로 진군해오고 있었다. 쿠슈 지방을 탈환해서 이집트인들을 내쫓고, 요새들을 공략한다는 그들의 오랜 소원이 살아움직이는 것이다.

샤아트는 누비아 족을 향한 진로에서 처음으로 만나는 장애물이었다.

세티는 경계경보를 발하라고 지시했다. 감시구마다 궁수 한 명씩이, 그리고 탑 꼭대기에는 투석기를 다루는 사람들이 배치되었다. 높은 벽돌담 발치에 있는 해자 뒤에는 보병들을 매복시켰다.

아무 말도 못하고 낙담해 있는 총독을 대동하고 파라오와 왕자는 샤아트 요새 사령관에게 상황을 물었다. 그는 솔직하게 고백했다.

─상황은 비극적입니다. 일 주일 전부터 반란은 믿을 수 없는 규모로 커졌습니다. 평소에는 자기 부족들끼리 싸우고 동맹관계를 맺지 않았었습니다. 이번에는 서로 뜻을 합쳤습니다. 부헨으로 전령들을 보냈습니다만…….

총독이 있는 자리여서, 사령관은 솔직한 비판을 하지 못했다. 세티가 계속해서 말하라고 지시했다.

─제때에 개입했더라면, 이 반란을 초장에 진압할 수 있었을 겁니다. 지금은 저들이 얌전하게 숙이고 들어올 거라고 생각되지 않습니다.

람세스는 아찔한 느낌이 들었다. 이집트의 안전을 책임지고 있다는 자들이 어떻게 그토록 비겁하고 앞날을 내다볼 줄 모른단 말인가? 람세스가 물었다.

―그 부족들이 그렇게 대단합니까?

사령관이 대답했다.

―야수들이지요. 고통도 죽음도 무서워하질 않습니다. 싸우고 죽이는 걸 즐깁니다. 저들이 고함을 질러대며 덤벼들 때 도망가는 사람을 비난할 순 없을 것 같습니다.

―도망을 가다니? 그건 배반행위가 아닙니까?

―저들을 보시면 왕자님께서도 이해하시게 될 겁니다. 수적으로 월등히 우세한 군대라야 저들을 진압할 수 있습니다. 그런데 이번엔 적들의 숫자가 백 명 단위가 될지 천 명 단위가 될지 모르겠습니다.

세티가 명령을 내렸다.

―피난민들과 총독을 데리고 부헨으로 떠나라.

―원병을 보내드려야 할까요?

―그건 두고 보자. 원병이 필요하면 전령을 보내서 알리겠다. 나일 강을 막고, 공격에 대비하라고 모든 요새에 일러라.

총독이 급히 자리를 떴다. 다른 제재를 받을까봐 겁을 집어먹고 있었던 것이다. 사령관은 소개(疎開)를 준비했다. 두 시간 후, 긴 행렬이 북쪽을 향해 떠났다. 샤아트에는 이제 파라오와 람세스, 그리고 천 명의 군사들이 남았다. 군사들의 사기는 갑자기 저하되어 버렸다. 그들은 피에 굶주린 흑인 만 명이 성으로 밀고 들어와 이집트인들을 마지막 한 사람까지 학살할 것이라고 수군거렸다.

세티는 병사들에게 진실을 알리는 임무를 람세스에게 맡겼다. 람세스는 알려진 사실들을 이야기하고, 유언비어들을 불식시키는 것으로 끝내지 않았다. 그는 병사들의 용기와, 목숨을 잃더라도 나라를 지켜야 한다는 의무감에 호소했다. 그의 말은 단순하고 직접적이었다. 그의 열정은 병사들 마음속으로 파고들었다. 왕의 아들이 특권을 포기하고 그들과 함께 싸울 것이라는 사실에 병사들은 희망을 되찾았다. 그들은 세티의 탁월한 전략과 람세스의 혈기가 그들을 재난으로부터 구할 것이라고 생각했다.

왕은 반도들의 공격을 기다리지 않고, 남쪽으로 진군하여 선제공격을 하기로 결정했다. 적들의 숫자가 너무 많으면 후퇴하는 한이 있더라도, 먼저 칼을 들이밀어보는 것이 낫다는 판단이었다. 적의 진격을 저지할 수는 있을 것이다.

밤이 이슥하도록 세티는 람세스와 함께 쿠슈 지방의 지도를 살펴보았다. 그는 람세스에게 지도 읽는 법을 가르쳐주었다. 파라오가 보여주는 전폭적인 신뢰가 람세스를 매우 고무시켰다. 그는 빨리 배웠고, 하나하나의 세부사항을 기억해두리라고 다짐했다. 무슨 일이 생기든 내일은 영광스러운 날이 될 것이다.

세티가 요새 안에 마련된 침실로 들어간 뒤, 람세스는 조잡하게 만들어진 침대에 누웠다. 옆방에서 들려오는 웃음소리와 한숨소리 때문에 그는 조용히 승리의 꿈을 꿀 수가 없었다. 호기심이 발동해서 그는 자리에서 일어나 그 수상쩍은 장소의 문을 밀어보았다.

세타우가 배를 깔고 드러누워서, 발가벗은 젊은 누비아 여자의 마사지를 받고 있었다. 여자의 얼굴은 매우 섬세했고 아주 멋진 육체를 가지고 있었다. 피부는 흑단처럼 반짝였고 얼굴 생김생김은 흑인 같은 데라곤 하나도 없었다. 테베의 귀족 같은 느낌을 주는 여자였다. 세타우의 만족해하는 한숨소리와 그녀의 깔깔거리는 웃음소리였던 것이다. 뱀 조련사가 말했다.

—이 여잔 열다섯 살이야, 이름은 로투스. 손가락으로 등의 근육을 풀어주는데, 끝내주게 완벽해. 자네도 이 여자 재주 덕 좀 볼라나?

―자네의 그 아름다운 노획물을 아예 훔쳐버렸으면 싶네.

―이 여잔 겁도 없이 아주 위험한 뱀들하고도 잘 지낸다네. 난 이 여자랑 함께 상당량의 독을 채취했네. 난 운도 좋지. 신들이 도우셨네. 이번 원정은 내 마음에 드네…… 따라나서길 아주 잘했어.

―내일은 두 사람이 성을 지켜야겠네.

―싸우러 가나?

―진격하네.

―알았어. 나랑 로투스는 문지기 노릇을 하지. 코브라 열 마리 정도는 잡아놓겠네.

겨울 새벽은 아주 선선했다. 보병들은 긴 윗저고리를 입고 있다가 누비아의 태양에 피가 더워지면 벗어버렸다. 람세스는 군대의 선두에서 가벼운 전차를 몰고 있다. 척후병 바로 뒷자리였다. 특별 호위병에 둘러싸인 세티는 군대의 한가운데 자리잡고 있다.

거대한 짐승의 울음소리가 초원을 쩌렁쩌렁 울렸다. 람세스는 대열에 정지신호를 보내고, 땅에 내려서서 척후병들의 뒤를 따라갔다.

거대한 코를 가진 기괴한 짐승 하나가 고통으로 울부짖고 있었다. 엄청난 코끝에 가느다란 화살이 하나 박혀 있었는데, 그 통증에 몸부림치고 있었다. 코끼리였다…… 이집트 남쪽 국경에 있는 엘레판티네 섬의 이름은, 옛날에는 그곳에 번성했으나 지금은 거의 눈에 띄지 않을 만큼 줄어든 이 짐승의 이름에서 따온 것이다.

왕자가 코끼리를 본 것은 그때가 처음이었다. 척후병 하나가 아는 체를 했다.

―거대한 수놈이군요. 어금니 한 개만 해도 적어도 80킬로는 나가요. 절대로 접근해선 안 됩니다.

—하지만 다쳤잖은가!

—누비아놈들이 이놈을 잡으려 했던 거예요. 우리가 오니까 놈들이 도망친 거지요.

격돌의 순간이 다가오고 있었다.

척후병 하나가 왕에게 보고하기 위해 달려간 사이, 람세스는 코끼리를 향해 다가갔다. 짐승과 약 20미터 정도 떨어진 곳에서 그는 짐승의 눈길을 찾았다. 짐승은 몸부림을 치다 말고 이 조그만 피조물을 바라보았다.

람세스는 자기가 빈손이라는 것을 짐승에게 보여주었다. 거대한 수놈은 마치 두발짐승의 평화로운 의도를 이해했다는 듯이 자기 코를 하늘로 치켜들었다. 왕자는 천천히 앞으로 나아갔다.

척후병 하나가 소리를 지르려 했다. 그의 동료가 그의 입을 틀어막았다. 예기치 않은 일이 일어나면, 코끼리는 왕자를 밟아죽이고 말 것이다.

람세스는 전혀 무섭지 않았다. 네발짐승의 조심스러운 눈길 속에서 그는, 자기의 의도를 알아차릴 만한 영리함을 읽어냈다. 몇 걸음만 더 앞으로 나아가면, 그는 꼬리로 옆구리를 치고 있는 다친 짐승 바로 앞에 서게 될 것이다.

왕자가 팔을 들어올리자, 코끼리가 코를 내렸다. 왕자가 코끼리에게 말했다.

—좀 아플 거야. 하지만 어쩔 수 없어.

왕자가 화살 대를 잡았다.

—괜찮겠니?

코끼리는 마치 찬성한다는 듯이 거대한 귀를 공중에 대고 휘둘렀다.

왕자는 힘을 꽉 주고 잡아당겨 화살을 단숨에 빼냈다. 고통에서 풀려난 거대한 짐승은 큰 소리로 울었다. 척후병들은 마치 기적을 목도한 것처럼 경악했다. 그러나 그들은 곧 위험을 느꼈다. 람세스가 살아남지 못할 것이라 생각했다. 피로 범벅이 된 코끼리의 코가 왕자의 몸을 둘러쌌기 때문이다.

순식간에 왕자는 으깨어지고 말 것이다. 그리고는 그들 차례다. 도망치는 게 상책이다.

—여길 봐, 좀 보라니까!

기쁨에 가득 찬 왕자의 목소리가 그들을 불러세웠다. 그들은 돌아서서 거대한 짐승의 머리꼭대기에 올라앉아 있는 왕자의 모습을 보았다. 짐승은 부드럽게 왕자를 머리에 올려놓았던 것이다. 왕자가 큰 소리로 외쳤다.

—이 꼭대기에서 나는 적의 가장 작은 움직임까지 알아보게 될 것이다.

왕자의 모험은 군대를 열광시켰다. 가장 힘센 짐승도 자기 의지대로 복종하게 하는 왕자의 초자연적인 힘에 대하여 이야기하는 사람들도 있었다. 사람들은 코끼리의 상처를 꿀과 기름을 적신 솜뭉치로 치료해주었다. 왕자는 코끼리와 매우 쉽게 의사를 소통했는데, 왕자는 혀와 손을 사용했고 코끼리는 코와 귀를 사용했다. 장애물 없이 훤히 트인 길을 따라 걷는 이 거대한 짐승의 보호를 받으면서 군대는 마른 진흙벽과 야자수 지붕으로 지은 오두막이 늘어서 있는 마을에 도착했다.

여기저기에 노인들과 아이들과 여자들의 시체가 즐비했다. 어떤 시체는 배가 갈라져 있는가 하면, 목졸려 죽은 시체들도 있었다. 저항하려던 남자들의 시체는 좀더 멀리 떨어진 곳에, 사지가 절단된 채 누워 있었다. 곡식은 불타고, 가축들도 맞아 죽었다.

람세스는 구역질이 치밀었다.

이것이 전쟁이로구나. 인간을 가장 끔찍한 약탈자로 만드는 살육, 이 끝간 데를 모르는 잔인함이.

나이가 지긋한 병사 하나가 소리를 질렀다.

─우물물을 마시면 안 된다!

그러나 목이 말랐던 두 명의 젊은이가 벌써 우물물로 목을 축인 뒤였다. 그들은 배가 불이 난 것처럼 뜨거워져서 10분 만에 죽었다. 반도들이 우물물에 독을 탔던 것이다. 자기들과 동족이면서도 이집트에 충성하려 했던 그 마을 주민들을 응징하기 위해서였다.

세타우가 안타까워하며 말했다.

─나도 어떻게 해볼 수 없는 경우야. 식물 독을 처치하는 법은 배워두었는데…… 하지만 로투스한테서 배울 수 있을 거야.

람세스가 세타우를 보고 놀라서 물었다.

─자네 여기서 뭐하는 거야? 성을 지키고 있어야 하는 거 아냐?

─너무 재미없는 임무잖아…… 이곳의 자연은 너무 풍요롭고 풍성하잖은가!

─이를테면, 이 학살당한 마을처럼 말이지?

세타우가 친구의 어깨 위에 손을 올려놓았다.

─내가 왜 뱀들을 좋아하는지 알겠나? 그놈들이 죽이는 방법은 훨씬 더 고상하지. 그리고 그놈들은 우리에게 병을 치료하는 강력한 약을 제공해준다네.

─인간은 이렇게 끔찍한 수준으로 낮아지지 않네.

─확신이 있나?

─마아트가 계시지. 혼돈도 있고. 우리는 마아트께서 다스리시고, 그리고 악이 정복될 수 있게 하기 위해서 이 세상에 태어난 걸세. 비록 악이 끊임없이 다시 태어난다 해도 말야.

—파라오만이 그렇게 생각하네. 자네는 학살자들을 학살할 준비를 하고 있는 일개 군대 지휘관에 지나지 않아.

—아니면, 그들의 수중에 떨어지든지.

—쓸데없는 생각하지 말고, 로투스가 만들어주는 탕약이나 한잔 마시러 가세. 그걸 마시면 자넨 무적의 존재가 될 거야.

세티는 마음이 울적했다.

그는 람세스와 고위장교들을 자기 막사로 불렀다.

—좋은 의견이 없나?

노련한 노장 하나가 제안했다.

—더 진군합시다. 제3폭포를 넘고, 이렘 지방으로 쳐들어갑시다. 속도전으로 나가야 승기를 잡을 수 있을 겁니다.

젊은 장교가 말했다.

—함정에 빠질 수 있어요. 누비아놈들은 우리가 이런 전술을 좋아한다는 걸 알고 있거든요.

파라오가 그의 말을 인정했다.

—맞는 말이다. 함정을 피하기 위해서는 적들의 위치를 파악하고 있어야 한다. 밤에 움직일 자원병이 필요하다.

노장이 의견을 내놓았다.

—너무 위험합니다.

—알고 있다.

그때 람세스가 자리에서 일어났다.

—자원하겠습니다.

노장도 단호한 목소리로 말했다.

—저도 자원하겠습니다. 저는 왕자님 못지않게 용감한 동료 세 명을 알고 있습니다.

31

람세스는 머리장식과 가죽 상의, 화려한 로인클로스와 샌들을 벗었다. 누비아의 사바나 지역으로 떠나기 전에 숯검댕으로 몸에다 검은 칠을 해야 한다. 그리고 단도 한 자루만을 지니고 가야 한다. 정찰을 떠나기 전, 그는 세타우의 막사 안으로 들어갔다.

세타우는 노르스름한 액체를 끓이고 있었고, 로투스는 빨간 음료가 만들어지는 하이비스커스 탕약을 준비하고 있었다. 세타우가 기분좋은 얼굴로 말했다.

─까맣고 빨간 뱀 한 마리가 내 돗자리 밑으로 기어들어왔지 뭔가! 횡재했지! 내가 알지 못하던 종류야. 꽤 많은 독을 채취했네. 람세스, 신들이 우릴 도와주시네! 누비아는 천국이야. 얼마나 많은 종류의 뱀들이 여기 살고 있을까?

그는 눈을 들어 왕자를 바라보더니 이리저리 살폈다.

―이런 꼴로 어딜 간다는 건가?

―반도들의 거점을 알아두려고.

―거기에 어떻게 갈 건데?

―남쪽으로 가면, 놈들을 발견하게 될 거야.

―중요한 건 돌아오는 거야.

―난 내 운을 믿고 있네.

세타우가 고개를 끄덕였다.

―우리와 함께 카르카데를 한잔 마시세. 어쨌든 검둥이들의 손에 떨어지기 전에 기막힌 맛을 볼 수 있을 테니까.

빨간 액체는 과일향이 나고 맛이 신선했다. 람세스는 로투스가 따라주는 카르카데를 석 잔이나 마셨다. 세타우가 비난하듯이 말했다.

―내 생각엔 자네가 어리석은 짓을 하는 것 같네.

―난 내가 해야 할 일을 하는 것뿐일세.

―하나마나한 소리 작작 좀 하게! 자네는 무작정 머리부터 들이밀고 덤벼들지. 그래 가지곤 성공할 가능성은 없네.

―반대로 난…….

람세스는 비틀거리며 일어났다.

―어디 아픈가?

―아니, 하지만…….

―앉게.

―가야 돼.

―이런 상태로?

―난 괜찮아, 난…….

발걸음을 떼려던 람세스가 정신을 잃고 세타우의 품안에 쓰러졌다. 세타우는 람세스를 불 옆에 깔린 돗자리 위에 눕히고는 막사 바깥으로 끌어냈다. 파라오를 만나게 될 거라고 예상하기는 했지만, 막상 세티의 당당한 모습을 대하자 세타우는 감동했다.

—세타우, 고맙다.

—로투스의 말에 따르면, 이건 아주 약한 마약이라고 합니다. 람세스는 새벽이면 기분좋게 깨어날 겁니다. 람세스의 임무는 걱정하지 마십시오. 로투스와 제가 왕자님 대신 떠나겠습니다. 로투스가 절 안내해줄 겁니다.

—자네에게 뭘 해주면 좋겠는가?

—왕자님의 과격한 성품으로부터 왕자님을 보호해주십시오.

세티가 멀어져갔다. 세타우는 자신이 자랑스러웠다. 파라오가 자기에게 고마움을 표시했다고 자랑할 수 있는 사람이 몇 명이나 되겠는가?

막사 안으로 미끄러져 들어온 햇빛이 람세스를 깨웠다. 몇 분 동안 그의 머리는 멍했다. 자기가 어디에 있는지 알 수 없었다. 그러나 곧 기억이 떠올랐다. 세타우와 누비아 여자가 약을 먹였었다!

머리끝까지 화가 난 그는 바깥으로 뛰어나가 세타우에게 덤벼들었다. 세타우는 꿇어앉아서 말린 생선을 먹고 있었다.

—아이구, 살살 좀 하게. 조금만 더 세게 부딪쳤다면 생선 가시가 목에 걸렸을 거야.

—그럼 난? 자넨 나한테 뭘 삼키게 했는데?

—지혜의 가르침이지.

—난 수행해야 할 임무가 있었는데, 자네가 그걸 못 하게 했어.

—로투스를 껴안고 고맙다고 하게. 저 여자 덕분에 적의 진지가 어디 있는지 알아냈으니까.

—하지만…… 로투스는 누비아 족이잖은가!

—마을이 파괴되었을 때, 로투스의 집안이 몰살되었네.

—저 여잘 믿을 수 있나?

—이보시게, 흥분 잘 하는 양반, 회의주의자가 되셨나? 저 여잔 믿을 수 있네. 반도들은 그녀의 동족이 아냐. 그들은 누비아에서 가장 부유한 지역에다 불행의 씨앗을 뿌리고 있네. 투덜대지 말고 씻은 다음에 식사를 하게. 그리고 왕자의 옷으로 갈아입게. 왕께서 기다리고 계시네.

로투스가 가져온 정보를 믿고, 이집트 군대는 행진을 시작했다. 코끼리 위에 올라탄 람세스가 선두에 섰다. 길을 떠나고 두 시간 동안, 짐승은 긴장을 풀고 있었다. 태평스러워 보이기까지 했다. 길을 지나가면서 그놈은 나뭇가지를 따서 먹기도 했다.

그러더니 갑자기 코끼리의 태도가 달라졌다. 놈은 눈길을 한군데에 고정시키고, 아무 소리도 내지 않고 천천히 앞으로 나아갔다. 놈은 믿을 수 없을 만큼 부드럽게 땅 위에다 발을 내려놓았다. 어찌나 가벼운지 발의 무게가 일 그램도 나가지 않는 것 같았다. 갑자기 그놈의 코가 야자수 꼭대기까지 솟아오르더니, 석궁으로 무장한 흑인 하나를 낚아챘다. 짐승은 흑인을 나무줄기에 집어던졌다. 흑인은 허리가 부러져버렸다.

이 복병이 자기 동료들에게 알릴 수 있는 시간적 여유가 있었을까? 람세스는 왕의 명령을 기다리면서 몸을 뒤로 돌렸다. 파라오의 지시는 명확했다. 흩어져 공격할 것.

코끼리는 앞으로 내달렸다.

코끼리가 야자나무로 만든 방책을 넘자, 람세스의 눈에 수백 명의 누비아 전사들이 보였다. 새까만 피부, 박박 밀어버린 머리 앞부분, 납작한 코, 튀어나온 입술, 금 귀걸이, 짧은 곱슬머리에 꽂은 깃털들, 양쪽 뺨의 문신. 병사들은 얼룩덜룩한 작은 통자루옷을 입고 있었고, 대장들은 흰 옷을 입고 허리에 붉은 띠를 매고 있었다.

그들에게 항복을 권유한다는 것은 쓸데없는 짓이었다. 코끼리와 이집트 군대의 전위부대를 보기가 무섭게, 그들은 활을 집어들고 쏘아대기 시작했다. 그러나 그렇게 서둘렀던 것이 그들에게는 치명적인 결과를 가져왔다. 그들의 응전은 너무 산만했다. 반면에 이집트 군대의 공격은 조용히 그리고 단호하게 이루어졌다.

세티의 궁수들이 겁에 질려 우왕좌왕하는 누비아 궁수들을 물리쳤다. 그 다음에는 창을 든 병사들이 누비아의 본부를 뒤에서 치고 들어가 석궁을 들고 있는 흑인들을 박살냈다. 보병들은 절망적으로 도끼를 휘두르며 덤벼드는 적들의 공격을 방패로 막으면서 짧은 칼로 적들을 베어넘겼다.

살아남은 누비아인들은 겁에 질려 무기들을 집어던지고 무릎을 꿇었다. 세티가 오른팔을 들었다. 전투는 끝났다. 단 몇 분 만이었다. 곧이어 정복자들은 패배자들의 손을 등뒤로 돌려 묶었다.

코끼리는 아직도 전투를 끝내지 않았는지, 가장 커다란 오두막의 지붕을 뜯어내고 벽을 부쉈다. 집 안에서 두 명의 누비아인이 나타났다. 한 사람은 키가 크고 위풍당당했는데, 넓은 붉은 헝겊을 비스듬히 걸치고 있었다. 또 한 사람은 키가 작고 신경질적으로 생긴 사람이었다. 두 사람은 광주리 뒤에 몸을 숨기고 있었다.

이 키 작은 남자가 코끼리의 코에 화살을 쏘아 상처를 입혔던 사람이었다. 코끼리는 코끝으로 마치 잘 익은 과일을 따듯이 그 남자를 집어올리더니, 한참 동안 그대로 들고 있었다. 그 작은 흑인은 코끼리에게서 벗어나보려고 울부짖으며 발버둥쳤다. 코끼리가 그를 땅에 내려놓았을 때, 그는 살았다고 생각했다. 그러나 도망가려는 자세를 취하기가 무섭게 거대한 발이 그의 머리통을 부숴버렸다. 코끼리는 자신을 아프게 했던 사람을 법석을 떨지도 않고 그렇게 으깨버렸다.

람세스는 그 소란의 와중에 손가락 하나 까딱하지 않는 키 큰 누비아인에게 다가갔다. 팔짱을 낀 채 그는 상황을 지켜보기만 했다.

—당신이 이들의 추장이오?

—그렇소. 우리를 이렇게 박살내기엔 그대는 너무 젊구려.

—힘은 파라오에게서 오는 것이오.

—그랬군요. 파라오가 직접 행차하셨군…… 그래서 마술사들이 우리가 이길 수 없다고 말했던 것을. 그들의 말을 들었어야 했소.

—반란을 일으킨 다른 부족들은 어디에 숨어 있소?

—일러주리다. 그들을 만나 투항하라고 권하겠소. 파라오께선 그들의 목숨을 살려주시겠지요?

—그분이 결정하실 문제요.

세티는 적들에게 조금도 쉴 틈을 주지 않았다. 바로 그날 그는 두 군데의 적진을 공격했다. 그들 중 누구도 전투에 패배한 추장의 충고를 듣지 않았다. 전투는 아주 빨리 끝났다. 누비아인들에게 전열을 가다듬을 틈을 주지 않았기 때문이었다. 마술사들의 불길한 예언이 있었던 데다가, 눈빛이 불길처럼 활활 타는 세티를 보고, 평소처럼 격렬하게 싸울 수 있는 누비아 병사들은 많지 않았다. 그들의 머릿속에서 그 전쟁은 이미 진 전쟁이었다.

다음날 새벽, 다른 부족들도 무기를 던졌다. 사람들은 두려움에 차서 람세스에 대해 수군댔다. 수코끼리의 주인인 왕의 아들이 벌써 수십 명의 흑인들을 죽였다고. 그러니 파라오의 군대에 대적할 사람이 누가 있겠느냐고.

세티는 6백 명의 포로를 잡았다. 이 포로들과 함께 54명의 젊은 남자들과 66명의 젊은 여자, 그리고 48명의 어린이들을 이집트로 데리고 갈 예정이었다. 그들은 이집트에서 교육받고, 그들의 문화를 보완하는, 힘센 이웃과 함께 평화롭게 살아가는 문화를 배운 뒤에 누비아로 돌아올 것이다.

왕은 이렘 지방이 완전히 해방되었음을 선언하고, 이 부유한 농업지역이 반도들에게 빼앗겼던 우물을 다시 사용할 수 있게 하겠다고 약속했다. 이제부터 쿠슈의 총독은 새로운 혼란이 야기되지 않도록 매달 이 지역을 조사하게 될 것이다. 농부들에게서 무슨 요구가 있을 때에는 그들의 말을 경청하고 그들의 요구를 들어주어야 한다. 심각한 분쟁이 발생하면 파라오가 해결할 것이다.

람세스는 아쉬운 마음이 들었다. 그는 누비아를 떠나는 것이 슬펐다. 그는 자기에게 딱 어울릴 것 같은 누비아 총독 자리를 감히 아버지에게 요청하지 못했다. 그런 생각을 가지고 아버지에게 다가가보기도 했지만, 세티의 시선은 그 생각을 표현할 수 없게 했다. 왕은 람세스에게 자기의 계획을 들려주었다. 총독을 현재의 자리에 그대로 두되, 그에게 완벽하게 행동할 것을 요구한다는 것이었다. 세티는 그가 아주 작은 잘못이라도 저지르는 날에는 직위를 박탈하고, 요새의 집사로 평생을 지내게 하겠다고 말했다.

코끼리의 코가 람세스의 뺨을 가볍게 어루만졌다. 이 거대한 짐승이 멤피스의 거리에서 행진하는 것을 보고 싶다는 많은 병사들의 희망에도 불구하고, 왕자는 그놈이 태어난 땅에서 자유롭고 행복하게 살아가기를 바랐다.

람세스는 이미 상처가 아문 코끼리의 코를 쓰다듬어주었다. 코끼리는 마치 자기를 따라오라고 권유하듯이 사바나로 가는 방향을 가리켰다. 그러나 그들은 각자 다른 길로 가는 수밖에 없었다.

한참 동안 람세스는 꼼짝도 않고 서서 멀어져가는 코끼리를 바라보았다. 그의 놀라운 동맹자가 사라지자, 가슴이 에이는 것처럼 아팠다. 그는 코끼리를 따라가고 싶었다. 그놈과 함께 미지의 길들을 찾아내고, 그놈이 가르쳐주는 것을 배우고…… 그러나 꿈은 흩어지고 그는 다시 배를 타고 북쪽으로 돌아가야 한다. 왕자는 훗날 반드시 누비아로 돌아오겠노라고 결심했다.

이집트 병사들은 노래를 부르면서 야영지를 정리하고 있었다. 병사들은 위험한 원정을 승리로 이끈 세티와 람세스를 침이 마르게 칭송했다. 그들은 원주민들이 가져갈 수 있도록 불씨를 꺼뜨리지 않고 남겨두었다.

군대가 작은 숲을 지나고 있는데 어디선가 신음소리가 들려왔다. 어떻게 다친 생명체를 버려두고 갈 수 있겠는가?

나뭇잎을 헤치자, 숨을 헐떡이고 있는 새끼사자 한 마리가 눈에 들어왔다. 짐승은 부어오른 오른쪽 발을 앞으로 내밀고 있었다. 새끼사자는 열에 들뜬 눈으로 신음하고 있었다. 품에 안으니 어린 짐승의 가슴에서 불규칙한 박동이 느껴졌다. 보살펴주지 않으면 새끼사자는 곧 죽을 것이다.

다행히, 세타우가 아직 승선하지 않은 상태였다. 람세스는 그에게 새끼사자를 내밀었다. 상처를 살펴보고 세타우가 단정적으로 말했다.

─뱀에 물렸어.

─자네의 진단은?

─비관적이야…… 잘 보게. 독이빨에 물린 구멍 두 개가 보이지? 그리고 스물여섯 개의 이빨자국하고. 코브라한테 물린 거야. 이 새

끼사자가 특별한 놈이 아니었다면 벌써 죽었을 거야.

　―특별한 놈이라구?

　―이놈의 발을 보게. 어린 놈인데도 발이 대단히 크지 않은가. 살 수만 있다면 엄청나게 큰 놈이 될 텐데.

　―어떻게 좀 살려보게.

　세타우는 포도주에 동양의 사막에서 가져온 뱀풀 뿌리를 갈아넣어 새끼사자에게 먹였다. 그리고 관목 잎사귀를 곱게 갈아서 기름에 섞어 짐승의 몸에 발라주었다. 심장을 자극하고 심폐기능을 강화시키기 위해서였다.

　여행하는 동안 람세스는 새끼사자 곁을 떠나지 않았다. 사자는 축축하게 물에 적신 사막의 모래와 아주까리로 만들어진 붕대를 내내 감고 있었다. 짐승은 점점 더 기운을 잃고 움직이지 못했다. 우유를 먹여 보았지만 더 약해져갔다. 그러나 놈은 왕자가 쓰다듬어주는 것을 좋아했으며 그를 고맙다는 눈길로 바라보곤 했다. 왕자가 사자에게 말했다.

　―넌 살아날 거야. 우리 친구가 되자꾸나.

32

람세스의 개는 처음엔 뒤로 물러나더니, 살금살금 다가왔다.

그놈은 겁이 나기는 했지만, 용기를 내어 킁킁거리며 새끼사자의 냄새를 맡아보기까지 했다. 사자는 놀란 눈으로 이 이상한 동물을 바라보고 있었다. 아직 회복되진 않았지만 녀석은 놀고 싶어졌는지, 개에게 달려들어 제 무게로 개를 짓눌러버렸다. 개가 깽깽대며 빠져나왔지만, 사자는 개의 엉덩이를 할퀴고 말았다.

람세스는 사자의 목을 붙잡고 오랫동안 설교를 늘어놓았다. 사자는 귀를 쫑긋 세우고 들었다. 왕자는 개를 돌보아주었다. 상처는 깊지 않았다. 왕자는 이 두 동료 사이의 정면충돌을 조정해야 했다. 복수심이 남아 있던 개는 새끼사자를 한 대 때리는 시늉을 했다. 세타우는 새끼사자에게 '학살자'라는 이름을 붙여주었다. 뱀의 독과, 예정되어 있던 어두운 죽음을 이겨낸 지독한 놈이라는 뜻이었다. 사자의 힘에 어울리는 이 이름은 사자에게 행운을 가져다줄 거라고 떠들어대는 세타우의 뇌리에 문득 이런 생각이 떠올랐다. 거대한 코끼리에다 이번엔 괴상한 사자…… 람세스는 예외적인 것의 거대한 영역에 속해 있는 사내인가? 작고 비천한 것에는 관심을 가질 수 없게 생겨먹은 인간일까?

새끼사자와 개는 이내 각자의 힘을 알아차렸다. 새끼사자는 자신을 통제하려 애썼고, 개는 조금 덜 짓궂게 굴려고 애썼다. 두 동물 사이에 우정이 생겨났다. 같이 놀고 함께 달리면서, 이들은 살아 있다는 기쁨으로 한데 묶였다. 밥을 먹고 나면 개는 새끼사자의 옆구리에 머리를 얹고 잠이 들었다.

궁정에서는 람세스의 무훈이 큰 반향을 불러일으켰다. 코끼리와 사자를 길들일 수 있는 사람이라면 그 누구도 무시할 수 없는 힘의 소유자이다. 이제트는 사람들이 그렇게 말하는 것이 무척이나 자랑스러웠지만, 셰나르는 마음이 쓰리고 아팠다. 어떻게 귀족이라는 사람들이 저렇게 고지식할 수 있을까? 람세스는 운이 좋았을 뿐이다. 그게 전부다. 사나운 짐승들과 의사소통을 할 수 있는 사람은 아무도 없다. 어느 날인가 사자는 다시 야생상태로 돌아가서 그를 갈가리 찢어놓을 것이다.

그러나 그럼에도 불구하고 왕의 맏아들은 공식적으로는 동생과 완벽한 관계를 유지하는 것이 좋겠다고 생각했다. 이집트 사람들이라면 누구나 다 그렇듯이 셰나르는 세티에 대한 칭송을 늘어놓은 뒤, 누비아 반도들과의 전쟁에서 람세스가 수행한 역할의 중요성을 역설했다. 그는 람세스의 전사로서의 자질을 칭송하면서 그것이 보다 공식적인 방법으로 인정받기를 원한다고 말했다.

셰나르는 왕을 대신해서 이번 원정에 공이 있는 장군들에게 포상

하는 의식을 주재하였는데, 그는 그 자리에서 동생을 개인적으로 만나고 싶다는 의사를 표명했다. 의식이 끝나기를 기다려 두 사람은 얼마 전에 실내장식을 바꾼 셰나르의 집무실 안으로 들어갔다. 빼어난 재능을 가진 화가가 벽에 가지각색의 나비들이 날아다니는 화단을 그려놓았다.

─멋지지 않니? 난 호사스러운 분위기에서 일하는 걸 좋아한다. 일이 좀 가볍게 느껴지거든. 새 포도주 좀 마셔보겠니?

─아뇨, 됐습니다. 이런 세속적인 분위기는 딱 질색입니다.

─나 역시 그래. 하지만 어쩔 수 없다. 우리의 용감한 신하들이 귀한 대접을 받고 싶어하니까. 그들 역시 이 나라의 안전을 지키기 위해서 너처럼 목숨을 내놓았지. 넌 누비아에서 모범적인 행동을 보여주었다. 그렇지만, 일은 잘못 풀렸어.

셰나르는 그새 더 살이 쪘다. 진수성찬을 좋아하는 데다가 운동 부족인 그는 비만증에 걸린 시골 유지처럼 보였다.

─아버님께서 이 원정을 몸소 이끄셨습니다. 아버님이 계시다는 것만으로도 적들은 겁에 질렸던 거지요.

─그럼, 그렇고 말고…… 그렇지만, 코끼리 등에 타고 나타난 네 모습도 우리의 승리와 무관하지 않다. 누비아가 네게 강렬한 인상을 심어준 것 같다고 사람들이 수군대더구나.

─사실입니다. 난 그 지역을 좋아합니다.

─넌 누비아 총독의 행태를 어찌 판단하느냐?

─비열하고 벌받아 마땅하다고 생각합니다.

─그렇지만, 파라오는 그를 그 자리에 그대로 두셨다…….

─세티께선 통치방법을 알고 계십니다.

─이런 상황을 그대로 둘 순 없다. 총독은 머지않아 또다른 중대한 실수를 저지를 거야.

―실수로 인해서 크게 배운 바가 있지 않았을까요?

―사랑하는 아우야, 사람들은 그렇게 쉽게 바뀌지 않는 법이란다. 똑같은 실수를 다시 저지르는 경향이 있지. 총독 역시 예외가 아닐걸. 내 말을 믿어라.

―각자에게는 각자의 운명이 있습니다.

―그의 실패는 네 운명과 연관이 있지.

―어떻게요?

―시치미 떼지 마라. 네가 누비아를 사랑하게 되었다면 네가 원하는 유일한 임무는 총독 임무일 것이다. 그 자리를 얻도록 내가 널 도와줄 수 있다.

람세스는 이런 전망은 기대하지 않았다. 셰나르는 동생이 마음의 동요를 느끼고 있다는 걸 알아차렸다. 그가 말을 이었다.

―난 너의 욕심이 전적으로 정당하다고 생각한다. 네가 그 직위를 수행하게 되면 어떤 반란 기도도 일어나지 않을 것이다. 넌 나라에 봉사하면서 행복하게 지낼 수 있을 거다.

꿈…… 람세스가 마음속에서 쫓아버린 꿈. 자기 사자와 개를 데리고 그곳에서 살며, 매일 광대하고 황폐한 자연 속을 달리며, 나일 강과 바위들, 그리고 금빛 모래들과 이야기를 나누는…… 아니, 불가능해, 지나치게 멋지다.

―셰나르 형님, 날 놀리는 거요?

―네가 그 자리에 적임자라는 걸 왕께 증명해 보이겠다. 세티께서 네가 그곳에서 한 일을 보시지 않았니. 내가 말씀드리고 또 여러 사람이 청원하면 넌 원하는 걸 얻을 수 있게 될 거다.

―형님 원하시는 대로 하십시오.

셰나르는 동생을 축하해주었다. 누비아에서 지낼 수 있다면 람세스는 더이상 권태롭지 않을 것이다.

아샤는 지루했다. 그의 직위가 그에게 맡겨준 행정적인 일을 처리하는 기쁨은 몇 주 만에 다 사라져버렸다. 그는 더이상 관료의 업무와 서류들에 매력을 느낄 수 없었다. 현장에서의 모험만이 그를 매료했다. 사람들을 만나고, 온갖 조건의 사람들에게 말을 시켜보고, 거짓말을 가려내고, 크고 작은 비밀들을 밝혀내고, 사람들이 그에게 감추려고 하는 비밀의 베일을 벗기는, 그런 것들에 그는 흥미를 느꼈다.

시간을 이용해서 동지들을 만들어두어야 한다. 이집트의 적성국들이 가지고 있는 사고방식의 메커니즘을 이해하게 해줄 자리에 임명되어 아시아로 파견될 때까지 그는 외교관이 아니면 사용할 수 없는 전략을 활용했다. 로비를 하는 것이다.

그는 경험이 많은 사람들을 만났다. 그들은 말을 아끼고 비밀을 움켜쥐고 한사코 내놓으려 하지 않았다. 그러나 그는 그들을 구슬리는 방법을 알았다. 그는 아무것도 강요하지 않고, 점잖고 교양 있게 그들의 신임을 얻어서 그들과 대화를 나눌 수 있게 되었다. 그는 절대로 상대방을 성가시게 하지 않았다. 기밀 서류들을 직접 보지도 않은 채 그는 조금씩조금씩 그 내용을 알게 되었다. 아첨을 좀 하고, 아주 품위 있는 말로 상찬하고, 잘 고른 말로 적절한 질문을 던짐으로써, 그는 외무성 고위관리들의 신임을 얻었다.

셰나르의 귀에 들어오는 아샤에 대한 소문은 온통 칭찬 일색이었다. 그를 자기 동맹자로 만들어놓은 것은 아주 잘한 일 중의 하나였다. 그는 아샤를 은밀하게 자주 만났는데, 아샤는 그때마다 권력의 이면에서 꾸며지고 있는 일들에 대해 정보를 제공했다. 셰나르는 이미 가지고 있는 정보를 확인해보고, 또 아샤에게서 들은 이야기들로 그 정보를 보완했다. 매일매일 그는 왕의 직분을 위한 준비를 해나갔다.

누비아 원정에서 돌아온 이후 세티는 지쳐 보였다. 몇몇 정치고
문들이 셰나르를 섭정공에 임명하시라고 권했다. 그렇게 해서 몇
가지 책임의 무게만이라도 덜라는 것이었다. 진작에 결정은 내려진
터이니, 더 지체할 이유가 뭐란 말인가?

능란한 셰나르는 세티의 고문들을 진정시켰다. 자기는 아직 젊고
경험이 부족해서 섭정공 일을 하기엔 적합하지 않다고 주장했다.
세티의 현명한 판단에 맡기자는 것이었다.

아메니는 다시 일에 덤벼들었다. 출혈로 인한 통증 때문에 하루
종일 꼼짝도 못하고 침대에 누워 있다가 일어난 그는 자기의 수사
가 헛수고가 아니었다는 걸 람세스에게 증명해 보이려고 했다. 일
을 너무 해서 건강을 해쳤지만, 그는 일이 늦어졌다고 아쉬워하며
진지하게 다시 일을 시작했다. 람세스는 한마디도 하지 않았지만
꼭 죄를 지은 기분이었다. 한나절이라도 쉰 것이 아메니 앞에서는
무슨 용서받을 수 없는 잘못을 저지른 것처럼 느껴졌던 것이다. 아
메니가 람세스에게 말했다.

—쓰레기장들을 몽땅 뒤져서 증거를 하나 찾아냈어.

—'증거'라는 건 좀 지나친 용어 아냐?

—두 개의 석회암 파편을 찾아냈는데, 분명히 서로 관련이 있어.
하나에는 그 문제의 공방에 대한 언급이 있고, 다른 하나에는 소유
주의 이름이 쓰여 있어. 불행히도 이름이 쓰여진 곳이 부서져 있는
데, 끝자가 R이야. 혹시 셰나르의 R이 아닐까?

—정말 대단하군, 아메니. 하지만 그렇게 미미한 증거를 가지고
재판을 열겠다고 나설 판사는 아무도 없을걸.

젊은 서기관은 눈을 떨구었다.

—이런 대답을 들을까봐 무서웠어…… 하지만 시도해봐야 하는 거 아냐?

—보나마나 패소해.

—증거를 더 찾아낼 거야.

—가능해?

—세나르에게 속지 마. 그가 자넬 누비아 총독으로 추천하겠다는 건 자넬 쫓아버리기 위해서야. 가증스러운 그의 범죄는 잊혀질 거고, 그는 이집트에서 활개를 치겠지.

—나도 알고 있어, 아메니. 하지만 난 누비아가 좋아. 나와 함께 가세. 자넨 멋진 곳을 만나게 될 거야. 궁정의 너절한 음모와는 아무 상관도 없는 곳이지.

아메니는 대답하지 않았다. 그는 세나르의 호의에 또다른 음모가 숨겨져 있다고 확신하고 있었다. 멤피스에 머무는 동안에는 진실을 뒤쫓는 일을 포기하지 않으리라.

람세스의 누이 돌렌테는 연못 옆에서 축 늘어져 있었다. 날씨가 더울 때는 연못에서 목욕을 하고, 하인을 시켜 몸에 기름을 바르고, 마사지를 받는다. 남편이 승진하고, 그녀는 하루 온종일 빈둥거렸지만, 점점 더 피곤해질 뿐이었다. 미용사, 손발 화장사, 집사, 요리사…… 그 모든 사람들이 그녀를 피곤하게 만들었다.

의사가 처방해준 고약을 발라도 그녀의 피부는 여전히 기름기가 번질번질했다. 몸매 관리를 하려면 더 본격적인 방법을 사용해야 했다. 그러나 사교계의 의무 때문에 좀체로 시간이 나질 않았다. 왕실의 천일야화를 줄줄 꿰고 있기 위해서는 이집트 상류사회의 존재를 알게 해주는 연회며 의식에 모두 참여하지 않으면 안 되었다.

몇 주 전부터 돌렌테는 불안한 마음이 들기 시작했다. 세나르의 측근들이 마치 그녀를 믿지 못하겠다는 듯이 비밀이야기들을 전처럼 많이 들려주지 않았기 때문이다. 돌렌테는 그 이야기를 람세스에게 해야겠다고 생각했다. 돌렌테가 말을 꺼냈다.

─네가 이젠 셰나르하고 화해했으니까, 이젠 네 개입이 무시 못할 영향력을 가지게 됐다.

─나한테서 뭘 바라는 거요?

─셰나르가 섭정공이 되면 상당한 권력을 가지게 될 거야. 그가 날 무시할까봐 걱정이 된다. 벌써부터 날 제껴놓기 시작했단 말야. 이러다간 얼마 안 있어서 시골 부자 마누라짝이 날 거야.

─내가 어떤 일을 해줄 수 있는데?

─셰나르에게 내 존재와 내가 개인적으로 가지고 있는 인맥이 중요하다는 얘길 좀 해줘. 앞으로는 그게 그에게 도움이 될 거라고 말야.

─콧방귀나 뀔걸. 형님에게 난 벌써 누비아 총독이고, 이집트와는 아무 상관도 없는 인물이니까.

─그럼 겉으로만 화해한 거구나.

─형님이 나에게 책임 분배를 해준 거지.

─넌 검둥이들이 사는 곳에 가서 처박혀 있는 게 좋으니?

─난 누비아가 좋아.

돌렌테는 언제 그렇게 축 늘어져 있었냐는 듯이 갑자기 활기 있는 목소리로 말했다.

─반란을 일으켜, 제발 부탁이야! 네 태도는 말도 안 돼. 너랑 나랑 손을 잡고 셰나르에게 반기를 드는 거야. 그래서 그 괴물에게 자기에게 가족이 있다는 것, 그리고 가족을 어둠 속에 내팽개쳐서는 안 된다는 걸 기억하게 해주자.

─친애하는 누님, 미안해. 난 음모라면 질색이야.

—날 버리지 마.

—내가 보기엔 누님 혼자서도 충분히 앞가림을 할 수 있을 것 같은데 무슨 소리야.

저녁 예배를 드리고, 여사제들이 부르는 노래를 듣고 난 후, 하토르 여신의 조용한 신전에서 투야 왕비는 깊은 생각에 잠겼다. 신에게 드리는 예배는 인간의 천박함으로부터 멀리 떨어져 보다 명민하게 나라의 앞날을 생각해볼 수 있게 해주었다.

왕비는 왕과의 오랜 대화중에, 셰나르에게 과연 나라를 다스릴 능력이 있는지 걱정스럽다는 이야기를 했다. 언제나 그랬듯이 세티는 아주 주의깊게 들었다. 그도 누군가가 람세스를 죽이려고 했으며, 그 암살 기도의 진범이 터키석 광산에서 죽은 그 전차병만이 아니라면 아직도 배후는 밝혀지지 않았다는 사실을 알고 있었다. 비록 셰나르가 동생에게 품고 있던 적개심이 사라졌다고는 하지만 그가 이 일에 관해 결백하다고 할 수 있을까? 증거가 없기 때문에 그런 의심을 하는 것은 끔찍하게 느껴졌다. 그러나 권력욕은 인간을 사나운 짐승으로 바꾸어놓지 않는가?

세티는 아무리 사소한 일도 소홀하게 여기지 않았다. 아내의 의견은 지나치게 셰나르의 입장을 옹호하는 신하들이나 아첨을 일삼는 무리의 의견보다 중요했다. 세티와 투야는 두 아들의 행동을 검토해본 뒤 앞날의 계획을 세웠다. 물론, 분류하고 분석하는 것은 이성이 하는 일이다. 그러나 이성은 결정을 내리지 못한다. 길을 끌어가는 것은 전격적인 직관이며, 파라오의 가슴에서 파라오의 가슴으로 전수되는 직접적 지식인 '시아'이다.

람세스의 개인 정원으로 나 있는 문을 열다가 아메니는 이상한 물건에 부딪쳤다. 아카시아나무로 만들어진 멋진 침대였다! 이집트 사람 대부분은 돗자리 위에서 잠을 잤다. 이런 가구는 값이 제법 나갈 것이다.

아연실색한 젊은 서기관이 람세스를 깨우러 달려갔다.

—침대라니? 무슨 소리야?

—자네가 가서 직접 보면 되잖아. 걸작품이라니까!

침대를 살펴본 람세스도 아메니와 같은 생각이었다. 침대는 퍽 재능 있는 목수의 솜씨였다. 아메니가 물었다.

—이걸 집안에 들여놓을까?

—절대 안 돼! 지키고 있어.

말 위에 올라탄 람세스는 이제트의 부모님이 살고 있는 저택까지 말을 달렸다. 그는 이제트가 몸단장을 끝낼 때까지 참고 기다려야 했다. 그녀는 화장을 하고 향수를 뿌린 말쑥한 모습으로 연인 앞에 나타나고 싶어했다.

그녀의 아름다운 모습을 보자 람세스의 마음이 흔들렸다. 그녀가 웃으며 말했다.

—준비됐어.

—이제트…… 당신이 침대를 가져다놓은 거야?

그녀는 환하게 웃으며 그를 꼭 껴안았다.

—다른 누가 감히 그러겠어?

‘침대 선물’을 함으로써, 이제트는 연인에게 다른 침대를 하나 자기에게 선물하도록 강요한 셈이다. 평생을 두고 맺어질 예비 부부들이 사용할 더 호사스러운 침대를 말이다.

—내 선물을 받아들인 거지?

—아니, 바깥에 그냥 놔뒀어.

그녀는 토라져서 투덜거렸다.

─그건 중대한 모욕이야. 어차피 할 일을 왜 뒤로 미루는 거야?

─난 아직 자유롭고 싶어.

─당신 말 안 믿어.

─당신 누비아에서 살고 싶어?

─누비아라구…… 끔찍해라!

─하지만 그게 내 운명인걸.

─거절하면 되잖아!

─불가능해.

그녀는 람세스에게서 떨어져서 뛰듯이 가버렸다.

람세스는 많은 고위관리들과 함께 파라오가 포고하는 새로운 관직 사령 독회에 참여하라는 소환을 받았다. 접견실은 사람들로 가득 차 있었다. 나이든 사람들은 짐짓 침착한 태도를 꾸미고 있었지만, 젊은 축들은 불안한 심정을 감추지 못했다. 많은 사람들은 세티의 판결을 두려워했다. 세티는 그가 맡긴 임무를 수행하는 데 있어 어떤 게으름도 용납하지 않을 뿐만 아니라, 능력이 없는 사람들이 이러쿵저러쿵 부풀려서 늘어놓는 핑계도 별로 들어주지 않는다.

독회가 열리기 전 몇 주 동안은 긴장이 최고조에 달한다. 관리들은 너나할 것 없이, 자신과 자신이 보호하고 있는 사람들의 이익을 지키기 위해서 세티의 열렬하며 무조건적인 봉사자로 보이려고 애를 쓴다.

왕의 위임을 받은 서기관이 왕의 이름으로 사령장을 읽기 시작하자, 숨소리 하나 들리지 않았다. 지난밤에 형과 저녁식사를 한 람세스는 조금도 걱정하지 않았다. 자신의 일은 이미 결정이 된 것이므로 다른 사람들의 경우만 흥미를 가지고 들었다. 어떤 사람들의 얼굴은 밝아졌고, 어떤 사람들의 얼굴은 굳어졌으며, 어떤 사람들은 받아들일 수 없다는 불만스러운 표정을 짓고 있었다. 그러나 파라오의 결정이니, 모두들 그 결정을 존중하게 될 것이다.

마지막으로 누비아 차례가 되었다. 누비아에 대해서 사람들은 별반 흥미를 보이지 않았다. 최근의 상황도 상황이려니와 세나르가 계속해서 개입해왔기 때문에 사람들은 람세스가 당연히 총독으로 지명될 것이라고 생각했다.

그러나 발표 결과는 놀라웠다. 현재의 총독이 그대로 유임되었던 것이다.

33

이제트는 기뻤다. 세나르의 물밑 작전에도 불구하고 람세스가 누비아 총독으로 임명되지 않았기 때문이다! 왕자는 계속 멤피스에 남아서 명분뿐인 자리를 지키게 될 것이다. 이제트는 이 기대하지 않았던 행운을 이용해서 람세스를 자신의 정념의 그물 안에 가두어 놓겠다고 생각했다. 람세스가 버틸수록 이제트는 더욱더 그에게 끌렸다.

부모님은 세나르의 유혹에 다정하게 응해주라고 계속 성화였지만, 이제트 눈엔 람세스만 보였다. 누비아의 원정 이후 젊은이는 더 아름다워지고 더 남자다워졌다. 그의 빛나는 육체는 체격이 더 좋아졌고, 타고난 품위가 더욱 힘있게 사람들을 압도했다. 보통사람들보다 머리 하나는 더 큰 그의 위풍당당한 모습엔 당할 자가 없을 것 같았다.

그의 인생을, 감동을, 욕망을 나눈다는 것…… 얼마나 멋진 미래인가! 그 무엇도, 그 누구도 이제트가 람세스와 결혼하는 것을 막지 못할 것이다.

사령 독회 이후 며칠 지나서 이제트는 왕자의 집에 갔다. 지나치게 일찍 방문하는 것도 시기적절하지 못하니까. 지금쯤 실망하는 마음도 가졌을 테고, 이제트는 아주 효과적인 위안자 노릇을 할 수 있을 것이다.

아메니가 그녀를 공손하게 맞았다. 이제트는 아메니가 마음에 들지 않았다. 왕자는 어떻게 저렇게 병약하고 빌빌대는 어린애 같은 사람을 신임할 수 있을까? 늘상 서판에다 코를 박고 삶의 즐거움이라곤 누릴 줄 모르는 위인을 말야. 조만간 장래의 남편을 설득해서 더 그럴듯한 사람으로 갈아치우게 해야지. 람세스는 저렇게 신통치 않은 사람들로 만족할 인물이 아냐.

―내가 왔다고 주인에게 알려라.

―죄송합니다. 부재중이십니다.

―언제 오는데?

―모릅니다.

―어디 가셨는데?

―모릅니다.

―날 놀리려는 거야?

―그럴 리가 있습니까.

―그럼 설명해봐! 언제 나가셨어?

―어제 아침에 왕께서 데리고 나가셨습니다. 마차에 왕자님을 태우시고 선창가 쪽으로 가셨습니다.

현자들이 '위대한 초원'이라고 불렀던 '왕들의 계곡'이 금속처럼 차가운 침묵 속에 누워 있다. 그 계곡은 파라오의 빛나는 영혼들이 부활하는 천국이라고 했다. 테베 서쪽 연안 부두에서부터 위병들이 밤낮으로 입구를 지키고 있는 이 신성한 장소에 이르기까지, 왕과 그의 아들은 양옆에 높은 절벽들이 서 있는 구불구불한 길을 따라왔다. 꼭대기가 피라미드처럼 뾰족한 '산정'이 '계곡'을 굽어보면서 우뚝 서 있었다. 그곳에 침묵의 여신이 깃들여 살고 있다.

람세스는 몸이 뻣뻣하게 굳었다.

왜 아버지는, 재위중인 파라오와 그의 영원의 집을 짓는 장인들만 들어갈 수 있는 이 신비한 장소로, 그를 데리고 오신 것일까?

무덤 안에 쌓여 있는 보물들을 지키는 궁수들은 정체가 불분명한 사람은 누구든 경고 없이 그 자리에서 쏘아죽이라는 명령을 받고 있었다. 아무리 사소한 것이라 해도 도굴을 시도한 사람은 무조건 나라 전체의 안위를 위협하는 범죄자로 간주되어 사형에 처해졌다. 칼을 든 귀신들이 있다는 소문이 돌기도 했다. 그 귀신들은 그들이 던지는 질문에 대답하지 못하면 무덤에 침입한 무모한 자들의 목을 베어버린다는 것이었다.

물론 세티와 함께 있으니 마음이 놓이기는 했다. 그러나 람세스는 이 무서운 세계를 여행하느니, 누비아인들하고 열 번 전투하는 편을 택했을 것이다. 그의 힘과 용맹스러움도 이곳에서는 아무런 도움이 되지 않았다. 오히려 너무 무력해서 당장이라도 미지의 힘들에 잡아먹히고 말 것 같은 느낌이 들었다. 그 힘들과 어떻게 싸워야 하는지 그는 알지 못했다.

풀 한 포기, 새 한 마리, 벌레 한 마리 없었다…… 계곡은 바위를 위해서 생명의 모든 형태를 밀어내버린 것 같았다. 바위만이 죽음에 대한 승리를 영원히 증언할 수 있는 것이다. 세티가 모는 마차가 앞으로 나아갈수록 무시무시한 절벽은 점점 더 좁혀들어왔다. 열기로 숨이 막힐 것 같았다. 인간 세계로부터 빠져나간다는 느낌이 목을 조여왔다.

아주 좁은 통로가 하나 나타났다. 그것은 암벽에 뚫려 있는 일종의 문 같은 것이었다. 그 입구 이쪽과 저쪽에 무장한 병사들이 서 있었다. 마차가 멈춰 서고, 세티와 람세스는 마차에서 내렸다. 병사들은 왕의 얼굴을 알아보고 절을 했다. 왕은 정기적으로 이곳을 방문해서 자신의 무덤을 만드는 일이 잘 진행되고 있는지 살펴보고, 자기의 마지막 집이 될 그곳 벽에 새기고 싶은 신성문자 문장을 조각가에게 직접 불러주곤 했다.

그 문을 넘자, 람세스는 숨이 끊어지는 기분이었다.

'위대한 초원'은 뜨겁게 달구어진 도가니였다. 지평선에는 쪽빛 하늘을 이고 있는 황토빛 절벽 꼭대기들만 보였다. 그 외는 아무것도 보이지 않았다. 산정은 파라오의 영혼들에 휴식과 평화를 보장해줄 거의 절대적인 침묵을 명하고 있었다. 공포가 경탄으로 바뀌었다. 계곡의 빛에 흠뻑 젖은 람세스는 으깨어졌다는 느낌과 동시에 고양되었다는 느낌을 받았다. 끝없는 하강과 한없는 상승. 신비와 장엄한 풍경 앞에 서 있는 우스꽝스러운 작은 인간. 그러나 그는 자신을 파괴하는 대신 풍요롭게 하는 저승의 현존을 깨달았다.

세티는 돌로 된 현관 앞으로 아들을 데려갔다. 그는 금칠을 한 서양삼나무로 만들어진 문을 밀었다. 그리고 한가운데에 석관(石棺)이 놓인 작은 방으로 이르는 가파른 경사를 따라 내려갔다.

왕은 연기가 나지 않는 횃불에 불을 붙였다. 그 방의 찬란하고 완벽한 장식이 람세스의 눈을 부시게 했다. 황금색, 빨간색, 파란색과 검은색이 아주 생생한 광채를 내뿜고 있었다. 왕자는 거대한 뱀

아포피스의 그림 앞에 멈추어 섰다. 아포피스는 빛을 집어삼키는 어둠의 괴물인데, 사람의 형상을 한 창조주는 그것을 죽이지 않고 하얀 막대기로 그 괴물의 독을 중화시키고 있었다.

람세스는 시아 신이 이끄는 태양의 배를 감탄하며 바라보았다. 시아는 원인을 찾아내는 직관의 신이다. 그 직관만이 어둠 속에서 올바른 길을 찾아낼 수 있다.

람세스는 매의 대가리를 가진 호루스와 자칼의 대가리를 가진 아누비스가 마술의 힘으로 파라오를 매혹하고 있는 그림 앞에서 넋을 잃었다.

우주의 법칙을 주관하는 여신 마아트가 파라오를 의인들의 천국으로 안내해가고 있었다. 왕은 젊고 아름답게 그려져 있었다. 전통적인 머리장식에 넓은 황금 목걸이, 금빛 로인클로스 차림이었다.

오시리스 또는 다시 태어나는 생명을 나타내는 연꽃을 머리에 쓴 네페르툼 신 앞의 왕은, 눈을 들어 영원을 바라보는 고요한 모습으로 그려져 있었다.

그밖에도 수많은 것들이 왕자의 주의를 끌었다. 특히 다른 세계의 문을 나타내고 있는 신비한 텍스트가 그의 관심을 끌었다. 그러나 세티는 호기심을 만족시킬 틈을 주지 않았다. 그는 왕자에게 석관 앞에 엎드려 절하라고 명했다.

─여기에 누워 계신 왕은 이름이 너와 똑같은 람세스였던 분이다. 이분은 우리 왕조의 창시자시니라. 호렘헵께서 당신의 계승자로 그를 지명하셨다. 한때 나라의 대신이었던 람세스는 나라를 위해 열심히 일하고 은퇴했지만, 파라오로 지명되어 평온한 생활을 포기해야 했다. 노인은 이집트를 다스리는 데 그의 마지막 힘을 바쳤느니라. 그가 다스린 기간은 채 2년이 되지 않았지만 그는 그를 향한 찬양에 걸맞는 왕이었다. '그는 두 개의 땅에 마아트의 법을

확립시킨 자, 신의 빛이 그를 세상에 두셨으니, 신의 빛은 한결같으시도다. 창조의 원칙이 그를 선택하셨도다.' 그분은 이처럼 현명하고 겸허한 조상이었다. 그분이 우리의 눈을 열어주실 수 있도록 그를 경배하는 것이 마땅하다. 그에게 예배 드리고, 그의 이름을 기리고 공경하여라. 조상들을 기리는 것은 그분들이 우리 앞에 계셨기 때문이요, 또한 우리가 그들의 발자취 안에 우리의 발자취를 섞어 넣어야 하기 때문이니라.

왕자는 왕조의 창시자의 영혼이 그곳에 있다는 것을 느꼈다. 신성문자로 '생명의 공급자'라고 쓰인 석관으로부터 손에 만져질 듯한 기운이 솟아나왔다. 그 기운은 마치 부드러운 태양빛 같았다.

─일어서라, 람세스. 너의 첫번째 여행이 끝났다.

여기저기에 피라미드가 흩어져 있었다. 가장 인상적인 건 하늘을 향해 올라가는 거대한 계단 모양의 드제제르 파라오의 피라미드였다. 람세스는 아버지와 함께 거대한 사카라를 찾아갔다. 그곳은 또 하나의 고대 공동묘지로서 고왕조 시대의 파라오들과 그 신하들의 영원의 집이 세워져 있었다.

세티는 사막의 고원을 향해 마차를 달렸다. 야자수 숲과 경작된 밭들, 그리고 나일 강이 내려다보이는 그곳에 줄지어 선 거대한 무덤들의 행렬은 1킬로미터가 넘게 이어졌다. 무덤 하나하나는 약 50미터 길이의 거친 벽돌로 만들어져 있었다. 무덤의 양쪽 측면은 궁전의 겉면과 비슷했다. 높이 5미터가 넘는 그 무덤들은 생생하고 밝은 색깔로 칠해져 있었다.

무덤 앞에서 람세스는 크게 놀랐다. 무덤 외벽에 진흙으로 구워 만든 황소 머리가 3백 개나 튀어나와 있었다. 진짜 황소의 뿔을 달아놓은 그 조각들은 무덤을 무적의 무기로 탈바꿈시키고 있었다.

어떤 사악한 힘도 무덤 가까이 다가갈 수 없을 것 같았다. 세티가 왕자에게 가르침을 주었다.

—이곳에 묻힌 파라오의 이름은 드제트다. 그 말은 영원이라는 뜻이다. 그분 주위에는 우리의 가장 먼 조상들인 제1왕조의 왕들이 누워 계시다. 이들은 처음으로 지상에 마아트의 법을 실천하셨고, 혼돈에다 질서를 새겨넣으신 분들이시다. 모든 통치는 조상들이 나무를 심어놓으신 정원에 뿌리내리고 있어야 하느니라. 네가 맞닥뜨렸던 황소를 기억하고 있느냐? 그 황소는 이곳에서 태어난 것이다. 우리의 문명이 태어난 이래 이곳에선 끊임없이 그 힘이 다시 태어나고 있다.

람세스는 황소 대가리 하나하나마다 발걸음을 멈추었다. 똑같은 표정은 하나도 없었다. 그것들은 가장 엄격한 권위에서부터 은혜에 이르기까지 통치기술의 모든 면모들을 표현하고 있었다. 람세스가 그 이상한 유적을 한 바퀴 돌아보고 나자, 세티는 그의 마차에 올랐다.

—너의 두번째 여행이 끝났다.

그들은 북쪽을 향해 항해했다. 배에서 내려서는, 작은 촌락에 이를 때까지 푸르른 들판 사이로 난 좁은 오솔길을 말을 타고 달렸다. 마을 사람들은 파라오와 왕자의 도착을 열렬히 환영했다. 델타의 후미진 구석에서 왕과 왕자를 본다는 것은 기적과도 같은 행운일 것이다. 그러나 마을사람들은 왕을 잘 알고 있는 것 같았다. 사람들은 공손하게 왕의 시중을 들었다. 세티와 람세스는 어둠 속에 잠겨 있는 자그마한 사당으로 들어갔다. 그들은 돌로 만들어진 긴 의자 위에 서로 마주 앉았다.

—아바리스라는 이름을 알고 있느냐?

―어찌 모르겠습니까? 예전에 이집트를 침략했던 힉소스 점령군의 수도 아닌가요. 저주받은 도시의 이름이지요.

―넌 지금 아바리스에 있다.

람세스는 기겁을 하고 놀랐다.

―하지만 아바리스는 파괴되지 않았습니까?

―어떤 인간이 신성을 파괴할 수 있다더냐? 이곳은 나에게 당신의 이름을 주신 천둥과 번개의 힘, 세트께서 다스리시는 곳이다.

람세스는 겁에 질렸다. 세티의 간단한 몸짓이나 눈빛 한 번이면 자신은 당장 죽음을 당하게 될지도 모른다. 세티가 자기를 이 저주받은 곳으로 데려온 데 달리 무슨 이유가 있겠는가?

―두려워하고 있구나. 좋은 일이다. 허풍쟁이들과 바보들만이 두려움이 무엇인지 모른다. 그 두려움으로부터 두려움을 정복할 수 있는 힘이 생겨난다. 그것이 바로 세트의 비밀이다. 아케나톤처럼 그러한 사실을 부인하는 자는 오류를 범하게 되고, 이집트를 약한 나라로 만든다. 파라오는 뇌우의 화신이기도 하다. 우주의 분노와 번개의 냉혹한 성격을 가져야 하는 것이다. 때로는 치고 벌을 내리는, 행동하는 팔이다. 무턱대고 사람들의 선량함을 믿는 것은 왕으로서는 저질러서는 안 되는 잘못이다. 그랬다간 나라는 망하고 백성은 도탄에 빠지게 된다. 람세스, 너는 세트를 대면할 수 있겠느냐?

한줄기 빛이 사당의 지붕으로부터 내려와 한 남자의 입상을 비추었다. 긴 얼굴에 커다란 귀를 가진 남자의 두상은 무서웠다. 어둠으로부터 그 무시무시한 얼굴을 드러낸 자는 세트 신이었다!

람세스는 일어나서 그를 향해 걸어갔다.

그는 보이지 않는 벽에 부딪혀 멈추어 서지 않으면 안 되었다. 두번째의 시도도 실패로 끝났다. 세번째에 그는 장애물을 넘어설 수 있었다. 입상의 두 눈은 마치 두 개의 불꽃처럼 활활 타고 있었다. 마치 불의 혀가 핥고 지나가는 것처럼 온몸이 뜨거웠지만, 람세스는 그 시선을 마주보았다. 끔찍한 고통이었다. 그는 견디어냈다. 그는 세트 앞에서 물러서지 않을 것이다. 비록 죽는 한이 있다 해도.

결정적인 순간이었다. 불평등한 결투였지만, 그래도 람세스에겐 그 결투에서 패배할 권리가 없었다. 세트의 붉은 두 눈이 눈구멍에서 빠져나왔다. 화염이 람세스를 휘감았다. 람세스의 머리가 타오르고 가슴이 터질 지경이었다. 그러나 그는 서 있었다. 그는 세트에게 맞섬으로써, 그를 자기로부터 멀리, 사당의 가장 깊은 곳으로 쫓아버렸다.

갑자기 폭풍우가 몰려왔다. 장대 같은 비가 아바리스에 쏟아져내렸다. 거세게 들이치는 우박에 사당의 벽이 흔들렸다. 붉은 빛이 홀연 사라지고, 세트는 어둠 속으로 돌아갔다. 그는 아들이 없는 유일한 신이었다. 그러나 지상에서 세트를 계승하고 있는 파라오 세티는 이제 자기의 아들을 힘의 사람으로 인정하였다. 세티가 나지막한 목소리로 말했다.

—네 세번째 여행이 끝났다.

34

9월 중순이면 장엄한 오페트 축제에 참여하기 위해 왕실 전체가 테베로 이동한다. 축제가 진행되는 동안 파라오는 숨어 있는 신 아몬과 일체가 되는 성체배령의식을 거행하게 된다. 아몬 신은, 지상에서 그를 대리하는 그의 아들인 파라오의 카를 재생시켜준다.

모든 귀족들은 이 환희의 제의가 진행되는 보름 동안, 반드시 남부지방의 대도시에 있어야 한다. 종교제의에는 몇 명의 입문자들만이 참례할 수 있지만 백성들도 서로 즐거운 시간을 가지고, 또 부자들은 부자들끼리 화려한 저택에서 연회를 연다.

아메니에게 여행은 고난이었다. 여러 장의 파피루스와 서기관 용품들을 가지고 가야 하는 데다가, 일의 일상적인 흐름을 흔들어놓는 이런 종류의 이동은 질색이었다. 기분 나쁘기는 했지만 그래도 그는 람세스가 만족할 수 있도록 세심하게 그 이동을 준비했다.

얼마 전에 있었던 세티와의 여행 이후 왕자는 달라졌다. 침울해졌고, 종종 혼자 처박혀 명상에 잠겼다. 아메니도 그를 귀찮게 하지 않았다. 그저 자기가 하는 일에 대해 일일보고를 하는 것으로 만족했다. 왕실 서기관이며 고급장교로서, 왕자는 엄청난 양의 잡무를 처리하지 않으면 안 되었다. 개인비서인 아메니가 그 일을 덜어주어야 했다.

적어도 테베행 배 위에서는, 이제트로부터 해방될 수 있다! 람세스가 없는 동안, 그녀는 매일 찾아와 아무것도 모르는 아메니에게 람세스의 소식을 말하라며 앙탈을 부렸었다. 이제트에게서 매력을 느끼지 못하는 아메니는 그럴 때마다 그녀를 빤히 노려보곤 했다. 언젠가 이제트는 왕자에게 비서를 갈아치우라고 했다가, 일언지하에 거절당한 적이 있었다. 그 바람에 두 사람 사이가 며칠 동안이나 서먹했지만, 아름다운 귀족 아가씨는 그때 확실히 깨달았다. 람세스는 절대로 친구를 배반하지 않을 사람인 것이다.

비좁은 선실 안에서 아메니가 편지를 쓰면 람세스가 인장을 눌러주었다. 왕자가 서기관 옆에 있는 돗자리에 와서 앉았다. 아메니가 놀라며 말했다.

─자넨 어떻게 그렇게 뜨거운 태양을 견딜 수 있나? 나 같으면 한 시간도 못 돼서 뻗어버릴 거야.

─태양과 나는 서로 이해하지. 나는 그를 경배하고 그는 나에게 양식을 베풀어주거든. 이젠 일 좀 그만 하고 풍경이나 좀 바라보지 그러나?

─난 게으름을 피우면 몸이 아파. 그보다 지난번 여행은 자네에게 별 도움이 되지 않았던 모양이야.

─비난하는 건가?

—자꾸 혼자 있으려구만 들잖나.

—자네한테 영향을 받았지.

—놀리지 말구. 자네, 비밀을 품고 있군.

—비밀이라…… 그래, 자네 말이 맞아.

—그렇다면, 자넨 더이상 날 신임하지 않는군.

—전혀 그렇지 않아. 자넨 설명할 수 없는 걸 이해할 수 있는 유일한 사람이지.

—왕께서 자네를 오시리스의 신비에 입문시켜주셨나?

아메니가 호기심이 가득한 눈으로 물었다.

—아니, 하지만 조상님들을 만나게 해주셨어…… 조상님들 모두를 말일세.

람세스의 마지막 말은 너무 장중한 어조여서, 젊은 서기관은 마음의 동요를 느꼈다. 왕자가 얼마 전에 겪은 일은 틀림없이 그의 삶에 중요한 과정이었을 것이다. 아메니는 입술을 태울 듯한 뜨거운 질문을 던졌다.

—파라오가 자네의 운명을 바꿔놓으신 건가?

—아버님께선 다른 세계를 보는 눈을 뜨게 해주셨어. 세트 신을 만났네.

아메니가 몸을 떨었다.

—그런데 자네는…… 살아 있군!

—날 만져봐.

—다른 사람이 세트를 대면했다고 말했다면, 믿지 않았을 거야. 자네라면, 얘기가 다르지.

아메니의 손이 람세스의 손을 잡았다. 두려운 마음이 없는 것도 아니었다. 젊은 서기관은 안도의 한숨을 내쉬었다.

—자넨 악령으로 변하지 않았군…….

―어떻게 알아?

―난 알 수 있어. 자넨 이제트를 닮지 않았으니까!

―그녀에게 너무 심하게 굴지 말게.

―그 여자가 내 앞길을 망쳐놓으려 들었잖아.

―그녀에게 잘못을 깨우쳐줄게.

―내가 그 여자에게 다정하게 굴 거라고 기대하지 말게.

―말이 나왔으니 말인데…… 자넨 너무 혼자 있으려 들고, 그리고 좀 지나치게 까다로운 편 아냐?

―여자들은 위험한 존재야. 난 내 일이 더 좋아. 그리고 자넨, 오페트 축제 기간 동안 자네가 맡은 역할을 알아둬야 해. 자네 자리는 행렬의 맨 앞에서 삼분의 일쯤 되는 곳에 배치될 거야. 주름 잡힌 소매가 달린 새 아마옷을 입게 될 텐데, 옷이 아주 약하니까 조심해야 하네. 똑바로 서 있어야 하고 갑작스럽게 움직여선 안 돼.

―자넨 나에게 어려운 시련을 주는군.

―세트의 힘을 받은 자에겐, 그 따위쯤이야 애들 장난이지.

가나안과 시리아-팔레스타인은 평정되었고, 갈릴리와 레바논은 복속되었으며, 베두인 족과 누비아 족은 정복되었고, 히타이트 족은 오론테 지방 너머로 멀찌감치 쫓겨갔으니, 이집트와 테베는 아무 걱정 없이 축제를 치를 수 있었다. 세상에서 가장 강력한 나라가, 북쪽과 남쪽에서 그 부(富)를 빼앗으려고 호시탐탐 노리고 있는 악마들을 제압한 것이다. 즉위 8년 만에 세티는 대대로 공경받게 될 위대한 파라오의 위상을 확립했다.

새어나온 소문에 의하면 '왕들의 계곡'에 짓고 있는 세티의 영원의 집은 지금까지 지어진 어떤 피라미드보다도 거대하고 아름다울 것이라 했다. 몇 명의 건축가들이 공동으로 작업하고 있는 카르낙에서 파라오는 거대한 건축현장을 몸소 지휘하였다. 서쪽 연안 구르나에 세티의 영적인 힘인 카가 영원불멸하도록 예배 드리기 위해 지어지는 그 신전은 세상 사람들의 경탄을 자아냈다.

가장 비판적이었던 사람들도 지금은, 위험부담이 큰 히타히트 족과 전쟁을 벌이는 대신 왕이 나라의 힘을 신들이 머물 성소 건축에 쏟기를 잘했다고 생각했다. 그러나 셰나르는 믿을 만한 유력인사들에게, 그 휴전상태는 국가간의 적대관계를 해소시킬 수 있는 유일한 방법인 교역 발달에는 도움이 되지 않는다고 역설했다. 교역만이 국가간의 적대관계를 없앨 수 있다는 것이 그의 생각이었다.

유력인사들 중엔 파라오의 장자가 즉위하기를 초조하게 기다리는 사람이 많았다. 셰나르는 그들과 성향이 비슷했기 때문이다. 그들은 세티의 엄한 태도와 비밀을 간직하는 성품을 싫어했다. 어떤 사람들은 왕이 자기들의 의견을 너무 무시한다고 생각했다. 반면에 셰나르와 함께 있으면 편했다. 그는 토론하기에도 편한 상대였고, 나긋나긋하고 유쾌했으며, 한 사람 한 사람에게 그 사람이 듣고 싶어하는 약속을 해줌으로써 호의를 얻는 방법을 알고 있었다. 그에게 오페트 축제는 아몬의 대사제와 사제가 거느린 조직의 우정을 얻음으로써, 그의 영향력을 확대하는 새로운 기회가 될 것이다.

물론 람세스의 존재가 걸리적거리기는 했다. 람세스를 누비아 총독으로 임명해달라는 청을 넣었다가 이해할 수 없는 거절을 당했지만, 셰나르가 두려워했던 일은 일어나지 않았다. 파라오는 그의 둘째아들에게 아무런 특권도 부여하지 않았고, 람세스도 왕실의 다른 많은 아이들처럼 사치스럽고 나태한 생활에 만족하고 있었다.

사실 람세스를 두려워하고 그를 적수로 생각했던 것은 틀린 생각인지도 몰랐다. 그의 생기발랄하고 잘생긴 용모 때문에 착각한 것뿐인지도. 정작 인물은 신통치 않은데 말이다. 사실은 누비아 총독으로 보낼 필요조차 없는지도 모른다. 그 일도 그에겐 벅찰 테니까. 셰나르는 명색뿐인 자리들을 한번 생각해보았다. 전차부대 지휘관 정도면 어떨까. 람세스는 최고의 마차들을 차지하고, 무지한 인간들로 이루어진 작은 집단에서 군림하겠지. 이제트는 부유한 남편의 근육에 경탄하며 살아갈 테고.

문제는 다른 곳에 있다. 어떻게 해야 세티로 하여금 신전에 좀더 오래 머물면서 차츰차츰 나라 일에 무관심해지게 할 수 있을까? 왕이 자기의 특권을 내놓지 않으려 들 수도 있고, 섭정공이 하는 일을 방해할 수도 있다. 얼마나 능란한 거짓말로 세티를 저승에 대한 명상에 붙박아놓을 것인가가 셰나르가 당면한 문제였다. 그 사이 이집트와 외국 상인들의 접촉이 더 빈번해지면 그들과의 대화에 별로 흥미를 느끼지 못할 세티 대신 셰나르의 영역은 점점 더 넓어질 것이고, 빠른 시일 내에 그는 없어서는 안 될 존재로 떠오를 것이다.

무엇보다도 정면충돌을 피할 것. 세티가 미처 눈치채지 못하게 인맥의 그물을 치고, 점차 그의 목을 조일 것.

셰나르는 그의 누이 돌렌테도 무력하게 만들어야 한다고 생각했다. 수다스럽고 게으르고 호기심 많은 그녀는 미래의 정치틀 안에서 아무짝에도 쓸모없는 존재다. 그렇지만 중요한 자리를 차지하지 못하게 되면 실망해서 돈 많은 귀족들, 아마도 셰나르에겐 없어서는 안 될 인사들 몇을 모아 동맹을 맺고 반기를 들지도 모른다. 셰나르는 돌렌테에게 거대한 저택과 양떼들, 그리고 많은 하인들을 주려고도 생각했었다. 그러나 재산이 아무리 많아도 그녀는 만족하지 않을 것이다. 셰나르처럼 그녀도 음모와 술수를 좋아하는 사람이다. 두 마리 악어가 같은 늪에 살 수는 없다. 하지만 누이는 저항할 주제도 못 되는 여자다.

이제트는 다섯번째 의상을 입어보고 있었다. 하지만 이것 역시 마음에 들지 않았다. 너무 길고, 너무 풍성하고, 주름이 충분히 잡혀 있지 않고…… 짜증이 난 그녀는 몸종에게 다른 길쌈 공방을 찾아보라고 말했다. 축제의 마지막을 장식하게 될 대연회장에서 그녀는 누구보다도 예쁘게 보이고 싶었다. 세나르를 비웃어주고, 람세스를 유혹할 수 있도록 말이다.

그녀의 미용사가 숨을 헐떡이며 달려들어왔다.

─빨리, 빨리요…… 어서 앉으세요. 머리를 빗고 화려한 가발을 씌워드릴게요.

─왜 이렇게 서둘러대는 거야?

─서쪽 연안에 있는 구르나 신전에서 기념식이 있대요.

─그런 얘기 없었잖아! 예식은 내일에나 시작될 텐데.

─그렇지만 사실인걸요. 도시 전체가 떠들썩해요. 서둘러야 한다구요.

당황한 이제트는 고전적인 의상과 소박한 가발로 만족하기로 했다. 그걸로는 그녀의 젊음과 우아함이 돋보이지 않았지만, 예기치 않았던 모임을 놓쳐서는 안 되었다.

구르나 신전은, 세티의 불멸의 정신을 기리는 데 바쳐질 예정이다. 한 생애 동안 사람의 몸을 입고 있던 세티의 정신은, 몸이 죽은 뒤에는 에너지의 대양으로 되돌아간다. 건물의 비밀스러운 부분에는 전통적인 제의를 완성하는 왕의 모습이 표현될 예정인데, 그 부분은 아직도 작업중이었다. 많은 고관대작들이 신전 정문 앞 커다란 마당에 모여 있었다. 마당은 지금은 노천이지만, 곧 탑문(塔門)으로 마무리될 것이다. 아침시간인데도 쨍쨍 내리쪼이는 햇빛이 무

서워서 그들 대부분은 사각 양산 밑에 몸을 숨기고 있었다. 람세스
는 재미있다는 듯이, 세련되게 차려입은 이 주요인사들을 구경했
다. 긴 드레스, 부풀린 소매가 달린 윗저고리와 까만색 가발 때문에
그들은 틀에 박힌 사람들처럼 딱딱해 보였다. 지금은 잔뜩 거드름
피우고 있지만, 세티가 모습을 나타내면 당장 비굴해져서 행여 그
를 언짢게 할까봐 땅바닥에 코가 닿을 듯이 머리를 조아릴 것이다.

가장 소식이 빠른 궁정인사들의 말에 따르면, 왕은 카르낙 신전
에서 제사를 드린 후 그의 카가 고양되고 생명력을 그대로 유지할
수 있도록 구르나 신전의 배의 방에서 아몬 신에게 특별한 봉헌을
할 것이라 한다. 그래서 이렇게 늦어지는 것이라고. 나이든 사람들
은 힘들어하고 있었다. 세티는 때로 인정이 없다. 셰나르는 자기는
이런 잘못은 피하겠다고, 사람들의 약점을 최대한 이용하겠다고 마
음먹었다.

단순하고 소박한 흰옷 차림의 사제가 신전에서 나왔다. 그는 손
에 긴 지팡이를 들고 길을 뚫었다. 이 미지의 예식에 초대된 초대
객들은 그가 지나갈 수 있도록 황급히 길을 비켜주었다.

사제는 람세스 앞에 와서 섰다.

−절 따라오십시오, 왕자님.

많은 여자들이 람세스의 당당하고 늠름한 모습을 보고 소곤거렸
다. 이제트는 감탄으로 들떠 있었고, 셰나르는 빙긋이 웃었다. 이렇
게 일단락이 나는구나. 동생은 오페트 축제가 열리기 전에 누비아
총독으로 공표될 것이고, 곧 그가 그토록 사랑하는 먼 지역으로 떠
나게 될 것이다.

람세스는 혼란스러운 기분으로 앞에서 길을 여는 사제를 따라 신
전 문턱을 넘었다. 사제는 건물 왼쪽을 향해 가고 있었다.

서양삼나무 문이 그들 뒤에서 닫혔다. 길을 열던 사제는 어둠 속

에 잠긴 세 개의 제단 맞은편 두 기둥 사이에 람세스를 세워두었다.

—너는 누구냐?

—제 이름은 람세스, 파라오 세티의 아들입니다.

—속인(俗人)들의 접근이 허용되지 않는 이 비밀스러운 장소에서 우리는 우리의 조상이시며, 우리 왕조의 창시자이신 람세스의 영원한 현존을 찬양하고 있다. 벽에 새겨진 그의 모습은 영원히 살아남을 것이다. 그에게 제사를 바치고 그를 공경하겠다고 약속하겠느냐?

—약속하겠습니다.

—이 순간, 나는 숨겨진 신 아몬이다. 이리 가까이 오너라, 내 아들아.

제단에 불이 켜졌다.

두 개의 왕좌에 파라오 세티와 왕비 투야가 앉아 있었다. 세티가 쓰고 있는 것은 두 개의 큰 깃털이 달린 것으로 보아 아몬의 왕관이었다. 투야 왕비는 무트 여신의 흰 관을 쓰고 있었다. 람세스는 아들 신과 동일화되었다. 람세스에 의해 신성한 삼위일체가 완결된 것이다.

젊은이는 놀랐다. 신전의 비밀 안에서만 의미를 드러내던 신화가 이런 식으로 화현(化現)하리라는 것을 상상해본 적이 없었다. 그는 그 두 명의 존재가 이제 더이상 자기의 아버지와 어머니가 아니라는 것을 깨닫고, 그들 앞에 무릎을 꿇었다. 세티가 단호한 목소리로 말했다.

—사랑하는 아들아, 나에게서 빛을 받아라.

파라오는 람세스의 머리 위에 두 손을 올려놓았다. 왕비 역시 그렇게 했다.

왕자는 곧 아주 부드럽고 따스한 은혜를 느꼈다. 불안과 긴장이 사라지고, 알 수 없는 기운이 그의 존재의 섬유 한올 한올을 타고 스며들어왔다. 이제 그는 왕과 왕비의 정신으로 살아갈 것이다.

세티가 오른쪽에 람세스를 대동하고 신전 문턱 위에 나타나자, 좌중은 물을 끼얹은 듯 조용해졌다. 파라오는 상 이집트와 하 이집트의 결합을 상징하는 이중관을 쓰고 있었다. 람세스의 머리에도 관이 씌워져 있었다.

세나르가 펄쩍 뛰었다.

누비아 총독에게는 이런 상징을 사용할 권리가 없어…… 뭔가 잘못 됐어, 이건 미친 짓이야!

세티가 장중하고 힘찬 목소리로 선언했다.

─나는 나의 아들 람세스를 왕위 계승자로 지명하노니, 이는 내가 살아 생전에 그가 이루는 일을 보기 위함이다. 그를 왕국의 섭정공으로 임명하노니, 그는 향후 내가 내려야 할 모든 결정에 참여하고, 이 나라를 다스리고 나라의 통일성과 안녕을 지키는 것을 배우고, 백성의 지도자가 될 것이다. 그는 자신의 행복보다도 백성의 행복을 더 중하게 여기며, 밖의 적들과 싸우며, 약자를 강자로부터 보호함으로써 마아트의 법을 존중하리라. 이 모든 일이 다 이루어질 것이니, 내가 빛의 아들 람세스에게 품고 있는 사랑이 크기 때문이로다.

세나르는 입술을 깨물었다. 악몽이다, 이 악몽은 곧 사라질 것이다. 세티는 자기의 말을 취소할 것이고, 람세스는 열여섯 나이에 감당하기엔 지나치게 무거운 역할을 포기하고 무너질 것이다…… 그러나 제관은 파라오의 명령에 따라, 람세스가 쓰고 있는 관에 코브라 모양의 황금 우라에우스(고대 이집트 왕의 상징. 왕관에 장식한 코브라형의 기장—역주)를 달아주었다. 코브라의 불타는 숨결이, 장차 이집트의 파라오가 될 섭정공의 보이는 적들과 보이지 않는 적들을 쳐부수리라.

짧은 예식은 끝났다. 환호성 소리가 테베의 빛나는 하늘에 울려퍼졌다.

35

아메니는 사무실에 남아 의전 격식을 살펴보고 있었다. 카르낙에서 룩소르로 행차할 때, 람세스의 자리는 두 명의 고관들 사이에 배치될 예정이었다. 람세스는, 너무 빨리 걷지 말아야 했다. 느리고 엄숙한 리듬을 유지하려면 상당히 힘이 들 것이다. 그때 사무실에 들어선 람세스가 문 닫는 걸 잊은 탓에 공기 변화에 민감한 아메니가 재채기를 했다. 아메니가 투덜대며 말했다.

─문 좀 닫아. 자넨 한번도 아픈 적이 없어서, 아픈 사람 심정을 모르지.

─미안하네. 하지만 그게 이집트 왕국의 섭정공에게 하는 말버릇인가?

젊은 서기관은 놀란 눈을 들어 친구를 바라보았다.

─어떤 섭정공?

─내가 꿈을 꾼 것이 아니라면, 아버님께서 왕실 인사들이 모두 모여 있는 앞에서 나를 왕위 계승자로 지명하셨네.

─이게 무슨 농담이야?

─자네가 흥분하지 않는 걸 보니까 은근히 화가 나는데.

─섭정공이라, 섭정공이라…… 자네 생각해봤어? 일이 얼마나 많을지…….

─자네가 책임질 일의 목록이 길어지겠지. 내 첫번째 결정은 자네를 내 신발 운반 담당관으로 임명하는 거야. 그렇게 하면 자넨 날 버리지 않을 거고, 나에게 유익한 충고도 해줄 테고.

아메니는 놀라서 그의 나지막한 의자에 주저앉아 고개를 푹 숙였다.

─신발 운반 담당관 겸 개인비서라…… 어떤 운명의 신이 이 가엾은 서기관을 이렇게 악착같이 따라다니는 걸까?

─의전 절차를 다시 살펴보게. 난 이제 행렬의 한가운데 있게 되지 않을 테니까.

─난 그이를 당장 보고 싶단 말야!

화가 난 이제트가 말했다.

─전혀 불가능합니다.

중요한 예식이 있을 때 람세스가 신을 멋진 하얀 가죽 샌들을 닦고 있던 아메니가 말했다.

─이번엔 그이가 어디 있는지 알 테지?

─바로 맞히셨습니다.

─그럼 말해!

─아셔도 소용 없습니다.

—소용이 있는지 없는지, 그건 내가 판단할 일이야.

—공연히 시간만 버리는 겁니다.

—그건 일개 서기관이 결정할 문제가 아냐!

아메니가 샌들을 돗자리 위에 올려놓았다.

—일개 서기관이라구요? 개인비서 겸 신발 운반 담당이 말인가요? 아름다운 부인, 말투를 좀 고치셔야겠는뎁쇼. 사람을 깔보는 건 람세스님께서 별로 좋아하시지 않는 태도입죠.

이제트는 하마터면 아메니의 따귀를 갈길 뻔했다. 그러나 그녀는 행동을 자제했다. 이 뻔뻔스러운 남자의 말이 맞다. 섭정공은 그를 귀하게 여겨서 그에게 공식적인 직위를 부여한 것이다. 그러니 그를 함부로 업신여겨서는 안 된다. 그녀는 마지못해 어조를 바꾸었다.

—섭정공이 어디 있는지 알 수 있을까?

—말씀드렸다시피, 만나뵐 수 없습니다. 왕께서 카르낙으로 데려가셨으니까요. 두 분은 그곳에서 명상하시면서 하룻밤을 보내시고, 내일 아침 룩소르를 떠나는 행렬의 선두에 서실 것입니다.

이제트는 모욕당한 기분으로 물러나왔다. 이제 막 기적이 일어났는데, 람세스는 자기에게서 도망치려는 것일까? 그럴 리 없어. 난 그이를 사랑하고, 그이도 날 사랑하는데. 내 본능이 날 제대로 된 길에 세워두었던 거야. 셰나르에게선 멀리, 그리고 섭정공 가까이로 말야. 장차 나는 이집트의 국모이자 왕비가 되는 거라구!

갑자기 그런 생각을 하자 더럭 겁이 났다. 투야를 떠올리자, 그녀는 왕비라는 자리와 또 그것이 함축하고 있는 의무가 얼마나 무거운가를 깨닫게 되었다. 그녀를 이끌어온 것은 정열이었지, 야망은 아니었다. 그녀는 람세스에게 미친 듯이 빠져 있었다. 그녀가 사랑하는 것은 한 사내로서의 람세스이지, 섭정공 람세스가 아니었다.

람세스는 이제 왕권을 계승할 사람이다…… 기적은 불행과 비슷한 것일까?

람세스의 섭정공 지명에 이어진 즐거운 야단법석의 와중에서, 세나르는 누이 돌렌테와 그녀의 남편 사리가 누구보다도 먼저 앞장서서 섭정공에게 축하인사를 하는 것을 보았다. 아직 충격에서 헤어나오지 못한 세나르의 측근들은 여봐란 듯이 람세스에게 충성을 맹세하지는 않았지만, 그들도 머지않아 자기를 떠날 것이 틀림없다.

그는 패배해서 한옆으로 밀려났고, 이제 섭정공을 위해 봉사해야 한다는 것이 너무나 명백한 사실이 되어버렸다. 실권 없는 명예직 말고 더이상 무엇을 람세스에게서 기대할 수 있겠는가?

람세스를 속이기 위해 일단 몸을 굽히기는 하겠지만, 포기할 생각은 없었다. 어쩌면 미래는 예기치 않은 일들을 많이 보여줄지도 모른다. 람세스는 아직까지는 파라오가 아니니까 말이다. 이집트 역사를 살펴보면, 섭정공이 자기를 섭정공으로 지명한 왕보다 먼저 죽은 경우도 있다. 세티는 건강해서 앞으로도 오래 살 것이다. 살아 있는 동안 그는 권력의 극히 일부만을 람세스에게 넘겨줌으로써 람세스를 우스꽝스러운 꼴로 만들 수도 있다. 세나르는 람세스가 허공에 붕 떠서 돌이킬 수 없는 실수를 저지르도록 유도할 생각이었다. 사실, 그가 잃어버린 것은 아무것도 없었다.

─모세 아닌가!

카르낙의 건축현장에서 친구를 발견한 람세스가 반가움의 탄성을 질렀다. 히브리인은 그의 감독 하에 돌을 다듬고 있던 한 무리의 석수들을 버려두고 람세스 앞으로 와서 머리를 숙였다.

―경의를 표합니다…….

―모세, 일어나게.

그들은 다시 만나게 된 것이 기뻐서 축하인사를 나누었다.

―첫번째 임지인가?

―아니, 두번쨀세. 나는 서쪽 연안에서 벽돌 제조법과 돌 다듬는 방법을 배웠네. 그리곤 이곳 일에 관계하고 있지. 세티께서는 머리가 파피루스꽃과 연꽃봉오리 무늬로 장식된 기둥이 많은 거대한 홀하나를 짓고 싶어하신다네. 벽들은 산중턱과 비슷한 모양으로 만들어질 거야. 대지의 풍요를 벽 위에 조각하는 거지. 이 작품의 아름다움은 가히 하늘을 찌를 걸세.

―자넨 그 계획에 매료된 모양이군!

―신전은 그 안에 창조의 모든 경이를 품고 있는 황금그릇 같은 것 아닌가? 그래, 이 건축가라는 직업은 나를 열광시키네. 난 내 길을 찾아낸 것 같아.

세티가 두 사람에게 다가와서 자기의 의도를 자세히 설명해주었다. 아멘호텝 3세가 세운 기둥 높이 20미터의 지붕 덮인 오솔길은 이제 더이상 카르낙의 규모에 맞지 않았다. 그래서 그는 정말 기둥으로 이루어진 숲이라고 할 만한 건축물을 하나 구상했다. 기둥과 기둥 사이를 좁게 하여 기둥을 빽빽하게 배치함으로써 아클라우스트라 창문을 통해 들어오는 빛을 교묘하게 조절한다. 홀이 완성되면 수많은 기둥에 새겨진 신들과 파라오의 모습들 때문에 방 안에선 끊임없이 제의가 벌어지고 있는 듯한 효과를 낳게 될 것이다. 돌들은 이집트에 자양을 공급하는 근원의 빛을 보존하게 될 것이다.

모세가 방향을 결정하기가 까다롭고 건축자재들을 다루기가 어렵다는 얘기를 했다. 왕은 기술적인 문제를 서쪽 연안에 있는 '진리의 장소' 데이르 엘-메디네 마을 동업조합의 달인에게 맡김으로써 모세를 안심시켰다. 데이르 엘-메디네 마을은 입문제의를 마친 장인들이 직업의 비밀을 서로 전수하고 있는 곳이다.

카르낙에 어둠이 내렸다. 인부들은 연장을 정리했고 공사장은 텅 비었다. 이제 곧 천문학자들과 점성술가들이 신전 지붕 위에 올라가 별들의 메시지를 관찰할 것이다.

람세스가 세티에게 물었다.

―파라오란 어떤 존재입니까?

―그의 백성을 행복하게 해주는 자니라. 그러기 위해서는 사람들의 의사를 무시하고 행복을 만들어내려 애쓰지 말 것이며, 신들과, 끊임없이 창조하시는 우주의 원칙에 합당한 행동을 해야 한다. 하늘을 닮은 신전들을 짓고, 그 신전들을 그 신전의 주인이신 신께 바쳐라. 본질적인 것을 추구하다보면, 부차적인 것은 저절로 조화를 이루는 법이니라.

―본질적인 것은 마아트 여신이신가요?

―마아트는 올바른 방향을 제시하신다. 마아트 여신은 공동체라는 배의 키잡이이며, 왕좌의 초석이며, 완벽한 계량법이며, 존재의 공정함이니라. 마아트 여신 없이는 어떤 정의도 완성될 수 없느니라.

―아버님……

―어떤 불안이 너를 괴롭히느냐?

―제가 임무에 걸맞는 높이에 도달할 수 있을까요?

―스스로 고양될 수 없다면 너는 무너질 것이다. 파라오의 행동과 말과 그가 모시는 제사가 없다면, 세계는 균형을 잡을 수 없다. 인간의 어리석음과 탐욕 때문에 언젠가 파라오 제도가 사라진다면, 마아트의 치세는 끝이 나고, 어둠이 땅을 덮을 것이다. 인간은 제

이웃을 포함하여 자기 주변에 있는 모든 것을 파괴한다. 강자는 약자를 죽이고, 불의가 승리하며, 폭력과 추악함이 도처에서 활개를 칠 것이다. 비록 하늘에 태양의 원반이 남아 있다 하더라도, 그때는 태양이 더이상 떠오르지 않을 것이다. 자신의 힘만 믿으면, 인간은 악을 향해 갈 수밖에 없다. 파라오의 역할은 비틀린 지팡이를 바로 세우고, 혼돈 안에서 끊임없이 질서를 바로잡는 것이다. 그렇지 않은 어떤 형태의 통치도 실패할 수밖에 없다.

만족하지 못한 람세스는 수없이 많은 질문을 아버지에게 던졌다. 왕은 어떤 질문도 회피하지 않았다. 밤이 꽤 이슥해서야 섭정공은 긴 돌의자 위에 누워 뿌듯한 마음으로 수천 개의 별에 눈길을 던졌다.

세티의 명령에 의하여 오페트 축제의 의식이 시작되었다. 사제들은 제단으로부터 테베의 삼위일체의 신을 상징하는 배들을 끄집어냈다. 숨은 신 아몬, 우주의 어머니 무트, 그리고 그들의 아들 콘슈가 그 삼위일체신이었다. 콘슈는 하늘과 공간을 가로지르는 자로서, 람세스의 몸을 빌려 그 모습을 드러냈다. 신전의 문을 넘기 전에 세티와 그의 아들은 신들의 배에 꽃다발을 바치고, 신들에게 헌주하고, 속인들이 그것을 보더라도 온전히는 볼 수 없도록 베일로 덮었다.

홍수 절기 두번째 달 제19일에 엄청난 인파가 카르낙 신전 주위에 모여들었다. 금빛 대문이 열리고 왕과 그의 아들이 선두에 선 행렬이 모습을 나타내자, 환희의 물결이 넘쳐흘렀다. 이처럼 신들께서 땅 위에 계시므로 올해는 행복한 한 해가 될 거라는 즐거운 기대에 모든 이들이 들뜨기 시작한 것이다.

행렬은 둘로 나뉘어 나아갔다. 하나의 행렬은 카르낙과 룩소르를 이어주는 스핑크스 길을 따라 육로로 가고, 또 하나의 행렬은 카르낙 신전의 부두에서 룩소르 신전의 부두까지 나일 강의 수로를 따라간다. 강 위에 떠 있는 왕의 배는 모든 사람들의 시선을 집중시켰다. 사막의 황금과 보석으로 뒤덮인 그 배는 햇빛을 받아 찬란하게 반짝였다. 세티는 수로를 따라가는 선단을 이끌고, 람세스는 스핑크스가 늘어선 길을 따라가게 된다.

나팔, 피리, 북, 시스트럼, 류트 등의 악기가 곡예사들과 무희들의 곡예와 춤에 반주를 해주었다. 나일 강 둑 위에서는 장사꾼들이 맛있는 음식과 시원한 맥주를 팔고 있었다. 사람들은 구운 닭고기나 과자나 과일을 곁들여 맥주를 마셨다.

람세스는 주변의 잡다한 소리에 마음이 흐트러지지 않도록 조심했다. 그는 자기가 맡은 제의의 역할에 마음을 집중시켰다. 왕의 카가 재생되는 신전 룩소르까지 신들을 모셔가는 것이 람세스에게 맡겨진 역할이었다. 행렬은 제물을 바치기 위해서 여러 개의 사당 앞에 멈추어 섰다. 이것은 세티와 같은 시간에 룩소르 신전 앞에 도착하기 위해서 현명하게 시간을 끄는 방법이기도 했다.

신들의 배는 일반인들이 들어갈 수 없는 건물 안쪽으로 깊숙이 들어갔다. 바깥에서 축제가 진행되는 동안, 이곳에서는 숨겨진 힘들의 재생이 준비된다. 풍요의 모든 형태는 이 숨겨진 힘에 의존하고 있는 것이다. 열하루 동안 지극히 신성한 비밀 안에서 세 척의 배는 새로운 힘으로 가득 채워지게 된다.

아몬의 여사제들이 춤을 추고 노래 부르고 음악에 맞추어 연기했다. 풍성한 머리카락과 탄탄한 젖가슴을 가진 무희들이 몸에 라다눔향과 수련꽃향을 바르고, 머리에는 향내나는 갈대를 꽂고, 느릿느릿한 몸짓으로 매혹적인 모습을 연출해 보였다.

류트를 연주하는 여자 연주자들 중에 네페르타리가 있었다. 동료들에게서 조금 떨어져 앉아 악기에만 마음을 집중하고 있는 그녀는 바깥세상에 관심이 없어 보였다. 저렇게 젊은 아가씨가 어쩌면 저 토록 진지할 수 있을까? 남의 눈에 띄지 않으려 애쓰고 있는데도, 그녀는 독특해 보였다. 람세스는 그녀와 눈길을 마주쳐보려고 애썼지만, 그녀의 청록빛 눈은 류트의 현을 떠날 줄 몰랐다. 어떤 태도를 취하고 있든 그녀는 자신의 아름다움을 숨길 수가 없었다. 아몬의 다른 여사제들도 빼어난 아름다움의 소유자였지만, 그녀의 아름다움 앞에서는 빛을 발하지 못했다.

그리고 고요의 순간이 찾아왔다. 아가씨들이 물러갔다.

어떤 아가씨들은 보수를 받은 것에 흡족해했고, 또 어떤 아가씨들은 자기들이 받은 인상에 대한 얘기를 주고받기에 바빴다. 네페르타리는 고요히 명상에 잠겨 걷고 있었다. 마치 마음속 깊은 곳에 예식의 여운을 간직해두고 싶은 듯이 보였다.

섭정공은 눈으로 그녀를 좇았다. 순백색 옷을 입은 가냘픈 실루엣이 눈이 멀 정도로 내리쬐이는 여름빛 속으로 사라질 때까지.

36

이제트는 람세스의 알몸에 기대어 몸을 웅크린 채, 이집트의 모든 아가씨들이 알고 있는 사랑노래를 그의 귀에 속삭이고 있었다.

 ─당신의 하녀였음 좋겠네, 졸졸 당신만 따라다니게. 그럼 당신에게 옷 입혀주고, 벗겨줄 수 있으련만. 당신 머리 빗겨주고 마사지해주는 손이었음 좋겠네. 당신 옷을 빨고 당신을 향기롭게 하는 여자였음 좋겠네. 당신 팔찌가 되고 목걸이가 되어 당신 피부를 만져보고 당신 냄샐 맡았으면 좋겠네.

 ─그 노랠 부르는 건 남자 쪽이라구. 여자 쪽이 아니야.

 ─아무렴 어때…… 난 당신이 이 노랠 듣고 또 들었으면 좋겠어.

이제트는 격렬하게 사랑할 때나 부드럽게 사랑할 때나 언제나 한결같은 열정이었다. 부드럽고 열정적인 그녀는 연인을 놀라게 하기 위해 끊임없이 놀라운 유희들을 생각해냈다.

―당신이 섭정공이든 농부든 난 상관없어! 내가 사랑하는 건 당신이야. 당신의 힘, 당신의 아름다움.

이제트의 진정한 마음과 열정이 람세스를 감동시켰다. 그녀의 눈속에 거짓의 흔적이라곤 없었다. 그는 열여섯 살의 격정으로 그녀가 보여주는 신뢰에 답했다. 그리고 그들은 함께 기쁨을 맛보았다.

―포기해.

이제트가 제안했다.

―뭘 말야?

―그 섭정공의 역할, 그리고 파라오의 미래 말야…… 포기해, 람세스. 그리고 우리 행복하게 살자.

―어렸을 땐 왕이 되고 싶었어. 그 생각 때문에 열에 들떠서 잠을 설치곤 했지. 아버님께서 그 야심이 도리에 어긋난다는 걸 알게해주셨지. 난 포기했어. 그리고 그 미친 생각을 잊어버렸지. 그런데이제 와서 아버님이 날 왕위 계승자로 지명하신 거야…… 불의 급류가 내 삶을 가로질러 흐르고 있어. 난 그것이 어디로 갈지 몰라.

―그 강물에 뛰어들지 마. 둑 위에 남아 있어.

―내 마음대로 결정할 수 있을까?

―날 믿어봐. 그럼 내가 당신을 도와줄게.

―당신이 무슨 노력을 하든, 난 혼자야.

눈물이 이제트의 뺨 위에 흘러내렸다.

―난 그런 운명을 거부해! 우리가 결합해서 한 쌍의 부부가 되면, 우린 시련에 더 잘 저항할 수 있을 거야.

―난 아버님을 배반하지 않을 거야.

―그럼 좋아. 어쨌든 날 버리지 마.

이제트는 더이상 결혼에 대해 얘기할 용기가 나지 않았다. 어쩔 수 없다면, 그렇게 해야 한다면 어둠 속에 남아 있어도 좋으리라.

세타우가 섭정공의 관과 우라에우스를 조심스럽게 만져보았다. 람세스는 그러는 그를 재미있다는 듯이 바라보았다.

—그 뱀이 무서운 모양이지?

—이놈한테 물리면 치료할 방법이 없거든. 이놈의 독엔 약이 없다네.

—자네 역시 내가 섭정공의 역할을 수임하는 걸 만류하겠나?

—그래…… 그런데 그런 생각을 가진 사람이 나말고 또 있는 모양이지?

—이제트는 조용한 생활을 원하고 있어.

—그런다고 누가 그녀를 비난하겠나?

—모험가인 자네가 옹색하고 평온한 생활을 꿈꾼다고?

—자네가 접어든 길은 위험한 길이야.

—우린 진정한 힘을 찾자고 서로 약속하지 않았나? 자네는 매일 생명의 위험을 무릅쓰지. 왜 나라고 소심하게 살아야 하나?

—난 뱀들하고만 대결하지. 자넨 인간들하고 부딪치게 될 거란 말일세. 인간은 뱀보다 훨씬 더 무서운 종자일세.

—내 옆에서 함께 일해주겠나?

—섭정공께서 도당을 만드신다, 그거군…….

—난 자네와 아메니를 믿네.

—모세는 아니구?

—그는 자신의 길을 찾아냈어. 언젠가 건축가 조합의 달인이 될 거라고 확신하네. 우린 함께 눈부신 사원들을 건축하게 될 거야.

—그럼 아샤는?

—말해보려고 해.

—그런 제안을 해주어서 고맙네만, 사양하겠네. 내가 로투스와 결혼할 거라고 이야기했던가? 여자들을 믿어선 안 되지. 나도 그렇게 생각해. 하지만 그 여자는 아주 소중한 조력자야. 행운을 비네, 람세스.

한 달도 되지 않아서, 셰나르는 친구들을 절반 가까이 잃어버렸다. 상황은 그렇게 절망적인 것만은 아니었다. 그는 완전히 혼자 남게 될 거라고 생각했었으니까. 그러나 상당한 숫자의 유력인사들은 세티의 결정에도 불구하고 람세스의 미래를 믿지 않았다. 파라오가 죽고 나면, 무능력한 섭정공은 의무에 짓눌린 나머지 경험이 많은 사람에게 자리를 물려주게 될지도 모른다.

셰나르는 불공정한 처사의 희생양이 되었던 건 아닐까? 계승자로 내정되어 있었던 그는 한마디 설명도 듣지 못한 채 충격적인 방법으로 밀려났다. 자기 형을 모략하지 않았다면, 람세스가 어떻게 자기 아버지를 사로잡을 수 있었겠는가?

사람들이 자기를 희생자로 여기기 시작했다는 것은 셰나르에게는 썩 만족스러운 일이었다. 이 생각지도 않았던 이점을 끈질기게 이용하고 점점 더 지독한 소문을 만들어 퍼뜨리는 거다. 그리고 때가 되면 나타나 과격한 람세스와는 정반대되는 자신의 모습을 구원의 방법으로 제시하는 거다. 이 공작은 시간이 걸릴 것이다. 많은 시간이 걸릴 것이다. 그것을 성공시키기 위해서는 적의 계획은 어떤지 알아야 한다. 셰나르는 멤피스 궁 본전 건물의 한 동에 살고 있는 람세스에게 접견을 요청했다.

우선 아메니라는 장애물을 넘어야 한다. 저 람세스의 영혼 같은 망할 놈. 저놈을 어떻게 타락시킬 수 있을까? 그는 여자도 맛있는 음식도 좋아하지 않고 자기 사무실에 처박혀 그저 끊임없이 일만

했다. 그는 람세스에게 봉사하는 것 외에는 아무 야심도 없는 사람처럼 보였다. 그러나 제아무리 튼튼한 갑옷이라도 약점은 있게 마련. 세나르는 그 약점을 찾아내고 말겠다고 생각했다.

그는 공손하게 섭정공의 신발 운반 담당관에게 다가갔다. 그리고 스무 명 정도의 서기관들이 아메니의 명령을 받아 일하는 새 사무실이 나무랄 데 없이 완벽하다고 칭찬을 늘어놓았다. 아첨에 귀가 솔깃해지지 않는 아메니는 세나르에게 아무런 답례의 말도 하지 않고, 그를 섭정공의 접견실로 안내했다.

람세스가 섭정공의 의자가 놓인 단상의 계단에 앉아 그의 개와 눈에 띄게 튼튼해진 새끼사자와 함께 놀고 있었다. 두 마리 짐승들은 놀랍게도 서로를 잘 이해했다. 새끼사자는 자기의 힘을 통제하고 있었고, 개는 덜 짓궂게 굴었다. 개는 새끼사자에게 부엌에서 들키지 않고 고기를 훔쳐내는 방법까지 가르쳐주었고, 사자는 노란 개를 보호해주었다. 새끼사자의 허락 없이는 아무도 개에게 가까이 다가갈 수 없었다.

세나르는 기겁을 했다. 저것이 파라오 다음가는 국가 제2인자의 모습이란 말인가! 육상선수 같은 모습으로 노는 데 바쁜 저 어린아이가! 세티는 말도 안 되는 실수를 저지른 것이다. 그는 그 실수를 후회하게 될 것이다. 적개심으로 부글부글 속이 끓었지만 세나르는 꾹 눌러참았다.

─섭정공께서는 내 말을 들어주시려는가?

─우리 사이에 격식은 필요없습니다. 와서 앉으세요.

개는 사자 앞에서 복종심을 나타내느라 등을 바닥에 대고 누워 발을 허공에 쳐들고 있었다. 람세스는 개가 꾀를 부리고 있다는 걸 알아차렸다. 사자는 개가 자기를 가지고 놀면서 자기 멋대로 게임을 끌어가고 있다는 것도 모르고 만족스러워했다. 그들을 바라보면서 섭정공은 많은 것을 배웠다. 놈들은 지성과 힘의 결합을 상징하고 있는 것이다.

망설이다가 셰나르는 동생과 조금 거리를 두고 계단 위에 앉았다. 새끼사자가 으르릉거리는 소리를 냈다.

―무서워하지 말아요. 내가 명령을 내리지 않으면 공격하지 않습니다.

―이 야수는 위험해질 거다. 귀빈을 다치게라도 한다면…….

―그런 위험은 전혀 없습니다.

개와 사자는 놀다 말고 셰나르를 살펴보았다. 그들에게는 그가 거기에 있는 것이 못마땅했다.

―너를 돕기 위해서 이렇게 왔다.

―고맙군요.

―나에게 어떤 일을 맡길 생각이냐?

―나는 공직생활이나 국가경영에 관한 경험이 전혀 없습니다. 형님께 이런 일을 해주십시오 하고 부탁할 때, 내가 실수를 저지르지 않는다고 어떻게 보장할 수 있겠습니까?

―하지만 넌 섭정공이 아니냐!

―아버님만이 이집트의 유일한 주인이십니다. 다른 그 누구도 아닌 아버님만이 중요한 결정을 내리시지요. 아버님께선 내 의견을 필요로 하지 않으십니다.

―하지만…….

―나는 자신이 무능력하다는 것을 그 누구보다도 잘 알고 있습니다. 통치자연하고 싶은 생각은 추호도 없습니다. 내 태도는 변하지 않을 것입니다. 왕에게 봉사하고 복종할 것입니다.

―주도권을 가져야 한다!

―그것은 파라오를 배반하는 것입니다. 나는 그분이 내게 맡기시

는 일로 만족합니다. 그리고 최선을 다해 그 일을 완수할 생각입니다. 내가 실패한다면 파라오께서는 나를 사임시키고 다른 섭정공을 지명하실 테지요.

셰나르는 어리벙벙해졌다. 포식동물의 오만한 태도를 예상하고 왔는데 자기 앞에 앉아 있는 것은 비굴하고 소심한 새끼양 한 마리가 아닌가! 람세스는 적수를 헷갈리게 하기 위한 술수를 배운 걸까? 그걸 알아내기 위해선 간단한 방법이 있다.

— 위계질서에 대한 의식을 가지게 된 모양이구나.

— 그 섬세한 부분까지 알기 위해선 몇 달, 아니 몇 년이 걸리겠지요. 그게 꼭 필요한 일일까요? 아메니가 부지런히 일해주는 덕분에 내게는 엄청난 잡무에서 벗어나 내 개와 사자를 돌볼 시간이 생겼습니다.

람세스가 빈정거리고 있다는 느낌은 전혀 들지 않았다. 그는 자기가 얼마나 엄청난 권력을 가지고 있는지 파악할 능력이 없는 것 같았다. 아메니가 제아무리 일을 잘하고 부지런하다 해도 열일곱 살짜리 애송이 서기관에 불과하다. 그렇게 빨리 왕실의 비밀을 파악할 수는 없다. 노련한 사람들을 주변에 두기를 거절한다면 람세스는 약하고 경솔한 인물처럼 보일 것이다.

치열한 전투를 벌이는 대신 셰나르는 확보된 영역 안에서 한발 한발 나아갔다.

— 파라오께서 내 문제에 관해서 네게 지시를 내렸으리라고 생각했다만…….

— 그렇습니다.

셰나르는 긴장했다. 드디어 진실이 밝혀질 순간이 왔다! 지금까지 동생은 자기를 공직생활로부터 추방할 결정적인 일격을 가하기 위해 코미디를 하고 있었던 것이다.

─파라오께서 무엇을 원하시더냐?

─형님께서 전과 같은 임무를 수행하면서, 아울러 의전실장 일을 맡아주기를 바라고 계십니다.

의전실장이라…… 중요한 자리였다. 셰나르는 공식적인 행사조직을 관장하고, 칙령이 제대로 적용되는지 감시하며, 왕의 정치에 계속 관여하게 될 것이다. 밀려나기는커녕 그는 요직을 차지하게 될 참이었다. 비록 그 자리가 섭정공처럼 돋보이는 자리는 아니라 하더라도 말이다. 잘하면 단단하고 질긴 그물을 하나 짤 수 있을지도 모른다.

─활동상황을 너에게 보고해야 하는 거냐?

─내게 하지 마시고 파라오께 하십시오. 내가 알지 못하는 것을 어찌 판단할 수 있겠습니까?

그렇다면 람세스는 허수아비 섭정공에 불과하다! 세티는 모든 권력을 그대로 장악하고 있으며, 당신의 맏아들을 여전히 신임하고 계신 것이다.

신성한 도시 헬리오폴리스의 한가운데 생명을 창조하신 신성한 빛의 신 라의 거대한 신전이 서 있다. 밤이 선선해지는 이 십일월에 사제들은 라의 숨겨진 얼굴 오시리스의 축제를 준비한다. 세티가 람세스에게 말했다.

─너는 멤피스와 테베를 알고 있다. 이제는 헬리오폴리스를 알아야 한다. 이곳에서 우리 조상들의 사상이 형태를 가지게 되었느니라. 이 신성한 장소를 경배하는 것을 잊지 말아라. 테베는 때로 지나치게 중요하게 취급된다. 우리 왕조의 창시자이신 람세스께서는 헬리오폴리스와 멤피스와 테베의 대사제들 사이에 균형을 유지하고 그들에게 권력을 골고루 나누어줄 것을 권하셨느니라. 어떤 고관에

게도 종속되지 말고 고관들을 이어주고 제압하는 끈이 되도록 해야 한다.

—저는 세트 신의 도시 아바리스를 종종 생각합니다.

람세스가 고백했다.

—만일 운명이 너를 파라오로 만들어준다면, 너는 그곳으로 돌아가게 될 것이다. 그리고 내가 죽고 난 뒤에 너는 그곳에서 비밀스러운 힘과 일체가 될 것이다.

—아버님은 절대로 돌아가시지 않을 겁니다!

부르짖음 소리가 젊은 섭정공의 가슴에서 솟아나왔다. 세티의 입술에 보일락말락 엷은 미소가 떠올랐다.

—나의 계승자가 나의 카를 유지한다면, 어쩌면 그럴 수 있을지도 모르겠구나.

세티는 람세스를 라의 대사원 안으로 데리고 들어갔다. 지붕이 덮여 있지 않은 안마당 한가운데에는 사악한 힘들을 물리치기 위한 강력한 오벨리스크가 하늘을 찌를 듯이 서 있었다. 오벨리스크의 꼭대기 부분은 황금으로 장식되어 있었다.

—이것이 시간의 새벽에 근원의 대양으로부터 솟아오른 최초의 돌의 상징이니라. 이 돌이 땅 위에 있음으로 해서 창조가 계속되는 것이다.

세티는 감탄해서 어쩔 줄 모르는 람세스를 거대한 아카시아나무 곁으로 데려갔다. 두 명의 여사제가 이시스와 네프티스의 연기를 하면서 나무를 경배하고 있었다. 세티가 설명했다.

—이 나무 안에서, 보이지 않는 이가 파라오를 탄생시키고 별의 젖을 먹여 키우고 이름을 지어주시느니라.

섭정공에게는 아직도 놀랄 일이 남아 있었다. 거대한 사당 안에는 2미터 길이에 높이가 2미터 30센티미터에 달하는, 금과 은으로 만들어진 저울이 회반죽을 입힌 나무 대 위에 고정되어 있었다! 저울 꼭대기에는, 신성문자와 계량법을 주재하는 토트 신의 화신인 비비원숭이의 황금상이 앉아 있었다.

　─저울은 마아트 여신의 여러 상징들 중 하나인데, 헬리오폴리스의 저울은 모든 존재와 사물의 영혼과 마음을 잰다. 마아트 여신께서는 이 저울로써 너의 생각과 행동에 끊임없이 영감을 베푸실 것이다.

　빛의 도시에서 보낸 한나절이 끝나갈 무렵, 세티는 인부들이 돌아가고 텅 빈 공사장으로 람세스를 데려갔다.

　─이제 여기에 새로운 신전이 세워질 것이다. 신전을 세우는 일은 중단되어서는 안 된다. 그것은 파라오의 첫째가는 의무이다. 신전을 건축함으로써 그는 자기의 백성을 일으켜세우는 것이다. 람세스야, 무릎을 꿇어라. 너의 첫번째 일을 완수하여라.

　세티는 람세스에게 망치와 끌을 주었다. 유일한 오벨리스크의 보호 아래, 그리고 아버지가 지켜보는 가운데, 섭정공은 미래의 건축물의 초석을 다듬었다.

37

아메니는 람세스에게 늘 감탄하면서도 그가 결점이 없는 사람이라고는 생각지 않았다. 그는 자기를 해치려던 사악한 시도들을 너무 빨리 잊었고, 잉크 암거래 같은 일들을 파헤치는 데 소홀했다. 섭정공의 신발 운반 담당관은 기억력이 좋았다. 그는 새로운 직위가 마련해준 유리한 조건을 적극 활용했다.

돗자리 위에 앉아서 주의를 기울이고 있는 스무 명의 부하들에게 아메니는 있었던 일을 알려주고, 사소한 내역도 빠뜨리지 않았다. 말솜씨는 별로 없었지만, 열성을 다한 그의 말은 청중에게 감동을 불러일으켰다. 관리들 중의 하나가 물었다.

─뭘 해야 되지요?

─내가 들어가볼 수 없었던 문서 관계부서를 뒤져라. 그 공방 소

유주 이름이 드러난 사본이 틀림없이 있을 것이다. 그걸 발견하는 사람은 즉시 나에게 보고하고, 아무에게도 발설하지 말아라. 섭정공께서 상을 내리실 것이다.

이제 이렇게 수사망을 펼쳐놓았으니, 이번 수사는 성공할 거라고 아메니는 생각했다. 증거를 확보하면 람세스에게 보여주리라. 이 일이 해결되면, 람세스 살해 음모도 재수사하라고 설득해볼 생각이었다. 죄를 저지른 사람은 지위고하를 막론하고 반드시 벌을 받아야 한다.

섭정공의 자리엔 숱한 청원이 밀려들고, 편지도 많았다. 아메니는 불청객들을 따돌렸다. 아메니는 편지들을 전부 읽고 서류들을 낱낱이 검토했다. 비록 얼마 안 되는 건강을 잃는 한이 있더라도, 그는 어떤 비판도 섭정공을 해치지 못하게 할 것이다.

아샤는 이제 열여덟 살이었지만, 많은 경험 덕분에 모든 것을 깨우친 성숙한 남자처럼 보였다. 세련된 우아함의 소유자인 그는 매일 옷을 갈아입고, 멤피스의 유행을 따르고 몸을 가꾸었다. 향수를 뿌리고 말끔하게 면도하고, 때로는 값비싼 가발로 그의 고수머리를 감추었다. 가느다란 콧수염은 언제나 나무랄 데 없이 가지런하게 다듬어져 있었으며, 섬세한 얼굴은 그가 자랑스러워하는 전통 있는 유력한 가문 특유의 기품을 지니고 있었다.

이 젊은이에 대한 사람들의 평판은 한결같았다. 외교관들은 침이 마르도록 그를 칭찬했으며, 파라오가 아직도 그에게 외국공관의 요직을 맡기지 않은 것이 이상하다고 생각했다. 언제나 태도가 한결같은 아샤는 한마디 불평도 하지 않았다. 외무성 이면의 사소한 비밀까지 모두 꿰뚫고 있는 그는 언제든 자기 시대가 오리라는 것을 알고 있었다.

그러나 섭정공의 방문은 그를 놀라게 했다. 그는 곧 아차 싶은 생각이 들었다. 자기가 먼저 그를 찾아가 경의를 표하는 것이 순서였던 것이다.

—내 사과를 받아들여주시게, 이집트의 섭정공 나리.

—친구 사이에 사과는 무슨 사과인가?

—내가 의무를 소홀히 했네.

—하는 일에는 만족하나?

—그럭저럭. 눌러앉아 있는 생활에서는 별 매력을 못 느끼네.

—어디로 가고 싶은가?

—아시아. 장래에는 세계 운명이 아시아에서 결정될 걸세. 그 점을 소홀히 하면 이집트는 아주 난처한 지경에 빠질 수도 있네.

—자네는 우리나라의 외교가 제대로 대응하지 못하고 있다고 보나?

—내가 알고 있는 바로는 그렇네.

—자네라면 어떤 제안을 하겠나?

—현장으로 더 깊숙이 들어가야 하네. 우리의 동맹국들과 적성국들의 사고방식을 좀더 이해하고, 그들의 강점과 약점을 면밀하게 검토해야 하네. 우리가 무적이라고 생각하는 태도를 버려야 해.

—자네는 히타이트 족을 두려워하나?

—그들에 관해서는 너무나 많은 정보들이 떠돌아다니고 있어. 그런데 모두 상반되는 정보들이야…… 그들의 병력이 얼마나 되는지, 또 무기는 얼마나 막강한지 제대로 알고 있는 사람이 누가 있나? 지금까지 직접적인 갈등을 피해왔기 때문이지.

—그게 아쉽다는 건가?

—그럴 리가 있나. 하지만 우리가 모호한 처지에 빠져 있다는 사실을 부정하지는 말게.

—멤피스에선 행복하지 않나?

—부유한 가정, 유쾌한 저택, 보장된 경력, 두세 명의 애인……
그것이 행복일까? 나는 히타이트어를 포함해서 몇 개 국어를 할 수
있네. 어째서 나의 재능을 활용할 수 없단 말인가?

—내가 자네를 도울 수 있네.

—어떻게?

—섭정공의 자격으로, 자네를 이집트의 아시아 공관에 임명해주
십사고 왕께 청해보겠네.

—그거 근사하군.

—너무 일찍 기뻐하지는 말게. 결정은 세티께서 하시는 거니까.

—애써줘서 고맙네.

—잘되기를 바라세.

돌렌테의 생일은 왕국의 내로라하는 인사들이 모두 초대되는 연
회 중의 하나였다. 왕은 파라오에 즉위한 이후로는 참여하지 않았
다. 람세스는 연회를 셰나르에게 맡겨두고 그런 사교모임은 피하고
싶었지만, 아메니의 충고에 따라 저녁식사가 시작되기 전에 잠깐
모습을 보이기로 했다.

섭정공에게 찬양의 말을 늘어놓으려고, 그리고 무엇보다도 특혜
를 청하려고 모여 서 있는 아첨꾼들을 헤치고 뚱뚱하고 쾌활한 사
리가 다가왔다.

—이렇게 와주셔서 감사합니다…… 섭정공께서 제 제자였다는
것이 얼마나 자랑스러운지 모르겠습니다. 자랑스럽고 실망스럽습니
다.

—실망스럽다니, 그건 또 무슨 말인가?

—이제 다시는 미래의 섭정공을 가르칠 수 없으니 말입니다! 섭

정공에 비하면, 캅의 학생들이 얼마나 재미없게 느껴지겠습니까?

　─뭐 다른 일을 하고 싶은가?

　─솔직하게 말씀드리면, 곡창 운영을 맡아보았으면 좋겠습니다. 그러면 돌렌테를 돌보아줄 시간도 더 낼 수 있을 것 같고요. 이건 섭정공께 매일 수도 없이 들어오는 청원 같은 건 아닙니다. 하지만 옛 선생을 기억해주신다면…….

　람세스는 고개를 끄덕였다. 그의 누이가 그에게 달려왔다. 너무 화장을 진하게 해서 십 년은 늙어 보였다. 사리가 멀어져갔다.

　─저이가 너에게 말하든?

　─예.

　─난 네가 셰나르를 물리쳤을 때부터 너무나 행복했단다. 셰나르는 우리가 망하기를 바라는 못되고 배은망덕한 인간이야.

　─형님이 누이에게 무슨 나쁜 짓을 저질렀소?

　─그건 중요하지 않아. 중요한 건 섭정공인 너지, 그가 아냐. 너의 진짜 동지들에게 잘해주어라.

　─사리하고 누님은 나에 대해서 뭘 잘못 생각하고 있어.

　돌렌테가 눈을 깜박였다.

　─무슨 말인지…….

　─나는 벼슬자리를 가지고 수를 부릴 생각은 없어. 난 다만 아버님이 어떤 생각을 가지고 계신지, 또 당신이 어떻게 이 나라를 다스리시는지 그걸 이해하려고 애쓸 뿐이야. 신들께서 원하신다면, 언젠가 나도 그분의 본을 받을 수 있도록 말이지.

　─그런 고상한 생각일랑 이제 그만 해둬라! 왕권에 바짝 다가섰으니, 다른 사람들에 대한 네 지배력을 더욱 강화시키고, 너 자신의 파벌을 만드는 일에만 신경을 쓰면 돼. 내 남편과 나는 그 파벌의 일부가 되고 싶은 거지. 왜냐하면 그럴 자격이 있으니까. 너는 우리

의 능력을 반드시 필요로 할 거야.

　—누님은 아버님도 나도 정말로 모르고 있어. 이집트는 그런 식으로 다스려지고 있지 않아요. 섭정공이 된다는 건, 아버님이 하시는 일을 가까이에서 살펴보고 그것을 교훈으로 삼는다는 거예요.

　—그런 고상한 말에 난 흥미없어. 여기 이승에선 야심만이 중요해. 람세스, 너도 다른 사람들과 다를 바 없어. 만일 네가 생존의 법칙을 받아들이지 않는다면, 넌 지고 말 거야.

자기 저택의 현관 앞 기둥 아래 혼자 서서 셰나르는 얼마 전에 수집한 정보들을 종합해 결론을 끌어내고 있었다. 다행히 그의 인맥은 붕괴되지 않았고, 람세스의 적들도 그 숫자가 줄어들지 않았다. 그들은 람세스 주변에서 일어나는 일들과 그의 행적을 관찰해 두었다가, 세티가 죽고 나면 파라오가 될 것이 틀림없는 셰나르에게 와서 보고했다. 그들은 지나치게 수동적인 섭정공의 태도, 세티에 대한 무조건적인 충성심과 눈먼 복종이 곧 그를 힘없는 허수아비로 만들 것이라고 예견했다.

하지만 셰나르의 전망은 그다지 낙관적이지 않았다. 재앙이라고 할 만한 사건이 있었기 때문이다. 람세스가 헬리오폴리스에 머물렀던 것이다. 한 사람의 파라오가 파라오로서 받아들여지게 되는 것은 바로 그곳에서였다. 오래 전부터 이집트의 왕들은 그렇게 왕이 되었다.

세티가 람세스를 헬리오폴리스의 저울 앞에 마주 세웠다면, 그의 의지가 분명하게 천명되었다고 보아야 한다. 셰나르는 사제가 조심성 없이 흘린 이야기를 통해 그러한 사실을 알게 되었다.

왕은 섭정공이 공정함에 대한 능력을 가지고 있으며, 마아트의 규칙을 존중할 만한 자질을 갖추었음을 인정한 것이다. 물론 어디까지나 비밀리에 진행되었고 현실이라기보단 마술적인 가치를 지닌 일일 뿐이다. 그러나 어쨌든 세티의 의지는 분명히 표현된 것이며, 달라지지 않을 것이다.

의전실장이라구…… 속임수에 불과하다! 세티와 람세스는 자기가 이 편안한 벼슬자리에서 잠이나 자면서 위대함에 대한 꿈을 잊어버리기를 바라고 있다. 그 동안 섭정공은 조금씩조금씩 권력의 고삐를 장악해간다, 이거지.

람세스는 보기보다 교활한 놈이다. 겉으로 보이는 겸손함은 사나운 야심을 숨기는 가면이었다. 자기 형을 의심하고, 형을 속이려 들었다. 그러나 헬리오폴리스 사건은 그의 진정한 계획이 무엇인지를 폭로하였다. 셰나르는 전략을 바꾸어야만 했다. 시간이 흘러가게 내버려두는 것은 패배를 자초하는 것이다. 공격적인 태도로 바꿔야 한다. 람세스를 두려운 경쟁자로 생각해야 한다. 안으로부터 그를 치는 것만으로는 충분치 않다. 이상한 생각들이 셰나르의 머리를 스치고 지나갔다. 셰나르 자신도 무서울 만큼 너무나 이상한 생각들이었다.

하지만 두려움보다는 복수욕이 더 강렬했다. 람세스의 신하로 살아간다는 것은 참을 수 없는 일이었다. 그가 은밀히 벌이는 싸움의 결과가 어떤 것이든, 그는 뒤로 물러설 생각이 없었다.

커다란 흰 돛이 달린 배가 우아하게 나일 강 위를 미끄러져 가고 있었다. 선장은 강물의 아주 작은 변덕까지도 모두 알고 있어서 능숙하게 배를 몰았다. 셰나르는 햇볕을 피해 자기 선실 안에 앉아 있었다. 햇볕에 델까봐 두려워서만은 아니었다. 그는 햇볕에 그을린 농부들과 분명히 구별되기 위해서, 흰 피부를 간직하려고 애썼다.

맞은편에는 아샤가 앉아서 캐롭 주스를 마시고 있었다.

ㅡ자네가 배에 타는 것을 본 사람은 없겠지?

ㅡ조심했습니다.

ㅡ자네는 신중한 사람이니까.

ㅡ참 이상하군요…… 왜 그렇게 조심하라고 시키신 겁니까?

ㅡ캅에서 공부할 때 자네는 람세스의 친구였지.

ㅡ공부방 친구였죠.

ㅡ섭정공에 임명되고 난 다음에도 그를 만난 적이 있나?

ㅡ아시아 공관에 자리를 만들어달라는 제 요청을 도와주겠다고 약속했습니다.

ㅡ내 말을 믿어주게. 자네의 평판이 자리잡게 된 데에는 내 공도 있네. 왕의 미움을 받는 바람에 생각만큼 자네를 위해줄 수는 없었지만 말일세.

ㅡ왕의 미움을 사셨다구요…… 말씀이 지나치신 것 아닙니까?

ㅡ람세스는 나를 미워하고 이집트의 행복에는 별 관심이 없네. 그의 유일한 목표는 절대권력을 장악하는 거지. 그가 그렇게 하지 못하도록 아무도 막을 수 없다면, 우리는 불행한 시대로 접어드는 거야. 나는 그가 그렇게 하지 못하도록 막아야 하네. 합리적인 생각을 가진 사람들이라면 나를 도와줄 거야.

아샤는 아무런 반응도 보이지 않다가 셰나르의 말을 반박했다.

ㅡ저는 람세스를 잘 알고 있습니다. 나리께서 묘사하시는 것처럼 장차 폭군이 될 사람 같지는 않는데요.

ㅡ그는 세티의 착한 아들이며 순종적인 제자인 것처럼 아주 교묘한 연기를 하고 있어. 왕실과 백성의 마음에 들려면 그 이상 좋은 방법이 없겠지. 나 역시 잠깐 속아넘어갈 정도였으니까. 사실 그는 '두 땅'의 주인이 되기만을 꿈꾸고 있다네. 그가 대사제의 승인을

얻기 위해서 헬리오폴리스에 갔던 사실을 알고 있나?

그 이야기를 듣고 아샤의 마음이 동요되었다.

―그게 사실이라면, 지나치게 빠른 행보군요.

―람세스는 세티에게 나쁜 영향력을 행사하고 있어. 내 느낌으로는 그는 가능한 한 빨리 자기에게 권력을 물려주고 뒤로 물러앉도록 왕을 설득하려드는 것 같네.

―세티가 그렇게 호락호락 넘어갈까요?

―그렇지 않다면, 무엇 때문에 람세스를 섭정공으로 선택했겠나? 당신의 맏아들인 나를 선택하셨더라면, 나라의 진정한 충복을 당신 가까이 두실 수 있었을 텐데.

―나리께서는 많은 관습을 전격적으로 바꿀 준비를 하고 계신 것처럼 보입니다만.

―그 관습이라는 게 케케묵은 거니까 그렇지! 위대한 호렘헵께서는 지혜롭게도 새로운 법전을 편찬하지 않으셨나? 그래서 예전의 법들은 불공정한 것이 되었지.

―바깥 세계를 향해 이집트의 문호를 개방하시려고 결심하신 것 아닙니까?

―그것이 나의 계획일세. 왜냐하면 국제교역만이 나라의 부를 보장해주니까.

―생각을 바꾸셔야만 한다면 어떡하시겠습니까?

세나르는 침울해졌다.

―람세스가 장차 왕이 된다면, 나는 나의 계획을 수정할 수밖에 없겠지. 그 때문에 우리가 나누는 대화가 비밀에 부쳐지도록 신경을 쓴 것일세. 내가 지금 자네에게 얘기하려는 것은 매우 중대한 사안일세. 나는 구국의 일념으로 람세스와 물밑 전쟁을 벌이려고 하네. 내 동지가 되어준다면 자네는 대단히 중요한 역할을 맡게 될

거야. 승리를 쟁취하면 자네도 그 열매를 거두어들이게 될 걸세.

아샤는 도무지 속을 짐작할 수 없는 표정으로 오랫동안 생각에 잠겼다. 만일 협력을 거절한다면, 셰나르는 그를 제거할 수밖에 없다. 그에게 너무 많은 얘기를 했기 때문이다. 그러나 필요한 사람들을 모으기 위해서는 다른 방법이 없다. 만일 그가 받아들인다면, 그는 가장 능동적인 요원들 중의 하나가 될 것이다. 아샤가 말했다.

―나리께선 대단히 단도직입적이시군요.

―아시아와의 교역만으로 람세스를 거꾸러뜨릴 수 없어. 상황 때문에 훨씬 더 멀리까지 나가야만 하네.

―나리께선…… 외국과 어떤 공모를 시도하실 건가요?

―몇 세기 전의 일이지만, 이 나라에 쳐들어와 통치했던 힉소스인들은, 죽느니 협조하는 편을 택했던 델타 지방의 몇몇 수령들과 손잡은 덕에 이득을 보았지. 아샤, 우리 역사를 앞당기세. 람세스를 내쫓기 위해서 히타이트인들을 이용하세. 이 나라를 좋은 방향으로 이끌어갈 책임자들의 그룹을 만들어보세.

―위험이 너무 큽니다.

―우리가 아무것도 시도하지 않으면, 람세스가 우리를 그의 발아래 짓밟아버릴 걸세.

―구체적인 방법으로 어떤 제안을 하시겠습니까?

―자네가 아시아 공관에 임명되는 것이 첫번째 방법이지. 자네는 사람들을 사귀는 데 뛰어난 재능이 있지. 적들의 환심을 사서 우리를 도와주도록 설득해주게.

―히타이트 족의 진짜 의도가 무엇인지는 아무도 모릅니다.

―자네 덕에 알게 되겠지. 우리의 전략을 적용해서, 람세스가 치명적인 실수를 저지르도록 조종하는 거야. 우리는 그 실수의 덕을 보는 거지.

아샤는 아주 조용히 손가락의 깍지를 꼈다.

—아닌게아니라, 놀라운 계획입니다. 그러나 너무 위험하군요.

—소심한 자들은 실패할 수밖에 없네.

—히타이트인들의 목표가 이집트와의 전쟁뿐인 경우를 가정해보십시오.

—그럴 경우에는 람세스가 전쟁에 지도록 일을 꾸미고, 우리가 구원자처럼 등장하는 거지.

—몇 년 동안의 준비기간이 필요할 겁니다.

—자네 말이 맞아. 싸움은 바로 오늘 시작되는 거야. 우선, 람세스가 왕위에 오르지 못하도록 모든 시도를 해야 하네. 실패하면, 안팎의 공격 요인을 만들어 그를 거꾸러뜨리는 거지. 일단 자신에 대한 확신을 가지게 되면 그는 엄청난 힘을 가진 적수가 될 거야. 그래서 낭만적인 발상을 배제해야만 하는 걸세.

—제가 나리를 도와드리면, 나리께서는 제게 무얼 주시겠습니까?
아샤가 물었다.

—외무대신이면 괜찮겠나?

외교관의 희미한 웃음을 보고, 셰나르는 자기가 정곡을 찔렀다는 것을 확신했다.

—멤피스의 사무실에 갇혀 있는 동안에는, 제 활동범위가 극히 제한적일 수밖에 없습니다.

—자네 평판은 완벽하네. 람세스는 아무것도 모르고 우릴 도와줄 거야. 자네가 외국공관에 임명되는 건 시간문제라고 생각하네. 자네가 이집트에 머물러 있는 동안에는, 우린 서로 만나선 안 되네. 그래야 우리가 만났다는 사실이 비밀에 부쳐질 테니까.

배는 멤피스 항에서 멀리 떨어진 곳에 정박했다. 둑 위에 셰나르의 동지가 끄는 마차가 대기하고 있다가 아샤를 시내로 데려다주었다.

　왕의 맏아들은 외교관이 멀어져가는 것을 바라보았다. 몇 명의 스파이를 붙여서 그를 감시할 것이다. 만일 그가 람세스에게 알리려 시도한다면, 배반을 저지르는 즉시 살해될 것이다.

　마부와 전차병을 시켜서 람세스를 제거하려 했던 사람의 생각은 틀린 것이 아니었다. 왕의 둘째아들은 세티를 계승하기 위해 태어난 사람이었다. 그의 성격은 여러 면에서 왕의 성격과 비슷했다. 그의 에너지는 마를 줄 모르고, 그의 열정과 지성은 어떤 장애도 극복할 수 있을 것처럼 보였다. 그의 내면에서 타고 있는 불은 그가 왕이 될 운명을 타고났음을 말해주는 것이었다.

　그 사람이 여러 차례 경고했지만 아무도 그의 말을 듣지 않았다. 람세스가 섭정공으로 임명되고 나자, 그제야 그 사람의 측근들도 눈을 뜨게 되었고 이제까지의 실패를 아쉬워했다. 다행히 전차병과 마부는 죽었다. 그 사람이 그들을 직접 만나본 적이 없고, 다리를 놓아주었던 거간꾼들도 입을 열지 않아서 수사는 답보상태였다. 그러니 그에게까지 손길이 미쳐서, 유죄를 증명할 길은 전혀 없었다.

계획이 계획이니만큼 어떤 사소한 부주의라도 있어서는 안 되었다. 강하게 그리고 정확히 칠 것, 그것만이 유일한 해결책이었다. 람세스의 지위 때문에 일이 용이하지는 않겠지만 말이다. 섭정공 주위에는 언제나 사람들이 득시글거렸다. 아메니는 불청객들을 따돌렸고, 사자와 개도 훌륭한 호위병 노릇을 하고 있었다. 궁전 안에서 그를 처치한다는 것은 불가능해 보였다.

반면에 사람들만 잘 선택한다면, 이동중이거나 원정지에서 사고를 위장해 람세스를 없애는 데는 별 어려움이 없을 것 같았다. 반짝이는 아이디어가 떠올라서 그를 흥분시켰다. 세티가 함정에 빠져 둘째아들을 아스완으로 데려가기만 한다면, 람세스를 불귀의 객으로 만들어버릴 수 있다.

세티 즉위 9년째 되는 해, 람세스는 아메니와 세타우 그리고 세타우의 누비아인 아내 로투스와 함께 열일곱번째 생일을 자축하고 있었다. 그는 모세와 아샤가 빠진 것을 아쉬워했다. 모세는 카르낙 공사현장에 붙잡혀 있고, 아샤는 외무성으로부터 정보수집 임무를 띠고 얼마 전에 레바논으로 파견되었다. 섭정공이 친구들을 자기 측근으로 만들지 않는 한, 캅의 옛 동료들을 불러모으기란 쉽지 않을 것 같았다. 하지만 독립적인 정신의 소유자들인 그들의 길은 서로 다를 수밖에 없을 것이다. 아메니만이 람세스를 떠나지 않으려 했다. 자기가 없으면 섭정공은 그의 행정업무를 수행할 수 없으며, 제때제때 서류도 처리하지 못할 거라는 염려 때문이었다.

로투스는 왕실 전용 요리사의 도움도 마다한 채 포도알과 이집트 콩을 곁들여 구운 양고기를 직접 준비하였다.

─맛있군.

섭정공이 로투스의 요리솜씨를 칭찬했다.

—맛만 보고, 포식하지는 말게. 난 일해야 돼.

아메니가 섭정공에게 권했다. 엄청나게 자란 사자와 개에게 먹을 것을 주던 세타우가 걱정스럽다는 듯이 말했다.

—이렇게 좀스럽고 분위기 깨는 서기관을 자넨 어떻게 견디나?

아메니가 응수했다.

—모든 사람들이 다 자네처럼 한가하게 뱀 꽁무니를 쫓아다닐 수는 없잖아. 자네가 권하는 처방을 내가 글로 적을 시간이 없다면, 자네 연구는 말짱 헛거야.

—신혼살림은 어디에 차렸나?

람세스가 물었다. 세타우가 눈을 반짝이며 대답했다.

—사막 가장자리에. 뱀들이 기어나오는 밤에는 로투스와 사냥을 나가지. 뱀들의 종류와 습관을 모두 알 수 있을 만큼 우리가 오래 살 수 있을지 모르겠어.

아메니가 그 집에 대해서 잘 알고 있다는 듯이 말했다.

—자네 집은 오두막은 아니더군. 차라리 실험실처럼 생겼다고나 할까. 자넨 집을 계속 넓히고 있더군…… 병원에 독을 팔아서 모은 돈으로 말야. 놀라울 것도 없지.

뱀 조련사는 젊은 서기관을 이상하다는 듯이 쳐다보았다.

—누가 자네에게 그런 걸 가르쳐주었나? 자넨 생전 사무실 바깥으로 나가는 일이 없잖아!

—아무리 외진 곳에 있어도, 자네 집은 등기대장에 올라 있고, 보건업무의 대상이지. 또 나는 나대로 섭정공에게 믿을 만한 정보를 제공해줘야 하고 말야.

—그럼 날 정탐했단 말 아냐! 이 난쟁이가 전갈보다 더 위험한 존젤세그려.

노란 개가 재미있다는 듯이 컹컹 짖었다. 세타우와 아메니는 다정한 듯하면서도 가시 돋친 대화를 주고받았다. 파라오의 전령이 예기치 않게 불쑥 찾아오는 바람에 대화가 끊어졌다. 람세스는 모든 일을 중단하고 당장 궁전으로 오라는 전갈을 받았다.

세티와 람세스는 분홍색 화강암들 사이로 난 구불구불한 길을 따라 천천히 걸었다. 바로 그날 아스완에 도착한 왕과 아들은 곧장 채석장으로 향했다. 파라오는 그에게 제출된 보고서의 불안한 내용이 사실인지 직접 확인하고 싶었고, 그의 아들이 이 광물의 세계를 발견하게 되기를 바랐다. 오벨리스크와 거상(巨像)들, 신전의 문과 문턱들, 단단한 돌을 다듬어 만드는 이 비할 데 없는 걸작품들이 이 세계에서 태어나는 것이다.

보고서는 현장감독과 인부들, 그리고 병사들 사이에 심각한 갈등이 발생했다는 사실을 담고 있었다. 병사들은 몇 톤씩이나 나가는 거석(巨石)들을 거대한 거룻배에 실어 운반하는 책임을 맡고 있었다. 그 거룻배는 거룻배 몇 개를 이어붙여 개조한 것이었다. 감독들과 인부들과 병사들 사이의 갈등도 갈등이려니와, 그보다 더 심각한 문제가 있었다. 전문가들이 제1채석장에 더이상 채취할 돌이 없다는 판단을 내렸다는 것이다. 그들에 따르면, 큰 오벨리스크와 거대한 입상들을 만들기에는 결의 길이가 너무 짧은 돌들과 잡석들만 남았다는 것이었다.

보고서에는 채석장의 책임자인 아페르라는 자의 서명이 있었는데, 지휘계통을 밟아 올라온 것이 아니었다. 기술자는 진실을 폭로했다는 이유로 상급자들에게 문책을 당할까봐 두려워 왕에게 직접 보고서를 올렸던 것이다. 왕의 비서진은 보고서의 어조가 침착하고 현실성이 있다고 판단되어, 그것을 세티에게 전달했다.

람세스는 태양 아래 바위들 사이에서 편안함을 느꼈다. 그는 조각가들의 손에 의해 말하는 바위로 태어나는 이 영원성의 원료가 가진 힘을 느꼈다. 아스완의 거대한 채석장은 제1왕조 이래 이집트의 초석들 중의 하나였다. 그곳은 세대를 거쳐 살아남는, 시간을 소멸시켜버리는 작품의 영원성을 구현하는 장소였다.

화강암 채취는 아주 엄격한 조직을 통해 이루어졌다. 석수들은 몇 개의 팀으로 나뉘어 가장 좋은 돌을 골라내어, 시험해보고, 외경심을 가지고 돌에 접근한다. 그들이 하는 일의 완성도에 이집트의 존속이 달려 있었다. 창조의 힘을 품은 신전들과 부활한 자의 영혼이 깃든 조상(彫像)들이 그들의 손으로부터 태어나는 것이다.

모든 파라오들은 채석장과 채석장에서 일하는 사람들의 생활여건에 마음을 썼다. 십장들은 세티를 다시 만나게 되어 즐거워했으며, 성장할수록 점점 더 아버지를 닮아가는 섭정공에게 인사했다. 이곳 사람들은 셰나르의 이름은 알지 못했다.

세티가 채석장의 책임자를 불렀다.

넓은 어깨, 각진 얼굴에다 퉁퉁한 손가락을 가진 뚱뚱한 아페르가 왕 앞에 부복했다. 그는 문책을 당할지, 아니면 칭찬을 듣게 될지 긴장한 표정이었다.

─채석장은 조용해 보이는구나.

─모든 일이 잘 돌아가고 있습니다. 폐하.

─편지에서는 다른 얘길 하지 않았더냐?

─편지라구요?

─네가 나에게 편지를 보냈다는 걸 부인할 참이냐?

─편지라구요…… 전 편지를 쓸 줄 모릅니다. 꼭 써야 할 땐 서기관의 도움을 받습니다.

─인부들이 병사들과 싸우고 있다고, 내게 알리지 않았더냐?

—아, 그거요. 아닙니다, 폐하…… 뭐 사소한 마찰이 있었습니다만, 다 해결되었습니다.

—그럼 현장감독들은?

—우린 그들을 존경하고 또 그들은 우릴 존경하죠. 그들은 도시 사람들은 아니지만, 평균보다 웃도는 인부들입니다. 그들은 머리를 써서 일을 하고 또 일이 뭔지도 아는 사람들입니다. 그들 중의 누구라도 주제넘게 굴면, 우리가 해결합니다.

아페르는 양손을 비볐다. 누구든 자기의 권위를 침해하면 격투할 준비가 되어 있다는 모습이었다.

—제1채석장에선 돌들이 고갈될 염려가 없는가?

채석장 책임자는 헤 하고 입을 벌렸다.

—그건…… 대체 누가 폐하께 그걸 알려드렸습니까?

—그럼 사실인가?

—어느 정도는 그렇습니다. 전보다는 더 어려워지기 시작했습니다. 땅을 깊이 파야만 합니다. 2, 3년 뒤에는 새로운 장소를 찾아야 할 것 같습니다. 폐하께서 벌써 알고 계시다니…… 혜안이십니다!

—걱정이 되는 장소로 안내해라.

아페르는 세티 일행을 작은 언덕 꼭대기로 데려갔다. 그곳에서는 개발된 지역이 거의 전부 내려다보였다. 아페르가 손을 뻗쳐 한 곳을 가리켰다.

—폐하의 왼쪽에 있는 저곳입니다. 오벨리스크 하나를 캐내야 하는데 어쩌나 하고 망설이고 있습니다.

세티가 명령했다.

—조용히 하라.

람세스는 아버지의 눈빛이 바뀌는 것을 보았다. 세티는 마치 돌들의 내부로 뚫고 들어갈 듯이, 그의 살이 화강암으로 바뀌기라도 한 듯이 돌들을 뚫어져라 바라보았다. 세티의 주변이 견딜 수 없이 뜨거워졌다. 아페르는 대경실색해서 뒤로 한참이나 물러섰다. 람세스는 왕 옆에 남아 있었다. 그 역시 외양 그 너머를 바라보려고 애썼다. 그러나 그의 생각은 단단한 덩어리에 부딪쳐 더이상 뚫고 나아가지 못했다. 그의 태양신경절에 통증이 왔다. 그러나 그는 포기하지 않았다. 통증에도 불구하고, 그는 결국 바윗덩어리 하나하나를 구별해낼 수 있게 되었다. 그것들은 대지 깊은 곳으로부터 솟아나와 태양과 하늘을 향해 열려 특별한 형태를 가지게 되고, 이윽고 단단하게 굳어, 반짝이는 별들이 점점이 박힌 분홍색 화강암이 된 것 같았다.

세티가 명령을 내렸다.

─지금의 채취 장소를 포기하고 오른쪽 방향으로 넓게 파도록 하라. 수십 년 동안 화강암이 풍성하게 나올 것이다.

책임자는 단숨에 언덕을 달려내려가 거무죽죽한 암괴를 깼다. 겉보기에는 좋은 돌이 나올 성싶지 않았다. 그러나 파라오의 말은 틀리지 않았다. 매혹적인 아름다움을 가진 화강암이 곧 모습을 드러냈다.

─람세스, 보았느냐. 이렇게 하여라. 언제나 돌의 가슴속으로 더욱 깊이 뚫고 들어가거라. 그러면 알게 되느니라.

채 15분도 되지 않아 파라오의 기적은 채석장과 부두, 그리고 도시 전체에 알려졌다. 그것은 위대한 건축의 시대가 계속될 것이며, 아스완의 부(富)가 변함 없으리라는 것을 의미했다.

람세스가 말했다.

─편지를 쓴 것은 아페르가 아닙니다. 누가 아버님을 속이려고 한 걸까요?

세티가 추측했다.

─편지를 보낸 자는 새로운 채석장을 하나 열게 하려고 날 이곳에 오게 한 것이 아니다. 그자는 이런 결과는 예상하지 않았을 것이다.

─그자는 무엇을 원했던 걸까요?

왕과 아들은 혼란스러운 마음으로 언덕 중턱에 나 있는 좁은 오솔길을 따라 언덕을 내려왔다. 세티가 확실한 걸음걸이로 앞장서 걸었다. 그런데 어디선가 으르렁대는 소리가 들려왔다. 람세스는 이상한 기미를 느꼈다.

그가 몸을 돌리자, 조약돌 두 개가 겁에 질린 영양처럼 껑충껑충 뛰어내리면서 그의 다리를 치고 지나갔다. 그 돌들을 첨병으로 해서 바위들이 마구 떨어져 내려오기 시작했다. 그리고 그 돌들 뒤로는 거대한 화강암 덩어리가 맹렬한 속도로 쏟아져내리고 있었다.

먼지가 구름처럼 뽀얗게 일어 눈앞이 보이지 않았다. 람세스가 큰 소리로 외쳤다.

─아버님, 비키십시오!

뒤로 물러서다가 람세스가 넘어졌다. 세티의 강한 손이 그를 붙잡아, 돌이 굴러떨어지는 방향으로부터 잡아챘다. 화강암 덩어리는 계속 미친 듯이 굴러떨어졌다. 그때 사람들이 외치는 소리가 들렸다. 석수들과 돌 캐는 인부들의 눈에 달아나는 사람 하나가 보였던 것이다. 아페르가 소리를 질렀다.

─저놈이다, 저놈 잡아라! 돌을 굴린 놈이야!

추적이 시작되었다. 아페르가 앞장서서 달려가 도망자를 덮치고, 그의 목덜미에 주먹을 날렸다. 도망치지 못하게 충격을 가할 생각이었지만 유감스럽게도 그는 힘을 조절하지 못했다. 그는 파라오에게 시체 한 구를 내밀게 되었다.

─이 자가 누구냐?

세티가 물었다.

―모르겠습니다. 이곳에서 일하는 사람이 아닙니다.

아스완의 경찰은 아주 빠르게 수사결과를 내놓았다. 그자는 아이가 없는 홀아비인데, 도자기 나르는 일을 하는 뱃사공이라고 했다.

세티가 람세스를 바라보며 단언했다.

―너를 노렸다. 그러나 너의 죽음은 바위에 새겨져 있지 않았다.

―제 손으로 진실을 밝힐 수 있는 권리를 부여해주시겠습니까?

―네 손으로 반드시 밝혀내라.

―누구에게 수사를 의뢰해야 할지 알고 있습니다.

39

지금 막 끔찍한 죽음에서 빠져나온 람세스의 이야기를 들으며, 아메니는 몸을 떨었다. 섭정공이 주목할 만한 단서를 가져온 건 그나마 다행한 일이었다. 그 단서란 세티를 아스완으로 불러내기 위해 누군가 세티에게 보낸 편지였다. 아메니가 편지를 보고 단언했다.

─아주 잘 쓰여진 편지군. 평소에 늘 편지를 써버릇한 상류사회 인사의 필체일세.

─그렇다면 파라오께선 그 편지를 쓴 사람이 채석장 책임자가 아니고 누군가가 덫을 놓은 것이라는 걸 아셨을 텐데.

─내 생각엔 파라오와 자네, 두 사람 모두를 노린 것 같애. 채석장에서 사고는 흔히 일어나니까.

─수사해주겠나?

─물론이지! 하지만…….

─하지만, 이라니?

─고백할 게 하나 있네. 사실은 그 수상한 공방의 소유주에 대한 수사를 내 나름대로 계속하고 있었다네. 셰나르가 연관되어 있다는 증거를 자네에게 제시하고 싶었는데, 실패했네. 그런데 자네가 그보다 훨씬 나은 걸 가져다주었군.

─기대해보겠네.

─뱃사공에 대해선 뭣 좀 알아낸 것이 있나?

─아니, 그의 공범은 수사가 미치지 않는 곳에 있는 것 같네.

─진짜 뱀 같은 놈이군…… 세타우에게 도움을 청해야 할까보이.

─안 될 것 없지.

─걱정 말게, 진작 부탁해두었으니까.

─뭐라고 대답하던가?

─자네 안전이 문제가 되면, 나에게 협조해주기로 약속했네.

셰나르는 남쪽 지방을 별로 좋아하지 않았다. 태양이 너무 강하게 내리쪼이는 데다가, 북쪽 지방에서처럼 세상의 변화를 민감하게 알아차릴 수가 없다. 하지만 거대한 카르낙 신전은 부유하고 영향력 있는 경제체제를 형성하고 있어서 왕권 후보자라면 누구라도 대사제의 지지를 받아야 했다. 셰나르가 대사제를 방문한 것은 그래서였다. 그를 만나고 있는 동안 셰나르는 그저 평범한 이야기만 주고받았다. 셰나르는 이 중요한 인물에게서 아무런 적대감도 느껴지지 않는다는 사실에 만족했다. 대사제는 멀리에서 멤피스의 권력투쟁을 지켜보다가 결정적인 순간이 오면 강자의 편을 들 것이다. 람세스를 칭송하는 말이 없다는 사실은 고무적이다.

세나르는 며칠 간 신전에 머물면서 공직생활의 소요로부터 멀리 떨어져 조용히 명상할 수 있게 해달라고 부탁했다. 사제는 세나르의 체류를 허락했다. 세티의 맏아들은 사제들이 사용하는 독방에 머물게 되었다. 그 간소한 독방에 적응하긴 어려웠지만, 어쨌든 그는 모세를 만난다는 목표를 달성할 수 있었다.

휴식시간에 모세는 기둥을 살펴보고 있었다. 기둥에는 세계를 완전히 이해하는 신의 눈을 봉헌하는 장면이 새겨져 있었다.

─멋진 작품이군! 자네는 빼어난 건축가일세.

벌써 단단한 체격을 가지고 있는 모세는 자기에게 말을 걸어온 사람을 약간은 경멸하는 눈초리로 바라보았다. 그의 물컹물컹한 살과 뚜렷한 비만증세를 보이는 몸집이 싫었던 것이다.

─일을 배우고 있습니다. 제가 이만큼 된 건 달인의 덕택입니다.

─너무 겸손하군.

─전 아첨하는 사람들을 싫어합니다.

─자넨 날 별로 좋아하지 않는 모양이군.

─당신도 절 싫어하셨으면 합니다.

─난 명상을 하고 평온을 찾기 위해 이곳에 왔네. 람세스의 섭정공 임명은 내겐 엄청난 충격이었네. 내 솔직히 고백함세. 그렇지만 현실을 받아들여야지. 신전의 평온이 내가 그렇게 할 수 있도록 도와줄 걸세.

─당신에겐 잘된 일이군요.

─람세스에 대한 우정 때문에 자네의 눈이 멀지 않기를 바라네. 내 동생은 선한 의도를 가지고 있지 않네. 만일 자네가 정의의 법을 사랑한다면, 눈을 감지 말게나.

─세티의 결정을 비판하시는 건가요?

─아버님은 아주 특별한 분이시지. 그러나 실수를 저지르지 않는

사람이 어디 있겠나? 나에게 권력의 길은 완전히 막혀버렸네. 그걸 아쉬워하지는 않네. 의전 일을 맡아보는 것으로 충분히 행복해. 그러나 자신의 야심에만 관심이 있는 무능력한 자의 손에 이집트가 떨어진다면, 이집트의 미래는 어떻게 되겠나?

―말씀하시려는 의도가 정확히 뭡니까, 셰나르?

―자네가 알아맞혀보게. 난 자네가 장차 대단한 인물이 될 거라고 확신하네. 람세스에게 운명을 거는 건 끔찍한 실수야. 장차 그가 왕위에 오르고 나면, 그는 친구고 뭐고 없을걸. 자넨 곧 잊혀질 걸세.

―절더러 뭘 어쩌라는 겁니까?

―인종하지 말고 다른 미래를 준비하게.

―당신의 미래겠지요, 짐작컨대.

―나 개인은 중요하지 않네.

―제 느낌은 다른데요.

―자네는 날 오해하고 있어. 내 나라를 위해 봉사하는 것, 그것이 나의 유일한 목표일세.

―셰나르, 신들이 듣고 계십니다. 신들이 거짓말을 싫어하신다는 걸 모르십니까?

―이 땅에서 정치를 하는 건 인간들이지, 신들이 아니야. 난 자네의 우정을 기대하네. 함께 해나가면, 우린 성공할 걸세.

―꿈 깨고, 꺼져버리시오.

―자네, 잘못 생각하는 거야.

―난 이렇게 신성한 장소에서 목소리를 높일 생각도 없고 폭력을 행사할 생각도 없소. 원하신다면 밖에 나가서 토론을 계속하실까요?

―그럴 필요 없네. 하지만 내가 경고했다는 사실을 잊지 말게. 언젠가 나에게 고마워할 날이 있을 테니.

모세의 화난 눈초리 때문에 셰나르는 더이상 계속할 수 없었다.

그가 우려했듯이, 실패였다. 이 히브리인은 아샤처럼 쉽게 정복될 상대가 아니다. 그러나 그 역시 약점이 있을 테고 시간이 지나면 그것 역시 드러날 것이다.

돌렌테는 잔뜩 화가 나서 씩씩거리며 그녀의 몸무게를 막아낼 재간이 없는 아메니를 밀어젖혔다. 그녀는 섭정공 사무실 문을 밀고 폭풍우처럼 들이닥쳤다. 람세스는 돗자리 위에 꿇어앉아 나무 보호에 대한 세티의 칙령을 옮겨 쓰고 있었다.

—드디어 실력행사를 하겠다는 거냐!

—왜 이렇게 느닷없이 방문한 거요, 누님?

—마치 알지 못한다는 투로구나!

—기억나게 해주구려.

—우리 그이가 승진을 기다리고 있단 말야.

—파라오께 가봐요.

—아버진 가족들에게 특권을 부여하기를 거부하셔. 공정하지 않다고 생각하신다구!

—그럼 얘긴 끝난 거군.

그 말을 듣고 돌렌테의 분노는 한결 더 커졌다.

—공정하지 않은 건 바로 그 결정이란 말야! 사리는 승진이 되어야 마땅하고, 그리고 섭정공인 너는 우리 그이를 곡창 감독관으로 임명하는 게 마땅한 처사란 말야!

—섭정공이 파라오의 의지를 거역할 수 있습니까?

—겁쟁이처럼 굴지 마!

—나는 왕권 모독죄를 저지르지 않을 거야.

—너 지금 누구 놀리는 거니?

—제발 진정해.

―내가 받아야 할 걸 내놔.

―불가능해.

―청렴결백한 체하지 마! 너도 다른 사람들이랑 똑같애…… 네 가족들하고 손을 잡으란 말야!

―누님은 평소엔 아주 온화한 성격이잖아.

―난 네가 멋대로 구는 걸 보려고 세나르의 횡포에서 빠져나온 게 아니란 말야. 계속 거절할 거니?

―돌렌테 누님, 가지고 있는 재산으로 만족해요. 탐욕은 치명적인 결점이야.

―그런 구닥다리 도덕일랑 너나 지키렴.

그녀는 고래고래 소리를 지르면서 사라졌다.

이제트의 저택 정원에는 위풍당당한 단풍나무들이 서 있다. 단풍나무들은 고마운 그늘을 만들어준다. 이제트는 그늘에 앉아서 땀을 식히고 람세스는 잘 다듬어진 부드러운 땅에다 어린 묘목들을 옮겨 심었다. 섭정공의 머리 위에서는 나뭇잎들이 부드러운 북풍을 받아 흔들리고 있었다. 하토르 여신은 즐겨 단풍나무로 현신한다. 이 나무는 저승에서 의로운 사람들에게 마실 것과 먹을 것을 주고, 그들의 코와 입을 열어주며, 영원의 주인을 매혹하는 향기로 그들을 감싸주기 위하여 팔을 내민다고 한다.

이제트는 연꽃을 따서 머리를 장식했다.

―포도 한 송이 먹을래?

―20년 후엔 당당한 단풍나무 한 그루가 이 정원을 더 기분좋은 곳으로 만들어줄 거야.

―20년 후면, 난 늙을걸 뭐.

람세스는 그녀를 주의깊게 바라보았다.

─솜씨 있게 화장을 하고, 또 연고를 계속 바르면, 당신은 더욱 매력적인 여자가 될 거야.

─난 내가 사랑하는 사람과 결혼하게 될까?

─난 점쟁이가 아냐.

그녀가 연꽃으로 람세스의 가슴을 때렸다.

─아스완 채석장에서 당신이 아슬아슬하게 사고를 피했다고 사람들이 그러데.

─아버님의 보호를 받으면 난 끄떡없어.

─누가 그렇게 계속 당신을 공격하는 걸까?

─걱정하지 마. 범인은 곧 밝혀질 거야.

이제트는 가발을 벗고 긴 머리를 풀어 그 머리카락을 람세스의 상체 위에 늘어뜨리며, 뜨거운 입술로 키스를 퍼부었다.

─행복이라는 게 그렇게 복잡한 거야?

─행복을 찾았거든, 그걸 붙잡아.

─당신이랑 같이 있으면 난 행복으로 가득 차. 그걸 언제나 이해할 거야?

─지금 당장.

꼭 껴안은 채 그들은 옆으로 굴렀다. 이제트는 행복한 여인이 되어 연인의 욕망에 도취했다.

파피루스 제조는 이집트 장인들의 가장 중요한 활동 중 하나였다. 값은 파피루스의 질과 두루마리의 길이에 따라 달랐다. 『빛 속으로 나아가는 책』*의 내용이 씌어 있는 어떤 파피루스는 무덤으로 가고, 또 어떤 것은 학교나 대학으로 갔다. 그러나 대부분의 파피루스는 관청에서 쓰였다. 파피루스 없이는 나라를 올바로 다스릴 수

---

* 『사자의 서』라고 잘못 불리고 있는 책. 사후세계를 다루고 있다.

없었다.

세티는 섭정공에게 정기적으로 파피루스 생산을 조사하고 그것의 올바른 분배를 감시하는 일을 맡겼다. 행정부서마다 충분한 양을 공급받지 못한다고 투덜거렸고 다른 부서에서 욕심을 너무 낸다고 비난했다.

람세스는 셰나르의 서기관들이 지나치게 파피루스를 낭비한다는 사실을 알아내고, 그 문제를 해결하려고 셰나르를 불러들였다.

셰나르는 아주 기분이 좋아 보였다.

─람세스, 네가 날 필요로 한다면, 난 언제나 널 도울 준비가 되어 있다.

─서기관들의 행동을 통제하고 계십니까?

─자세한 것까진 모르지.

─예를 들면, 파피루스 구입 같은 것 말입니다.

─뭐 잘못된 거라도 있니?

─그렇습니다. 형님의 서기관들이 많은 양의 일등품 파피루스를 임의로 징발하고 있습니다.

─난 좋은 재료 위에다 글을 쓰는 걸 좋아하지만, 그런 관행은 용납할 수 없지. 잘못을 저지른 서기관들에게 엄한 벌을 내리겠다.

셰나르의 반응은 섭정공으로서는 놀라운 것이었다. 그는 항의하지 않았을 뿐만 아니라, 자신의 잘못을 인정하기까지 했다. 셰나르가 말했다.

─네가 일을 처리하는 방식이 마음에 든다. 개혁하고 쇄신해야지. 아무리 사소한 것이라 해도 부패를 용인해선 안 된다. 이 분야에서 나는 널 효과적으로 도울 수 있다. 의전에 관여하다보면 왕실 관습들을 잘 알게 되니까 비정상적인 관행들을 만나게 된다. 그걸 고발하는 걸로는 충분치 않지. 바로잡는 것이 반드시 필요하다.

람세스는 자기 앞에 있는 사람이 분명히 그의 형인가 의심스러웠다. 어떤 자애로운 신께서 엉큼한 모사꾼을 정의의 심판관으로 바꾸어주신 것일까?

—형님의 제안을 기꺼이 받아들이겠습니다.

—이 솔직한 협조가 그 무엇보다도 날 기쁘게 하는구나. 우선 나 자신의 마구간부터 치우겠다. 그 다음엔 왕국의 마구간에 덤벼들자꾸나.

—그렇게 오염되어 있습니까?

—아버님은 위대한 군주시다. 그분의 이름은 역사에 남을 것이다. 그러나 그분이 모든 사물과 모든 사람들을 다 돌보실 순 없잖니! 유력인사와 그들의 자손들은 나쁜 습관들을 가지고 있고, 다른 사람을 무시하면서 권리를 가로챈다. 섭정공으로서 넌 이런 적당주의를 끝낼 수 있다. 나 역시 과거로부터 이익을 취해왔다. 그러나 그런 시대는 이제 끝났다. 우린 형제다. 파라오께서 우리에게 온당한 자리를 배분해주신 거야. 그것이 우리가 받아들여야 할 진실이다.

—이건 휴전입니까, 아니면 화해입니까?

세나르가 단언했다.

—화해지. 결정적이고 영원한 화해. 그 동안 우리는 각자 책임의 몫을 가지고 싸워왔다. 이 형제살해적인 싸움은 더이상 의미가 없다. 넌 섭정공이다. 난 의전실장이고. 나라의 행복을 위해 서로 손을 잡자꾸나.

세나르가 가고 나자 람세스는 혼란스러웠다. 덫을 놓는 건가, 아니면 작전을 바꾼 건가? 그도 아니면 정말 진심일까?

40

새벽 제사를 드리고 난 후 곧 파라오가 소집한 대회의가 열렸다. 태양이 따갑게 내리쬐고 있었다. 사람들은 어디서나 그늘을 찾아다녔다. 뚱뚱한 고관들은 굵은 땀방울을 뚝뚝 흘렸고, 자리를 옮겨 앉자마자 당장 하인을 시켜 부채질을 하게 했다.

다행히 왕의 접견실은 시원했다. 과학적인 설계 덕분에 높은 곳에 달린 창문으로 바람이 잘 통해서 쾌적했다. 유행에 관심이 없는 왕은 소박한 흰 옷을 입고 있었다. 몇 명의 대신들은 서로 옷맵시를 겨루고 있었다. 총리대신과 멤피스와 헬리오폴리스의 대사제들이 보였고, 예외적으로 사막경찰 간부가 회의에 참가하고 있었다.

람세스는 아버지 왼쪽에 앉아서 사람들을 지켜보았다. 겁쟁이, 불안한 사람, 허영쟁이, 침착한 사람…… 여러 유형의 사람들이 파라오의 권위 아래 모여 있었다. 왕권만이 이 모임의 일관성을 유지시켜주는 것이다. 그것이 없다면 이들은 자기들끼리 싸움을 벌였을 것이다. 세티가 말문을 열었다.

─사막경찰 간부가 나쁜 소식을 가지고 왔다. 말하라.

예순 살쯤 먹은 고위관리는 왕에게까지 오기 위해 지휘체계의 온갖 단계들을 다 거쳤다. 침착하고 유능한 그는 서쪽과 동쪽에 있는 사막의 길이란 길들은 모두 알고 있었고, 대상들과 광부들의 원정대가 지나다니는 그 광대한 공간의 치안을 유지해왔다. 그는 어떤 명예도 원치 않았으며, 아스완에 있는 자기 집에서 조용히 여생을 보내려고 은퇴를 준비하고 있었다. 모두들 그의 말을 주의깊게 경청했다. 그가 이처럼 높은 사람들 앞에서 자기 의견을 말하는 일이 드문 만큼 더욱더 그랬다.

─한 달 전에 금을 찾으러 떠났던 사람들이 실종되었습니다.

이 경악할 만한 선언이 있은 후, 긴 침묵이 이어졌다. 세트 신이 벼락을 때렸더라도 그만큼 놀라지는 않았을 것이다. 프타의 대사제가 왕에게 발언권을 요청하자, 왕이 허락했다. 회의 참가자들은 회의 절차에 맞게 왕의 허락을 얻어야만 발언할 수 있었고, 발언자가 말하는 동안엔 그의 말을 중단하지 않고 들었다. 의제의 중요성이 어떤 것이든, 무질서한 회의 진행은 용납되지 않았다. 올바른 해결책을 찾는 것은 다른 사람의 의견을 존중하는 것으로부터 시작되기 때문이다.

─그 정보가 확실합니까?

─불행히도 그렇습니다. 평소에는 이런 원정의 진행상황을 일련의 소식들을 통해 보고받곤 했었습니다. 어려움이 있다든가, 심지어는 실패했다는 소식까지도 말입니다. 그런데 며칠 전부터는 아무 소식도 듣지 못하고 있습니다.

─전에는 그런 일이 한번도 없었습니까?

　─혼란기에는 그런 적도 있었습니다.

　─베두인 족의 약탈일까요?

　　─이 지역에서는 그럴 가능성은 거의 없습니다. 경찰이 엄격하게 통제하고 있습니다.

　─그럴 수 있다는 겁니까, 아니면 아예 불가능하다는 겁니까?

　─저희가 파악하고 있는 어떤 부족도, 아예 아무 소식도 들려오지 않을 정도로 원정대를 교란시킬 수는 없습니다. 노련한 경찰분대가 금 찾는 사람들을 보호하고 있으니까요.

　─귀하의 추측은 어떻습니까?

　─짐작가는 바가 전혀 없습니다. 그러나 저는 매우 불안합니다.

　사막의 금은 신전에 넘겨진다. '신들의 살', 부패하지 않는 물질이며 영원한 생명의 상징인 금은 장인들의 작업에 더할 나위 없는 광채를 부여한다. 국가적으로도 수입품의 값을 지불하는 수단이나, 또는 평화를 유지하기 위하여 외국의 군주들에게 보내는 외교적인 선물로도 쓰인다. 따라서 이 소중한 금속의 채취를 교란하는 어떤 행위도 용납될 수 없다.

　세티가 경찰에게 물었다.

　─어떤 해결책을 권하겠는가?

　─지체 없이 군대를 보내야 합니다.

　세티가 선언했다.

　─내가 군대를 이끌겠다. 섭정공이 동반할 것이다.

　대회의는 이 결정을 승인했다. 발언을 자제하고 있던 셰나르는 동생을 격려해주었고, 그가 돌아오는 즉시 검토해볼 수 있도록 서류들을 준비해놓겠노라고 약속했다.

세티 즉위 9년 3월 20일, 파라오와 섭정공의 지휘를 받는 4백 명의 원정대가 열사의 사막으로 나아가고 있었다. 그 사막은, 에드푸시의 북쪽, 우아디 함마마트 채석장으로 가는 길에서 남쪽으로 약백 킬로미터 떨어진 곳에 있었다. 원정대는 우아디 미아로 다가갔다. 광부들은 그곳에서 마지막 통신문을 멤피스로 보냈었다.

그 통신문의 내용은 평범했다. 불안한 내용은 아무것도 없었다. 광부들의 사기는 좋아 보였고, 여행자들 전체의 건강상태도 양호한 것 같았다. 서기관은 어떤 사고도 특기하지 않고 있었다.

세티는 원정대를 밤낮으로 경계상태로 유지시켰다. 가장 빼어난 경찰분대요원들과 함께 주의깊게 사방을 지키고 있는 사막경찰대장의 장담에도 불구하고, 왕은 시나이 반도로부터 불시에 내려올지도 모를 베두인 족의 습격에 대비했다. 약탈과 살인이 저들의 법이었다. 갑작스러운 광기에 사로잡히면, 베두인 족의 두목들은 몹시 야만적인 행위까지도 서슴지 않는다고 알려져 있었다.

―람세스야, 무엇을 생각하느냐?

―사막은 아름답습니다만, 저는 걱정이 됩니다.

―이 모래언덕들 너머로 무엇이 보이느냐?

섭정공은 정신을 집중했다. 세티는 거의 초자연적으로 느껴지는 이상한 눈빛으로 활기를 띠고 있었다. 새로운 채석장을 발견할 때 아스완에서 보여주었던 그 눈빛이었다.

―제 시선은 막혀버립니다, 아버님…… 이 높은 언덕들 저편은, 공허입니다.

―그렇다, 공허다. 무시무시한 죽음의 공허.

람세스는 몸을 떨었다.

―베두인 족인가요?

―아니다. 더욱더 음흉하고 무자비한 침략자다.

―전투준비를 해야 할까요?

―소용 없다.

람세스는 공포로 목이 조여왔지만, 꾹 참았다. 금을 캐는 광부들은 어떤 적에게 희생된 것일까? 병사들의 생각처럼 사막의 괴물이라면, 인간의 군대로는 싸워 이길 방법이 없다. 거대한 발톱을 가진 날개 달린 그 야수들은, 미처 방어할 틈도 주지 않고 낚아채서 갈가리 찢어버릴 테니까.

모래언덕을 기어올라가기 전에, 말들과 당나귀들과 사람들은 목을 축였다. 폭염 때문에 자주 쉬어야 했다. 비축된 물은 곧 바닥이 날 것이다. 그곳에서 3킬로미터가 채 안 되는 곳에, 그 지역에서 가장 커다란 우물 하나가 있다.

해가 지기 세 시간 전 그들은 다시 길을 떠나, 큰 어려움 없이 모래언덕을 넘었다. 곧 우물이 눈에 들어왔다. 산 중턱에 돌로 지은 건축물이 세워져 있었다. 그 산 속에 금이 있었다.

금을 캐는 광부들과 그들을 보호할 책임을 진 병사들은 사라져버린 게 아니었다. 그들은 모두 거기에 있었다. 우물 주변에, 불타는 모래 위에 길게 누운 채, 땅에 얼굴을 대고, 또는 햇빛을 향해 얼굴을 돌린 채. 반쯤 벌어진 그들의 입에서 피가 엉겨붙은 시커먼 혀가 빠져나와 있었다. 생존자는 한 사람도 없었다.

파라오가 함께 있지 않았더라면, 병사들은 질겁해서 도망쳐버렸을 것이다. 세티는 천막을 치게 하고, 야영지가 당장이라도 습격당할 위험에 처한 것처럼 수비태세를 갖추라고 지시했다. 그러고 나서 그는 불행을 당한 사람들을 묻어줄 무덤을 파게 했다. 그들의 여행용 돗자리가 수의로 쓰일 것이며, 왕이 몸소 저승여행과 부활의 주문들을 외울 것이다.

사막 위로 지는 평화로운 태양빛 아래서 치러진 장례식이 병사들의 마음을 가라앉혀주었다. 원정대 의사가 세티에게 다가왔다. 왕이 물었다.

−죽음의 원인은 무엇인가?

−갈증입니다, 폐하.

왕은 곧 그의 근위병들이 감시하고 있는 우물로 가보았다. 야영지에서는 병사들이 시원한 물을 마시려고 기다리고 있었다.

큰 우물은 꼭대기까지 돌이 가득 차 있었다. 람세스가 제안했다.

−돌들을 치워보지요.

세티가 승락했다. 파라오의 근위병들은 곧 일을 시작했다. 원정대 전체를 공포에 빠뜨리는 것보다는 그 편이 더 나았다. 여러 사람이 질서정연하게 일을 하니까 놀라운 효과가 나타났다. 람세스는 일에 리듬을 줌으로써 때로 저하되는 사기를 북돋아주었다.

보름달이 우물 바닥을 비출 무렵, 이 정예병사들은 람세스가 밧줄을 이용해서 무거운 물동이 하나를 우물 아래로 내려보내는 것을 지친 표정으로 보고 있었다. 초조했지만 그는 동이를 깨뜨리지 않기 위해서 천천히 내려보냈다.

물이 가득 찬 물동이가 위로 올라왔다. 섭정공은 그것을 왕에게 가지고 갔다. 왕은 냄새를 맡아보더니 마시지 않았다.

−누가 우물 바닥으로 내려가보도록 하라.

람세스는 자기 겨드랑이에 밧줄을 밀어넣어 단단한 매듭을 만들고, 네 명의 병사에게 그 끝을 단단히 잡고 있으라고 일렀다. 우물의 돌 위에 두 다리를 걸친 그는, 돌멩이들의 튀어나온 부분을 이용해서 내려가기 시작했다. 별로 어려운 일은 아니었다. 물이 있는 곳 2미터쯤 위에서, 몇 구의 당나귀 시체가 물에 떠 있는 것이 달빛에 드러났다.

−우물물이 오염된 거로군.

그가 중얼거렸다.

세티는 물동이의 물을 모래에 쏟아버렸다.

—금 캐는 광부들과 경찰들은 이 우물물을 마시고 독이 퍼져 죽었다. 그리고 암살자들이 우물을 돌로 메워버린 것이다.

베두인 족의 짓인 듯했다.

왕과 섭정공 그리고 원정대원들 모두 사형선고를 받은 것이다. 당장 계곡을 향해 되돌아간다 해도 그들은 문명세계에 닿기 전에 갈증으로 죽을 것이다.

이번엔 덫의 입구가 닫혀버렸다. 세티가 말했다.

—가서 자자꾸나. 우리의 어머니이신 별이 떠 있는 하늘에 기도해보마.

새벽이 되기가 무섭게 재난에 대한 소문이 퍼져나갔다. 절망적으로 비어버린 가죽부대에 물을 채우는 것이 허용되지 않았다.

어떤 과격한 보병 하나가 동료들을 선동하려고 했다. 람세스가 그의 앞을 막아섰다. 섭정공은 미친 듯이 화가 나 주먹을 휘두르는 보병의 팔목을 붙잡고 땅에 무릎을 꿇게 만들었다.

—냉정을 잃으면, 죽음을 재촉할 뿐이야.

—물이 없잖소…….

—파라오께서 우리와 함께 계시지 않느냐. 희망을 가져라.

더이상 반란의 움직임은 없었다. 람세스가 원정대원 앞에 서서 말했다.

—우리에겐 군사기밀에 속하는 이 지역의 지도가 한 장 있다. 이 지도에는 옛날에 있었던 우물에 이르는 제2의 길들이 나와 있다. 그 우물들 중 일부는 개발이 가능하다. 파라오께서 여러분과 같이 있는 동안, 내가 그 길을 찾아보겠다. 사막의 절반을 건너기에 충분

한 물을 가져오겠다. 나머지 반은 인내와 용기로 건너자. 그 동안 햇빛을 피해 쉬면서, 쓸데없이 힘을 낭비하지 말기 바란다.

람세스는 약 열 명 정도의 인원과 여섯 마리 당나귀를 데리고 떠났다. 당나귀의 허리 양쪽에는 빈 가죽부대를 실었다. 배급받은 물을 다 마셔버리지 않은, 조심스럽고 노련한 경험자가 하나 있었다. 입술을 적실 아침 이슬과 그가 남겨둔 몇 모금의 물이 이 그룹에게 주어진 모든 것이었다.

곧 한 걸음을 옮기는 것이 고통스러워졌다. 사막의 열기와 먼지가 허파를 불태웠다. 그러나 동료들이 쓰러질까봐 람세스는 꿋꿋이 버텼다. 시원한 물이 가득 찬 우물 외에는 어떤 것도 생각하지 말아야 했다.

그가 택한 첫번째 길은 곧 끊어졌다. 모랫바람이 그 길을 지워놓은 것이다. 무턱대고 그 길로 간다는 건 자살행위나 마찬가지였다. 두번째의 길은 말라붙은 와디 밑바닥의 진퇴유곡으로 이르는 길이었다. 지도를 만든 사람이 엉터리로 일을 했던 것이다. 세번째 길의 끝에서 마른 돌멩이로 만들어진 우물이 하나 나타났다. 모두들 달려갔다. 그러나 그들은 우물의 돌 위에 털썩 주저앉았다. 이미 오래 전에 모래로 뒤덮인 우물이었다.

'군사기밀'로 알려져 있던 그 지도는 환상에 불과했다. 10년 전에는 정확했는지도 모른다. 그러나 세월이 흐르는 동안, 게으른 서기관이 확인해보지도 않고 그대로 베끼고, 그 후임자는 선임자를 본받은 것이다.

세티 앞에 돌아온 람세스는 설명을 늘어놓지 않았다. 절망한 표정이 모든 것을 말해주었다. 여섯 시간 전부터, 병사들은 물 한 모금 마시지 못했다. 왕이 병사들 앞으로 나섰다.

—태양이 꼭대기에 와 있다. 나는 람세스와 함께 물을 찾으러 가

겠다. 그림자가 길어질 무렵에 돌아오겠다.

세티가 언덕을 걸어올라갔다. 젊은 람세스도 그를 따라가기가 힘겨웠다. 그러나 얼마 안 가 아버지와 보조를 맞출 수 있었다. 신성문자로 고귀함을 의미하는 상징인 야생 염소처럼 왕은 쓸데없는 몸짓은 조금도 하지 않음으로써 한 움큼의 힘도 낭비하지 않았다. 세티는 껍질을 벗겨 다듬은 아카시아 나뭇가지 두 개를 가지고 갔다. 그 두 개의 나뭇가지 끝은 단단한 아마실로 서로 연결되어 있었다.

바위가 뜨거운 먼지를 일으키며 그들의 발 아래로 굴러내려갔다. 언덕 꼭대기에 서 있는 왕을 따라잡았을 때 람세스는 거의 탈진상태였다. 그곳에서 바라다본 사막은 장관이었다. 섭정공은 잠깐 그 풍경에 매료되었다. 그러나 다음 순간 그를 놓아주지 않는 끈덕진 갈증이 그에게 그 광막함은 곧 무덤을 의미한다는 사실을 상기시켜주었다.

세티는 두 개의 아카시아 나뭇가지를 양쪽으로 벌려 앞으로 내밀고 흔들었다. 나뭇가지들이 부드럽게 휘어졌다. 그는 나뭇가지들을 천천히 이리저리 움직여보았다. 수맥을 찾아낸 나뭇가지가 왕의 손에서 갑자기 빠져나가 삐걱거리는 소리를 내며 몇 미터 앞에 떨어졌다.

흥분한 람세스는 나뭇가지를 주워서 아버지에게 내밀었다. 그들은 언덕을 내려갔다. 세티는 넓적한 돌들이 쌓여 있는 곳 앞에 멈추어 섰다. 돌틈에서 가시나무가 자라고 있었다. 나뭇가지가 심하게 흔들렸다.

ㅡ가서 석수들을 데리고 오너라. 그리고 이곳을 파라고 일러라.

피곤이 사라졌다. 람세스는 바위들을 성큼성큼 건너뛰어 숨이 턱에 차도록 달렸다. 람세스가 데려온 마흔 명 정도의 사람들은 당장 일에 달려들었다. 지반은 부드러웠다. 3미터쯤 파내려가자 맑은 샘

물이 솟아나왔다.

인부들 중 한 사람이 땅에 무릎을 꿇었다.

―신께서 왕의 정신을 이끌어주셨습니다…… 물이, 범람하는 강처럼 풍부합니다.

세티가 말했다.

―하늘이 내 기도를 들어주셨구나. 이 우물은 '신의 빛의 진리여, 한결같으소서'라 명명될 것이다. 모두들 목을 축이고, 금을 찾는 사람들을 위해 이곳에 마을을 건설하고, 또 신들께서 머무실 신전도 세우자. 신들께서 이 우물 속에 항상 머무실 것이며, 거룩함을 찬양하기 위하여 빛나는 금속을 찾는 이들에게 길을 열어주실 것이니라.

선한 목자이며 모든 사람들의 아버지이며 어머니이신 분, 신들의 친구인 세티의 지도를 받으며, 병사들은 즐거운 마음으로 집 짓는 사람들로 변모했다.

41

　왕비 투야는 멤피스의 거대한 신전에서, 하토르 여신의 제사에
참여할 여자 음악가들을 뽑는 행사를 주재하였다. 방방곡곡에서 모
여든 아가씨들은 이미 가수나 무희 또는 연주자가 되기 위한 예비
시험을 치른 사람들이었다.

　엄격하고 주의깊은 커다란 눈, 발그레한 뺨, 섬세하고 반듯한 코,
거의 네모난 모양의 작은 턱을 가진 투야는, 어머니의 역할을 상징
하는 독수리 깃털 같은 가발을 쓰고 있었다. 그녀의 모습은 시험을
치러 온 아가씨들에게 강렬한 인상을 주어서, 어떤 아가씨들은 어
쩔 줄 모르고 허둥대었다. 왕비도 젊은 시절에 이 시험을 치른 적
이 있지만, 그러한 태도를 관대하게 봐주지 않았다. 신을 섬기고자
하는 사람에게는 자제력이야말로 가장 중요한 자질이기 때문이다.

그녀가 보기엔 음악가들의 실력이 약했다. 그녀는 최근 몇 달 간 긴장이 풀어진 듯한 하렘의 선생들을 다그쳐야겠다고 생각했다. 응시생들 중 유일하게 돋보이는 아가씨가 하나 있었다. 진지하고 고요한 얼굴의 처녀였다. 놀랍도록 아름다웠다. 류트 연주에 몰입해 있는 그녀의 모습은, 마치 바깥 세상이 모두 사라지고 홀로 앉아 신과 대면하고 있는 것 같았다.

신전 정원에는, 수험생들에게 제공되는 간식이 차려져 있었다. 어떤 아가씨들은 행복해 보였고, 어떤 아가씨들은 불행해 보였다. 잔뜩 울상인 사람이 있는가 하면, 신경질적으로 웃어대는 아가씨들도 있었다. 아가씨들은 너무 젊어서 아직도 어린아이들처럼 보였다.

네페르타리만이, 마치 이 행사는 자기와 관련이 없다는 듯 침착한 모습이었다. 여사제였던 여성들의 모임은, 신전 여성 합주단의 지휘를 네페르타리에게 맡기기로 결정했다.

왕비가 그녀에게 다가갔다.

―아주 빼어난 연주였다.

네페르타리가 고개를 숙여 예를 표했다.

―이름이 무엇이냐?

―네페르타리입니다.

―어디서 왔느냐?

―테베에서 태어났는데, 메르-우르 하렘에서 공부했습니다.

―합격한 것이 별로 기쁘지 않은 모양이구나.

―멤피스에 머물고 싶지 않아서 그렇습니다. 테베로 돌아가 아몬 신의 신전에서 일하고 싶습니다.

―은둔생활을 하고 싶은 게냐?

―신비에 입문하는 건 저의 가장 큰 소원입니다. 하지만 전 아직

너무 어려요.

—젊은 나이에, 그건 평범한 생각은 아닌데. 삶에 실망한 일이라도 있느냐, 네페르타리?

—그렇진 않습니다. 하지만 전 의식(儀式)에 매력을 느껴요.

—결혼해서 아이를 가지고 싶진 않구?

—생각해보지 않았습니다.

—신전에서의 생활은 단조롭단다.

—전 영원의 돌들과, 돌들의 비밀을 좋아합니다. 돌들을 바라보면서 명상에 잠기는 게 좋아요.

—그런데, 당분간 돌들로부터 떨어져 있으라 한다면, 받아들이겠느냐?

네페르타리는 용감하게 왕비를 쳐다보았다. 투야는 그녀의 맑고 솔직한 시선이 좋았다.

—이 신전의 여성 합주단 지휘자는 좋은 자리지. 하지만 너에겐 다른 계획을 세우고 싶구나. 내 집의 여집사가 되어주면 좋겠다.

왕비가 사는 궁의 여집사라니! 얼마나 많은 귀족부인들이 그 역할을 꿈꾸는지 모른다. 그 직책을 가지면, 왕비와 속내이야기를 나누는 친구가 될 수 있기 때문이다.

—그 일을 하시던 노부인이 지난달에 돌아가셨단다. 왕실을 드나드는 부인들 중에 지원자가 많지. 경쟁자를 제치려고 서로 헐뜯기도 한단다.

—전 경험도 없고, 전······.

—넌 특권의식이 몸에 밴 귀족 출신이 아니지. 네 가족은 끊임없이 빛나는 과거나 들추어내고, 그 과거를 핑계로 지금은 게으름이나 피우는 그런 사람들은 아닐 거라는 얘기다.

—제가 귀족 출신이 아니라는 게 중대한 결점이 되지 않을까요?

─난 사람들이 지닌 가치에만 관심이 있단다. 가치 있는 사람이 뛰어넘지 못할 결점이란 건 없다. 어떻게 하겠니?

─생각해볼 시간을 좀 주시겠습니까?

왕비는 재미있었다. 어떤 귀족부인도 투야에게 감히 이런 질문을 던지지 못한다.

─못 주겠구나. 신전의 향기를 너무 마시면 날 잊어버릴 테니까.

두 손을 가슴에 모아쥐고서 네페르타리가 왕비에게 절했다.

─성심껏 일하겠습니다, 폐하.

새벽시간을 좋아하는 투야 왕비는 미명의 시간에 자리에서 일어난다. 햇살이 어둠을 뚫는 순간이 그녀에게는 매일매일 삶의 신비가 창조되는 순간이었다. 네페르타리가 자기처럼 아침 일찍 일어나 일하는 것을 좋아해서 왕비는 아주 만족스러웠다. 그녀는 네페르타리와 함께 아침식사를 하고, 하루 일과에 대한 지시를 내렸다.

결정을 내린 지 사흘 만에 투야는 자기의 생각이 틀리지 않았다는 것을 알았다. 네페르타리는 아름다울 뿐만 아니라 매우 예민한 지성의 소유자였다. 그녀는 중요한 것과 그렇지 않은 것을 놀랍도록 잘 구별했다. 왕비와 여집사 사이에는 함께 일하게 된 순간부터 깊은 유대감이 형성되었다. 두 사람은 몇 마디 말을 나누지 않고도 서로 의사소통을 할 수 있었다. 때로는 생각만으로도 통했다. 투야는 그녀와 아침 대화를 나누고 의상실로 들어갔다.

미용사가 그녀의 가발에 향수 뿌리는 일을 끝냈을 때, 세나르가 나타났다. 그가 어머니에게 요청했다.

─하녀를 내보내주십시오. 아무도 우리 얘길 엿들어서는 안 됩니다.

─그렇게 심각한 일이냐?

미용사가 나갔다. 셰나르의 표정은 몹시 괴로워 보였다.

─말해라, 아들아.

─오랫동안 망설였습니다.

─말하기로 결심했다면, 무엇 때문에 나를 힘들게 하느냐?

─그것은…… 어머님께 끔찍한 고통을 안겨드리게 될까봐 두려워서…….

투야는 불안해졌다.

─불행한 일이 생겼느냐?

─아버님과 람세스, 그리고 구원병들이 실종되었습니다.

─확실한 소식이냐?

─원정대가 금 캐는 광부들을 찾으려고 사막으로 떠난 지 벌써 오래 되었습니다. 여러 가지 비관적인 소문들이 떠돌고 있습니다.

─그런 소문은 듣지 말아라. 아버님이 돌아가셨다면, 내가 알았을 게다.

─어떻게…….

─네 아버님과 나 사이에는 보이지 않는 끈이 있다. 우리가 서로 떨어져 있을 때에도 우리는 한데 묶여 있다. 그러니 안심해라.

─사실을 직시하셔야 합니다. 아버님과 원정대는 이미 오래 전에 돌아왔어야 합니다. 나라를 아무렇게나 내버려둘 순 없습니다.

─일상적인 일들은 대신과 내가 처리하고 있다.

─제 도움이 필요하십니까?

─네 역할을 수행하고, 그것으로 만족해라. 세상에서 그것보다 더 큰 즐거움은 없다. 정 불안하거든 군대를 이끌고 아버님과 네 동생이 갔던 길로 뒤쫓아가보지 그러느냐?

─이해할 수 없는 이상한 일이 생겨나고 있어요. 사막의 악마들이 금을 채취하려는 사람들을 잡아먹는다는 겁니다. 제 의무는 이

곳에 남아 있는 것 아니겠습니까?

　—네 양심의 소리를 들으려무나.

　세티가 나흘 간격으로 보낸 두 명의 전령들은 이집트에 도착하지
못했다. 계곡으로 가는 길 위에서 사막의 부랑자들이 그들을 기다
리고 있었다. 그들은 전령들을 살해하고 옷을 훔치고 람세스가 쓴
나무 서판을 부숴버렸다. 그 서판에는 원정대가 금을 채취했으며,
광부들의 도시와 신전의 기초공사를 시작했다는 소식이 적혀 있었
다.

　부랑자들의 밀정이 셰나르에게 와서 알렸다. 그는 파라오와 섭정
공은 살아 있으며, 왕이 신의 도우심을 받아 사막 한가운데서 수량
이 풍부한 샘을 발견했다고 말했다. 큰 우물에 독을 집어넣는 책임
을 맡았던 베두인 족은 그러니까 소기의 목적은 달성하지 못한 것
이다.

　왕실에서는 많은 사람들이 세티와 람세스가 마법의 희생자가 되
었다고 생각했다. 하지만 왕의 부재를 어떻게 유리하게 이용할 것
인가? 투야는 권력의 고삐를 단단히 움켜쥐고 있다. 주군과 그녀의
작은아들이 정말로 죽었다는 것을 확인해야 그녀는 어쩔 수 없이
셰나르를 섭정공에 임명할 것이다.

　아무리 늦어도 몇 주 뒤에는 원정대가 돌아올 테니, 셰나르는 왕
권에 다가갈 수 있는 절호의 기회를 놓치게 될 것이다. 그러나 희
박하나마 아직 가능성은 있다. 더위가 참을 수 없을 정도가 되면
베두인 족이 완수하지 못한 임무를 뱀이나 전갈들이 수행할 수도
있다.

　아메니는 잠을 이룰 수가 없었다.

세티와 람세스가 이끄는 원정대가 사라졌다는 소문이 점점 더 시끄러워졌다. 젊은 서기관은 처음엔 그런 쓸데없는 소리에 귀기울이지 않았다. 그러나 왕실 전령들의 사무실에 알아본 결과 그 얘기가 사실이라는 것을 알게 되었다.

파라오와 섭정공으로부터 소식이 끊겼는데 왕실에서는 아무런 조치도 취하지 않고 있다는 것이었다. 이런 상황을 다스리고 서쪽 사막으로 구원병을 보낼 수 있는 사람은 단 한 사람밖에 없었다. 아메니는 왕비궁으로 갔다. 놀랍도록 아름다운 젊은 여자가 그를 맞이했다. 여성과 여성의 매력을 경계하는 아메니였지만, 그녀의 완벽한 얼굴과 깊은 눈길 그리고 부드러운 목소리에 매혹되지 않을 수 없었다.

―왕비 폐하를 뵙고 싶습니다.

―파라오께서 부재중이시기 때문에, 무척 바쁘십니다. 무슨 일로 오셨는지 알 수 있을까요?

―용서하십시오. 하지만…….

―저는 네페르타리라고 합니다. 왕비께서 저를 여집사로 임명하셨지요. 말씀을 잘 전해드리겠다고 약속하겠습니다.

여자이긴 했지만, 그녀는 믿을 만해 보였다. 아메니는 마음이 흔들리는 자신이 못마땅했지만, 유혹에 넘어가기로 했다.

―섭정공의 개인비서이며 신발 운반 담당관으로서, 저는 왕과 섭정공을 찾기 위해서 당장 정예부대를 보내야만 한다고 생각하는 바입니다.

네페르타리가 미소를 지었다.

―걱정하지 않으셔도 됩니다. 왕비님께선 이미 알고 계십니다.

―알고 계신다구요…… 하지만 그걸로는 충분치 않습니다!

―파라오는 위험에 처해 있지 않으십니다.

—그렇다면, 왕실에 소식이 온 거로군요!

—더이상은 말씀드릴 수가 없습니다. 하지만 믿으세요.

—왕비님께 좀 강하게 말씀드려주십시오. 부탁입니다.

—왕비님께서도 폐하와 아드님의 운명에 대해서 귀하만큼이나 걱정하고 계십니다. 걱정 마십시오. 그분들이 위험에 처한다면, 왕비님께서 개입하실 겁니다.

기운 좋고 빠른 당나귀를 타고 여행하는 것은 고통스러웠다. 움직이는 게 질색인 아메니이긴 했지만, 세타우에게 가야만 했다. 뱀 조련사는 멤피스 중심부에서 멀리 떨어진 사막 가장자리에서 살고 있었다. 관개용 운하를 따라 난 길은 끝날 줄을 몰랐다. 다행히 강가에 살고 있는 사람들 중에 세타우와 그의 누비아인 부인의 집을 아는 이들이 있었다.

무사히 도착하긴 했지만, 아메니는 허리가 부러지는 것 같았다. 먼지 때문에 재채기를 하느라고 몸을 너무 흔들어댔던 것이다. 그는 빨갛게 충혈된 눈을 비볐다.

로투스는 집 바깥에서 물약을 만들고 있었는데, 고약한 냄새가 젊은 서기관의 코를 찔렀다. 로투스가 아메니에게 집 안으로 들어가자고 권했다. 크고 하얀 집 문턱을 넘으려던 아메니는 뒤로 흠칫 물러섰다.

대왕 코브라가 그를 위협했던 것이다. 로투스가 말했다.

—독이 없는 늙은 뱀이에요.

로투스는 흔들흔들하는 뱀 대가리를 쓰다듬었는데, 놈은 그 사랑의 표시를 좋아하는 눈치였다. 그 틈에 아메니가 안으로 살짝 들어갔다.

응접실에는 크기가 가지각색인 유리병들과 독을 처치할 때 사용하는 이상한 물건들이 빽빽이 차 있었다. 쪼그리고 앉아서 불그스름하고 걸쭉한 액체를 다른 병에 옮겨담던 세타우가 아메니를 보았다.

—자네 어떻게 된 거 아냐? 사무실 바깥에서 자넬 보다니 기적 같네그려.

—오히려 재난이지.

—어떤 마술사가 자넬 굴 바깥으로 기어나오게 만들었나?

—람세스가 음모의 희생자가 됐어.

—자넨 상상력이 지나쳐서 탈이야.

—왕과 함께 황금 광산으로 간 람세스가 동쪽 사막에서 사라졌네.

—람세스가 사라졌다구?

—소식이 끊긴 지 열흘이 넘었어.

—행정적인 지연이겠지 뭐.

—아냐, 내가 직접 확인했어…… 그런데 그게 전부가 아냐.

—뭐가 더 있어?

—음모의 주모자가 투야 왕비야.

세타우는 하마터면 들고 있던 작은 잔을 엎을 뻔했다. 그는 젊은 서기관 쪽으로 몸을 돌리고 그를 물끄러미 바라보았다.

—접견을 요청했는데 거절당했어.

—그럴 수도 있지, 뭘 그러나.

—왕비는 이 상황을 정상적이라고 생각해. 왕비는 전혀 걱정도 하지 않고 구원병을 보낼 생각도 않고 있네.

—소문이…….

—왕비의 새 여집사 네페르타리를 통해 왕비가 그런 결정을 내렸다는 걸 알게 됐어.

세타우는 어리둥절한 표정을 짓고 있었다.

―자네 말은 그럼 투야가 권력을 차지하려고 자기 남편을 치워 버리려 했다는 건가? 말도 안 돼!

―사실은 사실이니까.

―세티와 투야는 서로 긴밀하게 연결되어 있어.

―그럼 어째서 그를 구하러 가지 않는 거야? 사실을 받아들이라구. 그녀는 자기가 왕좌에 오르려고 남편을 죽음으로 내몬 거야.

―그럼 자네가 맞았다고 치고, 어떻게 할 건데?

―람세스를 찾아 떠나자구.

―어떤 군대랑?

―자네와 나면 충분해.

세타우가 벌떡 일어섰다.

―자네가 사막에서 몇 시간씩 여행한다구? 이 친구 정말 정신 나갔군!

―가는 거지?

―물론 안 가네!

―람세스를 버려둘 거야?

―자네 짐작이 맞다면, 그는 벌써 죽은 목숨이야. 무엇 때문에 우리 목숨까지 위험하게 만들겠나?

―당나귀랑 물은 가져왔네. 뱀에게 물렸을 때 쓰는 약이나 좀 주게.

―자넨 그걸 사용할 줄 몰라.

―어쨌든 고맙네.

―가만 좀 있어봐…… 자네가 하려는 일은 미친 짓이야!

―난 람세스를 도와주겠다고 했네. 한번 내뱉은 말은 다시 주워 담는 게 아냐.

아메니는 당나귀 위에 올라타고 동쪽 사막으로 가는 길로 접어들었다. 그는 가다 말고, 허리의 통증을 달래기 위해 다리를 오그리고 등을 땅에 대고 누워서 쉬어야 했다. 당나귀는 페르세아 그늘에 서서 마른 풀잎을 뜯어먹었다.

젊은 서기관은 반쯤 졸면서 몽둥이를 가져올걸 잘못했다고 생각하고 있었다. 싸우게 될지도 모르니까 말이다. 눈을 감고 누워 있는데, 걸걸한 목소리가 들려왔다.

―벌써 포기한 거야?

아메니가 눈을 뜨고 벌떡 일어났다.

물부대와 사막을 여행하는 데 필요한 용품들을 실은 회색 당나귀 다섯 마리를 거느리고, 세타우가 거기 서 있었다.

42

이제트는 세나르 집의 현관문을 거세게 밀고 들어갔다. 세나르는 유력인사들과 함께 향료를 넣어 맛을 낸 쇠고기 등심구이로 점심식사를 하고 있었다.

─이집트가 위기에 처해 있는데, 어떻게 밥이 넘어가요?

사람들이 깜짝 놀라 이제트를 바라보았다. 왕의 맏아들이 자리에서 일어나 손님들에게 사과하고, 이제트를 식당 바깥으로 끌고 나갔다.

─왜 이렇게 쳐들어와서 법석을 떠는 거요?

─이 팔 놔요!

─소문이 나쁘게 나겠소. 내 손님들이 유력인사들이라는 걸 몰라서 이러는 거요?

―난 상관 안 해요!

―무엇 때문에 이렇게 흥분하는 거요?

―그럼 당신은 왕과 람세스가 동쪽 사막에서 실종되었다는 걸 모
른단 말예요?

―왕비님 생각은 다르시던데…….

이제트의 흥분이 가라앉았다.

―왕비님 생각은 어떠신데요?

―어머닌 파라오가 위험에 처해 있지 않다고 확신하고 계시오.

―하지만 소식을 들은 사람이 아무도 없잖아요.

―그건 나도 알고 있는 사실이오.

―왕과 람세스를 찾기 위해서 원정대를 조직해야 돼요.

―어머님 생각을 거스른다는 건 용서받을 수 없는 잘못이오.

―어머님께선 어떤 정보를 가지고 계시는데요?

―직관이라는 정보.

이제트가 깜짝 놀라 눈을 크게 떴다.

―설마, 농담하시는 거지요?

―친애하는 이제트, 진실이오. 난 진실만을 말하는 거요.

―그 말도 안 되는 태도는 무얼 의미하는 건가요?

―파라오의 부재시엔 왕비가 통치하고 우린 따르는 거요.

셰나르는 기분이 나쁘지 않았다. 불안에 사로잡혀 흥분한 이제트
는 틀림없이 투야 왕비에 대해 가장 고약한 소문을 퍼뜨릴 것이다.
대회의는 왕비에게 설명을 요구하지 않을 수 없을 것이며, 그녀의
평판에는 흠이 가고, 사람들은 왕비를 대신해 나라를 통치해달라고
그에게 도움을 청해올 것이다.

금을 캐는 광부들이 편하게 일할 수 있도록 사당 하나와 여러 채

의 집을 짓고 원정대는 귀로에 올랐다. 동쪽 사막으로부터 돌아오는 원정대의 선두에 람세스가 섰다. 왕이 발견한 수맥은 앞으로 오랫동안 그 우물을 마르지 않게 해줄 것이고 당나귀 등에는 품질 좋은 금부대가 실릴 것이다.

죽은 사람은 한 사람도 없었다. 파라오와 섭정공은 원정대원들을 고스란히 데리고 귀환하는 것이 자랑스러웠다. 아픈 사람들 몇 명은 다리를 끌면서 걸었다. 돌아가면 몇 주 동안의 휴가를 얻어 쉴 수 있을 것이다. 검은 전갈에 물린 석수 한 사람은 들것에 실려 운반되었다. 환자가 열이 심하게 나고 가슴에 통증이 있어서 군의관은 걱정스러워했다.

람세스는 작은 언덕을 뛰어넘다가 멀리 보이는 아주 작은 초록색 점 하나를 발견했다. 사막을 지나 처음 만나게 되는 문명지였다! 섭정공은 몸을 돌려 그 희소식을 대원들에게 알렸다. 기쁨의 환호성이 하늘에 울려퍼졌다. 시력이 좋은 경찰 하나가 바윗덩어리 같은 걸 손가락으로 가리키며 말했다.

─소규모의 대상 하나가 우리 쪽을 향해 오고 있는데요.

람세스는 정신을 집중했다. 처음에는 꿈쩍도 않는 덩어리들 몇 개가 보였을 뿐이다. 그리고 곧 당나귀 몇 마리와 당나귀를 탄 두 명의 남자들을 식별해낼 수 있었다. 경찰이 자기의 추측을 이야기했다.

─좀 이상한데요, 사막으로 도망치는 도둑들 아닐까요? 잡아서 물어봅시다.

대원 몇 명이 달려갔다.

조금 있다가 대원들은 두 명의 포로를 섭정공 앞으로 데려왔다. 세타우는 화가 나서 씩씩거리고 있었고, 걱정스러운 표정을 짓고 있던 아메니는 람세스를 보고 환한 얼굴로 다가왔다. 아메니가 람세스의 귀에 대고 속삭였다.

―자네를 다시 만나게 될 줄 알고 있었어.

세타우는 전갈에 물린 석수를 치료해주었다.

셰나르가 제일 먼저 아버지와 동생에게 축하인사를 했다. 그들은 실록에 기록될 훌륭한 업적을 세운 것이다. 맏아들은 아버지에게 자기가 직접 그 업적을 기록하게 해주십사고 부탁했으나, 세티는 그 일을 람세스에게 맡겼다. 람세스는 용어를 꼼꼼하게 선택하고 또 우아한 문체를 구사할 줄 아는 아메니와 함께 글을 쓸 생각이었다. 원정대원들은 앞을 다투어 그들을 끔찍한 죽음으로부터 구해낸 파라오의 기적에 대해 이야기했다.

아메니만이 그 기쁨을 전적으로 함께 나누지 못했다. 람세스는 아메니의 우울한 태도가 아마도 좋지 않은 건강 때문일 거라는 생각으로 물었다.

―어디 아파?

젊은 서기관은 시련을 당할 각오를 했다. 진실만이 그를 깨끗하게 해줄 것이다.

―난 자네 어머닐 의심했었네. 자네 어머니가 왕권을 찬탈하려 한다고 생각했었어.

람세스가 웃음을 터뜨렸다.

―일을 너무 하니까 그렇게 넘겨짚게 되는 거야, 이 친구야. 억지로라도 산보 좀 하게 해야겠어. 운동도 하게 만들고.

―왕비님이 구원병 파견을 거절하시는 바람에…….

―보이지 않는 끈이 파라오와 왕비님을 이어주고 있다는 걸 자네 모르나?

―앞으론 기억하고 있겠네. 믿어주게.

─왜 귀여운 이제트가 이렇게 늦게까지 나타나질 않는 걸까? 전 같으면 진작 나타나서 나에게 사랑을 퍼부었을 텐데. 정말 의외인 걸.

아메니가 고개를 숙였다. 그가 우물쭈물하며 말했다.

─그건, 그 여자가…… 나와 똑같은 죄를 지었기 때문에…….

─어떤 잘못을 저질렀는데?

─그녀도 자네 어머니에게 죄가 있다고 생각하고 신랄한 비판을 퍼부었고, 배은망덕한 비난을 했다네.

─사람을 보내서 그녀를 찾아오게.

─우리는 눈에 보이는 사실들 때문에 헤매게 된다네…….

─사람을 보내서 찾아오라니까.

이제트는 화장하는 것도 잊어버리고, 람세스의 발 아래 몸을 던졌다.

─용서해줘, 제발 부탁이야.

머리카락을 풀어헤친 채 그녀는 바들바들 떠는 팔로 섭정공의 발목을 붙잡았다.

─너무 불안하고 너무 괴로워서…….

─그게 내 어머니께서 그런 수치스러운 일을 저질렀다고 의심할 이유가 돼? 게다가 어머니 이름을 더럽힐 이유가 돼?

─용서해줘.

이제트가 흐느껴 울며 말했다.

람세스가 그녀를 붙잡아 일으켰다. 그녀는 그를 꼭 껴안고서 그의 어깨에 머리를 기대고 흐느껴 울었다.

─누구누구한테 그런 얘기 했어?

그가 엄하게 물었다.

―이 사람 저 사람에게…… 모르겠어…… 난 걱정이 돼서 미칠 것 같았어. 난 사람들이 당신을 찾으러 떠나길 바랐어.

―무고죄를 저지르면 대신의 법정에 끌려갈 수도 있어. 왕권모독 죄로 유죄판결을 받으면, 금고형에 처해지거나 추방당하게 돼.

이제트가 엉엉 눈물을 터뜨렸다. 그녀는 절망적으로 람세스에게 매달렸다.

―내가 당신 입장을 변호해줄게. 당신이 진심으로 고통스러워하고 있으니까.

파라오는 돌아오자마자 그가 없는 동안 투야가 잘 조종했던 나라의 키를 다시 붙잡았다. 행정부 고위관리들은 많은 벼슬아치들이 빠져들어 헤매고 있는 정치게임보다는 일상적인 업무에 더욱 치중하는 왕비에게 신임을 보냈다. 세티는 어쩔 수 없이 왕위를 비워두어야 할 때에도 평화로운 마음으로 떠났다. 아내가 자기를 배반하지 않을 것이며, 나라가 지혜롭고 명민하게 다스려지리라는 것을 알고 있었기 때문이다.

물론, 람세스에게 실제적인 섭정을 맡길 수도 있었다. 그러나 왕은 수많은 함정이 도사리고 있는 권력의 장에 아들을 버려두기보다는, 자기의 경험이 아들에게 마술적으로 스며들기를 바랐다.

람세스는 강하고 배포가 큰 인물이었다. 그는 통치능력을 갖추고 있었고, 온갖 시련을 대면할 수 있는 인간이었다. 그러나 파라오가 겪어야 하는 끔찍한 고독을 견디어낼 수 있을까? 람세스가 고독을 견딜 수 있도록 세티는 아주 구체적인 방식을 사용해서 그를 정신적으로 방황하게 만들었던 것이다. 그러나 아직도 가야 할 길은 멀었다.

투야는 네페르타리를 왕에게 소개했다. 네페르타리는 너무 긴장한 나머지 한마디도 하지 못하고 그저 절만 하였다. 세티는 그녀를 잠깐 동안 바라보더니, 일을 할 때는 엄격해야 한다고 일렀다. 내전을 이끌어가는 일은 단호함과 조심성을 요구하기 때문이다. 네페르타리는 감히 왕을 쳐다보지 못하고 물러갔다. 투야가 남편을 지켜본 감상을 말했다.

－당신은 너무 엄격해 보였어요.

－너무 어리군.

－내가 무능력한 여잘 고용했을까봐요?

－자질은 빼어나 보이는군.

－신전에 들어가서 다시는 나오지 않으려고 했대요.

－내가 받은 인상이 맞군. 그렇다면 당신은 그애에게 엄청난 시련을 주고 있는 거요.

－맞아요.

－무슨 생각으로 그렇게 했소?

－저도 모르겠어요. 네페르타리를 보았을 때, 그애가 뛰어난 아이라는 걸 느꼈어요. 신전에 들어가 살았다면 그애는 행복했겠지요. 그러나 나는 본능적으로 그애에게 다른 소명이 있다는 확신이 들어요. 내가 만일 잘못 생각한 거라면, 그애는 결국 자기 길을 가게 되겠죠.

람세스는 어머니에게 그의 노란 개와, 이젠 겁날 정도로 커버린 누비아의 사자를 소개해드렸다. 왕자의 두 동료는 자기들에게 허용된 명예가 얼마나 대단한 것인지 알고 있다는 듯, 아주 반듯하게 처신했다. 그들은 왕비의 개인 요리사가 내준 음식을 먹고 야자나무 아래 머리를 맞대고 형언할 수 없이 감미로운 낮잠을 즐겼다. 투야가 아들에게 말했다.

―이 회견은 즐거웠다. 그렇지만 날 찾아온 진짜 이유는 뭐지?

―이제트 때문입니다.

―왜, 약혼이 깨어지기라도 했니?

―이제트가 큰 잘못을 저질렀습니다.

―얼마나 잘못했길래?

―이집트의 왕비를 중상모략했습니다.

―이제트가 어쨌길래?

―어머니가 왕의 자리를 차지하기 위해서 왕이 실종되도록 조작했다고 말하고 다녔답니다.

어머니가 재미있다는 표정을 지어서, 람세스는 깜짝 놀랐다.

―귀족들과 귀족부인들 대부분이 그렇게 생각했다. 구원병을 보내지 않는다고 사람들은 나를 비난했지. 난 네 아버지와 네가 무사하다는 걸 알고 있는데 말이다. 신전들이 있고 제사를 지내면서도, 시간과 공간을 넘어서 정신으로 서로 의사소통을 할 수 있다는 것을 아는 사람은 얼마 되지 않는다.

―고발당할까요?

―이제트는 정상적인 방법으로 반응한 것뿐이다.

―그런 엄청난 배은망덕과 부당한 비난이 고통스럽지 않으십니까?

―그것이 인간의 법이다. 중요한 것은 인간의 법이 나라를 다스리지 않는다는 것이다.

그때 젊은 여자 하나가 나타나 왕비의 왼쪽에 있는 나지막한 탁자 위에 편지 한 장을 올려놓고 살그머니 나갔다. 그녀의 존재는 마치 나뭇잎 사이로 반짝이는 햇빛 같았다. 람세스가 물었다.

―누굽니까?

―네페르타리라고 한다. 새로 온 내 여집사란다.

─전에 만난 적이 있습니다. 어떻게 저 아가씨가 이렇게 중요한 직책을 얻게 되었습니까?

─우연히 그렇게 되었단다. 하토르 신전의 여사제를 뽑는 데 왔다가, 내 눈에 띈 거지.

─하지만…… 어머님께서 시키시는 일은 신전에서의 일과 정반대되는 일이 아닙니까.

─하렘은 젊은 처녀들에게 다양한 일을 가르치고 있지.

─그렇게 많은 책임을 지기엔 아직 너무 어려요.

─너 역시 열일곱 살밖에 먹지 않았잖니. 네 아버지와 내 눈엔 심성과 행동만이 중요해 보인단다.

람세스는 혼란스러웠다. 네페르타리는 너무 아름다워서, 그녀의 아름다움은 다른 세계로부터 온 것 같았다. 그녀의 짧은 출현은 기적의 순간처럼 그의 마음속에 각인되었다.

투야가 람세스에게 말했다.

─이제트를 안심시켜주렴. 난 그애를 고발하지 않을 거다. 하지만 그애가 진실과 거짓을 구분하는 걸 배웠으면 좋겠구나. 그렇게 할 능력이 없거든, 혀라도 붙잡아매었으면 좋겠다.

43

성장한 람세스가 '좋은 여행' 제1부두에서 성큼성큼 걷고 있다. 그의 주위에는 멤피스 시장, 항해 감시관, 외무성 장관, 그리고 상당한 숫자의 군인들이 포진해 있다. 15분쯤 뒤에 열 척의 그리스 선박이 정박할 예정이었다.

잠깐이었지만 연안 위병은 그들의 출현이 공격이라고 생각했다. 이집트 전투함대의 일부가 공격자를 물리치기 위하여 즉각 응전태세를 갖추었다. 그러나 외국인들은 그들의 평화적인 의도를 분명히 밝혔고, 파라오를 만나기 위해 멤피스로 가고 싶다는 희망을 표현했다.

훌륭한 호위를 받으며 그들은 나일 강을 거슬러올라와 바람이 서

늘하게 부는 아침나절에 수도에 도착했다. 궁금해진 사람들이 강가로 모여들었다. 조공을 바치는 시대는 아니었지만, 외국 사신들과 그 수행원들이 드나드는 건 흔한 일이었다. 지금 도착한 저 거창한 배들은 분명히 부자나라의 배들처럼 보였다. 왕에게 호사스러운 선물을 하기 위해서 온 것일까?

인내심은 람세스가 가지고 있지 못한 덕목 중의 하나였으므로 그는 자신의 외교적 재능이 걱정스러웠다. 외국인들을 영접하는 것은 그에겐 힘든 일이었다. 아메니가 온화하고 지루한 일종의 공식적인 연설문을 하나 준비해주었는데, 섭정공은 그만 그 첫부분을 잊어버리고 말았다. 그는 이런 상황에 딱 맞는 아샤가 없다는 것이 아쉬웠다.

그리스 선박들은 문제가 많았다. 난바다로 나가기 전에 상당한 수선이 필요할 것 같았다. 어떤 배들은 심지어 불탄 흔적까지 있었다. 지중해를 횡단하는 동안 몇 차례 거치게 마련인 해적들과의 가벼운 충돌 때문일 것이다.

선두에 선 배는 돛의 일부분이 망가졌는데도 잘 움직였다. 배에서 사다리가 내려오자 침묵이 이어졌다. 어떤 사람이 이집트의 땅에 발을 내려놓을까?

딱 벌어진 어깨와 금발머리, 그리고 생김새가 고약한 중키 정도의 50대 남자가 모습을 나타냈다. 그는 갑옷을 입고 정강이받이를 하고 있었지만, 주석 투구는 벗어서 가슴에 안고 있었다. 평화의 표시였다.

그의 뒤에는 팔이 하얀 키 큰 여인이 자줏빛 망토를 입고 머리에는 높은 가문 출신임을 나타내주는 관을 쓰고 서 있었다.

부부가 사다리를 타고 내려와 람세스 앞에 멈추어 섰다.

―나는 이집트 왕국의 섭정공인 람세스요. 파라오의 이름으로 환영하는 바이오.

−나는 스파르타 왕 아트레우스의 아들 메넬라오스요. 우리는 지금 10년 간의 힘든 전쟁 끝에 저주받은 도시 트로이를 정복하고 돌아가는 길이오. 나는 많은 친구들을 잃었소. 승리의 맛은 쓰오. 그대가 보다시피, 남아 있는 내 선박들은 상태가 좋지 않고 내 병사들과 선원들은 지쳐 있소. 우리가 고향에 돌아가기 전에 힘을 회복할 수 있도록 허용해주실 수 있소?

−대답은 파라오가 하실 거요.

−그건 완곡한 거절의 표현이오?

−나는 솔직한 사람이오.

−다행이오. 나는 전사로서 많은 사람을 죽였소. 그대는 그런 경험이 없겠지요.

−알지도 못하면서 왜 단정하시오?

메넬라오스의 조그만 까만 눈동자가 분노로 번쩍였다.

−만일 그대가 내 신하였다면, 나는 그대의 등뼈를 분질러버렸을 거요.

−다행히 난 이집트 사람이오.

메넬라오스와 람세스는 서로 노려보았다. 스파르타 왕이 먼저 양보했다.

−내 배 위에서 대답을 기다리겠소.

이 일로 정치 소위원회가 열렸는데, 섭정공의 태도에 대한 평가는 각기 달랐다. 물론 메넬라오스나 그의 졸개들은 이집트에 당장이든 장래에든 위협이 되지 못한다. 그러나 그는 어디까지나 왕의 지위를 가지고 있으므로 당연히 존중되어야 한다. 람세스는 그러한 비판을 듣고 난 뒤에 그 비판을 반박했다. 자기가 대면했던 자는 난폭한 군인이었다, 그는 도시를 불태우고 약탈을 즐기는 자이다,

그런 강도를 환대한다는 것은 온당한 조처가 아니라는 것이 그의 반박의 요지였다.

외무대신 메바는 평소에는 의사표현을 잘 하지 않는 편이었는데, 예외적으로 분명한 의견을 제시했다.

─섭정공의 태도는 제가 보기에는 위험합니다. 메넬라오스를 깔보아서는 안 됩니다. 우리의 외교정책은 대국이건 소국이건 간에 여러 나라와 좋은 관계를 유지하는 것입니다. 우리나라에 대항한 외국들의 동맹을 피하기 위해섭니다.

람세스가 단정적으로 말했다.

─그 그리스인은 속이 시커먼 놈이에요. 그의 눈빛은 가짜예요.

편해 보이는 넓적한 얼굴의 메바는 행동거지가 점잖은 사람이었다. 그가 관대한 미소를 띠고 부드러운 목소리로 말했다.

─외교는 감정을 가지고 하는 게 아닙니다. 때로는 우리 마음에 들지 않는 사람들과도 협상을 하는 수밖에 없습니다.

람세스가 계속 주장했다.

─메넬라오스는 우릴 배반할 겁니다. 그에겐 약속 따윈 아무런 가치도 없습니다.

메바가 답답하다는 듯이 투덜거렸다.

─그의 의도가 선한가 악한가는 문제가 되지 않습니다. 섭정공께선 아직 젊어서 성급한 결론을 내리고 계신 겁니다. 메넬라오스는 그리스인입니다. 그리스인들은 꾀가 많습니다. 어쩌면 그자가 진실을 전부 다 말하지 않았는지도 모릅니다. 상황을 판단해서 그들이 찾아온 이유를 알아내는 것이 우리가 해야 할 일입니다.

세티가 결론을 내렸다.

─메넬라오스와 그의 아내를 저녁식사에 초대하기로 합시다. 그들이 어떻게 나오는가를 보고 결정을 내리겠소.

메넬라오스는 훌륭한 기법으로 만들어진 금속 꽃병과 다양한 목재를 사용해서 만든 혼합양식의 활을 선물했다. 트로이인들과 싸울 때 위력을 발휘했던 무기였다. 스파르타 왕의 장교들은 기하학적인 무늬로 장식된 울긋불긋한 치마를 입고 목이 긴 장화를 신고 있었다. 구불거리는 머리카락은 배꼽 있는 곳까지 치렁치렁 내려와 있었다.

하얀 베일로 얼굴을 가린 헬레네의 초록색 옷에서 넥타 같은 신비한 향기가 풍겨나왔다. 그녀는 투야의 왼쪽에 앉았고 메넬라오스는 세티의 오른쪽에 앉았다. 메넬라오스는 파라오의 엄격한 얼굴에서 강한 인상을 받았다. 메바가 대화를 이끌어나갔다. 오아시스 산 포도주가 나오자 메넬라오스의 마음이 풀렸다. 그는 한탄을 늘어놓았다. 트로이 성벽 앞에서 보낸 오랜 세월을 후회했고, 무용담을 늘어놓았으며, 친구 오디세우스 이야기를 했고, 신들의 잔인함을 탄식했으며, 아직 돌아가지 못하고 있는 자기 나라의 매력을 자랑했다. 완벽한 그리스어를 구사하는 외무대신은 메넬라오스의 탄식에 매료된 것처럼 보였다.

─왜 얼굴을 가리고 계시나요?

투야가 헬레네에게 이집트어로 물었다.

─저는 모든 사람들이 싫어하는 더러운 여자이기 때문입니다. 저 때문에 많은 영웅들이 죽었어요. 트로이인 파리스가 저를 납치했을 때, 저는 그의 정신나간 행동이 10년 간의 학살을 불러오리라곤 상상도 하지 못했어요. 이번에 저는 차라리 바람에 실려가거나 사나운 파도에 휩쓸려버리기를 바랐습니다. 너무나 많은 불행을…… 저는 너무나 많은 불행을 불러일으켰어요.

─지금은 자유롭지 않으신가요?

흰 베일 아래에서 그녀는 희미하게 웃었다.

─메넬라오스가 절 용서하지 않았어요.

─시간이 가면 두 분이 겪은 고통이 사라질 거예요. 이렇게 두 분이 다시 만나셨으니까…….

─하지만 더욱 중요한 문제가…….

투야는 헬레네의 고통스러운 침묵을 존중하고 더이상 캐묻지 않았다. 말하고 싶어지면 말하리라.

─저는 남편을 증오해요.

팔이 하얀 여인이 고백했다.

─일시적인 원한인가요?

─아뇨, 그를 한번도 사랑했던 적이 없어요. 심지어 트로이가 이겼으면 하고 바라기까지 한 걸요. 폐하…….

─왜요, 헬레네?

─가능한 한 오랫동안 이곳에 머물 수 있도록 해주세요. 스파르타로 돌아가는 건 끔찍해요.

의전실장 셰나르는 람세스와 메넬라오스가 가까이 앉아 있지 않도록 신중을 기했다. 람세스는 도무지 나이를 가늠할 수 없는 하얀 수염이 달린 남자 옆에 앉아서 식사를 했다. 마치 끌로 파낸 것처럼 깊은 주름살이 쪼글쪼글했다. 그는 음식마다 전부 올리브 기름을 뿌려서 천천히 먹었다.

─이게 건강의 비결이랍니다, 왕자님.

─내 이름은 람세스입니다.

─저는 호메로스라고 합니다.

─장군인가요?

─아니오, 시인입니다. 앞은 잘 보지 못하지만, 기억력은 비상하지요.

—저렇게 야수 같은 메넬라오스가 시인과 함께 다닌다고요?

—바람이 부는 방향을 보고 저는 메넬라오스의 배들이 지혜와 작가들의 땅 이집트로 오고 있다는 걸 알았죠. 오랫동안 여행했으니, 여기에 자리를 잡고 조용히 일하고 싶습니다.

—난 메넬라오스가 오래 머무는 데 반대합니다.

—어떤 자격으로요?

—섭정공의 자격으로요.

—당신은 아주 젊군요…… 그리고 그리스인들을 싫어하시고.

—난 메넬라오스 얘기를 하는 겁니다. 당신 얘기가 아니구요. 어디에서 머무시려 합니까?

—배보다는 쾌적한 곳이었으면 좋겠습니다. 배에서는 옹색하게 지내고 있습니다. 내 물건은 배 밑바닥에 쌓여 있구요. 선원들과 함께 지내는 건 끔찍합니다. 파도와 태풍은 제 영감을 방해하구요.

—내가 도와드리겠다면, 받아들이시겠습니까?

—제대로 된 그리스어를 구사하시는군요…….

—여러 나라 말을 할 줄 아는 외교관 친구가 한 사람 있습니다. 그와 함께 지내다보면 외국어를 배우는 건 식은 죽 먹기죠.

—시를 좋아하십니까?

—당신은 우리나라의 위대한 작가들을 좋아하시게 될 겁니다.

—같은 취미를 가지고 있다면, 우리는 서로 잘 통할 수 있을 겁니다.

외무대신의 입을 통해서, 셰나르는 파라오가 어떤 결정을 내렸는지 알게 되었다. 메넬라오스가 이집트에 머물러도 좋다는 결정이 내려졌다. 배를 수리하는 동안, 그는 멤피스 중심부에 있는 거대한 저택에서 지내고 그의 병사들은 이집트 장수의 휘하에 들어가 엄격한 훈련을 받게 되었다.

파라오의 맏아들은 메넬라오스에게 수도를 구경시켜주는 책임을 맡았다. 며칠 동안 셰나르는 메넬라오스에게 이집트 문화의 기초를 설명하려고 애썼지만, 메넬라오스는 거의 무례함에 가까운 무관심을 보였을 뿐이다. 그러나 이집트의 건물들은 그에게 강한 인상을 주었다.

ㅡ그 유명한 요새들이로군요. 이런 요새들을 공격하는 건 틀림없이 쉽지 않은 일일 것 같소.

ㅡ이 건물들은 신들의 집입니다.

셰나르가 설명했다.

ㅡ전쟁신들입니까?

ㅡ아니오. 프타는 말씀으로 세계를 만드신 신으로, 장인들의 주인이십니다. 그리고 하토르는 기쁨과 음악의 여신이지요.

ㅡ어째서 신들에게 성채처럼 두꺼운 벽이 필요한 겁니까?

ㅡ신의 기운은 속인들의 손이 닿지 않는 곳에서 그 기운을 받아들이는 전문가들에게 위탁되어 있습니다. 일정한 신비 입문의식을 마친 사람들만이 지붕이 덮인 신전 안에 들어갈 수 있습니다.

ㅡ달리 말하면, 제우스의 아들이며 트로이의 정복자인 내가 이 황금색 문을 넘을 권리가 없다는 얘기군요.

ㅡ그렇습니다…… 어떤 축제 때에는 파라오의 허락을 얻어 지붕이 덮여 있지 않은 안마당까지 들어갈 수 있습니다.

ㅡ나는 어떤 신비의식을 보게 됩니까?

ㅡ신전에 머물고 계시면서 땅에 힘을 나누어주시는 신에게 바치는 봉헌 제사지요.

ㅡ허어.

셰나르는 한없는 참을성을 보여주었다. 메넬라오스의 행동거지와 말은 별로 세련되지 않았지만, 그는 이 교활한 눈을 가진 외국인이 자신과 닮았다는 것을 느꼈다. 그의 본능은 인내심을 가지고 그 남자의 방어벽을 정성껏 뚫을 것을 요구하고 있었다.

메넬라오스는 툭하면 트로이의 패망으로 끝난 10년 간의 전쟁 얘기를 꺼냈다. 그는 적의 손아귀에 떨어진 동지들의 비참한 운명을 한탄하고, 헬레네의 태도를 비난하고, 호메로스가 정복자들의 위업을 이야기할 때 자기에게 좋은 배역을 주었으면 좋겠다고 말했다.

셰나르는 트로이가 어떻게 굴복하게 되었는지 알아보려 했다. 메넬라오스가 격렬한 접전과 아킬레스와 다른 영웅들의 용기, 헬레네를 되찾기 위한 그의 불굴의 의지에 대해 다시 늘어놓기 시작하자 셰나르는 은근히 떠보았다.

─그렇게 전쟁을 오래 끌었으니 무슨 계략을 썼을 법도 한데요?

처음에는 망설이던 메넬라오스가 입을 열었다.

─오디세우스가 커다란 목마를 하나 만들어 그 안에 병사들을 숨겨두었소. 트로이인들은 목마를 자기들 성 안으로 들여다놓았지요. 그래서 우리는 그들을 안에서 급습했던 거요.

─당신이 그 생각과 무관하지 않다고 보이는군요.

셰나르가 감탄하며 넌지시 물어보았다.

─오디세우스와 그 얘기를 나누었던 적은 있죠. 하지만…….

─그러니까 그는 당신의 생각을 실행에 옮긴 것에 불과하군요. 확실히 그렇다는 생각이 듭니다.

메넬라오스가 거드름을 피우며 말했다.

─그랬을지도 모르지요.

셰나르는 대부분의 시간을 그 그리스인의 환심을 사는 데 썼다.

지금 그는 람세스를 제거하고 다시 이집트의 유일한 왕위 계승자가 되기 위한 새로운 전략을 구상하게 된 것이다.

44

자기 집 정원의 포도넝쿨 아래에서 셰나르는 메넬라오스에게 굉장한 연회를 베풀어주었다. 메넬라오스는 무거운 포도송이가 달린 포도넝쿨을 감탄하며 쳐다보았다. 그들은 전채요리로 깊은 맛이 나는 블루치즈 몇 조각을 먹었다. 비둘기고기 스튜, 구운 쇠고기, 꿀을 넣은 메추라기 요리, 향료를 넣어 요리한 돼지고기 콩팥과 등심 같은 요리가 그의 미각을 즐겁게 해주었다. 그는 옷을 거의 걸치지 않은 여자 연주자들을 지치지도 않고 바라보았다. 그녀들이 연주하는 피리나, 들고 다닐 수 있는 하프가 그의 귀를 즐겁게 해주었다.

─이집트는 아름다운 나라군요. 전쟁터보다 이집트가 더 좋습니다.

─집은 마음에 드십니까?

─진짜 궁궐입니다. 고향에 돌아가면 건축가를 시켜서 똑같은 집을 지을 생각입니다.

　─하인들은 어떻습니까?

　─세심한 배려를 해주고 있습니다.

　메넬라오스가 원하는 대로 사람들은 그에게 화강암으로 커다란 통 하나를 만들어주었다. 그는 거기에 뜨거운 물을 담아놓고 쉴 새 없이 목욕을 했다. 그의 이집트인 시종이 보기엔 그 방법이 별로 위생적이지도 않고 피곤을 풀어줄 것 같지도 않았다. 그는 다른 이집트인들처럼 샤워가 좋았다. 시종은 셰나르의 지시대로, 여자 마사지사를 시켜서 상처로 뒤덮인 그의 몸을 마사지하게 했다.

　─당신네 여자 마사지사들은 나긋나긋하질 않아요. 우리나라에선 여자 마사지사들이 그렇게 뻣뻣하지 않다구요. 목욕이 끝나고 나면 내가 원하는 대로 나에게 쾌락을 제공하죠.

　셰나르가 분명하게 말했다.

　─이집트에는 노예가 없습니다. 그 여자들은 보수를 받는 기술자들입니다.

　─노예가 없다구요? 당신의 위대한 나라에는 발달된 제도 하나가 빠져 있군요.

　─우리나라에는 당신 같은 사람이 필요합니다.

　메넬라오스는 꿀을 넣은 메추라기 요리가 담긴 설화석고 접시를 밀어놓았다. 셰나르의 마지막 말에 식욕이 달아난 것이다.

　─무슨 얘길 하려는 거요?

　─이집트는 부유하고 강한 나라입니다. 사실입니다. 그러나 이집트를 더욱더 명석한 방식으로 다스릴 순 없을까요?

　─당신은 파라오의 맏아들이 아닙니까?

　─부자관계라는 것 때문에 눈이 멀어서야 되겠습니까?

―세티는 무서운 사람이오. 아가멤논에게도 그와 같은 권위는 없소. 만일 그를 상대로 무슨 음모를 꾸밀 생각이라면 포기하시오. 틀림없이 실패할 거요. 그 왕은 초자연적인 힘을 가진 사람이오. 나는 겁쟁이는 아니오만 그의 시선을 마주 대하는 게 무섭소.

―누가 왕을 상대로 음모를 꾸민다고 말했소? 백성 모두가 그를 존경해요. 그러나 파라오 역시 사람이고 사람들은 그가 쇠약해졌다고 수군거리고 있소.

―내가 당신네의 전통을 제대로 이해했다면 그가 죽고 난 다음에는 섭정공이 왕위에 오르게 되어 있는 것 아니오? 그렇게 해서 왕위 계승을 위한 싸움을 피할 수 있는 거죠.

―람세스가 나라를 다스리게 되면 이집트는 망합니다. 내 동생은 통치할 능력이 없어요.

―동생에게 반기를 들면 당신 아버지의 의사를 거역하는 거잖소.

―람세스가 왕을 속인 거요. 내 동지가 되어주면 밝은 미래가 펼쳐질 거요.

―미래라구요? 하지만 내게 미래란 하루빨리 내 나라에 돌아가는 거요. 이집트는 내가 생각했던 것보다 더 잘 먹여주고 재워주고 있지만, 난 이곳에서는 힘없는 손님에 불과해요. 당신의 그 미친 꿈은 잊어버리시오.

네페르타리는 헬레네에게 메르-우르 하렘을 보여주었다. 하얀 팔의 금발미인은 파라오들이 만들어놓은 땅의 찬란함에 감탄했다. 상처입고 지친 그녀는 정원을 거닐거나 음악을 들으면서 즐거운 순간을 맛볼 수 있었다. 투야 왕비가 몇 주 동안 그녀에게 베풀어준 세련된 생활이 그녀에게 좋은 약이 되었다. 그러나 최근에 들은 소식 때문에 그녀는 상심하고 있었다. 그리스 배 두 척이 다 수리되었다. 떠나야 할 날이 다가온 것이다.

푸른 연꽃이 피어 있는 연못 가장자리에 앉아 그녀는 참지 못하고 울음을 터뜨렸다.

―용서하세요, 네페르타리.

―고국에 돌아가시면, 왕비로서 존경받게 되시잖아요?

―메넬라오스는 위신을 회복하게 되겠죠. 그는 전사로서 아내를 자기 집에 다시 데려다놓고, 파리스에게 받은 모욕을 설욕하기 위해 도시 하나를 초토로 만들고 시민들을 학살했다는 걸 증명하게 되겠죠. 그렇지만 그곳에서의 내 삶은 지옥이에요. 차라리 죽는 게 나아요.

네페르타리는 쓸데없는 말은 하지 않았다. 그녀는 헬레네에게 길쌈하는 요령을 가르쳐주었다. 그녀는 재미있어하며 며칠씩이나 공방에서 시간을 보냈다. 제일 경험이 많은 여자 일꾼에게 이것저것 물어가며 길쌈을 배운 그녀는 호사스러운 옷을 만드는 일에 덤벼들었다. 바느질 솜씨가 빼어나서 가장 일을 잘하는 전문가들도 그녀의 솜씨를 칭찬했다. 그렇게 일에 열중한 덕에, 그녀는 트로이도, 메넬라오스도, 피할 수 없는 귀향길도 다 잊고 지낼 수 있었다. 어느 날 저녁 투야 왕비가 탄 가마 의자가 하렘의 문간을 넘어왔다. 헬레네를 멤피스로 데려가야 할 시간이 된 것이다.

헬레네는 자기가 묵고 있던 방으로 달려가 울면서 침대에 쓰러졌다. 왕비가 찾아왔다는 것은 그녀가 이제 다시는 경험할 수 없는 행복한 시절이 끝났음을 의미하는 것이었다. 자기에게 자살할 용기가 없다는 것이 한탄스러웠다.

네페르타리가 부드러운 목소리로 자기를 따라오라고 말했다.

―왕비께서 뵙고 싶어하십니다.

―난 여기서 움직이지 않을 거예요.

―투야님은 기다리는 걸 싫어하세요.

헬레네는 포기했다. 그녀는 자신의 운명을 자기 마음대로 하지 못했다.

이집트 목수들의 솜씨는 메넬라오스를 놀라게 했다. 파라오의 배들은 몇 달씩 항해해도 *끄떡없다*는 것이 헛소문은 아니었다. 멤피스의 조선소는 그리스의 선박들을 놀랄 만큼 *빠른* 속도로 탄탄하게 고쳐놓았던 것이다. 스파르타 왕은 오벨리스크들을 통째로 실을 수 있는 거대한 배들과 *빠른* 범선들, 그리고 도저히 맞서 싸울 수 없을 듯한 군함들을 보았다. 이집트의 경제력은 환상이 아니었다.

그러나 귀향 여행을 준비하느라 기쁨에 들뜬 그는 그런 우울한 생각을 쫓아버렸다. 이집트에서 머무는 동안 그는 다시 평소의 힘을 되찾게 되었다. 이집트인들은 그의 군사들을 돌보아주고 먹여주었다. 메넬라오스의 부하들은 떠날 준비가 되어 있었다.

씩씩한 걸음걸이로 메넬라오스는 왕비궁을 향했다. 메르-우르 하렘에서 돌아온 헬레네가 왕비궁에 머물고 있었기 때문이다. 네페르타리가 그를 맞아 헬레네에게 데려갔다.

이집트식으로 끈이 달린 아마 드레스를 입은 헬레네의 모습이 그에게는 외설스럽게 보였다. 다행히 어떤 놈도 이제 저 여잘 빼앗아 가지 못할 것이다. 파라오의 도덕은 여자를 납치하는 일 따위를 금하고 있었다. 여자들이 그리스에서보다 훨씬 독립적이어서 납치는 더욱 있을 수 없는 일이다. 이집트 여자들은 규방에 갇혀 있지 않았다. 그녀들은 얼굴을 드러낸 채 자유롭게 돌아다녔고, 남자들을 지도하는 높은 지위를 차지하기도 했다. 자기 나라에 수입되지 않도록 조심해야 할 나쁜 제도라고, 메넬라오스는 생각했다.

남편이 다가와도 헬레네는 본 체 만 체 길쌈에만 열중하고 있었다.

―나 왔소, 헬레네.

―알고 있어요.

―나에게 인사 안 하오?

―어떤 명분으로요?

―명분…… 난 당신의 남편이자 주인이잖소.

―여기서 유일한 주인은 파라오뿐이에요.

―우리는 스파르타로 떠나오.

―난 내 일을 끝내려면 아직도 멀었어요.

―일어나서 갑시다.

―당신 혼자 가세요, 메넬라오스.

왕은 여인에게 달려들어 손목을 잡아채려 했다. 그러나 그녀가 단도를 휘둘렀기 때문에 뒤로 물러서야 했다.

―다시는 나에게 덤벼들지 말아요. 또 그랬다간 소리를 지를 테니까. 이집트에서 강간은 사형에 해당하는 범죄예요.

―당신은 내 마누라요. 내 소유란 말이오!

―투야 왕비가 나에게 길쌈 공방 하나를 맡아달라고 부탁했어요. 나에겐 명예로운 일이에요. 내가 그 일을 맡기에 마땅한 사람이라는 걸 보여주고 싶어요. 나는 귀부인들의 옷을 만들 거예요. 그 일이 지루해지면, 그때 떠나요. 기다릴 수 없거든 가세요. 난 당신을 말릴 생각 없어요.

메넬라오스는 두 개의 칼과 세 개의 창을, 그의 저택에서 빵 굽는 하인이 사용하는 돌절구에 대고 부숴버렸다. 무섭게 화를 내는 그를 보고 하인들이 겁을 집어먹었다. 세나르가 개입하지 않았다면 경찰이 미쳐 날뛰는 메넬라오스를 체포했을지도 모른다. 세나르는 멀찌감치 떨어져서 그리스 전쟁영웅의 화가 가라앉기를 기다렸다.

메넬라오스가 지쳐서 주저앉자 세나르가 그에게 독한 맥주 한 잔을 가져다주었다.

스파르타의 왕은 그 맥주를 단숨에 들이켜고 돌절구 위에 앉았다.

—이 망할 년이…… 또 무슨 짓거리를 꾸미는 거야?

—나는 당신의 분노를 이해하오만, 소용 없어요. 헬레네는 자유롭게 선택을 한 거요.

—자유, 자유! 여자에게 그렇게 많은 자유를 주는 문명은 마땅히 사라져버려야 해!

—멤피스에 머무실 겁니까?

—나에게 선택권이 있다고 생각하시오? 헬레네 없이 돌아가면 우스운 꼴이 된단 말요. 백성들이 날 비웃을 거요. 아마 내가 자고 있는 동안에 내 충성스러운 신하가 날 목졸라 죽일 거요. 나에겐 그 여자가 필요해요.

—투야가 헬레네에게 일을 맡겼다는 건 거짓말이 아니오. 어머님은 당신의 부인을 아주 좋게 보셨소.

메넬라오스가 주먹으로 돌절구를 쳤다.

—헬레네, 이 망할 년!

—한탄하는 건 해결책이 아니지요. 이제 우리는 같은 관심사를 가진 셈이군요.

메넬라오스가 호기심이 생긴 듯 귀를 기울였다.

—내가 파라오가 되면, 헬레네를 당신 손에 넘겨주겠소.

—내가 뭘 해야겠소?

—나와 함께 람세스를 제거할 계획을 짜는 거요.

—세티는 백 년은 살 거요.

—9년 간의 통치에 아버님은 지쳐 있소. 이집트를 위해서 당신의 몸을 돌보지 않고 힘을 낭비하셨소. 하지만 되풀이해 말하거니와

우리에겐 시간이 필요하오. 상중에 권력의 휴지기간이 선언되면, 그때 재빨리 그리고 강하게 칩시다. 이런 작전은 즉흥적으로 이루어질 순 없소.

메넬라오스는 의기소침해져서 둥글게 등을 구부렸다.

—얼마나 기다려야 할까요.

—기회가 올 거요. 내 말을 믿어요. 그렇지만 우리가 해야 할 미묘한 일들이 너무나 많소.

호메로스는 람세스의 팔에 기대어 자기가 앞으로 살게 될 새 집을 살펴보고 있었다. 정원 한가운데 지어진 넓이 2백 평방미터의 집이었다. 섭정공이 지내는 궁전에서 3백 미터 떨어진 곳이었다. 요리사 한 명, 몸종 한 명, 그리고 정원사 한 명이 시인을 도와줄 하인들이었다. 시인은 무엇보다도 올리브 기름과 포도주에 향미를 더해줄 아니스와 고수로 항아리들을 그득그득 채워놓고 싶어했다.

눈이 나쁜 호메로스는 나무 한 그루 꽃 한 송이마다 고개를 숙이고 들여다보았는데, 꽃과 나무들이 많았지만 만족한 것 같지 않았다. 람세스는 최근에 지은 이 아름다운 집이 시인의 마음에 마땅치 않은가 하고 걱정스러웠다. 그런데 갑자기 시인이 기쁨의 환호성을 질렀다.

—드디어 레몬나무를 한 그루 발견했군. 레몬나무가 가까이 있지 않으면 아름다운 시를 쓸 수가 없지. 레몬나무는 창조의 걸작품이야. 의자를 하나 가져다줘요, 얼른.

람세스는 등 없는 삼발의자 하나를 가져다주었다. 호메로스에게 알맞은 크기였다.

—마른 잎사귀 몇 개를 따서 줘보시오.

—치료하는 데 쓰려구 그러십니까?

―두고 보면 알아요. 트로이 전쟁에 대해 뭘 알고 있습니까?

―길고 살육적인 전쟁이었다고 알고 있습니다.

―별로 시적이지 못한 요약이로군요. 나는 아킬레스와 헥토르의 무용담을 이야기하는 긴 이야기를 쓸 생각입니다. 그것을 『일리아드』라고 부르겠소. 내 노래는 세기를 뛰어넘어 사람들의 기억에서 사라지지 않을 거요.

섭정공은 호메로스가 좀 잘난 체한다고 생각하면서도 시인의 열정이 좋았다. 검은 고양이 한 마리가 집에서 나오더니 시인에게서 1미터쯤 떨어진 곳에 꼼짝도 않고 앉아 있었다. 놈은 망설이다가 시인의 무릎에 뛰어올라 가르랑거렸다.

―고양이 한 마리와 레몬나무와 향기로운 술이라. 난 목적지에 제대로 도착한 거요. 『일리아드』는 걸작이 될 겁니다.

셰나르는 메넬라오스가 자랑스러웠다. 불운에 굴하지 않은 그리스 영웅이 게임을 벌이는 데 찬성해주었기 때문이다. 왕과 사제 계급의 호감을 얻기 위해서, 그는 파라오의 카에 봉헌된 구르나 신전에 그리스의 암포르들을 선물했다. 암포르의 아랫부분은 노란색으로 칠해진 띠와 연꽃봉오리 문양으로 장식되어 있었다. 이 화려한 물건들은 신전 보물창고에 보관되었다.

그리스인 선원들과 병사들은 그들의 체류가 길어지거나 아니면 아예 고향으로 돌아가지 못할지도 모른다는 것을 알고서 멤피스 외곽에 자리를 잡고 연고나 향수, 금은세공품 따위를 음식과 교환하기 시작했다. 행정당국은 그들이 작은 가게나 공방 따위를 열도록 허락해주었다. 그곳을 통해 그들은 자기들의 재주와 지식을 펼쳐 보일 수 있을 것이다.

빼어난 장교들이나 병사들은 이집트 군대에 통합되었다. 그들은 운하 유지나 둑의 보수 같은 공공사업에 투입될 예정이었다. 그들 중 대부분은 결혼해서 아기를 낳고 집을 지을 것이다. 그렇게 그들은 이집트 사회에 동화될 것이다. 세티도 람세스도 그들의 존재를 불안하게 생각지 않았다. 첫번째 목마보다 훨씬 더 교묘한 '트로이의 목마'를 이집트 안에 들여놓았다고는 꿈에도 생각지 않았던 것이다.

메넬라오스는 투야가 보는 앞에서 헬레네를 다시 만났다. 그는 한 남편이 자기 아내에 대해서 마땅히 가져야 할 존경심을 가지고 헬레네를 대했다. 메넬라오스는 앞으로는 헬레네가 그들의 만남에 주도권을 갖게 하겠으며, 어떤 식으로든 그녀를 괴롭히지 않겠다고 약속했다. 헬레네는 그게 진심이라고는 생각하지 않았지만 그물에 갇힌 야수 같은 메넬라오스가 이제는 더이상 버둥거리지 않는다는 것을 확인할 수 있었다.

스파르타 왕은 훨씬 더 미묘한 또하나의 절차를 끝냈다. 람세스의 적개심을 줄이는 일이 그것이었다. 그와의 회견은 공식적인 분위기 안에서 진행되었다. 이쪽도 저쪽도 흥분하지 않았다. 귀빈인 메넬라오스는 궁정의 요구를 따르고 섭정공과 좋은 관계를 유지하도록 노력하겠다고 말했다. 람세스는 냉담하게 반응했지만 공식적인 갈등의 위기는 어쨌든 그렇게 넘어갔다. 세나르와 그의 그리스인 친구는 아주 조용히 그물을 짜나가기 시작했다.

얼굴을 손질하고, 작은 콧수염을 완벽하게 다듬고, 매니큐어를 한 아샤가 눈빛을 영리하게 반짝이면서 세나르의 배 선실에서 맥주를 마시고 있었다. 두 사람 사이의 협약에 따라 이 만남은 비밀리에 진행되고 있다.

왕의 맏아들은 메넬라오스와 헬레네가 이집트에 와 있다는 사실은 이야기했지만, 젊은 외교관을 믿을 수가 없어서 메넬라오스와 관련된 계획에 대해선 말하지 않았다.

  ―아시아의 상황은 어떻게 되어가나?

  ―점점 더 복잡해지고 있습니다. 소공국들이 분열되어 있고, 소국왕들은 모두 연방국을 꿈꾸지만, 저마다 자기가 패권을 잡아야 한다는 조건을 내세우고 있습니다. 이러한 분열상은 우리에겐 유리한 것이지만, 오래 가지는 않을 것입니다. 제 생각은 동료들의 생각과는 다릅니다. 저는 히타이트 족이 야심만만한 공국들과 불만이 많은 공국들을 조종해서 자기 깃발 아래 모이게 할 거라고 생각합니다. 그때가 되면 이집트는 커다란 위험에 처하게 될 것입니다.

  ―그 과정이 오래 걸릴까?

  ―몇 년 걸릴 겁니다. 담판과 협상과정이 포함되겠지요.

  ―파라오가 아시게 될까?

  ―제대로 아실 수는 없을 겁니다. 우리 대사들은 고지식해서 미래를 꿰뚫어볼 능력이 없습니다.

  ―자네는 중요한 정보를 얻기에 좋은 자리에 있나?

  ―아직은 그렇지 못합니다. 그러나 저는 막후 실력자들과 공고한 우의를 다져놓았습니다. 우리는 공식적인 접촉 밖에서 만나고 있고, 저는 비밀얘기들을 듣기 위해 그러한 관계를 이용하고 있습니다.

  ―외무대신 메바가 나에게 아주 가까이 접근해왔네. 우린 거의 친구처럼 지내고 있어. 우리의 협력관계가 지속되면, 자네의 승진을 앞당기기 위해서 내가 개입하겠네.

  ―아시아에서 나리의 명성은 변함 없습니다. 그곳에 람세스의 이름은 알려져 있지 않습니다.

  ―중요한 사건이 생기면, 나에게 알려주기 바라네.

45

　제위 10년 째인 해, 세티는 람세스에게 결정적인 한 걸음을 내딛
도록 해야겠다고 결심했다. 열여덟 살의 나이는 오시리스의 신비에
입문하기엔 아직 어린 나이였지만, 그 제의를 거치지 않고는 이집
트를 통치할 수 없다. 파라오는 기다리고 싶었지만, 운명이 그에게
그렇게 많은 시간을 허락하지 않을지도 모른다는 생각이 들었다.
이 제의가 젊은이의 정신적 균형을 깨어버릴지도 모르는 위험을 내
포하고 있음에도 불구하고, 세티는 그를 아비도스로 데려가기로 결
심했다.

　형제 오시리스를 죽인 세트 신의 사람인 세티는 오시리스를 위하
여 거대한 신전을 하나 건축했다. 그 신전은 이집트에서 가장 거대
한 신전이었다. 세티라는 이름을 통해 무시무시한 파괴의 힘을 짐

작케 하는 파라오는 그렇게 함으로써 그 힘을 부활의 힘으로 승화시켰다. 신들의 세계에서 살해자 세트는 그의 등에 죽음의 승리자인 오시리스의 빛의 몸을 업고 있다.

아버지를 따라 람세스는 첫째 탑문의 웅장한 문을 넘었다. 두 명의 사제들이 돌로 된 대야에 람세스의 손과 발을 넣고 씻어주었다. 우물을 지난 그는 지붕이 있는 신전의 정문을 발견했다. 오시리스로 화한 모든 왕의 조상(彫像)들 앞에 꽃다발과 먹을 것이 가득 찬 바구니들이 놓여 있었다. 세티가 람세스에게 일러주었다.

—이곳이 빛의 나라니라.

람세스는 호박금(금과 은의 자연 합금. 고대인들이 아주 귀하게 여겼다—역주)으로 뒤덮인 레바논 삼나무 문들을 넘어갈 수 없을 것 같았다.

—더 멀리 가기를 원하느냐?

람세스가 그렇다고 대답했다.

문들이 삐걱거리며 열렸다. 흰옷을 입고 삭발을 한 사제가 람세스에게 몸을 구부리게 했다. 은으로 된 바닥을 걷다보니 람세스는 향 내음이 은은히 풍겨나오는 다른 세계로 옮겨온 듯한 느낌이 들었다.

일곱 개의 제단 앞에 세티는 모든 봉헌제물을 상징하는 존재인 마아트 여신의 입상을 세워놓았다. 그는 이어서 조상들의 복도로 아들을 데려갔다. 그곳에는 '두 땅'을 통일한 메네스 이래로 이집트를 다스렸던 파라오의 이름들이 새겨져 있었다. 세티가 말했다.

—그들은 죽었다. 그러나 그들의 카는 머물러 있다. 너의 생각을 살찌우고 너의 행동을 이끌어주는 것은 카이니라. 하늘이 존재하는 한 이 신전도 존재할 것이다. 이곳에서 너는 신들과 한몸이 되어 그들의 비밀을 알게 될 것이다. 그들의 처소를 돌보아라. 그들이 창

조하신 빛을 살게 하여라.

아버지와 아들은 기둥 위에 새겨진 신성문자들을 읽어보았다. 그 글자들은 신전을 지을 계획을 세우고, 시간의 기원에 태어난 왕의 직분을 견고하게 지키라고 명령하고 있었다. 그가 신들의 제단을 장식함으로써 신들을 행복하게 하면, 그 행복이 땅을 밝게 비추어 줄 것이다.

세티가 말했다.

—네 조상들의 이름은 별이 빛나는 밤에 영원히 새겨져 있다. 그들의 한해는 수백만 년이다. 규범에 의하여 다스려라. 네 가슴에 규범을 새겨두어라. 왜냐하면 그것이 삶의 모든 형태들을 일관성 있게 만들어주기 때문이다.

람세스는 기둥에 그려진 한 장면을 보고 깜짝 놀랐다. 그 그림에는 파라오의 도움을 받아 야생 황소를 잡고 있는 소년의 모습이 그려져 있었다! 조각가들은 그의 존재 전체가 뒤흔들렸던 그 순간을 영원하게 만들어놓았던 것이다, 자신이 거대한 운명 안으로 빨려들어와 있음을 모르는 채 모든 미래의 왕들이 겪어야 하는 그 순간을.

세티와 람세스는 신전을 나와, 나무들이 심어져 있는 작은 언덕을 향해 다가갔다.

—오시리스의 무덤이다. 이것을 본 사람들은 몇 안 된다.

그들은 지하 계단 입구를 향해 내려가서, 약 백 미터 가량 계속되는 궁륭이 덮인 복도를 따라갔다. 복도의 내벽에는 다른 세계로 통하는 문들의 이름을 알려주는 글들이 씌어 있었다. 직각으로 된 왼쪽 모퉁이를 돌아서자 특이한 묘소가 하나 나타났다. 거대한 열 개의 기둥이 물에 둘러싸인 섬 같은 것 위에 세워져 있었다. 섬 위에는 성소의 지붕이 덮여 있었다.

－오시리스는 매년 그의 신비를 경배하는 의식이 치러질 때마다 이 거대한 석관 안에서 되살아난다. 그는 하나가 둘이 되고, 그리고 여전히 하나인 채 수천 개의 형태를 잉태할 때, 에너지의 바다에서 솟아나온 첫번째 언덕과 같은 것이다. 눈에 보이지 않는 그 대양으로부터 나일 강이, 홍수가, 이슬이, 비가, 샘물이 태어났다. 태양의 배가 그 대양에서 항해하고, 그 대양은 우리의 세계를 둘러싸고, 우주를 에워싸고 있느니라. 네 정신이 그 바다에 잠기고, 눈에 보이는 세계의 경계를 넘어 시작도 끝도 없는 것 안에서 힘을 길어내기를 바라노라.

다음날 밤 람세스는 오시리스의 신비에 입문했다.

그는 보이지 않는 대양에서 온 신선한 물을 마시고, 부활한 오시리스의 몸에서 솟아나온 밀을 먹었다. 그리고 자칼의 가면을 쓴 사제가 이끄는 신자들의 행렬 안에 들어가기 위해 세마포 옷을 입었다. 세트의 악당들이 그들과 오시리스를 죽여버리기 위해 길을 막아섰다. 고통스러운 싸움이 시작되었다. 람세스는 오시리스의 아들이며 상속자인 호루스 역을 맡았다. 그는 어둠의 아이들과 싸워 빛의 아들들에게 승리를 가져다주는 존재이다. 싸움 도중에 그의 아버지 오시리스는 죽임을 당한다.

신자들이 그를 신성한 언덕으로 데려가고 곧 장례의식이 밤새도록 치러진다. 그 밤샘 의식에는 여사제들이 참가하는데, 그 중에는 위대한 여자마술사 이시스를 체현하는 투야 왕비도 포함되어 있었다. 그녀는 주문을 외어 오시리스의 갈가리 찢긴 시체들을 모아 그 죽은 신을 살려낸다.

람세스는 시간의 밖에 있었던 그날 밤 말해진 모든 말들을 가슴속에 간직했다. 제의를 집전했던 것은 그의 어머니가 아니라 여신이었다. 입문의식은 람세스의 정신을 부활의 신비 한가운데에 데려다놓았다. 그는 몇 번씩이나 비틀거렸다. 인간 세계와의 모든 접촉을 잃고, 저승에서 이대로 흩어져버리는 것은 아닐까 하고 생각했었다. 그러나 그는 승리자가 되어 그 이상한 싸움에서 빠져나왔고, 그의 몸은 여전히 그의 정신과 연결되어 있었다.

람세스는 아비도스에서 몇 주 동안 머물렀다. 그는 거대한 나무들로 둘러싸인 신성한 호수 곁에서 명상에 잠겼다. 그곳에서는 신비의식 동안 인간의 손이 아니라 빛으로 조립된, 오시리스의 배가 떠다녔다. 섭정공은 '위대한 신의 계단' 곁에서 많은 시간을 보냈다. 계단 주변에는 오시리스의 심판정에서 의롭다고 선언된 영혼들의 기념비들이 놓여 있었다. 그 영혼은 인간의 머리를 가진 새의 모습을 하고 사제들이 매일같이 바치는 제물을 먹기 위해 아비도스로 순례를 온다.

람세스를 위하여 신전의 보물창고 문이 열렸다. 그 안에는 금, 은, 왕실 아마포, 조각품들, 신성한 기름, 향, 술, 꿀, 몰약, 연고들과 화병들이 있었다. 람세스는 아비도스의 여러 지역에서 오는 음식물들을 넣어두는 그 창고에 흥미를 느꼈으며, 주민들에게 분배하기 전에 음식물을 축복하는 의식을 칭송했다. 황소, 살찐 암소, 송아지, 염소와 가금류 역시 축복을 받았다. 어떤 짐승들은 신전 축사로 보내지기도 했지만, 대부분은 신전 주위의 마을들로 보내졌다.

세티 재위 4년째에 선포된 칙령에 따르면, 신전에서 일하는 사람은 누구나 자기 의무를 알고 있어야 하며 그 의무를 소홀히 해서는 안 되었다. 그 때문에 아비도스에서 일하는 모든 사람들은 권력남용이나 부역 또는 징발로부터 보호받았다. 대신과 대사들, 장관들, 시장들과 유지들은 그 칙령을 존경하고 잘 지켜야 한다는 명령을 받았다. 배든 당나귀든 토지든 아비도스의 재산은 양도가 불가능한 것이었다. 그래서 농부들과 포도 재배자들과 정원사들은 파라오와 오시리스의 보호를 받으며 평화롭게 살았다. 그 칙령을 모르는 사람이 없도록 하기 위해 세티는 누비아 한복판에 있는 나우리에까지 높이 2.8미터에 너비 1.56미터의 비를 세워 그 칙령을 새겨놓았다. 신전의 땅의 모양을 바꾸거나 신전의 하인을, 그의 의사를 무시하고 딴 데로 옮기는 사람은 2백 대의 곤장형이나 코와 귀가 잘리는 벌을 받았다.

신전의 일상생활에 참여함으로써 람세스는 신성함과 경제활동이 분명히 구별되지만, 서로 별개의 것은 아니라는 것을 확인하였다. 파라오가 신들의 현존과 한 몸이 될 때, 물질세계는 더이상 존재하지 않는다. 그러나 성소를 짓고 돌들이 말하게 하기 위해서는 건축가와 조각가의 재능이 필요했다. 또 농부들의 수고 덕택에 왕은 보이지 않는 분에게 가장 맛있는 음식을 바칠 수 있는 것이다.

신전에서는 어떤 절대적인 진리도 가르치지 않았다. 어떤 교리도 사상을 광신주의 안에 가두지 않았다. 신전은 영적인 에너지가 현현하는 장소이며, 돌로 만들어진 배로서, 겉으로 보기엔 아무런 움직임도 없는 것 같지만, 실은 활발히 움직이고 있다. 그 배는 정화하고 변화시키고 신성하게 만들어준다. 이집트 사람들은, 신을 파라오에게 이어주는 사랑을 가슴으로 느끼고 그 사랑으로 살아간다.

람세스는 몇 번이나 조상들의 복도로 되돌아가, 마아트의 원칙에 자신을 일치시킴으로써 나라를 일으켜 세운 왕들의 이름을 읽어보았다. 신전 가까운 곳에 제1왕조 왕들의 무덤이 있었다. 그곳에는, 사카라의 영원의 집에 놓인 미라가 아니라, 눈에 보이지 않는 불멸의 육체가 쉬고 있었다. 그것이 없으면 파라오는 존재할 수 없다.

갑자기 람세스는 자신의 임무에 짓눌리는 듯한 느낌을 받았다. 그는 이제 겨우 열여덟 살의 젊은이에 지나지 않는다. 삶을 사랑하고, 강력한 내면의 불로부터 힘을 얻고 있지만, 그러나 저 거인들을 계승할 능력은 없었다. 어떻게 감히 세티가 앉아 있는 왕좌에 오르겠다는 뻔뻔스럽고 허영에 찬 생각을 할 수 있었단 말인가?

람세스는 꿈속에서처럼 몽롱한 정신으로 살아왔던 것이다. 아비도스는 그를 현실 앞에 마주 세웠다. 그의 아버지가 그를 이곳으로 데려오신 중요한 이유는 바로 그것이었다. 그 신전보다 그의 왜소함을 더 잘 드러내 보여준 것은 없었다.

섭정공은 성벽을 넘어 강 쪽으로 걸어갔다. 이제 멤피스로 돌아가야 할 시간이었다. 이제트와 결혼하고, 친구들과 잔치를 벌이고, 아버지에게 섭정공의 직위를 포기하겠노라고 말해야 할 시간…… 형님이 그토록 왕이 되고 싶어하는데, 왜 그것을 하지 못하게 막겠는가?

람세스는 생각에 빠져 시골길을 헤매다가 나일 강 끝의 낮은 땅에 이르렀다. 앞을 가로막는 거추장스러운 갈대를 젖히다가 그는 그놈을 보았다.

늘어진 귀, 기둥처럼 퉁퉁한 다리, 갈색과 검은색이 뒤섞인 털, 끝이 뾰족한 투구 같은 검은 뿔. 야생 황소가 4년 전과 똑같은 기세로 그를 노려보고 있었다.

람세스는 뒤로 물러서지 않았다.

이제 자연의 왕권을 가진 황소가 그의 운명을 일러주리라. 황소가 그에게 덤벼들어 그를 뿔로 받아 짓밟아버린다면, 이집트 왕실에는 왕자가 하나 더 있으니 쉽게 대체할 수 있을 것이다. 만일 황소가 그를 살려준다면 그의 생명은 그의 것이 아니니, 그 선물에 합당한 인간이 되리라.

46

메넬라오스는 대부분의 연회와 축제에 명예손님으로 초대받았다. 헬레네는 그와 함께 연회장에 모습을 나타내는 데 찬성했고, 가는 데마다 칭찬을 들었다. 그리스인들은 이집트인들 사이에 끼여들어 잘 동화되었고, 흉잡힐 만한 행동은 별로 하지 않았다.

이러한 성공은 셰나르의 공적으로 평가되었다. 왕실은 그에게 외교수완이 있다고 평가했다. 람세스의 태도를 조심스럽게 비판하는 사람들도 있었다. 람세스가 스파르타 왕에 대한 적의를 노골적으로 드러냈기 때문이었다. 람세스는 유연성이 모자라고 예절을 무시한다, 그것은 그가 통치에 적합한 인물이 아니라는 증거가 아닐까? 그것이 그를 비판하는 사람들의 생각이었다.

몇 주만 지나면 셰나르는 잃어버린 땅을 되찾을 수 있을지도 모른다. 아비도스에 머물고 있는 동생의 오랜 부재는 그에게 자유로운 영역을 마련해주었다. 물론 그는 섭정공의 칭호를 가지고 있지 않다. 그러나 섭정공다운 품격을 보이고 있지 않은가?

아직 람세스의 반대세력이 조직적으로 구성된 것은 아니다. 그러나 은밀한 반대세력이 점점 더 자라나서 적당한 순간이 오면 셰나르에게 지렛대 역할을 해줄지도 모른다. 왕의 맏아들은 교훈을 얻었다. 람세스는 두려운 존재인지도 모른다. 그를 이기기 위해선 그에게 숨돌릴 틈을 주지 말고 여러 방향에서 일시에 쳐야 한다. 셰나르는 전망을 알 수 없는 불투명한 계획에 악착같이 그리고 끈기있게 매달렸다.

그의 계획은 이제 막 중요한 고비를 넘겼다. 그리스 장교 두 명이 왕실 경호부대에 들어가게 되었다. 이미 직위가 있는 다른 용병들은 그들의 친구가 될 것이다. 결정적인 때가 오면 그들은 이용 가능한 파당을 이룰 것이다. 운이 좋으면 그들 중의 하나가 섭정공의 친위대에 고용될지도 모르는 일 아닌가. 셰나르는 그렇게 되도록 메넬라오스의 지원을 받아, 있는 힘을 다할 생각이었다.

스파르타 왕이 도착하고 난 다음부터, 셰나르의 미래는 그에게 미소를 보내주었다. 이제는 왕의 건강상태에 대한 믿을 만한 정보를 얻기 위해서 어의 하나만 매수하면 된다. 물론, 세티의 건강이 최적의 상태라고 보이지는 않는다. 그러나 외양만 가지고 판단하면 오류를 범할 수도 있다.

셰나르는 아버지가 갑자기 서거하시기를 바라지는 않았다. 왜냐하면 그의 계획이 아직 무르익지 않았기 때문이다. 혈기왕성한 람세스가 생각하는 것처럼 시간은 그에게 호의적이지 않았다.

만일 한 달 또 한 달 그물을 짜서 섭정공을 얽어맬 수 있는 시간이 셰나르에게 허용된다면, 섭정공은 그 그물 안에서 숨이 막혀 죽어갈 것이다.

—아름답군요.

아메니는 레몬나무 등치에 앉아 호메로스가 구술한 대로 받아 쓴
『일리아드』의 첫번째 노래를 읽고 그렇게 말했다.

하얀 머리를 길게 기른 시인은 아메니의 말투 속에 약간 유보적
인 어조가 들어 있다는 것을 알아차렸다.

—자넨 어떤 점을 비판적으로 보는가?

—그리스 신들은 인간들과 너무 비슷해요.

—이집트의 신들은 그렇지 않은가?

—이야기꾼들의 얘기 속에선 이따금 그렇지요. 그렇지만 그건 심
심풀이 이미지일 뿐이죠. 신전에서의 가르침은 달라요.

—그럼, 젊은 서기관 나리, 자넨 그 가르침에 대해서 무엇을 아
는가?

—사실 아는 게 별로 없습니다. 그렇지만 나는 신들이 창조의 힘
이며, 그 힘은 전문가들이나 다루어야 한다는 걸 알고 있습니다.

—하지만 난 서사시를 쓰고 있는 걸세. 그 신들은 좋은 등장인물
들이 될 수 없을 거야. 아킬레스나 파트로클로스를 능가하는 인물
들이 어디 있겠나? 그들의 무용담을 읽고 나면 다른 것들은 읽고
싶은 마음이 나지 않을걸.

아메니는 자기 생각을 말하지 않았다. 호메로스의 흥분하는 태도
는 그가 들어온 그리스 시인들에 대한 평판과 일치하는 것이었다.
이집트의 옛 작가들은 그것이 제아무리 위대한 것이라고 하더라도
학살에 대해 쓰기보다는 지혜에 대해 쓰기를 더 좋아했다. 그러나
자기보다 더 나이 많은 손님을 훈계하는 것은 그가 해야 할 일이
아니었다.

호메로스가 불만스럽게 말했다.

―섭정공께서 나를 방문해주시지 않은 지 오래 되었네.

―아비도스에 머물고 계십니다.

―오시리스의 신전 말인가? 얘길 듣자 하니 그곳에서는 위대한 신비를 가르친다더군.

―사실입니다.

―섭정공께선 언제 돌아오시나?

―모릅니다.

호메로스는 어깨를 으쓱하더니 아니스와 고수를 넣어 향을 낸 독한 포도주를 한 잔 마셨다.

―영영 유배된 모양이군.

아메니가 펄쩍 뛰었다.

―그게 무슨 말입니까?

―아들에게 통치할 역량이 없다고 판단한 파라오가 아들을 사제로 만들어버린 거지. 평생 아비도스 신전에 처박혀 살라고 말야. 자네들처럼 종교적인 민족에겐 그게 말썽꾸러기를 치워버리기 위한 가장 좋은 방법 아니겠나?

아메니는 절망에 빠졌다. 만일 호메로스가 제대로 본 것이라면 그는 다시는 람세스를 볼 수 없을지도 모른다. 그는 친구들의 생각을 물어보고 싶었지만 모세는 카르낙에, 아샤는 아시아에, 그리고 세타우는 사막에 있었다. 혼자 고통스러워하면서 그는 일에 매달림으로써 평온을 되찾아보려고 애썼다.

그의 조수들이 그의 사무실 선반에 부정적인 결과를 담은 보고서들을 엄청나게 쌓아놓았다. 심층적인 조사를 해보았지만 저질의 잉크 덩어리를 생산한 공방 소유주에 대한 단서는 아무것도 찾아내지 못했다. 왕과 왕자를 아스완으로 유인하는 편지를 쓴 사람에 대한 단서도 찾지 못했다.

분노가 젊은 서기관을 사로잡았다. 어째서 그렇게 많은 노력을 했는데도 실망스러운 결과만 나오는 것일까? 범인은 흔적을 남겼지만, 아무도 그 흔적을 이용하지 못하고 있는 것이다. 아메니는 꿇어 앉아 쓰레기장을 처음 뒤질 때부터 쌓인 서류를 전부 다시 읽어보았다.

범인의 이름 마지막 글자인 R이 씌어 있던 석회암 조각을 다시 살펴보던 그는, 어둠 속에 숨어 있는 그자가 어떤 방식으로 행동했는가 하는 가설을 세울 수 있었다. 아메니는 당장 그 글자를 편지의 필체와 비교해보았다. 똑같았다. 가설은 이제 사실로 바뀐 것이다.

이제 모든 것이 분명해졌다. 그러나 영원히 유폐되어버린 람세스는 진실을 알지 못할 것이고, 범인은 벌을 받지 않을 것이다. 이 부당함이 젊은 서기관을 격분시켰다. 그의 친구들이 그가 이 비열한 인간을 법정으로 끌어내는 것을 도와줄 것이다.

이제트는 당장 왕비를 만나보게 해달라고 네페르타리에게 떼를 썼다. 투야가 종교축제를 준비하기 위해 고위직 하토르 여사제와 대화를 나누고 있었기 때문에 아가씨는 기다려야만 했다. 불안한 마음에 아마 드레스의 긴 소매 끝을 자꾸만 비틀다가 결국은 소매 끝이 찢어지고 말았다.

드디어 네페르타리가 접견실 문을 열었다. 이제트는 비틀거리며 왕비의 발 아래에 꿇어 엎드렸다.

—폐하, 원컨대 도와주소서.

—어떤 불행이 너를 괴롭히느냐?

―람세스는 유폐를 원치 않습니다. 확신합니다. 무슨 잘못을 저질렀기에 그토록 심한 벌을 받아야 하나요?

투야는 이제트를 일으켜세워 등받이가 나지막한 의자에 앉혔다.

―세속과 차단된 신전 안에서 살아가는 것이 그렇게 끔찍하게 여겨지느냐?

―람세스는 열여덟 살이에요. 늙은이나 그런 운명을 달게 받아들일 거예요. 그의 나이에 아비도스에 갇힌다는 건…….

―람세스가 아비도스에 갇혔다고 누가 그러더냐?

―람세스의 개인비서 아메니가 그랬습니다.

―내 아들은 아비도스에 머물고 있다. 그러나 유폐된 것은 아니다. 미래의 파라오는 오시리스의 신비에 입문해야 한다. 그리고 신전이 어떻게 돌아가는가를 자세히 알아야 한다. 교육이 끝나면 돌아올 것이다.

안심이 된 이제트는 자기 꼴이 우습다고 느꼈다.

네페르타리는 매일 아침 그랬듯이 제일 먼저 자리에서 일어나 어깨에 숄을 걸쳤다. 그녀는 그날 하루에 해야 할 일들과 왕비의 약속들을 다시 짚어보았다. 그녀는 자신에 대해서는 거의 신경을 쓰지 않았다. 내전엔 돌보아야 할 일이 무척 많았으며 매순간 신경을 곤두세워야 했다. 그녀가 희망했던 여사제의 생활에서 멀리 떨어져, 네페르타리는 투야의 요구에 빨리 적응해갔다. 그녀는 왕비에 대한 깊은 찬탄의 감정을 가지고 있었다. 왕비는 타인에 대해서 뿐만 아니라 자신에 대해서도 매우 엄격했으며, 이집트의 위대함에 마음을 쏟고 있었고 전통적인 가치를 숭상했다. 투야는 지상에서 마아트 여신을 상징하는 존재로서 끊임없이 공정함의 필연성을 환기시켜야만 했다. 왕비의 역할이 얼마나 지엄한가를 알게 된 네페르타리는 자신의 역할이 세속적인 역할만은 아니라는 것을 이해하게 되었다. 그녀가 이끌어가는 내전은 본보기의 성격을 가지고 있었다. 어떤 잘못도 용납될 수 없었다.

부엌은 비어 있었다. 하녀들은 방에 있는 모양이었다. 네페르타리는 방마다 돌아다니며 두드려보았지만 아무 대답도 없었다. 당황한 그녀는 문을 열어보았다. 아무도 없었다. 잘 훈련된 이 부지런한 여자들에게 도대체 무슨 일이 일어난 것일까? 휴일도 아니고 휴가를 준 것도 아니다. 그러한 예외적인 경우에도 그녀들을 대신하는 하녀들이 일에 차질이 없도록 대기하고 있었다. 늘 있던 자리에 있어야 할 신선한 빵도 과자도 우유도 없었다. 15분 뒤면 왕비가 아침 식사를 드실 시간이다.

네페르타리는 어쩔 줄을 몰랐다. 큰일이다. 그녀는 맷돌이 있는 곳으로 달려갔다. 사라진 하녀들이 혹시 거기에 식량을 좀 남겨두지는 않았을까 하는 생각에서였다. 그러나 낟알들뿐이었다. 그것을 갈아서 반죽을 하고 화덕에다 구우려면 시간이 너무 많이 걸릴 것이다. 투야는 당연히 여집사의 태만과 부주의를 나무랄 것이다. 당장에 쫓겨나게 될지도 모른다.

모욕을 당할지도 모른다는 생각에 왕비를 떠나야 한다는 슬픔이 덧붙여져서 네페르타리는 어쩔 줄을 몰랐다. 그런 시련에 맞닥뜨리자 그녀는 자기가 얼마나 왕비를 깊이 사랑해왔는가를 깨달았다. 그녀를 더이상 섬길 수 없다고 생각하자 가슴이 찢어지는 것처럼 아팠다. 그때 굵은 목소리가 들려왔다.

─멋진 하루가 되겠군요.

네페르타리는 천천히 돌아섰다.

─섭정공께서 어떻게 여기엘……

람세스는 팔짱을 끼고 벽에 기대어 서 있었다.

―내가 여기 있어서 불편하십니까?

　―아니오, 저는…….

　―어머님 아침식사는 걱정하실 것 없습니다. 하녀들이 평소와 같은 시간에 가져다드릴 겁니다.

　―하지만…… 아무도 없던 걸요.

　―'완전한 말은 초록색 보석보다 더 깊이 숨겨져 있느니라. 그러나 그것은 맷돌질을 하는 하녀들 곁에서도 찾아낼 수 있느니라.' 이 것이 당신이 가장 좋아하는 잠언이 아니었던가요?

　―그럼 저를 이곳에 오게 하기 위해서 내전 하인들을 비키게 하셨던 건가요?

　―당신이 어떤 반응을 보일지 미리 예상하고 있었소.

　―그럼 당신을 만족시켜드리기 위해서 밀이라도 갈아드릴까요?

　―아니오, 네페르타리. 내가 원하는 것은 완전한 말이오.

　―실망시켜드려 죄송합니다. 전 완전한 말을 가지고 있지 못합니다.

　―나는 그 반대라고 확신하고 있소.

　그녀는 빛나도록 아름다웠다. 그녀의 시선은 천상의 물처럼 깊었다.

　―제가 솔직해서 유감이실지 모르겠습니다만, 섭정공께서 하신 장난은 지독하군요.

　섭정공의 자신만만하던 태도가 조금 흔들리는 것 같았다.

　―그 완전한 말은, 네페르타리…….

　―모두들 섭정공께서 아비도스에 묵고 계신 걸로 알고 있습니다.

　―난 어제 돌아왔소.

　―그래서 처음으로 하신 일이라는 게, 제 일을 방해하기 위해 하녀들을 내쫓으신 거로군요.

─나일강 옆에서 나는 야생 황소를 만났소. 우리는 서로 마주 보았소. 그놈의 뿔에 내 생명이 달려 있었소. 그놈이 나를 노려보는 동안, 나는 중대한 결정을 내렸소. 황소는 날 죽이지 않았소. 나는 다시 내 운명의 주인이 된 거요.

─섭정공께서 살아 돌아오셔서 기쁩니다. 왕이 되시기를 바랍니다.

─그건 어머님의 의견이오, 아니면 당신 의견이오?

─저는 거짓말하는 습관은 없습니다. 그럼 이만 물러가도 되겠습니까?

─그 초록색 보석보다도 소중한 말을, 네페르타리, 당신은 그걸 진실로 가지고 있소. 그걸 소리내어 말하는 기쁨을 내게 베풀어주지 않겠소?

젊은 여인이 허리를 굽혀 절했다.

─저는 나리의 보잘것없는 하녀입니다, 이집트의 섭정공 각하.

─네페르타리.

그녀가 몸을 일으켰다. 그녀의 눈빛은 자부심으로 가득했다. 그녀는 눈이 부실 정도로 고결했다.

─왕비께서 저와의 아침 대화를 기다리고 계십니다. 시간에 늦으면 큰 잘못입니다.

람세스가 그녀를 껴안았다.

─그대에게서 나와 결혼해주겠다는 승낙을 받으려면 내가 어떻게 해야 하는 거요?

─청혼하시면 되지요.

그녀가 부드러운 목소리로 말했다.

47

세티는 재위 열한번째 해를 기자의 거대한 스핑크스에 봉헌하는 것으로 시작했다. 스핑크스는 고원을 지키는 문지기로서 그 고원에는 파라오 케오프스, 케프렌과 미케리노스의 피라미드들이 세워져 있었다. 스핑크스가 망을 보고 있었기 때문에 어떤 속인도 나라 전체의 에너지의 근원인 이 신성한 장소에 들어올 수 없었다.

섭정공으로서 람세스는 아버지를 따라 이 거대한 조상 앞에 세워져 있는 작은 신전으로 향했다. 스핑크스는 앉아 있는 사자의 몸에 눈을 들어 하늘을 바라보는 왕의 얼굴을 하고 있었다. 스핑크스 앞에 세워진 비에는 세트 신의 동물인 큰영양을 쓰러뜨리는 세티의 모습이 새겨져 있었다. 사막의 동물을 상징하는 어두운 힘과 겨룸으로써 파라오는 그 사냥이 상징하는 바대로 그의 중요한 의무를 완수한 것이다. 즉 무질서의 자리에 질서를 가져다놓은 것이다.

그 장소는 람세스를 두렵게 했다. 그곳으로부터 솟아나오는 힘이 람세스의 존재를 이룬 섬유 한올 한올에 새겨졌다. 아비도스에서 내면으로 침잠하는 경험을 한 이후에, 기자는 카의 현존에 대한 가장 빛나는 확인이었다. 도처에 현존하는 보이지 않는 힘, 동물의 세계에서는 야생 황소가 상징하는 그 힘. 이곳에서는 모든 것이 불변이었다. 피라미드가 시간을 소멸시켜버렸기 때문이다.

람세스가 아버지에게 고백했다.

—나일 강 근처에서 그놈을 또 봤습니다. 우린 마주 보았어요. 그놈은 처음 만났을 때처럼 저를 노려보았습니다.

세티가 말했다.

—넌 섭정공의 지위도 왕의 지위도 포기하고 싶었겠지. 그런데 그놈이 못하게 막았다, 그 말이렸다.

아버지는 그의 생각을 읽고 계셨다. 어쩌면 세티 자신이 아들로 하여금 그의 책임을 깨닫게 하기 위해서 야생 황소로 변해서 나타났던 건 아닐까?

—저는 아비도스의 모든 비밀을 다 꿰뚫지는 못했습니다. 그러나 오랫동안 은둔하는 동안, 저는 신비가 삶 가운데 있다는 것을 깨달았습니다.

—그곳으로 종종 돌아가보아라. 그리고 신전을 지켜보아라. 오시리스의 신비 예배는 나라의 평형을 유지하기 위한 비결 중의 하나이다.

—또다른 결심을 한 가지 했습니다.

—네 어머니가 그 결심을 허락했다. 나 역시 그렇다.

젊은이는 기뻐서 뛰고 싶었다. 그러나 장소가 너무 엄숙해서 그럴 수가 없었다. 언젠가 그도 세티처럼 사람들의 마음을 읽을 수 있게 될까?

람세스는 그렇게 흥분하는 아메니를 본 적이 없었다.

―나는 모든 걸 알아냈고, 범인을 밝혀냈어. 믿을 수 없는 일이야. 그렇지만 의심의 여지가 없어. 봐, 잘 보란 말야.

평소에는 꼼꼼하기 이를 데 없는 성격의 젊은 서기관이 엉망으로 뒤섞인 파피루스와 나무 서판들, 석회암조각 더미 한가운데에서 얼굴을 내밀었다. 그는 결론을 내리기 전에 몇 달 전부터 쌓아놓았던 서류들을 뒤지고 또 뒤졌던 것이다. 아메니가 단정적으로 말했다.

―틀림없이 그 사람이야. 그가 쓴 글씨가 틀림없어. 그리고 나는 그가 고용했던 전차병과 어떤 관계가 있다는 것까지 밝혀냈다구. 알겠어, 람세스? 도둑놈에다가 너를 살해하려던 범인이야. 그가 왜 그랬을까?

처음에는 믿을 수 없었지만, 섭정공은 명백한 증거 앞에 항복하지 않을 수 없었다. 아메니는 대단한 일을 해냈다. 의심의 여지가 전혀 없었다.

―그에게 물어보겠어.

돌렌테와 그녀의 남편 사리는 그들의 저택 연못 안에서 퍼덕이고 있는 이국적인 물고기들에게 먹이를 주고 있었다. 사리는 더욱 뚱뚱해졌다. 돌렌테는 기분이 나빴다. 더운 날씨에 피곤한 데다가 기름기 많은 피부엔 분비물이 너무 많았다. 의사와 연고를 바꾸어야 할 것 같았다.

하인이 와서 람세스가 찾아왔다고 알렸다.

―드디어 우리를 알아주는구나.

돌렌테가 동생을 껴안으면서 소리를 질렀다.

―왕실에선 네가 아비도스에 유폐된 줄 알았는데.

―왕실은 종종 판단을 그르치지요. 하지만 왕실이 나라를 다스리는 건 아니니까.

돌렌테 부부는 람세스의 어조가 너무 무거워서 놀랐다. 젊은 왕자는 딴 사람이 되어 있었다. 자기 의사를 분명히 표현하는 람세스는 이제 한 명의 청년이 아니라 명실공히 이집트 섭정공이었다.

―곡창의 책임자 자리를 드디어 내 남편에게 맡기려고 온 거니?

―누님은 비켜줬으면 좋겠소.

돌렌테가 화를 냈다.

―사리는 나에게 숨기는 게 없어.

―확실해요?

―확실해.

늘 쾌활하던 사리의 태도가 사라졌다. 람세스의 옛 스승은 긴장해서 어쩔 줄을 몰랐다.

―이 글씨를 알아보겠나?

람세스는 편지를 보여주었다. 세티를 아스완으로 유인했던 그 편지였다.

사리도 그의 아내도 대답하지 않았다.

―이 편지에는 가짜 서명이 되어 있네. 그러나 글씨체는 완전히 똑같애. 사리, 자네의 글씨체와 똑같단 말일세. 다른 서류와 비교해보면 보다 확실해지겠지.

―가짜 편지요. 모방한 거요.

―선생의 지위로 충분치 않아서 자네는 저질 잉크 덩어리에다 고급품 딱지를 붙여 밀매할 생각을 했고, 위험하다는 판단이 들자, 자네에게까지 거슬러올라갈 수 있는 모든 흔적을 지워버리려 했지. 서류들과 서기관 업무를 잘 알고 있으니까 그것보다 더 쉬운 일은

없었겠지. 하지만 내 개인비서가 쓰레기장에서 석회암 조각을 찾아냈네. 내 비서는 그 일 때문에 죽을 뻔했어. 나하고 내 비서는 오랫동안 셰나르가 범인일 거라고 생각했는데, 아메니는 나중에 자기 생각이 틀렸다는 것을 알게 되었지. 공방 주인의 이름 가운데 R자만 남아 있었는데 그건 셰나르의 마지막 R자가 아니라, 사리라는 자네 이름 중의 한 글자였던 거야. 더군다나, 나를 함정으로 끌어넣었던 전차병은 자네가 1년이 넘도록 데리고 있던 사람이야. 형님은 결백해. 자네의 단독범행이야.

람세스의 옛 스승은 턱을 달달 떨면서 섭정공의 눈길을 피했다. 돌렌테는 흥분하지도 놀라지도 않았다.

사리가 넘겨짚었다.

―섭정공께선 어떤 확실한 증거도 가지고 있지 못합니다. 그렇게 빈약한 증거를 가지고 법정이 나에게 유죄선고를 내리지는 않을 겁니다.

―나를 왜 미워하는가?

그러자 람세스의 누이가 미친 듯이 고래고래 소리를 질러댔다.

―왜냐하면 너는 우리가 가는 길에 사사건건 걸리적거리니까. 너는 자기 힘을 과신하는 잘난 체하는 어린 수탉에 불과해. 내 남편은 훌륭한 사람이야. 교양 있고, 머리도 좋고, 융통성이 있어. 이집트를 다스리기에 전혀 모자람이 없어. 내가 공주니까, 그에게도 파라오가 될 수 있는 합법적인 권리가 있단 말야.

돌렌테는 남편의 손을 잡고 그를 앞으로 끌고 갔다. 람세스가 말했다.

―당신들은 야망 때문에 미쳤소. 부모님께 너무 큰 고통을 드리지 않기 위해 고발하지는 않겠소. 하지만 멤피스를 떠나라고 명령하는 바이오. 시골의 작은 마을에 자리를 잡고 그곳을 떠나지 마시

428

오. 조금이라도 엉뚱한 짓을 하면 그때는 추방이오.

—난 네 누나다, 람세스.

—그래서 내가 마음이 약해져서 관대한 처분을 내리는 거요.

아메니는 범인을 밝혀내기 위해서 많은 고통을 겪어야 했지만, 람세스의 결정에 불평하지 않기로 했다. 아메니의 그러한 우정은 누이와 매형 때문에 람세스의 마음에 생긴 상처를 진통제처럼 달래 주었다. 만일 아메니가 온당한 복수를 바랐더라도 그는 반대하지 않았을 것이다. 그러나 젊은 서기관은 벌써 람세스와 네페르타리의 결혼식에 불러모을 친구들 생각에 몰두하고 있었다.

—세타우는 엄청난 양의 독을 모아 실험실로 돌아왔고, 모세는 모레 멤피스에 도착할 걸세. 아샤는 길을 떠나긴 했는데 여행이 얼마나 걸릴지 모르겠어.

—기다려야지.

—자네가 잘돼서 기뻐…… 사람들이 그러는데 네페르타리가 미인 중의 미인이래.

—그건 자네 생각 아냐?

—난 파피루스나 시의 아름다움은 판단할 수 있는데, 여자의 아름다움은 잘 모르겠어…….

—호메로스는 어떻게 지내고 있나?

—자네가 보고 싶어 안달일세.

—그도 초대하기로 하지.

아메니가 짜증난다는 표정을 지었다.

—왜, 걱정거리가 있나?

—응, 자네 때문이야…… 둑을 쌓아놓긴 했는데, 오래 버티진 못할 거야. 이제트가 자네를 만나야겠다고 성화야.

이제트는 연인을 만나면 마구 화를 내고 욕설을 퍼부어줄 생각이었다. 그렇지만 그가 다가오자 마음이 흔들렸다. 람세스는 변했다. 많이 변했다. 그는 이제 더이상 그녀가 사랑에 빠졌던 열정적인 젊은 남자가 아니라, 점차 현실적인 기능을 수행해가고 있는 진짜 섭정공이 되어버렸다.

이제트는, 이제는 자기가 어쩌지 못할, 낯선 사람 앞에 서 있는 느낌이었다. 언짢은 기분이 사라지고 존경심이 뒤섞인 두려운 마음이 들었다.

─이렇게…… 이렇게 방문해주어서 고마워.

─어머니가 그러시는데, 어머닐 찾아가 애원했다면서?

─걱정했어. 정말이야. 당신이 돌아왔으면 하고 얼마나 바랐는지 몰라.

─실망했겠구나.

─사람들이 그러는데, 당신이…….

─그래, 내일 네페르타리와 결혼해.

─그 여자 참 예쁘데. 그런데, 나…….

말을 잇지 못하고 고개를 숙이던 이제트가 천천히 고개를 들어 람세스의 눈을 바라보며 말했다.

─나 임신했어.

람세스는 다정하게 그녀의 손을 잡았다.

─내가 당신을 버릴 거라고 생각했어? 그 아이는 우리 아이가 될 거야. 장차 운명이 나를 왕으로 선택한다면, 나는 네페르타리를 왕비로 선택할 거야. 하지만 만일 당신이 원하고, 또 네페르타리가 좋다고 한다면 당신은 궁전에서 지내게 될 거야.

그녀는 람세스를 꼭 껴안으며 물었다.

—날 사랑해, 람세스?

—아비도스와 야생 황소가 나의 진정한 본성을 일깨워주었어. 이 제트, 난 어쩌면 사람들하고 다른 존재인지도 모르겠어. 아버님께서는 내 어깨에 무거운 짐을 지우셨어. 그 짐이 나를 으깨어버릴지도 몰라. 하지만 모험을 해보고 싶어. 당신은 내 정념과 욕망, 젊은 날의 광기야. 그러나 네페르타리는 왕비야.

—난 늙을 거고, 그럼 당신은 날 잊을 거야.

—나는 한 가족의 가장이야. 가장은 자기 가족을 저버리지 않아. 당신도 내 가족의 일부가 되고 싶지?

이제트는 람세스에게 키스했다.

결혼식은 어떤 종교 예식도 끼지 않는 사적인 일이었다. 네페르타리는 종려나무숲에서, 밀밭과 꽃핀 잠두콩밭 사이에서, 양떼들이 물을 마시러 오는 진흙둑의 운하 곁에서 소박한 잔치를 벌이고 싶어했다.

네페르타리는 투야 왕비가 입은 것과 똑같은 짧은 아마 드레스를 입고, 청금석 팔찌와 홍옥수 목걸이로 장식을 했다. 가장 우아하게 차려입은 것은 아샤였다. 그는 그날 아침에 아시아에서 도착했는데 왕비와 모세, 아메니, 세타우, 유명한 그리스 시인과 거대한 발을 가진 사자 한 마리, 그리고 장난꾸러기 개 한 마리만이 참가한 소박한 결혼식에 깜짝 놀랐다. 외교관은 궁정에서 벌이는 화려한 연회를 기대했지만, 일체의 불평을 삼가하고서 세타우의 즐거워하는 눈길을 받으며 전원에서 식사를 했다. 세타우가 아샤의 불편한 기색을 눈치채고 말했다.

—자넨 별로 편하지 않은 모양이군.

—매력적인 장소야.

─풀 때문에 자네 옷이 더러워질 텐데. 산다는 건 때로 힘든 일이지…… 가까운 곳에 뱀이 한 마리도 없을 땐 특히 더하지.

　시력이 나쁘면서도 호메로스는 네페르타리에게 반했다. 마음이 내키지는 않았지만, 그는 네페르타리의 아름다움이 헬레네의 아름다움을 능가한다는 것을 인정하지 않을 수 없었다.

　모세가 람세스에게 말했다.

　─자네 덕택에 하루 제대로 쉬는군.

　─카르낙 일이 그렇게 까다로운가?

　─규모가 하도 엄청난 사업이라 조금만 실수를 해도 실패할 수밖에 없네. 작업이 차질 없이 진행되도록 계속 세부사항들을 점검해야 한다네.

　세티는 결혼식에 참가하지 못했다. 결혼을 승락하기는 했지만 왕은 스스로 하루의 휴가를 사용하지 않았다. 이집트가 그것을 허락하지 않았기 때문이다.

　소박하고 행복한 하루였다. 멤피스로 돌아온 람세스는 네페르타리를 팔에 안고 자기 집 문턱을 넘었다. 그들은 이세 법으로 맺어진 남편과 아내가 되었다.

48

세나르는 아주 활발하게 움직였다. 세력가들을 찾아다니며, 점심
과 저녁식사에 초대하고, 연회를 열고, 사적인 대화를 나누었다. 표
면적으로는 왕국의 주요인사들과의 관계를 돈독히 하는, 의전실장
으로서의 역할에 충실한 것 같았다.

그러나 사실은 동생이 엄청난 실수를 저질렀다고 믿게 하는 데
주력했다. 평범한 집안 출신의 서민과 결혼해서 그 여자를 왕비로
들여앉히려 하다니. 이미 전례도 있고 또 그런 일에 대해 어떤 정
해진 규범도 없었지만, 세티의 맏아들은 람세스의 선택이 귀족들과
왕실에 대한 도전으로 보이게 하려고 애썼으며, 그 시도는 완전히
성공했다. 섭정공의 독립적인 성격 때문에 머지않아 귀족들의 기득
권은 위험에 처하게 될 것이다. 네페르타리는 또 어떻게 행동하겠

는가? 얻어서는 안 될 권력에 취해 유서 깊고 영향력 있는 가문들을 무시하고, 자신의 파당을 만들려들지도 모른다.

람세스의 평판은 점차로 빛을 잃어갔다.

—왜 이렇게 얼굴이 야위었니? 불행해 보이는구나.

세나르가 돌렌테를 바라보며 깜짝 놀라 소리를 질렀다.

—오라버니가 생각하는 것보다 훨씬 더 불행해요.

—귀여운 내 여동생…… 무슨 일인지 얘기해주지 않겠니?

—남편이랑 멤피스에서 쫓겨나게 됐어요.

—농담하는 거냐?

—람세스가 우릴 협박했어요.

—람세스가…… 무슨 이유로?

—그 망할 놈의 아메니랑 작당해가지고 사리를 몰아대는 거예요. 그애 말을 안 들으면 우릴 법정으로 끌고 갈 판이에요.

—람세스가 증거를 가지고 있니?

돌렌테가 뾰로통해졌다.

—아니오…… 별것도 아닌 몇 가지 단서들만 있어요. 하지만 오라버닌 재판이 어떤 건지 알잖우. 우리한테 불리할 수도 있어요.

—그럼 너랑 네 남편이 정말로 람세스를 상대로 음모를 꾸몄다는 얘기냐?

공주가 망설였다.

—난 판사가 아니잖느냐. 나에게 진실을 말하렴.

—조금 일을 꾸미긴 했어요. 사실이에요…… 하지만 난 부끄럽지 않아요. 람세스는 우릴 차례차례 제거할 거예요.

—소리지르지 마라, 돌렌테. 나도 그렇게 생각하고 있으니까.

돌렌테가 풀이 죽은 표정을 지었다.

―그럼…… 날 야단치지 않는 거유?

―반대란다. 네 음모가 성공하지 못한 게 한스럽다.

―람세스는 오라버니가 범인이라고 생각했대요.

―람세스는 알고 있지. 내가 자기의 정체를 알고 있다는 걸 말야. 하지만 녀석은 내게 싸울 의사가 없다고 생각해.

―사리하고 나를 오라버니 동지로 받아들여줄래요?

―안 그래도 내가 그렇게 제안할 참이었다.

―시골에 가면 우린 힘없는 사람들로 전락할 거예요.

―그거야 알 수 없는 일이지. 테베 근처에 있는 내 별장에 묵으렴. 거기서 민간의 유력자들, 그리고 종교 세력자들과 관계를 맺는 거야. 고관들은 람세스에게 비우호적이다. 그들을 설득해서 람세스의 즉위가 필연적인 게 아니라는 걸 믿게 만들어야 한다.

―오라버닌 우릴 도와주는 좋은 분이에요.

셰나르가 수상쩍은 눈빛으로 누이를 바라보았다.

―너희가 꾸몄다는 그 음모 말인데…… 누가 그 음모 덕을 볼 참이었니?

―우린 그냥 람세스를 치워버리려고 했을 뿐이에요.

―네가 파라오의 딸이라는 이유를 내세워 남편을 왕위에 오르게 하려고 했던 건 아니냐? 네가 만일 나의 동지라면, 그 환상은 버리고 내 이익을 위해서만 봉사해야 한다. 왕위에 오르는 건 나다. 내가 왕위에 오르면 나에게 충성했던 사람들은 상을 받을 것이다.

아샤는 아시아를 향해 다시 떠나기 전에 셰나르가 베푸는 멋진 연회에 참석했다. 그들은 고급요리를 맛보고, 멋진 음악을 듣고, 서로 비밀스러운 이야기를 나누고, 섭정공과 그의 젊은 아내를 비난하고, 세티에 대한 찬사를 늘어놓았다. 여전히 상급자들에게서 사랑받고 있는 이 젊은 외교관이 왕의 맏아들과 대화하는 걸 이상하게 생각하는 사람은 아무도 없었다. 셰나르가 아샤에게 소식을 알려주었다.

—자네의 진급은 확실하네. 한 달 안에 자네는 아시아 외교담당 대변인이 될 걸세. 자네 나이에 비하면 대단한 출세지.

—감사의 마음을 어떻게 표현해야 할까요?

—나에게 계속 정보를 알려주게. 람세스의 결혼식엔 갔었나?

—그렇습니다. 그의 가장 친한 친구들과 함께 참석했습니다.

—곤란한 질문은 없었나?

—없었습니다.

—그러면 계속 그의 신임을 얻고 있는 건가?

—의심의 여지가 없습니다.

—아시아에 대한 질문을 하던가?

—하지 않았습니다. 그는 감히 부왕의 영역을 침범하려 들지 않습니다. 그저 젊은 아내에게 정성을 다하고 있지요.

—일에는 진전이 있나?

—확실한 진전이 있었습니다. 몇 개의 작은 공국들이 나리께서 관대함을 보여주신다면 기꺼이 나리를 돕겠다고 했습니다.

—금을 원하나?

—괜찮겠지요.

—파라오만이 금을 사용할 수 있네.

—제가 중간에 나서서 구미가 당길 만한 약속을 하는 것도 생각해보실 수 있을 겁니다. 은밀한 방법으로 말입니다.

—훌륭한 생각이야.

—권력을 장악하실 때까지는 담판이 강력한 무기의 역할을 할 겁니다. 저는 나리가 여러 공국들을 다 만족시킬 수 있는 유일한 통

치자라고 이야기하겠습니다. 때가 되면 대신들을 고르십시오.

결혼 후에도 생활방식을 바꾸지 않는 람세스와 네페르타리를 왕실은 놀라워했다. 섭정공은 여전히 왕의 그늘에서 일했으며, 그의 아내는 투야의 시중을 들었다. 셰나르는 그들이 겉으로는 매우 겸손해 보이지만 사실은 몹시도 노회한 수작인데, 왕도 왕비도 당신들이 품안에서 독사새끼를 키우고 있다는 걸 까맣게 모르는 거라고 얘기하고 다녔다.

그가 세운 전략의 여러 요소들이 한군데로 수렴되기 시작했다. 모세에게서는 아직 가담하겠다는 약속을 얻어내지 못했지만, 유리한 기회가 반드시 올 거라고 그는 믿었다. 람세스의 진영을 뒤흔들 수 있는 사람이 또하나 있었다. 아주 미묘하게 접근해야 하지만 시도해볼 만했다.

아가씨들이 수영도 하고 재미있게 보트놀이도 할 수 있는 거대한 물놀이 시설 공사 준공식이 메르-우르 하렘에서 있었다. 셰나르는 귀빈 자격으로 행사에 참여하고 있는 이제트를 만나 인사를 나눴다. 이제트는 눈에 띄게 배가 불렀다.

─어떻게 지내십니까?

─건강이 아주 좋아요. 난 아들을 낳을 거예요. 람세스의 자랑거리가 될 테지요.

─네페르타리를 만나보셨습니까?

─너무 매력적인 여자예요. 우린 친구가 되었어요.

─당신 입장은······.

─람세스는 아내가 둘이 되는 거죠. 그에게서 사랑받는다는 조건으로, 나는 왕비가 되지 않기로 했어요.

─그 고상한 태도는 감동적입니다만, 많이 불편할 텐데요.

─당신은 람세스를 알지 못해요. 그를 좋아하는 남자들이나 여자들도 이해할 수 없을 거예요.

─내가 동생의 행운을 질투하는 건 사실이지만, 당신이 행복해질 것 같다는 생각은 들지 않는군요.

─그에게 대를 이을 아들을 낳아주는 것, 그것이 가장 아름다운 영광이 아닌가요?

─곧 문제가 생길 거요. 람세스는 아직 파라오가 아니니까.

─세티의 선택을 다시 문제삼으실 건가요?

─물론 아니오…… 그러나 미래는 예상할 수 없는 일들로 가득차 있으니까. 친애하는 이제트, 당신도 아다시피 나는 당신을 소중하게 여기고 있소. 람세스는 당신에게 용서받을 수 없는 일을 저질렀소. 당신의 우아함, 당신의 지성, 당신의 고귀한 가문. 당신은 왕비가 될 여자요.

─그 꿈은 무너졌어요. 난 현실이 더 좋아요.

─나도 꿈입니까? 람세스가 당신에게서 앗아갔던 것을 내가 제공하겠소.

─그의 아이를 가진 나에게 어떻게 감히 그런 말을 할 수 있나요?

─생각해보시오, 이제트. 한번 생각해봐요.

중간에 사람을 내세워 조심스럽게 접근해서 솔깃한 제안을 해보았지만, 셰나르는 세티의 주치의들 중 한 사람을 매수하는 데 성공하지 못했다. 그들이 청렴결백했기 때문일까? 아니 신중했기 때문이다. 그들은 세티의 맏아들보다도 세티를 더 무서워했을 뿐이다. 파라오의 건강은 국가기밀이었다. 그 기밀을 흘리면 중한 벌을 받게 될 것이다.

의사들에게 접근하는 길이 막힌 셰나르는 전략을 바꾸었다. 의사들이 처방전을 쓰면, 신전 실험실에서 약을 조제하게 되어 있었다. 어떤 조제사에게 접근하는가가 문제였다. 마땅한 조제사를 물색하기 위해 이런저런 재주를 부려야 했지만, 어쨌든 찾아내야 했다. 세티의 물약과 알약은 세크메트 신전에서 조제되었다. 실험실 책임자는 꽤 부유한 늙은 홀아비인데, 그를 매수하는 것은 위험부담이 컸다. 그의 조수들을 조사해보니 쓸 만한 친구가 있었다. 나이 어린 여자와 결혼한 40대 남자로서 늘 봉급이 적다고 투덜거리고 있었다. 그가 받는 봉급으로는 아내에게 옷과 보석, 화장품 등을 충분히 사줄 수가 없었기 때문이다. 그는 자기가 매수당하기 쉬운 사람이라는 것을 광고하고 있는 셈이었다.

아버지의 처방전을 보고, 셰나르는 세티의 병이 점점 악화되고 있다는 것을 알았다. 3년이나 4년 뒤면, 왕위가 비게 될 것 같았다.

추수할 때, 세티는 그들의 수호 여신에게 제물과 현무암으로 만들어진 은혜로운 코브라 상을 바쳤다. 사람들은 그 코브라 상이 평야를 보호해준다고 믿었다. 농부들이 왕의 주변에 모여들었다. 그들에게는 왕이 그곳에 있다는 것이 축복처럼 느껴졌다. 왕은 왕실 인사들보다 소박한 사람들을 더 좋아했다.

의식이 끝나고 나면 사람들은 풍요의 여신과 곡신(穀神), 그리고 파라오에게 영광을 돌린다. 파라오만이 그 신들이 현현하게 만들 수 있기 때문이다. 람세스는 아버지가 백성들에게 아주 깊은 사랑을 받고 있다는 것을 알고 있었다. 세력가들은 그를 두려워했지만, 백성들은 그를 사랑했다.

세티와 람세스는 야자수숲 속에 있는 우물 곁에 앉았다. 한 여자가 그들에게 포도와 대추야자, 그리고 시원한 맥주를 가져왔다. 섭정공은 왕이 잠시 휴식을 취하고 있다는 느낌을 받았다. 눈을 감은 왕의 얼굴에는 부드러운 빛이 스며들었다.

─왕위에 오르게 되면, 사람들의 영혼을 살피고, 충성의 맹세를 어기지 않으면서도 확고하고 공정한 판단을 내릴 수 있는 높은 관리들을 찾도록 하여라. 그들을 올바른 자리에 앉혀서, 마아트의 규범을 존중하게 하여라. 뇌물을 받은 사람뿐만 아니라, 뇌물을 준 사람도 엄하게 벌해야 한다.

─아버님, 오래도록 다스리십시오. 즉위 30주년 축하연을 열어드릴 수 있도록 말입니다.

─내가 그렇게 오래 살아 있을 것 같지 않구나.

섭정공은 가슴 깊은 곳에서 찌르는 듯한 통증을 느꼈다.

─이 나라는 아버님을 필요로 하고 있습니다.

─너는 많은 고통을 겪었고, 아주 빨리 성숙해주었다. 하지만 너는 이제 막 살기 시작한 것에 불과하다. 야생 황소의 눈길을 오래 기억하기 바란다. 그놈이 너에게 영감과 힘을 줄 수 있도록 말이다.

─아버님 곁에 있으면 모든 것이 명료합니다…… 운명이 아버님께서 오랫동안 다스리실 수 있도록, 왜 허락하지 않겠습니까?

─중요한 것은 네가 왕이 되는 준비를 하는 것이다.

─왕실이 절 받아들여줄까요?

─내가 죽고 나면 너를 시기하는 많은 사람들이 네가 가는 길을 막을 것이고, 네 발 아래 함정을 파놓을 것이다. 너 혼자서, 다만 홀로, 너의 첫번째 전쟁을 치러내야 한다.

─저를 돕는 사람이 아무도 없을까요?

─그 누구도 믿지 말아라. 네게는 형제자매도 없을 것이다. 네가 많이 베풀었던 사람들이 너를 배반할 것이며, 네가 부유하게 만들어주었던 사람이 등뒤에서 너를 칠 것이며, 네가 손을 뻗어 도와주

었던 사람이 너에게 반기를 들도록 선동할 것이다. 너의 신하들과 측근들을 믿지 말아라. 너 자신만을 믿어야 한다. 불행의 날이 오면, 아무도 너를 돕지 않을 것이다.

49

테베의 궁전에 자리잡은 이제트는 멋진 사내아이를 낳았다. 사내아이에게는 카*라는 이름이 주어졌다. 찾아왔던 람세스가 돌아간 뒤, 젊은 산모는 아기를 유모에게 맡기고 아름다운 몸이 분만으로 인하여 망가지지 않도록 필요한 미용조치를 취했다. 람세스는 자기의 첫아이를 자랑스러워했다. 기뻐하는 람세스를 보고, 이제트는 그가 자기를 사랑해주기만 한다면 아이들을 더 많이 낳아주겠다고 약속했다.

하지만 람세스가 떠나고 나자 그녀는 외로움을 느꼈다. 세나르의 뼈 있는 말이 떠올랐다. 람세스는 가버렸다. 짜증스러울 정도로 말

---

* 정확하게는 카-엠-우아세트. '테베에 나타난 자'라는 뜻이다.

이 없고 얌전한 여자 네페르타리에게. 사실 그녀를 증오하는 것은 너무나 간단한 일이었다. 람세스의 정비(正妃) 네페르타리는 그녀의 빛나는 성품 하나만으로 사람들의 마음과 정신을 사로잡기 시작했다. 이제트는 람세스의 행동을 용서해줄 정도로 그녀에게 반해버렸다. 그러나 고독은 고통스러웠다. 그녀는 멤피스 궁의 향연들을, 어린 시절 친구들과의 끝날 줄 모르는 대화를, 나일 강가의 산책을, 화려한 저택의 연못에서 즐기던 수영을 그리워했다. 테베는 부유하고 화려한 도시였지만, 이제트의 고향은 아니었다.

셰나르의 말이 맞는지도 모른다. 자기를 후궁의 자리로 내몬 람세스를 용서해선 안 되는지도 모른다.

호메로스는 마른 샐비어 잎사귀를 잘게 부수어서 가루로 만들어 커다란 달팽이 껍질 속에 집어넣고는 거기에 갈대를 박아넣고 잎사귀 가루에다 불을 붙여서 즐겁게 연기를 들이마셨다. 람세스가 말했다.

— 이상한 습관이로군요.

— 이러면 글이 잘 써진답니다. 공의 매력적인 부인은 어떻게 지내시는지요?

— 네페르타리는 여전히 내전 집사 일을 하고 있습니다.

— 이집트 여자들은 많이 나대요. 그리스 여자들은 숨어 있죠.

— 그래서 마땅치 않으십니까?

호메로스가 연기를 내뿜었다.

— 사실을 말하자면…… 아니오. 이 점에 있어서는 이집트가 옳은 것 같소. 그렇지만 나는 비판할 것이 많습니다.

— 선생의 비판을 듣고 싶습니다.

람세스의 선선한 태도에 시인은 놀랐다.

─절 힐난하시는 겁니까?

─선생의 비판이 행복을 증대시키는 데 도움을 준다면 기꺼이 받아들이겠습니다.

─이집트는 이상한 나라입니다…… 그리스 사람들은 말을 하는 데 많은 시간을 씁니다. 웅변가들은 흥분해서 공개적으로 논쟁을 벌입니다. 여기에서는 누가 파라오의 말을 비판합니까?

─파라오의 역할은 마아트의 법을 실행에 옮기는 것입니다. 그가 자기 역할을 수행하는 데 실패하면 배반과 비겁함이 판을 칠 것입니다. 비틀린 지팡이를 바로 펴는 것, 그것이 현인들이 한결같이 요구하는 것입니다.

호메로스가 다시 연기를 내뿜었다.

─『일리아드』에 나는 내가 잘 알고 지냈던 예언자의 이야기를 집어넣었습니다. 그는 현재와 과거와 미래를 아는 사람이었습니다. 현재 저는 이집트가 상당히 평온하다고 느낍니다. 왜냐하면 공의 아버님께서는 아까 말씀하신 현자들 같은 분이시기 때문입니다. 그러나 미래는…….

─선생께서도 예언자가 되려 하십니까?

─어떤 시인이 예언자가 아니겠습니까?『일리아드』의 첫째 노래에 나오는 귀절을 들어보시겠습니까? '어깨에는 활을 메고, 단단히 봉한 화살통을 든 채, 아폴로가 올림포스 꼭대기에서 내려왔도다. 그가 달려나가자, 화살들이 서로 부딪쳤다. 밤을 닮은 그는 앞으로 내달아 사람들을 향해 화살을 쏘았도다…… 시체들을 태우기 위해 수많은 장작더미에 불이 붙었도다.'

─이집트에서는 특정한 범죄를 저지른 자들만이 화형을 당하지요. 끔찍한 범죄를 저지른 자들만이 그런 극형에 처해집니다.

호메로스는 화가 난 것처럼 보였다.

―이집트는 평화롭습니다. 그러나 얼마 동안이나 그럴까요? 람세스 왕자님, 저는 꿈을 꾸었습니다. 전쟁이 다가오고 있습니다. 왕자님께서는 그 전쟁을 피하실 수가 없습니다.

사리와 돌렌테는 셰나르가 맡긴 일을 열심히 수행했다. 셰나르와 공모한 그들 부부는 그에게 복종하고 열성적인 봉사자가 되기로 마음먹었다. 그들은 람세스에게 복수할 뿐만 아니라, 장차 셰나르의 왕실에서 중요한 위치를 차지할 생각이었다. 투쟁의 동지였으니, 승리의 순간에도 동지가 되어야 할 터였다.

돌렌테가 테베의 쟁쟁한 가문들의 환영을 받는 데는 별 어려움이 없었다. 그들은 그렇게 높은 가문의 일원을 영접하게 된 것을 매우 기뻐했다. 세티의 딸은, 자기가 남쪽 지방에 머무르게 된 것은 이 멋진 지방을 좀더 알고 시골생활의 매력을 즐기며 거대한 아몬 신전과 카르낙 신전 가까이에 있고 싶어서라고 둘러댔다. 남편과 함께 그 신전에 자주 들어가 기도생활을 할 생각이라고.

사람들과 대화를 나누면서 돌렌테는 람세스의 거짓 비밀들을 들추어냈다. 누가 자기보다 더 속속들이 람세스의 비밀을 알고 있겠는가. 세티는 나무랄 데 없는 위대한 왕이지만, 람세스는 폭군이 될지도 모른다. 테베의 상류사회는 국가적인 일에 더이상 아무런 역할도 할 수 없을 것이며, 아몬 신전이 받는 보조금은 줄어들 것이고, 아메니와 같은 평민들이 귀족들의 자리를 차지하게 될 것이다. 그녀는 이모저모로 람세스를 불쾌한 인물로 각인시켰고, 람세스의 반대자들 사이에 더욱 긴밀한 유대관계를 조성해놓았다.

사리는 종교인들을 공략했다. 유명한 교육기관인 캅의 책임자였던 그가 카르낙의 서기관 학교 선생 자리를 받아들였으며, 제단을 꽃으로 장식하는 제관의 일원으로 참가했다. 사람들은 그의 겸손한 태도를 칭찬했다. 영향력 있는 종교지도자들이 그와의 대화를 즐겼고, 그를 식사에 초대했다. 돌렌테처럼 그 역시 독설을 퍼뜨리고 다녔다.

모세가 일하고 있는 대규모 건축현장을 방문해도 좋다는 허락을 받고, 사리는 건물의 완성된 부분에 대하여 그의 옛 제자 모세를 칭송했다. 그는 기둥 많은 홀들 중에서 카르낙의 홀에 버금가는 것은 없을 것이며, 카르낙 신전의 규모는 가히 신적인 규모라고 말했다.

모세는 장성해 있었다. 수염이 텁수룩한 그의 얼굴은 햇볕에 검게 그을었다. 그는 거대한 기둥머리 장식 그늘에 서서 생각에 잠겨 있었다.

─자네를 다시 만나서 얼마나 기쁜지 모르겠네. 눈부시게 성공한 제자가 또하나 있구나 싶어서 말일세.

─아직 속단이십니다. 마지막 기둥을 세울 때까지는 마음을 놓을 수 없을 것 같습니다.

─사람들이 자네의 능력을 침이 마르게 칭찬하더군.

─제 일은 남들이 해놓은 일을 검사하는 것에 불과합니다.

─자네의 덕성이 더욱더 깊어졌네그려. 모세, 난 그 점이 기쁘네.

─테베에는 잠깐 들르신 건가요?

─아닐세. 돌렌테와 나는 교외의 저택에 정착했네. 나는 카르낙의 학교에서 가르치고 있네.

─좌천당하신 거라는 느낌이 강하게 드는군요.

─그런 셈이지.

─이유가 뭡니까?

─진실을 알고 싶나?

─마음대로 하십시오.

―말하기가 쉽질 않아서…….

―억지로 말씀하시게 할 생각은 없습니다.

―람세스가 잘못 생각한 걸세. 자기 누이와 나에게 끔찍한 죄를 뒤집어씌웠네.

―증거도 없이요?

―증거라곤 전혀 없지. 증거가 있었다면 우리를 법정에 세우지 않았겠나?

그런 식으로 논리를 펴자, 모세는 마음이 흔들렸다. 사리가 말을 이었다.

―람세스는 권력에 취해 있네. 돌렌테가 절제해야 한다고 람세스에게 말했지만, 아무 소용이 없었네. 사실 그는 거의 변하지 않았네. 그의 비타협적이고 극단적인 기질은 그에게 맡겨진 책임과 어울리지 않네. 내 말을 믿어주게나. 난 그러한 사실을 누구보다 안타까워하는 사람일세. 나 역시 그를 설득해보려 애썼다네. 완전히 실패했지.

―이렇게 망명생활을 하시는 게 힘들지 않으십니까?

―망명생활이라니, 당치도 않네. 이 지방은 멋지고 신전에선 영혼이 안식을 취할 수 있네. 나는 젊은 학생들에게 나의 지식을 나누어주는 것에 만족하고 있네. 나에게 야망의 시간은 지나갔어.

―선생님께선 스스로 부당한 처사의 희생자가 되었다고 생각하고 계십니까?

―람세스는 섭정공일세.

―권력남용은 비난받아 마땅한 일입니다.

―난 이대로 좋네, 믿어주게나. 그러나 자네는 조심하게.

―어째서요?

―나는 그가 무슨 핑계를 대든 자기의 옛 친구들을 하나씩 치워

버릴 거라고 확신하네. 그들이 있다는 사실만으로도 그는 성가셔하니까. 그 점은 네페르타리도 람세스와 똑같네. 결혼 후로 그 부부만이 중요해졌어. 그 여자는 람세스의 마음과 정신을 타락시키고 있네. 모세, 조심하게. 나한테야 더이상 어쩌지 못하겠지만 곧 자네 차례가 닥칠 테니까 말일세.

히브리인은 평소보다 더 오래 생각해보았다. 그는 그의 옛 스승을 존경하고 있었다. 그가 하는 말에서 공격적인 어조가 느껴졌다. 람세스는 정말 나쁜 길로 접어든 걸까?

사자와 노란 개는 네페르타리를 받아들였다. 람세스를 제외하면, 그녀만이 할퀴거나 물어뜯길 염려 없이 사자를 만질 수 있는 사람이었다. 열흘마다 젊은 부부는 두 동물을 데리고 한나절 동안 쉬면서 시골을 돌아다녔다. 사자는 수레 곁에서 달렸고, 개는 주인의 발치에 편하게 누워 있었다. 그들은 벌판 가장자리에서 점심을 먹고, 따오기와 펠리컨들이 나는 광경을 감탄해서 바라보고, 네페르타리의 아름다움에 반한 마을사람들과 인사를 주고받았다. 네페르타리는 한 사람 한 사람의 말을 잘 이해했다. 그녀는 정확한 말을 찾아내서 그들과 대화를 나누었다. 늙고 병든 농부의 생활조건을 개선하기 위해서 몇 번씩이나 조신한 방법으로 자기 의사를 내놓기도 했다.

투야 앞에 서 있을 때나, 하녀를 상대할 때나 그녀의 태도는 한결같이 주의깊고 고요했다. 그녀는 참을성과 자제력과 부드러움, 람세스가 가지지 못한 자질들을 지니고 있었다. 그녀가 하는 행동 하나하나가 왕녀로서의 자질을 뚜렷이 보여주었다. 그녀를 처음 본 순간부터 람세스는 그녀가 누구와도 바꿀 수 없는 존재라는 것을 알아챘다.

이제트에게서 느꼈던 것과는 전혀 다른 사랑이, 그들 사이에 자라나고 있었다. 이제트처럼 네페르타리도 쾌락에 몰두하고 사랑하는 사람의 정열을 즐길 줄 알았지만 그들의 육체가 결합할 때, 그녀의 눈 속에는 다른 빛이 반짝였다. 이제트와는 달리 네페르타리는 람세스의 가장 비밀스러운 생각들을 공유하고 있었다.

세티 즉위 12년째 되던 해 겨울, 람세스는 오시리스와 이시스의 신비를 경험할 수 있도록 네페르타리를 아비도스로 데려가게 해달라고 왕에게 요청했다. 왕과 왕비, 섭정공과 섭정공비는 신성한 도시를 향해 떠났다. 네페르타리는 신비에 입문했다.

예식이 있던 다음날, 투야 왕비는 네페르타리에게 황금 팔찌를 하사했다. 네페르타리는 이제 그 팔찌를 끼고 왕비의 조역으로서 예식에 참례할 것이다. 네페르타리는 감격의 눈물을 흘렸다. 그녀가 두려워했던 것과는 달리 그녀가 택한 길이 그녀를 신전으로부터 멀리 떼어놓지 않았던 것이다.

아메니가 투덜거렸다.

―기분이 안 좋아.

개인비서의 까다로운 성격을 알고 있는 람세스는, 때로 그의 이야기를 한쪽 귀로 듣고 한쪽 귀로 흘려버렸다.

―기분이 안 좋다구.

아메니가 되풀이해 말했다.

―왜, 질이 나쁜 파피루스를 배급받기라도 했나?

―걱정 말게. 난 나쁜 파피루스는 받아들이지 않으니까. 자넨 자네 주변에 일어나고 있는 일을 전혀 눈치채지 못하고 있단 말인가?

―파라오의 건강이 나빠지신 것도 아니고, 어머니와 아내는 세상에서 가장 좋은 친구고, 나라는 평화롭고, 호메로스는 시를 쓰고 있

고…… 무얼 더 바라겠나? 아, 하나 있군. 자네가 아직 정혼하지 않았다는 것…….

―난 그런 사소한 일에 신경쓸 시간이 없네. 다른 건 아무것도 눈치채지 못했나?

―솔직하게 말해서, 아무것도.

―자네는 네페르타리의 눈 속에 퐁당 빠져 있어. 그걸 어떻게 나무라겠나? 내가 보고 들으니 망정이지.

―무슨 소릴 들었는데?

―불안한 소문들이 들리네. 누군가 자네 평판을 망치려고 시도하고 있어.

―셰나르인가?

―자네 형님은 최근 몇 달 간 놀라울 정도로 조용하네. 반면에 왕실의 비판은 점점 커지고 있어.

―중요하지 않아.

―내 생각은 다르네.

―수다쟁이들은 내가 가는 길에서 몽땅 치워버릴 거야.

―사람들이 그걸 알고 있어. 그래서 사람들이 자네와 싸우려고 하는 거야.

―궁전의 복도나 자기 집 응접실을 벗어나면 아무 용기도 내지 못하는 사람들일세.

―원칙적으로는 자네 말이 맞지. 그러나 나는 조직적인 반란이 일어날까봐 걱정스럽네.

―세티가 당신의 계승자를 선택하셨어. 나머지는 모두 쑥덕공론일 뿐이야.

―셰나르가 포기했다고 생각하나?

―형님이 얌전하게 지내고 있다는 걸 자네 역시 확인했잖은가?

—그래서 더욱 불안하다네. 그렇게 조용히 지내고 있는 것이 세나르답지 않기 때문이야.

—자넨 너무 걱정이 많아. 아버님께서 우릴 보호해주실 거야.

그가 살아 있는 동안엔 그렇겠지, 아메니는 생각했다. 그는 불길한 기운이 점차 드세지고 있으니 조심하라는 얘길 해주어야겠다고 생각했다.

50

람세스와 네페르타리 사이에서 태어난 딸은 두 달밖에 살지 못했다. 먹지도 못하고 허약했던 아기는 다시 그림자들의 나라로 돌아가버렸다. 의사들은 큰 충격을 받은 네페르타리를 걱정했다. 3주 동안 세티는 그녀를 매일 자기(磁氣)로 치료하여 우울증에서 벗어나도록 도와주었다.

섭정공은 아내 곁에 꼼짝도 않고 붙어앉아 있었다. 네페르타리는 한마디 불평도 하지 않았다. 죽음은 출신성분과 상관없이 갓난아기의 목숨을 빼앗아가는 것이다. 네페르타리는 람세스를 향한 자기의 사랑으로부터 다른 아기가 태어날 것이라고 생각했다.

어린 카는 잘 자라났다. 유모가 그를 돌보는 동안 이제트는 테베 사회에서 점차 중요한 자리를 차지해갔다. 그녀는 돌렌테와 사리의 하소연을 듣고, 람세스가 부당한 일을 저질렀다는 사실에 놀랐다. 남쪽 지방의 대도시 테베에서는 섭정공이 왕위에 오르는 것을 두려 워하게 되었다. 사람들은 장차 마아트의 법을 별로 존중하지 않는 사람이 전제군주가 될 것이라고 생각했다. 이제트는 이의를 제기하 려 해보았지만, 사람들이 너무나 많은 이유를 댔기 때문에 할 말이 없었다. 자신이 권력욕에 사로잡힌 폭군을, 잔인한 괴물을 사랑하 고 있단 말인가? 셰나르의 말이 이제트의 뇌리를 스쳤다.

세티는 이제 스스로에게 쉬는 시간을 허용하지 않았다. 그는 틈 만 나면 람세스를 불러들였다. 아버지와 아들은 궁전 정원에 앉아 서 대화를 나누었다. 글쓰는 것을 좋아하지 않는 세티는 대화로 그 의 가르침을 아들에게 전했다. 다른 왕들은 계승자를 왕위에 오르 도록 준비시키기 위해서 잠언을 기록했지만, 세티는 늙은 입에서 젊은 귀로 전달하기를 더 좋아했다.

─그러한 앎만으로는 충분치 않느니라. 그러나 앎은 보병이 들고 있는 방패나 칼과 같은 것이지. 그것은 너를 지키고 적을 공격할 수 있게 해준다. 행복한 시절에는 저마다 다 너와 가까운 사이라고 주장할 것이다. 불행이 닥치면 죄를 지은 사람은 너 하나밖에 없게 된다. 잘못을 저지르면 너 자신 외의 누구도 탓하지 말고, 너 자신 을 바로잡아라. 생각과 행동을 끊임없이 바로잡는 것, 그것이 권력 을 정의롭게 행사하는 것이니라. 이제 너에게 임무를 맡겨야 할 시 간이 왔다. 임무를 수행하는 동안, 너는 나를 대신하게 될 것이다.

세티의 말에 람세스는 특별히 기쁘다거나 하는 느낌을 받지 못했 다. 오랫동안 아버지의 말을 기꺼이 들어왔기 때문이다.

─누비아의 작은 마을 하나가 총독의 행정당국을 상대로 항의하 고 있다. 나에게 전달된 보고서는 분명하질 않구나. 그곳에 가거라. 가서 파라오의 이름으로 결정을 내리도록 하여라.

누비아는 여전히 매혹적이어서, 그는 자기가 유람여행중이 아니라는 걸 잊어버릴 지경이었다. 자기 어깨에 놓인 무거운 짐을 느낄 수 없었다. 공기는 따스하고 바람은 야자수 잎사귀 사이로 스며들고 황토빛 사막과 붉은 바위들이 그의 영혼을 가볍게 하였다. 그는 병사들을 돌려보내고 그 숭고한 풍경 속으로 혼자 사라져버리고 싶다는 유혹을 느꼈다.

수다스럽고 비굴한 누비아 총독이 벌써 그의 앞에 와서 절을 하였다.

—제 보고서를 통해서 진상은 알고 계시겠지요?

—왕께서는 보고서가 모호하다고 판단하셨소.

—하지만, 상황은 분명한데요. 그 마을은 반란을 일으킨 겁니다. 쓸어버리는 것이 마땅합니다.

—손해를 입었습니까?

—제가 신중을 기했기 때문에 손해를 입지는 않았습니다. 섭정공께서 오시기를 기다렸습니다.

—왜 지체 없이 개입하지 않았습니까?

총독이 더듬거렸다.

—어떻게 알 수 있겠습니까? 저들의 숫자가 많은지, 아니면…….

—날 현장에 데려다주시오.

—간식을 좀 준비해두었습니다. 그리고…….

—갑시다.

—이 더위에요? 하루가 끝나갈 무렵이 더 적당할 텐데요.

람세스의 전차가 떠났다.

누비아의 작은 마을은 나일 강가의 야자수 그늘에서 졸고 있었다. 남자들은 암소의 젖을 짜고, 여자들은 식사준비를 하고 있었다. 벌거벗은 어린아이들은 강물에서 미역을 감고, 비쩍 마른 개들이 오두막 발치에 잠들어 있었다.

이집트 병사들은 사방 언덕에 흩어져 포진했다. 이집트 병사들의 숫자가 압도적으로 많은 것 같았다.

람세스가 총독에게 물었다.

─반란자들은 어디에 있소?

─저 사람들입니다. 겉보기에 평온해 보인다고 속지 마십시오.

주변을 철저하게 정찰했지만, 매복하고 있는 누비아 병사는 한 사람도 없었다. 총독이 주장했다.

─이 마을 추장이 내 권위를 부정했습니다. 확실하게 반격해야 합니다. 그렇지 않으면 반란이 다른 부족들로 확대될 것입니다. 저들을 기습해서 끝장내버립시다. 그렇게 본보기를 보여주면 모든 누비아인들이 놀랄 것입니다.

그때 이집트 병사들을 발견한 여자 하나가 비명을 질렀다. 아이들이 물에서 달려나와 오두막에 있는 어머니들 옆으로 숨었다. 남자들은 활과 화살과 창으로 무장하고 마을 한가운데로 모여들었다.

총독이 소리를 질렀다.

─저걸 보십시오. 제 말이 맞지 않았습니까?

추장이 앞으로 걸어나왔다. 곱슬머리에 길다란 타조깃 두 개를 꽂고 가슴에 붉은 띠를 두른 그는 당당해 보였다. 오른손에는 리본으로 장식된 2미터 길이의 창을 들고 있었다.

총독이 넘겨짚었다.

─저자가 공격해올 겁니다. 궁수들을 시켜서 먼저 저자를 땅바닥에 못박아버려야 합니다.

람세스가 총독에게 환기시켰다.

—명령은 내가 내리는 거요. 아무도 공격적인 행위를 못하게 하시오.

—하지만…… 어쩌려고 그러십니까?

람세스는 투구를 벗고, 갑옷의 정강이받이를 벗었다. 칼과 단도를 내려놓고, 바위투성이의 경사를 따라 내려갔다. 총독이 비명을 질렀다.

—각하, 돌아오십시오. 그놈이 각하를 죽일 겁니다.

섭정공은 누비아인을 똑바로 바라보며 흔들림 없는 걸음걸이로 다가갔다. 예순 살쯤 먹은 누비아인은 거의 뼈만 남은 앙상한 모습이었다. 그가 창을 휘두르는 걸 보며, 람세스는 자기가 무모하게 위험을 무릅쓴 건 아닐까 생각했다. 하지만 누비아 부족의 추장이 아무려면 야생 황소보다 더 위험하겠는가?

—넌 누구냐?

—왕의 아들이며, 이집트 섭정공인 람세스다.

누비아인이 무기를 아래로 내렸다.

—나는 추장이다.

—네가 마아트의 법을 지키는 한, 너는 추장으로 남아 있게 될 것이다.

—마아트의 법을 어긴 것은, 우리의 보호자라는 총독이다.

—중대한 비난이다.

—나는 내 약속을 지켰다. 총독은 그가 한 말을 지키지 않았다.

—불만의 원인을 말해보라.

—총독은 우리가 공물을 바치면 그 대신 밀을 주겠다고 약속했다. 밀은 어디에 있는가?

—공물은 어디에 있는가?

—이리로 오라.

추장을 따라가려면 누비아 병사들 사이를 지나가야 했다. 총독은 누비아인들이 왕자를 죽이거나 볼모로 잡을 것이라고 확신하고 꽁무니를 감추어버렸다. 그러나 아무 일도 일어나지 않았다. 추장은 섭정공에게 귀족가문들이 좋아하는 사금과 표범가죽, 부채들과 타조알들로 가득 찬 부대들을 보여주었다.

―약속이 지켜지지 않으면, 우리는 죽는 한이 있어도 싸울 것이다. 말이 지켜지지 않는 세상에서는 아무도 살아갈 수 없다.

람세스가 약속했다.

―싸움은 없을 것이다. 총독이 약속한 대로 밀을 주겠다.

셰나르는 누비아 반란자들에게 유약한 태도를 보였다며 람세스를 비난했지만, 총독은 그런 논리를 사용하지 말라고 말렸다. 총독은 셰나르와 오랫동안 밀담을 나누는 자리에서 병사들 사이에서 람세스의 평판이 높아지고 있다고 얘기했다. 병사들은 그의 용기와 열정, 그리고 빠른 판단 능력에 경탄해 마지않으며, 그런 지도자와 함께 있으면 어떤 적도 무섭지 않을 것이라 생각했다. 람세스를 비겁하다고 비난하는 것은 오히려 셰나르에게 불리할지도 모른다는 것이 총독의 견해였다.

파라오의 맏아들은 총독의 충고를 받아들이기로 했다. 군대를 장악하지 못하는 것은 장애로 작용할 수 있다. 그러나 군대는 두 땅의 새로운 주인에게 복종하게 될 것이다. 이집트에서는 완력만 가지고는 통치할 수 없다. 셰나르는 왕실과 대사제들이 자기를 충분히 지지해줄 것이라고 생각했다.

점차 람세스는 용감하고 위험한 전사의 모습으로 비쳐지게 되었다. 세티가 권력의 고삐를 잡고 있는 동안엔 람세스가 주도권을 장악할 수 없겠지만, 그러나 훗날…… 적과 싸우고 싶다는 욕망에 떠

밀려 미친 듯한 모험에 뛰어들었다가 이집트로 하여금 모든 것을 잃게 만들지 않을까?

셰나르가 조언한 대로, 세티는 히타이트 족의 영토와 유명한 카데슈 성을 공격하는 대신 휴전을 맺기로 결론을 내렸다. 람세스가 세티처럼 지혜로운 왕이 될 수 있을까? 세력가들은 전쟁을 싫어했다. 편안하고 조용하게 살아온 그들은 괄괄한 장군들을 경계했다.

나라는 대규모 전쟁을 일으켜서 중동을 불바다와 피바다로 만들지도 모르는 영웅을 필요로 하지 않는다. 외국에서 임무를 수행하고 있는 대사들과 전령들의 보고서에 의하면, 히타이트 족은 이집트를 정복할 야망을 버리고 평화의 길을 택했다고 한다. 람세스 같은 인물은 필요없다. 오히려 해롭기만 한 존재가 되었다. 그가 정복자의 태도를 고수한다면, 그를 제거하는 것이 마땅하지 않을까?

셰나르의 주장은 사람들 사이에 먹혀들었다. 사람들은 셰나르가 온건하고 현실적인 인물이라고 평가했다. 사실을 보면, 그가 하는 말이 옳다는 것을 알 수 있지 않은가?

델타 지방을 여행하는 동안, 셰나르는 세티가 죽고 난 뒤에 자기를 지지해달라고 지방수령 두 사람을 설득했다. 그는 또 자기 배의 선실에서 아샤를 만났다. 셰나르의 요리사가 고급요리를 준비했고, 술 담당 하인은 독특한 과일향이 나는 백포도주를 식탁에 내놓았다.

젊은 외교관의 모습은 약간 오만해 보였지만 여전히 우아했다. 그의 생생한 눈빛이 이따금 흔들렸지만 나긋나긋한 목소리와 흔들림 없는 차분한 태도가 셰나르를 안심시켰다. 람세스를 배반하고 그에게 계속 충성스러운 태도를 보여주면 셰나르는 아샤를 빼어난 외무대신으로 만들 생각이었다.

아샤는 손가락 끝으로 먹고 입술 끝으로 마셨다.

―이 점심식사가 마음에 안 드나?

―죄송합니다. 하지만 걱정이 돼서.

―개인적인 문제가 있나?

―전혀 없습니다.

―누가 자네 일을 방해하나?

―전혀 그렇지 않습니다.

―람세스로군…… 람세스야! 우리가 손을 잡았다는 걸, 그가 알게 된 건가?

―걱정 마십시오. 우리의 비밀은 안전합니다.

―그럼 무엇 때문에 불안해하는가?

―히타이트 족들 때문입니다.

―궁정에 들어오는 보고서를 보면 아무 문제 없던데. 그들의 호전적인 태도가 사라졌던걸.

―그건 공식적인 판단일 뿐입니다.

―자네가 비판하는 건 그 판단의 어떤 점인가?

―순진하다는 점입니다. 제 상관들은 왕을 안심시키고, 비관적인 예상으로 그를 괴롭히지 않으려 듭니다.

―확실한 징후라도 있나?

―히타이트 족은 속이 빤히 들여다보이는 야만인들이 아닙니다. 무력충돌이 그들에게 유리하지 않기 때문에, 수를 쓰고 있는 겁니다.

―몇몇 지역 폭군들을 돈으로 매수한 뒤 신통치 않은 음모를 꾸미겠지.

―사실, 그것이 전문가들의 견해입니다.

―자네의 견해는 다른가?

―제 생각은 점차 그 생각에서 멀어지고 있습니다.

—무얼 두려워하나?

—히타이트 족이 우리의 보호령 안에서 영향력을 확장하고 있는 것은 아닌가, 그리고 우리가 덫에 걸려든 건 아닐까 하는 것입니다.

—그럴 가망성은 거의 없네. 빠져나가는 기미가 약간만 보여도 왕이 개입할 걸세.

—왕은 그런 사실을 모르고 있습니다.

세나르는 젊은 외교관의 경고를 가볍게 받아들이지 않았다. 지금까지 그가 보여준 놀라운 명석함을 알고 있기 때문이다.

—위험은 미구에 닥칠 일인가?

—히타이트 족은 점진적이고 완만한 전략을 택했습니다. 4, 5년 뒤에는 준비가 될 것입니다.

—그들이 행동하는 것을 계속 지켜보게. 그러나 나 아닌 다른 사람에겐 말하지 말게.

—저에게 너무 많은 것을 요구하십니다.

—많은 것을 얻게 될 걸세.

51

어부들의 마을은 느릿느릿한 속도로 살아가고 있다. 바닷가에서 그들은 선박 운행을 감시하는 열 명 정도의 소규모 경찰분대의 보호를 받고 있다. 경찰 업무는 힘들지 않았다. 이따금 이집트 선박이 북쪽으로 항해하면, 예순 살쯤 먹은 배불뚝이 분대장은 배의 이름과 날짜를 서판에 기록한다. 외국에서 돌아오는 선원들은 나일 강의 다른 입구 쪽으로 들어온다.

경찰들은 어부들이 그물을 끌어올리는 것을 도와주고, 배를 수선하는 것을 돕기도 한다. 그들은 생선을 양껏 얻어먹고, 축제일 같은 때는, 행정당국으로부터 보름마다 배급받는 포도주를 어부들에게 나누어주기도 한다.

이 작은 공동체가 가장 좋아하는 오락은 돌고래의 놀이를 구경하는 것이다. 그들은 돌고래들이 조화롭게 뛰어오르는 모습이라든지 빠르게 질주하는 모습을 지치지 않고 바라보았다. 저녁이 되면 늙은 어부가 전설 이야기를 들려주곤 했다. 그곳에서 멀리 떨어져 있지 않은 늪 속에, 이시스 여신이 세트의 분노로부터 보호하기 위해 갓난아기 호루스를 껴안고 숨어 있다는 것이다.

－분대장님, 배 한 척이 나타났는데요.

낮잠 시간이었으므로 분대장은 돗자리에서 일어나고 싶지 않았다.

－배에 신호를 보내고 이름을 기록해봐.

－우리 쪽으로 오고 있는데요.

－잘못 봤겠지. 다시 잘 봐.

－우리 쪽으로 오고 있어요. 확실해요.

분대장은 당황해서 일어났다. 그날 그는 포도주를 마시지 않았다. 약한 맥주 몇 잔에 그 정도로 착시현상을 일으킬 리는 없다. 꽤 큰 배 한 척이 마을을 향해 곧장 다가오고 있었다.

－이집트 배가 아니군.

어떤 그리스 선박도 그 장소에 정박하지 않는다. 엄중한 명령이 내려졌다. 난입자를 밀어내서 서쪽으로 방향을 돌리게 하라는 명령이었다. 파라오의 해군에 인계해야 한다. 분대장은 분대원들에게 무장을 지시했다. 분대원들은 창이나 칼, 화살과 방패를 사용하는 방법을 잊어버렸다.

배의 갑판 위로 윤기 없는 피부에 곱슬거리는 콧수염을 가진 남자들이 보였다. 그들은 뿔 달린 투구를 쓰고 철제 갑옷을 입고 뾰족한 칼과 둥근 방패로 무장하고 있었다. 뱃머리에는 무섭게 생긴 거인이 하나 서 있었다. 이집트 경찰들은 뒤로 물러섰다. 분대원들 중 하나가 혼잣말로 중얼거렸다.

—악마다.

　분대장이 말했다.

　—사람일 뿐이야. 공격해.

　두 명의 궁수가 활을 쏘았다. 첫번째 화살은 허공을 스쳤고 두번
째 화살은 거인의 가슴을 향해 날아갔다. 거인은 화살이 몸에 닿기
전에 붙잡아 가볍게 분질러버렸다. 경찰 하나가 소리를 질렀다.

　—저길 봐요. 배가 또 한 척 있어요!

　분대장이 확실하다는 투로 말했다.

　—침략이다. 후퇴하라.

　람세스는 행복했다. 남풍처럼 강하고, 북풍처럼 부드러운 나날의
행복. 네페르타리는 매순간을 충만하게 해주었다. 그녀는 근심을
지우고 생각을 빛으로 향하게 하였다. 그녀의 곁에 있으면 하루하
루가 부드러운 빛으로 흘러넘쳤다. 네페르타리는 람세스의 내면에
서 타오르고 있는 불을 부정하지 않고도 그의 마음을 가라앉힐 줄
알았다. 그녀는 이상한 미래, 거의 불안하기마저 한, 이제 시작되려
하는 시대를 손에 쥔 여인인데도 말이다.

　네페르타리는 람세스를 놀라게 했다. 조용하고 화려한 삶으로 만
족할 수도 있었을 그녀는 왕녀다운 당당한 우아함을 보여주었다.
어떤 운명이 그녀에게, 군림하며 동시에 섬기는 자가 될 수 있는
힘을 주었을까? 네페르타리는 신비였다. 매혹적인 미소를 지닌 신
비. 그것은 람세스가 자기와 같은 이름의 첫번째 조상 람세스의 무
덤에서 보았던 하토르 여신의 신비와 흡사했다.

　이제트는 대지였으며, 네페르타리는 하늘이었다. 람세스는 두 여
인을 모두 필요로 했지만, 이제트에게서는 정열과 욕망만을 느낄
따름이었다.

네페르타리는 사랑이었다.

세티는 저무는 태양을 바라보고 있었다. 람세스가 절을 했을 때, 석양이 궁전 안으로 스며들어왔다. 왕은 램프를 켜지 않았다. 세티가 아들에게 말했다.

—델타의 경찰에게서 위험을 알리는 보고서가 들어왔다. 정치고문들은 대수롭지 않은 사건이라고 생각하지만, 나는 그들의 생각이 틀렸다고 확신한다.

—무슨 일이 일어났습니까?

—네가 가서 확인해보도록 하여라.

—사태가 확실치 않은 이유는 무엇입니까?

—그 해적들은 무서운 강도들이다. 내륙 쪽으로 깊이 들어오려고 시도한다면, 나라 전체에 공포의 씨앗을 뿌릴지도 모른다.

람세스는 화가 났다.

—연안 경찰이 나라의 안전을 지켜주지 못한단 말입니까?

—책임자들이 위험을 과소평가했던 것 같다.

—당장 떠나겠습니다.

왕은 저무는 태양을 바라보았다. 그는 다시 한번 아들과 함께 델타의 습기 어린 풍경을 바라보고 싶다고, 군대의 선두에 서서 나라의 권위를 드러내고 싶다고 생각하고 있는지도 모른다. 그러나 통치 14년에 이른 지금, 병이 그의 몸을 갉아먹고 있었다. 다행히 그를 떠난 힘이 조금씩 람세스의 핏속으로 옮겨가고 있었다.

경찰들은 해안으로부터 30킬로미터 떨어진 나일 강 지류의 작은 촌락에 모여 있었다. 그들은 서둘러서 나무로 바리케이드를 쌓고 원병이 오기를 기다렸다. 섭정공이 지휘하는 군대가 도착하자, 그들은 숨어 있던 곳에서 나와 원병들을 향해 달려왔다. 그들의 배불뚝이 대장이 맨 앞에 서 있었다. 그는 람세스의 전차 앞에 꿇어 엎드렸다.

—우리는 안전합니다, 각하. 부상병 한 명 없습니다.

—일어나시오.

람세스의 목소리에 냉기가 돌았다.

—저희들은…… 저희들은 저항하기에 충분한 숫자가 아니었습니다. 저항했다면, 해적들이 우리를 몰살해버렸을 겁니다.

—그들의 진격에 대해 알고 있는 게 있소?

—그들은 아직 해안을 떠나지 않았으며, 다른 마을 하나를 점령했습니다.

—당신이 비겁했기 때문이오!

—각하, 상대가 되지 않는 싸움입니다.

—비켜서시오.

분대장이 옆으로 비키기가 무섭게 왕자의 전차가 질주해나갔다. 분대장은 먼지 속에 코를 박고, 섭정공의 전차가 멤피스를 떠난 한 제독의 배를 향해 달려가는 것을 보았다. 승선하자마자 람세스는 곧 정북향으로 항해하라는 명령을 내렸다. 해적들만이 아니라 무능력한 경찰들 때문에 섭정공은 화가 머리끝까지 났다. 그는 노젓는 사람들에게 젖먹던 힘까지 내라고 다그쳤다. 그들은 열심히 노를 저었다. 이러한 열성은 이집트 해안경계에 질서를 회복하겠다는 열의를 품은 원정대 전체에 퍼져나갔다.

람세스는 마음을 다잡았다.

해적들은 그들이 빼앗은 두 개의 마을에 자리잡고 앞으로의 일을 숙의하고 있는 중이었다. 해안지방을 장악해가면서 그들의 승리를 연장시킬 것인가, 아니면 전리품을 챙겨서 일단 승선한 뒤 가까운 미래에 다시 공격해올 것인가.

람세스는 해적들이 점심 먹는 시간을 택해 그들을 덮쳤다. 그들은 생선을 구워 먹고 있는 중이었다. 이집트 군의 막강한 수적 우위에도 불구하고 해적들은 믿을 수 없을 만큼 사납게 대항했다. 거인은 혼자서 스무 명 정도의 보병을 물리쳤지만, 결국 무릎을 꿇고 말았다. 해적의 절반 이상이 죽고 배는 불태워졌다. 두목은 람세스 앞에서 고개를 숙이지 않았다.

─이름이 무엇이냐?

─세라마나다.

─어디서 왔느냐?

─사르디니아에서 왔다. 나는 너에게 졌지만 사르디니아의 다른 배들이 복수할 것이다. 그들은 앞으로 수십 명씩 쳐들어온다. 너는 그들을 막을 수 없다. 우리는 이집트의 부를 원한다. 우리는 그것을 차지할 것이다.

─왜 그대의 나라에 만족하지 않는가?

─정복하는 것이 우리의 존재이유이다. 너의 한심한 졸개들은 우리에게 대항하지 못할 것이다.

해적의 오만불손한 태도에 보병 하나가 그의 골통을 부수려고 도끼를 들어올렸다. 람세스가 병사들을 향해 돌아서서 명령했다.

─물러서라. 너희들 중에 누구 이 야만인과 일대일 대결을 벌일 사람 없나?

아무도 자청하고 나서는 사람이 없었다.

세라마나가 비웃었다.

─너희들은 전사가 아니다!

─네가 원하는 것이 무엇이냐?

그 질문에 거인이 놀랐다.

─물론 재산이다! 그리고 여자들과 최고급 포도주, 토지가 딸린 저택과 또⋯⋯.

─내가 너에게 그 모든 것을 제공하면, 내 친위대장이 되어주겠는가?

거인의 눈이 화등잔만해졌다.

─나를 죽여라. 날 놀리지 마라.

─진짜 전사라면 결단을 내릴 줄 알아야 한다. 나를 섬기겠느냐, 아니면 죽겠느냐?

─날 풀어줘!

두 명의 보병들이 겁을 내면서 그의 손목의 끈을 풀어주었다.

람세스도 키가 컸지만, 세라마나는 그보다 머리 하나는 더 컸다. 그는 섭정공을 향해서 두 발짝 걸어갔다. 이집트의 궁수들이 그를 향해 활을 겨누고 있었다. 그가 람세스에게 달려들어 커다란 두 손으로 목을 조른다면, 세티의 아들에게 상처를 입히지 않고 화살을 쏠 수 있을까?

왕자는 해적 두목의 눈에서 살의를 읽었지만, 마치 아무 걱정도 되지 않는다는 듯이 팔짱을 끼고 버티고 서 있었다. 적수는 섭정공의 눈에서 아무런 공포의 흔적도 발견하지 못했다.

세라마나는 한쪽 무릎을 꿇고 고개를 숙였다.

─명령하십시오. 따르겠습니다.

52

멤피스의 상류사회는 분노했다. 군대에는 이집트의 용감한 아들들이 많지 않은가? 그들은 섭정공의 안전을 지키는 데 부적합한 존재들인가? 섭정공 친위대의 선두자리를 그런 야만인이 차지하는 것을 본다는 것은 귀족들로서는 모욕이었다. 일반인들에게도 사르디니아의 괴상한 옷차림을 한 세라마나의 존재는 매우 위협적으로 느껴졌다. 약탈을 저지른 다른 해적들은 광산으로 보내어져 죄의 대가를 치르게 되겠지만, 그들의 괴수는 지금 선망의 자리를 차지하고 있지 않은가? 그 야만인이 람세스의 등을 친다고 해도, 아무도 람세스를 동정하지 않을 것이다.

세나르는 람세스가 저지른 이 새로운 실수에 쾌재를 불렀다. 그의 동생이 내린 불쾌한 결정은 그가 완력에만 매혹되는 사람임을 증명하는 것이다. 그는 연회와 사교모임을 마다하고 말을 타고 끝없이 사막을 달리는가 하면, 활을 쏘고 칼을 쓰는 연습을 집중적으로 하고, 자기 사자와 위험한 싸움을 벌이곤 하지 않는가?

세라마나는 람세스의 단짝이 되었다. 그들은 맨손격투나 손에 무기를 들고 하는 격투기술을 서로에게 가르쳐주었고, 힘과 유연함으로 한데 어울렸다. 세라마나의 휘하에 있는 이집트 병사들은 불평하지 않았다. 그들도 가장 좋은 조건의 숙소와 음식을 제공받으며, 정예군사가 되는 데 필요한 집중 훈련을 받았다.

람세스는 약속을 지켰다. 세라마나는 여덟 개의 방이 있고 우물 하나와 나무가 심어진 정원이 있는 저택의 소유주가 되었다. 지하실에는 오래 된 포도주가 든 암포르로 꽉차 있었으며 그의 침대는 이 거구의 외국인에게 반한 리비아 여자들과 누비아 여자들을 맞아 들였다.

여전히 투구와 갑옷을 입고 칼과 둥근 방패를 들고 다니긴 했지만, 이 사르디니아인은 자기 나라를 잊어버렸다. 그곳에서 그는 가난했고 무시당했지만, 이집트에서는 부자인 데다가 사람 대접을 받고 있다. 그는 람세스가 한없이 고마웠다. 람세스는 그의 목숨을 구해주었을 뿐만 아니라, 그가 꿈꾸던 것을 베풀어주었다. 섭정공을 위협하는 사람은 그 누구라도 그가 손을 보아줄 터였다.

세티 즉위 14년 되는 해, 강물의 범람은 충분하지 않았다. 물이 많이 불어나지 않아서 기근의 위험이 있었다. 강을 조사하고, 강에 대한 과거의 기록이 담긴 문헌들을 검토한 아스완의 전문가들의 의견을 듣고, 파라오는 람세스를 불렀다. 여전히 건강이 좋지 않았지만 파라오는 양쪽 강둑이 서로 가까운 게벨 실실레 협곡으로 아들을 데려갔다. 전해내려오는 전설에 의하면, 강물이 범람하는 힘인

하피는 그곳에 있는 두 개의 지하동굴에서부터 솟아나와 맑고 양분
이 풍부한 물을 창조한다고 했다.

조화를 되살리기 위해서 세티는 강물에 우유 쉰네 동이, 흰빵 3
백 개, 과자 70개, 꿀 스물여덟 사발, 포도 스물여덟 바구니, 무화
과 스물네 개, 대추야자 스물여덟 개, 석류, 대추와 페르세아 나무
열매, 오이, 완두콩, 도자기 인형들, 향 스물여덟 동이, 황금, 은, 구
리, 설화석고, 송아지 모양의 과자, 거위, 악어와 하마를 바쳤다.

사흘 뒤, 강의 수위가 올라왔지만 충분치 않았다. 이제 마지막
희망뿐이었다.

헬리오폴리스에 있는 '생명의 집'은 이집트에서 가장 오래 된 것
이었다. 그곳에는 하늘과 땅의 비밀과 비밀스러운 제의들, 하늘의
지도, 왕실 실록, 예언, 신화서들, 의학서적과 외과서들, 수학과 기
하학 개론서들, 꿈을 해석하는 열쇠들, 신성문자 사전, 건축과 조각
과 회화 개요, 신전들이 소유하고 있어야 하는 온갖 제구(祭具), 명
절 달력, 마술 처방을 모아놓은 책, 옛 사람들이 써놓은 『지혜의
서(書)』, 다른 세계로 여행하게 해주는 『빛으로의 변신』에 관한
책들이 있었다.

세티가 단호한 목소리로 람세스에게 말했다.

—파라오에게 이곳보다 중요한 곳은 없다. 의심이 너를 괴롭히거
든, 이곳에 와서 고서적들을 읽어보아라. 생명의 집은 이집트의 과
거이며 현재이며 미래이다. 그 가르침을 받아들이면, 너는 내가 알
았듯이 알 것이다.

세티는 바깥세상과 접촉을 끊고 살아가는 '생명의 집'의, 지위
높은 노사제에게 『나일 강의 책』을 가져오라고 일렀다. 제관 하나
가 책을 가져왔다. 람세스는 그를 알아보았다.

—자네는 왕실 마구간 감독이었던 바크헨이 아닌가?

―전에는 그랬었죠. 그때 저는 신전을 섬기는 역할도 함께 수행했습니다. 스물한 살 되던 해부터는 세속의 일을 버렸습니다.

　딱딱한 인상을 주던 수염은 밀어버렸지만, 튼튼한 체구, 각지고 못생긴 얼굴, 퉁퉁한 팔, 굵고 쉰 목소리 등 예전의 모습과 다를 바 없었다. 바크헨의 겉모습은 옛 사람들의 지혜를 관장하는 박식한 사람다운 데라곤 전혀 없었다. 그는 돌로 만들어진 테이블 위에 파피루스를 펼쳐놓고 물러갔다. 세티가 람세스에게 당부했다.

　―그를 무시하지 말아라. 몇 주 뒤면 그는 테베에 가서 카르낙의 아몬 신을 섬기게 될 것이다. 그의 운명은 다시 네 운명과 교차하게 되었다.

　왕은 제3왕조의 선조 중 한 사람이 1300여 년 전에 기록해놓은 공경할 만한 책을 읽었다. 범람해야 할 시기에 물이 조금밖에 불어나지 않을 경우 나일 강의 정령과 접촉해서 만족스러운 결과를 얻는 방법이 쓰여 있었다. 세티는 해결책을 찾아냈다. 게벨 실실레에서 올린 봉헌제사를 아스완과 테베와 멤피스에서 되풀이해야 했다.

　세티는 이 긴 여행에서 녹초가 되어 돌아왔다. 강물이 정상적인 수준으로 올라올 것 같다는 전령의 보고를 받고, 세티는 지방수령들에게 둑과 물을 모아두는 연못의 상태를 주의깊게 살펴보라고 명했다.

　왕은 갈수록 얼굴이 수척해지면서도 매일 아침 람세스를 불러 마아트에 대해 말했다. 연약한 여자의 모습으로, 새들의 비상을 이끌어주는 꽁지깃털로 상징되는 정의의 여신 마아트. 존재들 사이의 응집력을 유지시키기 위해서는 이 연약한 여신의 법으로 다스려야 한다. 신의 법칙을 존중해야 태양이 빛나고, 밀이 싹트고, 약자는 강자로부터 보호받고, 상호성과 연대성이 이집트의 일상생활을 지배하게 된다. 파라오가 마아트에 대해 말하고, 그것을 실천에 옮기며, 공정함을 실현하는 것은, 수많은 무훈을 세우는 것보다도 중요하다.

세티의 말은 람세스의 영혼을 살찌웠다. 람세스는 아버지의 건강에 대해 감히 물어볼 용기가 없었다. 람세스는 세티가 일상의 삶으로부터 벗어나 다른 세계를 응시하고 있다는 것을, 그리고 그 세계의 에너지를 아들에게 옮겨주고 있다는 것을 알고 있었다. 람세스는 그 가르침의 한순간도 허비해서는 안 된다고 느꼈다. 파라오의 말을 듣기 위해 그는 네페르타리와 아메니, 그리고 그의 친구들을 팽개쳐두었다.

아내는 그런 그를 격려해주었다. 아메니는 그가 수많은 번거로운 일로부터 해방될 수 있게 해주었다. 그것은 그가 세티를 섬기는 자, 그의 힘의 계승자가 되게 하려는 배려였다.

셰나르가 수집한 정보로는, 더이상 의심의 여지가 없었다. 세티가 겪고 있는 고통은 걱정스러운 수준이었다. 비탄에 잠겨 눈물을 담고 셰나르는 이 끔찍한 소식을 궁정 안에 퍼뜨렸고, 아몬 대사제와 지방수령들에게 알렸다. 의사들이 왕의 생명을 연장시키고 싶어하지만 어쩔 수 없는 결말이 다가오고 있다고, 그리고 그 재난은 람세스의 즉위라는 비극을 불러올 거라고.

비극을 피하기 위해서는 셰나르를 지지하는 사람들이 준비를 하고 있어야 했다. 물론 동생에게, 그가 왕의 직분을 감당할 능력이 없다는 것을 설득해볼 수도 있다. 그러나 그가 이성의 소리를 들으려 할 것인가. 나라의 안위를 위해 꼭 필요하다면 다른 방법을 강구해볼 수도 있을 것이다. 비난받을 여지가 있을지 모르지만, 전쟁으로 이집트를 피폐하게 만들지 않을 수 있는 유일한 방법이다.

셰나르의 온건하고 현실적인 이야기는 사람들에게서 환영을 받았다. 사람들은 누구나 세티의 통치가 오래 계속되기를 바랐지만, 가장 나쁜 경우에 대비하고 있어야 했다.

지금은 상인으로 변신한 메넬라오스의 병사들은 전쟁준비를 시작했다. 이집트 국민들 사이에 잘 동화된 평화로운 민간인이 폭력행사를 할 것이라고는 아무도 생각지 않는 만큼, 그들은 자기들 왕의 명령 아래 더더욱 효과적인 민병대를 구성할 수 있을 것이다. 봉기의 순간이 다가오자, 스파르타 왕은 싸우고 싶어 안달이었다. 그는 무거운 칼을 휘두르고, 적의 배와 가슴을 찌르고, 팔다리를 자르고, 트로이 전쟁에서처럼 적의 머리를 잔인하게 부술 것이다. 그리고 헬레네를 끌고 고향으로 돌아가 그녀가 저지른 잘못과 불충에 합당한 죄가를 치르게 할 것이다.

셰나르는 낙관적이었다. 그와 동맹을 맺은 사람들이 다양하고, 품격 있는 사람들이라는 사실이 성공을 보장해주는 것 같았다. 그러나 걸리는 사람이 하나 있었다. 사르디니아 사람 세라마나였다. 그를 친위대장에 임명함으로써, 람세스는 자기도 모르는 사이에, 섭정공의 경호요원으로 그리스인 장교를 배치시키려던 셰나르의 계획을 무산시킨 셈이었다. 그 거인의 허락을 받지 않고는 그리스 용병이 람세스에게 접근할 수가 없다. 결론은 자명했다. 사르디니아인을 암살하지 않으면 안 되었다. 세라마나가 사라진다 해도 아무런 소란도 일어나지 않을 것이다.

셰나르의 조직은 준비를 완료했다. 작전개시 신호를 내리기 위해서는 세티의 죽음만 기다리면 되었다.

투야가 슬픈 목소리로 말했다.
─아버님이 오늘은 너를 맞이하지 않으시겠다는구나.

―상태가 심각해지셨습니까?

람세스가 물었다.

―외과의사가 수술을 포기했다. 고통을 덜어드리기 위해서 만드라고라를 주성분으로 한 강력한 수면제를 투약했단다.

투야는 의연하게 위엄을 지키고 있었지만, 그녀가 하는 말 사이사이로 슬픔이 배어나왔다.

―제게 진실을 말씀해주십시오. 희망이 있는 겁니까?

―그런 것 같지 않구나. 옥체가 너무 약해지셨다. 튼튼하신 분이지만 휴식을 취하셔야 했다. 하지만 백성의 안위를 근심하지 마시라고, 어떻게 왕을 설득할 수 있었겠느냐?

어머니의 눈에서 눈물이 반짝이는 것을 보았다. 그는 어머니를 끌어안았다.

―아버님은 죽음을 두려워하지 않으신다. 아버님의 영원의 집은 다 완성되었고, 오시리스와 저승 심판관들 앞에 모습을 나타내실 준비를 마치셨단다. 이루어놓으신 일이 산더미처럼 쌓여 있으니, 아버님은 마아트를 배신한 자들을 집어삼키는 괴물을 전혀 두려워하실 필요가 없으시다.

―제가 어머니를 어떻게 도울 수 있겠습니까?

―준비하여라, 아들아. 네 아버지의 이름이 영원히 살아남을 수 있도록, 네 발걸음을 조상들의 발걸음에 섞어넣고, 운명의 알 수 없는 얼굴을 대면할 준비를 하여라.

밤이 내리자 세타우와 로투스는 집에서 나왔다. 물이 빠져나간 저지대의 벌판은 평소의 모습을 되찾았다. 충분히 불어나진 않았지만 강물의 범람은 그 일대를 정화시켰다. 많은 설치류와 파충류가 익사했다. 살아남은 놈들은 가장 저항력이 강하고 약삭빠른 놈들이

어서, 여름 끝무렵에는 독특한 독을 얻을 수 있다.

세타우는 그가 잘 아는 동쪽 사막의 한 지역에 눈독을 들였다. 치명적인 독을 품은 아름다운 코브라들이 그곳에 살고 있었다. 세타우는 가장 커다란 소굴을 향했다. 로투스가 맨발로 그의 뒤를 따랐다. 로투스는 경험도 많고 냉정한 여자였지만, 세타우는 그녀에게 어떤 위험도 무릅쓰게 하고 싶지 않았다. 아름다운 누비아 여자 로투스는 두 갈래로 갈라진 막대기와 헝겊자루 그리고 플라스크를 들고 있었다. 뱀을 땅바닥에 박아놓고 뱀이 독의 일부를 뱉어내게 만드는 것은 쉬운 일이었다.

보름달이 사막을 비추었다. 보름달은 뱀들을 흥분시켜 자기 영역에서 먼 곳까지 모험을 나가도록 부추긴다. 세타우는 코브라들이 좋아하는 낮은 곡조로 노래를 불렀다. 그가 점찍어 두었던 두 개의 납작한 바위틈 사이에서 꿈틀꿈틀 모래를 비집으며 움직이는 것이 있었다. 거대한 뱀이었다.

세타우는 앉아서 노래를 불렀다. 코브라의 움직임이 느껴졌다.

로투스가 갑자기 연못 물에 뛰어드는 사람처럼 땅바닥에 몸을 던졌다. 깜짝 놀란 세타우는 그가 함정에 몰아넣으려고 했던 뱀과 로투스가 싸우고 있는 것을 보았다. 싸움은 곧 끝났다. 로투스는 뱀을 자루 속에 집어넣었다. 로투스가 세타우에게 설명했다.

―이놈이 당신을 뒤에서 공격하잖아.

―그건 정말 비정상적인 일인데. 뱀들이 제정신이 아닐 때는, 재난이 다가오고 있는 거야.

세타우가 내린 판단이었다.

53

호메로스가 낭독했다.

"우리에게는 짧은 휴식마저도 없으니, 이윽고 밤이 와서 우리를 갈라놓고 우리의 열기를 가라앉힐 때까지 잠시도 쉬지 못하는구나. 몸 전체를 보호해주는 무거운 방패 아래, 가슴은 땀에 흠뻑 젖고, 손은 칼 손잡이 위에 그대로 얹혀 있도다."

—『일리아드』의 그 구절은 다시 전쟁이 일어날 거라는 예고입니까?

람세스가 물었다.

—난 과거에 대해서만 말을 하지요.

—그 구절은 미래를 예시하는 것 아닙니까?

—난 이집트에 매혹되기 시작했어요. 이집트가 혼란에 빠져드는

걸 보고 싶지 않습니다.

　―왜 그렇게 두려워하는 겁니까?

　―나는 내 고향 사람들이 하는 말을 들었어요. 그들이 요즘 흥분하고 있는 것이 마음에 걸립니다. 마치 트로이 성벽 앞에서처럼 피가 끓고 있는 것 같아요.

　―그것에 대해서 더 아는 것이 있습니까?

　―난 한 사람의 시인일 따름이오. 눈도 잘 안 보이고요.

　헬레네는 고통스러운 와중에도 알현을 허락해주셔서 고맙다고 말했다. 세련되게 화장한 왕비의 얼굴에는 고통의 흔적이 드러나 있지 않았다.

　―어떻게 위로의 말씀을 드려야 할지…….

　―헬레네, 말은 아무 소용도 없어요.

　―저는 진정 고통스럽습니다. 왕께서 쾌차하시도록 신들께 기도하고 있습니다.

　―감사합니다. 저도 보이시지 않는 분께 탄원하고 있습니다.

　―저는 불안합니다. 너무나 불안해요…….

　―무엇을 두려워하십니까?

　―메넬라오스의 기분이 이상하리만큼 좋아요. 너무 좋아해요. 전에는 허구한 날 음울한 표정을 짓고 있더니 지금은 승리라도 쟁취한 모습이라니까요. 나를 곧 그리스로 데리고 갈 수 있다고 확신하고 있는 거지요.

　―왕께서 돌아가시더라도, 당신은 보호를 받을 겁니다.

　―그럴 것 같지 않아요, 폐하.

　―메넬라오스는 손님입니다. 그에게는 결정 권한이 없어요.

　―저는 여기 머물고 싶습니다. 이곳에, 왕비님 곁에 말입니다.

−걱정 마세요, 헬레네. 아무 위험도 없습니다.

왕비가 안심하라고 단언하기는 했지만, 헬레네는 메넬라오스가 나쁜 일을 저지를까봐 걱정이 되었다. 그의 태도로 미루어보건대 자기 아내를 이집트로부터 끌어내기 위해 모종의 음모를 꾸미고 있는 것이 확실했기 때문이다. 세티에게 임박한 죽음이 그가 꿈꾸어 왔던 그런 기회가 아닐까? 헬레네는 자기 남편의 행동을 살펴보아야겠다고 결심했다. 어쩌면 투야 왕비의 목숨이 위태로울지도 모른다. 메넬라오스는 자기가 원하는 것을 손에 넣지 못하면 폭력을 사용하는 사람이다. 그런데 그 폭력이 오랫동안, 아주 오랫동안 밖으로 표현되지 못했던 것이다.

아메니는 돌렌테가 람세스에게 보낸 편지를 읽었다.

사랑하는 나의 동생아,

남편과 나는 네 건강을 걱정하고, 존경하는 아버님의 건강은 더더욱 걱정하고 있단다. 소문을 듣자 하니, 아버님의 병환이 중하신 것 같더구나. 이제 용서의 시간이 온 것 아닐까?

내가 있어야 할 곳은 멤피스란다. 나는 네가 관용을 베풀어줄 거라고 굳게 믿는다. 남편의 잘못을 용서하고, 나와 함께 왕과 왕비께 사랑을 전할 수 있도록 허락해주지 않겠니? 이 고통스러운 시간에 우리에게 필요한 위안을 서로 나누자꾸나. 중요한 것은, 과거의 노예가 되지 말고 다시 가족으로 한데 뭉치는 것이 아닐까?

네 관대한 처분을 기다리며 사리와 나는 초조한 마음으로 답장을 기다리겠다.

―편지를 다시 천천히 읽어봐.

섭정공이 요구했다. 아메니가 투덜거리며 말했다.

―난 말일세. 난 답장 쓰지 않을 거야.

―새 파피루스를 가져와.

―용서할 건가?

―아메니, 돌렌테는 나의 누님일세.

―내가 죽는다 해도 그 여잔 울지 않을 거야. 하긴 난 왕가의 일원이 아니니까.

―말에 가시가 있군.

―관대함이 언제나 좋은 해결책은 아니네. 자네 누이와 매형은 자네를 배반할 생각만 하고 있는 사람들이야.

―쓰게, 아메니.

―내 손목이 고통스럽네. 누이를 용서한다는 편지는 자네 자신이 직접 쓰지 않겠나?

―쓰게, 부탁일세.

화가 난 아메니가 갈대 펜을 꽉 쥐었다.

―편지 내용은 간단해. '총리대신의 법정에 출두할 각오가 되어 있다면 모르거니와, 멤피스에 돌아올 생각은 하지 마시오. 파라오에게서 떨어져 있으시오.'

아메니의 갈대 펜이 파피루스 위를 즐겁게 달렸다.

돌렌테는 람세스의 모욕적인 답장을 이제트에게 보여주고 이제트와 오랜 시간을 함께 보냈다. 그녀는 이제트의 귀에 대고 속살거렸다. 섭정공의 비타협성, 과격한 성격, 매정한 마음이 그의 두번째 부인과 아들에게 어두운 미래만 남겨두지 않겠느냐고.

람세스가 절대권력 외에는 아무것도 관심이 없다는 셰나르의 비난이 맞다고 이야기할 수밖에 없다. 람세스는 자기 주위에 파괴와 불행의 씨앗만을 심어놓았다. 그를 사랑한 이제트까지도 람세스를 상대로 무자비한 일전을 벌일 수밖에 없다. 누이인 돌렌테 역시 마찬가지다. 이집트의 미래는 셰나르다. 이제트는 이제는 람세스를 잊고, 이 나라의 새로운 주인과 혼인해서 진정한 가정을 이루리라고 생각했다.

사리는 아몬의 대사제와 많은 다른 세력가들이 셰나르와 뜻을 같이하며, 세티가 죽고 난 뒤 왕위 계승권을 지정할 때 셰나르를 지지하겠다고 덧붙였다. 확실한 정보를 입수한 이제트는 자기의 운명을 손아귀에 움켜쥔 듯했다.

새벽시간이 조금 지나 공사현장으로 들어간 모세는, 석수들이 하나도 보이지 않는 것이 이상하다고 느꼈다. 특별한 날이 아니었다. 인부들의 직업의식이 갑자기 해이해졌을 리도 없다. 그들의 동업조합에서 일을 쉬려면 반드시 정당한 사유가 있어야 했다. 그러나 이집트에서 가장 커다란 기둥의 홀이 될 카르낙의 공사현장은 텅 비어 있었다. 모세는 처음으로 망치와 끌 소리로 시끄럽지 않은 고요를 맛보았다. 그는 기둥에 새겨진 신들의 모습과, 파라오를 신들과 결합시켜주는 봉헌제사 장면들을 경탄하며 바라보았다. 이곳에서 신성함은 인간의 영혼을 초월하는 엄청난 힘과 더불어 그 모습을 드러내고 있다.

모세는 몇 시간을 혼자 그곳에 있었다. 장차 이집트가 살아가는 데 필요한 창조의 힘들이 깃들일 그 마술적인 장소가, 마치 자기 소유가 된 듯한 기분이었다. 그러다 슬며시 의심스러워졌다. 과연 이것이 가장 신적인 표현일까?

그때 현장감독이 기둥 발치에 두고 간 연장을 찾으러 나타났다.

480

─왜 작업이 중단된 거지?

─감독님께 아무도 말씀드리지 않았습니까?

─난 게벨 실실레 채석장에서 오는 길일세.

─오늘 아침에 달인께서 작업을 중단한다고 발표하셨습니다.

─무슨 이유로?

─파라오께서 몸소 오셔서 완전한 건물 설계도를 주기로 하셨는데, 지금 멤피스에 계십니다. 파라오께서 테베로 오시면 일을 계속할 수 있습니다.

그 대답은 만족스럽지 않았다. 중병이 아니라면 세티가 이토록 중요한 공사현장에 오지 않을 리 없다.

세티의 서거라…… 누가 생각이나 했겠는가? 람세스는 틀림없이 절망하고 있을 것이다. 모세는 멤피스로 떠나는 첫 배를 타야겠다고 생각했다.

─람세스야, 가까이 오너라.

세티는 창문 가까이 놓인 금빛 나무 침대 위에 누워 있었다. 창문을 통해 들어오는 석양빛이 세티의 얼굴을 비추었다. 그 얼굴의 고요함에 아들은 놀랐다. 희망이 되살아났다. 람세스를 다시 맞아들일 힘이 세티에게 생긴 것이다. 아버님의 얼굴에서 고통의 흔적이 사라졌다. 죽음과 싸워 이기신 것일까?

세티가 단호하게 말했다.

─파라오는 자기 스스로를 창조하는 조물주의 이미지이다. 그는, 마아트께서 마땅히 있어야 할 자리에 계시게끔 행동하느니라. 람세스, 신들에게 유익한 행동을 하여라. 네 백성을 이끄는 목자가 되고, 큰 자나 작은 자나 모든 인간들에게 생명을 나누어주며, 밤이나 낮이나 깨어 있어라. 언제나 유익하게 행동하도록 애써야 하느니라.

―아버님, 그것은 아버님께서 하셔야 할 역할입니다. 앞으로도 오랫동안 그 역할을 해주십시오.

―나는 죽음을 보았다. 죽음이 다가오고 있다. 그녀의 얼굴은 미소짓는 젊은 서방정토 여신의 얼굴이다. 람세스, 이것은 패배가 아니다. 다만 여행일 뿐이다. 광대한 우주 안으로 떠나는 여행. 나는 이 여행을 준비해왔다. 너도 왕위에 오르는 첫날부터 이 여행을 준비해야 한다.

―땅 위에 머무르십시오, 제발 부탁입니다.

―너는 명령을 하기 위해 태어났지, 빌기 위해 태어난 사람이 아니다. 내가 죽음을 경험하고, 보이지 않는 세계 안에서 변형의 시련을 겪어내야 할 시간이 되었다. 나의 삶이 의로운 것이었다면, 하늘이 나의 존재를 받아들일 것이다.

―이집트는 아버님을 필요로 합니다.

―신들이 다스리시던 때부터 이집트는 빛의 유일한 딸이었느니라. 그리고 이집트의 아들은 빛의 옥좌 위에 앉아 있다. 람세스야, 이제 네가 나의 뒤를 이어라. 내가 한 일을 따르고 그보다 더 멀리 나아가거라. 네 이름이 '빛의 아들'이어니.

―저는 아버님께 여쭐 것이 너무나 많습니다. 받아야 할 가르침도 너무나 많습니다…….

―야생 황소와 대면하게 할 때부터, 나는 너를 준비시켰느니라. 운명이 언제 결정적인 타격을 가할지 아무도 모르기 때문이다. 그러나 너는 운명의 비밀을 밝히고, 이 민족을 이끌어야 한다.

―저는 준비가 되어 있지 않습니다.

―준비가 되어 있는 사람은 아무도 없다. 너의 조상님인 람세스 1세가 이 땅을 떠나 태양을 향해 날아오르셨을 때도, 네가 오늘 그런 것처럼 나도 고뇌에 빠져 어쩔 줄 몰랐었다. 왕이 되려 하는 자

는 미치광이이거나, 무능력한 자이다. 신의 손만이 한 사람을 사로잡아 신에게 바쳐지는 인간으로 만드는 것이다. 파라오로서 너는 네 백성의 으뜸가는 종이니, 네게는 다른 사람들이 누리는 휴식과 평온한 기쁨을 맛볼 권리가 없다. 너는 외로울 것이다. 그것은 길 잃은 자의 절망적인 외로움이 아니라, 선박을 이끄는 선장의 외로움이다. 선장은 배를 둘러싼 신비한 힘들의 진리를 알아내어 배가 나아가야 할 올바른 방향을 선택해야 한다. 너 자신보다 이집트를 사랑하여라. 그러면 길이 보일 것이다.

저물어가는 태양의 황금빛 햇살이 고요히 가라앉은 세티의 얼굴을 물들였다. 파라오의 몸으로부터 이상한 빛이 새어나왔다. 마치 파라오 자신이 빛의 근원이 되기라도 한 것 같았다. 파라오가 아들에게 예언했다.

─네가 가는 길에는 수많은 함정이 도사리고 있을 것이다. 너는 무서운 적들과 대적해야 할 것이다. 인간은 조화보다도 악을 더 좋아하기 때문이다. 그러나 네가 넓은 마음을 가질 줄만 안다면, 승리의 힘은 네 가슴속에 있다. 네페르타리의 마술이 너를 지켜줄 것인즉, 그애의 가슴이 왕비의 가슴이기 때문이다. 내 아들아, 하늘 위로 높이 나는 매가 되어, 매의 날카로운 눈으로 세계와 존재를 꿰뚫어보아라.

세티의 목소리가 꺼졌다. 그가 눈을 들어 태양 저 너머, 다만 그 혼자만이 볼 수 있는 다른 세계를 바라다보았다.

셰나르는 아직 동지들에게 공격개시 명령을 내리지 못하고 있었다. 세티의 상황은 치명적이었다. 그걸 의심하는 사람은 아무도 없었다. 그러나 그의 서거를 알리는 공식적인 발표가 있을 때까지 기다려야 했다. 서두르면 그의 시도에 부정적인 결과를 가져올 수도 있다.

파라오가 살아 있는 한, 어떤 반란도 용서될 수 없기 때문이다. 왕이 죽은 뒤 미라를 만드는 70일 간의 권력 휴지기간에 셰나르는 람세스를 칠 것이다. 세티는 이제 이 세상 사람이 아니므로, 람세스가 자기의 계승자라고 강요할 수 없다. 메넬라오스와 그리스인들은 조바심으로 부글부글 끓었다. 이제트와 동맹을 맺은 돌렌테와 사리는 아몬의 대사제로부터 호의적인 중립적 입장을 다짐받았고, 테베의 많은 세력가들로부터 적극적인 지지를 얻어냈다. 외무대신 메바는 셰나르의 즉위를 위해 오래 전부터 왕실에서 일을 꾸며왔다.

심연이 람세스의 발 아래에서 입을 벌렸다. 스물세 살의 젊은 섭정공은 아버지의 말이면 충분히 왕위에 오를 수 있다고 잘못 생각해온 것이다. 셰나르는 동생에게 어떤 운명을 마련해줄까 생각해보았다. 그가 합리적인 태도를 보인다면, 오아시스나 누비아에 명예직을 하나 마련해줄 수도 있을 것이다. 그러나 그가 현재 구성되어 있는 실제적인 권력을 대상으로 반란을 일으키기 위해 동맹자들을 규합하려 하진 않을까? 그 동맹자들이라는 것이 아무리 형편없는 수준이라고 해도 말이다. 람세스의 불 같은 성격 때문에 종신 망명도 바람직하지 않다. 아예 숨통을 끊어놓아야 한다. 죽이는 것이 가장 좋은 방법이지만, 친동생을 죽인다는 건 어쩐지 꺼림칙했다.

가장 현명한 방법은 람세스의 운명을 메넬라오스에게 맡기는 것이다. 메넬라오스는 파라오가 되기를 포기한 옛 섭정공이 여행을 하고 싶어한다는 구실로 그를 그리스로 데려갈 것이다. 스파르타 왕은 이집트에서 멀리 떨어진 그 땅에 그를 볼모로 붙잡아둘 것이다. 그곳에서 람세스는 모든 사람들로부터 잊혀진 채, 시들어갈 것이다. 네페르타리는 그녀가 처음 바랐던 대로 지방의 신전에 들어가 처박히면 된다.

셰나르는 미용사와 손발화장사를 불러들였다. 장래의 이집트의 주인은 조금도 빈틈없는 고귀한 모습을 지녀야 하기 때문이다.

왕비가 세티의 부음을 몸소 왕실에 전했다. 즉위 15년 만에 세티는 저승을 향해, 천상의 어머니를 향해 그의 얼굴을 돌렸다. 그는 새벽의 끝에, 새로운 태양처럼 다시 태어나도록 매일 그를 새로이 낳는 그 어머니에게로 돌아갔다. 그의 형제들인 신들이 그를 천국에서 맞이할 것이다. 그곳에서 그는 죽음을 극복하고 마아트에 의지하여 살아갈 것이다.

국상 기간이 곧 시작되었다.

신전들의 문이 닫히고, 아침 저녁으로 연주되는 장송곡말고는 모든 제의 활동이 중단되었다. 70일 동안 남자들은 수염을 깎지 않을 것이며 여자들은 머리를 풀어헤치고 살 것이고 모두들 고기도 포도주도 먹지 않을 것이다. 서기관들의 사무실은 비어 있을 것이며 행정은 중단될 것이다.

파라오가 죽고 왕위는 비었으며 이집트는 미지의 상황에 처해 있다. 온갖 위험들이 일어날 수 있는, 마아트 여신이 영영 멀리 떠나버릴수도 있는 이 기간을 누구나 두려워했다. 왕비와 섭정공이 있지만, 왕권은 분명히 비어 있다. 이럴 때 어둠의 세력들이 온갖 방법으로 나타나, 이집트로부터 생명의 숨을 앗아가버릴지도 모른다.

국경지대의 군은 비상상태에 돌입했다. 세티의 서거 소식은 순식간에 외국으로 퍼질 것이고, 적의 야욕을 부추길 수도 있기 때문이다. 히타이트 족을 위시한 다른 호전적인 족속들이 델타 지방의 변경을 치거나, 아니면 대규모 침략을 준비할 수도 있다. 해적들과 베두인 족도 침략을 꿈꿀지 모른다. 세티는 그의 존재 하나만으로도 이 이민족들을 무력하게 만들 수 있었다. 그러나 이제 그가 사라졌으니, 이집트가 스스로를 방어할 수 있을까?

서거한 바로 그날로 세티의 사체는 나일 강 서쪽 연안에 있는 정화의 방으로 옮겨졌다. 왕비는 고인(故人)이 된 왕에 대한 재판을 주재했다. 왕비와 왕자들, 대신들을 비롯한 정치고문위원회 위원들, 주요 고관들, 대전 집사들이 진실을 말하겠다는 맹세를 하고, 세티는 훌륭한 왕이었으며 자신들은 왕에 대해 아무런 불만도 토로할 것이 없다고 말했다.

살아 있는 자들이 판결을 내렸다. 세티의 영혼은 저승의 뱃사공을 만나러 갈 수 있으며, 저승의 강을 건너 별들의 해안으로 항해할 수 있다는 판결이었다. 이제 그의 필멸의 육체를 오시리스로 변형시키고, 그것을 왕실의 제의에 따라 미라로 만드는 일만 남아 있었다.

미라를 만드는 사람들이 왕의 내장을 제거하고 천연 탄산소다를 사용해 사체 처리를 한 뒤, 햇빛에 내다말려 습기를 제거하고 나면, 제관들이 죽은 왕을 붕대로 감을 것이다. 그렇게 세티는 그의 영원의 집이 기다리는 '왕들의 계곡'을 향해 떠날 것이다.

아메니와 세타우와 모세는 불안했다. 람세스가 침묵 속에 틀어박혔기 때문이다. 친구들에게 와주어 고맙다는 말을 전한 뒤 그는 자기 거처에 혼자 틀어박혔다. 네페르타리만이 이따금 그와 몇 마디 말을 주고받을 수 있었지만, 그녀도 그를 절망에서 건져낼 수는 없었다.

아메니는 고통스러웠다. 여봐란 듯이 고통을 표현하고 다니며, 곧 여러 행정부처의 책임자들과 접촉하면서 나라의 행정을 떠맡고 나서는 등 활발하게 움직이기 시작한 세나르 때문에 더 그랬다. 세나르는 자기는 마음을 비웠으며, 상중에도 불구하고 나라의 안위를 위해 걱정하고 있다는 점을 대신들에게 힘주어 강조했다.

투야가 맏아들을 훈계해야 마땅했을 것이다. 그러나 왕비는 남편을 떠나지 않았다. 이시스 여신을 체현하는 존재로서, 그녀는 부활에 필수불가결한 마술적 역할을 수행하고 있었다. 오시리스가 된 세티가 '생명의 주인'이라고 일컬어지는 자신의 석관에 입관될 때까지, 왕비는 이 세상 일에 관여해서는 안 되었다.

세나르는 마음껏 활개를 칠 수 있었다.

사자와 노란 개는 마치 주인의 고통을 덜어주려는 듯이 주인 곁에 꼭 붙어 있었다.

세티와 함께 있을 때 미래는 람세스에게 미소를 보내주었다. 세티의 충고를 듣고 그의 말에 순종하고 그의 본을 따르는 것으로 충분했다. 그의 명령을 받을 수만 있다면 이집트를 다스리는 일은 너무 간단하고 즐거울 수 있을 것 같았다.

눈길로 어둠을 흩어버리시는 아버지 없이 혼자 남게 되리라고는 람세스는 단 한순간도 생각해본 적이 없다.

15년 동안의 통치. 얼마나 짧은 기간인가. 너무 짧은 기간이었다. 아비도스, 카르낙, 멤피스, 헬리오폴리스, 구르나 등, 구왕조의 파라오들에 버금가는, 그가 지은 많은 신전들이 선왕의 영광을 영원히 찬양하게 될 것이다. 그러나 그 왕은 이제 이 세상에 없다. 그리고 람세스에게 스물세 살이란 나이는, 다스리기에는 너무 가볍고, 짊어지기에는 너무 무겁게 느껴졌다.

람세스, 그는 과연 빛의 아들이라는 위대한 이름을 지켜낼 수 있을 것인가.

(제2권으로 이어집니다)

神이 되고 싶었던 사내[*]
─람세스2세의 자취를 찾아서

이문열(소설가)

1. '죽음의 땅'에 세운 '태양의 제국'

이집트의 역사시대를 분류하는 방법으로 가장 보편적인 것은 기원전 3세기의 세베니토스 신관(神官)이었던 마네토의 왕조 분류에 기초하고 있다. 마네토는 이집트 역사시대를 30왕조로 분류했는데 그것을 다시 역사적인 사건에 따라 초기왕국, 고왕국, 제1중간기, 중왕국, 제2중간기, 신왕국으로 나누어 살피는 것이 오늘날의 대

---

[*] 고대 이집트의 역사 및 람세스2세의 위업에 대한 독자들의 이해를 돕기 위해, 작가 이문열씨가 「李文烈 文明 탐험」이란 제목으로 1994년 조선일보에 1년 동안 연재한 이집트 기행문 가운데 관련 부분을 옮겨 싣는다. 전재를 허락해준 작가에게 감사드린다.─편집자 주

표적인 시대구분 방식이다.

마네토도 상하 이집트를 통일한 왕은 메네스왕이라고 기록하고 있다. 그런데 그의 왕조 분류 방식으로 기술된 팔레르모석(石)에 있는 제1왕조의 첫째 왕 이름은 아하로 되어 있다. 학자에 따라서는 그 아하를 메니, 메네스, 나르메르와 같은 사람으로 추정하기도 하지만 대개의 연대표 작성자들은 그들을 별개의 인물로 취급해 아하왕 위에 메네스왕 혹은 나르메르왕을 따로 올린다.

하지만 그들이 동일한 인물이건 아니건 멤피스가 그들의 수도였다는 한 가지 사실만은 일치한다. 그리고 정확하게 역사 속에 편입된 고왕국의 수도로서 멤피스는 역사시대로 들어가는 첫째 관문이 된다.

그 멤피스를 찾기 전에 먼저 지도를 본다. 멤피스는 카이로에서 남쪽으로 백 킬로미터 가까이 떨어져 있고, 위치도 고대사회에서는 '죽음의 땅'으로 치는 나일 강 서편 언덕이다. 델타에서 멀리 떨어진 만큼 주위에 비옥하고 넓은 들이 있을 리 없고 방어에 용이한 지형을 갖추지도 못했다. 따라서 그런 멤피스에 수도를 정한 까닭을 알기 위해서는 고대 이집트의 지정학에 유의하지 않으면 안 된다.

고대로부터 이집트는 상하로 크게 나뉘어 구분되어왔다. 하 이집트는 델타를 중심으로 한 스무 개의 노모스로, 그리고 상 이집트는 테베를 중심으로 한 스물두 개의 노모스로 이루어져 있었는데 통일 전 그들의 대립은 꽤나 격렬했던 것으로 보인다. 그리고 한때는 하 이집트가 상 이집트를 지배한 적도 있으나 통일은 결국 티스를 수도로 삼고 있던 상 이집트에 의해 이루어졌다. 이 때문에 학자에 따라서는 초기 왕국시대인 1, 2왕조를 티스시대로 이름 붙이기도 한다. 어쨌거나 어렵게 통일을 완수한 왕국으로서는 무엇보다도 그 유지가 중요하지 않을 수 없었다. 그리고 그 목적을 위해서는 멤피스가 수도로 알맞은 곳이었을 것이다. 멤피스는 하 이집트의 첫번째 노모스였지만 지리적으로는 상 이집트의 중앙에 위치한 땅이었다.

그 멤피스를 향해 시원스런 수로를 따라 난 아스팔트 길을 달린다. 머릿속에는 역사 속의 온갖 멤피스가 무슨 생생한 기억처럼 떠다닌다. 이집트뿐만 아니라 고대의 국제사회에서도 가장 알려졌던 도시, 이집트에서 가장 중요한 신전이 있고, 초기왕조와 고왕국뿐만 아니라 많은 다른 왕조의 왕들까지도 별궁(別宮)을 유지했던 땅. 그리고 헤로도토스가 말한 '메네스의 제방'에서 그 지역의 고대 지명이 상징하는 '흰 성벽'이며 국제무역선이 드나들던 항구……. 도로 연변은 이국정취가 물씬 풍기는 농촌풍경이 펼쳐지고 있었다. 우리가 찾아가는 곳은 수천 년 세월의 저쪽. 그러나 숲을 이루며 늘어선 대추야자나무, 나귀를 타고 다니는 갈라디아 차림의 사람들, 되새김질하는 낙타, 예배시간이 가까웠음을 알리는 회교사원의 느직한 독경소리 같은 것들은 비정한 세월의 파괴력에 대한 보이지 않는 방어벽을 느끼게 했다.

2. 멤피스의 영광과 쇠락

멤피스에는 별로 볼 게 없다는 말은 이집트에 거주하는 교포들뿐만 아니라 안내를 맡아준 교민회장에게서도 여러 번 들었다. 그러나 워낙 웅장하고 화려한 유적을 많이 가진 나라라 상대적인 느낌으로 그러하겠거니 여겼는데 막상 가보니 실망을 넘어 어이가 없을 만큼 기대와 멀었다.

이집트인 현지 가이드가 고대 멤피스의 유허라고 우리를 데려간 곳은 흔히 볼 수 있는 이집트의 농촌 한 모퉁이의 작은 공원 같은 곳이었다. 나일 강을 따라 띠같이 이어진 경작지의 한끝인 모양으로 그 마을의 서북쪽 모서리로는 리비아 사막의 한 끄트머리가 눈부신 모래언덕과 함께 머리를 디밀고 있었다. 옛날 프타 신전이 있던 곳을 중심으로 작은 전시관을 짓고 관광지로 개발한 듯한데 그래도 고대 멤피스의 자취를 느낄 수 있는 유일한 장소라는 게 가이드의 설명이었다.

하지만 전시관을 압도하듯 누워 있는 것은 신왕국 람세스2세의 거대한 대리석상이었다. 무릎 이하와 한쪽 팔꿈치가 떨어져나간 채 늪에 비스듬히 처박혀 있는 것을 그리로 옮겨 보존중인데 물 속에 잠겨 있던 몸의 왼쪽 부분은 부식이 아주 심했다.

여러 명의 왕비와 백삼십 명이 넘는 자녀를 두었던 절륜한 정력의 사내, 당시의 오리엔트 세계에서는 이름만 들어도 벌벌 떨던 히타이트의 무와탈리스 왕과 카데슈에서 당당히 맞서며 팔레스타인을 경영했고 서로는 리비아, 남으로는 누비아를 정벌했던 세계제국의 군주.

패배한 적의 손발뿐만 아니라 성기까지 잘라와 그 또한 고대 오리엔트 사회에서는 공포의 대상이 되었던 난폭한 정복자. 그리고 무엇보다도 스스로 신이 되고 싶어했던 인간. 그런데 재미있는 것은 그 대리석상의 어깨에 새겨진 카르투시다. 카르투시란 신성(神聖)문자의 표기법 중에서 왕의 이름을 새길 때 두르는 타원형의 테로, 그 대리석상의 카르투시 안에 새겨진 이름은 난데없이 람세스3세였다. 늙은 이집트인 가이드의 설명에 따르면 람세스3세가 원래의 글씨를 깎아내고 자신의 이름을 새겨넣은 것이라고 한다.

이 람세스3세의 생애도 흥미롭다. 제20왕조의 두번째 왕인 그는 람세스2세와는 왕조도 달리하고 혈통으로도 아무런 관련이 없다. 그런데도 람세스란 이름을 쓴 까닭은 아마도 람세스2세의 삶을 본보기로 삼고자 해서였을 것이다. 그는 실제로 수많은 정복전쟁을 일으켜 잃었던 팔레스타인의 지배권 일부를 회복하고 화려한 신전도 세웠다. 하지만 그야말로 '꺼지기 전에 한 번 빛나는 불꽃'이었다. 그가 벌인 무모한 정복사업으로 그 마지막 한 방울의 여력까지 탕진해버린 신왕국은 그의 암살과 더불어 길고 긴 몰락의 길을 시작한다. 뒷사람들이 보기에는 쓴웃음이 나는 그 변조도 그 같은, 람세스3세의 능력이 뒷받침되지 못한 허영을 보여주는 것이나 아닌지.

전시관 안은 그 대리석상 외에는 달리 눈여겨볼 만한 것이 없었다. 부근에서 출토된 것인 듯한 여러 개의 고만고만한 석상과 도기 같은 것들이 진열되어 있었으나 방치에 가까운 그 진열상태로 보아 고고학적으로 큰 의미가 있는 유물들 같지는 않았다. 그곳이 고왕국의 수도였음을 알려주는 유적은 오히려 전시관 밖 뜰에 있었다. 전시관 출구에서 몇 발 안 되는 곳에 세워진 프타의 신상과 오래된 신성문자의 석비가 그러했다. 하지만 그 어느 것도 고대 멤피스의 영광을 떠올리게 할 만한 유적은 못 되었다. 그 옛날 신들의 아버지요, 멤피스의 주신(主神)으로 군림했던 프타였으나 그곳에 남아 있는 신상은 작고 초라하기 그지없었으며, 석비 또한 한 길이 넘는 높이에 한 발은 되는 너비로 그 규모는 제법이었으나 솔직히 진품 여부가 의심스러웠다.

그 밖에 그 전시관 뜰에서 우리의 눈길을 끌 수 있는 것이 있다면, 다시 스스로 신이 되고 싶어했던 람세스2세의 허영이 남긴 자취 정도일까. 그 자신의 얼굴을 한 알라바스터석(石)의 스핑크스와 등신대의 대리석 입상이 그것들로, 아마도 옛 멤피스에 있었다는 그의 신전터에서 옮겨온 것인 듯했다. 그리고는 아무것도 없었다. 전시관 뜰에도 그 밖에 여러 가지 출토품들이 여기저기 놓여 있었으나 어느 것도 고왕국의 영광을 드러낼 만한 것은 아니었다.

어쩌면 오천 년 저쪽의 흔적을 이제 와서 찾으려는 시도 자체가 무리일 수도 있지만 지구를 반 바퀴나 돌아온 우리들에게는 허망감마저 자아내는 인멸로만 느껴졌다. 그 허망감을 이기지 못해 프타의 신전을 물어보았다. 전시관 뒤쪽의 공터와 그곳에 군데군데 쌓여 있는 석회암 더미가 그 흔적이었다. 고대 이집트의 역사 지도에 나오는 아프리스왕의 궁전을 물어보았다. 늙은 가이드가 발굴이 진행중인 듯한 붉은 모래언덕을 자신없게 가리켰다. 22왕조의 무덤군을 물어보자 한군데 잡초와 종려나무숲이 우거진 곳을 가리키고, 세티1세와 람세스2세의 사원터를 묻자 역시 종려나무 우거진 마을 쪽을 가리키는 식이었다.

위대한 문명이 터잡았던 곳은 찬연한 유적이 아니면 쓸쓸한 폐허라도 남기는 법이다. 그러나 우리가 찾은 멤피스에는 그 폐허조차 없었다.

3. 채색 각화에 새겨진 참혹한 '피의 역사'

우리가 아부 심벨에 도착한 것은 오후 네시경, 이미 말한 대로 11월로 봐서는 늦은 오후였지만 기온과 햇볕 때문에 여름 한낮으로만 느껴졌다. 테러의 영향은 예상 이상으로 심각해 아부 심벨 신전을 중심으로 관광지로 발전했던 마을은 마치 유령도시 같았다.

신전으로 넘어가기 전에 만난 광장은 더 심했다. 한때는 관광객을 상대하는 기념품상들과 이런저런 노점들로 장바닥을 이루었을 광장에 관광객은커녕 사람의 자취가 아예 없었다. 하지만 그렇다고 해서 그 거대한 유적이 그대로 버려져 있지만은 않았다. 우리가 빈곳에 차를 대고 주인 없는 노점 앞을 얼씬거리자 어디서 보았는지 관리인을 자처하는 남자가 열쇠꾸러미를 들고 나타났다. 우리는 어디서나 대개 그랬듯 그가 요구하는 관람료 몇 파운드에다 카메라 촬영을 위한 웃돈을 얹어주고 그를 앞세웠다.

관리인은 작은 산처럼 생긴 인조 흙더미를 돌아서 난 길로 우리를 안내했다. 바로 그 인조산 안쪽에 신전이 있었는데 먼저 우리의 눈길을 끈 것은 그 산 옆구리를 돌면서 만난 아스완 댐의 물이었다. 몇 시간 눈이 부신 사막길만 달려온 우리에게 시퍼렇게 펼쳐진 호수가 어찌나 그리도 시원스럽게 비치던지.

아부 심벨 신전은 그 인조산을 돌아서자 바로 우리 앞에 낯익은 모습을 드러냈다. 넷씩이나 나란히 앉아 있는 높이 21미터의 거대한 람세스2세의 좌상이 그랬다. 시간과 싸우려고 이집트 곳곳에다 거대한 석상을 남겼던 그 사내는 이제 스스로 신이 되어 시간을 초월하는 자신의 신전 앞에 버티고 앉아 있는 것이었다.

하지만 그토록 대담하고 허영에 찬 람세스2세도 홀로만의 영생은 외로웠던지 그의 두 다리 곁에는 생전에 사랑했던 사람들의 석상들이 올망졸망 서 있다. 기록에 따르면 첫번째 석상 왼쪽 다리 곁에 서 있는 5미터 높이의 작은 석상은 왕비 네페르타리이고 오른쪽 다리 곁은 어머니 투야, 그리고 앞에 있는 또다른 작은 석상은 왕자 아벤히르 콥세핀이라 한다.

그 밖에도 차례로 공주 벤탄타, 네베타위, 베케무트, 네페르타리와 왕자 리암메세스 등의 이름이 보였다. 백 명이 넘는 자녀를 둔 다산(多産)의 왕이고 보면 여기에 이름이 오른 공주와 왕자들은 특별한 은총을 입은 이들이라고 아니할 수 없다. 또 왕비 네페르타리와 어머니 투야가 두 번씩 서 있는 걸 보면 전쟁의 잔인성과는 달리 왕은 꽤나 자상한 가장에 효자이기도 했던 모양이다.

둘씩 갈라 앉은 람세스2세의 석상 사이로 난 신전 문으로 들어선다. 원래 신전은 바위산을 깎아 만든 석굴신전이었는데 수몰을 피해 65미터 높은 곳으로 옮기면서 그같이 인조산 안쪽이 바로 신전이 되는 형태가 되었다. 신전문으로 들어가는 양쪽 석벽은 거의 양식화된 부조들로 채워져 있었다. 곧 줄줄이 목이 엮인 포로들의 행렬과 정복한 나라나 도시의 이름이 적힌 히에로글리프(신성문자)였다. 그 부조가 끝나는 곳에 육중한 목조 신전문이 있는데 평소에는 잠가두는지 관리인이 열쇠로 열어주었다.

안이 어두워 불을 켜자 역시 너무도 유명해 우리에게 익숙한 부조들이 현란하게 살아났다. 먼저 눈길을 끄는 것은 북쪽 벽에 있는 '카데슈의 전투'를 묘사한 채색 각화(刻畫)였다. 전차를 몰고 용맹을 떨치는 왕과 용감한 이집트 군사들, 그리고 비참하게 쓰러진 히타이트 군사들…… 람세스2세는 아마도 '카데슈의 전투'의 승리를 자신의 군사적 영광의 절정으로 친 듯하다. 사실 이집트가 아닌 다른 쪽에는 '카데슈의 싸움'에 대해 이집트 군의 압도적이고도 일방적인 승리를 증언하는 기록이 보이지 않는다. 어떤 학자들은 이집트가 겨우 참패나 면했다고 보는 편이 옳다고 단언하기도 한다. 하지만 람세스2세가 맞아 싸운 히타이트는 당시 우수한 철제무기로 오리엔트 세계를 석권하던 신흥제국이었다. 어쨌든 그 히타이트가 '카데슈의 전투' 이후에는 서진(西進)을 멈추었다는 점만으로도 람세스2세의 군사적 승리는 결코 과소평가되어서 안 된다.

그 다음으로 눈에 띄는 것은 남쪽 벽의 또다른 유명한 그림, 왕의 누비아 정벌도이다. 왕은 곤봉으로 누비아인을 치고, 머리 곱슬곱슬한 누비아인들은 쓰러져 있는데 왕의 모습은 용맹스럽기보다는 차라리 표한(剽悍)스럽다. 이어 리비아인과의 싸움, 시리아에서의 또다른 싸움.

여덟 개의 거대한 기둥이 받치고 있는 주실(主室)의 벽화 구경을 마치고 네 개의 작은 기둥이 받치는 두번째 방으로 들어간다. 그 안쪽 끝에 작은 석실이 있다. 이 신전에서는 지성소가 된다. 그 안에는 네 개의 신상이 모셔져 있는데 당대 가장 유력한 신들이었다. 곧 멤피스의 프타, 테베의 아몬 라, 헬리오폴리스의 라 하라크티, 그리고 신격화된 람세스2세 자신이다. 놓인 순서로 보면 왼편에서 세번째가 바로 왕의 신상이 된다.

원래 그 방은 대신전의 지성소답게 특별한 설계로 지어졌다고 한다. 나일 동쪽 언덕의 지평선에서 떠오르는 해가 일 년에 두 번씩 왕의 거대한 석상을 기둥으로 삼는 주실과, 다시 작은 기둥들로 떠받쳐진 두번째 방을 지난 뒤 그 깊숙한 지성소까지 이르러 거기 있는 네 개의 신상을 비추게 되어 있었다는 것이다. 그것도 특히 왕의 신상을 정면으로 비추게 돼 있었는데 유네스코가 이전작업을 할 때 제대로 그 설계를 살리지 못해 이제는 햇빛이 들어오지 않는다는 말이 있었다.

그런데 재미있는 것은 람세스2세 생전에 이미 그 지성소에서 왕자신의 주관으로 제례가 있었다는 점이다. 살아 있는 왕이 이미 신이 되어 있는 자신에게 제물을 봉헌하는 심정은 어땠을까. 그의 끝을 모르는 허영이 더 강하게 의식한 것은 영원과의 싸움이었을까. 당대인들의 절대적인 복종이었을까.

지성소를 떠난 우리는 주실 옆면에 있는 작은 방들을 차례로 들러보았다. 마스타바 분묘나 피라미드의 벽화에서 죽음과 명계 부분을 뺀 것 같은 벽화들. 신과 인간이 함께 어우러져 사는 이집트 특유의 공간이 거기서도 대여섯 번인가 반복되고 있었다.

이제는 현저하게 줄어든 감동으로 그런 방들을 건성으로 돌아보고 나오니 어느새 황혼이었다. 불그레해진 하늘을 보고 우리는 비로소 바빠지기 시작했다. 사실 아부 심벨에는 하나의 신전만이 있는 것이 아니었다. 우리가 방금 본, 널리 알려진 대신전 외에 그것과 동시대에 지어진 작은 신전 하나가 더 있었다.

4. 아내에게 바친 람세스2세 신전

람세스2세의 대신전을 둘러보고 다시 그가 왕비 네페르타리를 위해 세웠다는 작은 신전으로 발길을 옮겼을 때는 어느새 날이 저물어오고 있었다. 왕비의 신전은 대신전과 맞붙어 있다 할 만큼 가까웠으나 워낙 신전들의 규모가 있어 두 신전의 입구는 백 미터 넘게 떨어져 있었다.

대신전과 비슷한 양식으로 네페르타리의 신전 입구에도 거상(巨像)들이 앉아 있었다. 높이는 10미터쯤으로 대신전 앞에 있는 거상들의 절반이 못 되었으나 개수는 둘이 늘어 여섯 개였다. 넷은 람세스2세의 것이고 둘은 왕비 네페르타리의 것이었다. 어찌 보면 거기서도 람세스2세의 인색이나 허영이 드러나는 듯하지만 기실 자신을 위한 신전을 가진 이집트의 왕비들은 흔치 않다. 규모로는 디에르 엘 바흐리에 있는 하트세프수트 여왕의 신전이 가장 크지만 그것은 여왕 자신이 파라오의 권위를 가지고 건립한 것이어서 성질이 좀 다르다. 거기다가 그 신전은 그녀의 사후 투트모스3세에 의해 변조되어 끝내 그녀의 것으로 남지도 못했다.

남편인 왕이 지어준 왕비의 신전은 아메노피스3세가 그의 왕비 티이를 위해 세데인가에 지은 신전이, 아부 심벨에 있는 이 네페르타리의 신전 외에는 거의 유일한 예가 된다. 따라서 아내를 위해 신전을 지어주었다는 그 자체가 여간 대단한 정성이요, 애정의 표시가 아닐 수 없다.

"람세스2세가 정비(正妃) 네페르타리, 무트 신이 사랑하는 이를 위해 산을 깎아내고 불멸의 공법으로 이 신전을 지었다. 네페르타리, 태양은 영원히 그녀를 위해 빛나리라."

거상 앞에 대강 그런 뜻으로 새겨진 신성문자까지 있어 잠시 네페르타리에 관해 알아보고 지나가기로 했다. 람세스2세에게는 최소 여섯 명의 정비가 있었고 그 밖에도 여러 후궁들이 있었던 것으로 알려져 있다. 왕자와 공주가 백 명이 넘었다는 것도 그 한 근거가 된다. 네페르타리는 그런 정비들 중에서도 가장 높은 위치였다. 그 밖에 정비의 이름으로는 이제트와 헨트미레의 이름이 보이는데 네페르타리의 경쟁 상대는 못 되었던 듯하다. 헨트미레는 람세스2세의 누이동생으로 왕위 계승권의 지분을 가져 근친 결혼을 하게 된 경우인데 그녀의 존재는 현재 카이로 박물관에 있는 석관과 두어 개의 작은 석상으로만 알려져 있다. 그런 헨트미레에 비해 이제트는 서열 2위의 왕비로서 둘째왕자와 맏공주를 낳았으며 왕위를 계승하는 것도 그녀의 아들이다. 그러나 그녀 역시 공적인 역할은 미미했던 듯, 그녀를 기념하는 건축이나 비석은 별로 많지 않다.

그들에 비해 네페르타리는 람세스2세의 즉위 초부터 여러 곳에서 함께 나타난다. 카르낙, 룩소르에서뿐만 아니라 아비도스며 라메세움에 이르기까지 곳곳에 기념물을 남기고 있다. 그런데 알 수 없는 일은 그토록 총애를 받은 왕비 네페르타리에 대해 알려진 게 별로 없다는 점이다. 출신도 배경도 기록된 게 없고 다만 맏왕자를 낳았다는 것만 알려져 있다. 예쁘고 우아하고 매력적이었다는 기록이 있으나 그것은 왕의 유별난 총애와 남아 있는 그녀의 석상들로 추정된 것에 가까워 보인다.

왕과 왕비의 거상들 곁에는 대신전에서처럼 왕자와 공주들의 석상이 역시 줄지어 서 있었다. 규모가 적고 마모가 심했으나 숫자는 늘어난 듯했다. 그 거상들을 보고 있는데 벌써 외등이 들어왔다. 정면에서 거상들을 비추는 형태로 설치돼 있는 서치라이트형의 등이었는데 그 불빛을 받으니 거상들이 한층 인상 깊게 보였다.

투덜거리는 관리인을 달래 이미 어두워진 신전 안으로 들어가보

았다. 안의 규모는 모든 게 대신전의 3분의 1에도 못 미치고 복원
작업도 신통치 못했다. 어떤 방은 현재 복원작업중이어서 아예 공
개되지 않고 있었다. 원래 하토르 신과 왕비에게 나란히 바쳐진 것
이라 '하토르의 암소'가 왕을 보호한다는 내용의 부조가 조금 인상
적이었을까, 그 밖에는 기억할 만한 게 그리 많지 않았다. 그래도
들어온 김이라 사진만 몇 장 급하게 찍고 밖으로 나왔다.

수박 겉핥기가 되었든말든 두 신전을 다 둘러본 우리가 신전 앞
뜰에 있는 벤치에서 잠시 쉬고 있는데 낭패스런 일이 벌어졌다. 관
리인이 무정하게도 외등을 꺼버린 것이었다. 일순 어둠과 정적이
사방을 뒤덮어 우리는 잠시 아득해졌다. 어둡고 낯선 세계에 갑자
기 내팽개쳐진 느낌이었다. 그런데 우리를 그 아득함에서 구해준
게 달이었다. 한쪽을 보니 엷은 밤안개가 이는 나세르 호수 위에
조각달이 높이 솟아 있었다. 몇백 킬로미터 사막을 달려온 끝에 만
난 호수에다 어디서도 달라질 리 없는 초승달을 쳐다보니 새삼 나
그네의 감회가 일었다.

5. '고르고 고른 땅' 카르낙

오늘날의 룩소르 시는 신왕국의 수도였던 옛 테베의 남쪽 교외에
해당된다. 테베는 크게 두 개의 신전 지역을 가졌던 듯한데 하나는
남쪽의 룩소르이고 다른 하나는 북쪽 교외의 카르낙이었다. 탐방의
편의를 위해 먼저 북쪽의 카르낙에서부터 시작한다.

통상 카르낙 신전이라 불리는 신전군의 카르낙이란 지명은 근처
에 있는 엘카르나크란 마을에서 딴 것이고 옛 이집트식 지명은 이
페트 이수트였다고 한다. '고르고 고른 땅'이란 뜻이라고 하는데
아마도 테베의 주신이었던 아몬을 위해 정선된 땅임을 말하는 것이

리라. 편의상 카르낙 신전이라고는 하지만 그 지역에 언제부터 언제까지 얼마나 많은 신전이 있는지는 아직도 다 밝혀지지 않았다는 편이 옳을 것이다. 대략 40만 평 정도의 땅에 수천 년 동안 수많은 신전과 그 외벽들, 오벨리스크, 석상 석주들이 혹은 세워지고 쓰러지고 혹은 땅속에 묻혀 있다.

그 중에서 흔히 '아몬의 지역'이라고 불리는 곳을 먼저 찾아본다. 우리가 국민학교 교과서에서부터 시시껄렁한 공상모험소설에 이르기까지 카르낙이란 이름 아래 들었던 여러 유적들의 대부분이 모여 있는 곳으로 중심은 역시 테베의 주신인 아몬의 신전이 된다. 이미 여러 곳에서 많은 신전들을 보아왔는데도 첫눈에 사람을 압도하는 엄청난 외벽 탑문(塔門)을 들어서니 먼저 줄지어선 작은 스핑크스들이 우리를 맞았다. 람세스2세 시절의 것이라고 하는데 양의 머리를 한 것이 특이했다. 옛날에는 그런 스핑크스들이 줄지어선 도로가 십 킬로미터 이상 떨어진 룩소르 신전까지 이어져 있었다고 한다.

역사상으로는 '제3중간기'라고 하는 후기왕조의 것으로 추정되는 그 석벽은 어떤 이유에서인지 안쪽이 미완성으로 남아 있었다. 굵은 돌들로 높은 석벽을 쌓기는 했지만 다른 신전들에서와는 달리 채색된 부조는커녕 벽면조차 다듬어져 있지 않은 것이었다. 대신 마치 흙 속에 파묻혀 있듯 석벽의 절반 높이 가까이 토산과 흡사한 흙더미가 덮고 있었다. 처음에는 그곳 역시 땅속에 파묻혔다가 발굴된 것인가 싶었으나 알고 보니 그게 아니었다. 이집트인들은 후기왕조 때까지도 거대한 신전 외벽의 축조에는 피라미드에 사용한 공법을 그대로 쓰고 있었다. 곧 흙언덕을 쌓아 비탈을 이용해 무거운 돌들을 옮겨 쌓은 뒤 다시 그 흙더미를 긁어내면서 벽면을 다듬고 조각과 채색을 하며 내려온 것이었다. 그리하여 벽화까지 완성이 되면 흙더미는 모두 제거되는데 그 석벽은 미완성이라 그대로 남게 되었다는 설명이었다.

양의 머리를 한 스핑크스들 사이로 난 포장된 길을 지나면 이른바 첫번째 탑문이 나온다. 예전에는 그곳까지 운하를 끌어들여 나일의 물로 신전의 성수(聖水) 항아리를 채웠다고 하는데 이제는 물이 마른 수영장 같은 석조구조물의 잔해만 조금 남았을 뿐이었다. 탑문 그 자체는 상당히 후대의 것으로 안쪽은 남아 있는 돌기둥이 많지 않아 아직은 그리 인상적이지 못했다. 남쪽 벽면에 이어진 람세스3세의 신전도 이름이 그렇다뿐이지 작고 초라하기 짝이 없었다. 신전 입구에 있는 오시리스 형상의 기둥들은 태반이 부서졌고 여러 신들과 왕이 새겨진 옆면 기둥의 부조들도 훼손이 심했다. 전체적으로 석질도 사암이거나 질 낮은 석회암 같았다.

그러나 람세스2세의 석상이 서 있는 두번째 탑문을 지나면 사정이 달라진다. 이집트 전토를 자신의 신전과 석상으로 뒤덮다시피한 그 제왕이, 사랑하는 딸 벤탄타를 발밑에 거느리고 서 있는 모습이나 규모도 그렇지만 탑문 또한 별로 눈길을 끄는 양식이나 규모가 못 돼 무심코 안으로 들어서면 비명이라도 지르고 싶을 만큼 엄청난 돌기둥으로 가득한 공간이 앞을 가로막는다. 화려한 람세스 시대의 주인공들이라 할 수 있는 세티1세와 람세스2세 부자의 작품이다.

6. 고대 이집트 문화 3천 년 에너지 응축

대부분의 이집트 여행자들에게 가장 인상적인 지역은 룩소르일 것이고 룩소르에서도 가장 인상적인 곳은 아마도 카르낙의 열주(列柱)들일 것이다. 카르낙에서도 특히 두번째 탑문 안쪽의 열주들은

규모에서도 숫자에서도 이집트 전역을 어지간히 돌아본 사람에게
마저 위압감을 넘어 외경심까지 느끼게 한다.

원래는 지붕이 있던 열주식 신전이었으나 이제는 지붕이 거의 날
아가버려 새어드는 햇빛 아래 줄지어선 백여 개의 열주들은 고대
이집트의 마지막 영광이라고 해도 좋을 람세스 시대의 유품답게 화
려하고 장엄했다. 파피루스 형태의 기둥머리 장식에 아직도 채색이
선명했는데 굵기는 어림잡아도 어른의 다섯 아름은 되어 보였고 높
이도 5층 건물에 뒤지지 않았다. 특히 가운데 두 줄로 늘어선 여남
은 개의 기둥들은 더욱 굵고 화려하게 치장되어 그것 하나만 해도
그대로 역사의 기념비가 될 만한 훌륭한 건축물이었다.

그 부분은 찬란한 람세스 시대를 연 세티1세와 그의 아들이자 고
대 이집트의 영광을 그 절정까지 펼쳐 보였던 람세스2세에 의해 조
성된 것이라고 한다. 그래서인지 그 외벽에는 그들 부자가 행했던
팔레스타인 지방의 원정을 묘사한 그림이 많았는데 가장 눈에 띄는
것은 역시 람세스2세 시절의 '카데슈의 전투' 장면이었다.

촛불은 꺼지기 전에 한 번 반짝 불을 뿜는다. 3천 년에 걸친 고
대 이집트의 영광으로 보면 람세스 시대야말로 그 마지막 빛남은
아니었을까. 소진되어가던 문화의, 혹은 민족의 에너지가 그 마지
막 빛과 열기를 뿜어 이루어낸 것이 람세스 시대였고, 그 물화(物
化)의 한 정수가 카르낙 신전의 그 부분일지도 모른다는 생각이 들
자 야릇한 비장감까지 일었다.

옮긴이 **김정란**

시인이자 문학평론가이며 불문학자로서 전방위적 활동을 펼치고 있다. 한국외국어대 불어과를 졸업했으며 프랑스 그르노블 대학에서 이브 본푸아 연구로 문학박사학위를 받았고, 상지대학교 문화콘텐츠학과 교수로 재직했다. 지은 책으로 시집 『다시 시작하는 나비』 『매혹, 혹은 겹침』 『그 여자, 입구에서 가만히 뒤돌아보네』 『스.타.카.토. 내 영혼』 『용연향』, 문학평론집 『비어 있는 중심』 『영혼의 역사』 등이 있다. 『시간의 지배자』 『비교문학개요』 『생각의 거울』 『미셸 투르니에의 상상력을 자극하는 시간』 『아발론 연대기』 등을 우리말로 옮겼다.

문학동네 세계문학

람세스 *제1권 빛의 아들*

1판 1쇄 1997년 3월 20일 | 1판 71쇄 2023년 2월 10일

지은이 크리스티앙 자크 | 옮긴이 김정란

펴낸곳 (주)문학동네 | 펴낸이 김소영
출판등록 1993년 10월 22일 제2003-000045호
주소 10881 경기도 파주시 회동길 210
전자우편 editor@munhak.com | 대표전화 031) 955-8888 | 팩스 031) 955-8855
문의전화 031) 955-3578(마케팅) 031) 955-1917(편집)
문학동네카페 http://cafe.naver.com/mhdn
인스타그램 @munhakdongne | 트위터 @munhakdongne
북클럽문학동네 http://bookclubmunhak.com

ISBN 89-8281-031-5 03860
      89-8281-030-7 (세트)

www.munhak.com

제2권
『영원의 신전』

빛의 아들 람세스는 마침내 왕위에 오른다.
그러나 그늘 속에서 반역을 꾀하는 자들 역시
늘어만 간다.
람세스는 형 세나르가 쳐놓은 덫을
피해 갈 수 있을까?
수수께끼에 싸인 마법사 오피르의
흑마술을 물리칠 수 있을까?
또 히타이트 족의 침입을
막아낼 수 있을 것인가?
함정은 늘어가고 방어력은 약해져간다.
보이는 적과 보이지 않는 적들을
모두 이겨내기 위해 왕과 왕비가
선택할 수 있는 길은 단 한 가지,
'영원의 신전'을 건설하는 것이다.